DONNA DOUGLAS
Die Schwestern aus der Steeple Street

Weitere Titel der Autorin

Aus der Serie: **Die Nightingale Schwestern**

Freundinnen fürs Leben
Geheimnisse des Herzens
Sturm der Gefühle
Der Traum vom Glück
Ein Geschenk der Hoffnung
Zeit der Entscheidung
Ein Weihnachtsfest der Hoffnung
Ein Wiedersehen zur Weihnachtszeit

Aus der Serie: **Die Schwestern aus der Steeple Street**

Ein neuer Anfang

Über die Autorin

Donna Douglas wuchs in London auf, lebt jedoch inzwischen mit ihrer Familie in York. *Die Schwestern aus der Steeple Street* ist eine neue Serie der Autorin, die bereits mit ihrer Romanserie um die Schwesternschülerinnen des berühmten Londoner Nightingale Hospitals in England die Top Ten der Sunday-Times-Bestsellerliste eroberte. Auch hierzulande hat sie es mit ihren Romanen auf die Spiegel-Bestsellerliste geschafft. Neben ihrer Arbeit an weiteren Bänden beider Serien schreibt die Autorin außerdem regelmäßig für verschiedene englische Zeitungen. Mehr über Donna Douglas und ihre Bücher erfahren Sie unter www.donnadouglas.co.uk oder auf ihrem Blog unter donnadouglasauthor.wordpress.com.

DONNA DOUGLAS

Die Schwestern *aus der* Steeple Street

Rivalinnen wider Willen

Roman

Aus dem Englischen von
Ulrike Moreno

lübbe

Dieser Titel ist auch als E-Book erschienen

Vollständige Taschenbuchausgabe

Deutsche Erstausgabe

Für die Originalausgabe:
Copyright © 2017 by Donna Douglas
Titel der englischen Originalausgabe: »District Nurse on Call«
Originalverlag: Arrow Books, an imprint of
The Random House Group Limited, London

Für die deutschsprachige Ausgabe:
Copyright © 2020 by Bastei Lübbe AG, Köln
Textredaktion: Anja Lademacher, Bonn
Umschlaggestaltung: Massimo Peter-Bille
Unter Verwendung von Motiven von © Johnny Ring Photography
Satz: two-up, Düsseldorf
Gesetzt aus der Caslon
Druck und Verarbeitung: Druckerei C.H. Beck, Nördlingen
Printed in Germany
ISBN 978- 3-404-17970-1

1 3 5 4 2

Sie finden uns im Internet unter www.luebbe.de
Bitte beachten Sie auch: www.lesejury.de

*Für meine sehr gute Freundin
June Smith-Sheppard,
weil sie immer für mich da war.*

KAPITEL EINS

1926

»So, da ist es, dein neues Zuhause, meine Liebe.«

Philippa hielt den Wagen auf einem Gebirgskamm an, von dem aus man über das Tal blicken konnte, und spähte durch die Windschutzscheibe. »Sehr vielversprechend sieht es ja nicht aus, finde ich.«

Agnes Sheridan stieg auf der Beifahrerseite aus und kämpfte gegen den kalten Märzwind an, der ihr das Schwesternhäubchen vom Kopf zu reißen drohte. Nachdem sie es schnell mit einer Hand ergriffen hatte, zog sie mit der anderen ihren marineblauen Mantel noch fester um sich, als sie in das Tal hinunterblickte.

Phil hatte recht, sehr vielversprechend war der Anblick wirklich nicht. Die kleine Gemeinde Bowden lag wie grauer Bodensatz in einer flachen Talsohle, die in eine mit Adlerfarn bestandene, sanft ansteigende Heidelandschaft eingebettet war. Von ihrem erhöhten Standpunkt aus konnte Agnes im Zentrum der kleinen Ortschaft einige gediegen wirkende Gebäude ausmachen, eine Schule, ein paar Geschäfte und die Kirchturmspitze. Aber es war das Kohlenbergwerk, das ihren Blick so magisch anzog. Es lag östlich des Dorfs und bestand aus einer Reihe von Nebengebäuden und Höfen, Eisenbahnschienen, schwarzen Abraumhalden und den hohen, markanten Umrissen der Förderanlagen, die über den dicht an dicht stehenden Reihenhäusern aufragten.

Dies war also das Bergwerk Bowden Main. Der Grund dafür, dass das Dorf – und somit auch sie – sich an diesem Ort befanden.

Hinter sich hörte Agnes, wie Phil aus ihrem Wagen stieg.

»Stell dir nur mal vor, dass du von jetzt an für all diese Menschen verantwortlich sein wirst!«, sagte sie, als sie zu ihr trat. »Für all die Bergleute mit diesem typischen trockenen Husten, entzündeten Augen, verletzten Gliedern und Kohlenstaublungen. Bergleute sind schließlich nicht gerade für ihre gute Gesundheit bekannt, nicht wahr? Die meisten von ihnen werden vermutlich ohnehin schon auf dem letzten Loch pfeifen.« Sie zündete sich eine Zigarette an. »Und die Kinder ... alle unterernährt und verlaust, könnte ich mir vorstellen.«

»Es kann nicht schlimmer sein als Quarry Hill«, entgegnete Agnes.

Phil erschauderte. »Gott bewahre! Nichts könnte schlimmer sein als Quarry Hill.«

Im Rahmen ihrer Ausbildung zur Gemeindeschwester hatten beide einige Zeit in den heruntergekommenen Slums von Leeds verbracht. Damals hatte Agnes es kaum erwarten können, ihr Abzeichen und einen eigenen Bezirk zu erhalten, um Quarry Hill zu entkommen. Doch nun wünschte sie, sie wäre wieder dort, in Sicherheit unter den wachsamen Augen ihrer Ausbilderin Bess Bradshaw.

Als könnte Phil erraten, was sie dachte, wandte sie sich ihr plötzlich zu und fragte: »Bist du dir auch wirklich sicher, dass du bereit bist für all das?«

Diese Frage hatte Agnes sich in den letzten Wochen schon mehrere Male selbst gestellt, seit sie von Miss Gale, der Leiterin der Gemeindepflege, die Neuigkeiten erfahren hatte. Bowden würde ihr erster offizieller Tätigkeitsbereich als Queen's Nurse sein, und diese Verantwortung lastete schwer auf ihren Schultern. In der Nacht zuvor hatte sie fast nicht schlafen können, weil ihr so viele Fragen durch den Kopf gegangen waren.

Was, wenn dies alles zu viel für sie war und sie den Anforderungen nicht gerecht werden konnte?

Im hellen Tageslicht weigerte sie sich jedoch, solchen Ängsten nachzugeben.

»Natürlich.« Agnes zog ihren Mantel noch fester um sich und blickte auf das unter ihnen liegende Dorf herab. »Ich freue mich sogar schon darauf.«

»Du hast ja auch schon immer Herausforderungen geliebt«, entgegnete Phil. »Ganz im Gegensatz zu mir. Ein hübscher, ländlicher Bereich mit gesunden Bauersfrauen, die ebenso mühelos gebären, wie sie Erbsen schälen, mit rotbackigen Kindern und nichts Ernsterem als einer gelegentlichen Verletzung durch eine Kuh, die einer Melkerin auf den Fuß getreten ist, sind mir zehnmal lieber als das hier.«

Agnes lächelte. »Das hast du früher aber anders gesehen, als du noch täglich dreißig Meilen mit dem Fahrrad hin- und zurückfahren musstest!«

»Das war, bevor ich Veronica bekommen habe.« Phil streichelte die Motorhaube ihres Fords. Seit Agnes sie kannte, hatte Phil dem Kreisverband mit der Bitte um ein Motorrad in den Ohren gelegen, bis man schließlich nachgegeben und ihr sogar ein Auto zugeteilt hatte – vermutlich in der Hoffnung, sie damit ein für alle Mal loszuwerden, dachte Agnes lächelnd. Phil liebte Veronica über alles, aber ihre Fahrweise ließ doch sehr zu wünschen übrig. Agnes hatte auf der ganzen Fahrt von Leeds hierher mit geschlossenen Augen dagesessen und sich am Ledersitz festgeklammert, als sie die kurvenreichen Landstraßen entlanggebraust waren.

»Auf jeden Fall sollten wir jetzt besser weiterfahren.« Phil drückte ihre Zigarette aus und ging zum Wagen zurück. »An deinem ersten Tag willst du doch sicher einen guten Eindruck machen?«

Also fuhren sie ins Tal hinunter, und bald schon wichen das offene Ackerland und die Weiden einem wild wuchernden Waldgebiet, bevor die flacher werdende Straße in das Dorf hineinführte.

Bei näherer Betrachtung war Bowden gar nicht mal so hässlich, wie Agnes gedacht hatte. In einiger Entfernung von der Zeche und den Bergmannskaten, die sich dicht darum scharten, gab es noch ein paar andere Straßen mit größeren Häusern, die auf betuchtere Besitzer schließen ließen, und ein Flickwerk gut gepflegter Schrebergärten. Sogar ein Freizeitgelände mit Kinderspielplatz sah sie, ein paar bescheidene Kapellen und eine Reihe von Läden, die jedoch alle geschlossen waren an diesem späten Sonntagnachmittag.

Agnes biss die Zähne zusammen, als Veronica über die holprige, schmale Straße rumpelte.

»Meinst du nicht, wir sollten ein bisschen langsamer fahren?«, sagte sie.

»Ach was, hier ist doch niemand«, tat Phil ihren Einwand ab, während sie durch die Windschutzscheibe spähte. »Sag mir lieber noch mal, wonach wir hier suchen?«

»Nach dem Sitz der Bergarbeiterfürsorge. Miss Gale sagte, er befände sich gleich hinter dem Co-op.«

»Dann müssen wir das Gebäude übersehen haben, und ich kehre besser um.«

»Sei vorsichtig«, bat Agnes, als ihre Freundin mit dem Schalthebel kämpfte und alles andere als sanft den Rückwärtsgang einlegte.

»Ach, stell dich doch nicht so an, Agnes! Du machst mich noch ganz nervös mit deinem Gejammer …«

»Vorsicht!« Agnes bemerkte, dass sich etwas hinter ihnen bewegte, als Veronica einen Satz zurück machte. Eine Sekunde später rumste es, und ein Mordsgeklapper war zu hören.

Phil stieg erschrocken auf die Bremse. »Was war das denn?«

»Ich glaube, du hast irgendetwas angefahren.«

»Oh nein!« Ihre Freundin wurde kreidebleich und blieb wie erstarrt hinter dem Lenkrad sitzen. »Was, wenn ich Veronica beschädigt habe? Dann wird der Kreisverband sie mir ganz sicher wieder wegnehmen.«

»Hör auf mit Veronica!« Agnes stieg blitzschnell aus und lief zum Heck des Wagens. Ein Mann lag auf dem Asphalt, halb begraben unter einem Fahrrad, das zur Hälfte unter Veronicas hinterer Stoßstange lag.

Agnes beugte sich zu dem Mann hinunter. »Ach, du meine Güte! Haben Sie sich wehgetan?«

»Was glauben Sie denn?« Zwei wütende schiefergraue Augen erwiderten ihren besorgten Blick. »Was zum Teufel glauben Sie eigentlich, was Sie hier tun? Sie hätten mich umbringen können!«

»Na ja, aber Sie hätten mir ja auch ausweichen können, als ich zurücksetzte, nicht wahr?«, sagte Phil, die nun ebenfalls ausstieg.

Der Mann funkelte sie böse an. »Was? Wollen Sie jetzt etwa behaupten, es sei meine Schuld gewesen?«

»Na ja ...«

»Natürlich nicht«, sagte Agnes mit einem warnenden Blick zu Phil. »Sagen Sie mir doch bitte, ob Sie sich bewegen können. Oder ob Sie irgendwo Schmerzen haben.«

»Ich werde es überleben – auch wenn das nicht gerade ihr Verdienst ist!« Mühsam begann er sich von seinem Fahrrad zu befreien, aber als Agnes versuchte, ihm unter die Arme zu greifen, schüttelte er sie ab.

»Ich möchte Ihnen nur helfen.«

»Ich denke, Sie haben schon genug getan.«

Schließlich rappelte er sich auf und klopfte sich den Staub von seiner Jacke. Sie war an den Ellbogen schon ziemlich abgenutzt, bemerkte Agnes, und auch sein kragenloses, etwas schmuddeliges Hemd hatte schon bessere Zeiten gesehen. Er war etwa um die dreißig und hatte schwarzes Haar und ein schmales Gesicht, aus dem nicht viel Humor sprach.

Nun bückte er sich und begann sein Fahrrad unter Veronicas Stoßstange hervorzuziehen.

»Vorsicht!«, sagte Phil. »Zerkratzen Sie mir nicht den Lack.«

Agnes sah den finsteren Gesichtsausdruck des Mannes und griff schnell wieder ein. »Ist Ihr Fahrrad beschädigt?«, fragte sie.

»Wenn ja, dann schulden Sie mir ein neues.«

Er ließ sich quälend lang Zeit, um sein Fahrrad zu untersuchen, die Räder auszuprobieren und die Lenkstange zu testen. Agnes blickte auf ihre Uhr und begann, sich Sorgen zu machen, dass sie zu spät kommen würde.

»Brauchen Sie noch länger?«, erkundigte sie sich schließlich. »Ich frage nur, weil ich einen Termin habe …«

Er warf ihr einen grimmigen Blick zu. »Aye, dass Sie es eilig hatten, habe ich gemerkt.«

Nach einer Weile, die ihr wie eine Ewigkeit vorkam, schien der Mann endlich zu beschließen, dass sein Fahrrad noch fahrtüchtig war.

»Ich bin froh, dass es in Ordnung ist«, sagte Agnes erleichtert.

»Das wird sich erst im Laufe der Zeit herausstellen, nicht?«

»Sind Sie auch ganz sicher nicht verletzt? Ich bin nämlich Krankenschwester und …«

»Eine verdammte Gefahr sind Sie!«, schnitt er ihr das Wort ab, bevor er ein Bein über sein Rad schwang und sich in Bewegung setzte.

Agnes sah ihm nach, als er verärgert vor sich hinmurmelnd die Straße hinunterradelte. Was er sagte, konnte sie natürlich nicht verstehen, doch irgendetwas sagte ihr, dass sie es auch gar nicht hören wollte.

»Was für ein charmanter Mann«, bemerkte Phil spöttisch. »Dir zuliebe hoffe ich wirklich sehr, dass hier nicht alle so übellaunig sind wie er.«

»Was man ihm aber eigentlich auch nicht verdenken kann«, entgegnete Agnes seufzend. »So viel also zu dem guten Eindruck, den ich hier machen wollte!«

Phil lachte. »An seinem Fahrrad haben wir auf jeden Fall einen bleibenden Eindruck hinterlassen!«

»Das ist überhaupt nicht lustig, Phil. Ich hatte dich gebeten, nicht so schnell zu fahren. Schließlich bin ich hier, um Menschen zu pflegen, und nicht, um sie ins Krankenhaus zu bringen!«

»Es war ein Unfall«, erwiderte Phil achselzuckend. »Außerdem hast du selbst gesehen, dass ihm nichts passiert ist. Wir sollten jetzt also besser weiterfahren?«

»Ehrlich gesagt würde ich mich lieber allein zur Bergarbeiterfürsorge durchfragen«, sagte Agnes. »Vielleicht wäre es sogar einfacher zu Fuß.« Und ungefährlicher, fügte sie im Stillen hinzu.

»Aber was ist mit deinen Sachen?«

»Ach, den einen Koffer und meine Schwesterntasche müsste ich auch auf meinem Fahrrad unterbringen können.«

»Na ja, wenn du dir wirklich sicher bist?« Phil öffnete den Kofferraum und half Agnes, ihr Fahrrad und die Koffer auszuladen. Dann hielten sie für einen Moment inne und schauten sich betreten an.

»Tja, dann mach's gut, meine Liebe.« Phil stürzte auf Agnes zu und zog sie für eine stürmische Umarmung an sich. »Du wirst mir fehlen, altes Haus«, murmelte sie an ihrer Schulter.

Agnes zögerte, war zu überrascht, um die Umarmung zu erwidern. Phil war eigentlich der eher unsentimentale Typ, ja, sie konnte manchmal sogar regelrecht gefühllos sein.

»Immer mit der Ruhe!«, sagte Agnes, um den Abschied leichter zu machen. Dann befreite sie sich aus den Armen ihrer Freundin. »Ich werde mich schon bald wieder in der Steeple Street sehen lassen. Vergiss nicht, dass ich mich regelmäßig bei Miss Gale melden muss.«

»Ja, das weiß ich. Aber es wird nicht mehr dasselbe sein wie früher, nicht?«

Nein, dachte Agnes kurz darauf, als sie beobachtete, wie Phil ihre geliebte Veronica achtlos auf die schmale Hauptstraße zurückmanövrierte. Es würde ganz und gar nicht mehr dasselbe sein wie früher …

KAPITEL ZWEI

Nachdem Agnes ein paarmal durch die menschenleeren Straßen hin und her geradelt war, fand sie schließlich das solide rote Backsteingebäude mit dem Schild »Bergarbeiterfürsorge und Lesesaal« über der Tür.

Ein älterer Mann von hochgewachsener, aber sehr hagerer Gestalt, der sich schwer auf einen Spazierstock stützte, stand wartend auf der Eingangsstufe. Als Agnes von ihrem Fahrrad stieg, kam er zu ihr hinüber.

»Miss Sheridan? Ich bin Eric Wardle vom Bergarbeiterfürsorge-Komitee und auch derjenige, der mit Ihrer Miss Gale in Briefkontakt gestanden hat.«

»Oh ja, Mr. Wardle. Sehr erfreut.« Als sie ihm die Hand reichte, blickte sie zu zwei strahlend blauen Augen auf und erkannte, dass ihr erster Eindruck von Eric Wardle falsch gewesen war. Trotz seines faltenreichen, müden Gesichts und seiner gebückten Haltung konnte er nicht älter als Ende vierzig sein. Agnes fragte sich, was für eine schwere Krankheit ihn so vorzeitig hatte altern lassen. »Es tut mir leid, dass ich mich ein bisschen verspätet habe, aber ich brauchte eine Weile, um dieses Haus zu finden.«

Eric Wardle winkte ab. »Kein Problem, junge Frau, jetzt sind Sie ja hier. Kommen Sie, ich bringe Sie gleich in den Konferenzraum, wo schon alle auf Sie warten.«

Der Sitz der Bergarbeiterfürsorge hatte etwas unverkennbar Maskulines. An den Wänden des langen Gangs, den sie hinuntergingen, hingen Fotografien von verschiedenen Sportmannschaften, die mit verschränkten Armen entweder stolz in Fußballshorts oder weißer Kricketkluft posierten, aber auch von Gruppen älterer Männer, die nicht minder stolz mit einer Taube in den Händen vor den Verschlägen der Tiere standen. In der Luft hing der Geruch von Zigarettenrauch, der sich mit dem moschusartigen Geruch von Schweiß vermischte. Aus einer halboffenen Tür am hinteren Ende des langen Korridors konnte Agnes die gedämpften Töne von Klavierspiel hören.

Eric Wardle humpelte voran, vorbei an einem Glasschrank voller glänzender Pokale und eine schmale Treppe hinauf, die zu einer Tür mit einem Bronzeschild führte, das die Aufschrift »Konferenzraum« trug. Hinter der Tür waren laute Männerstimmen zu hören, es wurde offenbar hitzig debattiert.

»So, da sind wir.« Eric Wardle drehte sich zu ihr um und lächelte sie an, als er die Tür aufstieß. »Sie brauchen keine Angst zu haben, Schwester. Die Männer werden Sie schon nicht beißen – jedenfalls die meisten nicht.«

»Ich habe keine Angst«, versicherte sie ihm, während sie ihr Häubchen zurechtrückte und die Schultern straffte.

Mr. Wardle warf ihr einen prüfenden Blick zu. »Nein, Sie kommen mir auch nicht wie der ängstliche Typ vor«, meinte er.

Vier Männer saßen an einem langen Tisch vor dem Fenster. Als Agnes hereinkam, verstummten sie sofort und erhoben sich. Aber nur drei der vier Gesichter wandten sich ihr zu. Der Mann ganz am äußeren Rand des Tisches richtete seinen Blick auf die Papiere, die vor ihm lagen. Als hätte er wichtigere Dinge im Kopf.

»So, meine Herren«, sagte Eric. »Das ist Miss Sheridan, unsere neue Gemeindeschwester.« Nachdem er den einzigen Stuhl auf der anderen Seite des Tischs für Agnes herausgezogen hatte, humpelte er zu den anderen Männern hinüber und setzte sich auf den noch freien Stuhl in ihrer Mitte. Agnes bemerkte, wie respektvoll die anderen zur Seite rückten, um ihm Platz zu machen. Dann stellte er ihr die anderen Männer vor. »Miss Sheridan, darf ich Ihnen Sam Maskell, einen der Vorarbeiter unserer Zeche, vorstellen? Die anderen Herren dort sind Reg Willis, Tom Chadwick und Seth Stanhope, unser Gewerkschaftssekretär.«

»Wir sind uns schon begegnet.« Auch Seth Stanhope erhob nun endlich den Blick von seinen Papieren, und ein unschönes Gefühl des Wiedererkennens beschlich Agnes, als sie in seine finster dreinblickenden grauen Augen sah.

»So«, fuhr Eric Wardle fort. »Als Vorsitzender des Fürsorgekomitees rufe ich die Versammlung zur Ordnung. Und lasst sie uns so schnell wie möglich zu Ende bringen, ja? Wir alle haben ein Zuhause, wo man uns erwartet, und ich wage zu behaupten, dass auch Miss Sheridan erschöpft sein wird nach ihrer Fahrt von Leeds hierher.«

Ohne Seth Stanhope weiter zu beachten, wandte Agnes sich den anderen Männern zu. Sie alle sahen so aus, als fühlten sie sich nicht besonders wohl dabei, in ihrem besten Sonntagsstaat an diesem Tisch zu sitzen. Reg Willis, der drahtige kleine Mann, der ganz am Ende saß, griff sich immer wieder mit einem Finger unter seinen gestärkten Hemdkragen, als hätte er das Gefühl, darin zu ersticken, während Tom Chadwick so heftig errötete, als ob er noch nie zuvor in seinem Leben eine Frau gesehen hätte. Nur Sam Maskell, der so bequem zurückgelehnt auf seinem Stuhl saß, dass seine Weste über seinem ansehnlichen Bauch zu platzen drohte, schien entspannt zu sein.

»Nun denn, Miss Sheridan«, sagte Eric Wardle. »Wie Miss Gale Ihnen vermutlich schon gesagt hat, hatten wir hier in Bowden noch nie eine Gemeindeschwester, und ich muss gestehen, dass wir ein bisschen ratlos sind, was Ihre Aufgaben hier im Dorf angeht. Aber vielleicht könnten Sie sie uns ja erklären.«

Agnes dachte einen Moment über die Frage nach. »Nun ja«, sagte sie dann, »ich denke, eine meiner Aufgaben wird wahrscheinlich darin bestehen, dem hiesigen Arzt zur Hand zu gehen.«

»Ihm zur Hand gehen?« Sam Maskell lachte. »Da werden Sie ein schönes Leben haben, so wenig, wie der faule Sack arbeitet!«

»Nimm dich zusammen, Maskell!« Eric warf ihm einen ärgerlichen Blick zu. »Kein Grubengeschwätz im Beisein dieser jungen Dame hier! Fahren Sie doch bitte fort, Miss Sheridan.«

»Nun, da mein Arbeitsplatz hier von der Bergarbeiterfürsorge finanziert wird, werde ich in erster Linie natürlich tun, was ich kann, um die Bergleute und ihre Familien zu betreuen«, fuhr Agnes fort. »Dazu gehört unter anderem, dass ich die chronisch kranken Patienten regelmäßig besuche und ihnen jegliche Fürsorge zukommen lassen werde, die sie benötigen. Ich werde Wunden verbinden und auch beim Waschen und Füttern der Patienten helfen. Darüber hinaus werde ich auch als Hebamme tätig sein, Mütter bezüglich der besten Pflege ihrer Kinder beraten …«

»Meine Frau würde Ihnen das nicht danken!«, fiel Reg Willis ihr ins Wort. »Sie lässt sich von niemandem was sagen.«

»Und meine genauso wenig«, stimmte ihm Sam Maskell zu. »Ratschläge fürs Kinderkriegen brauchen sie auch nicht, das haben sie schließlich jahrelang auch allein geschafft.«

»Meine Alte braucht eher einen Rat, wie man keine Kinder kriegt«, warf Tom Chadwick düster ein. »Vielleicht hätten wir dann nicht so viele hungrige Mäuler durchzufüttern.«

Sam klopfte ihm auf die Schulter. »Wenn du immer noch nicht weißt, woher all diese Kinder kommen, Junge, ist dir auch nicht mehr zu helfen, nicht mal von der Schwester!«

»Es gehört auch zu den Aufgaben einer Gemeindeschwester, Krankheiten nicht nur zu behandeln, sondern ihnen auch vorzubeugen«, erhob Agnes ihre Stimme über das Gelächter. »Und das wiederum bedeutet, die Frauen zu beraten und Gesundheit und Hygiene zu fördern.«

»Ach, du liebe Güte, habt ihr das gehört?« Sam Maskell brach wieder in sein wieherndes Gelächter aus. »Dann werden Sie hier aber alle Hände voll zu tun haben, junge Frau.«

Eric nickte. »Da hat Sam recht. Hier in Bowden haben wir nämlich nicht viel übrig für Veränderungen«, sagte er mit einem entschuldigenden Lächeln. »Und daher bin ich mir gar nicht sicher, wie Ihre neumodischen Ideen bei uns ankommen werden.«

Agnes runzelte die Stirn. »Darf ich dann vielleicht fragen, wozu ich eigentlich hier bin?«

»Gute Frage«, murmelte Seth Stanhope am anderen Ende des Tischs.

»Weil das Fürsorgekomitee der Meinung war, es wäre an der Zeit, dass auch wir eine Gemeindeschwester im Dorf haben«, sagte Eric Wardle mit einem ärgerlichen Blick zu Seth. »Ich habe nicht gesagt, dass wir Sie nicht brauchen, Miss Sheridan. Ich denke nur, dass es ein hartes Stück Arbeit für Sie werden wird, die Leute hier für sich zu gewinnen.«

»Ich werde mein Bestes tun, um sie von meiner Denkweise zu überzeugen«, sagte Agnes.

»Ich würde sagen …, da werden Sie was zu tun haben.« Eric Wardle setzte eine nachdenkliche Miene auf. »Und nun … ich weiß nicht, wie ihr das seht, aber ich glaube, wir haben genug gehört. Falls also keiner mehr Fragen an Miss Sheridan hat …?« Er warf einen schnellen Blick in die Runde, doch die anderen Männer schüttelten den Kopf. »Gut. Dann werden Sie sich jetzt sicher gern in Ihrer neuen Unterkunft einrichten wollen, Miss Sheridan. Wir haben dafür gesorgt, dass Sie beim Herrn Doktor wohnen, da Sie ja ohnehin mit ihm zusammenarbeiten werden. Dr. Rutherford ist ein verwitweter älterer Herr, und seine Haushälterin, Mrs. Bannister, lebt auch unter seinem Dach, sodass diese Regelung also keineswegs unschicklich ist. Ich hoffe, es ist Ihnen recht, Miss Sheridan?«

»Aber ja. Ich bin mir sicher, dass ich mich dort wohlfühlen werde«, antwortete Agnes.

»Darauf würde ich nicht wetten. Nicht, solange dieser Drachen von Haushälterin dort das Kommando hat!« Sam Maskell grinste so breit, dass seine Zahnlücken zum Vorschein kamen. »Verderben Sie es sich nicht mit ihr, Miss, kann ich Ihnen nur raten.«

»Na, na, na, Sam. Hör auf, das arme Mädchen zu verunsichern.« Eric lächelte wieder, als er sich Agnes zuwandte. »Der Herr Doktor wohnt ein gutes Stück entfernt von hier, und man kann sich auf dem Weg sehr leicht verlaufen. Einer von uns sollte Sie begleiten und Ihnen den Weg zeigen. Vielleicht wäre Seth ...«

Agnes fing Seth' Blick auf. Es war schwer zu sagen, wer von ihnen beiden entsetzter über den Vorschlag war. »Das ist nicht nötig«, sagte Agnes schnell. »Wenn Sie mir den Weg beschreiben, werde ich das Haus schon finden.«

»Sind Sie sicher, Miss? Wie gesagt, es liegt ein gutes Stück entfernt von hier.«

»Ich habe ja mein Fahrrad.« Agnes ignorierte den bösen Blick, den Seth ihr zuwarf. »Und normalerweise finde ich mich ganz gut zurecht, wenn ich eine Wegbeschreibung habe.«

Eric Wardle erhob sich langsam, und erneut fiel Agnes auf, wie schwer er sich auf seinen Gehstock stützte. Der unnatürlichen Biegung seiner Wirbelsäule nach zu urteilen, schien er unter der Pott'schen Krankheit zu leiden, vermutete sie. Außerdem hielt er sich so steif, dass er mit ziemlicher Sicherheit ein Stützkorsett unter dem Hemd trug.

»Sie können das Haus nicht verfehlen«, sagte er. »Es liegt direkt am Rand des Dorfs. Sie werden auf diesem Weg auch hergekommen sein, nehme ich an. Die Straße von Leeds führt dort entlang.«

»Dort draußen leben all die feinen Leute«, warf Reg Willis ein. »So weit entfernt wie möglich von der Zeche, weil sie den Rauch und den Geruch nicht mögen.«

»Das Haus des Doktors steht am anderen Ende des Dorfs, wie ich schon sagte. Gleich am Fuß der Anhöhe, die dort beginnt«, fuhr Eric fort, »und kurz vor der Einfahrt, die zum Herrenhaus hinaufführt.«

»Zum Herrenhaus?«, wiederholte Agnes.

»Ja, so nennen wir hier das Haus, in dem die Haverstocks leben«, warf Reg Willis ein. »Die Besitzer des Bergwerks«, fügte er hinzu, als Agnes ihn erstaunt anblickte.

»Sie wohnen etwas weiter oben auf dem Hügel, damit sie auf uns alle herabschauen können«, bemerkte Tom Chadwick, und die Männer lachten. Alle bis auf Seth Stanhope, der sich auch dieses Mal kein Lächeln abringen konnte.

Eric Wardle beobachtete durch das Fenster, wie Agnes Sheridan die Straße hinaufradelte, und wandte sich dann den anderen Komiteemitgliedern zu. »Und?«, fragte er. »Was haltet ihr von unserer neuen Gemeindeschwester?«

»Ich hätte nicht gedacht, dass sie noch so jung sein würde. Oder so hübsch«, bemerkte Reg Willis mit einem anzüglichen Grinsen. »Da könnte es sich beinahe lohnen, krank zu werden, nur um sie an mein Bett zu kriegen.«

»Sie würde gar nicht erst in deine Nähe kommen«, sagte Sam Maskell. »Deine Olle hätte sie mit dem Nudelholz davongejagt, bevor sie dich in deiner Unterwäsche sehen könnte!«

»Stimmt«, gab Reg düster zu.

»Und ich glaube nicht, dass deine Olle die Einzige sein wird«, meinte Tom Chadwick. »Ich kann mir nicht vorstellen, dass irgendjemand hier sie mögen wird. Mir kommt sie jedenfalls wie ein etwas überspanntes kleines Fräulein vor.«

»Das wird sich zeigen.« Eric blickte zu Seth Stanhope am Ende des Tischs hinüber. »Was meinst du, Seth? Du hast noch gar nichts dazu gesagt.«

Seth sammelte seine Papiere ein. »Du weißt, wie ich darüber denke.«

»Er mag sie nicht«, warf Reg grinsend ein. »Er hat was gegen sie, das kann ich sehen.«

»Es hat nichts mit ihr zu tun. Ich bin nur der Ansicht, dass das Geld besser für etwas anderes verwendet werden sollte. Besonders jetzt, wo Ärger zu erwarten ist.«

Die anderen Männer schüttelten den Kopf. »Jetzt fängt er schon wieder damit an«, seufzte Tom.

»Man könnte meinen, er sei geradezu auf Ärger aus«, murmelte Reg Willis.

»Denkst du etwa, ich wollte noch einmal einen Streik wie den letzten?«, fuhr Seth ihn an. »Diese Zeche ist vor fünf Jahren fast bankrottgegangen und wir mit ihr! Glaubst du, ich will, dass das noch einmal passiert?«

»Dazu wird's nicht kommen, Junge«, sagte Sam beschwichtigend. »Uns steht kein Streik bevor.«

»Ach nein? Hast du denn wirklich keine Ahnung, was gespielt wird? Die Regierung hat von den Bergwerksbesitzern verlangt, unsere Schichten zu verlängern und unseren Lohn um dreizehn Prozent zu kürzen. Dreizehn Prozent! Glaubst du etwa, die Kumpel würden sich das gefallen lassen? Ich jedenfalls ganz sicher nicht.« Seth schüttelte den Kopf. »Ich sag euch, es wird Ärger geben, ob wir es wollen oder nicht. Und dafür sollten wir die Gewerkschaftsbeiträge verwenden, statt sie für verdammte Krankenschwestern zu vergeuden!«

Die anderen Männer verstummten. Alle hüteten sich vor Seth Stanhopes aufbrausendem Temperament, das derzeit viel zu oft zutage trat. Aber Eric erkannte auch die Leidenschaft – und Furcht – hinter seinen aufgebrachten Worten.

»Da hast du leider recht, mein Junge«, sagte er. »Aber leider ist dies alles schon beschlossen und das Geld dafür bereits beiseitegelegt worden, weswegen sich also jedes weitere Wort erübrigt. Außerdem können wir es uns ja jederzeit anders überlegen. Darüber war Miss Gale sich vollkommen im Klaren.«

»Ich wäre überrascht, wenn diese Gemeindeschwester nicht von selbst die Flucht ergreifen würde, sobald sie den Ort erst mal richtig kennengelernt hat«, sagte Tom.

»Da wäre ich mir nicht so sicher«, widersprach Eric und dachte an den Ausdruck furchtloser Entschlossenheit in Agnes Sheridans braunen Augen. »Ich glaube nicht, dass sie jemand ist, der so leicht aufgibt. Sie weiß, was sie will, so viel ist sicher.«

»Aye, möge Gott uns beistehen«, murmelte Seth Stanhope.

Eric lächelte im Stillen. Agnes Sheridan war gerade mal fünf Minuten in Bowden und hatte Seth Stanhope schon so verärgert. Er fragte sich, wie viele Leute sie wohl noch gegen sich aufbringen würde …

KAPITEL DREI

Es war später Nachmittag, als Agnes Dr. Rutherfords Haus erreichte. Wie Mr. Wardle ihr erklärt hatte, befand es sich direkt am Dorfrand. Von der Straße aus war es allerdings nicht zu sehen, da es hinter einer hohen, mit Efeu überwachsenen Mauer lag. Dr. Rutherford ist anscheinend ein Mann, der großen Wert auf Ungestörtheit legt, dachte Agnes, als sie ihr Fahrrad durch das hohe, schmiedeeiserne Tor schob.

Das Haus war groß, weitläufig und sehr hübsch mit seinen Stabwerksfenstern und dem hellgrauen Mauerwerk. Agnes lehnte ihr Fahrrad an die Veranda, klopfte den Staub von ihrem Mantel und rückte ihre Haube zurecht, bevor sie den Klingelzug betätigte. Einen Augenblick später hörte sie drinnen eine Frauenstimme.

»Jinny? Es ist jemand an der Tür, Jinny!« Eine kurze Pause folgte, dann rief die Stimme noch ungeduldiger: »Jinny? Bist du da? Oh, Herrgott noch mal! Wo steckt das Mädchen nur wieder?«

Die Hand noch an der Türglocke wartete Agnes ab und fragte sich gerade, ob sie noch einmal daran ziehen sollte, als sie plötzlich Schritte hörte. Sekunden später öffnete sich die Tür, und eine Frau stand vor ihr.

Agnes' Blick glitt zu ihrem alles andere als freundlichen Gesicht hinauf. Die Frau war etwa Mitte fünfzig, groß und von sehr aufrechter Gestalt. Nicht einmal ihr sorgfältig gelocktes, hellbraunes Haar trug etwas dazu bei, ihre grobknochigen, maskulinen Züge zu entschärfen.

»Ja?«, fragte sie knapp.

Agnes straffte ihre Schultern. »Ich bin Agnes Sheridan, die neue Gemeindeschwester hier.«

Die Frau zog ihre Mundwinkel noch mehr herunter. »Ach,

dann sollten Sie also schon heute ankommen? Davon hat mir keiner etwas gesagt.« Sie stieß einen resignierten Seufzer aus. »Aber da Sie schon einmal hier sind, sollten Sie wohl besser auch hereinkommen.«

Agnes trug ihren Koffer über die Schwelle und betrat eine große, luftige Eingangshalle.

»Sie sind bestimmt Mrs. Bannister«, sagte sie zu der Frau.

Deren eisige Augen verengten sich. »Wer hat Ihnen das gesagt?«

Sie sah so verärgert aus, dass Agnes errötete und sich fragte, ob sie sich vielleicht in der Adresse geirrt hatte. »Mr. Wardle vom Bergarbeiterfürsorgekomitee.«

»Oh, das Bergarbeiterfürsorgekomitee!« Die Frau kniff verächtlich die Lippen zusammen. »Erzählen Sie mir nichts von denen. Sich die Freiheit herauszunehmen, über anderer Leute Häuser zu verfügen und deren Gutmütigkeit auszunutzen ...«

Bevor Agnes etwas entgegnen konnte, kam ein erhitzt aussehendes junges Mädchen die Küchentreppe hinaufgerannt und wischte sich die Hände an ihrer übergroßen weißen Schürze ab.

»Haben Sie mich gerufen, Ma'am?«, fragte sie atemlos.

Mrs. Bannister drehte sich stirnrunzelnd zu ihr um. »Jetzt ist es zu spät, du dummes Ding, ich habe die Tür schon selbst geöffnet. Aber in Zukunft wirst du augenblicklich kommen, wenn ich rufe!«

»Ja, Ma'am. Tut mir leid, Ma'am.«

Agnes sah das Hausmädchen mitfühlend an. Sie war noch ein Kind, kaum älter als zwölf oder dreizehn. Ein schmächtiges kleines Ding mit blassen Augen und einem schmalen, müden Gesicht unter einer weißen Leinenhaube. Agnes fragte sich, was Dottie, das Hausmädchen in der Steeple Street, getan hätte, wenn jemand so mit ihr gesprochen hätte. Vermutlich hätte sie ihre Schürze abgenommen und wäre schnurstracks zur Tür hinausmarschiert.

»Ja, ja, schon gut. Trag jetzt Miss Sheridans Gepäck hinauf, wenn ich bitten darf. Danach bringst du uns eine schöne Kanne Tee in den Salon. Und auch ein paar Schnittchen ... Sie werden doch sicher etwas essen wollen?«, wandte sie sich an Agnes, und es klang fast wie ein Vorwurf.

»Das wäre sehr schön, wenn es nicht zu viel Mühe macht?«, erwiderte Agnes höflich.

»Zu viel Mühe, sagt sie!« Mrs. Bannister verdrehte die Augen. »Und du steh nicht bloß gaffend hier herum, Jinny!« Sie klatschte in die Hände, und das Mädchen setzte sich auf der Stelle in Bewegung, ergriff Agnes' Koffer und schleppte ihn zu der elegant geschwungenen Treppe. Der Koffer war schwer, und Agnes ertrug es kaum, mitanzusehen, wie Jinny ihre dünnen Ärmchen anstrengen musste, um ihn hochzuheben.

Mrs. Bannister warf einen Blick durch die Glasscheibe neben der Eingangstür. »Ist das da draußen Ihr Fahrrad? Das werden Sie aber hinter dem Haus abstellen müssen. Es kann auf gar keinen Fall auf der Veranda stehen bleiben! Dr. Rutherford will, dass hier alles seine Ordnung hat und gepflegt aussieht.«

»Tut mir leid. Ich werde es sofort nach hinten bringen.«

»Das ist nicht nötig. Ich werde Jinny sagen, dass sie sich später darum kümmern soll, bevor der Herr Doktor heimkommt.«

»Oh. Ist Dr. Rutherford zu seinen Hausbesuchen unterwegs?«

»An einem Sonntag? Wohl kaum.« Mrs. Bannister sah regelrecht entrüstet aus. »Dr. Rutherford ist heute Nachmittag mit Sir Edward angeln gegangen und wird erst später heimkommen. Aber kommen Sie doch mit ins Wohnzimmer.«

Agnes hätte sich lieber in ihr eigenes Zimmer zurückgezogen, aber Mrs. Bannister wirkte so verstimmt, dass sie sie nicht noch mehr verärgern wollte.

Das Wohnzimmer mit seinem prasselnden Kaminfeuer und den ledernen Chesterfield-Sofas war beinahe zu perfekt, um anheimelnd zu sein. Alles war mustergültig angeordnet, von den indischen Teppichen auf dem glänzenden Parkettboden bis hin zu der stilvollen Vase mit Chrysanthemen auf dem Konsolentisch.

Es erinnerte Agnes an das große, komfortable Haus im dicht belaubten Norden Londons, wo sie aufgewachsen war. Auch ihre Mutter hatte ein so ausgeprägtes Gefühl für Stil und ein Auge fürs Detail gehabt, dass nichts je an der falschen Stelle stehen durfte.

An einem Ende des Zimmers befand sich eine zweiflügelige Glastür, die in den Garten hinausführte. Agnes ging zu ihr hinüber, um einen Blick hinauszuwerfen. Auch der Garten mit seinen gepflegten Rasenflächen, den blühenden Sträuchern und Bäumen und dem Zierteich in der Mitte war perfekt.

»Ihr Garten ist sehr schön«, bemerkte sie.

»Ja, das ist er, nicht? Der Herr Doktor ist auch sehr eigen in Bezug auf seinen Garten.«

»Im Gemeindeschwesternhaus in Leeds hatten wir auch einen großen Garten, der allerdings nicht einmal annähernd so gut gepflegt wie dieser war.« Agnes dachte an das alles überwuchernde Gras in jenem Garten, an die verwilderten Hecken und Rosenbüsche und an die Wespen, die sich an den nicht aufgelesenen Äpfeln und Pflaumen berauschten.

Agnes wandte sich von der Tür ab, als sich urplötzlich ein Kloß in ihrer Kehle bildete.

Dann öffnete sich die Tür, und die kleine Jinny kam mit einem silbernen Teetablett herein, mit dem sie offensichtlich schwer zu kämpfen hatte. Mrs. Bannister begrüßte sie mit einem säuerlichen Blick.

»Ah, da bist du ja endlich, Jinny. Du hast dir ganz schön Zeit gelassen, muss ich sagen. Also steh nicht herum, sondern stell das Tablett auf den Tisch, bevor du alles fallen lässt.«

Agnes biss sich auf die Lippe und wagte fast nicht hinzusehen, als das Tablett in Jinnys Händen gefährlich schwankte. Wie durch ein Wunder gelang es der Kleinen jedoch, es abzusetzen, ohne irgendetwas zu verschütten.

Mrs. Bannister nahm den Deckel von der Teekanne und spähte hinein. »Wie viele Löffel Teeblätter hast du hineingegeben?«

Jinny senkte den Blick auf den Teppich unter ihren Füßen. »Ich ... ich weiß es nicht mehr, Ma'am«, murmelte sie.

»Du weißt es nicht mehr? Himmelherrgott, Mädchen, das war doch nun wirklich eine leichte Frage! Wahrscheinlich hast du mal wieder mit offenen Augen geträumt, nicht wahr? Wie um alles in der Welt willst du je einen vernünftigen Tee aufbrühen, wenn du nicht an diese Dinge denkst?« Sie legte den Deckel wieder auf die Kanne und betrachtete das Tablett. »Und wo ist das Teesieb?«

»Ich ...« Jinny schluckte. Das arme Mädchen schien den Tränen nahe zu sein.

»Na, na«, sagte Mrs. Bannister missbilligend. »Nimm das wieder mit«, befahl sie mit einer wegwerfenden Handbewegung, »und komm zurück, wenn endlich alles seine Ordnung hat.«

»Ich verstehe es nicht«, fügte sie seufzend hinzu, als Jinny das Tablett wieder hinausschleppte. »Dieses Mädchen scheint nicht einmal die einfachsten Aufgaben bewältigen zu können. Man sollte meinen, sie würde allmählich aufmerksamer werden und versuchen, sich zu verbessern, nicht? Aber ich denke mal, wenn man aus einer Familie wie der ihren kommt ...« Sie schüttelte den Kopf und setzte eine sehr herablassende Miene auf.

Agnes starrte Mrs. Bannisters hochmütiges Profil an und merkte plötzlich, dass es nicht nur das Haus war, das sie an ihre Mutter erinnerte. Den gleichen verächtlich verzogenen Mund hatte sie auch bei Elizabeth Sheridan gesehen, wenn irgendetwas nicht ganz ihren hohen Maßstäben entsprach. Nichts vermochte sie je zufriedenzustellen.

Auch du nicht, schoss es Agnes durch den Kopf, und der Schmerz überrumpelte sie, bevor sie sich dagegen wappnen konnte.

Schnell zwang sie sich, an etwas anderes zu denken. »Wann kommt Dr. Rutherford nach Hause?«, fragte sie Mrs. Bannister.

»Das kann ich Ihnen nicht sagen«, entgegnete die Haushälterin. »Aber ich könnte mir vorstellen, dass Sir Edward ihn zum Abendessen nach Haverstock Hall einladen wird und die beiden dann bis weit in den Abend hinein Karten spielen werden.«

»Wie schade«, sagte Agnes. »Ich hatte gehofft, er wäre vielleicht hier, um mich kennenzulernen.«

»Nun ja, ich denke, er wird genau wie ich vergessen haben, dass Sie heute kommen.« Mrs. Bannister blickte sie durchdringend an. »Vermutlich haben Sie eine ziemlich hohe Meinung von sich, Miss Sheridan, aber ich kann Ihnen versichern, dass der Herr Doktor und ich noch andere Dinge zu bedenken haben, als uns mit Ihrer Ankunft zu befassen.«

Im selben Moment kam Jinny mit einer frischen Kanne Tee zurück, der Mrs. Bannisters kritischer Prüfung glücklicherweise standhielt. Agnes merkte, dass sie ebenso den Atem anhielt wie die arme Jinny, bis die Haushälterin das Mädchen fortwinkte.

»Sie sind also aus Leeds gekommen?«, fragte Mrs. Bannister, als sie Agnes ihre Tasse reichte. »Sie klingen aber gar nicht wie jemand aus der Gegend hier.«

»Ich bin auch nicht von hier, sondern stamme ursprünglich aus London«, sagte Agnes und vermied es, Mrs. Bannister anzusehen, als sie ihren Tee umrührte.

»Aus London?« Mrs. Bannister horchte auf und stellte ihre Tasse weg. »Dann müssten Sie doch die Hollister-Bennetts kennen?«

»Da muss ich Sie enttäuschen, fürchte ich.«

»Sind Sie sicher? Die Hollister-Bennetts sind nämlich sehr prominente Mitglieder der gehobenen Gesellschaft. Und wie ist es mit den Duvalls? Oder mit Lord und Lady Penhaven?«

Agnes schüttelte den Kopf. »Tut mir leid, Mrs. Bannister, aber ich habe noch nie von ihnen gehört.«

»Tja, ich muss schon sagen, dass mich das doch überrascht. Ich dachte, jeder hätte schon einmal von Lord Penhaven gehört.« Mrs. Bannister sah alles andere als begeistert aus, woran Agnes erkannte, dass sie gerade für ebenso unzulänglich befunden worden war wie die arme Jinny.

»Ich dagegen habe sehr viel Zeit in Adelskreisen verbracht, als ich bei der Familie Charteris beschäftigt war«, fuhr Mrs. Bannister fort. »Ihr Familiensitz befand sich im Norden Yorkshires, aber sie führten auch ein Haus in London, damit ihre Töchter an der Ballsaison teilnehmen konnten. Wir haben so viele interessante Leute kennengelernt und solch wundervolle Gesellschaften besucht …« Sie lächelte gerührt bei der Erinnerung. »Und aus welcher Familie stammen Sie, Miss Sheridan?«

Agnes' Magen verkrampfte sich bei der Frage. »Mein Vater ist Arzt.«

»Was für eine Art von Arzt?«, hakte Mrs. Bannister schnell nach.

»Er hat als praktischer Arzt gearbeitet, aber mittlerweile ist er im Ruhestand.« Dafür hatte der Erste Weltkrieg gesorgt. Charles Sheridan war als völlig anderer Mensch aus Frankreich zurückgekehrt. Er war außerstande gewesen, die in den Schützengräben miterlebten Gräuel zu vergessen, und hatte daher nicht nur seine geliebte Praxis aufgegeben, sondern sich auch von seiner Familie zurückgezogen.

»Und Ihre Mutter? Wahrscheinlich ist sie jemand, der sich sehr für wohltätige Zwecke engagiert?«

»Ich nehme es an.« Agnes' Herz verkrampfte sich, als sie an Elizabeth Sheridan dachte.

»Sie nehmen es an? Soll das etwa heißen, Sie wissen es gar nicht?«

Agnes starrte in ihre Tasse, weil sie Angst hatte, dass Mrs. Bannister ihre Gefühle erraten könnte, falls sie zuließ, dass die Frau ihr in die Augen sah. Sie mochte sich gar nicht vorstellen, was die

Haushälterin sagen würde, wenn sie erführe, dass sie ihre Mutter seit Monaten weder gesehen noch gesprochen hatte.

»Es ist nicht leicht, Kontakt zu ihr zu halten, sie ist immer sehr beschäftigt«, erwiderte sie deshalb nur.

»Hm.« Mrs. Bannister schwieg für einen Moment und fragte dann: »Haben Sie einen jungen Mann?«

Verblüfft über die Frage, sah Agnes sie aus großen Augen an. »Ich verstehe nicht ...?«

»Die Frage ist doch wohl einfach genug. Haben Sie einen Freund oder Verlobten, Miss Sheridan?«

Agnes blickte auf ihre linke Hand herab, an der sie einmal Daniels Verlobungsring getragen hatte. Der Abdruck war inzwischen natürlich längst verblasst. »Nein«, antwortete sie.

»Das freut mich zu hören.« Mrs. Bannister schenkte sich noch eine Tasse Tee ein. »Wir haben hier eine gesellschaftliche Stellung zu bewahren, und ich würde Dr. Rutherfords guten Namen nicht gefährden wollen.«

»Gefährden?«

»Ach, Sie wissen schon, was ich meine. Wir sind hier weder in London noch in Leeds, Miss Sheridan. Hier weiß jeder über die Angelegenheiten der anderen Bescheid. Wenn Sie also allerlei Herrenbesuche bekämen, könnte das viel Tratsch erzeugen.«

»Sie werden noch feststellen, dass ich eine sehr seriöse Person bin«, entgegnete Agnes mit schmalen Lippen. Bereits während sie es sagte, konnte sie den abfälligen Blick ihrer Mutter sehen.

Du hast Schande über die Familie gebracht, Agnes.

»Das werden wir dann ja sehen, nicht wahr? Allerdings muss ich zugeben, dass ich immer noch nicht glücklich über diese Unterkunftsregelung bin. Ich weiß nicht, warum Dr. Rutherford seine Zustimmung dazu gegeben hat, ohne mich vorher gefragt zu haben. Denn abgesehen von all der zusätzlichen Arbeit ist es doch wohl nicht gerade schicklich, wenn eine unverheiratete junge Frau unter demselben Dach lebt wie ein Witwer.«

Agnes warf einen Blick auf die Fotografien, die in silbernen Rahmen auf dem Beistelltischchen standen. Auf einigen von ihnen war ein älterer, weißhaariger Mann zu sehen, den sie für den ihr bislang noch unbekannten Doktor hielt. Diese Mrs. Bannister glaubte doch wohl nicht allen Ernstes, sie könnte es auf ihn abgesehen haben?

»Ich bin mir sicher, dass Dr. Rutherford und ich eine grundsolide Arbeitsbeziehung pflegen können«, erwiderte sie und musste sich beherrschen, um nicht laut herauszulachen.

»Dennoch wäre es mir lieber, wenn wir von Anfang an bestimmte Regeln festlegen würden«, meinte Mrs. Bannister.

»Zum Beispiel …?«

Nach fünf Minuten begann Agnes zu bereuen, die Frage gestellt zu haben, weil ihr schon jetzt der Kopf schwirrte von der Liste der Regeln und Verfügungen der Haushälterin. Zu welchen Zeiten sie das Bad in Anspruch nehmen durfte, welche der unteren Zimmer sie benutzen konnte und welche nicht, welche Besucher als angemessen betrachtet wurden und zu welcher Zeit sie vorbeischauen konnten.

Agnes hörte aufmerksam zu, obwohl sie all das kaum aufnehmen konnte. Wieder einmal sehnte sie sich nach der Steeple Street zurück, wo Miss Gale es geschafft hatte, ein Haus voller Gemeindeschwestern mit wenig mehr als gegenseitigem Vertrauen und Vernunft in perfekter Ordnung zu halten.

»Im Übrigen möchte ich, dass Sie in der Küche essen, da Dr. Rutherford es vorzieht, allein zu speisen«, sagte Mrs. Bannister gerade. »Die Mahlzeiten und auch die Reinigung ihres Zimmers sind in Kost und Logis mit inbegriffen, aber falls Sie wollen, dass Jinny sich um Ihre Wäsche kümmert, werden Sie eine private Vereinbarung mit ihr treffen müssen. Halten Sie sich bitte vor Augen, dass wir Dr. Rutherfords Angestellte sind und nicht dazu da, für *Sie* das Dienstmädchen zu spielen, Miss Sheridan.«

»Das würde ich auch gar nicht erwarten«, antwortete Agnes,

während sie ein Gähnen unterdrücken musste. Sie konnte es wirklich kaum noch erwarten, dieser Frau zu entkommen und sich auf ihr Zimmer zurückzuziehen.

Plötzlich erinnerte sie sich an Mr. Maskells Worte. *Verderben Sie es sich nicht mit ihr, Miss, das ist alles, was ich dazu sage.*

»Es freut mich, dass wir uns verstehen«, sagte Mrs. Bannister. »Noch ein Sandwich, Miss Sheridan?«

Agnes blickte auf den Teller, der ihr unter die Nase gehalten wurde. *Sind Sie sicher, dass ich nicht dafür bezahlen muss?*, war sie versucht zu fragen. Glücklicherweise bewahrte sie das Läuten der Türklingel davor.

Hoffnungsvoll blickte sie auf. »Vielleicht ist das ja der Doktor?«

»Ich bezweifle sehr, dass er an seiner eigenen Haustür klingeln würde«, erwiderte Mrs. Bannister trocken und biss ein Stückchen von ihrem Schmalzfleisch-Sandwich ab.

Wieder läutete es an der Tür.

»Ich warte gern, falls Sie hinausgehen müssen, um die Tür zu öffnen«, sagte Agnes, aber die Haushälterin schüttelte den Kopf.

»Es ist nicht meine Aufgabe, wie eine gewöhnliche Dienstmagd die Tür zu öffnen«, entgegnete sie streng. »Entspannen Sie sich, Miss Sheridan. Sie sind ja nervös wie eine Katze.«

Einen Augenblick später hörten sie Jinnys schlurfende Schritte in der Halle. Mrs. Bannister war gerade dabei, Agnes darüber zu informieren, wann es vertretbar war, außerhalb der Sprechstunden mit dem Herrn Doktor zu reden, doch dann wurde sie von den Stimmen im Eingangsbereich abgelenkt.

Agnes konnte eine schrille, aufgeregte Kinderstimme hören und dann Jinnys, die so klang, als versuchte sie, den Jungen zu beruhigen. Agnes wäre liebend gern hinausgegangen, um selbst nachzusehen, was dort vor sich ging, aber Mrs. Bannisters abschreckender, kalter Blick hielt sie an Ort und Stelle fest.

Schließlich klopfte jemand, und Jinny erschien in der Tür.

»Laurie Toller ist hier, Mrs. Bannister«, berichtete sie mit sorgenvoller Miene. »Sein Vater hat wieder einen seiner Hustenanfälle und kann nicht atmen, sagt er. Er braucht den Herrn Doktor.«

»Tja, der Herr Doktor ist aber nicht hier, richtig?« Mrs. Bannister sah verärgert aus. »Außerdem müsste der Mann doch wissen, dass Dr. Rutherford sonntags keine Hausbesuche macht.«

»Aber der Junge sagt, seinem Dad ginge es sehr schlecht …«

»Vielleicht sollte ich mitgehen und nach ihm sehen?«, schlug Agnes vor und stellte ihren Teller ab.

»Sie werden nichts dergleichen tun!«, fauchte Mrs. Bannister sie an. »Dr. Rutherford würde das ganz und gar nicht gutheißen, da bin ich mir sicher.« Dann wandte sie sich wieder Jinny zu. »Sag dem Kind, dass sein Vater morgen früh in die Praxis kommen soll.«

»Aber …«

»Du hast mich schon verstanden, Mädchen.«

Das junge Dienstmädchen nickte nur und ging wieder. Agnes versuchte mitzubekommen, was draußen gesprochen wurde, doch Mrs. Bannisters begann, sich über Leute zu beklagen, die unangekündigt und außerhalb der Sprechstunden erschienen, was es ihr unmöglich machte, etwas zu verstehen.

Schließlich hielt Agnes es nicht mehr aus. »Sind Sie sicher, dass ich nicht hinfahren und mir diesen Mann einmal ansehen sollte?«

Mrs. Bannister verzog den Mund. »Um Himmels willen, nein! Wenn Sie es für einen tun, werden wir zu allen möglichen Zeiten Leute vor der Tür stehen haben, die eine Behandlung erwarten. Und meist ohne einen Penny in der Tasche zu haben!«

»Wir Queen's Nurses dürfen einem Patienten in Not nicht die Behandlung verweigern, nur weil die Leute es sich nicht leisten können, uns zu bezahlen«, sagte Agnes.

»Selber schuld.« Mrs. Bannister warf ihr aus schmalen Augen

einen abschätzenden Blick zu. »Wahrscheinlich sind Sie eine dieser modernen jungen Frauen voller grandioser Ideen, wie die Welt sein sollte«, sagte sie. »Und falls das so ist, Miss Sheridan, kann ich Ihnen jetzt schon prophezeien, dass Sie hier in diesem Dorf nicht gut zurechtkommen werden. Die Leute hier sind raffiniert und werden Sie ausnutzen.« Sie bot Agnes erneut den Teller an. »Möchten Sie wirklich nicht noch ein Sandwich? Sie haben doch kaum etwas gegessen.«

»Danke, aber ich habe keinen Hunger«, lehnte Agnes ab, obwohl sie in Wahrheit sogar mehr als hungrig war. Aber sie wäre lieber verhungert, als auch nur einen Moment länger in Gesellschaft der Haushälterin zu verbringen. »Ich glaube, ich würde jetzt gerne auf mein Zimmer gehen, falls Sie nichts dagegen haben?«

»Jetzt schon? Es ist doch gerade mal sechs.« Mrs. Bannister blickte stirnrunzelnd zu der Uhr auf dem Kaminsims hinüber. »Aber wenn es das ist, was Sie wollen … Dann werden wir den Rest der Regeln eben morgen früh besprechen müssen«, sagte sie und stellte ihren Teller weg. »Und denken Sie bitte daran, dass es um Punkt acht Frühstück gibt und das Ihre in der Küche serviert werden wird. Die morgendliche Sprechstunde beginnt um neun, und vorher darf der Herr Doktor nicht gestört werden …«

Agnes ließ sie reden und ging zu ihrem Zimmer hinauf. Da sie sich all diese Regeln wahrscheinlich sowieso nicht würde merken können, war es auch kaum nötig, sie sich weiter anzuhören.

Zumindest ihr Zimmer wirkte recht behaglich. Agnes ließ sich Zeit mit dem Auspacken ihres Koffers. Der größte Teil seines Inhalts bestand aus medizinischen Geräten und Bedarfsmaterial, sodass ohnehin kaum noch Platz für ihre wenigen persönlichen Dinge blieb.

Wie ihre alte Zimmerkameradin Polly sie um all die leeren Schränke in ihrem neuen Zimmer beneiden würde, ging es Agnes durch den Kopf, als sie ihre Kleider aufhängte. Aber selbst wenn sie so endlos viel Platz wie hier hätte, würde Polly ihre Sachen wahrscheinlich dennoch überall im Zimmer herumliegen lassen ...

Agnes hielt inne und wappnete sich gegen die schmerzliche Erinnerung. Obwohl sie erst vor ein paar Stunden die Steeple Street verlassen hatte, vermisste sie sie schon jetzt ganz schrecklich. Das Gemeindeschwesternhaus war während ihrer sechsmonatigen Ausbildungszeit zu ihrem Zuhause geworden. Sie sehnte sich nach der gleichbleibenden Routine des täglichen Lebens dort zurück, nach den gemeinsamen Mahlzeiten an dem großen Esstisch mit den anderen Schwestern, die dort Geschichten von ihren Krankenvisiten erzählten. Egal, wie schlecht Agnes' Tag verlaufen war, dort hatte sie immer Mitgefühl gefunden, einen Rat oder jemanden, der sie zum Lachen brachte und sie ihre Sorgen vergessen machte. Die anderen Schwestern waren zu ihrer Familie geworden – Phil, Polly, die alte Miss Hook mit ihren schrecklichen Gedichten und sogar Miss Goode, die ihren Namen völlig zu Unrecht trug, da sie eine der boshaftesten Klatschbasen war, der Agnes je begegnet war.

Und dann war da natürlich noch Bess Bradshaw, die stellvertretende Leiterin der Gemeindepflege. Sie und Agnes hatten den denkbar schlechtesten Start gehabt, aber im Laufe der Monate hatte Agnes Mrs. Bradshaws Klugheit und Freundlichkeit schätzen gelernt.

In der Steeple Street war es Agnes gelungen, ihr zerstörtes Leben wieder aufzubauen, nachdem ihre Familie sie verstoßen hatte. Sie hatte Freundschaften geschlossen und Hoffnung gefunden auf eine Zukunft, von der sie nicht geglaubt hatte, dass sie sie einmal haben würde.

KAPITEL VIER

Das nachdrückliche Läuten einer schrillen Glocke ließ Agnes aus dem Schlaf hochfahren.

Im ersten Moment glaubte sie zu träumen. Um zehn Uhr am Abend zuvor, als sie gerade ihr Buch weggelegt hatte, um zu schlafen, war die Werkssirene zu hören gewesen, die die Bergleute zur Nachtschicht rief. Was sie jetzt hörte, klang allerdings ganz anders, fast wie ein eindringlicher Hilferuf, sodass Agnes aus dem Bett sprang, bevor sie wusste, was geschah.

Schnell lief sie zum Fenster und schaute hinaus. Dr. Rutherfords Haus lag zwar auf der anderen Seite des Dorfs, aber sie konnte trotzdem einen Strom von auf und ab tanzenden Lichtern sehen, der sich die Straße hinauf auf das Bergwerk zu bewegte.

Agnes zog ihren Morgenmantel über und eilte hinunter, wo sie Mrs. Bannister dabei antraf, wie sie gerade die Haustür schloss. Obwohl es weit nach Mitternacht war, war die Haushälterin noch vollständig bekleidet und tipptopp frisiert, als ob sie noch nicht im Bett gewesen wäre.

Sie drehte sich zu Agnes um und zog die Augenbrauen hoch. »Aber Miss Sheridan, wieso um Himmels willen sind Sie um diese Zeit noch auf den Beinen?«, fragte sie.

»Der Lärm hat mich geweckt. Was ist da draußen los?«

»Was Sie hören, ist die Alarmglocke. Sie wird geläutet, wenn es unter Tage zu einem Unfall gekommen ist.« Sie musterte Agnes von oben bis unten und presste missbilligend die Lippen zusammen. »Aber darf ich Sie daran erinnern, Miss Sheridan, dass ich bei meinen Regeln auch erwähnte, dass Sie nicht in Ihrer Nachtkleidung im Haus herumspazieren sollen? Und wenn Dr. Rutherford Sie nun so sehen würde?«

»Dr. Rutherford hat mit Sicherheit schon einmal eine Frau in einem Nachthemd gesehen!«, gab Agnes ärgerlich zurück. »Wo ist er übrigens gerade?«

»Was für eine Frage! Er ist natürlich zur Zeche hinuntergefahren. Ich habe ihn gerade erst hinausbegleitet. Und er hat sicherlich schon viele Frauen in Nachthemden gesehen, aber nicht unter diesem Dach. Miss Sheridan? Hören Sie mir überhaupt zu?« Ihre Stimme verfolgte Agnes noch, als sie schon wieder zu ihrem Zimmer hinauflief.

Auch oben verlor sie keine Zeit, zog schnell ihr blaues Kleid und ihre Schürze an und zwängte ihre Füße in ihre robusten schwarzen Schuhe. Kurz darauf eilte sie wieder hinunter, in der einen Hand ihren zweiteiligen Schwesternkoffer, während sie mit der anderen ihre kastanienbraunen Locken unter ihr Schwesternhäubchen schob.

Steif vor Entrüstung stand Mrs. Bannister noch immer in der Halle. Agnes eilte schnell an ihr vorbei zur Garderobe, um ihren Mantel zu holen.

»Wo haben Sie mein Fahrrad hingebracht?«, fragte sie sie über ihre Schulter.

»In den Schuppen hinter dem Haus. Warum? Wo wollen Sie denn hin?«

»Zur Zeche natürlich. Dr. Rutherford kann vielleicht meine Hilfe brauchen.«

»Das bezweifle ich doch sehr«, antwortete die Haushälterin höhnisch lächelnd. »Was könnten *Sie* schon tun?«

»Woher soll ich das wissen, solange ich nicht dort bin?« Agnes ging auf die Haustür zu, aber Mrs. Bannister baute sich vor ihr auf und verstellte ihr den Weg.

»Sie werden dort nur stören«, sagte sie. »Wenn Dr. Rutherford Ihre Hilfe gewollt hätte, dann hätte er Sie mitgenommen.«

Agnes wich ihr aus und trat schnell in die kalte, windige Nacht hinaus. Sie brauchte eine Weile, um den Schuppen in der

Dunkelheit zu finden, und noch länger, um ihr Fahrrad unter einem Haufen Gartengeräte hervorzuholen, unter denen Mrs. Bannister es begraben hatte. Agnes' Hände waren verkratzt und schmutzig, als sie es endlich unter einer Schubkarre hervorgezogen hatte.

Niemand musste ihr den Weg erklären, sie brauchte nur den Menschen zu folgen, die vor ihr die Straße hinunterströmten. In der Ferne sah sie schon die markanten Umrisse des Förderturms der Zeche, der sich im Licht von Dutzenden Laternen auf unheimliche Weise vor dem dunklen Himmel abzeichnete.

Eine kleine Menschenmenge hatte sich schon vor den Zechentoren versammelt, als sie eintraf. Die meisten von ihnen waren Frauen mit Kindern und Babys in den Armen, die alle dick eingepackt waren gegen den schneidend kalten Märzwind. Einige Frauen sprachen leise miteinander, während andere schwiegen und ihre ganze Aufmerksamkeit auf die Geschehnisse auf dem Zechengelände konzentrierten. Im Schein der Laternen waren ihre verkniffenen und ängstlichen Gesichter zu erkennen, und die ganze Zeit über läutete die Glocke und erfüllte die Luft mit ihrem misstönenden, unheilvollen Klang.

Agnes bahnte sich mit der Schulter einen Weg durch die Menge und ging auf den stämmigen Mann zu, der die Tore bewachte. Als er sich umdrehte, erkannte sie, dass der Mann Sam Maskell war.

Er runzelte die Stirn, als er sie sah. »Schwester Sheridan! Was machen Sie denn hier?«

»Ich bin hergekommen, um zu sehen, ob ich helfen kann. Was ist passiert?«, fragte sie.

Mit ausdrucksloser Miene blickte er sich nach den Männern um, die auf dem Hof umherrannten. »Es hat einen Unfall gegeben. Die Leute vom Rettungsdienst sind gerade eben hinuntergefahren. Sie vermuten eine Explosion durch Grubengase.«

»Grubengase?«

»Methangas, das sich unter Tage aufgestaut hatte. Da genügt ein einziger Funken, und alles fliegt in die Luft.«

»Ist jemand verletzt?«

»Das wissen wir noch nicht. Es fehlen noch immer ein paar Männer, aber der Doktor ist jetzt auch dort unten.«

»Kann ich irgendetwas tun?«

»Nicht, bevor sie die Männer heraufgebracht haben. Aber das könnte noch eine Weile dauern.«

»Sollte ich nicht besser auch hinunterfahren?«

Er schüttelte den Kopf. »Die Grube ist kein Platz für Sie, Schwester.«

»Aber vielleicht könnte ich ja helfen?«

»Nein«, entgegnete er freundlich. »Wenn Sie helfen wollen, gehen Sie wieder zurück und kümmern Sie sich um die Frauen. Bald wird es schlechte Nachrichten für einige von ihnen geben«, schloss er grimmig.

Agnes blickte an ihm vorbei. Hinter den Toren konnte sie Männer hin und her eilen sehen, deren Laternen wie im Dunkeln herumtanzende Lichter aussahen. Agnes war sich kaum je so hilflos vorgekommen.

»Geben Sie mir Bescheid, wenn Sie mich brauchen«, sagte sie, aber ihre Stimme verlor sich fast in dem scheppernden Geläut der Glocke.

»Aye«, sagte Sam, der sich jedoch schon von ihr abgewandt hatte.

Agnes kehrte zu den Frauen zurück. Es waren noch mehr geworden, sie drängten sich Schulter an Schulter mit den anderen vor den Toren. Babys weinten, aber das Geräusch vermischte sich mit dem Klang der Glocke.

Plötzlich entdeckte Agnes ein bekanntes Gesicht in der Menge. Dr. Rutherfords Dienstmädchen Jinny stand mit einer älteren Frau am Zaun, die ein Baby in den Armen hielt und drei weitere Kleinkinder dabeihatte, die sich an ihren Mantel klammerten. Sie schien sie jedoch kaum zu bemerken, als sie mit besorgtem Blick den Hof hinter den Toren absuchte.

Agnes drängte sich durch die Menge und rief das junge Mädchen.

Jinny fuhr zu ihr herum. »Miss Sheridan? Was machen Sie denn hier?«

»Ich wollte sehen, ob ich helfen kann.« Agnes nickte zu der anderen Frau hinüber. Aus der Nähe konnte sie sehen, dass Jinny und sie verwandt sein mussten, da sie die gleichen schmalen, farblosen Gesichter und blassen Augen hatten. Und selbst unter dem dicken Mantel der Frau und ihren wollenen Umschlagtüchern konnte Agnes sehen, dass die Frau genauso dünn war wie das Mädchen. »Ist das deine Mutter?«

»Ja, Miss. Mein Vater und zwei meiner Brüder sind da unten.«

Agnes schaute sie genauer an. Jinnys Gesicht war ebenso ausdruckslos wie das ihrer Mutter. »Ich bin mir sicher, dass alles gutgehen wird«, sagte Agnes tröstend.

»Ja, Miss.«

Agnes blickte zu den Toren hinüber. »Ich habe schon versucht, dort hinunterzufahren, aber das haben sie nicht zugelassen.«

»In die Grube runter? Ich glaube nicht, dass sie das wollen, Miss.« Jinny schwieg für einen Moment und sagte dann: »Sie können aber gerne mitkommen und sich zu uns stellen, wenn Sie möchten.«

Agnes folgte ihr zu der Stelle, wo ihre Mutter stand. Das Baby in ihren Armen schrie, aber sie schien es nicht zu bemerken. Jinny nahm ihr das Kind ab und wiegte es sanft. »Ma, das hier ist Miss Sheridan, die neue Gemeindeschwester, die bei Dr. Rutherford wohnt«, sagte sie.

Einige der anderen Frauen musterten Agnes interessiert und begannen miteinander zu flüstern, doch Jinnys Mutter nahm ihre Anwesenheit gar nicht wahr. Sie blickte immer noch auf den Hof hinter den Toren.

»Das gefällt mir nicht«, murmelte sie. »Sie sind schon zu lange da unten. Es muss was Schlimmes sein.«

»Hören Sie nicht auf Ma«, flüsterte Jinny Agnes zu. »Sie ist immer so, wenn es zu einem Unfall unter Tage kommt. Mein Onkel ist vor knapp drei Jahren dort unten ums Leben gekommen, und das hat sie nie vergessen.«

»Und dann haben sie ihn hinten auf einem Karren, eingewickelt in ein altes Stück Sackleinen, auf dem ›Eigentum des Bergwerks Bowden Main‹ stand, zu seiner Frau zurückgeschickt«, mischte sich nun Jinnys Mutter ein, ohne Agnes anzusehen.

Das Baby begann wieder zu weinen, und als Jinny versuchte, sein Gewicht an ihrer Schulter zu verlagern, verrutschte das wollene Tuch, in das es eingehüllt war, und Agnes konnte einen kleinen Kopf in einem gestrickten Mützchen sehen.

»Ja, wen haben wir denn da?«, begann sie, doch urplötzlich schien Jinnys Mutter wieder zu sich zu kommen, riss ihrer Tochter das Baby aus den Armen und wickelte es schnell wieder in seinen warmen Schal.

»Deck ihn zu!«, fauchte sie. »Oder willst du, dass er sich erkältet?«

Ganz in der Nähe begann ein weiteres Kind zu weinen.

»M-mir ist kalt, Ma«, jammerte der Kleine und zog am Ärmel seiner Mutter.

»Ja, aber daran kann ich jetzt nichts ändern«, erwiderte die Frau schnell und legte einen Arm um das fröstelnde Kind, um es näher an sich heranzuziehen. »Es wird jetzt nicht mehr lange dauern«, sagte sie mit einem Blick zu den Toren.

»Hier.« Agnes zog ihren Mantel aus und legte ihn dem kleinen Jungen um die Schultern.

»Nein …« Seine Mutter begann zu protestieren, aber Agnes schüttelte den Kopf.

»Bitte«, sagte sie. »Da ich schon mal hier bin, kann ich mich auch ein bisschen nützlich machen.«

Die Frau nickte ihr schnell, aber ohne den Anflug eines Lächelns zu. »Besten Dank auch«, murmelte sie.

Plötzlich entstand eine hektische Betriebsamkeit hinter den Toren, und sämtliche Frauen drängten sich nach vorn, verrenkten sich die Hälse und schubsten einander, um besser sehen zu können, was geschah.

»Sie bringen sie hinauf!«, rief jemand.

Über Jinnys Schulter hinweg sah Agnes, dass Personen aus dem Hauptgebäude kamen, deren Silhouetten sich gegen das Licht abzeichneten, das aus dem offenen Eingang fiel. Einen Augenblick später öffnete sich laut scheppernd eine metallene Doppeltür, und zwei Männer mit einer Tragbahre traten heraus. Agnes konnte die Anspannung der Frauen um sich herum spüren, die alle angestrengt versuchten, mehr zu erkennen.

Dann setzte eine Flut von Geflüster ein.

»Wer ist es?«

»Kann ich nicht sehen.«

»Ist er tot?«

»Es sieht so aus. Jedenfalls haben sie ihn zugedeckt.«

Dann waren noch mehr Männer zu sehen, ein weiterer auf einer Tragbahre, andere auf ihren eigenen Beinen, wobei sie sich schwer auf ihre Begleiter stützten. Mit zum Nachthimmel gerichteten Gesichtern taumelten sie aus den Aufzugtoren und sogen tief die kalte, frische Luft ein. Ihre Gesichter konnte Agnes nicht erkennen, aber jede Linie ihrer Körper schrie förmlich ihre Erleichterung darüber heraus, dass sie noch lebten.

Hinter Agnes stieß eine der Frauen einen Schrei aus. »Ich kann unseren Matthew sehen!« Die anderen verharrten jedoch in stoischem Schweigen und beobachteten weiter konzentriert die Tore.

Nach und nach begannen Neuigkeiten durchzusickern, als einige der Frauen die Namen der Männer weitergaben, die es hinaufgeschafft hatten. Und trotzdem schienen sie es noch nicht zu wagen, sich zu freuen. Nur ein gelegentliches beruhigendes Schulterklopfen oder ein angespanntes Lächeln verrieten ihre wahren Gefühle.

Auf dem Hof fuhr ein Pferdekarren vor einem der Außengebäude vor. Agnes konnte hören, wie die Frauen kollektiv nach Luft schnappten, als eine der Tragbahren auf den Karren gehoben wurde.

»Einer ist also tot.«

»Wer ist es? Hat irgendjemand was gesagt?«

»Da ist Mr. Maskell. Er wird's wissen.«

Sam Maskell öffnete das Tor und kam heraus, doch niemand rührte sich. Sie alle verharrten unbewegt wie Statuen und senkten ihren Blick, als der Vorarbeiter zwischen ihnen hindurchging, als ob sie die gefürchteten schlechten Nachrichten von sich abwenden könnten, indem sie jeden Blickkontakt mit ihm vermieden.

Schließlich fand er auf der anderen Seite der Menge, wen er suchte. Ein paar Worte wurden gewechselt, und ein qualvoller Schrei ertönte. Zwei Frauen lösten sich aus der Menge und folgten Sam Maskell durch die Tore auf das Zechengelände. Eine der Frauen weinte, eine andere hatte ihren Arm um ihre Schultern gelegt, um sie zu trösten.

Der Vorarbeiter schloss das Tor mit einem unheilverkündenden Scheppern, und sofort fing wieder das Geflüster an.

»Es wird Harry Kettle sein, schätze ich.«

»Nein! Nicht Harry.«

»Er war doch noch so jung, nicht wahr?«

»Dreiundzwanzig, genau wie mein George. Sie sind zusammen zur Schule gegangen.«

»Seine arme Mutter.«

»Und was ist mit seiner Frau? Sie waren kaum ein Jahr verheiratet. Und sie ist in anderen Umständen.«

Einige Minuten später öffneten sich die Tore wieder, und

schweigend teilte sich die Menge, um mit respektvoll gesenkten Köpfen den Pferdekarren durchzulassen. Auch Agnes senkte den Kopf, aber aus den Augenwinkeln beobachtete sie die feierliche kleine Prozession. Die beiden Frauen gingen gleich hinter dem Pferdekarren. Die Jüngere, deren Babybauch unter ihrem Mantel schon deutlich zu erkennen war, hatte ein wenig die Fassung wiedererlangt, als sie langsam neben ihrer Schwiegermutter dahinschritt, beide mit unbewegten Gesichtern und ihren starren Blick nach vorn gerichtet. Nur die verweinten Augen der jungen Frau verrieten ihren Kummer.

Eine Reihe von Männern folgte dem kleinen Zug. Es waren die Bergarbeiter, die heil aus der Grube herausgekommen waren. Ihre Gesichter und Kleidung waren noch schwarz von der Kohle, und einige hinkten und klammerten sich Halt suchend an ihre Kameraden. Ihr Geruch nach Schmutz und Schweiß stieg Agnes in die Nase, als sie an ihr vorbeikamen.

Erst als der Letzte der Männer die Menge hinter sich gelassen hatte, begannen die Frauen sich wieder zu bewegen und miteinander zu reden.

Agnes hielt ihren Blick auf den Karren gerichtet, als er langsam außer Sicht geriet.

»Miss?« Agnes wandte sich der Frau zu, die sie angesprochen hatte und ihr nun ihren Mantel reichte. »Den werden Sie zurückhaben wollen«, sagte sie.

»Danke.« Agnes nahm den Mantel und schaute wieder dem Pferdewagen hinterher. Sollte ich nicht auch hinterhergehen, fragte sie sich. Sie kannte die Familie zwar nicht, aber vielleicht könnte sie ihnen ein bisschen Trost spenden ...

Als hätte die Frau erraten, was sie dachte, sagte sie: »Hannah Arkwright wird ihn aufbahren, denke ich, falls es das ist, worüber Sie sich Gedanken machen. In Momenten wie diesem stehen wir einander bei, Miss.«

Agnes starrte die Frau an, aber sie ging bereits und schloss sich dem Strom der anderen an, die leise miteinander redend mit ihren Kindern zu den werkseigenen Häuschen zurückstrebten und die neue Gemeindeschwester allein an den Zechentoren stehenließen.

KAPITEL FÜNF

»Ein Toter, drei Verbrennungen und ein Oberschenkelbruch.« Dr. Rutherford lehnte sich auf seinem Ledersessel zurück. »Alles in allem hätte es viel schlimmer kommen können, denke ich.«

Agnes dachte an die arme, schwangere junge Frau des Toten und wie sie außer sich vor Kummer in den Armen ihrer Schwiegermutter Halt gesucht hatte. »Harry Kettles Witwe wird wahrscheinlich ganz anders darüber denken, Doktor«, sagte sie.

Dr. Rutherfords leuchtend blaue Augen schauten sie über den Rand seiner Drahtgestell-Brille an. Er war über sechzig und hatte dichtes, schneeweißes Haar, das in einem auffallenden Kontrast zu seinem rötlichen Gesicht stand.

»Sie halten mich wahrscheinlich für sehr hartherzig, Miss Sheridan.« Er hatte eine tiefe, etwas raue Stimme, in der ein kaum wahrnehmbarer Highland-Akzent mitschwang. »Aber leider gehören Tod und Verletzungen zu unserer Lebensweise hier in Bowden. Es gibt kaum eine Familie im Dorf, die noch niemanden in der Grube verloren hat. Die Arbeit unter Tage ist ein gefährliches Geschäft.«

»Das wird mir auch gerade bewusst, Sir.« Agnes hatte die vergangenen Wochen damit verbracht, sich in Vorbereitung auf ihren Einsatz über typische Bergarbeiter-Verletzungen und -krankheiten zu informieren. Mittlerweile wusste sie alles über Staublungen und unwillkürliches Augenzittern und hatte so viele grauenhafte Fotografien von entzündeten Gelenken und zerschmetterten Gliedern gesehen, dass sie annahm, nichts könnte sie noch schockieren.

Aber der Anblick von Harry Kettles Körper, wie er in altes Sackleinen gehüllt auf einem Pferdekarren lag, hatte sie zutiefst erschüttert. Und nicht nur das, sondern auch die würdevolle Prozession, die dem Wagen gefolgt war, die Bergleute mit ihren von der Kohle geschwärzten Gesichtern und Arbeitskleidung und die alles beobachtenden Frauen, die im Stillen dem Schicksal dankten, dass es keiner ihrer Männer war, den sie nach Hause brachten.

Agnes hatte fast die ganze Nacht nicht schlafen können und darüber nachgedacht. Irgendwann kurz vor der Morgendämmerung war sie endlich eingenickt, nur um gleich darauf wieder aufzuschrecken, als um sechs Uhr morgens die Werkssirene die Arbeiter zur Schicht rief.

»Es ist doch bestimmt nicht ungefährlich für sie, so bald schon wieder unter Tage zu gehen?«, hatte sie zu Jinny gesagt, als sie an diesem Morgen in der Küche auf ihr Frühstück wartete.

»Ja, ich denke auch, sie werden diesen Stollen zunächst mal schließen müssen. Aber es gibt noch einen anderen, in dem die Männer arbeiten können«, hatte Jinny geantwortet. »Entweder das, oder der alte Haverstock wird sie zu einem seiner anderen Bergwerke im Tal schicken. Er wird sie jedenfalls nicht untätig herumsitzen lassen, das steht fest. Zumindest nicht, solange es ihm nicht in den Kram passt.«

Agnes erschauderte. »Es überrascht mich, dass nach dem Unglück überhaupt noch jemand bereit ist, in diese Grube zurückzukehren.«

Jinny hatte Agnes vielsagend angeblickt, während sie Speckstreifen aus der Pfanne auf ihren Teller gab.

»Die Familien dieser Männer müssen essen, Miss. Wenn sie nicht arbeiten, bekommen sie keinen Lohn. Mein Dad und meine Brüder haben gestern Nacht zwei Stunden in der Grube festgesessen, aber heute Abend werden sie wieder zur Nachtschicht gehen, da können Sie sicher sein. Das Beste ist, nicht darüber nachzudenken, sagt mein Dad.«

Aber Agnes konnte gar nicht mehr aufhören, darüber nachzudenken, als sie in Dr. Rutherfords gemütlichem, von Büchern gesäumtem Arbeitszimmer saß. Es verursachte ihr fast Gewissensbisse, dass diese Männer gezwungen waren, ihr Leben in solch große Gefahr zu bringen, während sie selbst so komfortabel lebte.

»Arme Miss Sheridan«, sagte Dr. Rutherford mit einem verständnisvollen Blick. »Ich fürchte, Sie hatten so oder so einen ziemlich unschönen Start in Bowden, nicht?« Er zögerte einen Moment. »Es tut mir leid, dass ich nicht hier war, um Sie zu begrüßen, als Sie gestern ankamen, aber leider hatte ich Sir Edward schon vor einiger Zeit versprochen, mit ihm angeln zu gehen. Und eins können Sie mir glauben – den Haverstocks schlägt man keine Bitte ab!«

Agnes nahm sich zusammen, um sich ein Lächeln abringen zu können. »Das war kein Problem, Doktor. Ich habe mich auch so schon ganz gut eingewöhnt.«

»Das freut mich zu hören. Und ich nehme an, dass Mrs. Bannister Ihnen dabei geholfen hat?«

Agnes zögerte. »Ja«, erwiderte sie dann vorsichtig. »Sie war sehr ... instruktiv.«

»Das war sie zweifellos.« Dr. Rutherford schenkte ihr ein wissendes Lächeln. »Die liebe Mrs. B – sie ist schon bei mir, seit ich vor über zwanzig Jahren nach Bowden kam. Wissen Sie, ich erinnere mich noch an meinen ersten Tag hier, als wäre es gestern gewesen ...«

Agnes bewegte sich nervös auf ihrem Stuhl und schaute auf die Uhr. Die morgendliche Sprechstunde hätte um neun beginnen müssen, und jetzt war es schon Viertel nach. Das angrenzende Wartezimmer war voller kranker Patienten, die darauf warteten, den Arzt zu sehen. Aber Dr. Rutherford schien keine Eile zu haben, etwas zu unternehmen, er machte es sich vielmehr noch bequemer hinter seinem Schreibtisch, um in Erinnerungen zu schwelgen.

Agnes räusperte sich. »Falls Sie nichts dagegen haben, Sir,

würde ich gern sobald wie möglich mit meiner Krankenvisite beginnen«, erlaubte sie sich zu bemerken.

Dr. Rutherfords buschige Augenbrauen hoben sich. »Sie sind anscheinend sehr erpicht darauf, zu beginnen, Miss Sheridan?« Er lächelte, aber es klang dennoch wie Kritik.

»Ja, Sir.«

»Nun, zufällig habe ich auch schon eine kleine Patientenliste für Sie vorbereitet.« Er zog ein Blatt Papier aus der obersten Schublade seines Schreibtischs und sah es sich über den Rand seiner Brille an. »Es sind hauptsächlich ältere Leute mit chronischen Problemen wie Rheuma, Bronchitis und so weiter. Ich glaube nicht, dass Sie viel für sie tun können, aber sie werden sich sicher freuen, ein bisschen mit Ihnen zu plaudern«, sagte er und reichte ihr die Liste.

Agnes sah sie sich an. »Welches sind die Männer von gestern Nacht?«, fragte sie.

Dr. Rutherford schien verwirrt. »Entschuldigen Sie, aber ich kann Ihnen nicht ganz folgen …?«

»Die Männer, die gestern unter Tage verletzt wurden?«, hakte Agnes ungeduldig nach. »Die Männer mit den Verbrennungen und dem Oberschenkelbruch?«

»Ach so, ja. Der mit der Fraktur und einer der drei mit den Verbrennungen wurden ins Krankenhaus gebracht. Und was die anderen beiden angeht, würde ich mir keine Sorgen um sie machen. Ich bin mir sicher, dass ihre Frauen sie gut pflegen werden. So läuft das hier bei uns.«

»Trotzdem würde ich gern nach ihnen sehen.«

»Das ist wirklich nicht nötig.«

»Nein? Da ich von der Bergarbeiterfürsorge bezahlt werde, sollte ich doch wohl auch auf die Gesundheit der Bergarbeiter achten, oder meinen Sie etwa nicht?«

Dr. Rutherford sah sie mit einem angespannten Lächeln über den Schreibtisch hinweg an. »Na schön«, sagte er, nahm ihr die

Liste wieder ab und griff nach seinem Stift, um ganz unten ein paar Namen hinzuzufügen. »Machen Sie ihnen einen Besuch, wenn es sein muss. Aber ich sage Ihnen gleich, dass sie es Ihnen nicht danken werden. Die Leute hier in Bowden mögen es nicht, wenn Fremde ihre Nase in ihre Angelegenheiten stecken.«

»Das habe ich schon gehört.« Agnes nahm ihm die Liste wieder ab.

»Und Sie können auch noch einen weiteren Namen hinzufügen, wenn Sie so erpicht darauf sind, sich für das Wohlergehen der Bergleute zu engagieren. Jack Farnley heißt der Mann. Er hat sich vor fast einer Woche in die Hand geschnitten, und ich hatte mir eigentlich schon seit Tagen vorgenommen, bei ihm vorbeizuschauen.«

Agnes schrieb sich den Namen auf. »Ich gehe davon aus, dass seine Hand untersucht und sein Verband gewechselt werden muss?«

»Wenn es sein muss«, erwiderte Dr. Rutherford achselzuckend. »Aber vor allem möchte ich, dass Sie feststellen, ob er schon wieder arbeitsfähig ist. Dem Werksleiter zufolge ist er ein guter Mann. Und da einer der Hauer nach gestern Nacht im Krankenhaus liegt und der junge Harry Kettle nicht mehr lebt, könnte ich mir vorstellen, dass Mr. Shepherd diesen Jack Farley so bald wie möglich zurückhaben will.«

Agnes erschrak über die Direktheit des Arztes. Aber wie er richtig sagte, waren Tod und Verletzungen ein Bestandteil des Lebens in diesem Dorf. Vielleicht machte es ihm nach zwanzig Jahren einfach nichts mehr aus.

Agnes beschloss, zuerst Jack Farnley aufzusuchen, da sein Fall der dringendste auf ihrer Liste zu sein schien.

Die Farnleys lebten auf der anderen Seite des Dorfs an einer der vielen Sträßchen der Bergarbeitersiedlung. Der böige Wind, der am Tag zuvor durch das Dorf gefegt war, hatte sich gelegt, und nun hing ein dichter gelblicher Dunstschleier über Bowden, der sogar das Schachtgerüst vernebelte. Aber Agnes konnte trotzdem noch die stampfenden Maschinen hören, als sie den Hügel hinunter auf die Zeche zufuhr. Beim Näherkommen meinte sie, die unheilvolle Gegenwart des Ortes spüren zu können, der die Luft verdichtete und sie mit Rauch, Kohlenstaub und Maschinenöl verpestete.

Der unbefestigte Feldweg war von den tiefen Spurrillen der Pferdekarren durchzogen, und Schlamm bespritzte Agnes' Beine, als sie an den hohen Eisentoren vorbeifuhr. Unwillkürlich wandte sie den Blick ab, weil sie nicht an die vergangene Nacht und den langsam über den Hof rollenden Karren denken wollte, der die sterblichen Überreste des armen Harry Kettle heimgefahren hatte.

Sie hatte keine Mühe, sich zurechtzufinden, nicht einmal in dem dichten Dunst. Die Bergarbeiterhäuschen waren in ordentlichen Reihen angeordnet, die jeweils durch ein schmales Sträßchen von einer gegenüberliegenden Reihe von Außentoiletten getrennt waren. Die weißgetünchten Häuschen sahen alle gleich aus, schlichte einstöckige Gebäude mit zwei kleinen Fenstern rechts und links von einer grünen Haustür, die direkt auf das Sträßchen hinausging.

So bescheiden die kleinen Häuser auch waren, sie alle waren sauber und gepflegt und sprachen – ganz im Gegensatz zu den dunklen, gewundenen Gassen und Höfen von Quarry Hill, in denen man sich viel zu leicht verirrte – Agnes' Ordnungssinn an. Selbst die Sträßchen hier trugen Namen, die man sich gut merken konnte. Da war die Top Row, die Middle Row, die End Row und die Coalpit Row, die zum Bergwerk führte. Alle diese Straßen wurden von verschiedenen anderen durchkreuzt, die einfach durchnummeriert waren, wobei die First Lane der Zeche am nächsten lag.

Wie in Quarry Hill war auch hier der Montag Waschtag. Eine Gruppe Frauen mit den Armen voller Eimer und Waschzuber hatte sich um die Wasserpumpe im oberen Teil der End Row versammelt. Sie alle verstummten jäh und blickten sich um, als Agnes um die Ecke bog. Sie lächelte ihnen freundlich zu und winkte, aber die Frauen starrten sie nur schweigend an.

Sie radelte die End Row ganz hinunter, wobei sie sich tief über die Lenkstange ihres Fahrrads beugen musste, um den Wäscheleinen auszuweichen, die kreuz und quer über der schmalen Straße hingen. Da die Sicht in dem Dunst allerdings nicht die beste war, klatschten ihr manchmal trotzdem ein nasses Hemd oder ein Höschen und dergleichen ins Gesicht.

Irgendwann fand sie jedoch das Haus der Farnleys und lehnte dort ihr Fahrrad an die Wand. Als sie auf die offen stehende Tür zuging, erschien ein räudig aussehender Hund und empfing sie mit gefletschten Zähnen und einem Knurren, sodass sie auf der Stelle erstarrte.

»Was ist denn jetzt schon wieder, du verrücktes Hundevieh?« Eine Frau erschien und wischte sich die Hände an der Schürze ab. Als sie Agnes sah, verdüsterte sich ihr Gesicht. »Oh. Was kann ich für Sie tun?«

»Ich bin Miss Sheridan, die neue Gemeindeschwester.« Agnes hielt ihren argwöhnischen Blick auf den zähnefletschenden Hund neben ihr gerichtet. »Dr. Rutherford hat mich gebeten, herzukommen und nach ihrem Mann zu sehen.«

»Ach, hat er das, ja?« Mit grimmiger Miene verschränkte Mrs. Farnley ihre Arme vor der Brust. Drei kleine Kinder mit schmuddeligen Gesichtern scharten sich um sie. »Ich wette, ich weiß sogar, warum.«

Für einen Moment sah Mrs. Farley sie nur böse an. Dann, als Agnes schon meinte, sie würde ihr den Weg überhaupt nicht freimachen, trat die Frau beiseite und sagte leise: »Dann kommen Sie mal besser rein.«

»Danke.« Agnes ging vorsichtig an dem Hund vorbei und hielt ihre Schwesterntasche wie einen Schutzschild zwischen sich und seine Schnauze. Er stieß noch einmal ein leises Knurren aus, kam aber zumindest nicht mehr auf sie zu.

Auch drinnen war das Häuschen klein und schlicht. Es bestand aus einem Zimmer mit einem kleinen Anbau an der einen Seite, in dem sich eine Spülküche zu befinden schien, und einem weiteren kleinen Nebenraum auf der anderen Seite. Eine Leiter in einer Ecke führte zu einer Dachkammer hinauf. Die Luft im Haus war feucht und stickig, nicht zuletzt wohl auch wegen des heißen Wasserdampfs aus dem Kupferbecken, das auf einem flachen Ziegelunterbau in einer Ecke stand. Der Waschtag war in vollem Gange, wie man auch an der verzinkten Wanne auf dem gefliesten Fußboden und den hölzernen Wäscheständern um das Feuer herum erkennen konnte.

Halb verborgen hinter all den Reihen trocknender Wäsche saß Jack Farnley mit seiner dick verbundenen Hand auf dem Schoß in einem Sessel am Kamin. Zwei weitere Kinder saßen zu seinen Füßen auf dem Boden und beschäftigten sich mit einem Päckchen Spielkarten. Mr. Farnley blickte zuerst zu Agnes auf und dann zu seiner Frau.

»Sie ist die neue Gemeindeschwester«, murmelte Mrs. Farnley zur Beantwortung seiner stummen Frage. »Der Doktor hat sie hergeschickt, damit sie sich deine Hand mal ansieht.« Daraufhin wechselten sie einen bedeutungsvollen Blick, den Agnes nicht verstand.

»Hallo, Mr. Farnley. Wie fühlen Sie sich heute?« Agnes vergewisserte sich, dass der Tisch sauber war, bevor sie ihre Tasche darauf abstellte.

»Es geht so, Schwester«, antwortete Mr. Farnley mit einem Blick auf seine Hand. Der Hund trottete zu ihm hinüber und legte sich neben ihn.

Seine Frau schüttelte den Kopf. »Es geht so!«, wiederholte sie missbilligend. »Vor Kurzem hing sie noch von deinem Arm herunter!«

»Ich wasche mir nur schnell die Hände, und dann schauen wir mal, ja?« Agnes wollte schon ihre Seife und ihr Handtuch aus der Außentasche ihres zweiteiligen Koffers herausnehmen, aber Mrs. Farnley hielt sie zurück.

»Bevor Sie anfangen, will ich wissen, wie viel es uns kosten wird«, erklärte sie.

»Nun halt doch mal den Mund, Frau«, sagte Mr. Farnley ärgerlich.

»Oh nein, das werde ich ganz gewiss nicht tun!« An Agnes gewandt, sagte sie: »Ich kenne euresgleichen, ihr tut doch nichts umsonst«, sagte sie zu Agnes. »Dieser Doktor geht hier nie ohne einen Schilling in seiner Tasche weg«, erklärte sie mit angewidertem Gesichtsausdruck.

»Das geht schon in Ordnung, Mrs. Farnley. Alle Behandlungen, die ich anbiete, werden von Ihren Beiträgen zum Fürsorgefonds gedeckt.«

»Tatsächlich?« Mrs. Farnley schob das Kinn vor. »Na dann ist es in Ordnung.«

»Ist es nicht! Ich will keine Almosen«, warf Mr. Farnley hastig ein.

»Das sind keine Almosen! Hast du nicht gehört, was sie gesagt hat? Es wird von deinen Beiträgen bezahlt. Du hast lange genug eingezahlt, da ist es nur gerecht, dass du auch mal was zurückbekommst.« Mrs. Farnley schaute wieder die Seife und das Handtuch in Agnes' Händen an. »Dazu werden Sie sicher eine Schüssel heißes Wasser wollen, nicht?«

»Ja, bitte. Und noch eine zweite Schüssel mit sauberem Wasser zum Reinigen der Wunde, wenn Sie so freundlich wären?«

Sobald Mrs. Farnley die Schüsseln geholt und sie aus dem Kupfertank gefüllt hatte, machte sie sich wieder an ihre Wäsche und rieb den Kragen eines Hemds mit einem Klumpen stark riechender, grüner Schmierseife ein. Aber Agnes konnte dennoch spüren, dass die Frau sie argwöhnisch von der anderen Seite des

Raums beobachtete, als sie Mr. Farnleys Verband zu entfernen begann.

Die Wunde war so erschreckend tief und hässlich, dass Agnes im ersten Moment total schockiert war. Sie versuchte zwar noch, sich zusammenzunehmen, aber offenbar war es bereits zu spät dazu.

»Kein schöner Anblick, was?«, bemerkte Jack Farnley grimmig.

»Nein, das ist es wahrhaftig nicht.« Aber es war nicht nur der Anblick der klaffenden Wunde mit ihren ausgezackten Rändern, der Agnes die Galle in die Kehle steigen ließ. Es kam auch ein seltsamer, ausgesprochen übler Geruch aus der Wunde, der wie nichts anderes war, was sie je gerochen hatte.

»Hannah Arkwright hat uns etwas von ihrer ganz besonderen Salbe für die Wunde gegeben«, beantwortete Mrs. Farnley Agnes' unausgesprochene Frage. »Sie war regelmäßig hier, um seinen Verband zu wechseln, und wird bestimmt nicht erfreut darüber sein, dass Sie sich in ihre Behandlung einmischen«, fügte sie mit nervösem Gesichtsausdruck hinzu.

Agnes blickte sich zu ihr um. »Wer ist Hannah Arkwright?«

»Sie kann Menschen heilen. Sie hat diese Gabe.« Mrs. Farnley nickte zu ihrem Mann hinüber. »Diese Salbe hat sie extra für uns hergestellt, mit allen möglichen seltenen Kräutern drin. Sie hat mir ihre Namen gesagt, aber ich kann mich nicht mehr an alle erinnern.«

Das Zeug riecht wie Kuhdung, dachte Agnes, während sie mit angehaltenem Atem nach einem Tupfer griff, um die Wunde zu reinigen, so schnell sie konnte.

Ihre Reaktion schien Mr. Farnley zu belustigen. »An den Gestank muss man sich erst mal gewöhnen, was?«

»Allerdings«, antwortete Agnes mit zusammengebissenen Zähnen.

»Wen kümmert das, solange sie was nützt?«, warf Mrs. Farnley ein. »Hannah sagt, die Wunde verheilt schon ganz gut.«

»Was meinen Sie, Schwester?« Mr. Farnley beobachtete Agnes aufmerksam.

Sie untersuchte die Verletzung. »Sie scheint tatsächlich gut zu verheilen«, sagte sie dann. »Sehen Sie, dass die Haut an dieser Stelle schon rosig geworden ist? Das nennt man Granulation, was ein Anzeichen dafür ist, dass gesundes Gewebe nachwächst.«

»Das werden die Kräuter sein, die Hannah verwendet hat«, sagte Mrs. Farnley mit Genugtuung.

»Da wäre ich mir nicht so sicher«, entgegnete Agnes. »Die meisten Wunden heilen mit der Zeit von selbst, wenn sie sauber gehalten werden. Im Grunde wäre es also besser, wenn Sie gar nichts auf die Wunde geben würden, um eine mögliche Infektion zu vermeiden, Mrs. Farnley.«

Die Frau murmelte etwas vor sich hin und begann einen weiteren Hemdkragen mit der Seife zu bearbeiten.

Als Agnes sich daranmachte, Mr. Farnley einen frischen Verband anzulegen, war ihr bewusst, dass sie von den beiden kleinen Kindern, die zu Füßen ihres Vaters saßen, aufmerksam beobachtet wurde. Und obwohl sie die Kleinen anlächelte, starrten sie sie mit den gleichen bösen, misstrauischen Blicken wie ihre Mutter an.

»Und wann kann ich Ihrer Meinung nach wieder zur Arbeit gehen, Schwester?«, fragte Mr. Farnley, nachdem sie seine Hand verbunden hatte.

»Nicht, solange du nicht wieder auf dem Damm bist«, warf seine Frau von der anderen Seite des Raumes ein.

»Das bin ich schon. Ich habe immer noch eine gesunde Hand, mit der ich die Hacke genauso gut schwingen kann wie mit der anderen, würde ich mal sagen.« Wie um seinen Worten Nachdruck zu verleihen, spreizte er die Finger seiner linken Hand.

Agnes lächelte, als sie sich an Dr. Rutherfords Worte erinnerte. »Der Werksleiter wird sicher froh sein, das zu hören …«

»Sehen Sie, ich wusste es doch!«, unterbrach Mrs. Farnley sie und ließ angewidert das Stück Seife fallen, das platschend in ihrem Waschzuber landete. »Nur deswegen sind Sie hier, nicht wahr? Weil er Sie hergeschickt hat!«

Agnes starrte die aufgebrachte Frau mit großen Augen an. »Ich ...«

»Lass gut sein, Edie.« Ein warnender Unterton lag in Mr. Farnleys Stimme. »Fang jetzt nicht schon wieder an.«

»Wieso nicht? Warum sollte ich nichts dazu zu sagen haben?« Edie Farnley richtete sich auf und stemmte die Hände in die Hüften. »Sie kommen hierher und tun so, als wären Sie auf unserer Seite, aber mir können Sie nichts vormachen!«, fuhr sie Agnes an. »Sie sind genau wie all die anderen. Sie wollen nur, dass wir kein Geld mehr kriegen!«

Agnes blickte hilflos zwischen ihnen hin und her. »Ich verstehe nicht, was Sie meinen?«

»Was sie meint, ist, dass mir in ein paar Tagen das Krankengeld gestrichen wird«, erklärte Mr. Farnley mit einem düsteren Blick zu seiner Frau. »Wir haben nur Anrecht auf eine Woche Krankengeld, wenn der Doktor uns nicht länger krankschreibt.«

»Was er niemals tut«, warf Mrs. Farnley ein. »Er ist von den Haverstocks abhängig, und die geben nicht gern Geld für Männer aus, die nicht arbeiten, selbst wenn es ihre Grube ist, die sie krankgemacht hat.«

»Ich bin mir sicher, dass dem keineswegs so ist«, sagte Agnes beschwichtigend.

»Aber Sie haben ja auch keine Ahnung von alldem, nicht wahr? Schließlich sind Sie gerade mal fünf Minuten hier. Aber ich habe die Männer gesehen, die der alte Rutherford wieder unter Tag geschickt hat. Obwohl sie Kohlenstaub aushusten und kaum noch laufen können ... Er hätte genauso gut ihr Todesurteil unterschreiben können, als er sie wieder gesundschrieb. Aber meinen Jack schicken Sie nicht wieder zur Arbeit! Nicht, bevor er wieder fit genug ist.«

»Und wie sollen wir ohne mein Geld zurechtkommen?«

»Wir schaffen das schon irgendwie«, sagte seine Frau entschieden.

»Wenn sie mir mein Krankengeld nicht mehr zahlen, werden wir zur Armenfürsorge gehen müssen ...«

»Ich sagte doch, wir schaffen das«, schnitt Mrs. Farnley ihm das Wort ab. »Wir haben es früher auch schon geschafft. Warum sollte das jetzt anders sein?«

Agnes sah den Blick, den die beiden austauschten. Als hätten sie vergessen, dass sie noch da war.

Sie räusperte sich. »Das wird nicht nötig sein«, sagte sie. »Ihre Frau hat vollkommen recht, Mr. Farnley. Sie können unmöglich wieder arbeiten gehen mit dieser Wunde. Ich werde mit Dr. Rutherford sprechen und ihm sagen, dass er Sie noch für mindestens eine weitere Woche krankschreiben soll.«

Mrs. Farnley lachte freudlos. »Und Sie glauben, dass das etwas nützen wird?«

Agnes straffte ihre Schultern. »Wenn es meine professionelle Meinung ist ...«

»Ich sagte es Ihnen doch schon, Mädchen. Ich weiß, dass dieser Dummkopf Rutherford Männer in diese Grube zurückgeschickt hat, die auf dem letzten Loch pfiffen, bloß damit die Haverstocks ein paar Schillinge Krankengeld weniger zahlen müssen. Ich wüsste also nicht, warum er auf Sie hören sollte.«

»Und ich habe Ihnen doch schon gesagt, dass ich wieder arbeiten will«, fügte Jack Farnley hinzu. »Ich wäre lieber wieder unter Tage, als zu Hause nutzlos herumzusitzen.«

»Du wirst erst wieder zur Arbeit gehen, wenn du dazu in der Lage bist!« fuhr seine Frau ihn an.

»Ich werde mit Dr. Rutherford sprechen«, wiederholte Agnes. »Er wird mir sicher zustimmen, dass Sie noch nicht gesund genug sind, um schon wieder arbeiten zu gehen.«

Mrs. Farnley kehrte zu ihrem Waschzuber zurück. »Und Schweine können fliegen«, brummte sie.

KAPITEL SECHS

Agnes brauchte nicht lange, um sämtliche Adressen auf der Liste aufzusuchen, die Dr. Rutherford ihr gegeben hatte, da alle dicht beieinanderlagen in den Häuserreihen und Sträßchen rund um das Bergwerk.

Zuerst besuchte sie die Männer, die in der Nacht zuvor verletzt worden waren. An der ersten Adresse wurde sie von einer missmutigen Frau in Empfang genommen, die den gleichen streitlustigen Gesichtsausdruck hatte wie Mrs. Farnley.

»Sagen Sie diesem Doktor, dass er sich um seinen eigenen Mist kümmern soll«, sagte sie, während sie im Eingang stand und drohend einen Besen schwenkte. »Mein Albert wird erst wieder zur Arbeit gehen, wenn er ganz in Ordnung ist, und keine Minute eher.«

»Sie verstehen nicht, ich möchte nur …«, versuchte Agnes zu erklären, aber die Frau hatte ihr schon die Tür vor der Nase zugeschlagen.

Auch im zweiten Haus wurde sie wieder abgewiesen, wenn auch diesmal mit einem höflichen: »Danke, aber ich werde mich um meinen Mann schon kümmern. Es ist die Aufgabe einer Ehefrau, ihren Mann zu pflegen.«

»Aber er braucht eine besondere Behandlung«, wandte Agnes ein.

»Ja, und ich habe auch schon mit Hannah Arkwright gesprochen. Sie hat mir versprochen, später vorbeizukommen.«

Mit ihrer »besonderen« Kuhdung-Salbe, dachte Agnes ärgerlich und fragte sich, wie lange es wohl dauern mochte, bis sie es mit einer gefährlich infizierten Wunde zu tun bekommen würde.

Bei den meisten der anderen Patienten, die sie aufsuchte, war es dasselbe. Jedes Mal klopfte Agnes freundlich lächelnd an die Tür, nur um von Misstrauen oder unverhohlener Feindseligkeit begrüßt zu werden. Bis zum Mittag war es ihr gerade mal gelungen, ein entzündetes Auge zu baden, zwei Paar Ohren mit einer Ohrenspritze auszuspülen und einen Patienten mit Madenwürmern zu behandeln. Kein besonders gutes Arbeitspensum für einen ganzen Morgen, dachte sie auf dem Rückweg zu Dr. Rutherfords Haus. Als sie auf das Ende der Coal Pit Road zu radelte, um den Hügel zur Praxis hinaufzufahren, fiel ihr auf, dass an dem kleinen Haus am Ende der Straße die Vorhänge zugezogen waren, obwohl es fast schon Mittag war.

Es bildete einen seltsam stillen Kontrast zu den anderen Häusern an der Straße, vor denen emsige Betriebsamkeit herrschte und Frauen ihre Wäsche spülten, mangelten und zum Trocknen auf die Leinen hängten, während sie immer wieder einen Blick zu den geschlossenen Vorhängen hinüberwarfen.

Agnes bremste, als die Tür sich plötzlich öffnete und eine korpulente Frau in einem schwarzen Mantel und mit einem Korb über dem Arm herauskam. Agnes erkannte die Frau sofort als diejenige wieder, die in der vergangenen Nacht mit vor Schock wie betäubter Miene dem Pferdekarren gefolgt war, der ihren Sohn durch die Zechentore gefahren hatte. Agnes blickte zu dem Häuschen und sah, wie sich die Gardine bewegte und ganz kurz das blasse, verzweifelte Gesicht einer jungen Frau zu sehen war.

Die schwarzgekleidete Frau befand sich jetzt auf gleicher Höhe mit Agnes, die tief Luft holte.

»Mrs. Kettle?«

Die Frau blieb stehen. »Ja?«

Als Agnes ihr in das grimmige Gesicht blickte, kamen ihr Bess Bradshaws Worte plötzlich wieder in den Sinn.

Sie müssen lernen, zu denken, bevor Sie sprechen, Miss Sheridan.

»Ich ... ich wollte Ihnen nur sagen, wie leid es mir tut, was Ihrem Sohn zugestoßen ist«, murmelte sie.

Die Frau nickte. »Danke.«

»Wie geht es Ihrer Schwiegertochter?«

»Danke, den Umständen entsprechend gut.«

Agnes blickte über die Schulter der Frau zu dem verdunkelten Haus hinüber. »Wann soll ihr Kind denn kommen?«

Mrs. Kettle zögerte, als spräche sie nur ungerne darüber. »Nicht vor zwei Monaten«, sagte sie dann.

»Wann wäre Ihrer Ansicht nach eine gute Zeit, sie zu besuchen?«

Mrs. Kettle blinzelte sie an. »Sie zu besuchen? Aber wozu denn, wenn ich fragen darf?

»Um mich ihr vorzustellen. Da ich sie von ihrem Kind entbinden werde, muss ich sichergehen …«

Doch Mrs. Kettle schüttelte bereits den Kopf. »Nein, Schwester. Es ist Hannah Arkwright, die alle unsere Kinder zur Welt bringt.«

»Aber …«

»Unsere Ellen will Hannah und niemand anderen«, sagte Mrs. Kettle entschieden. »Und nun entschuldigen Sie mich bitte, ich muss weiter. Da wir unseren Harry am Donnerstag beerdigen werden, muss ich mich um sein Begräbnis kümmern.«

Als sie weitergehen wollte, entfuhr es Agnes: »Kann ich irgendetwas für Sie tun?«

Mrs. Kettle runzelte die Stirn, und wieder hörte Agnes Bess' Stimme in ihrem Kopf.

Also wirklich, Miss Sheridan! Wissen Sie denn gar nicht, wann Sie aufhören müssen? Aber Sie müssen es ja immer zu weit treiben, nicht wahr? Warum können Sie einfach keine Ruhe geben?

»Nein, danke«, sagte Mrs. Kettle und warf einen Blick zu ihrem kleinen Haus zurück. »Es ist das Beste, wenn wir alle in Ruhe gelassen werden.«

»Natürlich. Ich verstehe. Aber richten Sie Ihrer Schwiegertochter doch bitte von mir aus, dass ich gerne helfen werde, falls es …« Aber die Frau hörte Agnes' Worte schon nicht mehr, als sie die Straße hinunterstapfte.

Agnes kehrte zu Dr. Rutherfords Haus zurück. Ihr Fahrrad stellte sie diesmal hinter dem Schuppen draußen ab, wo sie es sorgfältig außerhalb von Mrs. Bannisters Sichtweite platzierte, bevor sie durch die Hintertür in die Küche ging.

Jinny stand am Herd. Und sie war nicht allein. Drei kleine Kinder saßen am Küchentisch und tauchten Brotkrusten in eine Schale mit cremig weichem Schmalz.

Das junge Mädchen fuhr herum, griff sich erschrocken an die Brust und entspannte sich erst wieder, als sie Agnes erkannte.

»Oh, Gott sei Dank sind Sie es, Miss! Ich dachte schon, Mrs. B wäre früher als erwartet aus Leeds zurückgekommen. Sie würde einen Anfall kriegen, wenn sie die Kinder sähe.«

Agnes schaute die Kleinen an, die sie aus großen Augen über fettverschmierten Mündern anstarrten.

»Ich musste sie mitbringen«, sagte Jinny. »Ma konnte sie heute im Haus nicht brauchen. Sie werden Mrs. Bannister doch nichts davon erzählen? Sie würde mich mit Sicherheit entlassen, und Ma sagt, wir brauchen das Geld, das ich hier verdiene.« Ihr kleines Gesicht war sichtlich angespannt vor Sorge.

»Ich werde kein Wort darüber verlieren«, versprach ihr Agnes und ging, um ihren Mantel aufzuhängen und ihre Tasche wegzuräumen, bevor sie wieder in die Küche ging.

»Sie werden sicher etwas essen wollen«, sagte Jinny. »Es tut mir leid, Miss, ich hatte Sie nicht so früh zurückerwartet. Und da ich die kleine Rasselbande im Auge behalten musste, habe ich mich mit allem anderen verspätet.« Sie blickte sich ratlos um. »Ich glaube, es müsste noch Aufschnitt da sein, falls Sie welchen wollen.«

Agnes schaute auf die Teller der Kinder. »Brot und Schmalz sehen lecker aus.«

Jinnys blasse Augen weiteten sich. »Aber nein, Miss, so etwas kann ich Ihnen doch nicht anbieten!«

»Wieso denn nicht? Wir haben es früher andauernd gegessen in dem Krankenhaus, in dem ich meine Ausbildung in London machte.« Agnes zog einen Küchenstuhl heran und setzte sich in sicherer Entfernung von den fettigen Händen der Kinder zu ihnen an den Tisch.

»Na ja, wenn Sie sicher sind …« Jinny brachte Agnes einen Teller, schien aber immer noch zu zögern. »Mrs. Bannister würde das bestimmt nicht gutheißen.«

»Tja, dann sollten wir ihr besser nichts davon erzählen, nicht?« Agnes griff nach dem Schmalztöpfchen und lächelte die Kinder an, die sie in ehrfurchtsvollem Schweigen beobachteten.

»Und die Kinder stören Sie auch wirklich nicht? Ich werde sie schon bald nach Hause bringen. Ma wollte nur, dass ich sie im Auge behalte, solange Mrs. Arkwright da ist.«

Agnes blickte auf. »Arkwright? Hannah Arkwright?«

»Ja, Miss. Das ist sie.«

»Ich habe es gründlich satt, den Namen dieser Frau zu hören!«

»Oh, den werden Sie noch oft zu hören bekommen«, sagte Jinny, während sie einem der Kinder den Mund abwischte. »Sie und ihre Mutter behandeln die Leute hier im Dorf schon seit Ewigkeiten.«

Agnes, die gerade ihr Brot mit Schmalz bestrich, hielt inne. »In Anbetracht dessen, was ich selbst gesehen habe, würde ich es wohl kaum als ›behandeln‹ bezeichnen, was sie tut. Richtige Krankenschwestern brauen nicht irgendwelche seltsamen Mittelchen zusammen. Meine Behandlungen beruhen auf medizinischem Wissen, und ich glaube nicht, dass Hannah Arkwright und ihre Mutter irgendeine Ausbildung im Pflegebereich haben.«

»Nein, das glaube ich auch nicht«, stimmte Jinny ihr lächelnd zu. »Und trotzdem schwören alle auf sie.«

»Tatsächlich?« Agnes machte sich wieder an das Bestreichen ihres Brots. »Dann werde ich wohl mal mit dieser Hannah Arkwright reden müssen.«

»Besser Sie als ich, Miss!«

»Und wieso das?«

Jinny warf den Kindern einen Blick zu und senkte ihre Stimme. »Weil sie eine Hexe ist. Und ihre Mutter ist auch eine.«

Agnes lachte. «Das glauben die Leute hier?«

»Es ist die Wahrheit«, beharrte Jinny. »Ihre Mutter hat uns früher immer Angst gemacht, als wir noch Kinder waren … Niemand ging zu ihrem Gehöft hinauf, wenn es sich vermeiden ließ. Für einige der älteren Jungs war es eine Art Mutprobe, aber nicht für mich.« Ein Erschaudern durchlief Jinnys schmalen Körper. »Nein, irgendwas stimmte nicht an diesem Ort. Außerdem ging das Gerücht um, Hannahs Vater sei ein Taugenichts gewesen, und deshalb habe ihre Mutter ihn mit einem Zauber belegt, um ihn zu töten, und dann hat sie Hannah dazu gebracht, ihn im Wald zu begraben. Ich weiß nicht, ob es wahr ist oder nicht, aber es gibt so manche, die behaupten, sie hätten in tiefster Nacht seinen Geist durch den Wald spazieren sehen.«

Agnes winkte ab. »Für mich klingt das alles wie dummes, abergläubisches Gerede.«

»Das ist es wahrscheinlich auch, aber Sie werden hier nicht viele Leute finden, die bereit sind, es sich mit den Arkwrights zu verderben.«

»Und wieso ist sie zu Besuch bei deiner Mutter? Ist sie krank?«, fragte Agnes.

»Oh nein, Miss. Es geht um unseren Ernest. Das Baby …«

Jinny unterbrach sich plötzlich, und ihr Mund klappte zu wie eine Falle. Und obwohl ihr Haar ihr wie ein dünner Vorhang über das Gesicht fiel, konnte Agnes die heiße Röte sehen, die ihr in die Wangen stieg.

»Ist er krank?«, fragte sie. »Ich könnte deiner Mutter jederzeit einen Besuch abstatten …«

»Oh nein, Miss«, sagte Jinny schnell. »Das würde Ma nicht wollen. Sie mag es nicht, wenn Fremde ihre Nase in unsere Angelegenheiten stecken.« Wieder unterbrach sie sich und biss sich auf die Lippe, als ihr bewusst wurde, was sie gesagt hatte. »Entschuldigung«, murmelte sie.

»Schon gut, Jinny«, sagte Agnes seufzend und nahm sich noch eine Scheibe Brot. »Es war nicht schlimmer als das, was ich heute Morgen zu hören bekommen habe, das kann ich dir versichern.«

»Gib mir das Kind«, verlangte Hannah Arkwright.

Ruth Chadwick blickte der Frau in die rabenschwarzen Augen und schloss ihr Baby ganz unwillkürlich noch fester in die Arme und drückte es an ihre Brust.

Hannah musste Ruth' Reaktion bemerkt haben, denn sie lächelte, aber es lag nicht die geringste Wärme in der Geste. »Du willst doch, dass ich ihm helfe, Schätzchen, oder nicht?«

Hannahs Stimme war leise und lispelnd wie die eines Kindes. Und obwohl sie sich schon so lange kannten, erstaunte es Ruth noch immer, die Stimme eines kleinen Mädchens aus dem Mund einer solch großen, stämmigen Frau zu hören.

Ruth übergab ihr das Baby, doch kaum lag der kleine Ernest in Hannahs Armen, begann er laut zu schreien.

Ruth sah, wie unsanft Hannah den Kleinen schüttelte, um ihn zum Schweigen zu bringen, und biss sich auf die Lippe, bis sie es nicht mehr ertragen konnte.

»Lass seinen Kopf doch nicht so hängen!«, entfuhr es ihr.

Wut flackerte in Hannahs Augen auf. »Denkst du, ich wüsste nicht, wie man einen Säugling hält?«, fauchte sie. »Wie viele Babys habe ich im Lauf der Jahre zur Welt gebracht?«

Aber du bist nie selbst Mutter gewesen. Da Ruth das jedoch nicht sagen konnte, begann sie sich an den Armen zu kratzen, wie sie es immer tat, wenn sie nervös war. Ihre Haut war schon ganz rot und wund unter ihren langen Ärmeln.

Hannah schien zu erraten, was sie dachte. »Ich muss ihm nicht helfen, wenn du es nicht willst«, sagte sie und schickte sich schon an, das Kind zurückzugeben, doch Ruth schüttelte schnell den Kopf.

»Nein«, sagte sie. »Nein, ich will, dass du ihm hilfst. Mach ihn gesund, Hannah, ich bitte dich.«

Hannahs breiter Mund verzog sich zu einem zufriedenen Lächeln. »Natürlich werde ich das tun, Schätzchen.«

Ruth sah zu, wie sie Ernest untersuchte, und versuchte sich in Erinnerung zu rufen, was für eine gute Freundin Hannah ihr im Laufe der Jahre gewesen war. Sie hatte alle ihre Babys zur Welt gebracht und sie auch alle während ihrer Kinderkrankheiten betreut. Hatte sie die kleine Maggie nicht vom Keuchhusten geheilt, nachdem Dr. Rutherford geschworen hatte, er würde sie das Leben kosten? Und auch Ruth' Mutter und Vater hatte sie während ihrer verschiedenen Krankheiten gepflegt und sie aufgebahrt, als sie schließlich verstarben. Es bestand also absolut kein Grund zu der Annahme, dass sie dem kleinen Ernest jetzt etwas zuleide tun würde.

Ruth spürte das kleine Rinnsal Blut, das durch die Ärmel ihrer Bluse drang. Warum musste sie sich auch immer wundkratzen?

Schließlich gab Hannah ihr das Kind zurück. Ruth war nicht einmal bewusst gewesen, dass sie den Atem angehalten hatte, bis sie Ernest wieder in den Armen hielt.

»Und?«, fragte sie.

Hannahs Gesicht war ernst. Sie waren etwa im gleichen Alter, aber im Gegensatz zu Ruth hatte Hannah keine einzige Falte in ihrem breiten Gesicht und auch keine graue Strähne in ihrem feuerroten Haar, das sie in einem strubbeligen Knoten auf dem Hinterkopf trug.

Das kommt davon, wenn man sich weder um einen Ehemann noch um Kinder sorgen muss, dachte Ruth. Andererseits war sie sich jedoch sicher, dass auch Hannah ihre Probleme im Zusammenleben mit der alten Mutter Arkwright haben musste.

»Es war gut, dass du mich gerufen hast«, sagte Hannah.

Ruth bekam einen trockenen Mund. »Was ist es denn? Weißt du, was er hat?«

»Seine Muskeln sind auf der einen Seite des Halses kürzer als auf der anderen. Es gibt sicher auch eine komplizierte medizinische Bezeichnung dafür, aber die bedeutet auch nichts anderes als das, was ich dir sage.«

Ruth betrachtete das Neugeborene in ihren Armen. Ernest hatte sich inzwischen beruhigt und blickte mit glänzenden, neugierigen Augen zu ihr auf. Zum Glück hatte der arme Kleine keine Ahnung …

»Kannst du irgendetwas für ihn tun?«, fragte sie Hannah.

»Natürlich. Ich hatte dir doch versprochen, für eine Besserung zu sorgen, nicht? Ich werde ein paar Kräuter sammeln und damit ein Beutelchen für ihn zurechtmachen, das er um den Hals tragen wird. Vergiss nur nicht, dass er es immer tragen muss, bis seine Muskeln kräftiger geworden sind.«

»Und wie lange wird das dauern?«

»Woher soll ich das wissen?« Ein Anflug von Verärgerung schwang in Hannahs Stimme mit. »Es könnten Wochen, aber auch Monate sein. Diese Dinge brauchen nun mal Zeit, Schätzchen.«

Ruth streichelte mit der Fingerspitze die flaumige Wange ihres Babys. »Ich bin mir nicht sicher, ob ich ihm eine Schnur um den Hals hängen will. Was ist, wenn sie sich irgendwo verfängt und ihn erstickt?«

»Und was ist, wenn er mit einem verdrehten Hals aufwächst, weil du ihm nicht geholfen hast?« Hannah schüttelte mitleidig den Kopf. »Ach, Ruthie, du warst schon immer eine Schwarzseherin. Solange ich dich kenne, warst du ständig wegen irgendwas besorgt.«

Wieder presste Ruth die Lippen zusammen, um sich keine scharfe Entgegnung zu erlauben. Sie hatte sieben Kinder zu ernähren und einen Mann, der unten in der Zeche einen Hungerlohn verdiente. Tom war ein anständiger Mann und sorgte für seine Familie, so gut er konnte, aber sie lebte in ständiger Furcht davor, dass er erkrankte oder einen Unfall hatte und nicht mehr arbeiten konnte.

Und es würde auch nicht mehr lange dauern, bis Archie, ihr Ältester, sich verlobte. Er hatte Nancy Morris schon ewig lange umworben, und Ruth wusste, dass er sich nun endlich dazu entschlossen hatte, ihr einen Heiratsantrag zu machen. Natürlich freute sie sich für ihn, aber wenn die beiden erst einmal verheiratet waren und ihr eigenes Heim gegründet hatten, würde ein Lohn weniger hereinkommen. Noch etwas, worüber sie sich nachts den Kopf zerbrach, wenn alle anderen im Haus schliefen …

Aber sie wusste, dass sie nicht die Einzige war, der es so erging. Es gab keine Frau im Dorf, die nicht die gleichen schlaflosen Nächte wie sie hatte und sich fragte, wie sie über die Runden kommen sollte. Der einzige Unterschied war, dass die anderen Frauen nicht so viel Gewese darum machten.

Hannah hatte recht damit, dass Ruth Chadwick eine geborene Schwarzseherin war.

»Ich werde uns eine schöne Kanne Tee aufbrühen, ja?«, erbot sich Hannah.

»Ich mach das schon.«

»Nein, du setzt dich jetzt mal hin und gönnst deinen Füßen ein bisschen Ruhe.« Hannah war schon aufgesprungen und am Herd, bevor Ruth es hatte verhindern können.

Also setzte sie sich auf die hölzerne Bank am Tisch und sah zu, wie Hannah sich in ihrer Küche zu schaffen machte. Es passte ihr zwar nicht, aber aus Erfahrung wusste sie, dass es sinnlos war, mit ihr zu streiten.

Sie kannten sich seit Jahren, seit sie als kleine Mädchen zusammen in die Dorfschule gekommen waren. Die anderen Kinder hatten sich damals schnell miteinander angefreundet, aber niemand schien mit der schüchternen Ruth befreundet sein zu wollen oder mit dem mürrischen, rothaarigen Mädchen mit den finster dreinblickenden schwarzen Augen, das auch noch einen Kopf größer war als alle anderen und dessen Mutter man für eine Hexe hielt. Und so hatten sie sich zusammengetan. Oder genauer gesagt war es Hannah gewesen, die sich Ruth angeschlossen hatte, und Ruth wiederum hatte mitgespielt, aus Angst, dass Hannah sie verhexen könnte.

Selbst heute noch, nach dreißigjähriger Freundschaft, lebte Ruth mit diesem unguten Gefühl.

Hannah goss heißes Wasser aus dem Kessel in eine alte Teekanne, rührte die Teeblätter geräuschvoll mit einem Löffel um und brachte die Kanne dann zu Ruth an den Küchentisch.

»Du siehst erschöpft aus, Schätzchen«, sagte sie mitfühlend.

»Das bin ich auch«, stimmte Ruth ihr zu. »Nach dem Unfall in der Zeche gestern Nacht habe ich kaum ein Auge zugetan.«

»Trotzdem wirst du besser geschlafen haben als Harry Kettles Mutter und seine Witwe.«

»Aye.« Ruth seufzte schwer. »Der arme Harry.«

»Er war in einem furchtbaren Zustand, als ich ihn sah«, bemerkte Hannah nüchtern, während sie den Tee einschenkte. »Ich hab den Jungen fast nicht wiedererkannt.«

»Bitte nicht!« Ruth unterdrückte ein Erschaudern. »Ich will mir das alles gar nicht vorstellen.«

»Ich bin die ganze Nacht bei seiner Frau geblieben, nachdem ich ihn aufgebahrt hatte. Sie war völlig aufgelöst«, sagte Hannah und schüttelte betrübt den Kopf.

»Das kann ich mir vorstellen.« Ruth schloss ihre kalten Finger um die Tasse und genoss die angenehme Wärme. Sie bedauerte die noch so junge Ellen Kettle und Harrys Mutter, doch gleichzeitig war sie auch froh und dankbar, dass nicht ihr eigener Mann oder ihre Söhne auf diesem Karren heimgebracht worden waren.

Sie hatten gerade ihren Tee getrunken, als Jinny mit den Kindern kam, die alle drei wie verschreckte Pferde sofort stehenblieben, als sie Hannah sahen.

»Und wen haben wir denn hier?« Hannah stellte ihre Tasse ab und wandte sich den Kleinen zu. »Freddie, Jane und die kleine Maggie? Die gar nicht mehr so klein ist, was? Ihr alle seid ja in die Höhe geschossen wie Unkraut. Kommt und sagt Hallo zu eurer Tante Hannah.«

Sie streckte ihre langen Arme aus. Die Kinder wichen zurück, aber Hannahs Finger bekamen Freddies Hemd zu fassen, und sie zog ihn in eine ihrer ziemlich unsanften Umarmungen. Ruth sah, wie ihr Sohn zusammenzuckte, und hoffte, dass er so vernünftig war, sich ihr nicht zu entziehen.

»Er ist schüchtern«, sagte sie schnell und wandte sich an Jinny, die gerade ihren Mantel aufhängte. »Mrs. Bannister hat dich doch hoffentlich nicht mit den Kindern erwischt?«

»Nein, aber Miss Sheridan hat sie gesehen, als sie nach Hause kam. Es hat sie aber nicht gestört.«

»Miss Sheridan?« Hannah lockerte ihren Griff um Freddie, der sich sofort bei seinen Schwestern unter dem Tisch in Sicherheit brachte. »Dann kennst du die neue Schwester also schon?«

»Aye.« Jinny legte ihre Hand an die Teekanne, um zu sehen, ob sie noch warm war, und holte sich eine Tasse aus dem Schrank.

»Wie ist sie denn so?«, fragte Hannah wie nebenbei, aber Ruth erkannte den wachsamen Ausdruck in ihren dunklen Augen.

»Sie scheint ganz nett zu sein«, antwortete Ruth anstelle ihrer Tochter freiheraus. Erst als Hannah ihre schwarzen Augen auf sie richtete, begriff sie, dass sie besser ihren Mund gehalten hätte.

»Du kennst sie also auch? Das hast du nie erwähnt.«

Ruth spürte, wie sie errötete. »Sie war gestern Nacht auch an den Zechentoren. Wir haben allerdings kaum miteinander gesprochen, weil ich viel zu besorgt um Tom und die Jungen war.«

»Sie war also wirklich dort?« Hannah machte ein nachdenkliches Gesicht. »Und was wollte sie dort, frag ich mich?«

»Sie kam zur Zeche rüber, um zu helfen«, sagte Jinny, während sie sich eine Tasse Tee einschenkte. »Aber niemand brauchte sie.«

Hannah lächelte ein wenig. »Das wundert mich nicht«, murmelte sie.

»Sie hat übrigens nach dir gefragt«, sagte Jinny.

»Ach?«

»Sie hört ja immer wieder deinen Namen hier im Dorf, und ich glaube, sie ist ein bisschen verärgert darüber, dass die Leute nur deine Hilfe und nicht ihre wollen.«

Hannah lächelte noch breiter. »So war es doch schon immer, oder? Sie wird bald merken, dass sie hier nicht willkommen ist, und mit etwas Glück wird sie dann dorthin zurückkehren, wo sie hergekommen ist.«

»Aye«, erwiderte Ruth nur, weil sie an nichts anderes denken konnte als an die Nacht zuvor und die Unerschrockenheit, mit der diese zierliche junge Frau an den Zechentoren gestanden und sich mit dem Vorarbeiter angelegt hatte, damit er sie hereinließ.

Hannah sah Ruth prüfend an. »Du scheinst dir aber gar nicht so sicher zu sein«, sagte sie in anklagendem Ton. »Oder willst du etwa, dass sie bleibt? Vielleicht denkst du ja sogar, es sei höchste Zeit, dass Bowden eine richtige Krankenschwester bekommt?«

Wie immer, wenn sie nervös war, kratzte Ruth sich an ihren Armen. »Natürlich denke ich das nicht«, murmelte sie.

Hannah starrte sie noch einen weiteren Moment lang an, und Ruth wand sich innerlich unter ihrem eindringlichen Blick. Dann setzte Hannah ihre Tasse ab und erhob sich. »Gut, dann mache ich mich jetzt wohl besser auf den Weg«, sagte sie. »Ich muss noch nach ein paar anderen Leuten sehen.«

»Warte einen Moment.« Ruth holte ihre Geldbörse aus der Anrichte und durchstöberte sie nach ein paar Münzen. »Hier, das ist für dich. Für unseren Ernest.«

»Oh nein, das ist nicht nötig …«, begann Hannah zu protestieren, aber Ruth drückte ihr das Geld in die Hand. Hannahs

Finger waren eiskalt, und ihre Handfläche fühlte sich rau und schwielig an.

»Doch, du musst etwas für deine Mühe nehmen«, sagte Ruth. »Ich will niemandem etwas schuldig bleiben.« Und dir schon gar nicht, dachte sie.

»Und ich nehme nicht gerne Geld von Freunden«, sagte Hannah, ließ die Geldstücke aber trotzdem in ihre Schürzentasche fallen. »Die Kräuter werde ich dir später noch vorbeibringen. Und vergiss nicht, was ich dir gesagt habe – der Junge muss das Beutelchen an einer Schnur um den Hals tragen.«

»Danke, Hannah. Ich weiß deine Hilfe wirklich sehr zu schätzen.«

»Kein Problem.« Hannah hob die schäbige alte Reisetasche hoch, die sie an der Tür stehengelassen hatte, und wandte sich dann Jinny zu. »Und du sag dieser neuen Gemeindeschwester, sie soll zu mir kommen und mich selbst fragen, wenn sie etwas über mich erfahren will. Vielleicht könnte sie ja sogar zum Tee zu Mutter und mir auf den Hof hinaufkommen.«

Sie lächelte, als sie es sagte, aber in ihren dunklen Augen stand ein Glitzern, das Ruth Angst um Agnes Sheridan einflößte.

Sie hoffte nur, dass das Mädchen vernünftig genug war, Hannah Arkwright aus dem Weg zu gehen.

KAPITEL SIEBEN

Genau eine Woche nach ihrer Ankunft in Bowden wurde Agnes an einem regnerischen Sonntagnachmittag zum Tee zu den Haverstocks gebeten – oder genauer gesagt, herbeizitiert.

»Es ist eine große Ehre für Sie«, klärte Dr. Rutherford sie auf, als sie in seinem Austin zur Haverstock Hall hinauffuhren. »Sir Edward ist nicht gerade als kontaktfreudig bekannt. Außer gegenüber engen Freunden wie mir selbst natürlich«, fügte er hinzu. »Aber ansonsten meidet er die Gesellschaft anderer. Ich wage zu behaupten, dass es Miss Eleanor war, die Sie eingeladen hat. Ihr liegt nämlich sehr viel am Wohl des Dorfs.«

»Dann freue ich mich darauf, sie kennenzulernen«, sagte Agnes, die interessiert aus dem Wagenfenster blickte, während sie die steile Straße hinauffuhren. »An Gesprächsthemen wird es uns dann sicherlich nicht mangeln.«

Dr. Rutherford warf ihr einen argwöhnischen Blick zu. »Ich hoffe nur, dass Sie keinen Ärger machen werden, Miss Sheridan«, sagte er.

»Ärger? Was wollen Sie denn damit sagen, Doktor?«

»Dass wir zu einem gemütlichen Nachmittagstee eingeladen wurden und Sir Edward und Miss Eleanor ganz sicher nicht mit trivialen Dingen, die sie nicht betreffen, belästigt werden wollen.«

»Aber Sie sagten doch, Miss Haverstock sei am Wohlergehen des Dorfes interessiert?«

»Sie wissen schon, was ich meine!«, sagte Dr. Rutherford errötend.

»Ich habe keine Ahnung, wovon Sie sprechen, Doktor.« Agnes blinzelte ihn fragend an und tat so, als ob sie ihn wirklich nicht verstünde.

Er presste die Lippen zusammen. »Ich meine die Sache mit Jack Farnley. Ich weiß doch, wie sehr Sie sich noch immer darüber aufregen.«

Agnes erwiderte nichts, weil sie wirklich noch immer sehr empört über Dr. Rutherfords Weigerung war, Jack Farnley für eine weitere Woche krankzuschreiben. Sie hatte vernünftig mit ihm geredet, ihre Argumente vorgebracht und ihn sogar inständig darum gebeten, aber der Doktor hatte all ihre Einwände ignoriert. Zwei Tage, nachdem sie Jack Farnley besucht hatte, war er trotz seiner noch immer schlimm verletzten Hand in die Grube zurückgekehrt.

Natürlich hatte Dr. Rutherford dies so gedeutet, dass er die richtige Entscheidung getroffen hatte. »Sehen Sie?«, hatte er triumphierend zu Agnes gesagt. »Wenn er nicht arbeitsfähig wäre, wäre er ja wohl kaum wieder zur Arbeit gegangen.«

Vielleicht ja doch, wenn er befürchtete, dass seine Familie hungern muss, dachte Agnes. Sie hatte versucht, nicht allzu schlecht von Dr. Rutherford zu denken, aber Mrs. Farnleys Kommentar war ihr nicht mehr aus dem Kopf gegangen.

Ich weiß, dass dieser Dummkopf Rutherford Männer in diese Grube zurückgeschickt hat, die auf dem letzten Loch pfiffen, bloß damit die Haverstocks ein paar Schillinge Krankengeld weniger zahlen müssen.

»Wie ich vorhin schon sagte, sind wir zu einem gesellschaftlichen Anlass unterwegs, der möglichst angenehm verlaufen sollte«, sagte Dr. Rutherford. »Derartige Angelegenheiten zur Sprache zu bringen, würde als äußerst unhöflich betrachtet werden und Sir Edward sehr missfallen.« Er warf ihr einen weiteren kurzen Blick zu. »Ich denke dabei nur an Sie, Miss Sheridan. Es wäre mir schrecklich unangenehm, wenn Sie sich dort blamieren würden.«

»Ich kann Ihnen versichern, Doktor, dass ich mich zu benehmen weiß«, entgegnete Agnes mit schmalen Lippen.

»Das freut mich zu hören.« Dr. Rutherford lächelte und lehnte sich sichtlich erleichtert in seinem Ledersitz zurück. »Und ich bin mir sicher, dass Sie Sir Edward mögen werden. Er kann zwar manchmal ein richtiger alter Brummbär sein, aber er ist auch ein glänzender Unterhalter, sofern Sie seine Sympathie wecken können. Und Miss Eleanor ist auch ganz reizend.«

Agnes schwieg und betrachtete die vorbeiziehende Landschaft. Im Gegensatz zu Dr. Rutherford hatte sie keinerlei Interesse daran, Sir Edwards Sympathie zu wecken. Irgendwie hatte sie schon alles über die Haverstocks gehört, was sie wissen musste.

Vom Doktor selbst hatte sie erfahren, dass Sir Edwards beide Söhne im Ersten Weltkrieg gefallen waren und auch seine Frau nicht lange danach verstorben war. Nur seine achtundzwanzigjährige und noch unverheiratete Tochter Eleanor war ihm geblieben. Dr. Rutherford zufolge war Sir Edward ein Mann mit sehr viel Energie und Unternehmungsgeist, dessen Großvater Bowden und noch mehrere andere Bergarbeiterdörfer entlang des Tals errichtet hatte.

Die Bewohner von Bowden hatten allerdings eine ganz andere Geschichte zu erzählen, nämlich die von einem geldgierigen, herzlosen Mann, der seine Bergleute bis zum letzten Atemzug für sich schuften ließ und ihnen jeden Penny missgönnte, den er ihnen zahlte.

»So, da sind wir – das ist Haverstock Hall.«

Dr. Rutherford fuhr langsam durch das hohe, schmiedeeiserne Tor und wartete anscheinend darauf, dass Agnes sich beeindruckt zeigte.

Haverstock Hall war offenbar mit der Absicht erbaut worden, sein gesamtes Umfeld zu beherrschen. Das Haus stand auf einer Hügelkuppe hoch über dem Dorf und war so groß, dass es von ganz Bowden aus zu sehen war.

Bei näherer Betrachtung war der strukturlose rote Backsteinbau jedoch nur plump und hässlich. Er erhob sich am Ende einer langen, von Bäumen gesäumten Auffahrt, die an den Ziergärten vor dem Haus endete. Diese Gärten waren zwar wunderbar gepflegt, für Agnes' Geschmack jedoch zu strukturiert mit ihren dreieckigen Blumenbeeten und den penibel in Form geschnittenen Hecken.

Aber sie behielt ihre Meinung für sich, da Dr. Rutherford von alldem vollkommen entzückt zu sein schien.

Das Innere des Hauses war genauso imposant mit seiner breiten, elegant geschwungenen Treppe, den Marmorböden und den Putten an den Decken. Agnes erschien all das eher wie eine vulgäre Zurschaustellung von Reichtum und nicht wie ein Zeichen für guten Geschmack und Bildung.

Der Butler führte sie in den Salon, wo die Haverstocks sie schon erwarteten.

Eleanor Haverstock erhob sich, um sie zu begrüßen.

»Wie reizend von Ihnen, dass Sie gekommen sind, Doktor Rutherford! Und an einem so tristen Tag. Und Sie müssen Miss Sheridan sein?«, wandte sie sich lächelnd Agnes zu. Sie war eine große, sehr schlanke und etwas farblos aussehende junge Frau in einem verblichenen Seidenkleid. Ihr glattes braunes Haar war kurz geschnitten, was absolut nichts dazu beitrug, ihr blasses, längliches Gesicht ein bisschen vorteilhafter erscheinen zu lassen.

»Kommen Sie, ich stelle Sie meinem Vater vor.« Sie drehte sich zu dem alten Mann um, der am Kamin saß und in die Flammen starrte. »Vater, diese junge Dame hier ist Miss Sheridan, unsere neue Gemeindeschwester.«

»Guten Abend, Sir Edward«, begrüßte Agnes ihn zuvorkommend. »Und vielen Dank für die Einladung.«

»Ich habe niemanden eingeladen. Das war allein Eleanors Initiative«, brummte Sir Edward, ohne Agnes auch nur anzusehen.

Agnes fing Dr. Rutherfords Blick auf. *Was habe ich Ihnen gesagt?*, drückte dieser Blick aus.

Eleanor dagegen schien völlig unbeeindruckt von der Unhöflichkeit ihres Vaters. »Beachten Sie ihn einfach nicht, Miss Sheridan«, sagte sie. »Wenn es nach Vater ginge, würden wir hier in glorreicher Abgeschiedenheit leben wie zwei Einsiedler.« Trotz ihres Lächelns verriet der gesenkte Blick ihrer grauen Augen ihre Traurigkeit.

»Wie geht's Ihnen, Sir Edward?«, begrüßte Dr. Rutherford ihn jovial.

»Ich sterbe vor Hunger.« Endlich drehte Sir Edward sich zu ihnen allen um. Er hatte ein schmales, falkenartiges Gesicht mit schweren Lidern und einer großen, markanten Nase. Sein spärliches graues Haar war glatt aus seiner hohen, gewölbten Stirn zurückgekämmt. Mit seinen langen, dünnen Gliedern erinnerte er Agnes an eine Spinne.

»Können wir jetzt endlich mit dem Tee beginnen?«, fragte er seine Tochter, wobei sein kalter Blick ohne jegliche Spur von Interesse über Agnes hinwegglitt.

»Noch nicht, Vater. Wir müssen noch auf James warten.«

»Wir haben lange genug gewartet! Es will schon etwas heißen, wenn ein Mann in seinem eigenen Haus nicht essen darf«, knurrte der alte Herr verstimmt.

Eleanor ignorierte ihn jedoch und wandte sich wieder Agnes zu. »Kommen Sie zu mir und nehmen Sie Platz, Miss Sheridan. Sie müssen mir alles über sich erzählen.«

Agnes spürte, wie sie errötete. »Da gibt es eigentlich nicht viel zu erzählen …«

»Aber Dr. Rutherford sagte doch, sie stammten aus London? Wie aufregend! Ich war während der Ballsaison dort und fand alles sehr, sehr spannend.« Eleanor lächelte, aber ihre grauen Augen erzählten auch dieses Mal eine ganz andere Geschichte. »Eigentlich müssten Sie Bowden doch ziemlich langweilig finden im Vergleich zu London.«

»Um ehrlich zu sein …«

»Ich glaube nicht, dass Miss Sheridan hier im Dorf den herzlichen Empfang bekommen hat, den sie sich erhofft hatte«, mischte sich Dr. Rutherford ein, bevor sie antworten konnte.

Agnes warf ihm einen bösen Blick zu.

»Tatsächlich? Inwiefern?«, wollte Eleanor wissen.

Und wieder antwortete Dr. Rutherford für Agnes. »Ach, Sie wissen doch, wie die Leute hier in Bowden sind«, entgegnete er schmunzelnd. »Sie sind ein misstrauisches Völkchen und mögen keine Außenseiter.«

Agnes zwang sich zu einem Lächeln, doch innerlich schäumte sie vor Wut und wünschte, sie hätte Dr. Rutherford nicht erzählt, wie schwierig ihre erste Woche in Bowden gewesen war.

»Ach, ich denke, die Leute brauchen nur ein bisschen Zeit, um sich an mich zu gewöhnen«, sagte sie.

»Darauf würde ich nicht wetten. Sie sind ein undankbarer Sauhaufen, diese Leute«, murmelte Sir Edward. Und als er sich nun endlich zu Agnes umdrehte, wusste sie sofort, dass die Einwohner von Bowden ihn nicht falsch beurteilt hatten. In seinem schmalen, listigen Gesicht war keine Spur von Wärme zu erkennen. Seine Augen waren ebenso kalt und starr wie die eines Reptils. Agnes begann einen stechenden Abscheu zu verspüren und musste sich zwingen, nicht zu vergessen, dass sie als Gast im Hause dieses Mannes war.

»Vater!«, protestierte Eleanor gedämpft.

»Na ja, so ist es doch! Je mehr man für sie tut, desto undankbarer sind sie.« Jetzt blickte er sich ungeduldig um. »Und wo bleibt Shepherd? Es ist gar nicht seine Art, uns warten zu lassen. Normalerweise ist er sogar eher überpünktlich.«

Agnes sah einen Anflug von Beklommenheit auf Eleanors Gesicht, als sie beschwichtigend erwiderte: »Er wird bestimmt gleich hier sein, Vater.«

»Wahrscheinlich ist seine Frau schuld daran, dass er sich verspätet«, brummte Sir Edward.

»Vater!«

»Wieso? Ich sag doch nur die Wahrheit, Eleanor. Er hat sich keinen Gefallen getan, als er diese ... Frau heiratete.«

»Mr. Shepherd ist der Leiter der hiesigen Zeche«, erklärte Dr. Rutherford Agnes flüsternd. »Ein sehr gescheiter Mann.«

»Ja, so gescheit, dass er sich von einer gewöhnlichen Bergarbeitertochter hat einfangen lassen«, warf Sir Edward gehässig ein.

Doch noch bevor Agnes mehr in Erfahrung bringen konnte, öffnete sich die Tür, und der Butler kündigte Mr. und Mrs. Shepherds Ankunft an.

»Führen Sie sie bitte herein«, sagte Eleanor und wandte sich dann Sir Edward zu. »Versuch bitte, höflich zu sein«, erinnerte sie ihn.

KAPITEL ACHT

James Shepherd war ganz anders, als Agnes erwartet hatte. Sie hatte sich den Zechenleiter wesentlich älter vorgestellt, aber Mr. Shepherd war höchstens Mitte zwanzig, mittelgroß und drahtig, und hatte ordentlich geschnittenes hellbraunes Haar, das über seinen Ohren leicht gelockt war.

Mrs. Shepherd dagegen war außergewöhnlich hübsch, hatte glänzend schwarzes Haar, ein herzförmiges Gesicht und eine kesse kleine Stupsnase. Sie war noch jünger als ihr Ehemann, kaum mehr als ein junges Mädchen. Aber es lag ein Anflug von Trotz in ihren blauen Augen, als sie sich umschaute. Auch Agnes sah sie an, als bereitete sie sich auf ein Gefecht vor statt auf einen harmonischen Nachmittagstee.

Eleanor sprang auf, um das junge Paar zu begrüßen.

»Oh James, da sind Sie ja! Wir hatten uns schon Sorgen um Sie gemacht.«

»Entschuldigen Sie, Eleanor ... und Sir Edward.« James Shepherd nickte zu dem alten Mann hinüber. Sir Edward wandte sich jedoch wieder dem Feuer zu und ignorierte alle geflissentlich. Als schmollte er, dachte Agnes.

»Wir dachten schon, Sie würden nicht kommen«, sagte Eleanor.

James warf seiner Frau einen kurzen Blick zu. »Wir wurden aufgehalten, weil Carrie sich nicht besonders gut fühlte.«

»Was habe ich euch gesagt?«, brummte Sir Edward vor sich hin.

»Ach Gott!«, sagte Eleanor schnell. »Ich hoffe, es geht Ihnen inzwischen besser.«

»Ja, ja, bestens, danke.« Agnes fing den Blick auf, den Carrie

Shepherd ihrem Mann aus schmalen Augen zuwarf. Ihr breiter Yorkshire-Akzent stand in auffallendem Kontrast zu James Shepherds ruhiger, gepflegter Ausdrucksweise.

»Nun ja, falls es Ihnen wieder schlechter gehen sollte, sind Sie hier bei unseren Medizinern genau am richtigen Ort!« Eleanors Lachen klang gezwungen. »Kennen Sie schon Miss Sheridan, unsere neue Gemeindeschwester?«

James schüttelte Agnes die Hand. Er hatte ein schmales, scharf geschnittenes Gesicht, ein kantiges Kinn und hohe Wangenknochen unter tiefliegenden, intelligenten braunen Augen. Er sah aus, als ob er sich sehr viel wohler fühlen würde, wenn er seine Nase in ein Buch stecken könnte, anstatt eine Kohlenzeche leiten zu müssen. »Willkommen in Bowden, Miss Sheridan. Darf ich Ihnen Carrie, meine Frau, vorstellen?«

»Sehr erfreut.« Die junge Frau nickte Agnes ein wenig gekünstelt zu.

»Und nun, da alle hier sind, können wir vielleicht endlich unseren Tee bekommen?«, bemerkte Sir Edward.

»Aber selbstverständlich, Vater.« Während Eleanor nach dem Butler läutete, winkte Sir Edward den jungen Bergwerksleiter zu sich hinüber. Auch diesmal ignorierte er Carrie, und Agnes tat das arme Mädchen leid.

»Ich dachte, ich hätte den beiden gesagt, dass heute nicht über Geschäftliches gesprochen wird!«, bemerkte Eleanor seufzend, als sie zu den Frauen zurückkehrte. »Kommen Sie, Mrs. Shepherd, und setzen Sie sich zu mir«, sagte sie und klopfte einladend auf das Sofa neben ihr. »Erzählen Sie mir, wie es Ihrem Baby geht.«

»Es geht ihm sehr gut, vielen Dank.«

»Er ist wirklich ein ganz entzückender kleiner Kerl, Miss Sheridan«, sagte Eleanor. »Wie alt ist er jetzt?«

»Fast zehn Monate.« Zum ersten Mal, seit sie den Raum betreten hatte, hoben sich Carrie Shepherds Mundwinkel ein wenig.

»Dann wird er sicher schon seine ersten Sprechversuche machen, nicht?«, sagte Agnes.

»Oh ja, er plappert unentwegt.« Die Augen der jungen Frau leuchteten auf, und für einen Moment vergaß sie ihre Scheu. »Das heißt, er macht alle möglichen Geräusche, aber Worte sind es wohl noch nicht.« Dann schien sie sich plötzlich wieder zu entsinnen, wo sie war, und kniff mit einem Mal die Lippen zusammen.

»Ich glaube nicht, dass es noch lange dauern wird, bis er spricht«, sagte Agnes, um sie zu ermutigen.

»Nein.« Das Wort entschlüpfte Carries hartnäckig geschlossenem Mund.

»Er ist ein wahrer Engel«, schwärmte Eleanor. »So ein reizender kleiner Kerl. Ich muss ihn wirklich bald einmal besuchen. Oder vielleicht könnten Sie ihn ja auch zu uns hinaufbringen?«

»Aye.« Carrie Shepherds Bestürzung über diesen Vorschlag hätte heftiger nicht sein können.

Just in diesem Moment kam der Butler, um anzukündigen, dass der Tee serviert war, und alle nahmen ihre Plätze an dem mit feinster Spitze gedeckten Tisch ein. Agnes sah sich am fernen Ende des Tischs Mrs. Shepherd gegenüber, während Eleanor sich am anderen Ende zwischen ihrem Vater und James Shepherd niederließ.

Agnes war schon aufgefallen, wie lebhaft Eleanor seit James' Ankunft geworden war. Sie verhielt sich wie ein junges Mädchen, als sie allen Tee einschenkte, und als sie James seine Tasse anreichte und ihre Hände sich dabei berührten, überstrahlte ein heftiges Erröten ihr Gesicht.

Agnes schaute Carrie Shepherd an. Auch sie beobachtete Eleanor und James, aber ihr Ausdruck verriet nichts.

Sie hatte etwas an sich, das Agnes hochinteressant fand. »Sind Sie aus Bowden, Mrs. Shepherd?«, fragte sie.

»Aye. Ich habe mein ganzes Leben hier verbracht.« Carrie Shepherd hielt ihren Blick auf das andere Ende des Tischs gerichtet. »Ich bin auf der Coal Pit Row großgeworden.« Ein Anflug von Trotz lag bei diesen Worten in ihrer Stimme.

Am anderen Ende des Tischs lachte Eleanor hell auf und schlug James spielerisch auf den Arm. Mrs. Shepherd schrak zusammen und wandte schnell den Blick von ihnen ab.

»Dann arbeitet Ihr Vater also auch unter Tage?«, sagte Agnes.

Carrie nickte. »Er ist Vorarbeiter«, berichtete sie stolz. »Früher war er Hauer, dann bekam er Tuberkulose in der Wirbelsäule …« Ihre Stimme versagte bei diesen Worten.

Die Pott'sche Krankheit … Agnes erinnerte sich plötzlich daran, dass sie schon einmal in ebenso strahlend blaue Augen geblickt hatte. »Ihr Vater ist nicht zufällig Mr. Wardle?«, fragte sie.

»Doch, das ist er.« Carrie Shepherd blickte auf. »Woher kennen Sie ihn?«

»Ich bin ihm letzte Woche gleich nach meiner Ankunft in Bowden begegnet. Er und die anderen Mitglieder des Komitees der Bergarbeiterfürsorge haben eine Art Einstellungsgespräch mit mir geführt.«

Carrie Shepherd lächelte. »Aye, das muss er sein. Er ist ein guter Mensch, mein Vater. Da können Sie jeden im Dorf fragen. Er hat viel Gutes für die Leute hier getan, seit er die Bergarbeiterfürsorge leitet.«

»Die Bergarbeiterfürsorge!« Agnes hatte nicht bemerkt, dass Sir Edward ihnen zugehört hatte, doch dann ertönte seine dröhnende Stimme vom anderen Ende des Tischs. »Als ob die paar Pennys vom Wochenlohn der Männer, die sie einzahlen, etwas bewirken würden, verglichen mit dem, was ich für dieses Dorf getan habe!«

Agnes bemerkte den raschen Blick, den James Shepherd und seine Frau austauschten. Es war nur ein kurzer, aber dennoch sehr bedeutungsvoller Blick.

»Glauben Sie etwa, die Bergarbeiterfürsorge hätte die Schule und den Lesesaal gebaut? Oder den Kinderspielplatz angelegt?«, zeterte Sir Edward weiter. »Von wegen! Das Geld dafür stammt aus meiner Tasche!«

»Ja, aber der Bergarbeiterfürsorge haben wir es zu verdanken, dass wir Bücher im Lesesaal und Tafeln und Stifte für die Kinder haben«, murmelte Carrie Shepherd so leise, dass nur Agnes sie verstehen konnte.

»Ich wäre jedenfalls nicht hier, wenn sie mich nicht angefordert hätten«, erwiderte Agnes.

»Meiner Meinung nach war es ein trauriger Tag, als die Männer anfingen, sich zu diesen verflixten Komitees und Gewerkschaften zusammenzutun«, fuhr Sir Edward fort, als ob sie nichts gesagt hätte. »Zu Lebzeiten meines Vaters wäre es nicht dazu gekommen, das steht fest. Er hätte sie allesamt auspeitschen lassen, wenn sie ihn über ihre Rechte hätten aufklären wollen!«

Agnes blickte zu Mrs. Shepherd hinüber, die mit puterrotem Kopf auf die zerkrümelten Reste eines Teeküchleins auf ihrem Teller herabstarrte.

Höchste Zeit, das Thema zu wechseln, beschloss Agnes. »Eigentlich wollte ich Sie fragen, Sir Edward, ob ich das Bergwerk vielleicht einmal besichtigen dürfte«, sagte sie.

Am Tisch trat Stille ein. Eleanors Augenbrauen schossen bis zu ihrem Haaransatz empor, während Dr. Rutherfords sich zu einem warnenden Stirnrunzeln zusammenzogen.

Sir Edward lehnte sich auf seinem Platz zurück. »Das Bergwerk besichtigen? Warum in aller Welt sollten Sie sich die Bowden Main ansehen wollen?«

»Das ist eine sehr gute Frage, Sir Edward«, murmelte Dr. Rutherford, während er nervös mit seiner Serviette herumhantierte.

»Weil ich der Meinung bin, dass eine Besichtigung mir helfen würde, ein besseres Verständnis für das Leben der Bergarbeiter zu bekommen«, sagte Agnes. »Wie sie leben, habe ich schon gesehen, und nun würde ich gern etwas mehr über ihre Arbeitsbedingungen erfahren.«

Sie fing Mrs. Shepherds Blick von der anderen Seite des Tischs auf und merkte, dass sie sie mit ganz neuem Interesse ansah.

»Arbeitsbedingungen?«, wiederholte Sir Edward mit argwöhnischer Miene. »Sie werden jetzt doch hoffentlich nicht anfangen, mir zu sagen, was ich in meinem Bergwerk tun oder lassen soll, Miss Sheridan? Was das angeht, habe ich schon genug Ärger mit der Gewerkschaft, also vielen Dank auch!«

»Aber natürlich nicht, Sir Edward. Das würde mir nicht einmal im Traum einfallen.«

»Es freut mich, das zu hören.« Dann wandte er sich seinem Bergwerksleiter zu. »Und Sie, Shepherd? Was sagen Sie dazu? Sollten wir unsere neue Gemeindeschwester die Zeche besichtigen lassen?«

James Shepherd machte ein nachdenkliches Gesicht. »Grundsätzlich bin ich nicht dagegen, Sir Edward, aber ich glaube nicht, dass im Moment der richtige Zeitpunkt dafür ist. Nicht, solange die Situation so ... so unruhig ist wie gerade jetzt.«

»Da hört ihn euch an!« Sir Edward schüttelte den Kopf. »Wie typisch für Sie, Shepherd, stets so übervorsichtig zu sein. Wie oft muss ich Ihnen noch sagen, dass dies alles nicht mehr ist als ein Sturm im Wasserglas?«

»Da bin ich mir nicht so sicher, Sir«, erwiderte James Shepherd ruhig. »Die Gewerkschaften beharren sehr hartnäckig darauf, dass sie die neuen Bedingungen nicht akzeptieren werden.«

»Die Gewerkschaften können zum Teufel gehen!«, brüllte Sir Edward so laut, dass alle am Tisch zusammenzuckten und Eleanor ihre Kuchengabel klappernd auf den Teller fallen ließ.

Agnes blickte in die bestürzten Gesichter um sie herum. Sie hatte in der Zeitung schon von dem Disput gelesen. Die Regierung verlangte von den Minenbesitzern, dass sie den Bergleuten, die bei ihnen arbeiteten, neue Arbeitsbedingungen auferlegten, um die Gruben profitabler zu machen. Der Bergarbeitergewerkschaft war eine Frist bis zum 1. Mai gesetzt worden, die neuen

Bedingungen entweder anzunehmen oder aber die Aussperrung aus der Zeche zu riskieren. Den Gerüchten zufolge, die Agnes bei ihren Runden im Dorf zu Ohren gekommen waren, schienen die Bowdener Kumpel jedoch kampfbereit zu sein.

»Außerdem wird sowieso nichts dabei herumkommen«, fuhr Sir Edward fort. »Die Arbeiter werden die neuen Bedingungen natürlich akzeptieren. Sie werden keinen weiteren lähmenden Streik wollen wie den, den wir vor fünf Jahren hatten. Sie brauchen nur Zeit, um zur Vernunft zu kommen.«

»Und was, wenn sie es nicht tun?«, fragte Agnes neugierig.

Sir Edward machte ein finsteres Gesicht. »Dann werden sie natürlich ausgesperrt. Und wenn kein Lohn mehr hereinkommt, werden sie schon eine andere Tonart anschlagen.« Er schob seine Teetasse seiner Tochter zu, um sich von ihr nachschenken zu lassen. »Es hilft natürlich nicht, dass ihre Wortführer so viel Geschrei darum machen. Alles Aufwiegler und Unruhestifter, die ganze Bagage, die die Männer aufstacheln und sie glauben machen, sie könnten siegen.«

»Das können sie auch.«

Agnes blickte beim Klang von Carrie Shepherds Stimme sofort auf. Sie saß ihr gegenüber und wirkte völlig ruhig. Nur die roten Flecken auf ihren Wangen verrieten ihre wahren Gefühle.

Sir Edwards kalter, reptilienartiger Blick glitt über den langen Tisch zu ihr hinüber. »Wie bitte?«, sagte er eisig. »Sagten Sie etwas, Mrs. Shepherd?«

Auch Carrie wandte sich ihm nun zu und schob das Kinn vor.

»Mr. Churchill und Lady Astor glauben vielleicht, die Bergleute herumschubsen zu können, aber sie sind der Maschinenraum dieses Landes und sind es immer schon gewesen«, sagte sie. »Und falls sie beschließen sollten, die Arbeit niederzulegen, werden die Regierung und die Grubenbesitzer ihnen zuhören müssen.«

Sir Edward sah aus, als ob er jeden Moment explodieren würde.

»Noch etwas Tee?«, fragte Eleanor verzweifelt und griff nach der Kanne. Sir Edward winkte jedoch nur ungeduldig ab, ohne seinen Blick von Carrie abzuwenden.

»Glauben Sie etwa, sie könnten uns erpressen?«, fauchte er.

»Sie wollen ganz gewiss niemanden erpressen«, erwiderte Carrie Shepherd. »Das Einzige, was die Bergarbeiter fordern, ist eine anständige Entlohnung für die Arbeit, die sie tun. Die meisten von ihnen kommen ohnehin schon kaum über die Runden, vor allem, wenn sie auf Akkordarbeit gesetzt werden. Falls Sie also versuchen sollten, ihnen den Lohn noch mehr zu kürzen, werden sie auf jeden Fall etwas dagegen unternehmen wollen.«

Agnes schaute James Shepherd an, der jedoch nur stumm auf seinen Teller herabstarrte.

Sir Edward kräuselte die Lippen. »Sehen Sie, was ich meine?«, bemerkte er in die Runde. »Das ist die Art von Unfug, den die Aufwiegler verbreiten. Und die Männer sind auch noch so dumm, auf sie zu hören.« Dann wandte er sich wieder Mrs. Shepherd zu. »Falls die einheimischen Männer nicht mehr in unserer Grube arbeiten wollen, finden sich mit Sicherheit genügend andere, die ihre Arbeit übernehmen wollen«, sagte er. »Aber so oder so kann ich Ihnen versichern, Mrs. Shepherd, dass die Bergleute uns nicht in die Knie zwingen werden.«

»Und Sie werden uns auch nicht in die Knie zwingen.«

Sir Edward lachte triumphierend auf. »*Uns?* Haben Sie das gehört, Shepherd? Das klingt ja, als wüsste Ihre Frau ganz genau, auf wessen Seite sie steht!«

James sagte nichts, aber er machte ein Gesicht, als hoffte er, dass der Boden ihn verschlucken möge.

»Lasst uns mit diesem Gerede aufhören, ja?« Eleanors Stimme klang unnatürlich heiter in dem drückenden Schweigen, das Sir Edwards Worten folgte. »Es verdirbt uns nur diesen schönen Nachmittag.«

Als perfekte Gastgeberin gelang es ihr schon bald, das Gespräch wieder auf ein unverfänglicheres Thema wie Dr. Rutherfords Garten zu lenken. Doch die Stimmung am Tisch hatte sich inzwischen so verschlechtert, dass es fast eine Erlösung war, als James Shepherd sagte, er und seine Frau müssten sich nun auf den Heimweg machen.

»Oh nein – muss das wirklich sein?« Eleanor gelang es ausgezeichnet, enttäuscht zu klingen.

»Leider ja. Carrie lässt das Baby nicht gern zu lange allein«, erwiderte er, ohne seine Frau auch nur anzusehen.

»Natürlich nicht. Aber Sie müssen bald wieder einmal zu Besuch kommen, Mrs. Shepherd.«

»Danke, das werde ich.« Mrs. Shepherd lächelte höflich, aber den Gesichtern der beiden Frauen war anzusehen, dass es keiner von ihnen ernst damit war.

Der Butler hatte die Shepherds kaum hinausbegleitet, als Sir Edward auch schon sagte: »Da sehen Sie es! Was habe ich Ihnen gesagt? Ich weiß nicht, was der Junge sich dabei gedacht hat, so jemanden zu heiraten. Diese Frau weiß sich in besserer Gesellschaft einfach nicht zu benehmen!«

»Sie hat nur ihre Meinung geäußert«, sagte Agnes ruhig, aber Sir Edward hörte gar nicht zu.

»Ich hatte ihn gewarnt«, fuhr er fort. »Wie oft habe ich ihm gesagt, ein Mann in seiner Stellung müsse sich gut überlegen, wen er heiratet. Er braucht eine Frau, die hinter ihm steht, statt ihn auf ihr eigenes Niveau herabzuziehen.«

»Es liegt nicht in unserer Hand, in wen wir uns verlieben, Vater«, bemerkte Eleanor seufzend.

»Ach ja, die Liebe!«, spottete Sir Edward. »Jetzt bezahlt er jedenfalls den Preis für seine Dummheit.« Er schüttelte den Kopf. »Dieses Frauenzimmer wird ihn noch zugrunde richten, lasst euch das gesagt sein!«

James sagte nichts, als sie den Hügel hinunter auf das im Dunkeln liegende Dorf zugingen, aber Carrie konnte seine Enttäuschung wie eine schwere Last auf ihren Schultern spüren und verwünschte sich im Stillen.

Warum hatte sie auch den Mund aufmachen müssen? Sie hatte sich geschworen, sich James zuliebe heute von ihrer besten Seite zu zeigen, aber dann hatte Sir Edward sie so verärgert, dass sie einfach nicht mehr hatte schweigen können.

Es war eine mondlose, bewölkte Nacht, und sie stolperte auf dem unebenen Pfad. Aber James reichte ihr nicht die Hand, um ihr zu helfen, sondern ging weiter, wobei er die Hände tief in seinen Hosentaschen verbarg.

Schließlich hielt Carrie das Schweigen nicht länger aus.

»Falls du mir etwas zu sagen hast, wäre es mir lieber, wenn du es geradeheraus tun würdest.« Schuldbewusstsein und Scham ließen ihre Worte schärfer klingen als beabsichtigt.

»Ich finde, du hast für uns beide mehr als genug gesagt, oder meinst du nicht?« Seine Stimme klang müde in der Dunkelheit.

»Was hätte ich denn tun sollen? Einfach nur dasitzen und diesem eingebildeten Gockel zuhören, während er diesen Blödsinn von sich gibt?«

»Ich dachte, du würdest es mir zuliebe wenigstens versuchen.«

Die Traurigkeit in seiner Stimme verärgerte sie.

»Ich habe es versucht!«, protestierte Carrie. »Ich habe nichts gesagt, als er sich über die Bergarbeiterfürsorge ausließ und mit allem prahlte, was er für das Dorf getan hat. Als er aber anfing, die Menschen zu beleidigen, mit denen ich aufgewachsen bin ... tja, da konnte ich nicht mehr einfach nur dasitzen und schweigen.«

»Offensichtlich nicht«, sagte James.

»Ich wollte ja gar nicht mit dir hingehen«, erinnerte sie ihn. »Ich hatte dir gleich gesagt, dass es keine gute Idee war. Aber du musstest ja darauf bestehen.«

Carrie hatte schon als Kind gelernt, die Haverstocks und alles, wofür sie standen, zu hassen. Aufgewachsen in einem der Bergarbeiterhäuschen, hatte sie stets im Schatten des »Herrenhauses« gelebt, wie alle es nannten. Und natürlich hätte sie sich niemals träumen lassen, dass einmal der Tag kommen würde, an dem sie dorthin eingeladen wurde.

Doch inzwischen war sie mit James verheiratet, und die Haverstocks gehörten nun einmal zu seinem Leben. Angesichts dessen hätte sie sich vielleicht wirklich mehr bemühen sollen …

Carrie wandte sich ihm im Dunkeln zu. »Es tut mir leid«, sagte sie. »Ich wollte dir keine Schwierigkeiten machen, ehrlich nicht.«

»Sir Edward wird es überleben. Vielleicht tut es ihm ja sogar gut, dass ausnahmsweise mal jemand anderer Meinung ist als er«, erwiderte James seufzend.

Carrie schaute ihren Ehemann an und versuchte, im Dunkeln seine klugen Gesichtszüge zu erkennen. James würde mit Sicherheit nie so dumm sein, sich mit dem Besitzer der Zeche anzulegen.

»Er kann mich nicht ausstehen, stimmt's?«, bemerkte sie.

»Ich hatte aber den Eindruck, dass das auf Gegenseitigkeit beruht.«

»Allerdings. Für mich ist er bloß ein aufgeblasener alter Schwätzer!« Sie warf James einen schnellen Blick von der Seite zu. »Er denkt, du hättest eine viel bessere Partie machen können.«

»Aber ich nicht. Und das ist das Einzige, was zählt.«

Einen Moment lang gingen sie schweigend weiter. »Aber es wäre möglich gewesen«, sagte Carrie dann. »Wenn du Miss Eleanor geheiratet hättest, wie es von dir erwartet wurde.«

James seufzte schwer. »Nicht das schon wieder!«

»Ich meine es ernst, James. Sie ist eher wie deinesgleichen. Sie würde dich nie enttäuschen oder in Verlegenheit bringen, wie ich es tue.«

Es war das, was alle erwartet hatten. Jeder wusste, dass Sir Edward James als seinen Sohn betrachtete, nachdem seine eigenen

Jungen im Krieg gefallen waren. Er hätte vielleicht sogar das Vermögen der Haverstocks aus dem Kohleabbau geerbt, wenn er so vernünftig gewesen wäre, in die Familie einzuheiraten.

Doch stattdessen hatte er sich für Carrie Wardle entschieden.

»Du könntest heute reich sein, wenn du deine Trümpfe richtig ausgespielt hättest«, sagte sie.

»Ich habe aber lieber dich und Henry.«

»Ja, aber …«

James blieb plötzlich stehen. »Wie oft muss ich das eigentlich noch sagen?«, fragte er seufzend. »Ich würde Eleanor Haverstock genauso wenig heiraten wollen wie sie mich, Carrie. Sie ist für mich wie eine Schwester.«

Carrie lächelte. »Ach, James! Für einen klugen Mann, wie du es bist, kannst du manchmal ziemlich schwer von Begriff sein. Selbst ein Blinder könnte sehen, wie vernarrt Eleanor Haverstock in dich ist.«

Carrie machte es nichts aus, weil Eleanor ihr leidtat. Denn trotz ihres Reichtums war die arme Frau dazu verdammt, ein einsames Dasein zu fristen, in diesem elenden Haus und mit ihrem unmöglichen Vater. Wie könnte sie ihr da das bisschen Flirten missgönnen?

James machte ein erstauntes Gesicht. »Meinst du?«, fragte er und tat so, als dächte er darüber nach. »Ich hatte ja keine Ahnung. Aber das ändert natürlich alles! Oje, was für ein Idiot ich doch gewesen bin. Ich muss sofort wieder nach Haverstock Hall zurück und ihr unverzüglich den Hof machen!«

Und schon drehte er sich um, aber Carrie griff nach seinem Arm.

»Zu spät!«, sagte sie lachend. »Jetzt gehörst du mir.«

»So ist es.« Nach einer kleinen Pause fügte er hinzu: »Du bereust es doch wohl nicht, meine Frau geworden zu sein?«

Sie blickte zu ihm auf und konnte sogar in der Dunkelheit seine scharf geschnittenen Gesichtszüge erkennen. Den Ausdruck in seinen Augen konnte sie nicht sehen, aber sie hatte die Unsicherheit in seiner Stimme gehört.

Er dachte an Rob. Keiner von beiden erwähnte je seinen Namen, aber er war immer da, stand immer zwischen ihnen.

Ihrer beider Leben wäre vielleicht ganz anders verlaufen, wenn Rob nicht fortgegangen wäre.

Ein kalter Windhauch strich über Carries Haut und ließ sie frösteln, worauf James sofort seine Jacke auszog und sie ihr um die Schultern legte.

Diese zärtliche Geste erinnerte sie an den Tag, an dem James sie im strömenden Regen und in Tränen aufgelöst vor den Zechentoren angetroffen hatte, als Rob Chadwick aus Bowden weggegangen war. Er hatte kein Wort gesagt, aber sofort seine Jacke ausgezogen und sie ihr umgelegt. Sie erinnerte sich daran, wie sie zu ihm aufgeblickt hatte, während der Regen sein Hemd und Haar durchnässte, und sie ihn zum ersten Mal wirklich gesehen hatte. Nicht den zurückhaltenden, etwas unbeholfenen Bergwerksleiter, sondern einen freundlichen, liebenswerten Mann, der auf sie achtgeben wollte.

Das war der Tag, an dem Carrie begonnen hatte, sich in ihn zu verlieben.

Jetzt blickte sie ihn lächelnd an. »Natürlich bereue ich es nicht.«

»Damit sind wir schon zwei.« Sie hörte die Erleichterung in seiner Stimme, als er seinen Arm um sie legte.

KAPITEL NEUN

»Gebt jetzt bitte gut acht, Kinder. Diese junge Dame ist Miss Sheridan, die Gemeindeschwester, die hergekommen ist, um euch alle zu untersuchen.«

Fünfzig kleine Gesichter starrten Agnes an, als sie vor ihnen in dem hohen Klassenraum stand, neben Miss Warren, der Lehrerin der Kinder. Es war kein vielversprechender Anblick für Agnes. Selbst aus der Entfernung konnte sie reihenweise gerötete und laufende Nasen, entzündete Augen und schorfige Münder sehen. Einige der Kinder kratzten sich am Kopf. Trotzdem versuchte Agnes, sie auf eine – so hoffte sie zumindest – ermutigende Art und Weise anzulächeln. Die Kinder beobachteten sie jedoch weiterhin mit ausdrucksloser Miene.

Es war ihr erster Besuch in der Bowdener Hauptschule, obwohl sie schon oft an dem grauen Steinbau mit dem Glockenturm vorbeigekommen war, seit sie vor drei Wochen ihre Arbeit aufgenommen hatte. Auch die aus dem Gebäude herausdringenden Kinderstimmen hatte sie schon oft gehört, wenn sie ein Lied sangen oder das Einmaleins aufsagten, und sie hatte sie auch schon auf dem Spielplatz herumtollen sehen, wenn sie ihre Runden machte.

Mr. Hackett, der Schulleiter, hatte jedoch mit einiger Bestürzung reagiert, als Agnes heute Morgen um halb elf in seinem Büro erschienen war.

»Oh, ist heute schon der Tag, an dem Sie kommen sollten? Ich bin mir sicher, dass ich Sie erst für nächste Woche in meinem Kalender eingetragen hatte.« Er suchte seinen unaufgeräumten Schreibtisch ab und schaute unter Stapeln von Papieren nach. Er war ein schmächtiger, nervös wirkender Mann mit schütter werdendem aschgrauem Haar und einer Brille.

Agnes schaute ihm zu, wie er die Papiere hin und her schob, und zwang sich, nicht die Geduld zu verlieren. »Ich habe diesen Besuch für heute Morgen in meinem Kalender stehen«, sagte sie.

»So? Nun ja, dann haben Sie sicher recht. Ich schaffe es ohnehin nie, den Überblick über all meine Termine zu behalten.« Er schielte sie durch seine dicken Brillengläser an. »Und wie wird denn nun Ihre Arbeit bei uns aussehen? Bei uns ist nämlich noch nie eine Krankenschwester vorbeigekommen.« Bevor Agnes etwas erwidern konnte, setzte er schnell hinzu: »Aber ich mache Ihnen einen Vorschlag. Warum sprechen Sie nicht mit Miss Warren? Sie wird wohl wissen, was sie mit Ihnen anfangen soll.«

Miss Warren war eine der beiden Lehrerinnen an der Schule und unterrichtete die Oberstufenschüler. Bereits bevor Agnes den Klassenraum erreicht hatte, hörte sie Miss Warrens Stimme hinter der Tür.

»Nein!«, dröhnte es bis auf den Gang hinaus. »Das genügt mir nicht. Also fang noch mal von vorne an, wenn ich bitten darf.«

Agnes, die neben Mr. Hackett stand, konnte das nervöse Zucken seiner Schultern sehen. »Ich werde Sie hierlassen«, sagte er und stieß die Tür auf, um sie in den Raum zu schieben. »Miss Warren wird schon wissen, was zu tun ist.«

»Aber ...«

Agnes blickte sich protestierend um, aber er hastete schon wieder den Gang hinunter. Kurz darauf hörte sie die Tür zu seinem Büro ins Schloss fallen.

Sie befand sich hinten in einem großen, hohen Raum, der nach Kreide, alten Stiefeln und feuchter Wolle roch und in dem viele Reihen hölzerner Pulte standen. Eine Weltkarte, auf der die Länder des Britischen Weltreichs stolz in Rot schraffiert waren, schmückte eine Wand, und an der anderen strömte durch zwei hohe Fenster Licht herein, das die hochgewachsene, sehr aufrechte Gestalt von Miss Warren beleuchtete.

Agnes konnte sofort erkennen, dass sie eine respekteinflößende Persönlichkeit war. Sie war mittleren Alters, streng und ernst, und ihr schlichtes graues Kleid und glatt zurückgekämmtes Haar trugen nicht dazu bei, die Strenge ihrer Gesichtszüge ein wenig abzumildern. In ihren Händen hielt sie einen schlanken Stock, den sie hin und her drehte, während sie einem Kind zuhörte, das mit stockender Stimme ein Gedicht aufsagte.

Das Kind verstummte, als Agnes ein paar Schritte vortrat und alle Augen, einschließlich der streng blickenden von Miss Warren, sich ihr zuwandten.

Einen Moment lang sagte niemand etwas. Dann ließ die Lehrerin den Stock plötzlich mit einem lauten Zischen, sodass Agnes und alle Kinder zusammenzuckten, auf ihren Tisch herunterfahren.

»Dreht euch um, Kinder!«, blaffte sie. »Oder habe ich euch etwa erlaubt, unsere Besucherin so anzustarren?« In einem etwas ruhigeren Ton fügte sie hinzu: »Daisy Carter, du sagst das Gedicht weiter auf, während ich beschäftigt bin. Und glaub nur ja nicht, dass ich nicht achtgeben werde«, warnte sie und zeigte mit ihrem Stock auf das Mädchen, das ängstlich zitternd an seinem Platz stand. »Ich werde jedes deiner Worte hören.«

Als die unglückliche Daisy sich wieder aufrappelte und ihr Gedicht noch einmal von vorn begann, ging Miss Warren nach hinten, wo Agnes stand.

»Sie müssen die neue Gemeindeschwester sein«, sagte sie kühl und nach wie vor ohne den Anflug eines Lächelns. »Wir hatten Sie schon erwartet.«

»So?«, sagte Agnes. »Ich war mir da nicht ganz sicher, da Mr. Hackett zu glauben schien, dass ich nicht vor nächster Woche kommen würde.«

Miss Warren seufzte. »Zum Glück müssen wir uns nicht alle auf das Gedächtnis unseres Schulleiters verlassen.« Dann musterte sie Agnes abschätzend. »Wie ich hörte, sind Sie hier, um den allgemeinen Gesundheitszustand unserer Schülerinnen und

Schüler zu überprüfen?« Ohne Agnes' Antwort abzuwarten, fuhr sie fort: »Und ich kann Ihnen nur sagen, es wird höchste Zeit, dass etwas für die Kinder getan wird. Auch wenn ich glaube, dass Sie es hier mit sehr viel mehr zu tun bekommen werden, als Sie vielleicht erwartet hatten.«

Agnes verstand schon sehr bald, was die Lehrerin gemeint hatte, als sie die Kinder untersuchte. Sie standen vor ihr in einer ordentlichen Schlange, ausgezogen bis auf ihre Unterhemden, und traten nacheinander an, bevor sie, geordnet wie Soldaten unter Miss Warrens gebieterischem Blick, im hinteren Teil des Klassenzimmers einen Platz einnahmen. Auch die Klasse mit den jüngeren Schülern und Schülerinnen war mit der anderen Lehrerin, die Miss Colley hieß, hinzugekommen. Sie war das genaue Gegenteil von Miss Warren, eine sympathische junge Frau mit sanften Rundungen, einem rundlichen, lächelnden Gesicht und einer leisen, weichen Stimme.

Agnes untersuchte die Kinder sorgfältig, sah sich ihre Haare und ihre Zähne an und schaute ihnen in die Augen und in den Hals. Auch ihre Knochen und ihre Haltung überprüfte sie. Wie Miss Warren schon vorausgesagt hatte, gab es kaum ein Kind ohne Beschwerden, ob es nun Nissen, eine Erkältung oder Husten, Senkfüße oder Verformungen der Beine infolge einer Rachitis waren.

Während der Untersuchungen stand Miss Warren hinter ihr, beobachtete die Kinder mit unerbittlichem Gesichtsausdruck und blaffte hin und wieder eines an.

»Sei still!«

»Nimm deine Hände aus den Taschen!«

»Hör auf mit dem Gezappel! Ja, du da drüben – ich rede mit dir!«

Der kleine Junge, den sie meinte, nahm keine Notiz von ihr, als er sich vorbeugte, um sich an seinen Knien zu kratzen, die unter seiner kurzen Hose hervorschauten.

»Wer ist der Junge?«, wandte Agnes sich flüsternd an Miss Colley.

»Billy Stanhope«, antwortete sie.

Agnes notierte sich den Namen und winkte ihn dann zu sich nach vorn. »Lass mich dich mal anschauen, Billy.« Seine Haltung war ganz ordentlich, und seine Augen waren wach und glänzend. Sein Hals und seine Fingernägel waren sauber, zumindest für einen fünfjährigen Jungen. Als Agnes sich dann aber seine Hände zeigen ließ, sah sie augenblicklich das Problem. Die zarte Haut zwischen seinen Fingern war von rötlich braunem Ausschlag und nadelstichartigen Wundmalen bedeckt.

»Hast du dich hier viel gekratzt in letzter Zeit, Billy?«, fragte sie, aber der Junge starrte sie nur stumm aus großen, grauen Augen an.

Das Mädchen hinter ihm knuffte ihn recht unsanft in den Rücken. Sie hatte die gleichen grauen Augen und den gleichen dichten schwarzen Haarschopf wie der kleine Junge, und ihr besorgter Gesichtsausdruck war der einer älteren Schwester.

Der Junge ignorierte sie jedoch und hüllte sich in Schweigen.

»Bitte, Miss, er hört nie auf, sich zu kratzen!«, entfuhr es ihr schließlich. »Unsere Tante hat ihn mit Schwefelsalbe eingerieben. Das ganze Haus stinkt schon danach, aber es hilft ihm überhaupt nicht, und …«

»Hat dich jemand nach deiner Meinung gefragt, Elsie Stanhope?«, schnauzte Miss Warren das Mädchen an, das sofort verstummte. Die Lehrerin wandte sich an Agnes. »Und? Stimmt mit dem Jungen etwas nicht, Miss Sheridan?«

»Ich glaube, er hat die Krätze«, sagte Agnes.

»Ach du meine Güte, das klingt ja ziemlich ernst.« Miss Warren schenkte Miss Colley einen vorwurfsvollen Blick, als ob es ihre Schuld wäre.

»Krätze lässt sich heilen, aber sie ist sehr ansteckend.« Agnes machte sich eine Notiz neben Billys Namen.

»Ansteckend?« Miss Warren richtete sich auf, und der Blick, mit dem sie die jüngere Lehrerin ansah, wurde noch härter. Miss Colley biss sich auf die Lippe und schien den Tränen nahe zu sein. »Das hat uns gerade noch gefehlt! Sie hätten das früher bemerken müssen, Miss Colley.«

»Da ich die Symptome bei keinem der anderen Kinder gesehen habe, können Sie wohl beruhigt sein«, sagte Agnes. »Wo wohnst du, Billy?«, fragte sie den Jungen, der auch jetzt wieder nur stumm ihren Blick erwiderte.

»Nun?«, fauchte Miss Warren. »Heraus mit der Sprache, Junge. Und nimm die Hände aus den Hosentaschen!«

Hinter ihm räusperte sich seine Schwester.

»Wir wohnen an der Railway Row, Miss«, sagte sie rasch, was ihr einen weiteren strengen Blick von Miss Warren eintrug.

»Sag deiner Mutter, dass ich vorbeikommen werde, um mit ihr zu sprechen«, trug Agnes dem Mädchen auf.

»Wir haben keine Mutter«, antwortete Elsie.

»Sie ist tot.« Zum Glück fand Billy seine Stimme wieder.

»Oh, das tut mir leid. Aber wer kümmert sich denn um euch?«

»Unser Vater und unsere Tante, Miss«, sagte Elsie.

»Dann sag doch bitte deiner Tante, dass ich sie besuchen werde«, erwiderte Agnes.

Hinter ihr unterdrückte Miss Warren ein Geräusch, das ein Husten hätte sein können, aber verdächtig nach einem Lachen klang. Als Agnes sich zu ihr umdrehte, verzog die Lehrerin jedoch schon keine Miene mehr.

Es dauerte über eine Stunde, bis Agnes ihre Untersuchungen beendet hatte.

»Was hatte ich Ihnen gesagt?«, bemerkte Miss Warren mit grimmiger Genugtuung, als sie Agnes ihre Notizen neben dem Namen eines jeden Kindes machen sah. »Ihre Eltern tun ihr Bestes, aber die Kinder sind in sehr schlechter gesundheitlicher Verfassung. Darf ich fragen, Miss Sheridan, was Sie mit all diesen Informationen anfangen werden, nachdem Sie sie jetzt haben?«

Agnes betrachtete ihre Liste. »Ich werde die Eltern besuchen, um ihnen Behandlung und Beratung anzubieten.«

»Auch Billy Stanhopes Familie?« Agnes warf Miss Warren einen schnellen Blick zu. Da war er wieder, dieser Anflug eines Lächelns, zu dem sich ihre Mundwinkel verzogen. Es war das erste Mal an diesem Tag, dass sie die ältere Frau lächeln sah.

»Gibt es etwas, was ich über diese Familie wissen sollte, Miss Warren?«, fragte sie.

Die Lehrerin schüttelte den Kopf, ohne eine Miene zu verziehen, aber in ihren Augen leuchtete unverkennbar Erheiterung auf. »Aber nein, Miss Sheridan. Ich habe Mr. Stanhope immer als sehr höflich erlebt – auf seine eigene Art und Weise.« Sie hielt inne und sagte dann: »Die Tante allerdings ... Nun ja, sagen wir einfach, dass Sie Schwierigkeiten haben könnten, sie von Ihren guten Absichten zu überzeugen.«

In den drei Wochen seit ihrer Ankunft in Bowden hatte Agnes schon einige ärmliche Orte aufgesucht, aber ihre Visiten hatten sie noch nie zuvor in die Railway Row geführt. Ihr war nicht einmal bewusst gewesen, dass es so dicht am Bergwerk Häuser gab, bis sie die schmale Straße fand, die unmittelbar hinter dem Güterbahnhof lag. Die kleinen Häuser standen so dicht daneben, dass der Boden unter ihren Füßen vom Geratter der Züge auf den Schienen bebte. Und die Luft fühlte sich seltsam fettig an auf ihrer Haut. Was für ein unbehaglicher Ort!

Zum Glück fand Agnes schnell das Häuschen der Stanhopes, das etwa in der Mitte der Häuserreihe lag. Sie klopfte an, da aber keine Antwort kam, drückte sie vorsichtig gegen die Tür, und sie gab tatsächlich nach und öffnete sich langsam.

»Hallo?«, rief sie laut. »Ist jemand zu Hause? Hier ist die Gemeindeschwester.«

Sie hatte das Zimmer schon betreten, bevor sie den Mann bemerkte, der ein Bad in einer verzinkten Wanne vor dem Feuer nahm.

Agnes blieb wie vom Donner gerührt stehen, als sie ihn sah. Am liebsten wäre sie sofort wieder hinausgegangen, aber für einen Moment stand sie einfach nur da und starrte ihn an, völlig fasziniert von dem Anblick der Wasserrinnsale, die über seine breiten Schultern liefen und Spuren auf seiner ölig glänzenden, geschwärzten Haut hinterließen. Eine hässliche Narbe verlief parallel zu seiner Wirbelsäule über den ganzen Rücken. Während Agnes zusah, streckte er einen muskelbepackten Arm aus, um ihn einzuseifen, und die Muskelstränge und Sehnen strafften und spannten sich wie Taue unter seiner Haut.

Als er sich bewegte, blickte er zufällig über seine Schulter, entdeckte Agnes und ließ die Seife in das hoch aufspritzende Wasser fallen.

»Was zum …«

Sie erkannte ihn sofort, als sie in seine harten grauen Augen blickte. Natürlich. Stanhope … Der Name fiel ihr plötzlich wieder ein. Wie hatte sie ihn vergessen können?

Und auch Seth Stanhope erkannte sie in diesem Augenblick.

»Oh, Sie sind's.« Sein Gesicht verhärtete sich. »Platzen Sie immer ohne anzuklopfen bei anderen herein?«

»Ich – ich hatte angeklopft, aber …« Als er sich umdrehte, bekam Agnes für einen Moment seine breite, mit dunklem Haar bedeckte Brust zu sehen. Schnell wandte sie ihren Blick ab, und im selben Moment öffnete sich hinter ihr die Tür.

»Was ist denn hier los?«

Agnes fuhr herum. Im Eingang stand eine Frau, die einen großen Suppentopf in ihren Händen hielt. Sie war mindestens einen Kopf größer als sie selbst und breitschultrig und stämmig wie ein Mann.

»Was tun Sie hier?« Ihre Stimme verblüffte Agnes, weil sie

weich und mädchenhaft war und in absolutem Widerspruch zu ihrer äußeren Erscheinung stand.

»Ich bin hier, um Mr. Stanhope zu sprechen.« Agnes straffte ihre Schultern und zwang sich, ihre Haltung wiederzugewinnen. »Mein Name ist Agnes Sheridan, und ich bin die neue ...«

»Oh, ich weiß schon, wer Sie sind«, unterbrach die Frau sie und starrte sie aus unbewegten schwarzen Augen an.

Agnes räusperte sich. »Sie sind vermutlich Billys Tante?«

»So ist es.« Die Frau grinste. »Vermutlich haben Sie auch schon von mir gehört. Ich bin Hannah Arkwright.«

KAPITEL ZEHN

Es überraschte Agnes nicht, dass alle Angst vor Hannah Arkwright hatten. Sie war auch wirklich eine einschüchternde Erscheinung, so kräftig und groß wie sie war. Ihre Gesichtszüge waren eckig und scharf geschnitten, ihr langes Haar feuerrot. Bekleidet war sie wie ein Mann, mit alten Arbeitsstiefeln und einem schweren Mantel.

Agnes blickte zu ihr auf. »Sind Sie Billy Stanhopes Tante?«

»So ist es«, erwiderte sie in herausforderndem Ton. »Was ist mit ihm?«

Aus der Badewanne hinter ihnen war ein übertriebener Seufzer zu hören. »Herrgott nochmal! Kann ein schwer arbeitender Mann nicht mal in Ruhe baden?«

»Mach dir keine Sorgen, Seth, ich regele das schon.« Hannahs Stimme verhieß nichts Gutes, als sie den schweren Suppentopf auf dem Tisch abstellte und Agnes aus dem Haus hinausführte.

Vor der halb geschlossenen Tür blieb sie stehen und verschränkte ihre Arme vor der Brust. »Was soll das alles, bitteschön? Was hat unser Billy wieder angestellt?«

»Gar nichts«, sagte Agnes. »Ich mache mir nur Sorgen um ihn. Ich war vorhin oben in der Schule, um eine Gesundheitskontrolle durchzuführen«, sie ignorierte, dass Hannah die Augen verdrehte, »und dabei stellte sich heraus, dass Billy unter Krätze leidet.«

»Ach das. Das weiß ich«, murmelte Hannah. »Ich behandle ihn dagegen.«

»Ihre Nichte erwähnte, dass Sie Schwefelsalbe benutzen. Darf ich Ihnen stattdessen eine Benzylbenzoat-Emulsion empfehlen, die viel wirksamer sein könnte? Ich habe Ihnen auch schon eine mitgebracht.«

Agnes öffnete ihre Schwesterntasche und nahm die braune Glasflasche heraus. »Sie muss überall aufgetragen werden nach einem Bad. Von Kopf bis Fuß, nicht nur auf die befallenen …«

Aber Hannah schüttelte schon den Kopf. »Wir brauchen Ihre Medizin nicht«, unterbrach sie Agnes.

»Es ist keine Medizin, sondern …«

»Mich interessiert nicht, was es ist. Ich sagte, dass ich das Zeug nicht brauche. Ich behandle Billy auf meine Weise.«

»Ja, aber was immer Sie auch tun, es wirkt ganz offensichtlich nicht!«, gab Agnes nicht minder scharf zurück.

Hannah starrte sie an. »Jetzt hören Sie mal zu, Miss Sheridan. Meine Mutter und ich betreuen die Leute in diesem Dorf schon seit Ewigkeiten. Da können Sie jeden fragen, und sie werden es Ihnen sagen. Wir brauchen also keine Leute wie Sie, die mit ihren neumodischen Fläschchen daherkommen, uns Vorschriften machen wollen und überall dazwischenfunken!«

»Tja, aber da ich nun schon einmal hier bin, können die Leute eine richtige medizinische Betreuung erhalten«, entgegnete Agnes kühl.

Hannah riss so schockiert die Augen auf, als hätte Agnes sie geschlagen. »Eine *richtige* Betreuung, sagen Sie? Ha! Nach dem, was ich so höre, ist hier aber keiner an Ihrer *richtigen* Betreuung interessiert, nicht wahr, Miss Wichtigtuerin?«

Agnes blickte über Hannahs Schulter zum Haus. »Vielleicht sollte ich ein Wörtchen mit dem Vater des Jungen reden.«

»Sie haben doch gehört, was er gesagt hat! Er hat kein Interesse an einem Gespräch mit Ihnen«, sagte Hannah. »Ich bin es, die sich hier um die Kinder und ihre Beschwerden kümmert, weil ihr Vater mir vertraut.«

Dann sollten Sie sich vielleicht besser um sie kümmern. Agnes presste die Lippen zusammen, um sich die Bemerkung zu verkneifen. Sich Hannah Arkwright zur Feindin zu machen, würde sie nicht weiterbringen.

»Ich glaube wirklich, dass das hier helfen würde«, sagte sie nur und bot ihr erneut die Flasche an. Doch Hannah stieß sie weg.

»Ich sagte Ihnen doch schon, dass wir Ihre Hilfe nicht brauchen!«, fauchte sie. »Ich wäre Ihnen also sehr verbunden, wenn Sie nicht wieder herkämen, um sich in Dinge einzumischen, die Sie nichts angehen.«

Entschlossen, sich nicht einschüchtern zu lassen, straffte Agnes ihre Schultern. »Natürlich werde ich wieder herkommen, wenn ich das Gefühl habe, gebraucht zu …«

Bevor sie den Satz beenden konnte, war Hannah wieder hineingegangen und schlug ihr die Tür vor der Nase zu.

Seth Stanhope saß nicht mehr in der Wanne, war abgetrocknet und auch schon halb bekleidet, als Hannah wieder hereinkam.

»Was wollte sie?«, fragte er, während er seine Gürtelschnalle schloss.

Hannah ging an ihm vorbei, um den Suppentopf auf den Herd zu stellen. »Nichts, worüber du dir Gedanken machen solltest.«

»Ich habe gehört, dass sie von unserem Billy sprach. Was ist mit ihm?«

»Nichts. Sie hat bloß ihre Nase in Dinge gesteckt, die sie nichts angehen.«

»Es wäre besser für sie, das nicht in meinem Haus zu tun.«

»Oh, das wird sie auch nicht, keine Sorge. Ich habe ihr ordentlich Bescheid gesagt und sie an die frische Luft gesetzt.«

Als Seth sich von ihr abwandte und sein Hemd zuknöpfte, hielt Hannah kurz inne und erlaubte sich für einen Moment den Luxus, ihn zu beobachten, bevor sie sich ihrer Manieren entsann und ihre Augen abwandte.

»Tut mir leid, dass ich nicht hier war, als du von deiner Schicht heimkamst«, sagte sie. »Eigentlich wollte ich schon früher kommen, um dir ein Bad zu bereiten, aber dann musste ich mich vorher noch um Mrs. Wilmslows Rückenschmerzen kümmern.«

»Es ist sehr lieb von dir, überhaupt zu kommen«, sagte Seth. »Ich weiß nicht, wie wir in diesen letzten Monaten ohne dich zurechtgekommen wären.«

»Das ist kein Problem, ich helfe gern.« Hannah wandte sich ab, damit Seth nicht ihr Erröten sah, denn in Wahrheit war es sogar so, dass es ihr Freude machte, sich um ihn und seine Kinder zu kümmern. Wenn sie sich in seiner Küche beschäftigte, konnte sie wenigstens so tun, als wäre es ihr eigenes Haus und als bereitete sie das Essen für ihre eigene Familie zu. »Mich um die Kinder meiner Schwester zu kümmern ist doch selbstverständlich. Sie hätte es nicht anders gewollt.«

Sie sah, wie Seth' Gesicht sich verdüsterte, und sie wünschte, sie hätte nichts gesagt. Obwohl schon sechs Monate seit Sarahs Tod vergangen waren, ertrug er es noch immer nicht, ihren Namen zu hören.

Also wechselte Hannah schnell das Thema. »Ich habe dir einen Eintopf zum Abendbrot gemacht. Ich setze ihn nur noch schnell zum Aufwärmen auf, ja?«

»Aye. Danke.«

»Wie gesagt, es ist kein Problem.«

Sie machte sich am Herd zu schaffen und überlegte, ob jetzt der richtige Moment war, ihm zu sagen, was sie beschäftigte. »Weißt du, ich habe mir überlegt«, begann sie langsam, »dass ich eigentlich auch hierbleiben könnte, wenn es dir eine Hilfe wäre?«

Er runzelte die Stirn. »Hier einziehen, meinst du?«

»Wenn es dir helfen würde?«, erwiderte sie, um einen möglichst beiläufigen Ton bemüht. »Ich könnte kochen, saubermachen und den Haushalt für euch führen. Dann bräuchtest du dir keine Sorgen mehr um die Kinder und alles andere zu machen.« Sie riskierte einen Blick über die Schulter. »Was hältst du davon?«

Seth schüttelte den Kopf. »Nichts«, sagte er. »Du hast dir schon mehr als genug Umstände wegen uns gemacht. Wie könnte ich da von dir verlangen, noch mehr zu tun?«

»Aber du verlangst ja nichts, sondern ich biete es dir an.« Sie hörte die Verzweiflung, die in ihrem Tonfall mitschwang, aber sie konnte es nicht ändern. »Und es würde mir überhaupt nichts ausmachen.«

»Dir vielleicht nicht, aber mir«, entgegnete er. »Außerdem hätte deine Mutter da sicher noch ein Wörtchen mitzureden!«

»Ach was«, sagte Hannah. »Mutter mag dich.«

Seth' Lippen verzogen sich zu einem seiner seltenen Lächeln. »Wir wissen aber auch beide, dass das nicht stimmt.«

»Trotzdem könnte ich mich um euch kümmern. Du brauchst Hilfe, Seth.«

Mehr als er es sich eingestehen will, dachte Hannah, als sie seine bedrückte Miene sah. Seth war es gewohnt, der Ernährer und der Herr im Haus zu sein. Aber dann war Sarah gestorben, und urplötzlich hatte er sich gezwungen gesehen, seinen Kindern Mutter und Vater zugleich zu sein. Und dem war er nicht gewachsen, das konnte jeder sehen.

»Wir kommen schon zurecht«, murmelte er.

»Bist du sicher?«

Er sah sie an. Bevor er antworten konnte, ging jedoch die Tür auf, und Billy und Elsie kamen herein. Wie üblich trug das Mädchen ein Buch unter dem Arm.

»Dad! Weißt du was? Wir haben heute Fußball gespielt, und ...« Billy begann auf seinen Vater zuzulaufen, aber Elsie griff schnell nach seiner Hand und zog ihn zurück.

»Geh dir die Hände waschen«, sagte sie, wobei sie ihren Vater mit einem wachsamen Blick bedachte. »Sie sind schmutzig.«

»Aber ich wollte Dad erzählen ...«

»Du hast gehört, was deine Schwester gesagt hat, Billy.« Seth wandte seinem Sohn den Rücken zu, als er seine Stiefel anzog.

»Komm her, mein Junge, ich helfe dir.« Hannah holte etwas

Wasser aus der Kanne auf dem Fensterbrett und half dem kleinen Jungen beim Händewaschen. Billy sah verwirrt aus und hörte nicht auf, seinem Vater verstohlene Blicke zuzuwerfen. Hannah konnte sich vorstellen, was ihm durch den Kopf ging. Früher einmal hätte Seth seinen Sohn vielleicht mit offenen Armen empfangen, aber heute konnte er sich kaum noch dazu überwinden, seine Kinder anzusehen.

Zumindest Elsie schien es zu verstehen, denn sie zog sich schnell und ohne ein Wort in eine Sofaecke zurück, um ihr Buch zu lesen.

»Und du kannst das Buch gleich wieder weglegen, Elsie«, sagte Hannah zu ihr. »Du musst mir helfen, den Tisch zu decken. Und wo ist unser Christopher?«, fragte sie, als Elsie ihr Buch voll Bedauern aus der Hand legte.

Elsie zuckte mit den Schultern. »Mit den anderen Jungs draußen im Wald, nehme ich an. Und er war heute auch nicht in der Schule«, setzte sie mit einem weiteren schnellen Blick zu ihrem Vater hinzu.

»Hast du das gehört, Seth? Dein Sohn hat schon wieder die Schule geschwänzt. Du wirst ein Wörtchen mit dem Jungen reden müssen, bevor er sich in ernste Schwierigkeiten bringt.«

»Ja«, erwiderte Seth nur.

»Er verwahrlost. Es wird nicht mehr lange dauern, bis die Polizei bei uns anklopft … Hörst du mir überhaupt zu, Seth?«

»Natürlich höre ich dir zu! Und ich habe ja auch schon versprochen, mit ihm zu reden, oder etwa nicht?« Seth, der seine Stiefel mittlerweile angezogen hatte, erhob sich plötzlich.

»Wo gehst du hin?«, fragte Hannah, als er seine Jacke vom Haken an der Tür nahm.

»Zu einer Besprechung bei der Bergarbeiterfürsorge.«

»Schon wieder eine?«

»Es geht um Gewerkschaftsangelegenheiten. Da tut sich Einiges.« Er sah sie nicht an, als er seine Jacke überzog.

»Aber was ist mit deinem Abendessen?«

»Lass etwas davon im Ofen stehen, ich werde es essen, wenn ich wiederkomme.«

Hannah unterdrückte ihre Enttäuschung. »Ich kann aber nicht bleiben und nach den Kindern sehen, weil ich Mutter versprochen habe, bald zurück zu sein.«

»Elsie kann auf Billy achtgeben.« Er warf ihnen einen Blick zu. »Für eine Stunde können sie ruhig allein bleiben.«

Hannah sah die enttäuschten Gesichter der Kinder, die ebenso gut wie sie wussten, dass ihr Vater erst lange, nachdem sie zu Bett gegangen waren, zurückkehren würde.

Und was Christopher anging … Hannah erschauderte bei dem Gedanken an den Ärger, den sich der Junge einhandeln konnte, wenn er mit seinen gerade mal zwölf Jahren schon mit den älteren Jungs herumlungerte.

Was Seth allerdings nicht zu kümmern schien. Sein einziger Gedanke war, dem Haus und seinen Erinnerungen so schnell wie möglich zu entkommen.

Und schon fiel die Tür hinter ihm zu. Billy lief zum Fenster und stieg auf das Sofa, um seinem Vater hinterherzuschauen, als er die Straße hinunterging. Hannah wandte sich schnell ab und begann, den Eintopf umzurühren. Sie ertrug es nicht, mitanzusehen, wie traurig der Kleine seine Nase an die Fensterscheibe drückte. Der arme Junge hatte schon seine Mutter verloren, und nun verlor er auch noch seinen Vater.

»Wo warst du?«, war die erste Frage ihrer Mutter, als Hannah später heimkam. Im Haus war es nahezu völlig dunkel, denn da ihre Mutter kaum noch etwas sehen konnte, hielt sie es nicht für nötig, Lampen anzuzünden.

»Du weißt, wo ich war«, antwortete Hannah und stellte ihre Tasche auf den Tisch.

»Aye, und ob ich das weiß!« Die Stimme ihrer Mutter klang

wie ein Krächzen in der Dunkelheit. »Du warst so lange weg, dass das Feuer ausgegangen ist.«

»Ich kümmere mich darum.« Hannah machte sich daran, eine Lampe anzuzünden, und hantierte mit dem Gasglühstrumpf herum.

»Ich hätte erfrieren können! Aber das ist dir ja egal, weil du zu beschäftigt damit bist, Seth Stanhope schöne Augen zu machen«, nörgelte ihre Mutter.

»Ich habe mich um die Kinder gekümmert.«

»Aber ja, natürlich!« Ihre Mutter lachte gackernd. »Ihm kannst du vielleicht was vormachen, aber mir nicht. Ich weiß, worauf du aus bist, Mädchen!«

Hannah ignorierte sie, als sie den Docht der Lampe höherschraubte, bis das gedämpfte Licht auf das zerfurchte, unzufriedene Gesicht ihrer Mutter fiel. Das Alter hatte Nella Arkwright gleichsam schrumpfen lassen und tiefe Furchen in ihre pergamentene Haut gegraben. Ihre Augen lagen so tief in ihren Höhlen, dass sie im Halbdunkel zwei dunklen Tümpeln ähnelten.

»Es ist kein Brennholz mehr da«, sagte Hannah. »Ich werde schnell noch ein paar Scheite hacken, um den Korb zu füllen, bevor es draußen zu dunkel wird.«

»Es ist ein Jammer, dass wir keine kostenlose Kohle kriegen wie der Rest des Dorfs«, klagte ihre Mutter. »Du solltest deinen Freund Seth mal danach fragen. Er ist dir weiß Gott was schuldig für all die Zeit, die du dort drüben bist.« Sie schwieg einen Moment und sagte dann: »Aber du hast es ja auf was ganz anderes abgesehen als auf einen Korb geschenkter Kohle, was?«

»Ich weiß nicht, wovon du sprichst«, murmelte Hannah.

»Ich mag zwar schon fast blind sein, aber ich kann dir immer noch ins Herz sehen, Kind. Du hattest schon immer eine Schwäche für den Mann. Wie schade für dich, dass er deine Schwester vorzog!«

Hannahs Wangen brannten, als sie den leeren Korb neben dem

Kamin hochhob. »Ich werde schnell das Brennholz holen«, murmelte sie.

Draußen wurde es schon kalt und dunkel, als sie sich daranmachte, das Holz zu spalten. Hannah brauchte jedoch kein Licht, um zu wissen, was sie tat. Da das Holzhacken ihr schon von Kindheit an vertraut war, gelang es ihr sogar im Dunkeln, die Axt an der richtigen Stelle anzusetzen und die Holzklötze in saubere Scheite zu spalten. Sie war ebenso stark und leistungsfähig wie ein Mann, was sie jedoch oft mit Scham erfüllte, sodass sie wünschte, sie wäre ein so zartes und zerbrechliches Geschöpf, wie ihre Schwester Sarah es gewesen war.

Vielleicht war es ja das, was Seth in ihr gesehen hatte, dachte Hannah. Sarah war schon immer ein zartes kleines Ding gewesen, das behütet und umsorgt werden musste. Aber gerade ihre Zartheit war ihr schließlich zum Verhängnis geworden. Wäre sie kräftiger gewesen, hätte sie dieses plötzlich auftretende Fieber vielleicht überlebt.

Hannah schleppte das Brennholz ins Haus und schichtete einige der Scheite über der noch verbliebenen Glut des Feuers auf. Kurz darauf schon fingen sie Flammen und erzeugten ein anheimelndes Feuer im Kamin.

»Das ist schon besser.« Ihre Mutter wandte ihr Gesicht den Flammen zu, in deren Schein ihre milchig trüben, leeren Augen sichtbar wurden. Plötzlich sagte sie: »Du hast sie also schon gesehen?«

»Wen?«

»Diese Gemeindeschwester.«

Hannah blickte scharf zu ihrer Mutter auf und wollte sie schon fragen, wie sie davon erfahren hatte. Aber dann verkniff sie sich die Frage, weil Nella Arkwright einfach immer alles wusste.

Hannah wandte sich wieder dem Feuer zu und legte noch ein weiteres Scheit in die Flammen. »Ich habe sie gesehen, als sie ein Mittel gegen Billys Juckreiz vorbeibringen wollte.«

Nellas Gesicht verzog sich vor Entrüstung. »Sie hatte kein Recht, Seth Stanhope oder seine Kinder aufzusuchen! Sie gehören schließlich zu unserer Familie!«

»Das habe ich ihr auch gesagt«, erwiderte Hannah.

Ihre Mutter begann in ihrem Sessel hin und her zu rutschen, was ein sicheres Anzeichen für ihre Gereiztheit war. »Sie hat kein Recht dazu«, murmelte sie immer wieder. »Sie sollte sich da besser raushalten!« Schließlich schien die Verärgerung mit ihr durchzugehen, und sie streckte eine knochige, krallenartige Hand nach Hannah aus. »Hol mir den Spiegel.«

Hannah wurde augenblicklich misstrauisch. »Warum? Wozu brauchst du ihn?«

»Stell keine Fragen, bring ihn mir!«

Hannah erhob sich widerstrebend, um den alten Spiegel aus dem Zimmer ihrer Mutter zu holen. Er war ein schäbiges altes Ding, von dessen rissigem, vergoldetem Holzrahmen schon die Farbe abblätterte. Auch das Spiegelglas war so fleckig vom Alter, dass es fast unmöglich war, etwas darin zu sehen. Nur Hannah und ihre Mutter wussten, welche Macht dieser Spiegel verlieh, wenn er sich in den richtigen Händen befand.

»Du wirst aber doch nichts unternehmen, Mutter?«, fragte Hannah, als sie ihr den Spiegel reichte.

»Was ich tue oder nicht, das geht dich überhaupt nichts an!« Die alte Frau griff nach dem Spiegel und nahm ihn Hannah ab. »Und jetzt setz dich hin und verhalte dich ruhig. Und vergiss nicht, dass ich nicht gestört werden will!«

Hannah schaute zu, wie ihre Mutter mit dem Ärmel den Staub von dem Spiegel abwischte und dann hineinblickte. Obwohl ihre Mutter es ihr verboten hatte, versuchte Hannah, ihr über die Schulter zu blicken, konnte aber in dem vom Alter fleckigen Glas rein gar nichts erkennen.

Ihre Mutter dagegen starrte lange Zeit schwer atmend in den Spiegel, bis sie irgendwann einen zufriedenen Seufzer ausstieß.

»Ah, da ist sie ja!«, sagte sie. »Ich kann sie sehen, wie sie in ihrer schicken Uniform mit dem Fahrrad zu den Familien fährt. Diese verdammte Wichtigtuerin!« Sie schüttelte den Kopf. »Sie wird hier alles übernehmen, wenn wir ihr auch nur die geringste Chance dazu geben.«

»Das wird sie nicht und kann sie nicht«, sagte Hannah. »Niemand im Dorf kann sie leiden.«

»Das mag ja sein. Aber sie ist keine, die leicht aufgibt. Dazu hat sie in ihrem Leben schon zu viele Kämpfe ausgefochten …« Nella schwieg einen Moment und starrte mit ihren trüben Augen in das nicht minder trübe Spiegelglas, als ob sie dort sehen könnte, wie eine Geschichte ihren Lauf nahm. »Aye, sie hat Mut und Willenskraft, das muss ich zu ihren Gunsten sagen. Sie wird weitermachen, bis sie einen Weg gefunden hat, zu gewinnen, das kann ich dir versichern.« Und zu ihrer eigenen Verwunderung meinte sie, einen Anflug von Bewunderung in der Stimme ihrer Mutter zu hören. »Sie wird dich zum Gespött machen, wenn du dir das bieten lässt.«

»Wie meinst du das?«

»So, wie ich es gesagt habe!«, versetzte ihre Mutter scharf und starrte wieder in den Spiegel. »Sie hat einen starken Willen, diese Frau.«

»Den habe ich auch«, verteidigte sich Hannah.

»Da wäre ich mir nicht so sicher. Ich glaube nicht, dass du dich gegen diese Frau behaupten kannst.«

»Natürlich kann ich das!«, protestierte Hannah, in deren Stimme jetzt Ärger mitschwang.

»Sie wird dir alles nehmen, wenn du nicht aufpasst.«

»Das wird sie nicht!«, erklärte Hannah grimmig. »Das lasse ich nicht zu.«

Ihre Mutter warf ihr einen vernichtenden Blick zu. »Ach ja? Und was kannst du dagegen tun?«

Hannah schaute in den fleckigen Spiegel, doch außer ihrem

eigenen verzerrten Abbild konnte sie noch immer nichts erkennen.

Sie brauchte jedoch keinen Spiegel, der ihr sagte, was sie bereits wusste: dass sie wieder einmal nur die Zweitbeste war. Sie war ihr Leben lang immer nur die Zweitbeste hinter ihrer Schwester gewesen, und jetzt war sie auch nur die Zweitbeste im Vergleich zu ihrer Mutter. Ihr war bekannt, dass es im Dorf auch jetzt schon einige gab, die tuschelten, dass ihre Heilmittel nicht so gut wie die von Nella wären, auch wenn sie es Hannah nicht zu sagen wagten.

Aber sie hatte hart gekämpft für ihre Position in Bowden und dachte nicht im Traum daran, sie aufzugeben. Schon gar nicht für jemanden wie Agnes Sheridan.

KAPITEL ELF

Agnes war oft genug an den Zechentoren der Bowden Main vorbeigekommen, seit sie vor einem Monat in das Dorf gekommen war, aber nichts hatte sie auf die erschreckende Realität dessen vorbereitet, was hinter diesen Toren lag: ein ödes Gelände aus Kohlehalden, Schuppen, Werkstätten und Eisenbahnschienen, und all das vor dem Hintergrund des unablässigen Lärms der Kohlewaggons und der Schachtfördermaschine.

Es war gerade Schichtwechsel, als Agnes um zwei Uhr nachmittags dort erschien. Ein durchdringender Schweißgeruch lag in der Luft, als die vor Erschöpfung gebeugten und von Kopf bis Fuß mit Kohlenstaub bedeckten Bergleute aus dem Förderkorb ausstiegen. Sie wirkten wie groteske Schemen. Nur ihre Augen waren weiß in den glänzend schwarzen Gesichtern, als sie blinzelnd in den Sonnenschein hinaustraten.

»Kein schöner Anblick, was?«, sprach James Shepherd den Gedanken aus, der Agnes durch den Kopf ging. »Können Sie sich vorstellen, wie es sein muss, sein ganzes Leben dort unten zu verbringen?«

»Nein, das kann ich beim besten Willen nicht«, sagte Agnes.

»Ich schon. Ich war schon ganz unten im Schacht, Miss Sheridan, und das ist kein angenehmer Ort, das können Sie mir glauben. Dort unten ist es heiß und dunkel wie in der Hölle, und der Lärm ist unerträglich. Und manchmal, bevor ein Stollen erweitert werden kann, müssen die Hauer an Flözen arbeiten, die nicht weiter als bis hierhin reichen«, sagte er und legte eine Hand an seine Hüfte. »Dort hocken sie dann für sieben Stunden bis zu den Knöcheln im Wasser und inmitten von Ratten, die über ihre Stiefel rennen.« Er schüttelte den Kopf. »Den Mut eines Mannes, der dazu in der Lage ist, kann man wirklich nur bewundern.«

»Müssen Sie viel Zeit unter Tage verbringen, Mr. Shepherd?«

Er wandte den Blick ab, und sein Gesicht verfinsterte sich. »Ich fahre kaum je hinunter, wenn ich es verhindern kann, weil geschlossene dunkle Räume mir Angst machen, wissen Sie.«

»Dann wundert es mich aber, dass Sie sich Arbeit in einem Kohlebergwerk gesucht haben!«

»Ja, das muss Ihnen wohl komisch vorkommen«, erwiderte er mit einem wehmütigen kleinen Lächeln. »Aber vielleicht sollten wir unsere Besichtigung jetzt fortsetzen.«

»Wir werden in der Lampenstube beginnen, würde ich vorschlagen.« Er führte sie zu einem der Außengebäude, das dem Grubeneingang am nächsten lag.

»Jeder der Männer erhält vor seiner Schicht so eine«, sagte er und zog eine glanzlose Messingmünze mit einem kleinen Loch darin aus seiner Tasche. »Das ist die sogenannte Kontrollmarke. Sehen Sie die Nummer darauf? Jede Nummer entspricht der Zahl auf ihrer jeweiligen Lampe. Sie stecken ihre Kontrollmarke in einen ihrer Stiefel und geben sie am Ende ihrer Schicht zurück. Auf diese Weise können wir auf dem Brett nachsehen, wessen Marke fehlt, falls es zu einem Unfall unter Tage kommt.«

Wahrscheinlich ist es so auch leichter, eine Leiche zu identifizieren, dachte Agnes, unterließ es aber, ihren Gedanken auszusprechen.

Sie hatten die Lampenstube fast erreicht, und James Sheridan streckte gerade die Hand nach der Tür aus, als sie plötzlich aufging und Seth Stanhope vor ihnen stand.

»Was glauben Sie eigentlich, was Sie hier machen?« Die Arme vor der Brust verschränkt, verstellte er Agnes den Weg.

»Miss Sheridan hatte uns um eine Besichtigung gebeten«, sagte James Shepherd. »Ich wollte ihr gerade die Lampenstube zeigen.«

Seth warf ihr einen frostigen Blick zu. »Dann wird sie eben

warten müssen. Die Männer stehen dort noch an, um ihre Marken abzuholen.«

Agnes erstarrte bei seinem Ton. »Wie bitte?«

»Sie werden Ärger kriegen, wenn Sie sie jetzt dort mit hineinnehmen.« Seth ignorierte Agnes und sprach nur mit James. »Oder wollen Sie, dass die halbe Schicht sich aus dem Staub macht und nach Hause rennt?«

Agnes erwartete, dass James ihm widersprechen würde, doch stattdessen wandte er sich ihr zu und sagte: »Tut mir leid, Miss Sheridan, aber Stanhope hat recht. Ich hatte vergessen, wie viele der älteren Männer es für ein schlechtes Omen halten, wenn sie auf ihrem Weg in den Schacht hinunter einer Frau begegnen.«

»Ich habe schon erlebt, dass Männer lieber heimgingen und auf einen Tageslohn verzichteten, um dieses Risiko nicht einzugehen«, sagte Seth.

Agnes blickte vom einen zum anderen. »Aber das ist doch absurd!«, sagte sie. »Nichts als abergläubisches Gewäsch.«

Seth richtete sich zu seiner vollen Größe auf. »Was auch immer Sie darüber denken mögen, so sind wir hier nun mal«, entgegnete er mit schmalen Lippen.

James nahm Agnes' Arm. »Vielleicht sollten wir uns zunächst einmal den Förderseilraum ansehen?«, schlug er vor.

Im Weitergehen blickte Agnes sich schnell noch einmal über die Schulter nach Seth um. Er stand nach wie vor in der Tür zur Lampenstube und schaute ihnen aus schmalen Augen hinterher.

»Was für ein ausgesprochen rüder Mann«, bemerkte sie.

James lächelte. »Da haben Sie recht, seine Manieren lassen wirklich sehr zu wünschen übrig. Aber er ist der beste Hauer hier in der Bowden Main.«

»Ein Hauer? Dann baut er also Kohle ab?«

»Genau. Zunächst wird der Stollen in den Felsen getrieben und das Gestein hinausgebracht, damit die Hauer an die Kohle gelangen. Die Arbeit eines Hauers erfordert viel Geschick. Ein guter Hauer kann spüren, ob ein Flöz gute Erträge bringen wird. Und er kann auch die Gegebenheiten unter Tage deuten und weiß, wann und wo gehauen werden kann und wo man es besser unterlässt. Die Hauer entwickeln so etwas wie einen sechsten Sinn. Und Stanhope ist einer unserer besten. So, und hier ist auch schon die Treppe zum Raum mit den Förderseilen. Seien Sie bitte vorsichtig, Miss Sheridan.«

Agnes hörte nur mit halbem Ohr zu, als James ihr den Mechanismus zum Heraufziehen und Herablassen des Förderkorbs, die Bedienung des Aufzugs durch den Einweiser, den Aufschieber und den Fördermaschinisten sowie die Bedeutung der verschiedenen Signale erklärte. Mit ihren Gedanken war sie immer noch bei Seth Stanhope.

Er mochte sie nicht, das spürte sie. Sie war sich nicht sicher, womit sie ihn verärgert hatte, aber was immer es auch sein mochte, das Gefühl beruhte auf Gegenseitigkeit.

Sobald die Männer alle sicher unter Tage waren, zeigte James ihr die anderen Nebengebäude und erläuterte ihr, welche Arbeiten im Bergwerk anfielen, wie das Befüllen der Förderkübel unter Tage, die von Grubenponys nach oben gebracht wurden. Das Führen der Ponys wurde für gewöhnlich den Jungen übertragen, die gerade erst in der Zeche anfingen, oder den älteren Männern, die sich dem Ende ihres Arbeitslebens näherten. Der Inhalt aller Kübel wurde dann über Tage in den Sortierschuppen von weiteren Männern sortiert und geprüft. Anschließend wurden die Hauer nach der Anzahl der Kübel, die sie gefüllt hatten, und der Qualität der von ihnen geförderten Kohle entlohnt.

»Damit soll vermieden werden, dass Hauer ihre Kübel zum Teil mit Steinen füllen, um das Gewicht zu erhöhen«, erklärte James. »Und falls sie es doch tun, wird ihnen am Ende der Schicht ihr Lohn gekürzt.«

Nach der Besichtigung kehrten sie zum Büro des Bergwerksleiters zurück. »Ich hoffe, Sie haben alles gesehen, was Sie sehen wollten?«, sagte James.

»Danke, ja, das war sehr aufschlussreich.« Agnes blickte zu der gerahmten Fotografie an der Wand hinauf, auf der zwei Männer zu sehen waren, die sich die Hände schüttelten. Die schmalen, perfiden Gesichtszüge von Sir Edward Haverstock erkannte Agnes auf den ersten Blick. Der andere Mann war ein großer, distinguiert aussehender Fremder. Agnes hatte ihn noch nie zuvor gesehen, und dennoch kamen ihr seine scharfen, eckigen Gesichtszüge und die tiefliegenden Augen bekannt vor ...

»Ihr Vater?«, fragte sie.

James nickte. »Er hat die Zeche geleitet, bis er vor vier Jahren verstarb.«

»Und dann haben Sie seine Arbeit übernommen?«

James Shepherd blickte zu dem Bild der beiden Männer auf. »Es war das, was er wollte.«

Aber nicht das, was Sie wollten? Plötzlich ergab es einen Sinn für Agnes, wieso ein Mann mit Angst vor dunklen Räumen die Leitung eines Bergwerks innehatte.

»Er wäre bestimmt sehr stolz darauf, dass Sie in seine Fußstapfen getreten sind«, sagte sie.

James Shepherds Lächeln hatte etwas Trauriges. »Da bin ich überfragt.«

Agnes dachte noch über James Shepherd nach, als sie mit ihrem Fahrrad durch die Zechentore fuhr. Sie mochte ihn, weit mehr sogar, als sie für möglich gehalten hatte, als sie sich in Haverstock Hall kennenlernten. An jenem Abend hatte er den Eindruck eines ziemlich faden Menschen bei ihr hinterlassen, doch nun sah sie, dass er ein liebenswürdiger und feinfühliger Mann war, der seine Arbeit wirklich ernst nahm. Sie bedauerte ihn sogar dafür, mit einem so ungehobelten Esel wie Sir Edward Haverstock zusammenarbeiten zu müssen.

Sie war so in Gedanken versunken, dass sie die schwarze Gestalt nicht sah, bis sie direkt vor ihr auf die Straße trat. Agnes machte schnell noch einen Schlenker, um auszuweichen, und landete mit ihrem Rad in einer Weißdornhecke.

Der Mann eilte ihr zu Hilfe, als sie sich aus den dornigen Zweigen zu befreien versuchte.

»Tut mir leid, Schwester. Ich wollte Sie nicht erschrecken.«

Agnes blickte rasch auf. Das von Kohlenstaub verkrustete Gesicht erkannte sie zwar nicht, aber sie erinnerte sich an die Stimme. »Mr. Chadwick?«

Er grinste, und ein großer roter Mund kam in seinem geschwärzten Gesicht zum Vorschein. »Richtig, Schwester.« Er nahm ihr das Fahrrad ab und stellte es wieder auf die Straße. »Verzeihen Sie bitte, dass ich hier so unvermittelt aufgetaucht bin. Eigentlich hatte ich vor, Sie in der Praxis aufzusuchen, aber ich wollte dieser Mrs. Bannister dort nicht gerne begegnen. Ich weiß ja, wie neugierig sie ist und wie sie sich in alles einmischt ...« Er verzog angewidert das Gesicht. »Und dann sah ich Sie heute Morgen durch die Tore kommen und dachte, ich warte besser hier auf Sie.«

Agnes hörte auf, die Dornen aus ihrem Mantel herauszuziehen. »Soll das heißen, dass Sie schon die ganze Zeit auf mich gewartet haben?«

»Das macht nichts, Schwester. Wie ich schon sagte, habe ich auf eine Gelegenheit gewartet, Sie unter vier Augen sprechen zu können.«

»Worum geht es denn, Mr. Chadwick? Sind Sie krank?«

Selbst durch die dicke Schicht Kohlenstaub auf seinem Gesicht konnte sie sehen, wie unbehaglich er sich fühlte. »Nicht ich, Schwester«, sagte er mit gesenktem Blick. »Es geht um unseren Jungen ...«

KAPITEL ZWÖLF

Der Kohlekarren war in der Siedlung gewesen, und nun waren die meisten Frauen draußen im Freien und schaufelten eifrig Kohle von am Ende jeder Straße aufgeschütteten Haufen, um ihre Keller möglichst schnell zu füllen. Als Agnes mit Tom Chadwick um die Ecke kam, konnte sie sehen, wie die schmale Gestalt seiner Frau am anderen Ende der Straße Kohle durch die kleine Kellerluke ihres Hauses schüttete.

»Dein Mann ist endlich da, Ruth!«, rief ihr eine der Frauen zu.

»Das wurde aber auch Zeit.« Ruth richtete sich auf und strich sich mit der Hand über die Stirn. »Ich hab mir langsam Sorgen gemacht ...« Dann sah sie Agnes, und ihr Gesicht verdüsterte sich.

»Hallo, Mrs. Chadwick«, begrüßte Agnes sie lächelnd.

Doch Mrs. Chadwick beachtete sie nicht und legte ihre Schaufel weg. »Was will sie hier?«, fragte sie ihren Mann.

»Ich habe sie gebeten, herzukommen und sich unseren Ernest anzusehen.«

Ruth Chadwick blickte sich rasch nach den anderen Frauen um, die schon alle zu ihnen herüberstarrten. Dann eilte sie ins Haus, und Agnes und Tom Chadwick folgten ihr.

»Ihr Mann hat mir gesagt, Ihr kleiner Junge habe ein Problem mit seinem Nacken, Mrs. Chadwick«, sagte Agnes, sowie sie drinnen waren.

»Das ist Unsinn.« Ruth zog fest die Haustür zu und lehnte sich dagegen. »Unserem Kleinen fehlt nichts.«

Agnes sah Tom fragend an. »Oh, aber Ihr Mann sagte ...«

»Wie gesagt, Sie hätten sich gar nicht zu bemühen brauchen.

Tut mir leid, dass sie umsonst gekommen sind«, sagte Mrs. Chadwick und warf ihrem Mann einen bösen Blick zu.

»Sie könnte sich den Jungen doch zumindest einmal ansehen, Ruth«, sagte ihr Mann bittend.

»Ich hab dir doch gesagt, dass das nicht nötig ist!«

»Trotzdem kann es ihm nicht schaden, wenn sie ihn sich ansieht, wo sie doch sowieso schon einmal hier ist, nicht?«

Einen Moment lang sagte keiner etwas, und Agnes hatte das unangenehme Gefühl, zwischen den Fronten eines stummen Kampfes zwischen Mann und Frau zu stehen. Dann löste sich Mrs. Chadwick von der Tür und ging durch den Raum zu der behelfsmäßigen Wiege ihres Kindes, die aus einer hölzernen Kiste auf zwei derben Holzkufen bestand.

Sie ließ sich Zeit damit, das Kind aus der Wiege zu nehmen, bevor sie es schließlich, dick in mehrere Umschlagtücher eingehüllt, zu Agnes und ihrem Mann hinübertrug. Agnes konnte den Widerstand der Frau an jedem einzelnen ihrer angespannten Muskeln ablesen, als sie ihr das Baby übergab.

»Na endlich!« Tom Chadwick atmete erleichtert auf. »Jetzt wird die Schwester uns bald sagen können, was er hat. Das können Sie doch, Schwester?«

»Ich werde mein Bestes tun, Mr. Chadwick.«

Agnes legte das Baby auf den Teppich vor dem Kaminfeuer und begann es aus seinen wollenen Umschlagtüchern herauszuschälen. Aus den Augenwinkeln konnte sie den vorwurfsvollen Blick sehen, den Mrs. Chadwick ihrem Mann zuwarf.

Agnes wusste schon, was mit dem kleinen Jungen nicht stimmte, bevor sie ihn aus dem allerletzten Tuch befreit hatte.

»Er hat Tortikollis«, sagte sie. »Manchmal wird dieses Problem auch Schiefhals genannt ... weil die Muskeln auf dieser Seite seines Nackens zusammengezogen und deshalb auch verkürzt sind, sehen Sie? Das passiert recht häufig, vor allem nach einer schwierigen Geburt.«

»Aber das war doch bei ihm gar nicht so, oder?«, wandte sich Tom an seine Frau. Ruth Chadwick antwortete nicht.

»Lässt es sich in Ordnung bringen?«, fragte Tom. »Er wird doch keine Operation benötigen, oder?«

»Ich denke nicht«, sagte Agnes. »Wenn es früh genug entdeckt wird, ist eine Heilung durchaus möglich … Was ist *das* denn?« Sie roch die streng riechenden Kräuter, noch bevor sie unter dem Hemdchen des Babys den kleinen Mullbeutel entdeckte, der mit einer dünnen Schnur an Ernests Hals befestigt war.

»Damit wird der Kleine behandelt«, sagte Ruth nach einigem Zögern.

Mehr brauchte Agnes nicht zu hören, sie wusste sofort, dass es sich hier um Hannah Arkwrights Werk handelte.

»Mag sein, aber das ist sehr gefährlich.« Agnes löste die Schnur behutsam vom Hals des Babys. »Der kleine Ernest hätte sich im Schlaf damit erdrosseln können.«

»Hannah sagte, es würde ihm nicht schaden«, murmelte Ruth.

»Aber es wird ihm auch nicht viel nützen«, sagte Agnes. »Die einzige Möglichkeit, diesen Zustand zu beheben, sind regelmäßige Massagen, um den verkürzten Halsmuskel zu dehnen.«

Tom sah seine Frau an, und sein von der Kohle geschwärztes Gesicht verzog sich zu einem Lächeln. »Hast du das gehört, Ruth? Die Schwester kann ihn gesundmachen.«

Mrs. Chadwick sagte nichts. Ihr starrer Blick war auf das Kräuterbeutelchen in Agnes' Hand gerichtet, und plötzlich schlang sie die Hände um ihren Oberkörper, und ihre schmalen Finger krallten sich in ihre Arme.

»Ich zeige Ihnen auch gerne, wie es gemacht wird«, erbot sich Agnes. »Dann können Sie Ernest selbst behandeln.«

»Das sind ja wunderbare Neuigkeiten, Schwester. Nicht wahr, Ruth?« Tom Chadwick schaute seine Frau ermutigend an.

Mrs. Chadwicks aufgestaute Gefühle schienen nun urplötzlich

aus ihr hervorzubrechen, denn sie machte einen Satz nach vorn und schnappte sich das Baby. »Ich würde lieber tun, was Hannah sagt, falls ihr nichts dagegen habt«, murmelte sie und hüllte ihn wieder in seine diversen Tücher ein, als könnte sie ihn gar nicht schnell genug verbergen.

»Aber Mrs. Chadwick …«

»Ruth!«

Tom und Agnes protestierten im selben Moment, aber Ruth Chadwick schüttelte den Kopf.

»Ich habe mich entschieden. Und das da geben Sie mir zurück, wenn ich bitten darf«, verlangte sie und streckte ihre Hand nach dem Beutelchen mit den Kräutern aus. Als Agnes es ihr gab, bemerkte sie, dass Mrs. Chadwicks Finger zitterten.

Hilflos sah sie zu, wie die Frau dem Baby die Schnur wieder überstreifte. »Wissen Sie, es wäre wirklich besser für den Kleinen, wenn ich ihn behandeln könnte«, sagte Agnes sanft.

»Nein danke.«

»Bitte, Ruth!«

»Ich habe Nein gesagt!«, versetzte sie mit zornig erhobener Stimme, sodass ihr Mann zusammenzuckte. »Ich weiß, was ich tue«, fügte sie dann etwas ruhiger hinzu.

Agnes rappelte sich auf. »Wenn dem so ist, dann gehe ich am besten wieder«, sagte sie.

Tom Chadwick begleitete sie zur Tür. »Es tut mir leid, dass Sie sich ganz umsonst die Mühe gemacht haben, Schwester«, sagte er bedrückt.

»Das macht nichts, Mr. Chadwick.« Agnes blickte an ihm vorbei zu Ruth, die ihr Baby in den Armen wiegte und es ganz fest an ihre Schulter drückte. »Sie wissen, wo Sie mich finden, falls Ihre Frau es sich doch noch anders überlegt.«

»Ja, das weiß ich.« Tom Chadwick warf einen Blick über seine Schulter. »Aber ich glaube nicht, dass sie es tun wird«, sagte er bedauernd.

»Wozu musstest du sie hierherbringen, und noch dazu vor allen Leuten?«, fuhr Ruth Chadwick ihren Mann an, sowie er die Tür hinter sich geschlossen hatte. »Was meinst du, was das jetzt für ein Gerede gibt!«

»Sie werden es ohnehin bald erfahren. Du kannst den Kleinen nicht für immer verstecken, Ruth.«

Eine heiße Röte schoss ihr ins Gesicht. »Er wird bald wieder gesund sein. Hannah meinte …«

»Und du hast auch gehört, was die Schwester gesagt hat. Dieser Kräuterbeutel wird ihm nichts nützen. Das ist doch alles nur abergläubischer Quatsch.«

»So darfst du nicht reden! Was ist, wenn Hannah dich hört?«

Ruth lief zum Fenster und schaute hinaus, als erwartete sie, die Kräuterhexe schon den Weg hinunterkommen zu sehen.

»Ich pfeife darauf, ob sie mich hört oder nicht. Ich würde es ihr auch ins Gesicht sagen, wenn sie hier wäre.« Tom schüttelte den Kopf. »Ich verstehe nicht, warum du solche Angst vor ihr hast, Ruth.«

»Ich habe keine Angst vor ihr.« Aber Ruth konnte ihr kreidebleiches Gesicht im Spiegel sehen und wusste, dass es sie verriet.

»So sieht es für mich aber aus. Ich habe euch beide zusammen gesehen, und mir ist nicht entgangen, wie sie dich herumkommandiert. Und du traust dich nicht, ihr auch nur mit einem Wort zu widersprechen. Ist das so, weil du glaubst, dass sie eine Hexe ist? Hast du deshalb solche Angst vor ihr?«

»Du verstehst das falsch«, beharrte Ruth. »Hannah ist meine Freundin, weiter nichts.«

»Deine Freundin!«, spottete ihr Mann.

»Und sie hat versprochen, sich um unseren Ernest zu kümmern. Deshalb finde ich es nur gerecht, ihr eine Chance zu geben.«

»Aber bisher hat sie dem Kind nicht geholfen mit all ihren Kräutern und ihren Zaubersprüchen.«

»Wir müssen Geduld haben.« Ruth blickte zu dem Kind in ihren Armen herab und versuchte sich zu sagen, dass es Ernest bereits besser ging. Aber tief im Innern wusste sie, dass das nur Einbildung war. Sein armer kleiner Kopf saß noch immer so furchtbar schief, dass sein rechtes Ohr fast seine Schulter berührte.

»Du bist genauso besorgt wie ich«, sagte Tom. »Und du weißt auch, dass Hannahs Blödsinn ihm nichts nützt. Der Kleine braucht eine richtige medizinische Behandlung. Und je länger wir das aufschieben, desto schwerer wird sein Kopf zu richten sein, denke ich.« Er machte ein paar Schritte, um hinter sie zu treten. »Warum lässt du ihn nicht von der Krankenschwester behandeln?«, redete er ihr zu.

Ernest schlug seine Augen auf und schaute mit unschuldigem und vertrauensvollem Blick zu seiner Mutter hinauf. »Hannah wird es richten«, beharrte sie.

»Herrgott noch mal!« Tom verlor die Geduld und wandte sich von ihr ab. »Ich habe langsam das Gefühl, dass es dir lieber wäre, wenn der Kleine für den Rest seines Lebens so bliebe, wenn du nur Hannah Arkwright nicht verärgerst!«

»Das ist nicht wahr!« Ruth legte den kleinen Ernest in seine Wiege und zog ihm die Decken bis unter das Kinn. »Wir müssen Hannah vertrauen«, sagte sie leise. »Sie weiß, was zu tun ist.«

Sie hoffte nur, dass ihre Freundin nie, niemals von Agnes Sheridans Besuch bei ihnen erfuhr.

KAPITEL DREIZEHN

Carrie Shepherds Mutter und Carries jüngere Schwester Eliza, die trotz ihres dicken Mantels und des milden Apriltags fröstelte, warteten draußen vor dem Co-op.

»Da kommt sie ja endlich!«, sagte Eliza, als Carrie mit Henry im Kinderwagen auf sie zukam. »Weißt du, wie lange wir schon hier draußen warten? Ich bin halb erfroren.«

»Ihr hättet doch auch ohne mich hineingehen können«, sagte Carrie.

»Du weißt, dass Mutter das nicht tun würde. Dazu sieht sie den Geschäftsführer einfach viel zu gerne katzbuckeln, und das tut er ja nur, wenn du bei uns bist.«

»Ach, komm, Eliza, das ist doch gar nicht wahr!«, widersprach ihre Mutter ärgerlich, aber durch ihr Erröten verriet sie sich.

»Schon gut, Mutter.« Carrie lächelte, als sie den Kinderwagen vor dem Laden abstellte. »Es macht mir genauso viel Spaß, das gebe ich ja gerne zu!«

Vor ihrer Heirat mit James hatte Carrie im Co-op gearbeitet, und Mr. Fensom, der Geschäftsführer, hatte sich ihr und den anderen Mädchen gegenüber immer wie ein Tyrann verhalten. Deshalb verschaffte es ihr nun tatsächlich eine gewisse Genugtuung, ihn jetzt so eifrig zur Tür eilen zu sehen, um sie ihnen aufzuhalten.

»Guten Morgen, Mrs. Shepherd ... Mrs. Wardle. Was kann ich heute für sie tun?«, begrüßte er sie mit heuchlerischer Liebenswürdigkeit und lächelte so breit, dass seine großen Zähne sichtbar wurden. Carrie konnte nur erahnen, wie sehr es ihm gegen den Strich ging, freundlich zu ihr sein zu müssen. Aber sie war die Frau des Zechenleiters, und deshalb konnte er es sich nicht erlauben, sich ihr gegenüber anders zu verhalten.

Aus den Augenwinkeln konnte sie sehen, wie Schürzen glattgestrichen und Häubchen zurechtgerückt wurden, während die Verkäuferinnen hinter ihren Theken Haltung annahmen. Sie war früher genauso gewesen, wenn sich ein wichtiger Kunde der Stofftheke näherte, an der sie mit ihrer Freundin Nancy Morris gearbeitet hatte.

»Guten Morgen, Mr. Fensom«, begrüßte Mrs. Wardle ihn höflich. Carrie warf ihrer Mutter einen kurzen, aber vielsagenden Blick zu, als sie dem Geschäftsführer ihre Einkaufsliste überreichte. Sie erinnerte sich noch sehr gut an die Zeiten, in denen ihr Vater zu krank gewesen war, um zu arbeiten, und ihre Mutter sich krummgelegt hatte, um etwas zu essen auf den Tisch zu bringen. Sie verdiente es, mit etwas Respekt behandelt zu werden.

»Sie wird einen Anfall kriegen, wenn sie herausfindet, dass du alles auf deine Rechnung schreiben lässt«, flüsterte Eliza, als sie ihre Mutter mit Mr. Fensom, der ihr unterwürfig auf dem Fuße folgte, durch den Laden gehen sah. »Du weißt, was sie von Almosen hält und dass sie nichts geschenkt haben will.«

»Es sind doch keine Almosen, wenn sie von der eigenen Familie kommen.« Genau das hatte Carrie auch ihrer Mutter vor ein paar Wochen gesagt. Denn es war in der Tat völlig unsinnig gewesen zu glauben, ihre würde Mutter nicht herausfinden, dass Carrie ihre Rechnungen bezahlte – denn immerhin war Kathleen Wardle es gewöhnt, jeden Pfennig umzudrehen. Und tatsächlich war ihre Mutter sehr aufgebracht gewesen, als sie es schließlich bemerkt hatte. Aber Carrie hatte darauf bestanden, und schließlich hatte Kathleen unter der Bedingung nachgegeben, dass niemand anderes, einschließlich ihrer Töchter, je davon erfuhr.

»Ich glaube nicht, dass Mutter das so sehen wird. Mich dagegen stört es überhaupt nicht, deine Almosen – oder Geschenke – anzunehmen, Schwesterherz.« Eliza hakte sich bei Carrie unter. »Ich brauche ein paar Knöpfe für das neue Kleid, das ich mir gerade nähe, und werde sie nur allzu gern auf deine Rechnung setzen lassen!«

»Das kann ich mir vorstellen!«, sagte Carrie lachend. »Und es macht mir auch gar nichts aus, weil ich so ein bisschen mit Nancy plaudern kann, während du die Knöpfe aussuchst.«

Eliza warf ihr einen neugierigen Blick zu. »Ich wusste gar nicht, dass ihr noch miteinander befreundet seid.«

»Aber natürlich sind wir das. Nancy ist meine beste Freundin.«

»Ach ja? Und wann habt ihr das letzte Mal miteinander gesprochen?«

Carrie dachte einen Moment darüber nach. »Keine Ahnung«, gab sie schließlich zu. »Aber das hat nichts zu bedeuten, denn wir sind nach wie vor befreundet.« Sie und Nancy Morris waren schon von Kindheit an die dicksten Freundinnen gewesen. Ihre Väter arbeiteten zusammen in der Zeche, ihre Mütter waren befreundet, und Carrie und Nancy hatten in der Schule nebeneinandergesessen und sich gegenseitig Zöpfe geflochten und mit Puppen gespielt, solange sie sich entsinnen konnte.

»Dann wirst du ihre Neuigkeiten also schon gehört haben?«

»Was für Neuigkeiten?«

Eliza lächelte vielsagend. »Die soll sie dir am besten selbst erzählen.«

Hinter der Stofftheke stand ein neues Mädchen neben Nancy. Carrie runzelte die Stirn, als sie sah, wer es war.

»Iris Maskell! Ich wusste gar nicht, dass sie bei den Stoffen angefangen hat.« Als Carrie im Co-op gearbeitet hatte, war Iris eine der Lebensmittelverkäuferinnen gewesen und hatte Käse geschnitten und Tee und Zucker abgewogen und in kleine braune Tüten abgefüllt.

»Es gibt anscheinend sehr viel, was du nicht weißt.«

»Was soll das denn heißen?«

Eliza schenkte ihr ein aufreizendes Lächeln. »Du wirst schon sehen.«

Carrie ignorierte sie und wandte sich wieder Iris zu. »Das wird Nancy aber nicht gefallen.«

Iris war mit ihr und Nancy zur Schule gegangen, aber sie hatten sie nie gemocht. Sie war hochmütig und eingebildet gewesen, nur weil ihr Vater als Aufseher in der Zeche arbeitete.

»Sie scheinen sich aber ganz gut zu verstehen.«

Carrie beobachtete die beiden Mädchen für einen Moment und sah, wie sie miteinander kicherten, während sie Handschuhe in eine Vitrine einräumten. Ihre Schwester hatte recht, sie schienen tatsächlich dick befreundet zu sein.

Iris entdeckte sie als Erste, als sie auf die Theke zugingen. Sie überließ Nancy das Einräumen der Handschuhe und kam zu ihnen hinüber.

»Ja?«, sagte sie. »Was kann ich für Sie tun?«

Sie ist noch genauso unfreundlich wie früher in der Schule, dachte Carrie. Alles an ihr war klein und böse, von ihrem bissigen, gehässigen Gesicht bis hin zu ihrem verkniffenen Mund und ihren scharfen Augen.

Eliza trat vor. »Ich brauche ein paar Knöpfe.«

»Aber gern«, sagte Iris. Sie hatte eine etwas seltsame Sprechweise, ganz anders als der Rest der Mädchen in ihrem Dorf. Aber gleich nachdem Sam Maskell zum Aufseher befördert worden war, hatte seine Frau alle ihre Kinder zu Privatstunden nach Leeds geschickt, damit sie eine korrekte Ausdrucksweise und den richtigen Akzent erlernten. »Welche Art von Knöpfen suchen Sie?«

»Das weiß ich nicht genau …« Eliza blickte an Iris vorbei zu der Vitrine hinter ihr. »Ich glaube, am besten zeigen Sie mir alle, damit ich in Ruhe auswählen kann.«

Iris blinzelte ungläubig. »Alle? Sie meinen, Sie wollen *alle* Knöpfe sehen?«

»So ist es«, antwortete Eliza mit einem unschuldigen Lächeln.

Iris' kleiner Mund wurde noch verkniffener, als müsste sie eine scharfe Entgegnung unterdrücken. Aber sie öffnete die Glasvitrine und begann die Schachteln mit den Knöpfen herauszunehmen und sie entnervt auf der Theke abzustellen.

Carrie überließ es Eliza, sich mit Iris zu amüsieren, und ging zu der anderen Theke, an der Nancy die Handschuhe einräumte. Mit ihrer wohlgerundeten Figur, den rosigen Wangen und ihrem honigfarbenen Haar war sie ebenso hübsch, wie Iris Maskell reizlos war.

»Hallo, Nance«, sagte Carrie.

»Ein hübsches Schmuckband, Madam?«, erwiderte Nancy, doch zu Carries Erstaunen blickte sie an ihr vorbei. »Wir haben sicher etwas, das Ihnen gefallen wird.«

»Nein, nein, ich will eigentlich gar nichts …«, begann Carrie, unterbrach sich aber, als sie Nancys Blick folgte und sah, dass Mr. Fensom, der am Eingang zur Lebensmittelabteilung stand, sie beobachtete. »Danke, gern«, sagte sie.

Sie wartete, als Nancy ging, um die Bänder aus der Vitrine hinter ihr zu holen. Am anderen Ende der Theke war Eliza damit beschäftigt, sich in aller Ruhe eine Schachtel Knöpfe nach der anderen anzusehen, während Iris Maskell sie mit giftigen Blicken maß.

Schließlich kam Nancy zurück. »Wie Sie sehen, haben wir hier eine große Auswahl an Bändern …« Sorgfältig ordnete sie die Rollen auf der Glasplatte der Theke an. Grübchen bildeten sich auf ihren Wangen, als sie versuchte, sich ein Lächeln zu verkneifen. »Tut mir leid, Carrie«, sagte sie im Flüsterton. »Der alte Fensom hat mich heute schon zweimal wegen meiner Plauderei verwarnt, und es ist noch nicht mal Essenszeit.«

»Dann hat er sich also nicht geändert?«, fragte Carrie, während sie so tat, als schaute sie sich die Bänder an.

»Ha! Der doch nicht!« Nancy verdrehte ihre grünen Augen. »Aber was hat dich eigentlich hergeführt? Ich dachte, inzwischen würdest du nicht mehr selbst einkaufen gehen?«

Carrie errötete, weil es ihr unangenehm war, dass Nancy sie als so ... vornehm hinstellte. Es war schließlich nicht ihre Idee gewesen, ihre Lebensmittel ins Haus liefern zu lassen. Doch da James es für das Richtige zu halten schien, hatte sie keine Einwände dagegen erhoben. In Wahrheit vermisste sie allerdings die wöchentlichen Einkäufe im Co-op und die samstäglichen Besuche mit ihrer Mutter und ihren Schwestern auf den Märkten in Leeds.

»Ich helfe meiner Mutter bei den Einkäufen«, sagte sie.

»Und wo ist dein Kleiner? Hast du ihn nicht mitgebracht?«

Carrie nickte. »Er ist draußen in seinem Kinderwagen.«

Nancy verzog die Mundwinkel. »Wie schade! Ich hätte ihn gern gesehen. Er muss inzwischen ja schon sehr gewachsen sein.«

»Ja, das ist er. Du musst uns mal besuchen, Nancy.«

»Aye«, erwiderte sie, ohne zu Carrie aufzublicken, und ordnete die Bänder auf der Theke. »Ich werde es bald mal tun.«

»Das hoffe ich. Es ist ewig her, scheint mir, seit wir uns zuletzt mal richtig unterhalten haben.« Carrie sah sich seufzend um. »Weißt du, manchmal vermisse ich sogar die Arbeit hier.«

Nancy grinste. »Was? Den ganzen Tag auf den Beinen zu sein und den alten Fensom ertragen zu müssen?«

»Na ja, das gerade nicht. Aber ich vermisse es, mit dir zu lachen.«

»Ich auch.« Nancy grinste. »Wir hatten auch schöne Zeiten miteinander, nicht?«

»Allerdings. Aber wie ich sehe, hast du jetzt jemand anderen, mit dem du lachen kannst.« Carrie blickte zum Ende der Theke hinunter, wo Iris Maskell sie aus den Augenwinkeln beobachtete. »Du Arme«, sagte sie halblaut.

»Sie ist gar nicht so schlimm«, murmelte Nancy mit einem Blick zu Iris. »Eigentlich ist sie sogar ganz in Ordnung, wenn man sie erst mal richtig kennt.«

»Wenn du meinst.« Carrie wandte sich wieder Nancy zu. »Und was gibt's Neues, seit ich dich zuletzt gesehen habe? Eliza sagte, du hättest Neuigkeiten?«

Nancys Blick glitt an ihr vorbei zurück zu Iris, und Carrie verspürte ein warnendes Kribbeln in ihrem Nacken. »Nancy Morris, gibt es vielleicht etwas, was du mir verschweigst?«, scherzte sie.

Bevor Nancy antworten konnte, mischte sich Iris von der anderen Seite der Theke ein. »Soll das heißen, du hast es ihr noch nicht erzählt, Nance?«

»Ich … ich hatte noch keine Gelegenheit dazu.«

Carrie blickte von Iris zu Nancy. »Um mir was zu erzählen?«

»Nancy ist verlobt«, antwortete Iris für sie.

Carrie starrte Nancy an. »Ist das wahr?« Nancy nickte. »Seit wann?«

»Archie hat mir vor zwei Wochen einen Heiratsantrag gemacht.« Nancy hielt ihren Blick auf die Bänder gerichtet, die sie aufräumte, und erst jetzt bemerkte Carrie plötzlich den Verlobungsring an ihrem Finger. Wieso hatte sie ihn nicht vorher schon bemerkt?

»Vor zwei Wochen?«

»Ich wollte es dir sagen, sobald wir uns wiedersehen würden«, erwiderte Nancy leise.

Carrie blickte in das unglückliche Gesicht ihrer Freundin und nahm sich zusammen. Diese Verlobung war ein freudiger Anlass, und sie hatte kein Recht, Nancy deswegen ein schlechtes Gewissen zu machen. Und schon gar nicht würde sie Iris Maskell die Genugtuung verschaffen, sie mit ihrer Freundin streiten zu sehen.

»Also hat Archie Chadwick dich endlich doch gefragt?« Carrie zwang sich zu einem erfreuten Lächeln. »Ich hätte nie gedacht, dass ich das irgendwann erleben würde.«

»Ich auch nicht!« Nancy blickte wieder zu ihr auf und lächelte sie erleichtert an. »Aber ich glaube, er hat es nur getan, weil ich ihm gesagt habe, ich würde mir einen anderen suchen, wenn er mich nicht endlich heiratet!«

»Oh nein, Nance, das hast du nicht getan!«

»Na ja, irgendwas musste ich ja tun, nicht wahr? Wenn ich darauf gewartet hätte, bis er selber auf die Idee kommt, wäre ich als alte Jungfer gestorben!«

Sie lachten. Am anderen Ende der Theke konnte Carrie Iris vor Wut schäumen sehen.

»Haben Sie sich jetzt endlich entschieden?«, fauchte sie Eliza an.

»Na, na, so spricht man doch nicht mit einer Kundin!«, gab Eliza hochmütig zurück und zeigte auf eins der obersten Fächer.

»Aber die haben Sie doch schon gesehen!«

»Dann werde ich Sie mir eben noch mal ansehen.«

Als Iris davonstapfte, um noch einmal die Leiter zu holen, zwinkerte Eliza ihrer Schwester zu.

»Der alte Fensom guckt schon wieder rüber«, zischte Nancy. »Such dir am besten schnell was aus, bevor er herkommt.«

»Ich nehme dieses hier.« Carrie zeigte auf eine Rolle Band, ohne auch nur hinzusehen. »Zwei Meter bitte.«

Während sie zusah, wie Nancy das Band flink an dem in der Theke eingelassenen Zollstock abmaß, sagte sie: »Habt ihr schon ein Datum festgesetzt?«

»Wir werden morgen mit dem Pfarrer sprechen, aber wir hatten an Anfang Juni gedacht.«

»Dann wirst du ja bald mit deinem Kleid anfangen müssen.«

»Oh, das hab ich schon getan. Ich habe ein hübsches Schnittmuster gefunden, aber leider noch nicht angefangen, nach dem richtigen Material zu suchen.«

»Ich könnte dir dabei helfen, wenn du willst. An deinem nächsten freien Tag könnten wir doch zusammen nach Leeds fahren, nicht?«

»Das wäre schön.« Nancy hielt den Kopf gesenkt, als sie das abgemessene Stück Band abschnitt. »Aber ich bin nicht sicher, wann das sein wird.«

»Oh, das macht nichts, Nancy. Lass es mich nur wissen. Und

danach könnten wir zum Tee ins Queen's Hotel gehen, um zu feiern.«

»Immer mit der Ruhe!« Nancy lächelte schwach. »Ich muss für meine Brautausstattung sparen, oder hast du das vergessen? Das Geld wächst bei uns nicht auf den Bäumen.«

»Das geht natürlich auf meine Rechnung, Nance«, sagte Carrie mit einem raschen Seitenblick zu Iris. Trotz ihrer perfekt akzentuierten Stimme und ihres vornehmen Getues würde *sie* niemals jemanden zum Tee ins Queen's Hotel einladen können.

»Das ist wirklich sehr nett von dir«, murmelte Nancy.

Als sie mit ihrer Mutter den Co-op verließen, flüsterte Eliza ihrer Schwester zu: »Ich hoffe, es macht dir nichts aus, aber ich habe die teuersten Knöpfe gekauft, die ich finden konnte, nur um Iris' giftiges Gesicht zu sehen.«

»Natürlich macht es mir nichts aus«, erwiderte Carrie zerstreut, weil sie mit ihren Gedanken ganz woanders war.

Eliza sah sie von der Seite an. »Ärgerst du dich noch immer über die Sache mit der Hochzeit?«

»Ich verstehe nicht, wieso Nancy mir nichts davon gesagt hat«, erwiderte Carrie. »Immerhin bin ich doch ihre beste Freundin.«

»Ich glaube nicht, dass Nancy das so sieht.«

»Was soll das denn heißen?«

»Na ja, sie hatte es ja nicht gerade eilig, dir die Neuigkeit zu erzählen, nicht?«

»Ich wünschte, du hättest es mir gesagt, statt mich so dumm dastehen zu lassen!«

»Dazu hatte ich doch gar keine Gelegenheit! Außerdem dachte ich, das würde *dich* sowieso nicht interessieren. Du hast sie ja kaum gesehen, seit du verheiratet bist.«

»Das ist nicht wahr!«

»Wann hat sie dich denn zuletzt besucht?«

»Ich …« Carrie setzte zu einer Erwiderung an, aber dann kniff sie die Lippen zusammen. Nancy war nicht mehr bei ihr zu Hause gewesen, seit sie James geheiratet hatte.

»Siehst du?«, sagte Eliza. »Wenn du mich fragst, ist sie keine so gute Freundin, wie du denkst. Jedenfalls nicht mehr seit deinem gesellschaftlichen Aufstieg hier in Bowden.«

»Was für ein gesellschaftlicher Aufstieg? Ich bin derselbe Mensch wie immer«, protestierte Carrie.

»Deine Schwester hat recht«, warf Kathleen Wardle ein. »Ob es dir gefällt oder nicht, du und Nancy Morris verkehrt inzwischen nun mal in ganz verschiedenen Kreisen, Kind.«

»Das ist nicht wahr!«

Eliza lachte. »Nun mach doch nicht so ein Gesicht. Ich hätte nichts dagegen, in die bessere Gesellschaft aufzusteigen, wenn ich so auf Iris Maskell und ihresgleichen herabschauen könnte!«

»So darfst du nicht reden, Eliza«, ermahnte ihre Mutter sie. »Hochmut kommt vor dem Fall, wie man zu sagen pflegt.«

»Ach, Mutter!«, spöttelte Eliza. »Was meinst du – soll ich Mr. Fensom sagen, dass er nicht mehr so vor dir katzbuckeln soll, wenn du das nächste Mal in den Co-op kommst? Dann werden wir ja sehen, wer stolz ist und wer nicht!«

KAPITEL VIERZEHN

Carrie hatte gehofft, ihren Vater zu sehen, nachdem sie ihrer Mutter beim Heimtragen ihrer Einkäufe geholfen hatte, doch das kleine Haus war leer.

»Er wird wohl oben in seinem Schrebergarten sein«, meinte Kathleen Wardle. »Wenn er könnte, wäre er den ganzen Tag dort draußen, wage ich zu behaupten. Wahrscheinlich würde er sogar in diesem Schuppen übernachten, wenn ich es zuließe!«

»Die frische Luft dort tut ihm gut«, erinnerte Carrie sie.

»Frische Luft in Bowden?«, versetzte ihre Mutter spöttisch. »Das möchte ich mal erleben. Was mich daran erinnert, dass du den Kleinen besser hierlässt, falls du zu den Schrebergärten hinaufgehen willst, um deinen Vater zu sehen. Wir wollen doch nicht, dass unser kleiner Junge Kohlenstaub in die Lungen kriegt, nicht wahr?«

Carrie wusste, dass ihre Mutter nur einen Vorwand suchte, um ihr Enkelkind für sich allein zu haben. Als sie dann aber das Haus verließ, sah sie ein, dass Kathleen Wardles Einschätzung richtig gewesen war. Die Aprilsonne war mittlerweile hinter einem Dunstschleier verschwunden, der so schmutzig war, dass Carrie ihren Mantelkragen hochstellte, um die von Rauch und Kohlenstaub erfüllte Luft nicht direkt einzuatmen. Noch keine zwei Jahre nach ihrem Auszug aus der Coalpit Row fiel es ihr bereits schwer zu glauben, dass ihr all das – der Schmutz und Staub, die engen Straßen und das leise Brummen des Förderturms – früher einmal ganz normal erschienen war.

Denn hier war sie aufgewachsen, im Schatten der Kohlehalden, wo das Dröhnen der Werkssirene den Anfang und das Ende der Schichten markierte, und mit dem Geräusch der ein- und ausfahrenden Züge auf dem Güterbahnhof. Ihr Vater hatte immer gesagt, sie alle hätten Kohlenstaub in ihren Adern, und er hatte recht.

Doch nun kam sie sich vor wie eine Fremde, als sie die schmale Straße hinunterging, an den Müllgruben und der Wasserpumpe vorbei, um schließlich zu dem Flickwerk von Schrebergärten hinaufzugehen.

James hatte sie begleiten wollen, um ihre Familie zu besuchen, aber wie üblich hatte sie sich eine Ausrede ausgedacht. Obwohl er stets höflich und charmant zu ihrer Mutter und ihren Schwestern und sehr respektvoll ihrem Vater gegenüber war, flößte es ihr immer Unbehagen ein, ihn in dem kleinen Haus ihrer Familie zu sehen. Er schien dort einfach nicht hineinzupassen mit seinem schicken Anzug und den blank polierten Schuhen ... und das wiederum gab Carrie das Gefühl, als würde auch sie dort nicht mehr hingehören.

Aber es war mehr als das. Wenn sie wieder in der Coalpit Row war, konnte sie für eine Weile so tun, als wäre sie wieder die Bergmannstochter. Hier hatte sie nicht das Gefühl, sich wie die Frau des Chefs benehmen zu müssen und ständig darauf zu achten, was sie sagte oder tat.

Ihr Vater war eine entfernte, einsame, über einen Spaten gebeugte Gestalt auf seinem Stückchen Land. Carrie beobachtete ihn eine Zeitlang dabei, wie er die Erde umgrub. Eric Wardle sah aus wie ein alter Mann, so vorsichtig, wie er sich mit seinem krummen Rücken bewegte. Ihre jüngeren Schwestern konnten sich kaum an eine Zeit erinnern, in der er nicht krank gewesen war. Carrie dagegen war acht Jahre alt gewesen, als er in den Krieg gezogen war, und konnte sich daher noch sehr gut an den drahtigen, kräftigen Mann in Uniform erinnern, der sie auf seinen Schultern lachend über den Bahnsteig getragen hatte, bevor er den Zug bestieg, der ihn nach Frankreich brachte.

Und natürlich erinnerte sie sich auch an den gebrochenen

Mann, der zu ihnen zurückgekehrt war. Eric Wardles Geist war stark wie eh und je, aber durch die spinale Tuberkulose, die er sich in den Schützengräben zugezogen hatte, war er körperlich sehr stark geschwächt. In den acht Jahren seit Kriegsende hatte er mehrmals im Krankenhaus gelegen, manchmal monatelang, und Carrie hatte jedes Mal befürchtet, es würde das letzte Mal sein, dass sie ihn lebend sahen.

Doch Eric Wardle kämpfte weiter, bestellte sein Stück Land und ging trotz der schmerzhaften Stützvorrichtung, die er für seinen Rücken tragen musste, pünktlich zu seinen Schichten in der Zeche, um so gut wie möglich für seine Familie zu sorgen. Er war einer der Steiger und für die Sicherheit der Bergleute verantwortlich. Dazu gehörten die Überprüfung der Grube auf Gase, die Messungen an den Flözen und das Überwachen der Sprengungen im Fels. Carrie war schrecklich stolz auf ihn, aber wie ihre Mutter hätte sie es vorgezogen, wenn er nicht unter Tage gearbeitet und die heiße, staubige und giftige Luft dort eingeatmet hätte.

Nach ihrer Heirat mit James hatte Carrie gehofft, dass ihr Vater vielleicht bereit sein würde, seine Arbeit aufzugeben. Aber nicht so Eric Wardle.

»Nein, mein Kind, ich bin nicht der Typ, der faul herumsitzt«, hatte er gesagt. »Was würde ich denn dann den ganzen Tag lang mit mir anfangen? Außerdem würde ich die anderen Kumpel vermissen.«

Als spürte er, dass er beobachtet wurde, richtete er sich plötzlich auf und drehte sich zu Carrie um. Eric Wardle war kein Mann, der seine Gefühle zeigte, aber für einen winzigen Moment sah Carrie Freude in seinen Augen aufflackern, bevor er sie mit einem knappen Nicken schnell verbarg.

»Na, mein Mädchen«, brummte er.

»Hallo, Vater.« Carrie lehnte sich an den Zaun und betrachtete die noch kahle Erde, von der ihr der starke, etwas säuerliche Geruch von Kompost in die Nase stieg. »Du hast gedüngt, wie ich sehe?«

»Aye. Ich muss den Kompost schleunigst untergraben, denn sonst brauchen wir hier erst gar nichts anzupflanzen.«

»Dann wirst du sicher bald die Zwiebeln pflanzen?«

Er schüttelte den Kopf. »So schnell auch wieder nicht, Kind. Dazu ist der Boden noch zu nass.« Mit zusammengekniffenen Augen blickte er zum Himmel auf, und wieder einmal bemerkte sie, wie dünn und blass er war. Seine Haut wirkte fast durchsichtig im grauen Licht. »Und wir können uns bald schon auf noch mehr Regen gefasst machen, denke ich.«

»Darf ich dir beim Umgraben helfen?«

Ihr Vater musterte sie von oben bis unten, und einen Moment lang dachte Carrie, er würde sich weigern, ihre Hilfe anzunehmen. Aber dann nickte er zu dem baufälligen alten Schuppen hinüber, an dem ein zweiter Spaten lehnte.

»Na gut, dann lass uns weitermachen«, sagte er. »Aber gib acht auf deine schönen Kleider, denn sonst werde ich wieder von deiner Mutter zu hören bekommen, dass du sie dir hier verdirbst.«

In kameradschaftlichem Schweigen arbeiteten sie Seite an Seite, wie sie es früher immer getan hatten, als Carrie jünger war. Obwohl sie auch gern ihrer Mutter mit dem Haushalt und ihren jüngeren Schwestern half, zog sie es doch vor, mit ihrem Vater zum Umgraben, Pflanzen und Unkrautjäten hinauszugehen, wenn sich die Gelegenheit dazu ergab. Es kam ihr wie ein kleines Wunder vor, die Pflanzen wachsen und gedeihen zu sehen.

Darüber hinaus war es auch eine Gelegenheit für sie, dem Haus für eine Weile zu entkommen. Drinnen herrschte stets ein Heidenlärm, wenn Eliza, Hattie und Gertie sich zankten und ihre Mutter ebenso lautstark einschritt und sie alle schalt. Und so sehr Carrie sie auch alle liebte, brauchte sie doch auch ein bisschen Zeit und Platz zum Nachdenken.

Sie wusste, dass es ihrem Vater genauso ging. Eric Wardle war ein nachdenklicher, intelligenter Mann, der trotz seiner bescheidenen Herkunft viel für seine Bildung getan hatte. Und da ihm natürlich auch daran gelegen war, sein hart erkämpftes Wissen weiterzugeben, hatte Carrie viel von ihm gelernt in der Zeit, die sie miteinander verbrachten. Er sprach mit ihr über Politik, Geschichte und das Weltgeschehen, fast so, als wäre sie sein Sohn und nicht seine Tochter.

Aber heute sprachen sie nicht viel, während sie gemeinsam die Erde umgruben und den Dünger unterhoben. Carrie spürte jedoch, dass es ihren Vater seine ganze Kraft kostete, weiterzuarbeiten.

»Wie wäre es mit einer Pause?«, schlug sie vor, als sie ihn nach Atem ringen sah.

Er schüttelte den Kopf. »Ich muss das alles fertigkriegen«, sagte er und zwinkerte ihr zu. »Was ist denn los mit dir, Kind? Dein schönes Leben hat dich wohl verweichlicht, was?«

Carrie biss die Zähne zusammen. »Ich werde dir zeigen, wer verweichlicht ist!«

Sie hörte ihren Vater leise lachen, als sie sich mit ihrem Spaten wieder über den Boden hermachte. Sie wusste, dass er sie nur aufzog, aber seine Worte wurmten sie trotzdem, weil sie sie an etwas erinnerten, was Eliza und ihre Mutter gesagt hatten: sie sei gesellschaftlich aufgestiegen und bewege sich nun in ganz anderen Kreisen, hatten sie ihr erklärt.

Sie war so emsig mit dem Umgraben beschäftigt, dass sie zunächst nicht merkte, wie ihr Vater innegehalten hatte und sie, auf seinen Spaten gestützt, von der anderen Seite des Kleingartens her beobachtete.

Sie straffte sich und strich sich das Haar aus dem Gesicht. »Was hast du?«, fragte sie. »Ist was?«

»Sag du es mir, Kind.« Er deutete mit einer Kopfbewegung auf den Boden, den sie umgegraben hatte. »Man könnte meinen, du wolltest einen weiteren Stollen für die Haverstocks anlegen, so wie du zu Werke gehst.« Dann lächelte er. »Dir spukt doch was im Kopf herum, das kann ich dir ansehen. Also spuck es lieber aus, bevor du in Australien rauskommst!«

»Es ist nichts Ernstes…«, begann Carrie, aber dann sah sie das Gesicht ihres Vaters und wusste, dass sie ihn nicht belügen konnte. »Findest du, dass ich mich verändert habe, seit ich verheiratet bin, Vater?«

Eric Wardle blinzelte sie an. »Wie kommst du denn darauf?«

»Ach, eigentlich ist es blöd«, sagte sie und setzte ihren Spaten ab. »Es war bloß etwas, was ich heute erlebt habe …«

Und dann erzählte sie ihm von der Einkaufstour, bei der sie herausgefunden hatte, dass Nancy Morris verlobt war, und sie gestand ihm, wie verärgert sie darüber war, dass sie es als Letzte erfahren hatte. Ihr Vater hörte ihr aufmerksam zu und hielt die ganze Zeit über den Blick auf sie gerichtet. Carrie kannte keinen anderen Mann, der seiner Tochter so interessiert zuhörte, wie er es tat.

»Eliza sagte, ich gehöre nicht mehr zu Leuten wie Nancy und sollte froh darüber sein«, schloss sie unglücklich.

»Tja, ich denke, da hat sie recht«, sagte Eric Wardle.

Carrie warf ihm einen bestürzten Blick zu. Das war nicht das, was sie von ihm hatte hören wollen. Sie wollte, dass ihr Vater ihr versicherte, es wäre alles in Ordnung, sie hätte sich keineswegs verändert, und das müsste sie auch nicht.

»Also *habe* ich mich verändert? Ist es das, was du mir sagen willst?«

»Nein, das will ich nicht, mein Kind. Ich meinte nur, dass die Dinge sich geändert haben.«

»Aber ich will nicht, dass sie anders sind!«

»Wir alle wollen viele Dinge, die wir nicht haben können. Aber so läuft das nun mal nicht auf dieser Welt, nicht wahr? Und wie Eliza bereits sagte, gibt es mehr als genug Mädchen, die hocherfreut über ein Leben wie das deine wären.«

»Ich bin undankbar, das weiß ich«, antwortete Carrie seufzend.

Auch ihr Vater seufzte. »Es ist nicht einfach für dich, Kind. Du stehst zwischen zwei Welten. Du bist die Frau des Zechenleiters, aber im Grunde deines Herzens wirst du immer eine Bergmannstochter sein. Du kannst jedoch nicht beides sein. Du musst das eine loslassen, oder du wirst dich an dem anderen nie erfreuen können.«

Panik ergriff sie. »Aber ich will nicht loslassen!«

Plötzlich wollte sie nichts anderes mehr, als wieder in dem kleinen Haus zu sein, ihrer Mutter beim Wäschewaschen und Backen zu helfen, mit Nancy im Co-op zu arbeiten und mit ihr über die Jungen zu plaudern, die sie mochten.

Ihr Vater schüttelte den Kopf. »Wie ich bereits sagte, so läuft das nun mal nicht auf dieser Welt, mein Kind.«

Carrie schwieg einen Moment, um sich seine Worte durch den Kopf gehen zu lassen. Und wie gewöhnlich war es sehr vernünftig, was ihr Vater sagte.

Und dennoch schreckte ihr Verstand vor der Idee zurück. Sie war nicht bereit, das Leben der Gattin eines Zechenleiters zu führen, wenn das bedeutete, ihre alten Freunde und ihre Familie vernachlässigen zu müssen.

»Falls irgendjemand von mir erwartet, dass ich mit den Haverstocks verkehre, dann sind sie auf dem Holzweg!«, erklärte sie entschieden. »Ich habe das bereits versucht, und es ist für keinen von uns gut gelaufen. Und so, wie ich mit ihrem Vater gesprochen habe, wird Miss Eleanor mich wahrscheinlich sowieso nie wieder einladen …« Sie unterbrach sich, als sie den Gesichtsausdruck ihres Vaters sah. »Was ist daran so lustig?«, verlangte sie zu wissen.

»Ach, Carrie!« Eric Wardle nahm sein Taschentuch heraus und betupfte seine Augen. »Und du machst dir Sorgen, du könntest dich verändert haben! Selbst wenn du es wolltest, kann ich mir nicht vorstellen, dass du es könntest, Kind. Jedenfalls nicht, solange du dieses lose Mundwerk hast!«

KAPITEL FÜNFZEHN

Agnes war gut aufgelegt, als sie das Haus der Tollers auf der Middle Row verließ.

Sie besuchte die Tollers jeden Morgen, um ihrem ältesten Sohn Laurie seine Insulinspritze zu geben. Im ersten Monat hatte Susan Toller wie auch die meisten anderen Frauen ihre Anwesenheit kaum ertragen. Dann aber hatte ihr zweitältestes Kind vor zwei Wochen einen üblen Hautausschlag bekommen, den Agnes mit Enzianviolett-Lösung geheilt hatte.

Heute Morgen hatte Susan Toller sie angelächelt und ihr gedankt. Es war nicht viel, im Großen und Ganzen gesehen, aber Agnes konnte nicht aufhören zu lächeln, als sie das kleine Haus verließ. Sie machte endlich Fortschritte!

Hinzu kam, dass es für den späten April ein wundervoller Morgen war. Es war erst kurz vor neun, aber die Sonne schien schon herrlich warm von dem wolkenlosen blauen Himmel. Sogar Bowden sah ganz hübsch aus in dem klaren Frühlingslicht.

Agnes war so zufrieden mit sich selbst und dem Leben, dass sie den mageren kleinen Jungen, der ihr plötzlich in den Weg lief, erst bemerkte, als er fast unter dem Vorderrad ihres Fahrrads lag.

Sie bremste scharf und stellte schnell die Füße auf den Boden, um nicht über die Lenkstange geschleudert zu werden.

»Bitte, Miss!« Der Junge blickte flehend zu ihr auf. Er war höchstens zwölf Jahre alt, und seine Hände steckten in den Taschen seiner schlecht sitzenden Hose. Eine zu große Mütze saß auf seinem blonden Wuschelkopf.

»Es geht um unsere Ellen. Das Baby ist unterwegs. Sie werden bei uns zu Hause gebraucht.«

»Ich?« Agnes gelang es nicht, ihr Erstaunen zu verbergen. »Aber es ist doch sicher Hannah Arkwright, die du holen sollst?«

Stephen Kettle nahm seine Mütze ab und knetete sie in seinen Händen. »Miss Arkwright ist bei einer anderen Geburt, und darum hat Ma mich losgeschickt, um Sie zu holen.«

Alle möglichen wütenden Antworten kamen Agnes in den Sinn, aber dann blickte sie in sein besorgtes Gesicht und sagte: »Ich muss zur Praxis zurück, um meine Tasche zu holen. Geh du schon vor, und sag deiner Mutter, dass ich schnellstens kommen werde.«

Der Junge rannte los, und Agnes fuhr zu Dr. Rutherfords Haus zurück, um den Hebammenkoffer zu holen, den sie für Notfälle immer fertig gepackt in ihrem Schlafzimmer stehen hatte. Früher in der Steeple Street hatte Bess Bradshaw immer sehr nachdrücklich darauf bestanden, dass sie jederzeit auf einen Notfall vorbereitet sein mussten, aber nach fast sechs Wochen in Bowden hatte Agnes schon nicht mehr damit gerechnet, dass sie ihn je würde benutzen müssen.

Nachdem sie ihren Koffer auf dem Gepäckträger ihres Fahrrads festgeschnallt hatte, trat sie in die Pedale und radelte so schnell wie möglich zu der Siedlung zurück, in der auch Ellen Kettle lebte.

Die Hintertür des Hauses stand schon offen, und einige der Nachbarsfrauen hatten sich davor versammelt, um zu sehen, was los war. Sie beobachteten Agnes, als sie ihr Fahrrad an die Mauer lehnte und ihren Koffer abschnallte, und machten ihr dann Platz, um sie ins Haus zu lassen.

Der Junge, der Agnes herbeigerufen hatte, saß am Küchentisch, und ein junges Mädchen stand am Herd und war damit beschäftigt, Wasser zu erhitzen. Beide blickten sichtlich erleichtert auf, als Agnes eintrat.

»Ma sagt, Sie sollen einfach weiter durchgehen«, sagte das

Mädchen am Herd und nickte zu dem angrenzenden Raum hinüber.

»Danke. Ist das Wasser für mich?« Mit einer Kopfbewegung zeigte Agnes auf den Herd. »Könntest du bitte zwei Schüsseln hineinbringen? Und ein paar Zeitungen, Handtücher und saubere Laken, falls ihr welche habt?«

Nachdem sie ihre Anweisungen erteilt hatte, ging Agnes in das andere Zimmer, in dem Ellen Kettle still und mit blassem, schweißnassem Gesicht auf einem hohen Holzbett lag.

Ihre Schwiegermutter saß auf dem Bettrand und hielt ihre Hand. Sie sprang auf, als Agnes eintrat.

»Oh, da sind Sie ja, Schwester, dem Herrn sei Dank!« Sie ging zu Agnes hinüber und flüsterte ihr zu: »Ihr Fruchtwasser ist in den frühen Morgenstunden abgegangen, und danach setzten die Wehen ein, aber seitdem hat sich nichts mehr getan. So gut wie gar nichts jedenfalls.« Besorgt blickte sie sich wieder zu der Frau in dem Bett um. »Das gefällt mir nicht«, murmelte sie. »Sie müsste inzwischen doch schon weiter sein, meinen Sie nicht auch?«

»Manchmal brauchen diese Dinge Zeit, Mrs. Kettle.« Agnes stellte ihren Hebammenkoffer ab und zog ihren Mantel aus. Ellen schenkte sie ein ermutigendes Lächeln, worauf die junge Frau jedoch nur ein leises Stöhnen hören ließ und ihr Gesicht zur Wand drehte.

Das junge Mädchen aus der Küche brachte die Schüsseln mit heißem Wasser und die Zeitungen, und Agnes wusch sich die Hände, legte ihre Instrumente zurecht und zog eine saubere Schürze an, bevor sie Ellen untersuchte. Mrs. Kettle hatte recht, Ellens Wehen schienen tatsächlich noch sehr schwach zu sein.

Und während Agnes sie untersuchte, erkannte sie auch, warum.

»Ist alles in Ordnung, Schwester?« Agnes hatte nicht bemerkt, wie genau Mrs. Kettle sie beobachtete. Erst als sie sich umdrehte, wurde ihr bewusst, wie besorgt die Frau sie anstarrte.

Sie holte tief Luft und versuchte, die Panik zu unterdrücken, die in ihr aufstieg. Was auch immer sie tat, sie durfte die Frau nicht beunruhigen.

»Ich denke, wir sollten den Doktor dazuholen«, sagte sie.

Mrs. Kettle machte ein bestürztes Gesicht. »Den Doktor? Aber warum? Sie ist doch nicht in Gefahr, oder?«

Agnes nahm die Frau vorsichtig am Arm und führte sie vom Bett weg, bis sie sich außer Ellens Hörweite befanden. »Ich fürchte, das Kind liegt falsch herum«, sagte sie. »Es liegt mit dem Rücken am Rücken seiner Mutter, und sein Kopf ist nicht gebeugt, was die schwachen Wehen erklären könnte.«

Mrs. Kettles Augen weiteten sich. »Können Sie nicht etwas tun?«, flüsterte sie bang.

Vielleicht könnte ich das, wenn ich sie schon vorher hätte betreuen dürfen, dachte Agnes. Aber dies war nicht der richtige Moment für Verbitterung oder Vorwürfe.

»Nicht allein. Wir müssen den Arzt holen«, wiederholte sie entschieden.

»Ma? Was ist los, Ma?«, fragte Ellen wimmernd. »Was sagt die Schwester? Ist alles in Ordnung mit meinem Baby?«

»Es ist alles gut, Liebes«, antwortete Mrs. Kettle und wandte sich wieder Agnes zu. »Tun Sie, was Sie tun müssen«, zischte sie. »Wir wollen keinen weiteren Todesfall in diesem Haus.«

Agnes fand den kleinen Stephen in der Küche und war gerade dabei, ihm zu erklären, was er Dr. Rutherford von ihr ausrichten sollte, als die Tür aufging und Hannah Arkwright hereinkam. Über ihrem schäbigen Herrenmantel trug sie trotz des warmen Tages ein Kopftuch, und an ihrem Arm hing eine altmodische Reisetasche.

»So, da bin ich.« Sie stellte ihre Tasche auf den gepflasterten Boden und nahm ihren Schal ab, unter dem ihr dichtes rotes Haar zum Vorschein kam. »Tut mir leid, dass ich mich verspätet habe, aber ...« Sie unterbrach sich jäh, als sie Agnes sah. »Was tun *Sie* denn hier?«

Bevor Agnes antworten konnte, erschien Mrs. Kettle in der Küche. »Oh Hannah! Dem Himmel sei Dank, dass du gekommen bist. Es ist unsere Ellen, sie ist sehr schlecht dran.«

»Dann ist sie also schon so weit? Ich werde gleich zu ihr gehen und sie mir ansehen.« Sie hob ihre Tasche auf, aber Agnes verstellte ihr den Weg.

»Ich werde den Doktor holen lassen«, sagte sie streng, um die Kontrolle über die Situation wiederzuerlangen. »Das Baby befindet sich in der hinteren Hinterhauptslage, und Mrs. Kettle braucht ärztliche Hilfe.«

»Na ja, dann wollen wir sie uns doch zunächst mal anschauen«, meinte Hannah, doch Agnes trat ihr in den Weg, als sie an ihr vorbei in das Nebenzimmer gehen wollte.

»Ich glaube, das wäre nicht sehr klug«, sagte sie. »Schließlich sind Sie gerade erst von einer anderen Geburt gekommen, und wir würden vielleicht eine Kreuzinfektion riskieren.«

»Ich weiß schon, was ich tue.« Hannah legte ihre großen Hände auf Agnes' Arme und schob sie ebenso mühelos aus dem Weg, wie sie ein Kind aufheben würde.

»Aber ich muss darauf bestehen ...«, begann Agnes zu protestieren. Doch da Hannah und Mrs. Kettle schon auf dem Weg ins Nebenzimmer waren, konnte sie ihnen nur noch folgen.

Allein schon Hannahs Anblick schien eine wunderbar beruhigende Wirkung auf Ellen Kettle zu haben. Die Anspannung wich aus ihrem Körper, und sie sank erleichtert in die Kissen.

»Hallo, Liebes.« Hannah stellte ihre Tasche auf den Tisch, ohne die Instrumente zu beachten, die Agnes so sorgfältig zurechtgelegt hatte. »Wie fühlst du dich? Wahrscheinlich ganz schön mitgenommen, was?«

»Ein bisschen.« Ellens runde Augen waren vertrauensvoll wie die eines Kindes, als sie lächelnd zu ihr aufblickte.

»Nun, dann wollen wir mal schauen und sehen, ob wir dieses Kind zur Welt bringen können, nicht?«

Ihre Gegenwart schien auf alle einen bemerkenswerten Effekt zu haben. Sogar Mrs. Kettle lächelte, als Hannah ihre Untersuchung durchführte.

Nur Agnes bebte innerlich vor Wut. Es war völlig falsch, was Hannah tat. Ganz offensichtlich hatte sie keinen blassen Schimmer, womit sie es hier zu tun hatte. Nicht einmal die Hände hatte sie sich ordentlich gewaschen. Agnes schauderte bei dem Gedanken daran, was für gefährliche Keime sie verbreiten konnte …

Schließlich richtete Hannah sich auf und sagte: »Ja, das Baby liegt ein bisschen verdreht. Aber das ist nichts, was wir nicht regeln können.« Dabei lächelte sie Ellen beruhigend an.

Agnes starrte sie an. War sie verrückt? »Ellen braucht einen Arzt!«, zischte sie empört.

»Dann gehen Sie ihn doch holen, wenn Sie wollen«, erwiderte Hannah gelassen. »Ich bleibe jedenfalls hier und werde dieses Baby zur Welt bringen.« Sie wandte sich an Mrs. Kettle. »Als Erstes werden wir dicke Handtücher brauchen. Und irgendwas, das ich zum Festbinden benutzen kann.«

»Ich könnte ein altes Bettlaken zerreißen?«, schlug Mrs. Kettle vor.

»Ja, das genügt vollauf.«

Die ganze Zeit blickte Agnes fassungslos von einer Frau zur anderen. »Sie werden doch wohl nicht versuchen, dieses Kind im Mutterleib zu drehen?«

Hannah gönnte ihr nicht einen einzigen Blick, während sie verschiedene Dinge aus ihrer Tasche nahm. »Nein, ich werde die Natur ihren Lauf nehmen lassen.«

»Und wie gedenken Sie das zu tun?«

Hannah seufzte. »Also ehrlich! Hat man Ihnen denn wirklich gar nichts beigebracht in dieser noblen Schwesternschule?« Sie sagte das mit einer solch übertriebenen Geduld, dass sogar Ellen lachen musste. »Wenn man ein dickes Polster um den Rücken bindet, wird es das Kind nach vorne drücken.«

»Was?« Agnes war entsetzt. »Aber … das dürfen Sie nicht tun! So wird es bestimmt nicht funktionieren. Das ist nichts weiter als ein Ammenmärchen.«

»Nun, das werden wir ja sehen, nicht?«

»Aber eine hintere Hinterhauptslage …«

Hannah fuhr ungeduldig zu ihr herum. »Benutzen Sie Ihre hochtrabenden Wörter ruhig weiter, aber bleiben Sie mir aus dem Weg, wenn Sie sich schon nicht nützlich machen können.« Wieder einmal schlossen ihre großen Hände sich um Agnes' Schultern und schoben sie in eine Zimmerecke.

In ungläubigem Entsetzen schaute Agnes zu, als Mrs. Kettle mit einem dicken Handtuch und dem in Streifen gerissenen Bettlaken zurückkam und Hannah das Polster um Ellens schlanke Seiten zu befestigen begann. So würde es nicht klappen. Weil es schlicht unmöglich war. Das Baby würde sterben, und die arme Ellen auch, wenn sie nichts unternahm …

»Ich werde Dr. Rutherford holen«, sagte Agnes, aber niemand achtete auf sie.

Vor der Praxis ließ sie ihr Fahrrad auf die Treppe fallen, sprang darüber hinweg und stürzte ins Haus.

Und wieder begegnete sie Mrs. Bannister in der Eingangshalle. Wenn sie es nicht besser wüsste, hätte Agnes schwören können, dass die Haushälterin ihr dort auflauerte.

»Wohin so eilig, Miss Sheridan?«, fragte sie mit einer missbilligend erhobenen Augenbraue. »Und ist das Ihr Fahrrad da draußen auf den Stufen? Sie können es dort nicht liegenlassen, wie Sie wis…«

»Wo ist der Doktor?«, fiel Agnes ihr ins Wort.

Mrs. Bannisters Lippen wurden schmal vor Ärger über die Unterbrechung. »In seiner Vormittagssprechstunde natürlich – wo wollen Sie hin?«, rief sie, als Agnes an ihr vorbeilief. »Sie können dort nicht einfach so hineinstürmen …«

Zum Glück war der Doktor allein in seinem Behandlungszimmer, um sich Notizen zu seinem letzten Patienten zu machen. Er spähte über seine Brille, als Agnes in den Raum stürzte.

»Miss Sheridan? Du meine Güte, was ist denn los? Sie scheinen ja völlig durcheinander zu sein.«

»Sie müssen mitkommen!« Agnes hatte Mühe, die Worte herauszubekommen, so heftig, wie ihre Brust sich hob und senkte.

»Entschuldigen Sie, Herr Doktor. Ich hatte ihr gesagt, dass Sie nicht gestört werden dürfen.« Mrs. Bannister war hinter Agnes erschienen.

»Schon gut, Mrs. B.« Dr. Rutherford wandte sich wieder Agnes zu. »Was ist denn los?«

»Mrs. Kettle ... Ellen ... sie liegt in den Wehen, und das Kind liegt falsch.« Noch während sie die Worte hervorstieß, war Agnes bewusst, dass ihr Bericht weit weniger professionell war, als er es hätte sein sollen. »Sie müssen mich begleiten!«, schloss sie.

»Ach, Herrgott noch mal!«, rief Mrs. Bannister erbost. »Sie können doch nicht erwarten, dass der Doktor mitten in der Sprechstunde alles stehen und liegen lässt, nur weil Sie beschließen ...«

»Nein, Mrs. Bannister, die Schwester hat ganz recht. Das ist ein Notfall.« Dr. Rutherford erhob sich und griff nach seinem Arztkoffer. »Schicken Sie alle anderen Patienten bitte heim. Notieren Sie sich ihre Namen, und richten Sie ihnen aus, dass ich später noch vorbeikommen werde.«

Während der Fahrt zur Siedlung hinunter konnte Agnes Dr. Rutherford eine genauere Beschreibung von Ellen Kettles Zustand und ihren anhaltenden Wehen geben und ihm von Hannah Arkwrights Erscheinen berichten.

»Sie hätten sie sehen sollen! Was sie tat, war ungeheuerlich.« Agnes' Hände zitterten, weil es ihr aus Angst vor dem, was sie in Ellen Kettles Haus vorfinden könnten, beinahe widerstrebte, dorthin zurückzukehren.

Was sie jedoch nicht erwartet hatte, war, Hannah Arkwright in aller Ruhe in der Küche eine Tasse Tee trinken zu sehen.

»Morgen, Doktor«, begrüßte sie ihn mit einem Nicken, und wie immer verrieten ihre schwarzen Augen nichts.

»Guten Morgen, Miss Arkwright. Wie ich hörte, liegt Mrs. Kettle in den Wehen?«

»Lag, Doktor, lag. Es ist alles schon vorbei.« Hannah blickte von ihm zu Agnes, und wieder blieb ihre Miene völlig unbewegt.

»Was ist passiert? Was haben Sie mit ihr gemacht?«, fragte Agnes wütend.

Hannah zuckte mit den Schultern. »Schauen Sie doch selbst nach.«

Mit ihrer Schwiegermutter an ihrer Seite saß Ellen Kettle im Bett und stillte ihr Baby.

Ellen blickte vor Glück strahlend zu ihnen auf. »Es ist ein Junge«, sagte sie stolz. »Ich werde ihn Harry nennen, nach seinem Vater.«

Agnes blickte von der Mutter zum Kind und wieder zurück. »Aber ich verstehe das nicht. Wie haben Sie ...«

»Die Natur hat ihren Lauf genommen, wie ich bereits vorausgesagt hatte«, antwortete Hannah selbstgefällig.

»Tja, das hat sie wohl«, sagte Dr. Rutherford mit grimmigem Gesicht. »Es sieht ganz so aus, als ob Sie mich völlig umsonst von meiner Sprechstunde weggerufen hätten, Miss Sheridan.«

Agnes war außerstande, irgendjemandem ins Gesicht zu sehen, sie starrte auf den bunten Flickenteppich auf dem Schlafzimmerboden. »Ja, Doktor.«

»In Zukunft sollten Sie vielleicht nachdenken, bevor Sie handeln.« Dr. Rutherford wandte sich nun der jungen Frau zu, die im Bett saß und ihr Baby an ihre Brust drückte. »Ihr Sohn scheint kerngesund zu sein, Mrs. Kettle. Ich wünsche Ihnen beiden alles Gute.«

»Danke, Herr Doktor.«

Er wandte sich wieder Agnes zu. »Sie können mit mir zur Praxis zurückfahren, Miss Sheridan. Ich habe nicht den Eindruck, dass Sie oder ich hier noch gebraucht werden.«

»Nein, Doktor.« Agnes konnte Hannah nicht ins Gesicht sehen, als sie ihm hinausfolgte, da sie sich den triumphierenden Ausdruck auf ihrem Gesicht nur allzu gut vorstellen konnte.

»Du hättest sie sehen sollen«, erzählte Hannah ihrer Mutter später. »Sie konnte nicht aufhören, zwischen mir und dem Baby hin und her zu blicken, als traute sie ihren eigenen Augen nicht! Und wie der Doktor mit ihr sprach ... ich konnte kaum an mich halten!« Sie lachte bei der Erinnerung. Der heutige Morgen hätte nicht besser verlaufen können, wenn sie alles selbst geplant hätte.

Das Gesicht ihrer Mutter blieb ernst, als sie sich hin und her wiegte in ihrem Schaukelstuhl. »Dann wirst du ja wohl sehr zufrieden mit dir sein«, sagte sie.

Hannahs Lächeln erlosch. Sie hatte sich so darauf gefreut, ihrer Mutter alles zu erzählen, und war sich sicher gewesen, dass sie die Geschichte genauso lustig finden würde wie sie selbst.

»Warum auch nicht?«, erwiderte sie trotzig. »Es war ein Denkzettel für Schwester Sheridan. Und sie hielt sich für so schlau mit all ihren glitzernden Instrumenten, die sie aufgebaut hatte wie Soldaten, in Reih und Glied! Aber ich hab ihr gezeigt, wo der Hase langläuft.«

»Und nun denkst du, du hättest dich gegen sie durchgesetzt? Und du glaubst, sie würde jetzt einfach so ihre Sachen packen und nach Hause zurückkehren?«

Hannah starrte ihre Mutter an und versuchte zu ergründen, was hinter diesen schmalen, fast blinden Augen vorging. »Warum auch nicht? Ich habe heute Morgen mit Mrs. Kettle gesprochen, und sie sagte, sie würde allen erzählen, was mit ihrer Ellen war und wie es ausgegangen ist. Ich glaube nicht, dass Miss Sheridan dann noch zu irgendeiner Geburt in Bowden gerufen wird. Sie wird schon bald verstehen, dass sie hier niemand haben will.«

»Das wird nichts nützen!«, sagte ihre Mutter ärgerlich. »Ich habe dir doch schon gesagt, dass sie eine Kämpferin ist. Je mehr du versuchst, sie zu vertreiben, desto heftiger wird sie sich zur Wehr setzen.«

»Heute Morgen sah sie aber gar nicht wie eine Kämpferin aus, sondern schlich sich wie ein geprügelter Hund davon!«, erklärte Hannah.

»Aber sie wird wiederkommen, und es wird nicht lange dauern, bis sie einen Weg findet, die Leute herumzukriegen. Es gibt jetzt schon so einige im Dorf, die der Meinung sind, man sollte ihr eine Chance geben. Leute, die du vielleicht für loyal dir gegenüber hältst.«

Hannahs Kopf fuhr in die Höhe. »Welche Leute? Von wem redest du?«

»Das sag ich nicht.« Und damit war das Thema für Nella erledigt. »Und jetzt hol mir bitte eine Tasse Weidenrindentee. Meine Arthritis macht mir mal wieder sehr zu schaffen.« Sie streckte ihre dünnen Arme und fuhr vor Schmerz zusammen.

Bedrückt ging Hannah zum Herd hinüber, um den Kessel aufzusetzen. Heute Morgen war sie noch so voller Freude gewesen, nachdem es ihr gelungen war, Ellen Kettles Baby wohlbehalten zur Welt zu bringen. Zwei Geburten heute Morgen hatten sie für den versäumten Schlaf vollauf entschädigt. Sie war überschäumend vor Triumph und Freude heimgekommen, doch wie üblich hatte ihre Mutter ihr Glücksgefühl zunichte gemacht und ihr den Moment verdorben.

Sie betrachtete ihr Abbild in der fleckigen Spiegelscherbe über dem Spülbecken, während sie die Tasse ihrer Mutter spülte. Ein müdes Gesicht ohne jeden Charme erwiderte ihren Blick aus Augen, denen jeder Funke der Begeisterung abhandengekommen war.

Aber sie wusste, dass ihre Mutter ganz gewiss nicht recht behalten würde. Diesmal nicht. Im Gegensatz zu ihr hatte sie Agnes' Gesicht nicht gesehen. Sie war vollkommen gedemütigt gewesen. Es würde nicht mehr lange dauern, bis diese Gemeindeschwester Bowden verließ, um nie wieder zurückzukehren.

KAPITEL SECHZEHN

Als Carrie erwachte, spürte sie sofort, dass irgendetwas nicht in Ordnung war.

Ein schmaler, blasser Lichtstrahl fiel durch den Spalt zwischen den Vorhängen, der Morgen dämmerte schon herauf. Für einen Moment blieb sie liegen und versuchte herauszufinden, was sie geweckt hatte. Dann sah sie James mit Henry in den Armen am Fußende ihres Bettes sitzen.

Sofort war sie hellwach, setzte sich auf und strich sich das Haar aus dem Gesicht. »Was hat er? Ich habe ihn nicht weinen gehört.«

»Er hat auch nicht geweint. Ich war's, der ihn geweckt hat. Ich wollte ihn sehen, bevor ich ging.«

Ihr vom Schlaf noch immer leicht benebeltes Gehirn registrierte nun, dass er schon Anzug und Krawatte für die Arbeit trug. »Wie spät ist es?«

»Kurz nach fünf.«

»Aber warum bist du schon so früh auf an einem Samstagmorgen ...«, begann sie, doch dann erinnerte sie sich wieder. »Du gehst zur Zeche.«

Er nickte.

»Dann wirst du die Männer also wirklich aussperren?«

Es war der 1. Mai und der Tag, an dem für die Bergleute die Frist ablief, das von der Regierung gestellte Ultimatum zu akzeptieren. Aber der Bergarbeiterverband war standhaft geblieben, und nun waren die Bergwerksbesitzer an der Reihe, ihre Drohung wahrzumachen.

»Ich habe keine andere Wahl.« James hielt seinen Blick auf das Baby gerichtet und betrachtete sein kleines Gesicht mit einer Eindringlichkeit, die bei Carrie Unbehagen hervorrief.

»Lass mich ihn nehmen«, sagte sie und streckte ihre Arme nach dem Baby aus, aber James drückte es nur noch fester an seine Brust.

»Du bekommst ihn gleich. Ich will nur noch ein bisschen mehr Zeit mit meinem Sohn verbringen.«

Ihr Mann sah so unglücklich aus, dass Carries Herz sich vor Mitgefühl mit ihm zusammenzog. Der arme James. Sie wusste, mit welch großer Sorge er diesem Tag entgegengesehen hatte. In den letzten Nächten hatte er kaum noch Schlaf gefunden. Ihr war nicht entgangen, wie unruhig er sich neben ihr hin und her geworfen hatte, und zweimal war das Bett neben ihr sogar leer gewesen, als sie irgendwann erwachte.

Carrie bedauerte ihn, aber noch mehr bedauerte sie die Männer, die heute Morgen um sechs zu ihrer Schicht erscheinen und vor verschlossenen Zechentoren stehen würden.

»Ich hoffe nur, du weißt, was du tust«, sagte sie. »Diese Männer werden zu ihren Frauen zurückgehen und ihnen sagen müssen, dass heute kein Geld hereinkommen wird.« Sie wusste, wie das war. Sie hatte die Furcht im Gesicht ihrer eigenen Mutter gesehen, wenn sie ihren Mann die Straße wieder heraufkommen sah an den Tagen, an denen es in der Grube keine Arbeit für ihn gab.

»Das hätten sie vorher bedenken müssen und die ihnen angebotenen Bedingungen akzeptieren sollen. Dann würden wir jetzt nicht alle in diesem Schlamassel stecken.«

Carrie starrte ihren Ehemann an, sein Tonfall erschreckte sie. So wütend war James ihr gegenüber noch nie geworden. »Hast du wirklich von ihnen erwartet, mehr Stunden für weniger Lohn zu arbeiten?«

»Ich habe nur erwartet, dass alle Vernunft annehmen!« Er stand auf, um ihr das Kind zu übergeben, und mit einem Mal kam er ihr wie ein Fremder vor, als er in seinem gepflegten Anzug vor ihr stand. »Trotzdem werde ich wohl hingehen und die Konsequenzen tragen müssen«, sagte er und schnitt eine Grimasse.

Was für Konsequenzen, hätte Carrie ihn gern gefragt. James gehörte nicht zu denjenigen, die in ein ungeheiztes Zuhause und an einen leeren Abendbrottisch heimkehren würden. Sie biss sich jedoch auf die Zunge, um sich die Frage zu verkneifen. Ihr Mann war auch so schon angespannt genug.

Sowie er nicht mehr da war, begann Henry in ihren Armen zu zappeln und streckte flehend seine Ärmchen nach der geschlossenen Tür aus.

»Da!«, schrie er, und seine braunen Augen standen voller Tränen.

Es war sein erstes richtiges Wort, das er vor einer Woche zum ersten Mal gesagt hatte und seitdem ständig wiederholte. Carrie küsste Henry auf den feinen, hellen Flaum, der seinen Kopf bedeckte, und konnte James' Rasierseife an ihm riechen, was ihr einen Stich ins Herz versetzte.

»Daddy ist weg, mein Schatz«, murmelte sie.

Das Haus fühlte sich immer zu groß und leer an ohne James. Normalerweise gab es kaum etwas für sie zu tun, nachdem sie den kleinen Henry gebadet, angezogen und gefüttert hatte. Sie hätte sich wirklich gern im Haus beschäftigt, aber das Hausmädchen war jedes Mal gekränkt, wenn sie ihr behilflich sein wollte. Und dabei wusste Carrie sehr gut, dass sie bessere Arbeit hätte leisten können als das Mädchen. Es war sehr nachlässig, was Staubwischen und Bohnern anging, und Carrie hatte sie auch noch nie einen Teppich richtig ausklopfen sehen.

Sie hatte versucht, mit James darüber zu sprechen, aber er hatte nur gemeint, wenn sie nicht zufrieden mit dem Mädchen sei, könnten sie sie entlassen und jemand anderen einstellen.

»Ich würde viel lieber alles selber tun«, hatte Carrie erwidert, doch davon wollte James nichts hören.

»Du kannst bessere Dinge tun, als Fußböden zu schrubben, Liebling«, hatte er gesagt.

Und was für bessere Dinge, fragte sich Carrie, als sie am Fenster stand und auf die Straße hinausblickte. Was taten feine Damen, um sich die Zeit zu vertreiben? Wenn sie keinen Vorwand hatte, ihre Mutter zu besuchen, tat sie nichts anderes, als im Haus umherzustreifen, mit dem Baby zu spielen, dem Dienstmädchen im Weg zu stehen und die Stunden zu zählen, bis James heimkam.

Sie lächelte bei der Erinnerung daran, wie sie und ihre Schwestern sich früher über die zu erledigenden Hausarbeiten beklagt hatten. Wer hätte gedacht, dass sie es je vermissen würde, Brotteig zu kneten oder an einem windigen Tag Wäsche aufzuhängen?

Aber zumindest heute hatte sie etwas, worauf sie sich freuen konnte. Den ganzen Morgen über trat sie immer wieder ans Fenster, um nach dem Lieferwagen der Firma Goodman Ausschau zu halten.

Schließlich fuhr er gegen Mittag vor, als sie Henry gerade fütterte. Sie ließ den Löffel fallen und sprang auf, bevor sie sich daran erinnerte, dass es sich für die Dame des Hauses nicht gehörte, selbst die Tür zu öffnen. Stattdessen musste sie voller Ungeduld warten und zuhören, wie das Hausmädchen mit dem Lieferanten schwatzte und herumtrödelte. Es kam Carrie ewig lange vor, bis das Mädchen mit einem großen, braunen Paket in den Armen ins Haus zurückkam.

»Das ist für Sie gekommen, Madam.«

»Danke. Stellen Sie es dort drüben hin, ja?« Carrie beherrschte ihre freudige Erregung, denn es schickte sich für eine Dame nicht, zu viel Freude zu zeigen.

Nach dem Mittagessen legte sie Henry zu seinem Nachmittagsschläfchen hin und konnte nun endlich ihr Paket auspacken.

Sein Inhalt begeisterte sie noch weitaus mehr, als sie gehofft hatte. Zehn Meter weißer Seidenbrokat, mehr als ausreichend, um das schönste Brautkleid anzufertigen.

Sie hatte fast zwei Wochen nichts mehr von Nancy und dem geplanten Einkaufsbummel gehört. Und so hatte sie schließlich den Entschluss gefasst, ihre Freundin zu überraschen, indem sie selbst einen Stoff für sie bestellte. Bei einem der feinsten Geschäfte in Leeds natürlich. Carrie strich mit den Händen über das seidige Material und ließ es durch ihre Finger gleiten. Sie lächelte bei dem Gedanken, wie begeistert ihre Freundin sein würde, wenn sie es sah. Dieser Seidenbrokat war sehr viel schöner als alles, was Nancy jemals für sich kaufen würde.

Carrie war so aufgeregt, dass sie es kaum erwarten konnte, Nancy den Stoff zu zeigen. Sobald Henry also von seinem Mittagsschläfchen erwachte, zog sie ihm seinen wollenen Mantel und das passende Mützchen an und machte sich mit ihm auf den Weg zum Co-op. Das Paket hatte sie auf die Ablage unter dem Kinderwagen gelegt.

In dem Laden war nicht annähernd so viel zu tun wie normalerweise an einem Samstag. Carrie war sich der Blicke der anderen Frauen bewusst, die sich nach ihr umdrehten, als sie Mr. Fensoms übliche Begrüßung ignorierte und sofort zur Stoffabteilung hinübereilte.

Diesmal stand ein anderes Mädchen hinter der Theke, Betty Willis, mit der Carrie befreundet gewesen war, als sie noch dort gearbeitet hatte.

»Hallo, Süße – ups! Mrs. Shepherd wollte ich natürlich sagen«, berichtigte sich Betty lächelnd. »Was kann ich für dich tun?«

Carrie warf einen Blick über ihre Schulter, aber Mr. Fensom war mit einer Kundin auf der anderen Seite des Ladens beschäftigt.

»Ich wollte Nancy sehen. Ist sie hier?«

Betty schüttelte den Kopf. »Sie hat heute frei und ist mit Iris Mankell zum Einkaufen nach Leeds gefahren.« Dann verzog sie das Gesicht. »Einige dürfen sich alles erlauben, nicht? Eigentlich hätten sie nicht beide am selben Tag freinehmen dürfen, aber Nancy hat's mal wieder geschafft, Mr. Fensom zu bezirzen. Ich glaub, er hat 'ne Schwäche für sie, der geile alte Bock! Auf jeden

Fall haben sie mich hier ganz allein gelassen mit den Stoffen und den Kurzwaren. Zum Glück ist heute nicht allzu viel los.« Sie sah sich um. »Bei all dem Ärger in der Zeche hat wahrscheinlich sowieso niemand Lust zum Einkaufen. Hast du gehört, dass sie sogar die Tore verschlossen …«

Aber Carrie schossen so viele Gedanken durch den Kopf, dass sie Bettys Geplapper kaum folgen konnte. »Bist du sicher, dass Nancy nach Leeds gefahren ist?«, unterbrach sie sie.

»Na klar, ich hab sie doch darüber reden hören. Sie waren ganz aus dem Häuschen, weil sie den Stoff für Nancys Brautkleid kaufen wollten. Sie sprechen schon seit Tagen von nichts anderem … He, wo willst du hin? Wir haben gerade eine Lieferung Seidenstrümpfe hereinbekommen, falls du interessiert bist …«

Ihre Worte schallten noch hinter Carrie her, als sie ging.

Sie stapfte heim und stieß den Kinderwagen vor sich her wie einen Rammbock, so außer sich vor Wut, dass sie kaum bemerkte, wie die anderen Passanten erschrocken vor ihr zurückwichen.

Wie konnte Nancy das nur tun? Carrie durchforschte ihr Gedächtnis nach Gründen, warum ihre Freundin so gemein zu ihr war. Oder hatte Nancy einfach nur vergessen, sie auch zu dem Ausflug nach Leeds einzuladen? Das ergab alles keinen Sinn. Der Ausflug war doch Carries Idee gewesen, da würde Nancy sie doch sicherlich nicht ausschließen?

Vielleicht war das ja alles Iris Maskells Schuld? Sie war schon immer ein eifersüchtiges Biest gewesen. Wahrscheinlich wollte sie Nancy ganz für sich allein und hatte sich etwas ausgedacht, um die beiden Freundinnen auseinanderzubringen. Aber falls das stimmte, warum war Nancy dann nicht für ihre alte Freundin Carrie eingetreten?

Es gab nur einen Weg, der Sache auf den Grund zu gehen, beschloss Carrie, und der war, Nancy geradeheraus danach zu fragen.

Der letzte Nachmittagsbus aus Leeds musste bald ankommen. Carrie schob den Kinderwagen zur Bushaltestelle am Ende der

Straße hinauf. Auf dem Weg dorthin schäumte sie innerlich vor Wut und plante ihr weiteres Vorgehen. Sie würde Nancy das Paket zuwerfen und dann hocherhobenen Kopfes davonstolzieren. Sie würde Iris' selbstgefälliges Gesicht ohrfeigen. Sie würde …

Als der Bus dann jedoch endlich die Straße herunterkam und vor ihr hielt, konnte Carrie nichts anderes mehr tun, als ihr wild pochendes Herz, das ihr geradezu aus der Brust zu springen drohte, zu beruhigen.

Die beiden Mädchen stiegen lachend aus dem Bus. Nancy hielt eine braune Schachtel unter dem Arm, die jener ähnelte, die an diesem Morgen von Goodmans geliefert worden war.

Die Luft fühlte sich kalt an auf Carries brennendem Gesicht, und sie hatte plötzlich das Bedürfnis wegzulaufen, nur gab es leider nirgends ein Versteck.

Nancy sah sie zuerst. Sie hörte auf zu lachen und griff nach Iris' Arm. Dann schaute Iris sich um, und ihr Lächeln wurde zu einem breiten, fast schon bösartigen Grinsen.

»Na, habt ihr euch gut amüsiert in Leeds?«, begrüßte Carrie voller Verbitterung die beiden Mädchen.

»Oh ja, das haben wir, vielen Dank«, erwiderte Iris.

»Wir wollten dich eigentlich fragen, ob du mitkommen wolltest«, sagte Nancy schnell. »Aber da wir erst in letzter Minute herausgefunden haben, dass wir heute beide freihatten, blieb uns dazu keine Zeit mehr.«

»Das klang aus Betty Willis' Mund aber anders. Sie sagte, ihr hättet schon ewig darüber gesprochen.«

Nancy errötete. »Ich …«

»Schon gut«, sagte Carrie. »Erspar mir deine Lügen. Du hattest überhaupt nicht vor, mich mitzunehmen, nicht?«

»Das ist nicht …«, begann Nancy, aber Iris unterbrach sie.

»Du hast recht, wir wollten dich nicht dabeihaben«, sagte sie rundheraus.

»Iris!«, zischte Nancy, aber Iris machte ein trotziges Gesicht.

»Warum sollte ich ihr nicht die Wahrheit sagen? Es wird höchste Zeit, dass ihr mal jemand die Augen öffnet.« Ihre eigenen verengten sich vor Gehässigkeit. »Du hättest Nancy ja doch nur den Tag verdorben mit deiner Angeberei und Aufgeblasenheit ihr gegenüber.«

Carrie sah Nancy an. Sie war den Tränen nahe und biss sich auf die Lippe. »Ist das wahr?«

»Sie wird dir keine Antwort darauf geben, weil sie deine Gefühle nicht verletzen will«, ergriff Iris erneut das Wort. »Aber die Wahrheit ist, dass sie nichts mehr von dir wissen will«, erklärte sie und hakte sich besitzergreifend bei Nancy unter.

Carrie blickte von der einen zur anderen. Nancy starrte auf ihre Schuhe herab, während Iris grinste wie die sprichwörtliche Katze, die den Sahnetopf gefunden hat.

»Wenn das wahr ist, werde ich dich nicht mehr belästigen.« Carrie bemühte sich, Haltung zu bewahren, und hasste sich für das verräterische Zittern in ihrer Stimme.

»Carrie, bitte!« Nancy fand endlich ihre Stimme wieder, aber Carrie hörte schon nicht mehr zu, sondern ging und schob ihren Kinderwagen an den beiden vorbei.

»Und du brauchst dir auch nicht einzubilden, dass du Nancys Trauzeugin sein wirst!«, rief Iris ihr hinterher.

Carrie war schon um die Ecke gebogen und halb über die Straße, als Nancy sie einholte. Carrie hörte die schnellen Schritte ihrer Freundin hinter sich, war aber zu verletzt und ärgerlich, um anzuhalten.

»Warte, Carrie!«, rief Nancy ihr nach.

»Wozu?« Mit gesenktem Kopf ging Carrie weiter.

Nancy ergriff ihren Arm und drehte sie zu sich herum. Ihr rundes Gesicht war leicht gerötet und schweißglänzend von ihrem schnellen Lauf. »Sei doch nicht so. Was Iris gesagt hat, tut mir leid. Hör nicht auf sie. Sie ist nur eifersüchtig auf dich, weil wir früher einmal so gute Freundinnen waren.«

Früher einmal. Diese Worte taten so weh, dass Carrie erst einmal tief Luft holen musste. »Dann willst du also sagen, dass es ihre Idee war, mich nicht einzuladen, mit euch nach Leeds zu fahren?«

Nancy zögerte einen Moment. »Nein, es war meine.« Sie senkte wieder ihren Blick. »Aber nicht, weil ich dich nicht mag – denn das tue ich«, fügte sie schnell hinzu. »Ich befürchtete nur, dass du dann darauf bestehen würdest, alles zu bezahlen. Du hattest davon gesprochen, zum Tee in ein piekfeines Hotel zu gehen …«

»Ich wollte dir nur eine Freude machen, weiter nichts.« Carrie hielt ihren Blick auf Henry Köpfchen unter der warmen Wollmütze gerichtet. »Wir hatten doch immer davon gesprochen, irgendwann einmal zum Tee in ein schickes Lokal zu gehen, oder hast du das vergessen? Ich dachte, es würde dir Spaß machen.«

»Es würde mir viel mehr Spaß machen, wenn ich für mich selbst bezahlen könnte«, antwortete Nancy.

»Aber das musstest du doch nicht. Schließlich hatte ich dich eingeladen.«

»Für mich hätte es sich eher wie ein Almosen angefühlt.«

Carrie starrte ihre Freundin betroffen an. »Ich … ich wollte dir nur etwas Besonderes bieten.«

»Aber ich will nichts Besonderes von dir haben!«, rief Nancy. »Verstehst du denn nicht, Carrie? Es erscheint mir jetzt nicht mehr passend, dass du und ich befreundet sind.«

Carrie erinnerte sich an die Worte ihrer Mutter. *Ob es dir gefällt oder nicht, du bewegst dich jetzt in anderen Kreisen.*

»Also können wir keine Freundinnen mehr sein, weil mein Mann der Zechenleiter ist?«, fragte Carrie unglücklich.

»Das habe ich nicht gesagt.« Nancy legte eine Hand auf ihre. Selbst ihre Finger, die schwielig und gerötet waren von der Hausarbeit, bei der sie ihrer Mutter half, sahen inzwischen ganz anders aus als Carries zarte, weiche Hände. »Aber dir muss doch auch selber klar sein, dass es nie wieder so sein kann, wie es früher war? Ich werde die Frau eines Bergmanns sein, Carrie, und dieses Leben wirst du nie verstehen.«

»Wie kannst du so etwas sagen? Ich bin selbst in diesem Leben aufgewachsen, ganz genau wie du. Unsere Väter haben zusammen unter Tage gearbeitet. Wir haben ihnen die Klamotten gewaschen und all die Insekten aus ihren Taschen geholt.« Sie sah, wie Nancy das Gesicht verzog. Sie hatte es immer gehasst, die kleinen schwarzen Käfer anzufassen, und so war es Carrie gewesen, die sie für sie hatte herausholen müssen. »Außerdem wäre ich vielleicht auch eine Bergmannsfrau geworden, wenn Rob nicht …« Sie hielt inne und presste die Lippen aufeinander.

Sie hatte ihn schließlich nicht darum gebeten, ihr das Herz zu brechen. Rob Chadwick und sein Cousin Archie waren Carries und Nancys Kindheitslieben gewesen. Die beiden Mädchen hatten ihre ganze Zukunft um ihre Hochzeiten herum geplant. Schon damals hatten sie entschieden, dass sie, wenn sie erst einmal verheiratet waren, in zwei Reihenhäuschen nebeneinander wohnen würden. Rob und Archie würden zusammen in der Grube arbeiten, und Carrie und Nancy würden Babys bekommen, sich um ihre Häuser kümmern und einander näher sein als ihre eigenen Schwestern.

Aber dann war Robs Vater vor drei Jahren bei einem Grubenunfall ums Leben gekommen, und seine Mutter hatte beschlossen, zu ihrer Familie in Durham zurückzuziehen. Und Rob und seine jüngeren Geschwister waren mit ihr weggezogen, obwohl er damals schon einundzwanzig gewesen war und genauso gut in Bowden hätte bleiben und Carrie heiraten können, wie sie es schon immer vorgehabt hatten.

»Ich weiß«, sagte Nancy leise. »Vielleicht wäre dann alles ganz anders geworden.«

Carrie lächelte wehmütig. »Weißt du noch, wie wir früher immer unsere Hochzeit geplant haben?«, sagte sie. »Wir saßen auf der Mauer am Ende der Straße und sprachen darüber, was wir anziehen und welche Blumen wir auswählen würden.«

»Und wie gut Archie und Rob in ihren Anzügen aussehen würden«, fügte Nancy hinzu.

»Wir wollten sogar eine Doppelhochzeit feiern, bis uns klar wurde, dass wir nicht die Brautjungfer der anderen sein konnten, wenn wir gleichzeitig heiraten.«

Nancy sah sie an. »Ich möchte dich immer noch als meine Trauzeugin«, sagte sie.

Ein Kloß bildete sich in Carries Hals. »Da hat Iris aber etwas anderes gesagt.«

»Ach, am besten beachtest du sie gar nicht. Ich hab dir doch schon gesagt, dass sie nur eifersüchtig ist. Aber es ist meine Entscheidung und nicht ihre.« Nancy drückte ihr die Hand. »Außerdem haben wir es uns versprochen, nicht?«

Carrie konnte spüren, wie ihr Lächeln schwächer wurde. Versuchte Nancy vielleicht nur, nett zu sein? Es war schwer zu sagen, aber im Moment war sie einfach nur froh darüber, dass sie noch Freundinnen waren.

»Ich würde sehr gerne deine Trauzeugin sein«, sagte sie.

Dann verabschiedeten sie sich. Als sie sich trennten, musste Carrie plötzlich an das Geschenk denken, das sie für Nancy gekauft hatte.

»Nancy?«, rief sie.

Nancy drehte sich um. »Ja? Was ist?«

Carrie dachte an das braune Päckchen, das Nancy so stolz unter dem Arm getragen hatte, als sie aus dem Bus gestiegen war. Carrie hatte den Inhalt nicht gesehen, aber es enthielt mit Sicherheit den Stoff für Nancys Brautkleid, und sie wäre jede Wette eingegangen, dass er nicht einmal annähernd so schön oder teuer war wie der Seidenbrokat, den sie bestellt hatte.

Dann sah sie den misstrauischen Blick in Nancys grünen Augen.

»Nichts«, sagte Carrie schnell. »Es war nichts Wichtiges.«

Sie würde den Brokat gleich am Montagmorgen zu Goodmans zurückschicken.

KAPITEL SIEBZEHN

Am Mittwoch hatte sich der Arbeitskampf der Bergleute wie ein Virus im ganzen Land verbreitet. Gleich nach dem Aufwachen an jenem Morgen hörte Agnes die Nachricht, dass das ganze Land in Streik getreten war.

»Kein Gas, kein Strom, und es fahren auch keine Busse mehr. Ich weiß wirklich nicht, wie Dr. Rutherford ohne seine Morgenzeitung zurechtkommen soll«, klagte Mrs. Bannister, die einen ihrer seltenen Besuche in der Küche machte, um sich über die Lage zu ereifern.

»Ich bin mir sicher, dass der Doktor sich ebenso einschränken können wird wie wir anderen auch«, sagte Agnes milde, bevor sie in das Marmeladenbrot biss, das Jinny ihr hingestellt hatte.

»Nun ja, aber er sollte sich nicht einschränken müssen, nicht? Er arbeitet hart und hat ein Recht auf seinen häuslichen Komfort.«

Agnes blickte zu Jinny Chadwick hinüber, die an der Spüle stand. Das Mädchen sagte nichts, aber an der Haltung ihrer schmalen Schultern konnte Agnes sehen, wie sehr sie sich zusammenreißen musste, um nichts darauf zu erwidern.

»Auch die Bergleute haben ein Recht auf ihren häuslichen Komfort«, ergriff Agnes das Wort für sie.

»Ach, hören Sie mir bloß mit denen auf!« Mrs. Bannister schürzte ihre Lippen. »Es ist ihre Schuld, dass dieses Land vor die Hunde geht. Wenn sie doch nur aufhören würden mit diesem … was ist das denn jetzt wieder?«

Mrs. Bannister kreischte auf, riss die Hintertür auf und schrie hinaus: »Wer ist da? Was soll das da draußen?«

Agnes fing Jinnys Blick auf, und beide liefen zum Fenster, um hinauszuschauen. Mitten im Gemüsegarten standen zwei stämmige braune Ponys und fraßen sich genüsslich durch Dr. Rutherfords preisgekrönten Frühlingskohl.

»Das sind Grubenponys«, raunte Jinny. »Sie mussten sie heraufbringen, als das Bergwerk geschlossen wurde.«

»Aber wie sind sie in den Gemüsegarten gekommen?«, fragte Agnes.

Wie zur Beantwortung ihrer Frage raschelte es plötzlich im Gebüsch. Agnes bekam gerade noch den strubbeligen dunklen Kopf eines Jungen zu Gesicht, der hinter dem Gartenschuppen hervorkam und sofort wieder verschwand.

»Ich sehe dich, Christopher Stanhope!«, rief Mrs. Bannister ihm zu. »Komm heraus und zeig dich!«

Der Junge kam aus seiner Deckung hervor, rannte den Weg hinunter und schwang sich mühelos über das hintere Tor. Zurück blieben das Echo seines Gelächters und die beiden Ponys, die zufrieden die Kohlblätter, die ihnen aus dem Maul hingen, kauten und sich fragten, was der ganze Wirbel eigentlich sollte.

»Ich weiß, wo du wohnst!«, schrie Mrs. Bannister dem Jungen hinterher, obwohl er längst verschwunden war. »Und du kannst dir sicher sein, dass der Doktor deinem Vater einiges zu sagen haben wird, wenn er diesen ganzen Schlamassel hier sieht!« Sie starrte die Ponys an, die unter dem langen Stirnhaar gelassen ihren Blick erwiderten. Agnes musste sich beherrschen, bei diesem Anblick nicht zu lachen. Neben ihr hielt Jinny sich mit einer Hand den Mund zu, um ihr eigenes Lachen zu unterdrücken.

Aber das Grinsen verging ihr, als Mrs. Bannister zu ihnen herumfuhr. »Steh nicht bloß da, Mädchen! Tu etwas!«, schrie sie Jinny an.

Das Mädchen sah sie mit ausdrucksloser Miene an. »Und was genau soll ich tun, Ma'am?«

»Woher soll ich das wissen?« Mrs. Bannister deutete mit einer Handbewegung auf die Ponys. »Fang sie ein, und bring sie dahin zurück, wo sie hingehören, bevor sie noch mehr Schaden anrichten. Der arme Dr. Rutherford! Als ob diese grässliche Streikgeschichte nicht schon problematisch genug für ihn wäre.«

Agnes schaute Jinny an. Auch diesmal sagte das Mädchen nichts, aber ihr Blick sprach Bände.

Am Donnerstagmorgen hatten einige freiwillige Helfer es zu Mrs. Bannisters großer Erleichterung geschafft, ihre Stromversorgung wiederherzustellen, sodass zumindest Dr. Rutherford nicht allzu lange Unannehmlichkeiten auf sich nehmen musste. Der Regierung war es sogar gelungen, eine Zeitung namens *The British Gazette* herauszubringen, die er bei seinem ausgiebigen Frühstück lesen konnte. Agnes konnte sie gerade noch retten, als Jinny sie benutzen wollte, um das Feuer anzuzünden.

Am Freitagmorgen kehrte Agnes zum ersten Mal zur Steeple Street zurück, um sich bei Miss Gale, der Leiterin der Gemeindepflege, zurückzumelden.

Drei Monate waren seit ihrer Abreise vergangen, und ihr war gar nicht bewusst gewesen, wie sehr sie das alles hier vermisst hatte. Die vertrauten, betriebsamen Straßen voller Menschen, Autos und Pferdekarren wiederzusehen, munterte sie auf. Ihr Herz schlug höher, als sie die Steeple Street hinauf auf das hohe Giebelhaus der Gemeindeschwestern zufuhr. Und als Dottie, das Hausmädchen, ihr die Tür öffnete, hätte sie sie fast umarmt.

In dem Haus an der Steeple Street war alles noch wie eh und je. Der lange Flur mit der hohen Decke und dem schwarzweiß gefliesten Boden, das Telefon an der Wand und die mit Dienstplänen bedeckte Anschlagtafel. Und die Postfächer, die Agnes so geduldig nach einem Brief von ihrer Mutter abgesucht hatte ...

Es war komisch, so viele neue Namensschildchen auf den Postfächern zu sehen. Ihr eigenes war von jemandem mit dem ziemlich großspurigen Namen Deborah Banks-Hulme übernommen worden.

Agnes konnte sich ein Lächeln nicht verkneifen, als sie sich fragte, was wohl Bess Bradshaw von diesem speziellen Mädchen halten mochte. Der stellvertretenden Leiterin der Gemeindepflege machte es besondere Freude, feinen jungen Damen einen Dämpfer aufzusetzen. War es am Anfang nicht auch bei Agnes so gewesen? Zumindest hatte sie es versucht. Und wie sich dann herausstellte, hatten sie schließlich beide ihre Lektion gelernt.

Und obwohl das Schwesternheim Agnes noch immer vertraut war, fühlte es sich doch auch seltsam fremd an, als ob es nicht mehr ihr Zuhause wäre. Agnes' Leben hatte sich verändert, während das Leben in der Steeple Street weitergegangen war wie immer, und die Lücke, die sie hinterlassen hatte, war schnell wieder gefüllt worden.

Der Gedanke versetzte ihr einen Stich. Wie gern sie wieder dort wäre, umgeben von ihren Freundinnen und in der Sicherheit der Steeple Street, statt nahezu völlig isoliert in Bowden!

Sogar Dottie schien über ihr Erscheinen verwundert zu sein. »Sie kommen zurück? Ihr Zimmer ist allerdings schon an jemand anderes vergeben«, sagte sie rundheraus. »Es gibt keinen Platz mehr für Sie«, fügte sie hinzu, nur für den Fall, dass Agnes nicht begriffen hatte.

Agnes lächelte geduldig. »Nein, Dottie, ich bin nur hergekommen, um Miss Gale zu sehen.«

Das Mädchen sah sie verdutzt an. »Aber sie ist doch gar nicht hier. Sie ist zu einer ihrer Sitzungen gegangen.«

»Zu einer Sitzung?« Agnes versuchte, ihre Verärgerung zu unterdrücken. »Aber sie wusste doch, dass ich kommen würde!«

Dottie zuckte mit ihren schmalen Schultern. »Vielleicht hat sie es ja vergessen.«

Agnes runzelte die Stirn. Es war nicht überraschend, dass Miss Gale nicht da war. Die Leiterin der Gemeindepflege verbrachte einen Großteil ihrer Zeit bei allen möglichen Sitzungen und hastete von einer zur anderen, sodass ihr zwischendurch kaum Zeit blieb, nachzudenken.

»Wissen Sie, wann sie zurückerwartet wird?«, fragte Agnes, doch Dottie zuckte wieder nur mit den Schultern. »Dann werde ich auf sie warten.« Agnes wollte zum Gemeinschaftsraum hinübergehen, aber Dottie verstellte ihr den Weg.

»Dorthin können Sie nicht«, sagte sie. »Das ist das Schwesternzimmer.«

»Ich bin eine Schwester …«, erwiderte Agnes, aber Dottie rührte sich nicht von der Stelle und verschränkte ihre dünnen Arme vor der Brust.

»Sie können hier warten«, sagte sie und nickte zu dem einzelnen Stuhl hinüber, der vor dem Büro der Leiterin stand. »Das ist der Platz, wo die Besucher warten.«

»Ich bin aber keine Besucherin«, begann Agnes erneut zu erklären. Aber Dottie blieb fest, und so gab Agnes es schließlich auf und ging zu dem ihr zugewiesenen Platz.

Während sie auf dem unbequemen Stuhl saß, erinnerte sie sich an ihren allerersten Tag, als sie auch auf diesem Stuhl gesessen hatte. Wie anders sie damals gewesen war, wie überzeugt davon, alles zu wissen! Sie war aus London gekommen, wo sie ihre Ausbildung zur Krankenschwester in einem der besten Krankenhäuser des Landes gemacht hatte. Und sie hatte damals das Gefühl gehabt, es gäbe nichts mehr, was ihr noch jemand hätte beibringen können.

Doch wie sehr sie sich geirrt hatte!

»Nein!«, dröhnte auf der Veranda draußen eine Stimme, die sie zusammenzucken ließ. »Ich habe gesagt, wie es gemacht werden soll, und will keine Widerreden mehr hören. Und wenn Sie noch einmal auf Ihre Uhr schauen, nehme ich sie Ihnen ab und schmeiß' sie in den Kanal! Es wird so lange dauern, wie ich Ihnen sage, dass es dauern wird.«

Agnes lächelte. Diese unverblümte Art hätte sie überall erkannt! Sie wandte sich der Haustür zu, als diese sich öffnete und Bess Bradshaw, dicht gefolgt von einer müde aussehenden Lernschwester, das Haus betrat. Agnes erkannte sofort den Ausdruck nervöser Verzweiflung in dem Gesicht der jungen Schwester. Auch sie hatte sich sehr oft so gefühlt, wenn sie mit Bess auf ihren Runden gewesen war.

Bess Bradshaw stutzte, als sie Agnes sah.

»Na so was. Wen haben wir denn hier? Ich dachte, wir wären Sie losgeworden, Miss Sheridan.« Sie begrüßte sie auf ihre übliche ruppige Art, aber Agnes konnte das Funkeln in Bess' blauen Augen sehen. Die stellvertretende Leiterin der Gemeindepflege nahm ihre Haube ab, unter der ihre kurzen braunen Haare sichtbar wurden, die bereits mit ein wenig Grau durchzogen waren. Sie war Ende vierzig und in ihrem marineblauen Schwesternmantel wirkte sie stämmig und entschlossen.

»Haben Sie die da gesehen, Deborah?«, wandte sie sich an das Mädchen, das im Eingang stand. »Das ist Agnes Sheridan, eine meiner früheren Schülerinnen. Als sie herkam, war sie wie Sie und glaubte, es gäbe nichts, was sie nicht bereits wüsste. Aber ich habe ihr schnell gezeigt, was Sache war, stimmt es nicht, Miss Sheridan?«

»Machen Sie sich nichts draus«, riet Agnes dem ängstlich aussehenden Mädchen. »Hunde, die bellen, beißen nicht.«

»Unterstehen Sie sich, ihr das zu sagen!« Bess gab sich alle Mühe, entrüstet auszusehen. »Hören Sie nicht auf sie«, warnte sie das Mädchen. »Ich kann sehr wohl zubeißen, wenn mir danach zumute ist.« Dann nickte sie zu dem Gemeinschaftsraum hinüber. »Gehen Sie und schreiben Sie Ihre Notizen von heute Morgen ins Reine. Und vergessen Sie nicht, auch Ihren Schwesternkoffer in Ordnung zu bringen!«, rief sie ihr nach. »Sie müssen noch geträumt haben, als Sie ihn heute Morgen packten.«

Das Mädchen flitzte davon. Bess wandte sich Agnes zu und schüttelte den Kopf. »Also wirklich! Was für eine Queen's Nurse, die etwas auf sich hält, bricht ohne Borsalbe zu ihren Runden auf?«

»War das Miss Banks-Hulme?«, fragte Agnes.

»Miss Banks-Hulme, oh ja!« Bess verdrehte die Augen. »Ich nenne sie Deborah. Es gefällt ihr nicht, aber es ist ja nicht meine Schuld, dass sie so einen bescheuerten Namen hat. Und sie ist sogar noch schlimmer als Sie mit ihrer ewigen Fragerei«, fügte Bess hinzu. »Außerdem schaut sie andauernd auf ihre Uhr, genau wie Sie früher.«

»Das liegt daran, dass Sie sich immer verspäten«, sagte Agnes.

Bess riss schockiert die Augen auf. »Nur weil Sie jetzt ihr Abzeichen haben, müssen Sie nicht glauben, Sie könnten sich mir gegenüber Frechheiten erlauben«, warnte sie Agnes. »Ich bin immer noch die stellvertretende Leiterin hier, vergessen Sie das nicht.« Sie schlüpfte aus ihrem Mantel und hängte ihn an einen Kleiderhaken. »Im Übrigen wurde es höchste Zeit, dass Sie sich hier mal blicken lassen. Wir haben schon gedacht, Sie hätten uns vergessen!«

Agnes errötete. »Ich weiß, dass ich früher hätte kommen sollen, aber ich wollte zuerst in Bowden Fuß fassen«, murmelte sie.

»Und? Ist es Ihnen gelungen?«

Agnes konnte ihr nicht in die Augen sehen. »Ja.«

»Und die Patienten mögen Sie?«

»Ja.« Wieder konnte Agnes sie nicht ansehen, obwohl sie hätte wissen müssen, dass Bess' scharfen Augen nichts entging.

»Das hatte ich mir schon gedacht«, sagte sie grimmig. »Ich habe Miss Gale gesagt, dass das der Grund ist, warum wir Sie noch nicht wiedergesehen haben. Sie haben Ärger, nicht?«

»Nein …«, begann Agnes zu widersprechen, aber die Worte blieben ihr im Halse stecken. »Es läuft nicht so gut, wie ich gehofft hatte«, gab sie schließlich widerstrebend zu.

Und das war noch untertrieben. Trotz ihrer unbeirrbar optimistischen Natur musste sie zugeben, dass sie nur sehr langsam vorangekommen war, und dass das bisschen Selbstvertrauen, das sie gewonnen hatte, sich nach der Sache mit Ellen Kettles Baby schnell wieder verflüchtigt hatte.

Natürlich hatte es sich schnell herumgesprochen, dass Hannah Arkwright es geschafft hatte, das Kind unversehrt zur Welt zu bringen, während Agnes in panischer Angst davongelaufen war, um Dr. Rutherford zu holen.

Sie war wütend auf sich selbst, wann immer sie daran dachte. Sie hätte ruhig bleiben müssen. Sie wusste zwar, dass sie das Richtige getan hatte, aber ihr Ruf in Bowden hatte deswegen doch sehr gelitten.

»Tja, ich kann nicht behaupten, dass mich das überrascht«, sagte Bess. »Diese Bergarbeiterdörfer haben es nicht so mit Außenseitern. Und wie ich Sie kenne, sind Sie dort hineingestürmt und haben sich aufgeführt wie ein Elefant im Porzellanladen. Mal wieder alles besser gewusst und versucht, den Leuten zu erklären, wie sie ihr Leben führen sollen.«

»Das habe ich keineswegs getan!«, protestierte Agnes. »Ehrlich gesagt gebe ich mir sogar die größte Mühe, mich anzupassen. Aber niemand scheint mich besonders zu mögen«, fügte sie düster hinzu.

Bess starrte sie lange schweigend an, bevor sie schließlich sagte: »Wissen Sie was? Warum bleiben Sie nicht noch ein bisschen und essen etwas mit uns?«

»Das kann ich leider nicht.« Agnes warf einen raschen Blick zum Büro der Leiterin der Gemeindepflege. »Ich bin hier mit Miss Gale verabredet.«

»Ach, die ist bei einer Sitzung des Kreisverbands, und Sie wissen ja, wie die sind. Das könnte noch Stunden dauern, und Sie wollen doch bestimmt nicht den ganzen Tag auf diesem Stuhl sitzen und auf Miss Gale warten? Es ist fast Mittag. Die anderen Schwestern werden bald von ihren Runden zurückkommen, und sie würden Sie bestimmt gern sehen.«

Agnes zögerte, weil sie nicht zugeben wollte, dass sie ihren

Termin ganz bewusst auf die Zeit zwischen den Morgen- und Nachmittagsrunden der Schwestern gelegt hatte. Auch sie wollte sie alle gerne wiedersehen.

»Ich sollte besser nach Bowden zurückfahren ...«, begann sie, doch allein der Gedanke daran drehte ihr fast den Magen um.

»Ach was! Die Leute dort werden doch wohl ein paar Stunden ohne Sie auskommen«, sagte Bess. »Und nach dem zu urteilen, was Sie mir erzählt haben, werden sie Ihre Abwesenheit wahrscheinlich nicht einmal bemerken!«

Agnes ignorierte den niederschmetternden Kommentar, denn so war Bess Bradshaw nun einmal. Manchmal war sie von einer Direktheit, die schon an Unverschämtheit grenzte, aber sie konnte auch eine kluge und verständnisvolle Freundin sein.

Einige der anderen Schwestern – Miss Jarvis, Miss Goode, Miss Hook und Miss Templeton – kehrten wenig später von ihren Visiten zurück, und kurz nach zwölf setzten sich alle zu ihrem Mittagessen an den Tisch. Alle waren neugierig und wollten von Agnes wissen, wie sie bisher zurechtgekommen sei. Stolz wie sie war hätte Agnes ihre Schwierigkeiten lieber für sich behalten und den anderen einen positiveren Eindruck von ihrer Zeit in Bowden vermittelt. Aber natürlich hatte Bess Bradshaw andere Pläne und bestand darauf, allen die wahre Geschichte zu erzählen. Und am Ende war Agnes sogar froh darüber, da die anderen Schwestern alle mitfühlend waren und viele gute Ratschläge für sie hatten.

Besonders verständnisvoll waren sie, als sie von Hannah Arkwright hörten.

»Oh, wir alle haben Frauen wie sie kennengelernt«, sagte Miss Hook. »Fast jedes Dorf hat eine. Sie bezeichnen sich als Heilerinnen und Hexen, und alle haben Angst vor ihnen.«

»Abergläubischer Blödsinn!«, murmelte Bess.

»Ob aus Aberglauben oder nicht, die Leute in Bowden scheinen auf jeden Fall an sie zu glauben«, sagte Agnes traurig. »Ich weiß gar nicht mehr, was ich tun soll.«

»Machen Sie einfach weiter. Mehr können Sie nicht tun«, sagte Bess, während sie sich noch eine Scheibe Brot nahm. »Sie werden schon sehen – eines Tages werden Sie sich bewähren können.«

»Sie hat recht«, stimmte Miss Jarvis zu. »Mehr können Sie nicht tun.«

»Es gibt sehr wohl etwas anderes, das ich tun könnte«, sagte Agnes langsam und bedächtig. »Ich habe schon daran gedacht, Miss Gale zu fragen, ob ich zur Steeple Street zurückkehren könnte. Oder ich könnte mich in ein anderes Gebiet versetzen lassen.«

Als sie von ihrem Teller aufsah, blickte sie in eine Runde schockierter Gesichter, die sie alle anstarrten.

»Das können Sie nicht tun!«, ergriff Miss Jarvis das Wort für sie.

»Aber in Bowden werde ich eigentlich gar nicht gebraucht.«

»Natürlich werden Sie gebraucht«, sagte Bess. »Außerdem sind Sie Bowden zugeteilt worden«, fügte sie nüchtern hinzu. »Miss Gale würde den ganzen Papierkram gar nicht gerne sehen, wenn sie Sie woandershin versetzen müsste.«

Das konnte Agnes nicht als Grund gelten lassen. Es würde sie nicht davon abbringen, die Sache mit der Leiterin der Gemeindepflege zu besprechen. Aber auch nach dem Mittagessen war Miss Gale noch nicht zurückgekehrt, und so schlug Bess Agnes vor, sie auf ihrer Runde zu begleiten, anstatt herumzusitzen und zu warten.

»Wir fahren zu der neuen Mutter-Kind-Sprechstunde, die wir vor kurzem in Quarry Hill eingerichtet haben«, sagte sie. »Das werden Sie interessant finden, denke ich. Außerdem sind wir ein bisschen knapp an Personal und könnten ein zusätzliches Paar Hände gut gebrauchen. Also könnten Sie sich nützlich machen, wenn Sie schon mal hier sind.«

KAPITEL ACHTZEHN

Quarry Hill hatte sich während Agnes' dreimonatiger Abwesenheit nicht verändert. Die schmalen Gässchen und Hinterhöfe waren noch immer voller Leben und erfüllt von dem Geruch der Abfallhaufen und des Fischmarktes.

Agnes machte eine diesbezügliche Bemerkung zu Bess, die ihr einen strengen Blick zuwarf, während sie auf ihrem Fahrrad schwankend neben Agnes herfuhr und Mühe hatte, sich auf dem Fahrradsattel zu halten, der im Vergleich zu ihrem massigen Körper winzig erschien.

»Was dachten Sie denn? Sie sind gerade mal fünf Minuten weg gewesen. Dachten Sie, hier würde ohne Sie alles zusammenbrechen?« Sie blickte sich um. »Ich bezweifle, dass dieser Ort sich jemals verändern wird«, sagte sie.

Die Mutter-Kind-Sprechstunde fand im Gemeindesaal des Ortes statt. Agnes war entzückt, ihre frühere Zimmerkameradin Polly Malone zu sehen, die mit einem Stapel Babywaagen unter dem wachsamen Blick der leitenden Bezirkshebamme, Miss Hawksley, hinter den Trennwänden hervortrat.

Polly wirkte genauso erfreut über das Wiedersehen wie Agnes. Sie stellte die Waagen auf einen Tisch und lief zu ihr hinüber.

»Agnes! Was machst du denn hier?«

»Sie ist zu Besuch gekommen«, antwortete Bess für sie. »Ich dachte, sie würde vielleicht gern die neue Praxis sehen, wenn sie schon mal hier ist.«

Polly stand der Stolz ins Gesicht geschrieben, als sie sich umschaute. »Nun ja, dies ist erst unsere vierte Woche, aber in den letzten beiden Wochen hatten wir schon viel zu tun. Die hiesigen Mütter scheinen unser Angebot auf jeden Fall zu schätzen.«

»Das überrascht mich«, bemerkte Agnes. »Ich hätte nicht gedacht, dass eine Mutter-Kind-Sprechstunde an einem Ort wie diesem so gut angenommen wird.«

Zu spät wurde ihr klar, was sie gesagt hatte. Bess wies sie augenblicklich scharf zurecht.

»Wieso denn nicht? Die Frauen hier sorgen sich genauso um ihre Kinder wie anderswo«, erklärte sie.

Polly und Agnes wechselten einen vielsagenden Blick. Sie hatten während ihrer Ausbildung beide sehr unter Bess' scharfer Zunge gelitten, Polly sogar noch mehr, denn sie war zu allem Unglück auch Bess' Tochter.

Agnes beobachtete, wie Bess ihren kritischen Blick durch den Raum schweifen ließ.

»Die Babywaagen haben auf diesem Tisch nichts zu suchen«, sagte sie jetzt zu ihrer Tochter. »Die Kleinen würden den Durchzug von der Tür zu spüren bekommen, während sie gewogen werden.«

»Ich wollte sie sowieso gerade umstellen«, erwiderte Polly mit schmalen Lippen. »Außerdem habe ich Feuer gemacht, sodass es dort also warm genug sein wird.«

»Trotzdem ...«

»Es wird warm genug sein«, wiederholte Polly entschieden.

Agnes wartete gespannt auf den zu erwartenden Protest ihrer Mutter, doch zu ihrem Erstaunen reagierte die stellvertretende Leiterin der Gemeindepflege sanft wie ein Lamm. »Kommen Sie«, sagte sie zu Agnes. »Sie können mir helfen, die Stühle aufzustellen.«

Agnes folgte ihr, blickte sich im Gehen aber schnell noch einmal nach Polly um. Das Lächeln der jungen Hebamme verriet ihr alles, was sie wissen musste. Bess hatte ihre Tochter ganz besonders harsch behandelt, als sie noch in der Ausbildung gewesen waren, und für lange Zeit hatte ein bitterer Zwist zwischen ihnen geherrscht. Aber schließlich hatten sie gelernt, einander zu schätzen und zu respektieren, und inzwischen hatten ihre Streitigkeiten sich zu nichts weiter als gutmütigen Wortgeplänkeln entschärft.

Um zwei Uhr öffnete Polly die Türen, und ein stetiger Strom von Müttern schob Kinderwagen vor sich her und brachte weitere kleine Kinder mit. Agnes war erfreut und überrascht, darunter mehrere vertraute Gesichter zu entdecken. Als sie ihren Platz neben Polly einnahm und anfing, die Namen der Patienten aufzulisten, die Babys zu wiegen und ihre Werte zu vermerken, spürte sie, wie sie sich entspannte, ja sich sogar wohlzufühlen begann.

»Dann kommen Sie also zurück nach Quarry Hill, Schwester?«, fragte eine der Mütter sie.

»Leider nicht.« Agnes erwiderte ihr Lächeln mit aufrichtigem Bedauern. Wie konnte es sein, dass diese Frauen sie so problemlos akzeptierten, während ihr in Bowden nur misstrauische Gesichter begegneten?

Und dann, als sie gerade eine besorgte junge Mutter hinsichtlich eines Windelausschlags ihres Kindes beraten hatte, stieß Bess sie an und flüsterte: »Haben Sie gesehen, wer da gerade reinkommt? Eine alte Freundin von Ihnen, Miss Sheridan.«

Agnes blickte auf und sah Lil Fairbrass mit einem geradezu riesigen Kinderwagen durch die Doppeltüren hereinkommen. Wie eine Galeere unter vollen Segeln zog sie in den Saal ein und teilte die Flut der wartenden Mütter, um sich in der ersten Reihe aufzustellen.

Agnes lächelte beklommen. Lil Fairbrass war früher einmal ihre größte Feindin in Quarry Hill gewesen. Als sie sich das erste Mal begegnet waren, hatte sie Agnes mit einem Fausthieb niedergestreckt. Es war ein Unfall gewesen, der aber den Ton für weitere unerfreuliche Begegnungen vorgegeben hatte.

Und es war nur noch schlimmer geworden, als Agnes anzudeuten gewagt hatte, dass Lils minderjährige Tochter Christine, die noch die Schule besuchte, schwanger sein könnte. Und wie sich herausstellte, hatte Agnes recht damit behalten, und sie war es auch gewesen, die Christine gefunden hatte, nachdem sie von zu Hause weggelaufen war. Und schließlich hatte sie sie von ihrem Kind entbunden. Seit jenem Tag waren ihr Lils Respekt und Dankbarkeit sicher gewesen.

»Schauen Sie sich diesen Kinderwagen an!«, sagte Bess. »Sie macht wirklich keine halben Sachen.« Anerkennend blickte sie zu der Frau hinüber. »Diesem Kind wird es an nichts fehlen.«

Agnes versetzte es einen Stich. Außerehelich geborene Kinder waren nichts Ungewöhnliches in Quarry Hill, aber wenn es dazu kam, wurde es gewöhnlich vertuscht oder verschwiegen. Aber nicht so bei Lil. Sie zeigte ihr nichteheliches Enkelkind herum, als ob sie die stolzeste Frau der Welt wäre. Und da sie eine Fairbrass war, wagte das auch niemand zu bestreiten.

Agnes musste an ihre eigene Mutter denken, die sie schleunigst in dieses trostlose Entbindungsheim verfrachtet hatte und sie dort verängstigt und allein ihrem Schicksal überlassen hatte. Selbst heute noch, über ein Jahr später, konnte Elizabeth Sheridan sich noch nicht dazu überwinden, Agnes die Schande zu verzeihen, die sie über die Familie hätte bringen können. Als Agnes das letzte Mal versucht hatte, sie zu besuchen, hatte ihre Mutter ihr eindeutig zu verstehen gegeben, dass sie daheim nicht mehr willkommen war.

Lil sah sie plötzlich und brüllte zur Begrüßung: »Na schaut mal, wer da ist! Unsere Schwester Aggie!«

Agnes zuckte zusammen, als sie so angeredet wurde, denn sie hasste diesen Namen. Die Bewohner von Quarry Hill mochten sie untereinander vielleicht so genannt haben, aber nur Lil sprach sie auch mit diesem Namen an.

»Das ist die Schwester, die unsere Christine entbunden hat«, verkündete Lil. »Sie hat ihr sogar das Leben gerettet. Ich weiß nicht, was passiert wäre, wenn diese geistesgegenwärtige Frau nicht dagewesen wäre!«

»Ach, so würde ich das nicht sagen ...« Agnes blickte errötend in den Kinderwagen. »Wie geht's der kleinen Lilian?«

»Sie heißt Lilian Agnes«, berichtigte Lil sie. »Und sie ist einfach wunderbar.« Sie strahlte vor Stolz, als sie das Baby aus dem Kinderwagen nahm. Agnes sah eine Spur von leuchtend rotem Haar unter mehreren Schichten Baumwolltüchern aufblitzen. »Sie nimmt gut zu. Aber sie ist ja auch eine richtig verwöhnte kleine Prinzessin, unsere Lilian Agnes.«

»Und ein sehr hübsches Baby«, fügte Agnes hinzu und senkte dann die Stimme. »Und wie geht es Christine?«

»Ihr geht's auch gut. Im September geht sie wieder zur Schule, und danach wird sie studieren und Lehrerin werden.« Sie sagte es so laut, dass es auch alle anderen hören konnten.

»Wie wird sie denn zurechtkommen mit der Schule und dem Baby?«

»Über all das haben wir schon nachgedacht, Schwester. Ich werde das Kind vorläufig selbst aufziehen.« Lil strahlte die Kleine an. »Es wird ihr an nichts fehlen bei mir und meinen Jungs, die mir helfen werden, sie zu versorgen. Und Christine muss an ihre Zukunft denken«, fügte sie entschieden hinzu.

»Das ist sehr großzügig von Ihnen, Mrs. Fairbrass«, sagte Agnes.

Lil Fairbrass runzelte die Stirn. »Das hat nichts mit Großzügigkeit zu tun«, entgegnete sie. »Dafür hat man schließlich eine Familie, nicht wahr?«

Agnes blickte auf das Kind herab, das so friedlich in den Armen seiner Großmutter schlief, und musste wieder an ihre eigene Familie denken. Elizabeth Sheridan würde zweifellos auf Lil und ihre ungebärdige Brut herabsehen, aber die Familie Fairbrass könnte ihr noch sehr viel über Liebe und Loyalität beibringen.

Als die Sprechstunde beendet war, half Agnes Polly und ihrer Mutter, die medizinischen Geräte einzupacken und die Stühle wegzuräumen.

»Und?«, fragte Bess. »Hat es Ihnen Spaß gemacht, Miss Sheridan?«

»Oh ja, sehr sogar«, antwortete Agnes.

»Das konnte ich sehen. Und Sie schienen ja auch gut mit den Müttern auszukommen.«

»Es war wunderbar, sie wiederzusehen«, sagte Agnes.

Bess warf ihr einen wissenden Blick zu. »Aber ich wette, Sie hätten nie gedacht, dass Sie das einmal sagen würden, als Sie Ihre Ausbildung hier begannen.«

Agnes lachte. »Bestimmt nicht! Ich dachte, es wäre ein fürchterlicher Ort.«

»Wissen Sie noch, wie Nettie Willis Sie mit einem Besen aus ihrem Haus gejagt hat?« Bess lachte. »Oder wie Sie eines Tages fast den Inhalt eines Nachttopfs auf den Kopf bekamen?«

»Erinnern Sie mich nicht daran!« Agnes erschauderte.

»Aber am Ende haben Sie die Leute für sich gewonnen, nicht? Selbst Lil Fairbrass lobt Sie heute in den höchsten Tönen.« Bess machte eine kleine Pause, bevor sie hinzufügte: »Sie brauchen nur Zeit, um sich an Sie zu gewöhnen. Dann können Sie ihnen auch zeigen, was Sie können. Zeit ist alles, was die Leute brauchen, Miss Sheridan.«

Im nächsten Moment schon wandte Bess sich ab, um mit Miss Hawksley zu sprechen, und überließ es Agnes, ihren breiten Rücken anzustarren. Und dann ging ihr plötzlich ein Licht auf. Die stellvertretende Leiterin hatte sie nicht zu der Sprechstunde mitgenommen, weil sie dort noch Hilfe gebrauchen konnte, sondern um sie daran zu erinnern, wie weit sie in Quarry Hill gekommen war.

Und wenn es ihr hier gelungen war, konnte sie es mit Sicherheit auch in Bowden schaffen.

KAPITEL NEUNZEHN

»Was soll das heißen, du kommst nicht mit?«

Carrie sah ihren Mann im Spiegel ihrer Frisierkommode an, vor der sie saß und sich das Haar aufsteckte.

James seufzte. »Denk doch mal nach, Liebling. Wie könnte ich bei der derzeitigen Lage hier zu einer Hochzeit gehen? Ich muss jeden Morgen an Tom und Archie Chadwick und Ron Morris und seinen Brüdern vorbei, die hinter den verschlossenen Zechentoren stehen. Ich höre, wie sie mich beschimpfen, und weiß, was sie von mir denken. Vor einer Woche musste ich sogar die Hilfspolizisten rufen, weil ich einen der Morris-Jungen dabei erwischt habe, wie er versucht hat, über den Zaun auf den Kohlenlagerplatz zu kommen. Ich kann mir also nicht vorstellen, dass ich sehr willkommen wäre auf dieser Hochzeit.« Er schüttelte den Kopf. »Wenn ich mitginge, würde ich ja doch nur allen das Fest verderben.«

Er hat recht, dachte Carrie. Im Grunde ihres Herzens hatte sie die ganze Zeit gewusst, dass es keine gute Idee wäre, James zu Nancys Hochzeit mitzunehmen. Schon unter normalen Umständen wäre es nicht allen recht gewesen, den Zechenleiter bei der Feier dabeizuhaben, aber die folgenschwere Aussperrung der Bergleute machte es ganz unmöglich.

Das ging nun schon über einen Monat so. Zu Anfang war das ganze Land vereint gewesen, und in mehreren großen Städten hatte es sogar Krawalle und Zusammenstöße mit der Polizei gegeben. Doch hinter den Kulissen war der Gewerkschaftsbund damit beschäftigt gewesen, eine Vereinbarung mit der Regierung zu treffen – mit dem Ergebnis, dass innerhalb einer Woche alle Streikenden ihre Arbeit wieder aufgenommen und die Bergleute in ihrem Kampf allein gelassen hatten.

»Sie sind uns in den Rücken gefallen«, hatte Carries Vater gesagt. Er war so zornig und verbittert gewesen, dass es ihn krank gemacht hatte und Carrie, ihre Mutter und ihre Schwestern einen Rückfall seiner Tbc befürchtet hatten.

Auch von James hatte die Aussperrung ihren Tribut gefordert. Carrie hatte ihn seit Beginn des ganzen Ärgers kaum noch zu Gesicht bekommen, weil er entweder sehr viele Stunden in seinem Büro in der Zeche oder in der Villa der Haverstocks verbrachte. Und wenn er doch einmal früher heimkam, was selten der Fall war, wirkte er so geistesabwesend, dass er genauso gut auch gar nicht hätte da sein können.

Carrie konnte sehen, wie schwer die Aussperrung ihren Mann belastete, auch wenn er ihr zuliebe versuchte, sich nichts anmerken zu lassen.

Allerdings gab es auch einen ziemlich eigennützigen Grund dafür, James bei der Hochzeit dabeihaben zu wollen. Heute war der Tag, an dem sie Rob Chadwick wiedersehen würde.

»Tut mir leid, Carrie, aber er ist nun mal Archies Cousin«, hatte Nancy gesagt, als sie Carrie in der Woche zuvor die Nachricht beigebracht hatte. »Es wäre doch komisch, ihn nicht einzuladen, wenn die ganze Familie kommt.« Sie hielt kurz inne, um dann hoffnungsvoll hinzuzufügen: »Aber du weißt ja, wie Rob ist. Wahrscheinlich wird er nicht einmal erscheinen.«

In den letzten drei Jahren hatte er jedenfalls nicht viel Kontakt zu seinen Verwandten in Bowden gehalten. Nur einmal – etwa ein Jahr, nachdem er das Dorf verlassen hatte – war er zu einem Überraschungsbesuch bei der Bergarbeiter-Gala zurückgekehrt. Mittlerweile war Carrie mit James verlobt, aber ihr gebrochenes Herz begann gerade erst wieder zu heilen, und so hatte Robs Erscheinen sie völlig aus der Bahn geworfen. Deshalb wollte sie dieses Mal vorbereitet sein. Vor allem aber wollte sie hocherhobenen Hauptes und in stolzer Haltung am Arm ihres Ehemanns bei der Hochzeit erscheinen.

Doch nun, da James nicht mitkam, konnte sie spüren, wie ihr Selbstvertrauen sie verließ.

»Vielleicht sollte ich auch nicht hingehen«, sagte sie.

»Natürlich musst du hingehen, schließlich bist du die Trauzeugin«, sagte James. »Du darfst deine Freundin nicht im Stich lassen. Außerdem hattest du dich doch so darauf gefreut.«

»Ich weiß, aber ...«

»Carrie, du musst zu dieser Hochzeit gehen.« James legte ihr die Hände auf die Schultern und blickte liebevoll zu ihr herab. »Ich bedaure nur, dass ich nicht mitkommen kann. Aber du verstehst, warum, nicht wahr?«

»Natürlich.« Sie legte ihre Hand auf seine und lächelte ihn im Spiegel an. Der arme James. Wie müde er aussah ...

»Wirst du heute arbeiten?«, fragte sie ihn und sah den gequälten Ausdruck, der über sein Gesicht huschte, bevor er den Kopf schüttelte.

»Ich glaube nicht, dass es heute Ärger geben wird, da so gut wie alle auf dieser Hochzeit sind.« Er unterbrach sich kurz und sagte dann: »Eigentlich dachte ich sogar, ich könnte ausnahmsweise mal zu Hause bleiben und mich um Henry kümmern.«

»Das ist nicht nötig«, sagte Carrie. »Ich kann ihn bei meiner Mutter lassen. Sie geht nicht mehr aus, seit es meinem Vater wieder schlechter geht, sie wird nicht zu der Hochzeit gehen.«

»Bitte, Carrie, ich würde mich sehr gern um Henry kümmern. Schließlich ist er mein Sohn, und in letzter Zeit muss ich ihm ja schon wie ein Fremder vorgekommen sein.«

Carrie sah James erneut im Spiegel an. Sie konnte sich keinen anderen Mann vorstellen, der so bereitwillig auf sein Kind aufpassen würde, während seine Frau zu einer Hochzeit ging. Selbst für ihren eigenen Vater, der seine Töchter über alles liebte, war es Frauenarbeit, auf Kinder aufzupassen.

Aber James war anders. Er war etwas Besonderes, wie kein anderer Mann, dem Carrie je begegnet war.

Sie lächelte ihn an. »Darüber würde er sich bestimmt sehr freuen.«

Zu Nancys Hochzeit war die Sonne herausgekommen. Sogar die Bowden Main sah hübsch aus im warmen Junisonnenschein.

Hinter den Türen der dicht besetzten kleinen Kapelle stand die schrecklich aufgeregte Nancy. »Sehe ich gut aus? Was ist mit meinen Haaren? Und mit meinem Kleid? Oh, ich wünschte, ich wäre nicht so nervös!« Sie zupfte an einer welken Blüte des Blumensträußchens, das sie in der Hand hielt, und ihr hübsches Gesicht war ganz blass unter ihren mit Rouge geschminkten Wangen.

»Du siehst hinreißend aus«, beruhigte Carrie sie.

»Wirklich? Bist du sicher?« Nancy griff nach der Hand ihrer Freundin. »Ich bin so froh, dass du hier bist«, flüsterte sie. »Ich weiß nicht, was ich ohne dich getan hätte.«

Beide blickten zu Iris hinüber, die mit mürrischem Gesicht an der Schärpe ihres Kleids herumfingerte. Sie hatte mehr Zeit damit verbracht, sich um ihr eigenes Aussehen zu sorgen, als mitzuhelfen, die völlig überreizte Nancy zu beruhigen.

»Und ich bin auch froh, hier zu sein«, erwiderte Carrie und drückte Nancys Hand, obwohl auch ihr das Herz bis zum Halse schlug.

Weil irgendwo in dieser kleinen Kapelle Rob Chadwick wartete.

Als sie den Gang hinunterschritten, versuchte sie, ihn aus den Augenwinkeln heraus in der Menge auszumachen. Ihre drei Schwestern Eliza, Hattie und Gertie konnte sie in einer der Bankreihen entdecken, doch Rob war nirgendwo zu sehen.

Vielleicht hatte er sich ja doch dazu entschieden, nicht zu kommen? Carrie wusste, dass sie eigentlich erleichtert sein müsste, aber nach einer Woche der Nervosität und Sorge fühlte sie jetzt nur noch Ernüchterung. Trotzdem hielt sie sich während der Trauung sehr gerade, weil sie jeden Augenblick damit rechnete, die Kapellentür hinter sich aufgehen zu hören. Doch Rob erschien nicht.

Als auch später in den Räumen der Bergarbeiterfürsorge nichts von ihm zu sehen war, begann Carrie sich langsam zu entspannen.

Die lange Tafel aus aufgebockten Tischen in der Mitte des großen Veranstaltungsraums ächzte unter all den Speisen – Sandwichs, Blätterteigrollen mit Wurstfüllung, Kuchen, Torten und eine riesige Pastete, die in der Mitte der Tafel stand.

»Wie ich hörte, musste Nancys Mutter ihren Ehering versetzen, um dies alles zu bezahlen«, sagte Eliza.

»Und ihr Bruder war zum Wildern auf dem Land der Haverstocks, um ein Kaninchen für die Pastete zu ergattern«, warf Hattie ein.

Carrie starrte sie verwundert an. »Davon hat Nancy mir gar nichts gesagt.«

»Natürlich nicht«, erwiderte Eliza. »Niemand spricht über so was.« Dann seufzte sie. »Die arme Nancy. Ihre Hochzeit ist nicht mal annähernd mit deiner zu vergleichen, Carrie.«

»Das kannst du laut sagen!«, warf Hattie stolz ein. »Wir hatten eine richtige, im Geschäft gekaufte Hochzeitstorte.«

»So solltet ihr nicht reden. Meine Hochzeit war … anders, weiter nichts«, murmelte Carrie. Aber dann bemerkte sie plötzlich, dass ihre Schwestern ihr gar nicht mehr zuhörten. Beide starrten verblüfft über ihre Schulter zur Tür hinüber.

Carrie brauchte sich nicht erst umzudrehen, um zu wissen, wer hereingekommen war, da sie seine Anwesenheit wie ein kaltes Prickeln auf der Haut in ihrem Nacken spürte.

»Was macht Rob Chadwick hier?«, zischte Eliza.

»Er ist eingeladen. Oder hast du vergessen, dass er Archies Cousin ist?« Carrie gab sich die größte Mühe, gleichmütig zu klingen, obwohl ihre Schultermuskeln plötzlich wie versteinert waren.

»Na, der hat ja Nerven, sich hier blicken zu lassen!« Elizas Blick war voller Sorge, als sie ihre Schwester ansah. »Alles klar, Carrie?«

»Aber ja. Wieso auch nicht?«, erwiderte sie mit einem erzwungenen Lächeln.

»Mach dir keine Sorgen, wir werden den ganzen Abend bei dir bleiben«, versprach Hattie und hakte sich bei Carrie unter.

»Genau«, sagte Eliza. »Wir werden dir nicht von der Seite weichen. Und er soll sich bloß nicht trauen, dich anzusprechen, oder er wird's mit uns zu tun bekommen!«, fügte sie mit grimmiger Miene hinzu.

Später jedoch, als alle gegessen hatten, die Stühle an die Wände gestellt wurden und Nancys Onkel auf seinem Akkordeon zu spielen begann, vergaßen Carries Schwestern ihr Versprechen. Gertie ging zu ihren Freundinnen hinüber, und Eliza und Hattie wurden kurz darauf von zwei jungen Männern aus dem Ort zum Tanzen aufgefordert.

So viel dazu, mir nicht von der Seite zu weichen, dachte Carrie, als sie zuschaute, wie sie sich lachend von den jungen Männern auf der Tanzfläche herumwirbeln ließen. Aber sie konnte ihnen auch nicht verübeln, dass sie sich amüsieren wollten. Früher einmal hätte sie mitgemacht und mit den anderen getanzt, aber im Moment hemmte sie die Anwesenheit von Rod Chadwick, der auf der anderen Seite des Raums stand. Wie typisch für Rob, plötzlich wieder aufzutauchen und sie erneut zu überrumpeln, nachdem sie gerade begonnen hatte, nicht mehr so sehr auf der Hut zu sein.

Sie versuchte, ihn nicht anzusehen, aber er zog ihren Blick an wie die Sonne eine Blume dazu brachte, sich ihr zuzuwenden. Schon als sie noch zusammen gewesen waren, hatte sie sich oft dabei ertappt, wie sie ihn angestarrt hatte, um sein gutes Aussehen auf sich wirken zu lassen. Mit seinem glänzenden goldblonden Haar und seinen lachenden haselbraunen Augen war er zweifellos der bestaussehende Junge im Dorf gewesen.

Doch während sie gar nicht mehr aufhören konnte, ihm verstohlene Blicke zuzuwerfen, schien er sie kaum wahrzunehmen. Lachend und scherzend stand er auf der anderen Seite des Raums bei seinen Freunden.

Umso besser, dachte Carrie. Je weniger sie mit ihm zu tun hatte, desto besser. Nur konnte dieser Gedanke der Enttäuschung, die sich in ihr Herz schlich, leider nicht den Stachel nehmen.

Sie sah sich um. Kaum zu glauben, dass sie früher immer davon ausgegangen war, auch ihre Hochzeit irgendwann mit Freunden und Familie in ebendiesem Saal zu feiern ...

»Was hab ich da über Ihren Mann gehört? Wie es heißt, will er Streikbrecher herbringen?«

Der barsche Klang der Stimme hinter ihr erschreckte Carrie so, dass sie sich sofort umdrehte. Es war Nancys Onkel, der sich mit über der Brust verschränkten Armen hinter ihr aufgebaut hatte.

Sie konnte sofort sehen, dass er betrunken war, denn er schwankte wie ein Baum im Wind.

»Ich weiß nicht, wovon Sie reden«, erwiderte sie kühl.

Der Mann, dessen Gesicht von Alkohol und Wut gerötet war, schnaubte spöttisch. »Dass Sie das sagen, ist ja klar. Aber ich hab gehört, dass Ihr Mann begonnen hat, Männer zu suchen, die bereit wären, unsere Arbeit in der Zeche zu übernehmen.«

Carrie schüttelte den Kopf. »Da haben Sie falsch gehört«, erklärte sie. »Das würde James nie tun.«

»Tom Chadwick hat eine Kopie des Briefs gesehen, der nach Durham, Nottingham und sogar bis oben nach Schottland rausgegangen ist – mit der Bitte an die Leute, herzukommen und unsere Arbeit zu übernehmen! Und Tom sagt, der Name Ihres Mannes stünde unter diesem Brief.«

Carrie starrte ihn an und versuchte zu begreifen, was sie hörte. James hatte sich immer geweigert, geschäftliche Angelegenheiten mit ihr zu besprechen, aber sie konnte sich trotzdem nicht vorstellen, dass er so etwas aus freien Stücken tun würde.

»Dann müssen die Haverstocks ihn dazu gezwungen haben«, sagte sie.

Sie versuchte, sich von Mr. Morris abzuwenden, aber er packte sie am Arm und riss sie wieder zu sich herum. »Das kann schon sein. Wo er doch sowieso bloß Sir Edwards verdammter Schoßhund ist«, höhnte er.

Carrie wusste, dass sie jetzt besser gehen sollte, aber der Zorn, der in ihr brodelte, ließ das nicht zu. »Lassen Sie meinen Mann in Ruhe!«

»Ha! Ich sage, was ich will!« Speichelfäden spritzten ihr aus seinem schlaffen, nassen Mund entgegen. »Sir Edward die Stiefel zu lecken, ist doch alles, was er kann! Er glaubt wohl, er könnte uns in die Knie zwingen wie sein Vater vor fünf Jahren, aber wir alle wissen, dass Ihr James nicht mal die Hälfte des Mannes ist, der sein Vater einmal war.« Seine Stimme wurde undeutlicher. »Er dürfte diese Stelle gar nicht haben. Wer hat schon mal von einem Zechenleiter gehört, der zu feige ist, unter Tage zu gehen?«

»Das stimmt doch gar nicht!«, widersprach Carrie, aber Alec Morris war nicht in der Stimmung zuzuhören.

»Sie haben ihn ja auch nicht gesehen«, versetzte er höhnisch grinsend. »Als er das letzte Mal runterkommen musste, hat er sich gefürchtet wie ein Mädchen, war kreidebleich im Gesicht und hat sich mit geschlossenen Augen am Förderkorb festgeklammert wie an einem Rettungsanker. Man hätte laut lachen können, wenn es nicht so verdammt armselig gewesen wäre!« Er schüttelte den Kopf. »Nee, nee, von Rechts wegen hätte diese Stelle einem richtigen Bergmann mit Erfahrung zugestanden. Ihr Mann hat dort wirklich nichts zu suchen. Sein Vater war von einem anderen Schlag, auch wenn das nicht immer erfreulich für uns war. Aber zumindest verdiente er einen gewissen Respekt.«

Carrie starrte ihn an und ballte unwillkürlich die Fäuste. Alec Morris war mindestens doppelt so groß wie sie, aber sie war aufgebracht genug, um ihn niederzuschlagen.

»Na, was ist denn hier los?«

Der Klang von Robs Stimme hinter ihr durchfuhr Carrie wie ein Stromschlag. Sie erstarrte und wagte nicht, sich umzudrehen.

Mr. Morris hielt immer noch seinen wässrigen Blick auf sie gerichtet. »Ich sag der da gerade, was wir von ihrem Ehemann halten.«

»Ach komm, Alec, lass das Mädchen in Ruhe. Sie ist nur hergekommen, um die Hochzeit zu feiern, wie wir anderen auch.«

»Sie sollte wissen …«

»Dann sag es ihr ein andermal. Du willst deiner Nancy ihren großen Tag doch sicher nicht mit Streit verderben?« Rob trat vor und klopfte Mr. Morris auf die Schulter. »Warum trinken wir nicht was? Sie haben gerade ein weiteres Fass geöffnet, und ich kann es nicht ertragen, einen Mann mit einem leeren Glas in der Hand zu sehen.«

Für einen Moment erwiderte Mr. Morris nichts. Dann sagte er grollend: »Aber du bezahlst doch, oder?«

»Wann hast du schon mal erlebt, dass ich keinen ausgebe?« Rob lachte. »Und nun komm schon, bevor dieses Fass auch leer ist. Du weißt doch, wie gern wir Chadwicks einen trinken!«

Und dann schlenderten sie zusammen davon. Rob hatte seinen Arm um Alec Morris' Schultern gelegt, um ihn zu stützen. Und während sie sich entfernten, sagte Rob etwas zu dem anderen Mann, der daraufhin in schallendes Gelächter ausbrach.

Carrie schaute ihnen nach und war wie immer erstaunt darüber, wie zielsicher Rob seinen Charme einsetzte, wie es ihn nicht mehr als ein Lächeln und einen Scherz kostete, um die Leute gefügig zu machen. Es grenzte schon fast an Zauberei.

Und noch immer hatte er ihr nicht einen einzigen Blick geschenkt.

Ihr Streit mit Mr. Morris hatte sie jedoch so aufgewühlt, dass sie nach einer Weile beschloss, sich auf den Heimweg zu machen. Sie wollte jetzt unbedingt bei James und Henry sein.

Draußen war es noch hell und die Abendluft so warm, dass Carrie sich nicht einmal ihr Umschlagtuch um die Schultern legen musste, als sie aus dem Festsaal schlüpfte und sich auf den Heimweg machte.

Sie war jedoch kaum ein paar Meter die Straße hinuntergegangen, als sie wieder diese vertraute Stimme hinter sich hörte.

»Was wird das denn? Du gehst, ohne dich zu verabschieden?«

Carrie drehte sich um. Rob lehnte an der Mauer und rauchte eine Zigarette. Zum ersten Mal an diesem Abend begegneten sich ihre Blicke, und plötzlich war sie wieder sechzehn Jahre alt und rannte die Straße hinunter in seine Arme.

»Es ist gar nicht deine Art, Carrie, so früh von einer Feier aufzubrechen«, sagte er. »Früher warst du meist die Letzte auf der Tanzfläche, soweit ich mich erinnere.«

»Tja, aber jetzt habe ich ein Zuhause und einen Ehemann, zu dem ich heim will«, fauchte sie ihn an.

»Ah ja.« Rob nahm einen tiefen Zug von seiner Zigarette und betrachtete Carrie mit schmalen Augen durch den Qualm hindurch. »Dann hast du ihn also geheiratet?«

Carrie konnte die tiefe Röte spüren, die ihr in die Wangen stieg. »Warum auch nicht?«

»Ja, warum auch nicht?«

Seine Worte blieben in der stillen Abendluft hängen wie der Rauch seiner Zigarette.

»Bleib doch noch ein bisschen«, sagte er. »Ich hatte bisher kaum Gelegenheit, mit dir zu sprechen.«

Carrie zwang sich, ihn wieder anzusehen. »Ich glaube nicht, dass wir uns noch viel zu sagen haben. Du etwa?«

Er lächelte wieder – dieses aufreizende Lächeln, das ihr Herz erweichte, sie zugleich aber auch in Versuchung brachte, ihn zu ohrfeigen. »Dann hast du mir also noch nicht verziehen?«

»Ach, weißt du, ich bin mir ziemlich sicher, dass ich gar nicht an dich gedacht habe«, gab Carrie zurück.

»Nicht ein einziges Mal?«, fragte er mit erhobenen Augenbrauen.

Carrie wandte sich ab. »Ich muss gehen«, murmelte sie.

»Du solltest dich nicht von denen da drinnen verjagen lassen«, sagte Rob.

»Das tue ich auch nicht. Und übrigens habe ich dich auch nicht gebraucht, um Alec Morris loszuwerden«, sagte sie.

»Das war auch nicht meine Absicht. Ich habe gesehen, wie wütend du warst, und hatte Angst, du würdest ihn k.o. schlagen!«

»Fast hätte ich's getan!« Carrie lächelte unwillkürlich, nahm sich dann aber schnell wieder zusammen. »Aber wie dem auch sei, ich muss jetzt wirklich gehen.«

Sie wandte sich ab und begann sich von ihm zu entfernen, aber seine Stimme folgte ihr die Straße hinauf.

»Es war schön, dich zu sehen, Carrie. Vielleicht begegnen wir uns ja bald mal wieder.«

Carrie legte ihr Umschlagtuch um ihre Schultern, weil es sie plötzlich trotz des warmen Abends kalt durchlief.

»Nicht, wenn ich es verhindern kann«, murmelte sie vor sich hin.

KAPITEL ZWANZIG

»Ihr werdet nie erraten, was die neueste Idee unserer Gemeindeschwester ist.«

Ida Willis musste ihre Stimme über das Geklapper von Töpfen und Pfannen erheben, um verstanden zu werden. Einige der Frauen aus dem Dorf hatten sich in der Küche des Bergarbeiterverbands versammelt, um Suppe zu kochen, damit die Kinder etwas Warmes zu essen erhielten, wenn sie aus der Schule kamen. Über das Geräusch von klappernden Messern und zischenden Pfannen hinweg redeten und lachten sie miteinander, während sie in einer Reihe an dem langen Tisch standen und Gemüse putzten, Kartoffeln schälten und Brot aufschnitten.

Ruth Chadwick hörte auf, die Zwiebeln umzurühren, die sie briet. Sie wusste, was als Nächstes kam, weil Jinny ihr schon in der vergangenen Woche davon erzählt hatte.

»Und was ist es?«, fragte Mrs. Farnley, während ihr Messer sich flink durch einen Berg Karotten arbeitete.

»Sie hält jetzt Mutter-Kind-Sprechstunden ab«, antwortete Ida Willis. »Sie hat das Komitee gefragt, ob sie für zwei Stunden in der Woche den Festsaal haben kann.«

»Und? Haben sie Ja gesagt?«

»Na ja, mein Reg meinte, sie wären zwar nicht allzu erfreut über die Vorstellung gewesen, das Haus voller schreiender Kinder zu haben, aber die Schwester hätte sie von ihrem Standpunkt überzeugt.«

»Das überrascht mich nicht«, sagte Edie Farnley kleinlaut. »Euch würde es auch schwerfallen, diesem Mädchen etwas abzuschlagen. Ich habe ihr oft genug gesagt, sie müsse nicht vorbeikommen, um nach meinem Jack zu sehen, aber sie besteht darauf.«

Ruth warf einen verstohlenen Blick zu Hannah Arkwright hinüber, die emsig damit beschäftigt war, Schinkenknochen für eine Brühe zu zerteilen. Ihre Miene verriet nichts, aber an ihren schmalen Lippen konnte Ruth erkennen, dass ihr kein Wort entging.

»Was sind denn eigentlich Mutter-Kind-Sprechstunden?«, fragte Mrs. Kettle.

»Ich habe keinen blassen Schimmer«, erwiderte Ida Morris achselzuckend.

»Da können frischgebackene Mütter ihre Kinder hinbringen, um sie wiegen und untersuchen zu lassen, damit sie gut gedeihen. Und die, die ein Kind erwarten, können dort auch hingehen, damit die Schwester sich vergewissern kann, dass alles so ist, wie es sein soll.«

Die Worte waren heraus, bevor Ruth merkte, was sie tat. Als sie sich schnell umsah, starrten all die anderen Frauen sie an. Und das war sicherlich kein Wunder, denn normalerweise war sie die Stillste in der Gruppe.

»Du scheinst ja viel darüber zu wissen«, sagte Hannah mit leiser Stimme.

Ruth wandte sich heiß errötend wieder ihren Zwiebeln zu. »Die Schwester hat unserer Jinny davon erzählt.« Sie vermied es, Hannah anzusehen, konnte aber spüren, wie vorwurfsvoll diese sie anstarrte.

»Was ich nicht verstehe, ist, warum sie sich überhaupt die Mühe macht«, bemerkte Susan Toller. »Wir brauchen doch wohl keine Krankenschwester, die uns sagt, wie wir uns um unsere Kinder kümmern müssen. Die Frauen in diesem Dorf haben schon sehr lange Kinder zur Welt gebracht, ohne dass sie ihre Nase hineingesteckt hat.«

Ein zustimmendes Gemurmel wurde unter den anderen Frauen laut.

»So ist es«, sagte Edie Farnley. »Und wenn sie irgendwas wissen wollen, gehen sie zu ihrer Mutter oder Schwester und fragen die.«

»Oder zu Hannah«, warf Ida Willis ein.

»Richtig«, stimmte Mrs. Kettle zu. »Ich weiß nicht, was aus unserer Ellen und dem kleinen Harry geworden wäre ohne sie.«

Ruth sah Hannah an, die geschickt die Knochen zerteilte und sehr zufrieden mit sich aussah.

»Ja, aber wenn deine Ellen zu dieser Sprechstunde gegangen wäre, hätte die Schwester vielleicht schon ein bisschen früher erkannt, dass das Kind falsch lag«, ergriff Susan Toller das Wort und sprach damit aus, was Ruth nicht zu erwähnen wagte.

Mrs. Kettle schüttelte den Kopf. »Nee, nee, es war der Schock, dass wir unseren Harry verloren haben, deswegen hat sich das Baby umgedreht. So war es doch, Hannah, nicht?«

»Ja, so war's«, murmelte sie zustimmend.

»Und die Schwester war damals gar nicht gut, kann ich euch nur sagen«, fuhr Mrs. Kettle fort. »Ihr hättet sie sehen sollen! Sie hatte keine Ahnung, was sie tun sollte, trotz all ihrer neumodischen Instrumente. Wie ein kopfloses Huhn ist sie in unserem Schlafzimmer herumgerannt und …«

Plötzlich unterbrach sie sich, und als Ruth sich umdrehte, sah sie Agnes Sheridan in der Küchentür stehen.

Sie musste jedes Wort gehört haben, das Mrs. Kettle gesagt hatte, auch wenn ihre beherrschte Miene nichts davon verriet. Trotzdem war es Ruth peinlich.

Ida Willis trat vor und wischte sich an einem Küchentuch die Hände ab. »Was kann ich für Sie tun, Miss?«

»Ich bringe Ihnen nur ein wenig Geld für den Fürsorgefonds.« Agnes Sheridan trat vor und hielt einen Umschlag hoch. Selbst von der anderen Seite der Küche konnte Ruth sehen, dass er prall gefüllt war. »Ich habe die anderen Schwestern in der Steeple Street gebeten, in ihren Bezirken eine Sammlung durchzuführen, und das hier haben sie eingenommen. Ich hoffe, es hilft ein bisschen.«

Mrs. Willis nahm ihr den Umschlag ab. »Verbindlichsten Dank, Miss Sheridan«, sagte sie steif.

Ruth wünschte mit aller Macht, sie möge gehen. Aber Agnes Sheridan blieb und sah sich um. »Was kochen Sie?«

Da keine der anderen Frauen geneigt zu sein schien, ihr zu antworten, ergriff Ruth das Wort.

»Dies ist eine Suppenküche, Miss. Für die Leute, die nicht genug Geld haben, um ihre Kinder zu ernähren. Wir alle geben, was wir können, aus unseren Gärten und versuchen, etwas Anständiges daraus zu kochen, damit keiner Hunger leiden muss.«

»Verstehe.« Miss Sheridan nickte, während sie alles in sich aufnahm. »Kann ich Ihnen vielleicht irgendwie behilflich sein?«

Ruth hörte Hannahs Schnauben hinter ihr. »Sie, Miss?«, sagte sie spöttisch.

»Warum denn nicht? Ich habe noch ein wenig Zeit, bevor ich wieder meine Runde machen muss. Ich kann zwar nicht behaupten, viel Erfahrung im Kochen zu haben, aber ein paar Kartoffeln werde ich doch noch schälen können.«

Ruth sah das hoffnungsvolle Gesicht der jungen Frau, und ihr Herz flog Agnes zu.

Doch dann ergriff Edie Farnley das Wort. »Vielen Dank, aber ich denke, wir haben alle Hilfe, die wir brauchen.«

Ruth warf einen Blick auf Hannahs grinsendes Gesicht, das zur Hälfte von ihrem langen roten Haar verborgen war. Trotzdem war ihr anzusehen, dass sie jeden Augenblick genoss.

Agnes Sheridans Lächeln verblasste. »Oh ... Nun ja, wenn Sie sicher sind?« Sie schwieg einen Moment und sagte dann: »Ich hoffe, dass ich einige von Ihnen bei meiner ersten Mutter-Kind-Sprechstunde am Freitag sehen werde.« Eine Reihe ausdrucksloser Gesichter erwiderte ihren Blick. Nur Ruth wandte sich wieder ihrer Aufgabe zu, weil sie das gedemütigte Gesicht der jungen Frau nicht ansehen konnte.

Aber warum musste sie auch herkommen? Ihr war doch sicherlich bewusst, dass sie hier nicht willkommen war? Warum also hatte sie sich in diese unangenehme Situation begeben?

Weil ihr wirklich etwas an uns liegt, dachte Ruth. Ihre Hilfsbereitschaft war so groß, dass sie sogar bereit war, Demütigung und Ablehnung zu riskieren. Nur deshalb klopfte sie weiter an die Türen kranker Leute, obwohl sie wusste, dass sie vermutlich abgewiesen werden würde.

Scham und Gewissensbisse erfassten Ruth, weil sie genau das Gleiche getan hatte, als Agnes Sheridan zu ihnen gekommen war, um den kleinen Ernest zu untersuchen.

Wie sehr sie inzwischen bereute, die neue Gemeindeschwester damals weggeschickt zu haben! Dem Baby ging es trotz Hannahs Bemühungen nämlich überhaupt nicht besser. Und wenn sie ihrem Jungen nun seine einzige Chance genommen hatte, gesund zu werden, nur weil sie Angst vor Hannah Arkwright hatte? Auch Jinny sprach in höchsten Tönen von Miss Sheridan …

Schließlich ging Agnes. Kaum hatte sich die Tür hinter ihr geschlossen, begannen die Frauen schon über sie zu tratschen.

»Ich wäre am liebsten im Erdboden versunken, als sie hereinkam!«, sagte Mrs. Kettle. »Ob sie wohl gehört hat, was ich über sie gesagt habe?«

»Und wenn schon«, murmelte Hannah. »Es wird langsam Zeit, dass sie erkennt, wo sie nicht erwünscht ist.«

»Habt ihr gehört, was sie gesagt hat?«, fragte Mrs. Morris. »Kann ich Ihnen vielleicht irgendwie behilflich sein?«, versuchte sie Miss Sheridans kultivierte Stimme nachzuahmen. »Ich glaube nicht, dass ihre zarten Hände überhaupt je eine Kartoffel geschält haben!«

»Sie wollte uns nur unterstützen«, murmelte Ruth und ignorierte den finsteren Blick, den Hannah ihr zuwarf.

»Und das ist ihr auch gelungen«, sagte Ida Willis, die den Umschlag durchstöberte, den Miss Sheridan ihr übergeben hatte. »Ihr solltet mal sehen, wie viel Geld sie gesammelt hat!«

»Ja, lass mal sehen.« Mrs. Kettle legte ihr Messer weg, und sie und die anderen Frauen scharten sich um Ida. Mit Ausnahme von Hannah natürlich, die scheinbar gelassen weiterarbeitete. Nur Ruth bemerkte die Anspannung um ihren Mund, als sie mit ihrem Hackbeil auf die Knochen einschlug und sie zertrümmerte.

Mrs. Morris stieß einen leisen Pfiff aus. »Das müssen mindestens zehn Pfund sein. Damit werden wir uns eine Zeitlang über Wasser halten können.«

»Gott segne sie«, sagte Edie Farnley. »Wisst ihr, vielleicht ist sie ja doch gar nicht so schlecht.«

»Ich habe euch doch gesagt, dass sie es gut meint«, warf Ruth ein.

»Und so schlecht ist sie wirklich nicht«, sagte nun auch Susan Toller. »Mein Laurie freut sich morgens schon darauf, wenn sie kommt und ihm seine Spritze gibt. Früher hat er das ganze Haus zusammengeschrien, als der Doktor es noch tat.«

»Genau«, sagte Edie Farnley zustimmend. »Ich muss zugeben, dass sie sich auch wirklich gut um meinen Jack gekümmert hat. Und sie hat sogar versucht, Dr. Rutherford dazu zu bringen, ihn noch länger krankzuschreiben.«

»Was ihr aber nicht gelungen ist, nicht wahr?«, murmelte Hannah.

»Leider nicht.«

»Und vergiss nicht, dass es meine Salbe war, durch die sich die Hand deines Manns gebessert hat«, erinnerte Hannah sie gekränkt. »Er war schon auf dem Weg der Besserung, bevor diese Schwester ihre Nase hineinsteckte.«

Ruth sah, wie Mrs. Farnleys Gesicht sich umwölkte, und schnell beteiligte sie sich auch an der Unterhaltung.

»Ich weiß zufällig, dass sie Eric Wardle aufgesucht hat, obwohl Dr. Rutherford ihr gesagt hatte, sie solle keine Männer oder deren Angehörige während der Aussperrung behandeln.«

Ida Willis starrte sie erschüttert an. »*Das* hat er gesagt? Das wusste ich nicht.«

»Und ob er das gesagt hat!«, antwortete Ruth. »Unsere Jinny meint, sie hätten sogar ein paar schlimme Streitigkeiten deswegen gehabt.«

»Du hast ja viel zu erzählen, Ruth«, spöttelte Hannah. »Ich wusste gar nicht, dass die Schwester so eine gute Freundin von dir ist?«

»Das ist sie auch nicht«, erwiderte Ruth. »Aber unsere Jinny ist der Meinung, dass sie ein nettes Mädchen ist, wenn man sie erst mal richtig kennt. Und wir scheinen ihr auch wirklich nicht gleichgültig zu sein …«

»Wenn ich mich recht entsinne, hast auch du sie nicht gerade freundlich aufgenommen, als sie vorbeikam, um sich um deinen Ernest zu kümmern«, sagte Hannah mit gedämpfter Stimme.

Ruth starrte sie betroffen an. »Woher weißt du …?«

»Glaubst du, ich wüsste nicht, was in diesem Dorf vor sich geht?« Hannah grinste. »Du hast das Richtige getan, als du sie weggeschickt hast. Ich helfe deinem Kind, nicht sie.«

Voller Angst, dass die anderen Frauen das gehört haben könnten, sah Ruth sich um.

»Keine Bange, von mir werden sie kein Wort erfahren«, sagte Hannah. »Ich kann ein Geheimnis bewahren – ganz im Gegensatz zu unserer neuen Schwester.«

Ruth runzelte die Stirn. »Was willst du damit sagen?«

»Dass sie eine Unruhestifterin ist.« Jetzt erhob Hannah ihre Stimme und sprach so laut, dass auch die anderen Frauen sie hören konnten. »Eine Unruhestifterin, der ihr alle auf den Leim gegangen seid.«

»Ach ja? Und wie kommst du darauf, Hannah?«, wollte Ida Willis wissen.

»Na, schaut euch doch mal an. Sie gibt euch ein paar Pfund, und plötzlich tut ihr so, als ob sie eine von uns wäre. Hat sich eigentlich noch keine von euch gefragt, warum sie diese neue Sprechstunde eingerichtet hat?«

Edie Farnleys Augen wurden schmal. »Ruth sagte, diese Sprechstunden seien dazu da, um sicherzugehen, dass unsere Kinder gut versorgt werden.«

»Genau. Und warum, glaubt ihr, dass sie das will?« Hannahs finsterer Blick glitt durch den Raum. »Weil sie euch nicht zutraut, dass ihr sie selbst versorgen könnt.«

Die Frauen sahen sich an. »Und was soll das schon wieder heißen?«, fragte Mrs. Farnley.

»Tja, zufällig weiß ich aus glaubwürdiger Quelle, dass eure liebe Miss Sheridan in der Schule mit Miss Warren gesprochen hat und ihr berichtete, in was für einem schrecklichen Zustand die Kinder sich angeblich befinden.«

Ruth starrte Hannah Arkwright entsetzt an.

»Das gibt's doch nicht!«, stieß Mrs. Morris empört hervor.

»Oh doch.« Hannah nickte. »Sie sagte, sie wären alle schmutzig und verlaust und sie hätte noch nie solche Kinder gesehen, nicht mal in den Slums von Leeds.«

»So eine Frechheit!« Auch Edie Farnley sah zutiefst schockiert aus. »Sie sollte sich besser hüten, so etwas in meiner Gegenwart zu sagen. Meine Kinder mögen Löcher in ihren Stiefeln und Flicken an ihren Kleidern haben, aber niemand kann behaupten, dass ich sie nicht sauber und ordentlich zur Schule schicke!«

»Wir tun unser Bestes«, stimmte Susan Toller zu. »Sie sollte mal versuchen, sich in unsere Lage zu versetzen, um zu sehen, wie das ist.«

»Sogar an Seth Stanhopes Kindern hatte sie etwas auszusetzen«, fuhr Hannah fort. »Sie kam bei ihm vorbei und hielt ihm einen verdammten Vortrag darüber, wie schlecht er sich um seine Kinder kümmert. Ich sagte ihr, dass meine arme Schwester noch nicht lange tot ist, und darauf meinte sie, sie wären in einem Waisenhaus besser aufgehoben als bei ihrem Vater und bei mir!«

»Nein!«, rief Mrs. Kettle entrüstet aus. »Diese armen Kinder. Könnt ihr euch vorstellen, dass jemand so etwas Grausames sagt?«

»Es war herzzerreißend«, sagte Hannah schniefend, als ob sie den Tränen nahe wäre. »Ich meine, ich weiß ja, dass ich nicht die Mutter der Kinder bin, aber ich habe mein Bestes für sie getan ...«

»Natürlich hast du dein Bestes getan, Hannah. Niemand kann behaupten, du hättest deiner Schwester keine Ehre gemacht.« Ida Willis tätschelte Hannah beruhigend die breite Schulter.

»Sie braucht nicht zu denken, dass ich je zu ihrer Sprechstunde erscheinen werde!«, erklärte Mrs. Farnley.

»Und ich werde unserer Ellen sagen, dass sie auch nicht hingehen soll«, sagte Mrs. Kettle. »Ich pfeife darauf, wie viel Geld diese Miss Sheridan in den Fürsorgefonds einzahlt, sie wird es niemals schaffen, sich die Sympathie der Bowdener zu erkaufen!«

»Und mir wird auch niemand meine Kinder wegnehmen!«, sagte Susan Toller.

Ruth sah Hannah an, die noch immer mit ihrer Schürze ihre nicht vorhandenen Tränen abtupfte. Unter dem Stoff konnte sie das hinterhältige Lächeln der Frau sehen.

Dieses Lächeln ließ Ruth für den Rest des Nachmittages keine Ruhe mehr. Doch erst nachdem alle Kinder gegessen hatten und das Geschirr gespült und weggeräumt war, brachte sie endlich den Mut auf, Hannah anzusprechen.

»Es stimmte gar nicht, was?«, wagte sie zu fragen, während sie den angeschlagenen, metallenen Suppentopf abtrocknete.

»Was?« Hannah wandte ihr den Rücken zu, um eine Schüssel in das oberste Fach zu stellen, an das nur sie herankam.

»Was du über Miss Sheridan gesagt hast. Sie hat sich überhaupt nicht bei Miss Warren über unsere Kinder beklagt, nicht wahr? Und sie will sie uns auch nicht wegnehmen.« Hannah schwieg, als hätte sie Ruths Worte nicht gehört. »Warum sagst du also so etwas? Warum versuchst du, Unruhe zu stiften und alle gegen sie aufzubringen?«

»Weil sie es nicht anders verdient!« Hannah fuhr so heftig herum, dass Ruth zusammenzuckte und sah, dass Hannahs Mund nur noch eine grimmige schmale Linie war. »Sie hätte nie hierherkommen sollen, weil sie einfach nicht in unser Dorf gehört!«

Ruth starrte Hannah an und begriff plötzlich, dass sie unter all ihrem zornigen Gehabe nur ihre Angst verbarg.

Hannah mochte zwar jedem wie eine starke, mächtige Frau erscheinen, doch hinter dieser Fassade war Hannah Arkwright nach wie vor ein hilfloses, einsames Mädchen, das verzweifelt versuchte, seinen Platz in der Welt zu finden. Oder zu behalten.

Und nun war Agnes Sheridan dahergekommen und drohte ihn ihr wegzunehmen. Kein Wunder, dass Hannah um ihre Stellung in der Gemeinde fürchtete.

»Du brauchst dir keine Sorgen zu machen, Hannah«, versuchte Ruth sie zu beruhigen. »Wir halten nämlich alle sehr, sehr viel von dir.«

Hannah spürte ihre Anspannung. »Was redest du da?«

»Ich versuche dir nur zu sagen, dass in Bowden doch wohl sicher Platz für dich *und* Miss Sheridan ist.« Sie sah, wie Hannahs dunkle Augen sich verengten, achtete aber nicht auf dieses Warnsignal. »Ich weiß, dass du denkst, du könntest von ihr verdrängt werden, aber ...«

»Ich? Verdrängt?« Hannah lachte schrill. »Ich denke nichts dergleichen! Und ich wäre dir dankbar, wenn du mir dein Mitgefühl ersparen würdest, Ruth. Es wäre wirklich traurig, wenn ich jemanden wie *dich* bräuchte, um mich zu bemitleiden!«

Ruth starrte sie verdattert an. »Was soll denn das schon wieder heißen?«

»Schau dich doch an!« Hannah musterte sie von oben bis unten und kräuselte verächtlich ihre Lippen. »Ihr macht euch zum Gespött des Dorfes, du und dein zu nichts zu gebrauchender Ehemann. Alle diese Kinder zu bekommen, praktisch eins nach dem anderen, obwohl ihr es euch kaum erlauben könnt, sie alle zu ernähren! Du bist die Bemitleidenswerte hier, nicht ich! All diese Kinder, denen die Hosen über den Hintern rutschen, wenn sie in die Schule gehen. Und was dieses Baby von dir anbelangt …«

Ruth schnappte nach Luft, und ihr Körper schien in sich zusammenzusacken, als ob Hannah sie mit einer ihrer großen Fäuste in den Magen geboxt hätte.

Im selben Moment schien Hannah jedoch bewusst zu werden, was sie soeben gesagt hatte.

»Um Gottes willen, Ruth, das war nicht ernst gemeint!«, rief sie. »Du hast mich so aufgebracht, dass ich in blindem Zorn um mich geschlagen habe.« Sie streckte versöhnlich die Hand nach ihr aus, aber Ruth wich zurück, bis sie außer Reichweite war. »Bitte, Ruth! Du weißt doch, wie ich bin, wenn ich wütend werde. Ich war schon immer so hitzköpfig nicht wahr? Aber ich habe es nicht so gemeint, ganz ehrlich nicht.«

Wieder griff sie nach ihr, und Ruth starrte nur hilflos auf Hannahs Finger herab, die ihren Arm umklammerten. Sie wollte zurücktreten und sie abschütteln, war aber wie gelähmt vor Schock.

»Du weißt doch, wie vernarrt ich in deine Kinder bin, besonders in den kleinen Ernest«, fuhr Hannah jetzt mit mädchenhaft lispelnder Stimme fort. »Ich würde alles für den Jungen tun. Und ich werde ihn für dich gesundmachen, das verspreche ich dir.« Sie lächelte und fixierte Ruth mit ihren dunklen Augen. »Achte einfach nicht auf mein Gerede, Schätzchen. Wir sind doch noch Freundinnen, nicht? Du verzeihst mir doch, oder?«

Ruth schaute Hannah prüfend an. Ihr Lächeln war angespannt, ihre Blicke schienen sie zur Unterwerfung zu zwingen.

»Ja, ja.« Die Worte kamen wie von selbst, wie sie es immer

taten, wenn Hannah gemein zu ihr gewesen war. »Ja, ich verzeihe dir.«

Aber diesmal werde ich es nicht vergessen, fügte Ruth im Stillen hinzu.

KAPITEL EINUNDZWANZIG

»Das kann doch nicht dein Ernst sein, meine Liebe.«

Carrie konnte den entsetzten Blick spüren, den James ihr über den Rand seiner Zeitung zuwarf, aber sie blickte weiter auf die Scheibe Toast, die sie gerade mit Butter bestrich.

»Und warum nicht?«, sagte sie.

»Ich verstehe nicht, wie du so etwas auch nur fragen kannst.« James faltete seine Zeitung und legte sie neben sich auf den Tisch. »Dir muss doch klar sein, wie das aussehen würde. Was, wenn die Haverstocks herausfänden, dass du in einer Suppenküche für streikende Bergleute aushilfst? Was würden sie wohl denken?«

»Die Suppenküche ist für die Angehörigen der Bergleute«, wandte Carrie ein. »Und im Übrigen streiken sie auch nicht, sondern würden arbeiten, wenn sie nicht aus der Zeche ausgesperrt worden wären.«

»Sie wurden ausgesperrt, weil sie die neuen Arbeitsbedingungen nicht akzeptieren. Was hätten die Haverstocks denn sonst tun sollen?«

»Zum Teufel mit den Haverstocks!« Carries Messer landete laut scheppernd auf ihrem Teller. »Ich bin es leid, andauernd ihren Namen hören zu müssen. Warum sollte es mich kümmern, was sie denken?«

»Weil sie mein Gehalt bezahlen«, sagte James.

»Du magst ja dafür bezahlt werden, nach ihrer Pfeife zu tanzen, aber ich nicht.«

Carrie sah, wie das Gesicht ihres Mannes sich verdüsterte, und ihr wurde klar, dass sie zu weit gegangen war.

Es war nicht James' Schuld, und das wusste sie auch. Aber sie war so furchtbar wütend und verzweifelt über die Vorgänge in Bowden, dass sie ihren Frust an jemandem auslassen musste.

Sie hatte von ihrer Mutter und Schwester Geschichten von Familien gehört, die hungerten, von Müttern, die ihren kargen Besitz verpfändeten, alles verkauften, was sie hatten, um ihre Kinder zu ernähren. Einigen der Männer war es gelungen, eine Anstellung als Gelegenheitsarbeiter auf den nahen Bauernhöfen zu finden, aber andere mussten Bowden und ihre Familien verlassen, um sich anderswo nach Arbeit umzusehen.

Carrie wollte unbedingt etwas tun. Diese Leute waren ihre Freunde und Nachbarn, die Menschen, mit denen sie aufgewachsen war. Sie ertrug es einfach nicht, in ihrem großen Haus zu sitzen und die Hände in den Schoß zu legen, während sie ums Überleben kämpften.

»Ich will nur helfen«, sagte sie.

»Ich weiß.« James seufzte. »Aber die Bergleute sind nicht die Einzigen, die deine Hilfe brauchen.«

Carrie beschlichen Gewissensbisse, als sie ihren Mann über den Frühstückstisch hinweg betrachtete. Der arme James. Die Last der Verantwortung, die Funktionsfähigkeit der Zeche aufrechtzuhalten, begann sich schon in den Fältchen um seine Augen und seinen Mund zu zeigen. Er hatte auch Gewicht verloren, wie an seinem schlechtsitzenden Anzugsjackett unschwer zu erkennen war.

Er hat recht, dachte sie. Er war ihr Ehemann und verdiente ihre Unterstützung. Er war es, um den sie sich sorgen musste.

»James …«, begann sie, als ein Klopfen an der Tür sie unterbrach.

Stirnrunzelnd blickte er auf. »Wer könnte das so früh am Morgen sein?«

Carries Anspannung war so groß, dass ihre Brust ganz eng wurde, als sie das Dienstmädchen zur Haustür eilen hörte. Sie hatte immer Angst vor einem frühen oder späten Klopfen an der Tür, weil sie befürchtete, dass es eine ihrer Schwestern sein könnte, die hergekommen war, um ihr zu sagen, dass der Zustand ihres Vaters sich wieder verschlechtert hatte.

Die Tür öffnete sich, und Carrie sprang auf, als das Dienstmädchen erschien. »Wer ist es?«, fragte sie.

Das Mädchen erwiderte ruhig ihren Blick und wandte sich dann an James. »Sergeant Cray möchte Sie sprechen, Sir«, sagte sie.

James legte seine Zeitung wieder weg. »Führen Sie ihn in den Salon«, wies er das Mädchen an.

Er scheint nicht allzu überrascht über den Besuch zu sein, dachte Carrie, als sie James in den Salon folgte.

Sergeant Cray stand am Fenster und blickte hinaus. Er war ein großer Mann und von solch stämmiger Gestalt, dass der Junisonnenschein nicht an ihm vorbeifand. Er drehte sich um, als James und Carrie das Zimmer betraten.

»Guten Morgen, Mr. Shepherd – Mrs. Shepherd.« Carrie nickte er nur flüchtig zu, und trotz ihrer Nervosität musste sie lächeln. Als sie noch ein Kind gewesen war und Sergeant Cray ein junger Polizist, war er ihr und ihren Freunden häufig nachgejagt, weil sie Äpfel aus dem Obstgarten der Haverstocks gestohlen oder »Klingelmännchen« an den Türen der Nachbarn gespielt hatten.

Und jetzt sehe sich einer an, was aus ihnen beiden geworden war! Der missbilligenden Miene des Polizeibeamten war zu entnehmen, dass ihm der gleiche Gedanke durch den Kopf ging.

»Guten Morgen, Sergeant Cray«, begrüßte James ihn. »Haben Sie Neuigkeiten?«

Der Sergeant nickte. »Ich dachte, Sie würden wissen wollen, Sir, dass wir gestern Nacht zwei Männer verhaftet haben.«

»Verhaftet?«, warf Carrie erschrocken ein. »Wer ist denn verhaftet worden?«

James sagte nichts. Sergeant Cray räusperte sich. »Mr. Shepherd hatte uns über eine Reihe von Diebstählen in der Zeche informiert«, sagte er. »Über Männer, die nachts dort einsteigen und Kohle stehlen. Aber ich denke, das müsste jetzt aufhören, nachdem zwei von ihnen hinter Gittern sitzen.«

Angesichts seines selbstgefälligen kleinen Lächelns hätte Carrie ihn am liebsten ins Gesicht geschlagen. »Wie heißen diese beiden Männer?«

»Ist das wichtig?«, fragte James.

»Für mich schon«, erwiderte Carrie entschieden und wandte sich an Sergeant Cray. »Also wer sind diese Männer?«

Der Polizist blickte unbehaglich zu James hinüber und wandte sich dann wieder Carrie zu. »Johnny Horsfall und Matthew Toller«, sagte er.

»Aber Mr. Horsfalls Mutter ist bettlägerig! Er ist alles, was sie hat. Sie braucht ihn!«

Sergeant Crays breites Gesicht lief rot an. »Das hätte er bedenken sollen, bevor er stehlen ging.«

»Danke, dass Sie sich herbemüht haben, um mich zu informieren, Sergeant«, sagte James ruhig.

»Gern geschehen, Mr. Shepherd, und ich muss jetzt auch schon wieder los. Diese Männer werden heute Morgen dem Haftrichter vorgeführt. Das ist nur recht und billig«, meinte er und schenkte Carrie dabei einen flüchtigen Blick.

Sie wartete, bis das Dienstmädchen ihn hinausbegleitet hatte, und wandte sich dann ihrem Mann zu.

»Du musst etwas tun«, sagte sie.

»Und was schlägst du vor?«

»Ich weiß es nicht!« Carrie zuckte hilflos mit den Schultern. »Aber diese Männer verdienen es nicht, ins Gefängnis gesteckt zu werden. Du kennst sie. Sie sind bei der Bowden Main beschäftigt und sind schwerarbeitende, vertrauenswürdige Männer.«

»Du hast gehört, was der Sergeant sagte. Sie wurden beim Stehlen erwischt.«

»Ja, aber das hätten sie nicht getan, wenn sie nicht dazu getrieben worden wären!« Carrie ergriff James' Hand. »Du musst zum Gericht gehen und dich für sie einsetzen.«

Er starrte sie an. »Das kann ich nicht tun.«

»Warum denn nicht? Der Richter würde sie bestimmt nicht einsperren, wenn du für sie eintrittst. Bitte, James? Diese Männer sollten nicht ins Gefängnis kommen für das, was sie getan haben. Das weißt du genauso gut wie ich.«

James blickte für einen Moment auf seine Hand herab und entzog sie ihr dann langsam. »Die Gesetze müssen eingehalten werden«, sagte er steif.

»Du meinst, du wirst ihnen nicht helfen?«

»Ich kann es nicht, Liebling. Das müsstest du doch eigentlich verstehen?«

Carrie wandte sich verärgert von ihm ab. Hinter ihr hörte sie James seufzen. »Es ist spät geworden. Ich muss jetzt ins Büro«, sagte er.

»Aber natürlich«, versetzte Carrie bitter. »Du darfst die Haverstocks ja auch nicht warten lassen.«

»Carrie …«

»Ach, geh doch einfach!«, fauchte sie und kehrte ihm den Rücken zu.

Sie stand am Fenster und starrte die Bäume auf der anderen Straßenseite an, als sie James zur Tür gehen hörte.

Doch dann blieb er noch einmal stehen. »Ich bin nicht der Feind, weißt du«, sagte er leise.

»Was du nicht sagst«, murmelte Carrie.

Noch lange, nachdem er gegangen war, stand sie am Fenster und konnte an nichts anderes denken als an die arme Susan Toller. Sie musste furchtbar besorgt sein und sich fragen, was mit ihrem Ehemann geschehen würde. Und die alte Mrs. Horsfall auch. Wer sollte sie pflegen, wenn ihr Sohn nicht mehr da war?

Und dann fasste Carrie einen Entschluss. James mochte nicht

bereit sein, in irgendeiner Form zu helfen, aber sie würde es tun. Ob es ihrem Ehemann und den Haverstocks nun passte oder nicht.

Vorsichtig schlich Carrie um die Ecke des Arzthauses herum und hielt sich dicht an der Mauer, falls Mrs. Bannister zufällig aus einem der Vorderfenster blicken sollte und sie sah.

Sie hatte keine Lust, der Haushälterin zu begegnen. Mrs. Bannister war zwar seit ihrem gesellschaftlichen Aufstieg immer auffallend nett zu ihr, aber Carrie würde nie vergessen, wie diese Frau sie abgewiesen hatte, als sie noch jünger gewesen war und ihre Mutter sie gebeten hatte, den Arzt zu holen, weil ihr Vater krank gewesen war. Diese alte Hexe hatte genau gewusst, dass sie nicht das Geld für einen Arzt aufbringen konnten, und sie deshalb eiskalt abgewiesen.

Wahrscheinlich wollte Mrs. Bannister das alles nur zu gerne vergessen, da Carrie inzwischen die Frau des Zechenleiters war, aber dazu war Carries Erinnerung noch zu lebendig und zu bitter.

Es war ein warmer Junimorgen, und der Geruch von gebratenem Speck drang durch die offene Küchentür. Als Carrie sich ihr näherte, konnte sie Jinny bei der Arbeit vor sich hin summen hören. Durch die offene Tür sah sie das Mädchen am Herd stehen und Agnes Sheridan bei einer Tasse Tee am Küchentisch sitzen. Sie las die Tageszeitung und blätterte sie so vorsichtig um, dass es vermutlich Dr. Rutherfords Zeitung war und Agnes Sheridan sie eigentlich gar nicht lesen durfte.

Jinny erschrak, als Carrie leise eintrat.

»Carrie … Mrs. Shepherd, meinte ich.« Jinny legte eine Hand an den Latz ihrer übergroßen Schürze. »Was tun Sie denn hier? Ich habe die Klingel nicht gehört.« Ihr panischer Blick huschte zur Haustür.

»Schon gut, Jinny, ich habe nicht geklingelt.« Carrie nickte zu

Agnes hinüber. »Ich wollte die Schwester sprechen, bevor sie zu ihren Runden aufbricht.«

»Mich?« Agnes blinzelte überrascht. Sie sah kühl und tüchtig aus in ihrer schicken blauen Schwesterntracht. Das kastanienbraune Haar hatte sie zu einem perfekten Knoten aufgesteckt. Carrie hatte sie mit ihrem verbeulten alten Fahrrad durch das Dorf fahren sehen, und ihr war aufgefallen, wie ruhig und gelassen die junge Frau stets wirkte, als ob nichts auf dieser Welt sie aus der Fassung bringen könnte. »Ich bin gekommen, um Sie um einen Gefallen zu bitten.«

Agnes stellte ihre Tasse ab. »Was für einen Gefallen?«, fragte sie mit argwöhnischer Miene.

»Ich wollte Sie bitten, jemanden aufzusuchen … eine alte Dame namens Mrs. Horsfall, die unten auf der Middle Row lebt. Sie ist ihrer Arthritis wegen ans Bett gefesselt.«

»Ich kenne die alte Dame«, sagte Agnes Sheridan. »Ich war ein paarmal bei ihr, aber ihr Sohn sagte, er würde sich selbst um sie kümmern.«

»Ja, aber das kann er jetzt leider nicht mehr, weil er verhaftet worden ist.«

»Verhaftet?« Alle Farbe wich aus Jinnys ohnehin schon blassem Gesicht.

»Er wurde dabei erwischt, wie er mit Matthew Toller Kohle aus der Zeche stahl.« Carrie wandte sich wieder an Miss Sheridan. »Seine Mutter ist jetzt ganz allein. Würden Sie vielleicht zu ihr fahren und nach ihr sehen, Schwester?«

»Aber selbstverständlich.«

»Das wird dem Doktor nicht gefallen«, murmelte Jinny.

»Ihm wird auch nicht gefallen, verbrannten Speck zum Frühstück zu bekommen«, sagte Agnes Sheridan und nickte zu der rauchenden Pfanne hinüber. »Außerdem erhalte ich meine Anweisungen nicht von Dr. Rutherford«, fügte sie hinzu und hob ihre Tasse wieder hoch.

»Danke, das weiß ich wirklich sehr zu schätzen. Und ich bin mir sicher, dass das auch ihr Sohn tun wird.« Carrie hielt einen Moment inne und sagte dann: »Vielleicht könnten Sie ihr ja auch das hier geben, wenn Sie dort sind?«

Sie stellte einen Korb auf den Tisch, und Agnes Sheridan sah ihn fragend an. »Was ist da drin?«

»Nur ein paar Kleinigkeiten aus unserer Vorratskammer. Ich war mir nicht sicher, ob sie etwas zu essen im Haus haben würde.«

»Das ist sehr nett von Ihnen. Aber warum geben Sie ihr den Korb nicht selbst?«

Carrie konnte spüren, wie sie errötete. »Das ist schwierig. Es wäre eigentlich auch besser, wenn mich niemand dabei sehen würde, wie ich helfe ... und du sprichst am besten auch nicht darüber!«, warnte sie das Dienstmädchen.

»Als würde ich das tun!«, murmelte Jinny, während sie grimmig an einer Scheibe Speck herumkratzte, die am Boden der Pfanne angebrannt war.

Agnes Sheridan nickte. »Natürlich. Ich verstehe, dass Sie in einer schwierigen Lage sind.« Sie nickte zu dem Korb hinüber. »Und ich werde selbstverständlich dafür sorgen, dass Mrs. Horsfall ihn erhält.«

»Vielen Dank. Jetzt mache ich mich besser wieder auf den Weg.«

»Werde ich Sie am Freitag sehen?«, fragte Agnes Sheridan, als Carrie sich auf den Weg zurück machte.

Carrie runzelte verdutzt die Stirn. »Am Freitag?«

»Ja, bei meiner ersten Mutter-Kind-Sprechstunde. Im Saal der Bergarbeiterfürsorge.«

»Ach so.« Carrie hatte das schon ganz vergessen. Eigentlich hatte sie auch gar nicht vorgehabt, dorthin zu gehen, aber als sie nun Agnes Sheridans hoffnungsvolle Miene sah, nickte sie. »Ich werde versuchen, dort zu sein«, versprach sie.

»Danke. Das wäre sehr nett von Ihnen. Und ich bin mir sicher, dass Sie es auch nützlich finden werden.«

Carrie wusste zwar nicht, wie sie noch irgendetwas lernen sollte, was sie nicht auch von ihrer Mutter erfahren könnte, aber trotzdem nickte sie und lächelte. Miss Sheridan tat ihr einen Gefallen, da war es das Mindeste für sie, ihn zu erwidern.

Dann wandte sie sich an Jinny. »Und du warnst besser deinen Archie, dass jetzt noch mehr Polizisten und Hilfspolizisten die Zeche bewachen werden«, sagte sie. »Wenn sie zwei der Männer gefasst haben, ist anzunehmen, dass sie nach weiteren Ausschau halten werden.«

»Ich weiß wirklich nicht, wovon Sie reden«, murmelte Jinny, aber ihr puterrotes Gesicht sprach Bände.

KAPITEL ZWEIUNDZWANZIG

»Versuchen Sie eigentlich mit voller Absicht, mich zu provozieren, Miss Sheridan?«, fragte Dr. Rutherford.

Die Anschuldigung des Arztes überraschte sie. »Nein, Doktor. Warum sollte ich das tun?«

»Gute Frage. Aber ich fürchte, das ist der Schluss, zu dem ich nach Ihrem Benehmen in letzter Zeit gelangt bin.« Er beugte sich über seinen Schreibtisch und schaute sie über den Rand seiner Brille an. Sein freundliches, onkelhaftes Lächeln war schon vor geraumer Zeit verschwunden. »Zuerst bestanden Sie darauf, Patienten zu behandeln, die *nicht* aufzusuchen ich Sie ausdrücklich gebeten hatte. Und jetzt erfahre ich, dass Sie bei der Mutter eines Mannes waren, der nicht nur streikt, sondern auch noch wegen Diebstahls in der Zeche im Gefängnis sitzt.«

»Es ist kein Streik, was hier stattfindet, sondern eine Aussperrung.«

Dr. Rutherford gab einen ärgerlichen Laut von sich. »Jetzt reden sie schon genau wie die. Aussperrung! Das hört sich ja fast so an, als ob die Haverstocks die Schuld daran trügen.«

»So ist es ja leider auch.«

Dr. Rutherford starrte sie entrüstet an. »Mit dieser Einstellung würde ich an Ihrer Stelle aber nicht hausieren gehen.«

Agnes starrte ihn über den Schreibtisch hinweg an. Wenn er um seine Patienten genauso bemüht wäre wie um seine Freunde, die Haverstocks, würde es den Leuten in Bowden sehr viel besser gehen, dachte sie.

»Ich habe keine Angst vor den Haverstocks, das kann ich Ihnen versichern«, sagte sie. »Außerdem geht es darum auch gar nicht. Die Sache ist doch die, dass Mrs. Horsfall eine arme alte

Frau ist. Sie ist bettlägerig und hat Schmerzen. Was hätte ich denn tun sollen? Sie leiden lassen?«

»Sie hätten tun sollen, was Ihnen gesagt wurde!«, platzte es aus Dr. Rutherford heraus. »Sie wissen so gut wie ich, dass ich Sie angewiesen hatte, weder irgendwelche Bergleute noch ihre Familien medizinisch zu betreuen!«

»Ich habe Mrs. Horsfall nicht medizinisch betreut, sondern ihr nur eine Tasse Tee und etwas zu essen gemacht. Dann habe ich dafür gesorgt, dass eine ihrer Nachbarinnen nach ihr sieht, bis ihr Sohn nach Hause kommt. Ich glaube nicht, dass das als medizinische Behandlung anzusehen ist …«

»Betreiben Sie keine Haarspalterei, Miss Sheridan!« Eine kleine Ader pochte an Dr. Rutherfords Schläfe. Agnes konnte sich nicht daran erinnern, ihn je so aufgebracht erlebt zu haben.

Aber auch sie war sehr erbost. Seine Gefühlsarmut widerte sie an. Er hatte einen Beruf, der Mitgefühl verlangte, aber ihn interessierte nichts anderes, als seinen teuren Freund Sir Edward bei Laune zu halten.

Agnes fragte sich, ob Dr. Rutherford sich eigentlich darüber im Klaren war, was die Aussperrung für die Familien in Bowden bedeutete. Sie selbst hatte so viel Not gesehen, so viele Frauen, die Tag für Tag verzweifelt darum kämpften, ihre Kinder zu ernähren. Sie hatte die leeren Stellen auf den Kaminsimsen bemerkt, dort, wo die Dinge standen, die in der Familie in Ehren gehalten wurden und jetzt ins Pfandhaus gewandert waren. Und sie hatte ganze Familien vor der Suppenküche Schlange stehen sehen, die in der Schule eingerichtet worden war. Bei ihrem letzten Besuch in der Steeple Street hatte sie sogar Reg Willis' Frau an der Ecke Briggate stehen sehen, wo sie selbstgenähte Taschentücher verkaufte. Agnes hatte den Blick von ihr abgewandt, als sie die Straße überquerte, um den Stolz der armen Frau nicht zu verletzen.

Dr. Rutherford nahm seine Brille ab und begann sie mit viel Getue an seinem Tweed-Jackett zu polieren, um Zeit zu gewinnen und sich zu beruhigen.

»Sie dürfen nicht vergessen, dass wir uns hier in einer sehr heiklen Lage befinden, Miss Sheridan«, sagte er dann beherrschter. »Wir haben eine Verpflichtung den Grubeneigentümern gegenüber.«

»Die mögen Sie vielleicht Sir Edward gegenüber haben, ich aber nicht«, betonte Agnes. »Darf ich Sie daran erinnern, dass ich von der Bergarbeiterfürsorge und nicht von den Haverstocks bezahlt werde? Daher besitzt also keiner von ihnen beiden die Befugnis, mir zu sagen, wen ich besuchen darf und wen nicht, oder wie ich denjenigen zu behandeln habe.«

Dr. Rutherford starrte sie an. Seine Augen hinter seinen Brillengläsern waren eisig kalt. »Ihr Ton gefällt mir nicht, Miss Sheridan.«

»Und mir Ihr Verhalten nicht, Dr. Rutherford.«

Einen Moment lang funkelten sie sich böse an. Dann lehnte sich Dr. Rutherford zurück und sagte: »Nun ja, vielleicht brauchen wir es ja nicht viel länger miteinander auszuhalten.«

Agnes richtete sich auf. »Wie meinen Sie das?«

»Wie Sie selbst gerade klargestellt haben, wird Ihre Stelle hier vom Fürsorgeverband der Bergarbeiter finanziert. Da aber niemand mehr einzahlt und das ganze Geld für den Streik draufgeht, frage ich mich natürlich, wie lange Ihr Dienstverhältnis hier noch Bestand haben wird.«

Agnes starrte ihn betroffen an. Daran hatte sie noch gar nicht gedacht.

Dr. Rutherford lächelte boshaft. »Sie sehen also, dass es sich für Sie auszahlen könnte, Miss Sheridan, ein bisschen … pragmatischer zu sein, wenn Sie auch weiterhin in diesem Dorf arbeiten wollen«, meinte er.

»Das werden wir ja sehen, nicht wahr?« Agnes erhob sich.

»Und wenn Sie mich jetzt bitte entschuldigen – ich muss gehen und mich auf meine Mutter-Kind-Sprechstunde vorbereiten.«

»Ach ja. Ihre Sprechstunde.« Dr. Rutherfords Lächeln wurde noch breiter, aber es lag nicht die geringste Wärme darin. »Noch eine Verschwendung des Geldes der Bergleute. Ihnen ist doch wohl bewusst, dass keiner kommen wird, oder?«

Agnes hob das Kinn. »Das können Sie nicht wissen.«

»Und ob! Ich kenne diese Leute, Miss Sheridan, und ich verstehe sie auch, weil ich im Gegensatz zu Ihnen schon seit zwanzig Jahren hier lebe. Und ich muss Sie warnen, dass diese Leute keine Loyalität anderen als sich selbst gegenüber und untereinander kennen.« Er beugte sich vor und legte seine Fingerspitzen aneinander. »Ich weiß, dass Sie glauben, Sie würden sie für sich gewinnen, indem Sie sich um sie kümmern und ihren Streik unterstützen ...«

»Es ist kein Streik, sondern eine ...«

»... aber falls Sie erwarten, dass die Menschen hier sie deshalb ebenfalls unterstützen, irren Sie sich gewaltig«, fuhr Dr. Rutherford fort, als ob sie nichts gesagt hätte. »Sie bringen sich völlig umsonst in eine prekäre Lage.« Er schüttelte den Kopf. »Sich selbst zuliebe, Miss Sheridan, sollten sich wirklich besser überlegen, wem Ihre Loyalität gehören sollte.«

Seine Warnung war Agnes nicht mehr aus dem Kopf gegangen, als sie später im Eingang des Bergarbeiterfürsorgeverbands Schutz gegen den Nieselregen suchte und ihren Mantelkragen hochstellte, um auf Phil zu warten, die versprochen hatte, ihr die Ausrüstung zu bringen, die sie sich in der Steeple Street geborgt hatte.

Aber Phil verspätete sich. Die Sprechstunde sollte um ein Uhr beginnen, und es war schon beinahe Mittag.

Am Ende der Straße sah Agnes Ruth Chadwick, die mühsam ihren Kinderwagen den Hügel hinaufschob. Als sie Agnes' Blick bemerkte, beeilte sie sich, die Straße zu überqueren, aber Agnes rief ihr ein »Guten Tag, Mrs. Chadwick« zu und ging ihr entgegen. »Warten Sie, ich helfe Ihnen.«

Als sie ihr den Kinderwagen jedoch abnehmen wollte, hielt Ruth ihn fest. »Ich schaffe das schon, Schwester«, beharrte sie.

»Lassen Sie ihn mich wenigstens den Hügel hinaufschieben.«

»Er ist schwer«, warnte Ruth sie.

»Oh, ich bin sicher, dass ich das schon schaffe. Ich bin stärker, als ich aussehe.« Agnes begann zu schieben, aber der Kinderwagen rührte sich nicht von der Stelle. »Du meine Güte, Sie haben recht«, keuchte sie. »Ist die Bremse angezogen?«

Ruth Chadwick lächelte widerstrebend. »Nein, Schwester, er ist nur ein bisschen überladen. Ich war unten im Garten, um Gemüse für die Suppenküche zu holen.«

Agnes warf einen Blick in den Wagen, in dem sie den kleinen Ernest zwischen zwei Säcken Kartoffeln und Karotten friedlich schlafen sah. Er war noch immer fest in ein breites Wolltuch eingewickelt, das seinen schiefen Nacken verbergen sollte.

»Sie wollen zur Suppenküche? Dann haben wir denselben Weg«, sagte Agnes. »Ich halte heute Nachmittag meine erste Sprechstunde bei der Bergarbeiterfürsorge ab.«

»Ja, Jinny sagte schon, Sie würden es durchziehen.«

»Natürlich! Warum denn nicht?«

Agnes beugte sich vor, um mit aller Kraft zu schieben, und die Räder setzten sich tatsächlich langsam in Bewegung. »Ich freue mich schon darauf, den kleinen Ernest dort zu sehen. Sie werden ihn doch hinbringen, nicht?«

Eine dunkle Röte stieg Ruth in die blassen Wangen. »Danke, Schwester, aber ich werde mir die Mühe sparen«, murmelte sie. »Meinem Jungen fehlt nichts.«

»Dann wirkt Mrs. Arkwrights Mittel also?«

Ruth wandte schnell den Blick ab, ergriff den Kinderwagen und stieß Agnes dabei vor lauter Ungeduld mit der Schulter an.

»Ich könnte ihm helfen, Mrs. Chadwick«, sagte Agnes, aber

Ruth schob den Kinderwagen bereits weiter, als könnte sie ihr gar nicht schnell genug entkommen.

Agnes sah ihr nach, als sie sich von ihr entfernte und sich mit vorgebeugten Schultern die Anhöhe hinaufquälte. Am oberen Ende überquerte sie die Straße und konnte gerade noch Phils Auto ausweichen, als es um die Ecke schoss und vor den Türen der Bergarbeiterfürsorge hielt.

Agnes holte sie ein, als ihre Freundin gerade aus dem Wagen stieg. »Tut mir leid, dass ich mich verspätet habe«, sagte Phil. »Aber da Veronica an Steigungen ein bisschen aus der Puste kommt, musste ich langsam fahren.«

Agnes fragte sich angesichts des Tempos, mit dem Phil um die Ecke geschossen war, wobei sie beinahe die arme Ruth und ihren Kinderwagen voller Kartoffeln überfahren hätte, ob Phil die Bedeutung des Wortes »langsam« wirklich verstanden hatte.

»Das macht nichts«, sagte sie. »Ich bin einfach nur froh, dass du überhaupt kommen konntest. Hast du alles bekommen, um das ich gebeten hatte?«

Phil nickte. »Und ich habe auch noch etwas anderes mitgebracht, von dem ich dachte, dass es dir helfen könnte …«

»Oh? Und was ist es?«

Agnes blickte sich um, als die Beifahrertür sich öffnete und eine junge blonde Frau ausstieg.

»Polly!«, rief Agnes entzückt. »Was machst du denn hier?«

»Meine Mutter hat mich mitgeschickt, weil sie dachte, du könntest vielleicht ein bisschen moralische Unterstützung brauchen.«

»Da hat sie recht wie immer.« Agnes schickte ein stummes Dankgebet für Bess Bradshaws Weisheit zum Himmel.

»Sag ihr das nur ja nicht, hörst du?« Polly lächelte. »Sonst wird sie vielleicht noch unausstehlicher.«

»Na los! Lasst uns die Sachen reinbringen, bevor wir noch pitschnass werden«, unterbrach Phil sie mit einem Blick zum grauen Himmel über ihnen.

Die drei beeilten sich, die Ausrüstung ins Haus zu bringen, und stellten dann Tische, Stühle und Trennwände auf. Auch Ruth und die anderen Frauen, die im hinteren Teil des Gebäudes ihre Suppe kochten, liefen durch den Flur hin und her, aber keine von ihnen blickte zu Agnes hinüber.

»Einige von ihnen werden wir später wohl noch sehen«, bemerkte Polly.

»Das nehme ich an«, stimmte Agnes ihr zu und dachte an Ruth Chadwicks bestürzte Miene.

Wieder einmal musste sie an Dr. Rutherfords Warnung denken. *Falls Sie glauben, dass die Menschen hier sie deshalb ebenfalls unterstützen, irren Sie sich gewaltig.*

Um Punkt eins waren sie mit dem Aufbauen der Stuhlreihen und Trennwände fertig. Während Phil und Polly ihre Plätze hinter den Tischen einnahmen, durchquerte Agnes den langen Saal, um die Türen zu öffnen.

Sie hatte nicht wirklich geglaubt, eine lange Warteschlange vor dem Saal zu sehen, aber der Anblick des komplett leeren Flurs war dennoch ein Schock für sie. Das einzige Lebenszeichen war ein magerer, am Eingang herumschnüffelnder Hund.

Enttäuscht kehrte sie zu den anderen zurück und schüttelte den Kopf.

»Na ja.« Polly lächelte ermutigend. »Es ist noch früh, Agnes. Sicher werden noch Frauen kommen.«

Aber so war es nicht. Agnes saß zwischen Phil und Polly an dem langen aufgebockten Tisch und war sich schmerzlich jeder Minute bewusst, die auf der Uhr hinter ihnen verstrich. Und die ganze Zeit über konnte sie die fröhlich plaudernden Stimmen der Frauen in der Suppenküche am anderen Ende des Flurs hören.

»Du hast doch das richtige Datum auf den Mitteilungen angegeben?«, fragte Phil.

»Natürlich.«

»Und die richtige Zeit?«

»Herrgott noch mal, Phil, ich bin doch keine Idiotin!«, fauchte Agnes, bereute es aber sofort, als sie das Stirnrunzeln ihrer Freundin sah. »Tut mir leid«, entschuldigte sie sich. »Ich sollte es nicht an euch auslassen. Ich bin bloß enttäuscht, mehr nicht.«

»Nimm es dir nicht so zu Herzen«, riet Polly. »Vielleicht ist es ja das schlechte Wetter. Ich weiß, dass in Quarry Hill auch immer viel weniger Mütter kommen, wenn es regnet. Sie wollen eben nicht riskieren, dass ihre Babys sich erkälten.«

»Wohl kaum!«, spöttelte Phil. »Kannst du sie in der Küche nicht herumalbern hören? Ich werde da mal rübergehen und ein Wörtchen mit ihnen reden.« Sie wollte schon aufstehen, aber Agnes hielt sie mit ausgestreckter Hand zurück.

»Bitte nicht«, sagte sie.

»Aber …«

»Wenn sie nicht hier sind, dann liegt das daran, dass sie nicht hierherkommen wollen«, sagte Agnes leise.

Eine weitere halbe Stunde verstrich in quälender Stille. Und Agnes blieb nicht verborgen, dass Phil diskret auf ihre Uhr schaute.

»Wenn ihr möchtet, könnt Ihr gerne gehen«, sagte Agnes verständnisvoll. »Ich bin mir sicher, dass ihr beide etwas Besseres mit eurer Zeit anfangen könnt, als mit mir in einer leeren Sprechstunde herumzusitzen.«

»Na ja …«, begann Phil, aber Polly ließ sie nicht ausreden.

»Aber nein, wir bleiben doch gerne hier, nicht wahr, Phil?«

»Tun wir das?«, entgegnete sie, was ihr einen bösen Blick der gutherzigen Polly eintrug. »Na ja, wahrscheinlich schon«, sagte sie seufzend. »Wenn ich nicht hier wäre, würde ich ja wohl doch nur auf irgendeinem matschigen Bauernhof herumlaufen, von Schweinen gejagt und dazu noch pitschnass werden. Zumindest bin ich hier im Trockenen!«

»Aber seien wir doch mal ehrlich«, sagte Agnes. »Eine Stunde ist bereits vergangen, und niemand ist durch diese Türen hereingekommen. Da ist doch wirklich sehr zu bezweifeln, dass jetzt noch jemand kommen wird.«

»Man kann nie wissen.«

Agnes schüttelte den Kopf. »Ihr braucht meine Gefühle nicht zu schonen. Diese Sprechstunde hat sich als jämmerlicher Misserfolg erwiesen.« Sie sah sich um. »Eigentlich könnten wir auch alles wieder wegräumen, dann könnt ihr zwei nach Leeds zurückfahren.«

KAPITEL DREIUNDZWANZIG

Schweigend packten sie die neuen Geräte weg. Agnes war zu deprimiert, um sich mit ihren Freundinnen zu unterhalten.

Polly tat ihr Bestes, um sie zu trösten. »Nimm es dir nicht zu sehr zu Herzen, Agnes«, sagte sie. »Das war doch erst der Anfang. Die Mütter werden schon noch kommen, sobald es sich herumgesprochen hat.«

»Da hast du sicher recht.« Agnes versuchte, ein tapferes Lächeln aufzusetzen, konnte sich aber des Gedankens nicht erwehren, dass Dr. Rutherford recht behalten würde. Denn egal, wie sehr sie sich bemühte, die Wahrheit war, dass die Einwohner von Bowden sie einfach nicht mochten oder ihr nicht vertrauten. Und allmählich begann Agnes zu glauben, dass sie es auch niemals tun würden.

Sie winkte ihren Freundinnen zum Abschied, als sie losfuhren, und blieb im Regen stehen, bis Phils Wagen hinter der Kurve auf der Anhöhe verschwunden war. Dann ging sie in den Saal zurück, um die Stühle wegzuräumen. Es kam ihr jetzt ganz und gar idiotisch vor, wie sie hier alle in ordentlichen Reihen aufgestellt standen. Wie hatte sie es wagen können, sich einzubilden, sie würde diesen Saal mit Müttern und Babys füllen können? Alle hatten versucht, sie davor zu warnen, dass ihre Idee zum Scheitern verurteilt war, doch wie üblich hatte sie darauf beharrt, dass sie es besser wusste.

Werde ich je aus meinen Fehlern lernen, fragte sie sich.

»Komme ich zu spät?«

Agnes fuhr herum und sah, dass es Carrie Shepherd war, die mit ihrem Baby in den Armen in der Tür stand.

»Ich wollte eigentlich schon früher kommen, aber ich musste

meinen Vater vorher noch besuchen.« Das Baby begann zu quengeln, und sie wiegte den Kleinen in ihren Armen, um ihn zu beruhigen.

Sie dort stehen zu sehen, war zu viel für Agnes. Die aufgestauten Gefühle, die sie den ganzen Tag lang unterdrückt hatte, brachen sich nun endlich Bahn und trieben ihr die Tränen in die Augen.

»Was haben Sie, Schwester?«, fragte Carrie mit bestürzter Miene. »Warum weinen Sie?«

»Ach, nur so. Ich bin nur ein bisschen albern, weiter nichts.« Agnes wischte sich die Tränen ab und setzte schnell ein Lächeln auf. »Vielen Dank, dass Sie gekommen sind, Mrs. Shepherd.«

»Na ja, ich hatte Ihnen doch gesagt, dass ich komme, nicht wahr? Sie haben mir den Gefallen getan, die alte Mrs. Horsfall zu besuchen, und den erwidere ich jetzt.« Carrie sah sich um. »Aber wie ich sehe, bin ich zu spät. Dann gehe ich wohl besser wieder.«

»Bitte bleiben Sie«, bat Agnes. Sie nahm sich zusammen und strich ihre Schürze glatt. »Da Sie schon einmal hier sind, könnten wir uns doch auch vergewissern, dass mit Ihrem Kind alles in Ordnung ist. Ich werde damit beginnen, ihn zu wiegen. Würden Sie ihn bitte bis auf seine Windel ausziehen?«

Sie ließ Carrie einen Moment allein, um die Waage aus dem Schrank zu holen.

»Haben Sie heute viel zu tun gehabt?«, wollte Carrie wissen, als Agnes wiederkam.

»Nicht so viel, wie ich es mir gewünscht hätte.« Agnes stellte die Waage auf den Tisch. »Um ehrlich zu sein, sind Sie meine erste und letzte Mutter heute!«, sagte sie in dem tapferen Versuch zu lächeln.

Carrie starrte sie betroffen an. »Sie meinen, es ist niemand sonst gekommen?«

»Leider nicht. Und nun lassen Sie uns Henry auf die Waage legen, ja?«

Von irgendwo hinter dem Saal ertönte plötzlich weibliches Gelächter, und Carrie hob erstaunt den Kopf.

»Das sind die Frauen in der Suppenküche«, erklärte Agnes, während sie sich Notizen zu dem Gewicht des Babys machte. »Sie sind schon seit heute Mittag dort.«

»Und trotzdem hat keine es für nötig gehalten, zu Ihrer Sprechstunde zu kommen?« Carrie presste ihre Lippen zusammen.

»Sie waren wohl zu beschäftigt, könnte ich mir denken.« Agnes blickte auf das Baby herab, das zufrieden gluckste. Sie brauchte Henry nicht zu untersuchen, um zu sehen, dass er bei bester Gesundheit war.

Carrie runzelte die Stirn. »Es ist jammerschade, dass die Leute Ihnen keine Chance geben«, sagte sie.

»Wahrscheinlich brauchen sie einfach nur Zeit, um sich an mich zu gewöhnen.«

»Ja«, sagte Carrie, aber es lag etwas in ihrem Gesichtsausdruck, das Agnes stutzig machte.

»Verschweigen Sie mir irgendetwas, Mrs. Shepherd?«, fragte sie.

Carrie hielt den Kopf gesenkt und konzentrierte sich darauf, ihr Baby anzuziehen. »Es ist nur etwas, was meine Mutter mir erzählt hat, weiter nichts. Sie meinte …« Carrie unterbrach sich, und Agnes konnte sehen, wie vorsichtig sie ihre Worte abwog. »Sie meinte, dass Gerüchte über Sie die Runde machen«, sagte sie schließlich.

Agnes war schockiert. »Was für Gerüchte?«

Carrie schwieg sehr lange, während sie ihrem Sohn sorgfältig sein wollenes Jäckchen zuknöpfte. Schließlich sagte sie: »Irgendjemand erzählt herum, Sie hielten die Mütter im Dorf nicht für imstande, ihre Kinder richtig zu versorgen. Und jetzt glauben die Frauen, Sie seien nur darauf aus, ihnen ihre Kinder wegzunehmen.«

Agnes schnappte entsetzt nach Luft. »Aber das ist doch überhaupt nicht wahr!«

»Das habe ich auch gesagt, aber Sie wissen ja, wie es mit Klatsch ist, wenn er sich erst mal verbreitet hat.«

»Aber ich verstehe das nicht ... Wer würde denn so etwas behaupten?«

Carrie wandte ihren Blick von Agnes ab. »Ich habe keine Ahnung«, murmelte sie, aber ihr Gesichtsausdruck besagte etwas anderes.

Agnes wusste, dass es keinen Sinn hatte, sie zu bedrängen. Die Bowdener konnten sehr verschwiegen sein, wenn sie wollten.

Und plötzlich erinnerte sie sich wieder an ihr Gespräch mit Dr. Rutherford.

Ich muss Sie warnen, dass diese Leute keine Loyalität anderen als sich selbst gegenüber und untereinander kennen.

»Dann vielen Dank, dass Sie mir erzählt haben, was die Leute reden«, sagte Agnes.

Ein etwas unbehagliches Schweigen entstand, während Carrie den kleinen Henry fertig anzog.

»Sie dürfen sich das nicht zu sehr zu Herzen nehmen, wissen Sie«, sagte sie schließlich. »Ich weiß, dass die Leute hier nicht gerade freundlich wirken, aber sie sind in Ordnung, wenn man sie erst mal richtig kennenlernt.«

»Ja, aber wie soll ich das denn schaffen?«, fragte Agnes.

Carrie machte ein nachdenkliches Gesicht und überlegte. »Das weiß ich auch nicht«, gab sie schließlich zu. »Aber wahrscheinlich brauchen diese Dinge Zeit.«

Bess Bradshaws weise Worte kamen Agnes wieder in den Sinn.

Die Leute hier brauchen nur Zeit, um sich an Sie zu gewöhnen. Dann können Sie ihnen auch zeigen, was Sie können. Zeit ist alles, was die Leute brauchen, Miss Sheridan.

Aber wie viel Zeit, dachte Agnes. Sie war schon über vier Monate in der Steeple Street gewesen, als sich schließlich auch die hartgesottensten Einwohner von Quarry Hill für sie zu erwärmen begonnen hatten.

Carrie hatte ihren Kinderwagen zwischen die gläsernen Trophäenschränke auf dem Flur geschoben, wo er nun den Platz einnahm, an dem Agnes erst ein paar Stunden zuvor ihr Fahrrad abgestellt hatte.

»Haben Sie etwas verloren?« Carrie blickte sich über die Schulter nach ihr um, während sie Henry behutsam in seinen Wagen zurücklegte.

»Mein Fahrrad.« Agnes schaute sich befremdet um. »Ich könnte schwören, dass ich es hier abgestellt hatte.«

Carrie dachte kurz nach. »Ich habe hier ein Fahrrad gesehen, als ich herkam. Vielleicht hat jemand es hinausgebracht, damit es nicht im Weg steht? Es wird irgendwo vor oder neben dem Haus stehen, denke ich.«

»Ich hoffe nur, Sie haben recht.«

Agnes half Carrie, den Kinderwagen die steinernen Eingangsstufen vor dem Bergarbeiterfürsorgesitz hinunterzubringen. Der schmutzig graue Tag war einem verwässerten Sonnenschein gewichen, der das nasse Kopfsteinpflaster wie polierte Edelsteine glänzen ließ.

Dann hörte Agnes einen Schrei hinter sich und fuhr gerade noch rechtzeitig herum, um ihr Fahrrad im Freilauf den Hügel hinunterjagen zu sehen. Ein dunkelhaariger Junge saß darauf und hielt sich am Lenker fest, als das Rad über das Pflaster holperte, aber die Beine hatte er weit von sich gestreckt, und er lachte wie ein Irrer.

Dies alles geschah so plötzlich, dass Agnes im ersten Moment nicht reagieren konnte. Als sie ihre Stimme wiedergefunden hatte, um ihm etwas nachzurufen, war er am Fuß des Hügels schon fast außer Sicht.

»Komm zurück! Halt an, du Dieb!«

Ohne nachzudenken verfolgte sie ihn die Anhöhe hinunter, doch selbst mit ihren festen Schuhen rutschte und schlitterte sie auf dem nassen Kopfsteinpflaster.

»Geben Sie auf!«, hörte sie Carries Stimme hinter sich. »Sie werden ihn sowieso nicht kriegen.«

Und sie behielt recht. Als Agnes endlich den Fuß des Hügels erreichte, war der Junge längst verschwunden. Nach Atem ringend starrte sie die leere Straße hinunter.

Als Carrie sie kurz darauf mit ihrem Kinderwagen einholte, hatte sie noch immer Seitenstiche.

»Keine Spur von ihm?«, fragte Carrie, und Agnes schüttelte den Kopf. »Wahrscheinlich war es nur ein Bengel, der sich einen dummen Streich erlaubt hat. Er wird das Rad zurückbringen, wenn er genug von seinem Unfug hat.«

»Ich bin mir sicher, ihn schon mal irgendwo gesehen zu haben ...« Agnes dachte einen Moment nach und versuchte sich zu erinnern, wo sie dieses irre Lachen schon einmal gehört hatte. Und dann fiel es ihr wieder ein. »Ich weiß, woher ich ihn kenne! Vor ein paar Tagen hat er ein paar Grubenponys in Dr. Rutherfords Gemüsegarten freigelassen. Wie hat Mrs. Bannister ihn noch genannt? Christopher! Ja, so hieß er. Christopher Stanhope.« Damals hatte der Name ihr nichts gesagt, doch jetzt begriff sie, dass der Junge Seth' Sohn sein musste ... was sie allerdings nicht überraschte. »Sie haben ihn doch gesehen, nicht? War er es?«

»Ich ... ich weiß es nicht. Es geschah alles so schnell.« Carrie senkte ihren Blick. »Aber wie gesagt, er wird es schon bald wieder zurückbringen.«

»Das hoffe ich.« Agnes biss sich auf die Lippe, um nicht dem Gefühl der Demütigung und Frustration zu erliegen, das sie erfasste. »Dieses Fahrrad mag zwar keine Schönheit sein, aber es bedeutet mir sehr viel. Es war ein Geschenk von meinen früheren Patienten in Quarry Hill.«

Sie erinnerte sich an den Stolz in ihren Gesichtern, als sie es ihr übergaben. Und Carrie wusste, wie viel harte Arbeit und Mühe in die Reparatur dieses alten Rads gesteckt worden waren. Es mochte alt und verbeult sein, aber es war ihr Ein und Alles.

Sie begann schon wieder das Brennen heißer Tränen hinter ihren Lidern zu verspüren und blinzelte schnell, um sie zu vertreiben.

»Schauen Sie mal!« Carrie blickte an ihr vorbei in die Richtung, in der der Junge verschwunden war. »Was hab ich Ihnen gesagt?«

Als Agnes sich umdrehte, sah sie in der Ferne eine Gestalt, die ihr Fahrrad die steile Straße hinaufschob. So schnell sie konnte, eilte sie die Straße hinunter, während Carrie ihr langsamer mit dem Kinderwagen folgte.

»Ich nehme an, dieses Rad gehört Ihnen, Miss?«

Der junge Mann, der das Fahrrad schob, grinste sie an. Er war groß und gut gebaut, und er hatte rötlich blondes Haar und ein gutaussehendes, lächelndes Gesicht.

»Ja, so ist es. Dankeschön!« Agnes inspizierte es kurz. »Haben Sie den Jungen gesehen, der es gestohlen hat?«

»Nein, Miss. Ich habe das Rad im Straßengraben gefunden.«

»Sind Sie sicher? Er muss doch direkt an Ihnen vorbeigefahren sein.«

»Wie gesagt, ich habe es im Straßengraben gefunden.«

Da war er wieder, dieser verschlossene Ausdruck, den sie heute auch in Carrie Shepherds Gesicht gesehen hatte. Die Bowdener wussten ihre Reihen zu schließen, wenn sie es für nötig hielten.

»Hallo, Carrie«, sagte der gutaussehende junge Mann.

Agnes sah sich um. Sie war mit ihrem Fahrrad so beschäftigt gewesen, dass sie die hinter ihr stehende Carrie Shepherd fast vergessen hatte.

»Sie beide kennen sich?«, fragte sie.

»Oh ja, wir sind alte Freunde. Das stimmt doch, Carrie, oder?«

Carrie blickte verdattert drein.

»Ich dachte, du wärst nach Durham zurückgegangen?«, sagte sie.

»War ich auch. Aber dann habe ich beschlossen, zurückzukommen und eine Zeitlang hierzubleiben.« Der junge Mann lächelte noch breiter. »Das stört dich doch nicht, oder?«

Carrie erwiderte nichts, sondern kniff nur grimmig die Lippen zusammen, und Agnes hatte das Gefühl, dass sie eine Flut von Worten zurückzuhalten versuchte.

»Wir wurden einander noch nicht vorgestellt, Miss.« Der junge Mann streckte seine Hand aus. »Ich bin Rob Chadwick.«

»Agnes Sheridan.«

»Dann sind Sie also die neue Gemeindeschwester?« Sein anerkennender Blick glitt langsam über sie hinweg, und Agnes konnte die verräterische Hitze spüren, die ihr in die Wangen stieg.

»Sind Sie mit Tom und Ruth Chadwick verwandt?«, fragte sie, um irgendetwas zu sagen.

»Er ist mein angeheirateter Onkel. Seine Frau ist die Schwester meines inzwischen verstorbenen Vaters, und bei ihnen wohne ich zurzeit auch.«

»Wie lange hast du vor zu bleiben?«, entfuhr es Carrie.

Der junge Mann zuckte mit den breiten Schultern. »Wir werden sehen, wie die Dinge sich entwickeln. Vielleicht beschließe ich ja sogar, für immer hierzubleiben.«

»Die Chadwicks werden sich sicher freuen, wenn sie noch einen zusätzlichen Esser zu ernähren haben«, sagte Carrie bitter.

»Ganz im Gegenteil. Sie sind sogar froh, mich dazuhaben, nachdem Archie geheiratet hat und ausgezogen ist. Schließlich mache ich mich nützlich und verdiene Geld, wo immer ich nur kann.«

»Und wo genau verdienst du es?«, hakte Carrie nach.

Er tippte sich seitlich an die Nase. »Das kann ich dir doch nicht verraten, oder?«

Agnes blickte von ihm zu Carrie und wieder zurück, weil sie eine merkwürdige Spannung zwischen ihnen wahrnahm, die sie nicht einordnen konnte.

Rob wandte seine Aufmerksamkeit dem Baby zu. »Und wer

ist das hier? Ich habe schon gehört, dass du einen kleinen Jungen hast, Carrie. Lass ihn mich mal ansehen.«

Er machte einen Schritt auf den Kinderwagen zu, aber Carrie griff nach der Lenkstange und drehte den Wagen um und von ihm weg. »Ich gehe jetzt besser«, sagte sie.

»Ich begleite Sie gern den Hügel hinauf«, erbot sich Agnes, aber Carrie war schon unterwegs und schob den Wagen mit schnellen Schritten auf den Bergarbeiterfürsorgeverband zu.

Rob schaute ihr mit einem vielsagenden kleinen Lächeln auf den Lippen nach. »Da hat es aber jemand eilig«, sagte er.

»Offensichtlich.«

Plötzlich fiel Agnes auf, dass Carrie in die falsche Richtung ging, aber offensichtlich war sie fest entschlossen, so viel Abstand wie nur möglich zwischen sich und den gutaussehenden Fremden zu bringen.

KAPITEL VIERUNDZWANZIG

Es war ein später Freitagnachmittag, und Seth war ausnahmsweise einmal zu Hause. Allerdings nahm er kaum Notiz von irgendjemanden um ihn herum – er hätte genauso gut auch gar nicht hier sein können, so wie er da in seinem Sessel neben dem leeren Kamin saß und die Stiefel seiner Kinder flickte.

Hannah beobachtete ihn, während sie am Küchentisch stand und dem Kaninchen das Fell abzog, das Seth an diesem Morgen in einer Falle gefangen hatte. Ab und zu fiel ihr etwas ein, was sie sagen konnte, etwa eine beiläufige Bemerkung zu einer Nachricht, die sie gehört hatte. Doch abgesehen von einem gelegentlichen Nicken oder einem zustimmenden Murmeln hielt Seth den Kopf gesenkt und konzentrierte sich auf das Ausbessern des abgetragenen, mit Flicken versehenen Leders.

Hannah lächelte im Stillen. Trotz seines Schweigens hätte sie nirgendwo anders auf der Welt sein wollen, weil sie hier ihrer liebsten Fantasie nachhängen konnte: dass Seth ihr Ehemann und dies hier ihr Zuhause wäre.

Doch so gern sie auch so tat, als hätte sie eine Familie und eigene Kinder, war ihr die Fantasie, in der es nur sie und Seth gab, doch noch sehr viel lieber. Denn in ihr konnte sie sich vorstellen, wie er sie in die Arme schloss und sie hochhob, um sie zu seinem Bett im Wohnzimmer zu tragen, wo er sie sanft auf das große Federbett legte …

Eine heiße Röte stieg ihr in die Wangen, und sie blickte rasch auf, um sich zu vergewissern, dass sie von niemandem beobachtet wurde. Aber Seth war immer noch mit seiner Flickerei beschäftigt, und die beiden Jungen waren draußen – Billy spielte lärmend auf der Straße, während Christopher längst weg war und weiß der

Himmel was im Schilde führte. Nur Elsie saß am anderen Ende des Küchentischs und schrieb saubere Buchstabenreihen auf ein altes Stück Zeitungspapier, das sie gefunden hatte.

Aus irgendeinem Grund irritierte Hannah der Anblick des Mädchens, das konzentriert die Lippen spitzte, während es mit einem Bleistiftstummel die Buchstaben auf die Zeitung schrieb.

»Wenn du nichts Besseres zu tun hast, kannst du mir auch bei diesem Eintopf helfen«, sagte sie.

Mit ihren ernsten grauen Augen, die denen ihres Vaters so ähnlich waren, blickte Elsie zu ihr auf. »Miss Warren hat gesagt, wir sollen üben.«

»Aber Miss Warren hat ja auch keine Familie zu ernähren, nicht? Also komm schon, Mädchen, ich habe auch nur zwei Hände.«

»Aber ...«

»Hilf deiner Tante, Elsie«, sagte nun auch Seth mit seiner tiefen Stimme, die den ganzen Raum erfüllte.

Elsie wusste, dass sie ihrem Vater besser nicht widersprechen sollte. Seufzend legte sie ihren Stift beiseite und ging zur anderen Seite des Tischs hinüber, wo Hannah stand.

»Was soll ich tun?«

»Du kannst die Kartoffeln schälen – falls es dir nicht zu mühsam ist«, fügte Hannah mit beißendem Spott hinzu.

Elsie holte ein ramponiertes Messer aus der Kommodenschublade und begann zu tun, was ihr befohlen worden war, auch wenn die sehnsüchtigen Blicke, die sie ihrer Schreibarbeit zuwarf, Hannah vor Augen führten, wie äußerst ungern sie es tat.

»Also wirklich, Elsie!«, spöttelte sie. »Ich weiß nicht, warum du so versessen darauf bist, schreiben zu lernen. Es ist ja nicht so, als ob du außerhalb von Bowden jemanden kennen würdest, dem du schreiben könntest.«

»Darum geht es nicht. Miss Warren sagt, es sei wichtig, lesen und schreiben zu können.«

»Ach, sagt sie das?« Hannah schaute Seth an, der jedoch nicht reagierte. »Dann kannst du deiner Miss Warren von mir ausrichten, dass ich weder Schreiben noch Lesen gelernt habe und es mir nicht geschadet hat.«

»Ja, aber ich will im Leben weiterkommen«, sagte Elsie.

Hannah trat zurück und stemmte ihre Hände in die Hüften. »Was für ein Madamchen du doch bist! Meiner Meinung nach solltest du besser mal ein paar Manieren lernen statt Lesen und Schreiben!«

Sie starrte das Mädchen an, bis Elsie ihren Blick abwandte. »Tut mir leid, Tante Hannah«, murmelte sie.

»Das hoffe ich doch. Und jetzt gib dir bitte ein bisschen Mühe beim Kartoffelschälen. So dick, wie du sie schälst, landet ja die Hälfte im Müll.«

»Tut mir leid.«

Als Hannah das Kaninchen enthäutet hatte, begann sie es in Stücke zu zerhacken. Sobald die Muskeln und Sehnen durchtrennt waren, zerbrachen die kleinen Knochen mühelos in ihren starken Händen. Und die ganze Zeit über hielt sie ihren strengen Blick auf Elsie gerichtet.

Sie hatte sich für das kleine Mädchen nie so erwärmen können wie für die Jungen. Billy und Christopher konnten zwar wild und ungestüm sein, aber sie waren einfache, unkomplizierte junge Burschen, die das Herz auf der Zunge trugen.

Elsie jedoch war anders, viel nachdenklicher und verschlossener als ihre Brüder. Sie war ein stilles Wasser, ganz so wie ihre Mutter.

Hannah hatte auch ihre Schwester Sarah nie verstehen können. Sie war immer zu schnell für sie gewesen. Auf jeden Fall hatte Hannah gar nicht bemerkt, wie ihre Schwester Seth den Kopf verdreht hatte, bis sie ihn ihr vor der Nase weggeschnappt hatte.

Als wenn er jemals dir gehört hätte, spöttelte eine Stimme in ihrem Kopf. Auch das war nur eine Fantasie gewesen, genau wie die, die sie sich heute ausmalte, um ihr jämmerliches Dasein zu beleben.

Das Klopfen an der Tür erschreckte alle. Seth blickte stirnrunzelnd auf.

»Wer ist *das* denn?«

»Ich werde nachsehen.« Hannah legte ihr Messer hin und wischte ihre blutigen Hände an ihrer Schürze ab, bevor sie zur Tür ging.

Sie hatte gedacht, es wäre vielleicht jemand aus dem Dorf, der ihre Hilfe brauchte. Der letzte Mensch, den sie hier zu sehen erwartet hatte, war Agnes Sheridan.

»Ja?« Hannah verschränkte ihre Arme vor der Brust und musterte die Gemeindeschwester von oben herab. Sie wirkte ja ach so adrett in ihrem schweren marineblauen Mantel, den sie trotz des warmen Junitages trug, und mit dem perfekt sitzenden Häubchen auf ihrem glänzenden, kastanienbraunen Haar. »Was wollen Sie?«

»Ich möchte Mr. Stanhope sprechen. Ist er da?«

Bevor Hannah etwas erwidern konnte, rief Seth von drinnen: »Wer ist denn da, Hannah?«

»Die Gemeindeschwester«, antwortete sie, ohne Agnes aus den Augen zu lassen. »Sie will dich sprechen.«

Einen Augenblick später kam Seth an die Tür, und mit Genugtuung sah Hannah, wie er die Stirn in Falten legte. »Ach ja?«, wandte er sich an die Schwester. »Was wollen Sie denn jetzt schon wieder?«

Es sprach für Agnes, dass sie sich von Seth' Missmut nicht aus der Fassung bringen ließ. »Es geht um Ihren Sohn«, antwortete sie.

Hannah verdrehte die Augen. »Falls Sie wegen Billys Ausschlag kommen …«

»Nein, nicht wegen Billy.« Miss Sheridans kühler Blick ruhte auf Seth. »Ihr Ältester … Christopher, so heißt er doch, nicht wahr?«

Seth' Augen wurden schmal. »Was ist mit ihm?«

»Er hat mein Fahrrad gestohlen.«

Seth blickte an der Schwester vorbei zu dem Fahrrad, das drüben an der Wand lehnte. »Für mich sieht das aber nicht gestohlen aus. Sind Sie sicher, dass Sie sich das nicht nur einbilden?«

Hannah lächelte im Stillen, als seine Worte Miss Sheridan die Zornesröte ins Gesicht trieben.

»Jemand hat es mir zurückgebracht, nachdem Ihr Sohn es im Straßengraben liegengelassen hatte«, sagte sie.

»Na, dann ist ja nichts passiert, oder?«

Seth machte Anstalten, wieder ins Haus zu gehen, aber Miss Sheridan sagte schnell: »Darum geht es nicht. Ihr Sohn ist unerträglich, und das sollte nicht ohne Folgen für ihn bleiben.«

Hannah hielt den Atem an, als Seth sich Agnes langsam wieder zuwandte. »Haben Sie einen Zeugen für Ihre Behauptungen?«, fragte er.

Miss Sheridan senkte ihren Blick. »Nun ja, das nicht, aber …«

»Dann sollten Sie vielleicht besser wieder gehen und aufhören, die Leute zu belästigen.«

Und schon wollte er ihr die Tür vor der Nase zuschlagen, aber Miss Sheridan ließ sich nicht beirren.

»Und so erziehen Sie also Ihre Kinder?«

Doch das hätte sie besser nicht gesagt. Hannah konnte Seth ansehen, dass Agnes einen wunden Punkt berührt hatte.

»Was wissen Sie denn schon darüber, wie ich meine Kinder erziehe?«, knurrte er.

Jeder halbwegs vernünftige Mensch hätte jetzt vielleicht die Flucht ergriffen vor der aufflackernden Wut in seinen Augen, aber nicht so Agnes Sheridan. Dieses Mädchen war entweder sehr mutig oder ausgesprochen dumm, dachte Hannah.

»Zumindest scheint es Ihnen nicht sehr gut zu gelingen, wenn Ihre Söhne sich so danebenbenehmen.«

Wieder ertappte Hannah sich dabei, dass sie den Atem anhielt, als sie den schnell pochenden Puls an Seth' Kehle sah. Wäre Miss Sheridan ein Mann gewesen, hätte er am Boden gelegen, noch bevor er seinen Satz beendet hätte. Doch wie es schien, hatte die Schwester keine Vorstellung davon, auf was für ein gefährliches Terrain sie sich begeben hatte. Ja, es schien ihr völlig gleichgültig zu sein, wie man an dem starrsinnigen Gesichtsausdruck, mit dem sie Seth' Blick erwiderte, und an ihrer aufrechten und selbstsicheren Haltung sehen konnte.

Hannah, die Seth' Stimmungen besser einzuschätzen wusste, sah die Wut, die seine grauen Augen verdunkelte.

»Verschwinden Sie«, stieß er hervor, als er endlich wieder Worte fand. »Und kommen Sie nie wieder zurück!«

Damit drehte er sich auf dem Absatz um und ging.

Hannah hatte seine Laune wahrscheinlich richtig eingeschätzt, Agnes Sheridan konnte es offensichtlich nicht. Sie öffnete den Mund, um ihm etwas hinterherzurufen, aber Hannah verstellte ihr den Weg.

»Sie haben gehört, was er gesagt hat!«, meinte sie, bevor Agnes auch nur ein Wort über die Lippen brachte. »Sie sind hier nicht erwünscht. Also hören Sie auf, ihre Nase in Dinge zu stecken, die Sie nichts angehen!«

»Aber ich …«

Hannah wartete nicht darauf, dass sie ihren Satz beendete, sie schlug Agnes die Tür vor der Nase zu.

Drinnen schaute sie voller Unbehagen zu Seth hinüber. Er hatte sich wieder darangemacht, die Stiefel der Kinder zu flicken, aber Hannah konnte ihm die Wut ansehen, die noch immer dicht unter der Oberfläche in ihm brodelte. Er sah aus, als ob er das alte Leder mit seinen bloßen Händen in Stücke reißen könnte, so aufgebracht war er.

Hannah überlegte, ob sie mit ihm reden sollte, besann sich dann aber eines Besseren und sagte nichts. Das Feuer würde schneller verglühen, wenn sie es nicht schürte.

Auch Elsie schien seine Stimmung zu spüren, denn sie ging mit gesenktem Kopf ihren Aufgaben nach und bewegte sich auf Zehenspitzen durch den Raum, um ihren Vater nicht noch mehr zu verärgern.

Etwa eine Stunde lang sprach keiner von ihnen, und nach einer Weile begann Hannah sich zu entspannen. Das Schweigen war nicht mehr ganz so beklemmend, und aus den Augenwinkeln konnte sie sehen, dass auch Seth' Anspannung etwas nachgelassen hatte. Das Gewitter hatte sich verzogen.

Doch dann stolzierte Christopher herein, und plötzlich war der Teufel los. Hannah und Elsie fuhren herum, und Hannah schrie noch etwas, als Seth bereits bei dem Jungen war. Den Stiefel, den er gerade flickte, hatte er achtlos fallen lassen, mit zwei Schritten den Raum durchquert, seinen Sohn am Kragen gepackt und ihn gegen die Wand gestoßen.

»Kannst du mir erklären, warum du Fahrräder stiehlst?«, knurrte er und brachte sein Gesicht ganz dicht an Christophers.

Hannah sah den Schock in dem kreidebleichen Gesicht des Jungen. »Ich … ich war das nicht«, stammelte er.

»Komm mir nicht mit diesem Blödsinn, wo es dir doch quasi ins Gesicht geschrieben steht!« Seth schüttelte seinen Sohn wie ein Terrier eine Ratte und hob ihn hoch, bis nur noch die Zehen des Jungen den Fußboden berührten. Elsie stieß einen erschrockenen kleinen Schrei aus.

»Um Himmels willen, Seth! Lass den Jungen los, du erwürgst ihn noch!«, sagte Hannah flehend.

Ihre Worte rissen Seth aus seiner Raserei. Plötzlich ließ er den Jungen los, und Christopher taumelte und sackte auf dem Boden vor der Wand zusammen.

Hannah betete, dass der Junge klug genug sein würde, seinen Mund zu halten, aber sie hätte es besser wissen müssen. Sowie er sich wieder gefangen hatte und außerhalb der Reichweite seines Vaters war, sagte er: »Es war nur ein kleiner Scherz.«

»Ich dulde nicht, dass meine Kinder lügen oder stehlen«, murmelte Seth.

»Du stiehlst doch auch Kohle aus der Zeche.«

Hannah zuckte zusammen, als Seth erneut herumfuhr, aber diesmal war Christopher klug genug, ihm auszuweichen.

»Ich tue, was ich tun muss, um meine Familie zu versorgen!« Seth wurde so laut, dass sein Geschrei das ganze kleine Haus erfüllte. »Und ich will nicht, dass jemand an meiner Tür erscheint, um mir zu sagen, ich erzöge meine Kinder nicht richtig, nur weil du ein langfingriger kleiner Flegel bist! Das lasse ich mir nicht bieten, hörst du?«

»Und was willst du dagegen tun?«

Hannah starrte Christopher betroffen an. Konnte er denn nicht sehen, dass er seinen Vater nur noch mehr in Wut versetzte?

»Dir eine verdammte Lektion erteilen, Freundchen!«, sagte Seth und begann an seiner Gürtelschnalle herumzuhantieren. Elsie brach in Tränen aus und versteckte sich hinter Hannah. Sogar Christophers Gesicht hatte seinen patzigen Ausdruck verloren.

Hannah mischte sich schnell ein. »Was hast du vor, Seth?«

»Etwas, was ich schon vor langer Zeit hätte tun sollen. Der Bengel wird nie wieder jemanden beklauen, wenn ich mit ihm fertig bin!«

Seine Tante stellte sich schützend vor Christopher. »Das ist nicht nötig«, sagte sie. »Ich bin mir sicher, dass er seine Lektion bereits gelernt hat und nie wieder etwas stehlen wird. Das stimmt doch, Junge, oder nicht?«

Sie wandte sich Christopher zu, der jedoch nur grimmig schwieg und den Blick auf den Gürtel in der Hand seines Vaters gerichtet hielt. Er war genauso stolz und stur wie Seth und würde daher eher Prügel in Kauf nehmen, als zuzugeben, dass er bereute, was er getan hatte.

»Aus dem Weg, Hannah«, sagte Seth mit leiser Stimme.

»Aber Seth …«

»Aus dem Weg, sagte ich!« Seine wütenden grauen Augen richteten sich nun auf sie. »Das hier geht dich gar nichts an.«

»Aber du hast den Jungen doch noch nie geschlagen!«

»Vielleicht glaubt er deswegen, er käme mit allem ungestraft davon!« Er trat einen Schritt auf Christopher zu, aber Hannah ließ sich nicht beirren.

»Glaubst du, Sarah hätte das gewollt?«

Einen kurzen Moment schien er über diese Worte nachzudenken, lange genug jedenfalls für Christopher, der seine Chance ergriff und zur Tür eilte, die er laut hinter sich zuknallte.

Seth wollte ihm folgen, aber Hannah hielt ihn davon ab.

»Bitte lass es gut sein, Seth.«

»Aber er hat sich mir widersetzt!«

»Ich weiß, und es ist dein gutes Recht, erbost zu sein. Aber wäre es nicht besser, mit dem Jungen zu reden, wenn du dich ein wenig beruhigt hast?«

Seth stand reglos da, nur seine breite Brust hob und senkte sich, und sein empörter Blick war noch immer auf die Tür gerichtet. »Er darf nicht damit davonkommen«, murmelte er.

»Ich weiß, Seth. Und das wird er auch nicht. Er wird zurückkommen und seine Strafe auf sich nehmen, weil er weiß, dass er das muss.« Aber mit etwas Glück wird sein Vater sich bis dahin beruhigt haben und wieder zur Vernunft gekommen sein, setzte Hannah im Stillen hinzu.

Seth blickte auf den von seiner Hand baumelnden Gürtel, als sähe er ihn zum ersten Mal. Er hätte nie daran gedacht, ihn zu benutzen, wenn Sarah noch am Leben wäre. Im Gegensatz zu einigen der anderen Männer im Dorf hatte er seinen Kindern noch nie auch nur ein Haar gekrümmt.

Doch zurzeit war er ein anderer Mensch.

»Gib dem Jungen eine Chance, Seth«, versuchte Hannah zu vermitteln. »Es ist nur Übermut bei ihm, mehr nicht. Alle Jungs in diesem Alter machen Dummheiten.«

Seth schüttelte den Kopf. »Ich mag es aber nicht, wenn fremde Leute vor meiner Tür erscheinen und behaupten, ich würde meine Kinder nicht richtig erziehen ...«

Wieder warf er einen bösen Blick zur Tür, und Hannah wusste, dass er im Geiste dort wieder Agnes Sheridan stehen sah. Hannah schwieg für einen Moment. Sie fragte sich, ob sie es wagen sollte, ihm zu sagen, was ihr schon länger auf der Zunge lag.

»Vielleicht solltest du ein bisschen mehr Zeit mit deinen Kindern verbringen, anstatt sie zu bestrafen, wenn sie Fehler machen«, schlug sie mit sanfter Stimme vor.

Seth warf ihr einen raschen Blick aus schmalen Augen zu. »Was willst du damit sagen?«

»Nun ja, du warst in letzter Zeit ja kaum noch mit ihnen zusammen, nicht? Entweder bist du draußen bei den Streikposten oder bei irgendwelchen Gewerkschaftssitzungen ... Nicht, dass ich dich oder irgendetwas an dir kritisieren will«, fügte sie rasch hinzu, als sie sah, wie sich sein Gesicht verdüsterte. »Ich denke nur, dass die Kinder ihren Vater brauchen. Vor allem, da sie ihre Mutter vor nicht allzu langer Zeit verloren haben.«

»Aber jetzt bin ich ja hier, nicht wahr?«, knurrte Seth.

Bist du das?, hätte Hannah gern entgegnet. Denn selbst wenn er im Haus war, schien er mit seinen Gedanken immer weit entfernt zu sein. »Ja, aber ...«

»Ich muss mich nun mal um die Gewerkschaftsangelegenheiten kümmern. Jemand muss die Männer ja bei der Stange halten und verhindern, dass sie nachgeben. Und wir müssen auch Geld für ihre Familien aufbringen und die Streiklinien besetzen. Wir haben gehört, dass noch mehr Streikbrecher aus Schottland hergebracht werden, und wir müssen auf sie vorbereitet sein.«

»Und das alles ist wichtiger als deine Kinder?«

Die Worte waren heraus, bevor Hannah wusste, was sie tat. Als Seth sich ihr zuwandte, waren seine Augen hart wie Feuerstein.

»Willst auch du mir sagen, wie ich meine Kinder erziehen soll?«

»Nein, natürlich nicht, Seth. Ich wollte nur ...«

»Du klingst schon genauso wie diese Krankenschwester. Ihr würdet bestimmt ein gutes Paar abgeben, wo ihr beide doch so voller Ideen und Anregungen steckt, wie ich mich verhalten soll.«

Hannah erschrak bei seinen harten Worten, aber Seth bemerkte es nicht. Nachdem er seinen Gürtel wieder angelegt hatte, griff er nach seiner Jacke.

»Du gehst doch wohl nicht mehr weg?«, fragte Hannah.

»Oh doch«, erwiderte er und setzte seine Mütze auf.

»Aber was ist mit deinem Abendessen?« Hannah blickte zu dem leise brodelnden Kanincheneintopf auf dem Herd.

»Ich esse etwas, wenn ich zurückkomme.«

»Und wann wird das sein?«

»Wenn ich so weit bin!«

Dann fiel die Tür hinter ihm zu, und Hannah wechselte einen Blick mit Elsie. Beide wussten, dass es lange dauern würde, bis Seth wieder heimkam.

Ein paar Stunden später ging Hannah hinaus, um Christopher zu suchen. Wie sie es vermutet hatte, war er in die Schrebergärten gegangen, hockte dort unten auf einer flachen Mauer und ließ die Beine baumeln.

Er blickte auf, als Hannah sich näherte, und sie erhaschte einen kurzen Blick auf seine traurigen, verweinten Augen, bevor sein Gesicht wieder zu einer Maske der Widerspenstigkeit erstarrte. Aber das war nur Fassade, denn tief im Innern war er immer noch ein sehr gekränkter kleiner Junge.

»Dein Abendessen steht auf dem Tisch«, sagte sie. »Und keine Bange, dein Vater ist noch einmal weggegangen«, fügte sie angesichts seines misstrauischen Gesichtsausdrucks hinzu.

»Das ist mir sowieso egal.« Christopher zuckte die Achseln, aber Hannah sah, dass seine Schultern sich bereits ein wenig entspannten.

»Was vorhin passiert ist, tut mir leid.« Sie fragte sich, wie sie in

Worte fassen sollte, was sie ihm zu sagen hatte. »Du wirst es ihm doch nicht verraten?«

»Was? Dass du gesagt hast, ich solle das Fahrrad stehlen?« Er schüttelte den Kopf. »Ich werde kein Wort darüber verlieren. Außerdem würde er wahrscheinlich sowieso nicht zuhören.«

Hannah verspürte einen Anflug von Gewissensbissen. Es hatte nur ein kleiner Scherz sein sollen, um dieser Agnes Sheridan einen Dämpfer aufzusetzen. Hannah hätte nie gedacht, dass Seth etwas davon erfahren oder so wütend auf Christopher sein würde.

»Du darfst es deinem Vater nicht verübeln«, sagte sie. »Er steht unter großem Druck wegen der Aussperrung und er muss sich darum kümmern, seine Familie zu ernähren.«

Christopher lachte höhnisch. »Wir sind ihm doch egal! Und mir ist er auch egal. Ich hasse ihn!«

»Sag das nicht!«

»Und ob! Ich wünschte, statt Mutter wäre er gestorben!«

Hannah starrte ihn erschrocken an, auch wenn sie ihm am Gesicht ansehen konnte, dass nicht ernst gemeint war, was er gesagt hatte. Christopher vergötterte seinen Vater, hatte es immer schon getan. Vor Sarahs Tod hatten er und Seth fast alles zusammen unternommen. Sie waren zum Angeln gegangen und hatten Kaninchen gejagt, und Seth hatte ihm auch Boxen, Kricket und Fußballspielen beigebracht. Deswegen war es für den Jungen auch so schwer zu verstehen, dass sein Vater ihn vermeintlich ausgerechnet dann im Stich gelassen hatte, als er ihn am meisten brauchte.

Der arme Christopher hatte nicht nur seine Mutter, sondern auch seinen Vater verloren. Aber da er mit seinen zwölf Jahren der Älteste war, hielt er sich bereits für einen Mann, der sich nicht mehr erlauben durfte, zu weinen wie sein Bruder und seine Schwester. Und so rebellierte er stattdessen gegen seinen Vater.

Darum hatte er auch versucht, Seth wütend zu machen, wurde Hannah plötzlich klar. Weil selbst Prügel immer noch besser waren, als völlig ignoriert zu werden.

KAPITEL FÜNFUNDZWANZIG

Es war schon sieben Uhr und noch hell an diesem schönen Juliabend, als Carrie das Häuschen ihrer Eltern erreichte.

Bevor sie hineinging, hielt sie für einen Moment inne, um die beiden durch das Fenster zu beobachten. Ihr Vater döste in einem Sessel neben dem Kamin, die Familienbibel lag auf seinem Schoß. Ihre Mutter und ihre drei Schwestern waren damit beschäftigt, einen neuen Teppich zu knüpfen. Eliza und Gertie saßen am Tisch und schnitten eifrig Stoff in Streifen, die sie auf einen Stapel legten, während ihre Mutter an ihrem Rahmen saß und die Streifen in das grobe Jutegewebe einarbeitete. Hattie saß derweil zu Füßen ihres Vaters und ribbelte einen alten Pullover auf, dessen Wolle sie zu ordentlichen kleinen Knäuel aufrollte, aus denen sich ein neuer Pullover stricken ließ.

Carrie versetzte es einen Stich, sie so zu sehen. Vor gar nicht allzu langer Zeit hätte sie dort bei ihnen gesessen und mit ihren Schwestern herumgealbert und gelacht. Aber inzwischen schien sie immer abseits zu stehen und von draußen zuzusehen.

Ihre Mutter blickte überrascht auf, als Carrie, die einen schweren Sack hinter sich herschleppte, zur Tür hereinkam.

»Carrie! Was machst du denn hier?« Ein besorgter Ausdruck erschien auf ihrem Gesicht. »Wo ist der Kleine? Es ist doch alles in Ordnung?«

»Alles bestens, Ma. Ich habe Henry bei James gelassen.« Carrie ließ den mitgebrachten Sack los und sah sich ihre Hände an. Das grobe Sackleinen hatte ihr in die Finger geschnitten, als sie ihre schwere Last durch das ganze Dorf geschleppt hatte.

Kathleen Wardle stellte ihren Knüpfrahmen beiseite. »Und was ist in dem Sack, den du da mitgebracht hast?«

»Nur ein paar Kleinigkeiten, die ich aussortiert habe, weil ich dachte, sie würden Susan Toller passen.«

»Lass mal sehen.« Eliza ließ ihre Schere fallen und sprang auf.

»Sie sind nicht für euch ...«, wollte Carrie widersprechen, aber ihre Schwester griff schon in den Sack.

Ihre Mutter runzelte die Stirn. »Aber ich verstehe nicht, warum du das alles hergebracht hast? Warum hast du es nicht direkt bei der Bergarbeiterfürsorge abgegeben?«

»Weil ich mir nicht sicher war, ob sie es annehmen würden.«

»Was redest du denn da? Sie freuen sich immer über Spenden.«

»Nicht, wenn sie von mir kommen.« Sie wollte sich gar nicht vorstellen, was Mrs. Morris und die anderen sagen würden, wenn die Frau des Zechenleiters mit einem Sack voller abgelegter Kleidung erschiene.

»Aber du wirst doch diesen Hut nicht weggeben?« Eliza hatte einen Glockenhut aus Filz herausgezogen und probierte ihn an. »Du hattest versprochen, ihn mir zu geben, wenn er dir irgendwann nicht mehr gefällt.«

»Leg ihn zurück.« Carrie zog ihn ihr vom Kopf. »Er ist für die Fürsorge.«

»Und viel zu gut für Susan Toller«, murmelte Eliza. »Er würde ihr sowieso nicht stehen. Sie hat nicht das richtige Gesicht für Hüte.« Sie steckte ihren Arm erneut in den Sack und zog diesmal einen Rock und ein Paar Schuhe heraus.

»Und was sagt James zu alledem?«, wollte ihre Mutter wissen.

Carrie senkte ihren Blick. »Er weiß nichts davon. Und er muss es auch nicht wissen«, fügte sie hinzu.

Sie hatte deswegen schon genug Auseinandersetzungen mit ihm gehabt. Er hatte sehr nachdrücklich erklärt, dass er nicht wolle, dass sie bei Hilfsaktionen für die streikenden Bergleute gesehen werde, für den Fall, dass die Haverstocks davon erführen. Was dann auch der Grund dafür war, dass Carrie beschlossen hatte, auf diese Weise vorzugehen.

Ihre Mutter runzelte die Stirn. »Ich weiß nicht, ob es richtig ist, Geheimnisse vor deinem Mann zu haben. Was sagst du dazu, Vater?«, wandte sie sich an Eric Wardle, der in seinem Sessel am Kamin saß.

»Ich denke, wir sollten das Kind in Ruhe lassen. Sie wird schon wissen, was sie tut.«

Carrie lächelte ihrem Vater dankbar zu, aber Eric Wardle sah sie gar nicht an. Er starrte in den leeren Kamin und schien in Gedanken meilenweit entfernt zu sein. Zum ersten Mal fiel Carrie auf, wie blass und teilnahmslos er wirkte und welch tiefe Schatten das schwache Lampenlicht auf seine hohlen Wangen warf.

»Ist alles in Ordnung mit dir, Vater?«, fragte sie.

Erst da wandte er sich ihr zu und rang sich zu einem matten Lächeln durch, das seine Augen jedoch nicht erreichte. »Ja, Kind. Ich bin nur ein bisschen müde, das ist alles.«

»Es ist die Aussperrung«, sagte ihre Mutter. »Sie zehrt an unser aller Kräften.« Aber Carrie entging nicht, wie beunruhigt sie ihren Mann dabei ansah, und plötzlich wurde auch sie von einem Gefühl der Angst beschlichen.

Ihre Mutter wechselte das Thema und blickte sich wieder nach dem Sack um, den ihre Tochter mitgebracht hatte. »Was wirst du also mit den Sachen tun?«, fragte sie.

»Ich dachte, ich stelle den Sack vor die Tür der Tollers, wenn es dunkel ist.«

»Du willst dich also mitten in der Nacht hinausschleichen? Das klingt aufregend«, sagte Hattie.

»Dürfen wir mitkommen?«, warf Gertie ein.

Carrie schüttelte den Kopf. »Ihr würdet ja doch nur kichern und herumalbern und alle aufwecken.«

»Hier sind auch Lebensmittel drin«, verkündete Eliza und zog einen Laib Brot heraus. »Schau mal, Ma.«

»Habe ich dir nicht gesagt, du sollst alles zurücklegen?« Carrie nahm ihrer Schwester das Brot ab und steckte es in den Sack zurück. »Mrs. Toller wird es nicht mehr wollen, wenn du es erst mal in deinen schmutzigen Händen gehalten hast.«

»Sie wird mit Sicherheit sehr froh darüber sein«, sagte ihre Mutter. »Du weißt, dass sie ihren Mann zu drei Monaten verurteilt haben?«

Carrie nickte. »Ich habe es gehört.«

»Es ist schrecklich. Ich weiß, dass Stehlen Unrecht ist, aber der arme Mann muss einfach nicht mehr weitergewusst haben.«

»Im Dorf wimmelt es jetzt nur so von Hilfspolizisten«, warf Eliza ein. »Wir hören sie Tag und Nacht, wenn sie am Zaun vor dem Zechenhof auf und ab marschieren.«

»Das ist ein Argument«, sagte Kathleen Wardle mit besorgter Miene. »Vielleicht solltest du nach dem Dunkelwerden nicht da draußen herumschleichen, Carrie. Du willst doch sicher nicht verhaftet werden.«

Carrie lachte. »Wieso sollten sie mich dafür verhaften, dass ich Dinge verschenke, die mir gehören? Und ganz abgesehen davon – wer würde schon die Frau des Zechenleiters verdächtigen?«

Es war schon nach zehn, als es endlich dunkel wurde. Carrie verabschiedete sich von ihrer Familie und begab sich mit ihrem schweren Sack im Schlepptau auf den Weg zur Middle Row.

Ein einziges Licht brannte im Haus der Tollers, aber die Vorhänge waren zugezogen. Carrie verbarg sich in der Dunkelheit auf der anderen Seite des Hofs und spähte zu der Reihe niedriger Häuser hinüber, um sich zu vergewissern, dass niemand in der Nähe war. Von irgendwo hoch über ihr ertönte der unheimliche Ruf einer Eule und zerriss die Stille.

Schließlich wählte Carrie einen günstigen Moment und lief über den Hof. In ihrer Eile stieß sie mit dem Fuß jedoch gegen einen Eimer, den jemand neben der Tür stehengelassen hatte, woraufhin er umkippte und scheppernd über das Kopfsteinpflaster rollte. Carrie blieb kaum Zeit, sich wieder in den Schatten zurückzuziehen, als am Fenster ein Vorhang angehoben wurde und

Susan Toller zu sehen war, wie sie ängstlich in die Dunkelheit hinausspähte.

Carrie hielt den Atem an, weil sie sich sicher war, entdeckt zu werden. Kurz darauf senkte sich der Vorhang jedoch wieder, und kein Licht fiel mehr hinaus.

Sie wartete noch einen Moment, um Mut zu sammeln, bevor sie zur Tür der Tollers eilte, um ihren Sack dort abzulegen, und sich dann blitzschnell wieder in die Schatten zurückzog. Als sie sicher auf der anderen Seite des Hofes angelangt war, riskierte sie einen Blick zurück, aber kein Vorhang bewegte sich, und die Reihe dicht an dicht liegender Häuser lag in absoluter Stille da.

Carrie schmunzelte und fragte sich, wie Susan wohl reagieren würde, wenn sie die Sachen vor ihrer Eingangstür fand. Wenn sie die Kleidung nicht haben wollte, konnte sie sie notfalls immer noch versetzen und ein bisschen Geld damit verdienen. Und die Lebensmittel würden ihr auch gelegen kommen. Carrie hatte darauf geachtet, nicht zu viele mitzunehmen, um zu verhindern, dass das Dienstmädchen es bemerkte und ihr womöglich peinliche Fragen in James' Anwesenheit stellte.

Es war fast elf Uhr, und kein Mond schien über Bowden Main, doch die späte Stunde und die tiefe Dunkelheit schreckten Carrie nicht, als sie nach Hause ging. Außerdem konnte sie die leisen Stimmen der Hilfspolizisten hören, die das Zechengelände bewachten, und ab und zu konnte sie auch das Licht einer ihrer Lampen im Dunkeln sehen.

Als sie um den Zaun herum auf die Tore zuging, hörte sie ein leises Geräusch und konnte aus dem Augenwinkel eine Bewegung sehen, als eine dunkle Gestalt in die Schatten neben ihr glitt.

Carrie blieb stehen und sah sich um. Die Hilfspolizisten auf dem Gelände hatte sie weit hinter sich gelassen, sie konnten es also nicht sein.

Alles in ihr drängte sie, die Flucht zu ergreifen, aber sie zwang sich, nicht von der Stelle zu weichen.

»Wer ist da?«, flüsterte sie und konnte das Zittern ihrer Stimme in der stillen Nachtluft hören.

Wieder vernahm sie ein Geräusch, diesmal war es hinter ihr. Carrie fuhr herum und ballte ihre Fäuste, um sich verteidigen zu können.

»Sei gefälligst leise, Herrgott noch mal!«, zischte eine Stimme in der Dunkelheit. »Oder willst du die Hilfspolizei hier haben?«

Carries Herz überschlug sich fast in ihrer Brust beim Klang dieser Stimme.

»Rob?« Mit zusammengekniffenen Augen spähte sie ins Dunkel. »Bist du das?«

Im nächsten Moment löste sich eine dunkle Gestalt aus den Schatten. Carrie konnte sein Gesicht zwar nicht sehen, aber sie hätte ihn überall erkannt.

»Carrie Wardle«, sagte er. »Und was machst du um diese späte Zeit hier draußen?«

»Die gleiche Frage könnte ich dir auch stellen!«, versetzte sie, obwohl sie die Antwort bereits ahnte. »Du … du bist doch nicht etwa hier, um Kohle zu stehlen?«

»Als ob ich so was täte!«, erwiderte Rob spöttisch. »Ich bin hier draußen, um ein bisschen frische Luft zu schnappen, genau wie du.«

»Lügner!« Carrie warf einen Blick über die Schulter in das Dunkel hinter ihnen. »Du solltest dich in Acht nehmen«, sagte sie. »Du willst doch nicht, dass Sergeant Cray dich schnappt.«

»Sergeant Cray? Der kann sich doch nicht mal eine Erkältung einfangen! Weißt du noch, wie er uns früher immer hinterhergejagt ist, wenn wir Äpfel geklaut haben? Dieser Schwätzer war doch schon außer Atem, wenn er das Ende der Straße erreicht hatte!«

»Trotzdem solltest du dich vorsehen«, sagte Carrie. »Du willst doch wohl nicht im Gefängnis landen wie Matthew Toller?«

»Du überraschst mich, Carrie Wardle. Ich wusste gar nicht, dass dir mein Wohlergehen noch so am Herzen liegt!«

»Das tut es auch nicht!«, versetzte Carrie. »Und für dich bin ich Mrs. Shepherd, klar?«

»Wie könnte ich das vergessen?« Seine Stimme in der Dunkelheit war leise und erstaunlich sanft. »Weiß dein Mann, dass du so spät noch draußen bist?«

Carrie hob das Kinn. »Das geht dich überhaupt nichts an.«

»Ich würde besser auf dich aufpassen, wenn du meine Frau wärst.« Bevor Carrie etwas erwidern konnte, ertönte ein Pfiff in der Dunkelheit. »Das ist Archie«, sagte Rob. »Er muss eine Möglichkeit gefunden haben, durch den Zaun hineinzukommen. Ich gehe jetzt besser.«

»Gib …« Gib Acht, hatte Carrie sagen wollen, es sich im letzten Moment aber verkniffen. »Gib nicht mir die Schuld, wenn du hinter Gittern landest«, murmelte sie stattdessen.

Noch lange, nachdem Rob schon in der Dunkelheit verschwunden war, blieb sie wie angewurzelt stehen. Ihr war klar, dass sie sich daran gewöhnen musste, ihn im Dorf zu sehen, aber es war noch immer jedes Mal ein Schock.

Schließlich ging sie die Straße weiter hinauf, war aber noch nicht sehr weit gekommen, als der schrille Pfiff einer Trillerpfeife ertönte. Sie blieb sofort stehen. Ein paar Sekunden später folgte das Geräusch lauter Stimmen und Schritte hinter ihr, die über die Straße in die Richtung rannten, die Rob gerade erst eingeschlagen hatte …

»Hilfe!«, schrie sie, ohne nachzudenken, und konnte hören, wie die Schritte sofort die Richtung wechselten. Dann sah sie einen Lichtstrahl, und zwei junge Polizisten erschienen aus der Dunkelheit und rannten die Straße hinunter auf sie zu.

»Mrs. Shepherd?« Einer der beiden blieb nach Atem ringend vor ihr stehen. »Was zum …?«

»Ich habe gerade zwei Männer aus den Toren der Zeche herausrennen gesehen«, unterbrach sie ihn. »Sie haben sich an mir vorbeigedrängt und sind dort hinuntergelaufen«, behauptete sie und zeigte auf die unteren Häuserreihen hinter ihnen, die genau entgegengesetzt zu der Richtung lagen, die Rob Chadwick soeben eingeschlagen hatte.

»Zwei Männer, sagten Sie?« Einer der Polizisten hob seine Lampe und spähte in die Schatten.

»Ja, und sie sind in diese Richtung dort gelaufen.« Carrie zeigte erneut auf die Häuser hinter ihr.

»Konnten Sie ihre Gesichter erkennen?«

Carrie schüttelte den Kopf. »Dazu war es zu dunkel, und alles ging viel zu schnell. Aber sie sind auf jeden Fall auf die Siedlung zugelaufen.«

»Sind Sie sicher? Wachtmeister Lloyd meinte nämlich, gehört zu haben, wie dort oben jemand durch den Zaun kletterte …«

»Ich sage Ihnen doch, dass sie direkt an mir vorbeigekommen sind!«, schnitt Carrie ihm das Wort ab. »Wenn Sie sich beeilen, können Sie sie vielleicht noch einholen.«

Sie hielt den Atem an, als die Polizisten sich einen Moment lang ansahen. Zu ihrer Erleichterung rannten beide dann jedoch in Richtung Siedlung los.

Carrie schaute ihnen nach, bis sie sie nicht mehr sehen konnte. Als sie überzeugt war, dass sie weit genug in die falsche Richtung gelaufen waren, ging sie heim.

Am Morgen darauf hatten Carrie und James gerade ihr Frühstück beendet, als Sergeant Cray erschien.

»Hallo, Sergeant«, begrüßte James ihn mit müdem Lächeln. »Sind Sie mit einem weiteren Bericht für mich gekommen?«

»Eigentlich ist es Ihre Frau, die ich sprechen wollte, Sir.«

»Mich?« Carries spürte ihren Herzschlag in der Kehle.

»Meine Hilfspolizisten haben mir erzählt, Sie hätten gestern Nacht zwei Männer in das Zechengelände einbrechen sehen?«

Carrie spürte, wie James sie ansah. »Ist das wahr, Carrie? Gestern Nacht? Du hast mir gar nichts davon erzählt?«

»Weil es nichts zu erzählen gab«, erwiderte sie achselzuckend. »Ich hatte ja kaum etwas erkannt.«

»Aber Wachtmeister Lloyd meinte, Sie hätten sie aus den Zechentoren herauslaufen sehen?«

»Das stimmt.«

»Aber als meine Männer nachgesehen haben, konnten sie niemanden finden.«

»Dann waren sie wahrscheinlich schon entkommen.«

»Dann müssen sie aber ganz schön flink gewesen sein, mit all den Säcken voller Kohle. Und die Tore der Zeche waren auch verschlossen.«

Jetzt wurde sie von beiden Männern angestarrt, aber Carrie zwang sich, den skeptischen Blick des Sergeants gelassen zu erwidern.

»Dann muss ich mich geirrt haben«, sagte sie.

»Aber während meine Männer auf einer aussichtslosen Suche waren, gelang es den wahren Dieben, durch ein Loch im Zaun auf der anderen Seite des Hofes in die Zeche zu gelangen. Komisch, nicht?«

»Was genau wollen Sie damit sagen, Sergeant?«, fragte James höflich, aber mit einem stählernen Unterton in der Stimme, den Carrie vorher kaum jemals gehört hatte.

Sergeant Cray, dem es offensichtlich genauso ging, machte ein betroffenes Gesicht. »Nichts, Sir.«

»Ach ja? Für mich hört es sich aber so an, als unterstellten Sie meiner Frau etwas.«

Sergeant Craig räusperte sich. »Aber keineswegs, Sir.«

»Das freut mich zu hören. Denn falls Sie die Absicht haben sollten, sich irgendjemanden vorzuknöpfen, würde ich vorschlagen, dass Sie mit den beiden Wachmännern beginnen, die zugelassen haben, dass diese Diebe uns vor ihrer Nase bestohlen haben.«

Eine dunkle Röte stieg dem Sergeant ins Gesicht. »Ja, Sir«, erwiderte er schroff.

Dann begann Henry zu weinen, und Carrie, die froh war über diese Möglichkeit zur Flucht, lief rasch hinaus, um den Kleinen zu beruhigen. Die Schuldgefühle beherrschten sie zu sehr, um den beiden Männern noch in die Augen blicken zu können.

Sie wechselte im Kinderzimmer gerade Henrys Windel, als James eintrat. Carrie blickte kaum auf, obwohl sie spürte, dass ihr Ehemann sie beobachtete.

»Warum hast du mir nichts von dem Vorfall gestern Nacht erzählt?«, fragte er.

Carrie erstarrte. »Ich weiß nicht, wovon du sprichst, James.«

»Von deiner Begegnung mit diesen Männern. Das muss doch sehr beängstigend für dich gewesen sein.«

Sie war erleichtert. »Ich habe dir nichts davon gesagt, weil ich dich nicht beunruhigen wollte. Außerdem geschah alles so schnell, dass ich kaum etwas bemerkte.«

Sie spürte den sanften Druck seiner Hände um ihre Schultern. »Trotzdem wünschte ich, du hättest mir erlaubt, dich abzuholen. Mir gefällt der Gedanke nicht, dass du im Dunkeln ganz allein dort draußen bist, und schon gar nicht angesichts all der Dinge, die zurzeit vor sich gehen.«

Ich würde besser auf dich aufpassen, wenn du meine Frau wärst. Carrie schloss die Augen und versuchte, Robs Stimme aus ihrem Kopf zu verdrängen.

»Es besteht kein Anlass, dich um mich zu sorgen, wirklich nicht. Ich bin hier aufgewachsen und habe nichts zu befürchten von ein paar einheimischen Burschen ...«

Erschrocken ließ sie ihren Mund zuschnappen, aber sie spürte bereits, wie James' Griff um ihre Schultern sich verstärkte.

»Woher weißt du, dass es Einheimische waren?«, fragte er. »Hast du Sergeant Cray nicht gesagt, du hättest ihre Gesichter nicht gesehen?«

Carrie begann sich wieder mit Henrys Windel zu befassen und hoffte, dass ihr Mann nicht bemerken würde, wie ihre Hände zitterten. »Ich dachte mir nur, dass sie von hier sein müssen, wer würde schon nach Bowden kommen, um Kohle zu stehlen?«

Eine lange Zeit verstrich, bevor James wieder sprach. »Ja, wer sonst«, sagte er schließlich.

KAPITEL SECHSUNDZWANZIG

Agnes hatte die Freitagnachmittage zu fürchten begonnen.

Allein wie immer, saß sie im Saal der Bergarbeiterfürsorge und betrachtete die Reihen leerer Stühle vor sich – es waren nicht allzu viele, da sie nach der ersten Woche ihre Lektion gelernt hatte –, während sie dem behäbigen Ticken der Uhr lauschte und wünschte, die Zeiger würden sich etwas schneller auf halb vier zubewegen, sodass sie endlich alles wieder wegpacken konnte und die Qual für eine weitere Woche vorbei sein würde.

Es wäre besser, aufzugeben, das wusste sie. Immerhin war dies schon ihre vierte Sprechstunde, und in all den Wochen war noch keine Menschenseele hergekommen. Mit Ausnahme von Carrie Shepherd, die in einer Art Loyalitätsbekundung kam, die Agnes jedoch nur noch mehr das Gefühl gab, eine Versagerin zu sein.

Dr. Rutherford hatte seine Genugtuung kaum verbergen können.

»Habe ich Ihnen das nicht gleich gesagt?«, hatte er zufrieden festgestellt. »Diese Leute werden Sie niemals anerkennen, ganz gleich, was Sie auch tun. Das können sie genauso gut auch gleich ganz sein lassen, meine Liebe.«

Es waren diese Worte und ihre eigene sture Ader, die Agnes Woche für Woche zur Bergarbeiterfürsorge trieben, um dort die Stühle, Trennwände und Waagen aufzustellen.

Am Ende des Flurs konnte sie die Frauen lachen hören, die ihrer Arbeit in der Suppenküche nachgingen. Es war drei Uhr, und die Kinder würden jetzt aus der Schule kommen und zu ihrer einzigen Mahlzeit des Tages die Straße zu ihnen hinaufkommen.

Agnes' Magen begann zu knurren, als ein einladender Geruch nach gebratenen Zwiebeln durch die offenen Doppeltüren drang.

Hoffentlich hatte Jinny daran gedacht, ihr etwas zu essen bereitzustellen, sodass sie nicht mit leerem Magen zu ihren nachmittäglichen Visiten aufbrechen musste …

Das plötzliche Geräusch von kleinen Steinchen, die gegen das Fenster prasselten, riss Agnes aus ihren Gedanken. Sie sprang erschrocken auf, als ein weiteres Wurfgeschoss durch das offene Fenster flog und nur Zentimeter von der Stelle entfernt landete, an der sie gerade noch gesessen hatte.

Agnes starrte den scharfkantigen Stein zu ihren Füßen an und war für einen Moment zu schockiert, um sich zu bewegen, bis ein brüllendes Gelächter draußen sie aus ihrer Erstarrung riss. Sie stürmte aus dem Haus, starrte blinzelnd in den hellen Sonnenschein und konnte gerade noch eine Gruppe von Jungen die Straße hinauflaufen sehen.

»Kommt zurück!«, rief Agnes ihnen nach. »Ihr hättet jemanden verletzen können …«

»He, Miss!«

Bevor sie Zeit hatte, zu reagieren, griff eine Hand nach ihrem Schwesternhäubchen und riss es ihr mitsamt den Haarnadeln so grob vom Kopf, dass Agnes einen Schmerzensschrei ausstieß.

Wütend fuhr sie herum und sah sich dem frechen, grinsenden Gesicht eines dunkelhaarigen Jungen gegenüber. Christopher Stanhope. Er und seine flegelhaften Freunde schienen sich neuerdings immer im Dorf herumzutreiben und sich über sie lustig zu machen, wenn sie an ihnen vorbeifuhr.

Nur knapp außer Reichweite von ihr stand Christopher und zerdrückte ihre gestärkte weiße Haube in seiner schmuddeligen Hand.

»Gib sie mir sofort zurück«, sagte Agnes. Sie bemühte sich, ihrer Wut nicht freien Lauf zu lassen.

»Nee.«

»Sie gehört dir nicht.«

»Jetzt schon.« Er nahm seine Mütze ab, ersetzte sie durch ihre

Haube und nahm eine lächerliche Pose ein. »Finden Sie nicht auch, dass sie mir steht?«

»Gib sie mir zurück!« Agnes griff danach, doch Christopher war viel zu schnell für sie. Sein magerer Körper duckte sich, und sofort war er wieder außerhalb ihrer Reichweite.

»Wie viel kriege ich dafür?«, erkundigte er sich dreist.

Agnes starrte ihn an. »Gar nichts kriegst du. Du kannst froh sein, wenn ich nicht die Polizei hole!«

»Geben Sie mir einen Sixpence dafür, oder ich verbrenne das Ding.«

Agnes schnappte nach Luft. »Du kleiner …«

»Gib sie ihr zurück, Chris.«

Über seine Schulter hinweg konnte Agnes die kleine Elsie Stanhope erkennen, die auf der Straße stand. Sie trug noch ihre Schulkleidung und betrachtete ihren Bruder mit müder Resignation, als sei sie seine dummen Spielchen schon gewohnt.

Christopher starrte seine Schwester trotzig an. »Verschwinde, Elsie«, knurrte er, aber die Kleine ließ sich nicht beirren.

»Du willst Dad doch nicht schon wieder aufregen?«

Ihre Worte verunsicherten ihn vorübergehend, und Agnes, die eine Chance witterte, stürzte auf ihn zu und griff nach ihrer Haube. Aber Christopher gewann sofort die Fassung wieder und entriss sie ihr erneut.

»Wenn Sie das Ding zurückhaben wollen, dann holen Sie es sich!«

Und schon schleuderte er die Haube in die Luft, so hoch er konnte. Für einen Moment standen alle drei reglos da und sahen die weiße Haube durch den klaren blauen Himmel segeln, bevor sie auf der Dachkante des Bergarbeiterverbandes liegen blieb.

Christopher grinste breit, und einen Augenblick später rannte er laut lachend die Straße hinauf und seinen Freunden hinterher.

Agnes blickte hilflos zu ihrer Schwesternhaube hinauf, die nun von der Regenrinne hing.

»Wie in aller Welt soll ich die nur wieder herunterholen?«

»Ich werde Ihnen helfen, Miss.«

Agnes hatte gar nicht bemerkt, dass sie ihre Gedanken laut geäußert hatte. Aber als sie ihren Blick senkte, sah sie neben sich die kleine Elsie stehen, die mit ihrem reizenden, aufrichtigen Gesicht, das so ganz anders als das ihres Bruders war, zu ihr aufschaute.

»Bitte, Miss«, sagte sie. »Es tut mir schrecklich leid, was unser Chris da wieder angestellt hat, und ich möchte Ihnen helfen, wenn ich darf.«

»Das brauchst du nicht …«, erwiderte Agnes, aber Elsie entfernte sich bereits von ihr und wischte sich an ihrem Trägerrock die Hände ab.

»Schauen Sie, ich kann ganz leicht an diesem Regenrohr hinaufklettern …« Elsie zog daran, um zu prüfen, ob es ihr Gewicht aushalten würde, und begann gleich darauf mit ihren geflickten Stiefeln nach einem festen Halt im Mauerwerk zu suchen, um dann wie ein Äffchen an dem Rohr hinaufzuklettern.

Agnes stand unter ihr und rang die Hände. »Das ist zu gefährlich, Elsie! Bitte komm wieder herunter, bevor du …«

Urplötzlich regnete ein Hagel von Mörtelbrocken und rotem Staub auf sie herab, der ihr in Mund und Augen drang und sie zum Husten brachte. Ein unheilvolles Knarren folgte, als das Regenrohr sich von dem bröckelnden Mauerwerk löste. Elsie stieß noch einen Schrei aus, bevor sie auf dem Kopfsteinpflaster zu Agnes' Füßen landete. Sie war aus einer relativ geringen Höhe abgestürzt, aber dennoch sehr hart aufgeschlagen. Kurz hielt Agnes den Atem an und konnte sich nicht von der Stelle rühren, bis das Mädchen sich schließlich bewegte und vor Schmerzen stöhnte.

»Gott sei Dank!« Agnes beugte sich zu ihr herab. »Hast du dich verletzt? Nein, beweg dich nicht. Ich muss erst sehen, ob du dir etwas gebrochen hast.«

»Ich … ich glaube nicht. Ich bin bloß ein bisschen außer Atem, weiter nichts.«

»Trotzdem untersuche ich dich besser. Tu mir den Gefallen und bleib still liegen, Schätzchen.«

Elsie regte sich nicht, während Agnes ihre Arme und Beine untersuchte. Das Mädchen blickte mit großen, vertrauensvollen Augen zu ihr auf und sah so aus, als ob sie sich alle Mühe gäbe, nicht zu weinen.

»Nun, gebrochen scheint nichts zu sein, was schon mal gute Neuigkeiten sind. Hast du dir den Kopf angeschlagen?«

»Ich weiß nicht … ich glaube nicht.« Elsie blickte traurig auf ihr Kleid herab. »Jetzt habe ich meinen Rock zerrissen. Tante Hannah wird mich dafür ordentlich verdreschen.«

»Kleider lassen sich schnell wieder flicken«, sagte Agnes aufmunternd. »Außerdem wird deine Tante bestimmt nur froh sein, dass du dich nicht schwer verletzt hast. So, kannst du mir sagen, wie viele Finger ich hochhalte?«

Nach einer Weile hatte Agnes sich gründlich vergewissert, dass Elsie nichts weiter als Abschürfungen an Händen und Knien davongetragen hatte.

»Und jetzt komm mit mir hinein, damit ich die Schürfwunden säubern und verbinden kann.«

Aber Elsie sträubte sich. »Ich weiß nicht … Tante Hannah wird das nicht gefallen«, sagte sie.

»Tante Hannah muss es ja auch nicht erfahren, oder?« Agnes dachte kurz nach. »Ich mache dir einen Vorschlag. Ich werde nur den Schmutz aus diesen Schürfwunden entfernen und sie nicht verbinden. Und wenn ich mich nicht irre, habe ich auch Nähgarn und eine Nadel in meiner Tasche, sodass wir schnell den Riss in deinem Kleid vernähen könnten.«

Schließlich gelang es ihr, Elsie zum Mitkommen zu bewegen. Sie saß still an Agnes' Tisch vorne im Raum und ließ ihren Blick über die Reihen leerer Stühle gleiten, während Agnes eine Schüssel abgekochtes Wasser, Tupfer und antiseptische Verbände vorbereitete.

»Wie werden Sie jetzt Ihr Häubchen vom Dach herunterbekommen?«, fragte Elsie schließlich mit besorgter Miene.

»Oh, da wird mir schon etwas einfallen. Ich möchte sogar wetten, dass einer der Männer später eine Leiter aufstellen und mir die Haube herunterholen wird.«

Elsie schwieg und dachte nach. »Was Christopher getan hat, tut mir schrecklich leid. Entschuldigen Sie bitte, Miss.«

»Nicht du bist es, die sich entschuldigen sollte.«

»Christopher entschuldigt sich nie für irgendwas.« Elsie biss sich auf die Lippe. »Ich werde mit ihm reden und ihm sagen, dass er endlich aufhören soll, sich andauernd danebenzubenehmen.«

Was wohl nicht viel bringen wird, dachte Agnes. Aber da sie wusste, dass Elsie nur helfen wollte, lächelte sie und sagte: »Danke Elsie, das würde ich wirklich sehr zu schätzen wissen.«

»Aber unserem Dad werden Sie doch nichts davon erzählen?«

Agnes blickte in Elsies ernstes, rundes Gesicht. Zwei besorgte graue Augen erwiderten bittend ihren Blick.

»Nein«, sagte sie. Es würde ohnehin nichts nützen. Das Letzte, was sie jetzt brauchte, war eine weitere Auseinandersetzung mit Seth Stanhope. Auf seine Weise war er genauso ignorant wie sein Sohn. Kein Wunder, dass Christopher so geworden war.

Elsie entspannte sich sichtlich. »Danke, Miss.« Nach einer kleinen Pause fügte sie hinzu: »Christopher meint es eigentlich nicht böse. Er ist nur ein bisschen … verwildert, seit unsere Mutter gestorben ist.«

Agnes sah sie wieder an und empfand Mitleid mit dem Mädchen. Elsie war zwar erst zehn Jahre alt, aber schon ziemlich reif für ihr Alter, und sie hatte einen klugen Kopf auf ihren jungen Schultern. Agnes bemitleidete das arme mutterlose Mädchen, das in solch einer Familie lebte. Und an Stelle einer Mutter hatte sie jetzt Hannah Arkwright, möge Gott ihr beistehen!

»So, jetzt haben wir dich zusammengeflickt, und nun werde ich Nadel und Garn für deinen Rock holen.«

Während Agnes den Riss in Elsies Kleid vernähte, saß das Mädchen auf dem Tisch vor ihr, ließ die Beine baumeln und sah sich um.

»Wofür sind eigentlich all die Stühle?«, fragte sie.

»Für die Mutter-Kind-Sprechstunde, die ich hier abhalte.«

Elsie nickte. »Ich habe Tante Hannah darüber reden gehört. Sie sagte, es sei Zeitverschwendung«, berichtete sie nüchtern.

»Da könnte sie sogar recht haben«, erwiderte Agnes seufzend.

»Warum tun Sie es dann?«

Ja, warum eigentlich? »Man kann nie wissen. Eines Tages will vielleicht doch jemand hierherkommen.«

Elsie nahm ein Stethoskop vom Tisch. »Wofür ist das?«

»Zum Abhorchen des Herzens.«

»Und wie macht man das?«

»Indem man diese beiden Teile in die Ohren steckt und das andere Ende an die Brust des Patienten drückt.« Agnes legte ihre Nadel aus der Hand. »Soll ich es dir mal zeigen?«

Elsie nickte eifrig. »Oh ja, bitte, Miss!«

Agnes führte es ihr vor, und Elsies Augen wurden groß vor Staunen, als sie ihren eigenen Herzschlag hörte.

»Aber wozu müssen Sie das Herz abhorchen?«, fragte sie dann. »Sie müssten doch wissen, dass es schlägt, denn sonst wäre man ja tot.«

»Das stimmt«, gab Agnes ihr recht. »Aber der Herzschlag eines Patienten kann einem viel darüber sagen, was mit ihm nicht stimmt. Ob er zum Beispiel zu schnell oder zu langsam, zu schwach oder unregelmäßig ist, kann einem helfen, herauszufinden, an welcher Krankheit der Patient leiden könnte.«

»Tante Hannah sagt, sie bräuchte jemanden nur anzusehen, um zu wissen, was ihm fehlt.«

Agnes kniff die Lippen zusammen. »Mag sein, aber das sind

nicht die Methoden, nach denen richtige Ärzte und Krankenschwestern vorgehen. Wir benutzen Instrumente und machen uns sorgfältige Notizen zu jedem Patienten.«

»Was für Instrumente?«, fragte Elsie neugierig und sah sich um.

»Nun ja … wir benutzen zum Beispiel ein Thermometer, um die Körpertemperatur zu messen. Dadurch können wir feststellen, ob ein Patient Fieber hat. Möchtest du, dass ich es dir zeige?«

Am Ende führte Agnes Elsie nicht nur den größten Teil ihrer Ausrüstung vor, sondern ging auch noch den Inhalt ihres Koffers mit ihr durch, um ihr zu zeigen, wozu die verschiedenen Verbände und Salben dienten. Es dauerte eine Weile, aber das Mädchen schien so fasziniert zu sein, lauschte ihr so aufmerksam und stellte ihr so viele Fragen, dass Agnes kaum bemerkte, wie die Zeit verging.

»Ich möchte mich auch um kranke Menschen kümmern, wenn ich älter bin«, erklärte Elsie, als sie Agnes beim Packen ihrer Tasche half.

»Wie deine Tante?«

»Nein, wie Sie, Miss. Ich möchte eine richtige Krankenschwester werden.«

Agnes lächelte im Stillen.

»Dann wirst du noch einige Jahre zur Schule gehen und alle deine Prüfungen bestehen müssen«, sagte sie.

»Genau das möchte ich tun.« Elsie nickte wissend. »Und wie geht es dann weiter?«

»Nun ja, dann wirst du in einem Krankenhaus eine Ausbildung machen müssen.«

Das Gesicht des Mädchens verdüsterte sich. »Ich glaube nicht, dass sie mir das erlauben werden. Tante Hannah sagt, zu viel Wissen sei nicht gut für ein Mädchen.«

Agnes schürzte ihre Lippen, um nicht geradeheraus zu sagen,

was sie davon hielt. »Aber was ist mit deinem Vater? Er wird doch sicher wollen, dass ihr im Leben weiterkommt?«

Elsie wandte ihren Blick ab. »Dem sind wir egal. Ihn interessiert nur noch, was in der Zeche vor sich geht.«

»Das kann ich mir wirklich nicht vorstellen«, protestierte Agnes, bevor sie sich wieder an das auffallende Desinteresse erinnerte, mit dem Seth Stanhope auf ihre Versuche reagiert hatte, mit ihm über seinen Sohn zu sprechen.

Die kleine Elsie rutschte von ihrem Stuhl. »Ich sollte jetzt eh besser gehen«, sagte sie. »Tante Hannah wird sich fragen, warum ich noch nicht von der Schule heimgekommen bin.«

»Hier ist dein Rock, so gut wie neu«, sagte Agnes und reichte ihn der Kleinen.

»Danke.« Agnes zog ihn über. »Und ich werde nicht vergessen, unserem Chris zu sagen, dass er Sie nicht mehr belästigen soll.«

»Dafür wäre ich dir dankbar.« Agnes sah sie an den Bändchen ihrer Latzschürze herumhantieren. »Vielleicht würdest du ja gern noch einmal wiederkommen? Dann könnte ich dir beibringen, wie man die verschiedenen Arten von Verbänden befestigt, falls ich hier gerade nicht zu viel zu tun habe.«

Elsie lächelte schüchtern. »Das würde ich sehr gerne tun.«

Damit ging sie, und Agnes räumte den Rest ihrer Ausrüstung viel leichteren Herzens weg. Ihre Unterhaltung mit Elsie hatte sie ungeheuer aufgemuntert. Endlich gab es jemanden in Bowden, der sie tatsächlich zu mögen schien!

Sie schloss gerade den Schrank ab, als sie hörte, wie die Doppeltüren hinter ihr knarrend aufgingen. In dem Glauben, es sei Reg Willis, der wie immer den Schlüssel bei ihr abholen wollte, rief sie: »Ich bin gleich fertig, Mr. Willis!«

Doch dann räusperte sich jemand hinter ihr. Es war eine Frau! Agnes blickte sich verwundert um und sah Ruth Chadwick mit ihrem kleinen Jungen in den Armen im Eingang stehen. Trotz des warmen Julitags war er wie üblich in mehrere Wolltücher gewickelt, die seinen schiefen Hals vor den Blicken Fremder verbergen sollten.

Agnes lächelte sie an. »Oh, guten Tag, Mrs. Chadwick. Kommen Sie zu mir?«

»Ich …« Ruth blieb zögernd auf der Schwelle stehen und blickte so nervös um sich, als ob sie jeden Moment umkehren und die Flucht ergreifen wollte.

»Wie geht es dem kleinen Ernest?«, fragte Agnes sie ermutigend.

Mrs. Chadwick drückte ihren Sohn noch fester an ihre Schulter und starrte Agnes an. Ihr Gesicht war so blass, dass ihre Augen geradezu riesig darin wirkten.

»Sie sagten, Sie könnten etwas für ihn tun«, entfuhr es ihren schmalen Lippen. »Ist es richtig, was Sie sagten – dass Sie Übungen mit ihm machen könnten, die ihm helfen würden?«

»Nun, dazu müsste ich ihn natürlich vorher gründlich untersuchen.« Agnes sah den Ausdruck der Bestürzung, der auf Ruth' Gesicht erschien, und fügte schnell hinzu: »Auch wenn ich mir ziemlich sicher bin, dass es möglich ist.« Sie machte eine kleine Pause. »Aber ich dachte, Sie wollten, dass Hannah Arkwright sich um den Jungen kümmert.«

»Ich habe es mir eben anders überlegt«, gab Ruth schnell zurück. »Ich muss tun, was das Beste für unseren Ernest ist, alles andere ist mir egal.«

Sie erschrak ein wenig, als sie es sagte, fast so, als erwartete sie, allein schon für die Worte bestraft zu werden. Hannah Arkwright hat die Leute wirklich fest im Griff, dachte Agnes.

»Wie wär's denn, wenn ich mir Ernest zunächst mal ansehe und wir dann überlegen, was ich für ihn tun kann?«, schlug sie freundlich vor.

»Was? Sie meinen … jetzt gleich?« Ruth schien von Panik ergriffen zu werden. »Aber Sie schließen doch gerade. Ich möchte Ihnen keine Mühe machen …«

»Es macht mir keine Mühe, wirklich nicht. Und je eher wir mit Ernests Behandlung beginnen, desto besser. Bringen Sie ihn zu mir herüber und legen Sie ihn auf diesen Tisch, damit ich ihn untersuchen kann.«

Für einen Moment blieb Ruth wie angewurzelt stehen und drückte ihr Baby noch fester an ihre Schulter.

»Ich will nicht, dass die Leute denken, ich würde Ernest vernachlässigen«, stieß sie ängstlich und besorgt hervor. »Ich sorge für meine Kinder, so gut ich kann.«

»Das weiß ich, Mrs. Chadwick. Außerdem kann jeder sehen, was für eine gute Mutter Sie sind.« Agnes streckte ihre Arme aus. »Darf ich?«

Langsam und zögernd nahm Ruth ihr Baby von der Schulter und legte es in Agnes' Arme.

Sie wiederum legte den Kleinen auf den Tisch und begann ihn vorsichtig von den wollenen Tüchern zu befreien, in die er eingehüllt war. Dabei spürte sie, wie wachsam seine Mutter neben ihr stand und sie beobachtete. Sie konnte die ganze innere Unruhe spüren, die von Ruth ausging, während sie dort stand, jederzeit bereit, ihr das Baby wieder abzunehmen.

Schließlich hatte Agnes den kleinen Ernest aus all den Tüchern und der sonstigen Bekleidung, die er darunter trug, herausgeschält, bis er nur noch eine Windel und ein wollenes Hemdchen trug – und leider auch Hannahs »Zauber«, der an einer zerfledderten alten Schnur um den Hals des Babys hing.

»Als Erstes werden wir ihn von diesem Ding befreien, denke ich …«

Als Agnes die Schnur aufknotete, stieß Ruth einen Protestlaut aus, versuchte aber nicht, sie davon abzuhalten.

Agnes lächelte im Stillen. Sie hatte Hannah Arkwrights Zauber in mehr als einer Hinsicht gebrochen, wie es schien.

Und dies war erst der Beginn.

KAPITEL SIEBENUNDZWANZIG

Die Gemeinde erhob sich, als von der Orgel die feierlichen ersten Takte von *Onward Christian Soldiers* erklangen. Dann schwoll die Musik an, und viele Stimmen fielen ein und erfüllten die Kirche bis hinauf zu ihren hohen Deckenbalken.

Carrie blickte sich um und bewegte die Lippen, als sänge sie die Worte mit. Seit ihrer Heirat mit James hatte sie zwar regelmäßig den Gottesdienst in St. Matthew's besucht, war sich aber dennoch gar nicht sicher, ob sie sich je an das riesige Gebäude mit all seinen reichbestickten Wandbehängen und hohen Buntglasfenstern gewöhnen würde, die wie Diamanten funkelnde Lichter auf die Seiten ihres Gesangbuchs warfen.

Diese Kirche war so völlig anders als die schlichte Dorfkapelle, die sie mit ihrer Familie besucht hatte. Mit ihren Schwestern war sie dort jede Woche zur Sonntagsschule gegangen, und wenn seine Gesundheit es erlaubte, trug ihr Vater dort manchmal die Lesung vor. Die Kapelle war nicht annähernd so beeindruckend wie St. Matthew's, sondern nur ein schlichter Ort mit weißgetünchten Wänden und hölzernen Bänken, aber Carrie fühlte sich dort im Kreise ihrer Familie und ihrer Freunde zu Hause.

James und seine Familie waren jedoch schon immer in diese prachtvolle Kirche gegangen, und so war sie jetzt natürlich auch hier.

Als sie zur anderen Seite des breiten Mittelgangs hinübersah, fiel ihr Blick auf Eleanor Haverstock, die dort im Chorgestühl ihrer Familie stand und mitsang. Mit ihrer Größe überragte sie alle anderen, und zudem trug sie auch noch einen äußerst unkleidsamen Glockenhut, den sie sich viel zu tief über den Kopf gestülpt hatte.

Eleanor erwiderte Carries Lächeln, ohne ihren enthusiastischen Gesang zu unterbrechen, während ihr Vater, der neben ihr stand, finster in sein Gesangbuch starrte, ohne seine Lippen zu bewegen, als ob er sich von den Worten darin irgendwie beleidigt fühlte.

Schuldbewusst wandte Carrie sich wieder ihrem eigenen Gesangbuch zu. Sie konnte spüren, wie ihr die Scham eine heiße Röte in die Wangen trieb, als wäre sie wie ein Kind dabei ertappt worden, wie es vor lauter Langeweile andere Leute anstarrte. Und ausgerechnet vor Miss Eleanor!

Auch das war ein Grund dafür, dass sie sich in St. Matthew's stets so unwohl fühlte, denn alle vornehmen Familien der Umgebung kamen zum Gottesdienst in diese hübsche Kirche auf dem Land.

Das Lied endete, und alle setzten sich wieder, während der Pfarrer die Stufen zu der aus Stein gemeißelten Kanzel hinaufstieg.

»Meine heutige Predigt bezieht sich auf Genesis, Erstes Buch Mose, Kapitel zwei, Vers vierundzwanzig«, erklärte er. »Darum wird ein Mann Vater und Mutter verlassen und an seinem Weibe hangen, und sie werden sein ein Fleisch ...«« Hier schaute er auf und ließ seinen Blick über den Rand seiner Brille hinweg über die Gemeinde gleiten. »Ich werde also heute über die Heiligkeit der Ehe sprechen«, kündigte er in ernstem Tonfall an. Irgendwie schien es Carrie, als würde er sie dabei direkt ansprechen, denn sein Blick begegnete dem ihren. »Ich sehe viele verheiratete Paare vor mir heute Morgen. Aber wie viele von uns haben die Gelübde schon vergessen, die sie einst vor Gott ablegten?«

Seine Worte trafen Carrie wie ein Pfeil ins Herz und flößten ihr auf der Stelle Schuldgefühle ein. Sie dachte an ihre vielen heimlichen Spenden an den Bergarbeiterfürsorgeverband. Babysachen, aus denen Henry herausgewachsen war, Lebensmittel aus ihrer Speisekammer, ja sogar Geld vom Haushaltsgeld, das James ihr gab. Und sie hatte dafür gesorgt, dass all das still und heimlich von ihrer Mutter oder ihren Schwestern übergeben worden war, damit niemand erfuhr, dass die Geschenke von ihr kamen.

Aber sie wusste einfach, dass James ihre Handlungsweise niemals billigen würde. Und natürlich wusste sie auch, dass er große Schwierigkeiten bekommen würde, falls die Haverstocks herausfinden sollten, was sie tat.

»Die Bibel lehrt uns, dass das Band zwischen Ehemann und Ehefrau geheiligt ist und wir unseren Ehepartner allem anderen voranstellen müssen«, fuhr der Pfarrer mit seiner tiefen Stimme fort, die von den hohen Deckenbalken widerhallte. »Und ›allen anderen entsagen müssen‹, wie es in den Ehegelübden heißt ...«

Carrie dachte an den Morgen, an dem Sergeant Cray gekommen war, und wie sie dagestanden und ihn und ihren Mann belogen hatte. Selbst jetzt noch fragte sie sich, was sie dazu veranlasst hatte. Ein Wort von ihr hätte James helfen können, und doch hatte sie beide belogen, weil ihre Loyalität den Freunden gegenüber größer war als ihre Treue zum eigenen Ehemann.

Wieder blickte sie verstohlen zum Chorgestühl der Haverstocks hinüber. Sir Edward war inzwischen auf seinem Platz eingenickt, sein Kopf war fast auf seine Brust gesunken. Eleanor hingegen blickte mit verzückter Miene zum Pfarrer und nahm begierig jedes seiner Worte in sich auf.

Carrie verspürte einen Anflug von Mitgefühl für sie. Die arme Eleanor. Sie hatte so gut wie gar kein Leben, solange sie ganz allein mit ihrem miesepetrigen Vater in diesem elenden alten Herrenhaus festsaß.

Vielleicht sollte ich mich ein bisschen mehr bemühen, mich mit ihr anzufreunden, dachte Carrie. Immerhin war Miss Eleanor stets sehr nett und gastfreundlich gewesen. Und sie konnte es nun einmal nicht ändern, dass sie eine Haverstock war ...

Und James wäre sicher sehr erfreut darüber. Carrie wusste, dass sie es ihm schuldig war, sich etwas mehr zu bemühen, ein Teil seiner Welt zu werden, anstatt sich so grimmig an ihrem alten Leben festzuklammern.

Ihren Ehemann stets voranzustellen, wie der Pfarrer gesagt hatte.

Ganz in diesem Sinne verließ sie die Kirche so gemächlich, dass Eleanor Gelegenheit hatte, sie einzuholen, als der Gottesdienst beendet war.

Die junge Frau ging auch sofort zum Kinderwagen, als sie vor der Kirche standen, um den kleinen Henry zu bewundern, der friedlich schlafend darin lag.

»Was für ein süßer kleiner Schatz er ist! Und wie er gewachsen ist! Er ist so ein hübscher Junge. Er sieht genauso aus wie du, James, meinst du nicht?«

»Ich hatte eigentlich gehofft, er würde seiner Mutter ähneln«, sagte James mit einem Blick zu Carrie.

»Oje, James, jetzt hast du deine Frau aber zum Erröten gebracht! Du bist einfach zu bescheiden, finde ich. Er hat auf jeden Fall deine Nase«, schwärmte Eleanor. »Auch wenn sein Haar tatsächlich ziemlich dunkel ist …«

»Wie gesagt, er ähnelt seiner Mutter.«

»Trotzdem ist er ganz entzückend«, fuhr Eleanor fort. »Findest du nicht auch, Vater?«, wandte sie sich Sir Edward zu, der gerade zu ihnen getreten war.

»Wer?«

»Der kleine Henry. Findest du nicht auch, dass er ein ganz entzückender kleiner Junge ist?«

Sir Edward warf einen flüchtigen Blick in den Kinderwagen. »Für mich sehen alle Babys gleich aus«, tat er ihre Bemerkung achselzuckend ab. Dann wandte er sich an James und sagte: »Ich muss mit Ihnen reden, Shepherd. Haben Sie sich um diese Angelegenheit gekümmert, über die wir sprachen?«

»Ja, Sir Edward. Es ist alles geregelt.«

»Wann?«

»Gleich morgen früh als Erstes.«

James sprach mit leiser Stimme und hatte sich halb abgewandt, sodass Carrie sich unwillkürlich fragte, worum es wohl ging und was sie nicht hören sollte.

»Wissen Sie, Sie sollten wirklich bald wieder einmal zu Besuch kommen.« Eleanors fröhliches Geplauder übertönte das Gespräch der Männer. »Der kleine Henry würde sicher gern die Gärten der Hall sehen. Und am Teich könnten wir ein Picknick machen …«

»Das hört sich wunderbar an«, erwiderte Carrie zerstreut, weil ihre ganze Aufmerksamkeit noch immer der gedämpften Unterhaltung zwischen ihrem Mann und Sir Edward galt. Beide hatten ihnen inzwischen den Rücken zugekehrt und steckten die Köpfe zusammen.

»Wirklich? Oh, das freut mich sehr!« Miss Eleanor klatschte begeistert in die Hände. »Dann sollten wir gleich einen Termin ausmachen, nicht? Oh, Sie werden sehen, das wird ganz wunderbar!«

Schließlich verabschiedeten sich Carrie und James von den Haverstocks und gingen die Straße zum Dorf hinunter.

»Was wollte Sir Edward mit dir besprechen?«, fragte Carrie ihren Mann.

Er zuckte mit den Schultern. »Es ging um die Zeche.«

»Und um was genau ging es?«

»Nichts, was dich interessieren würde.« Er wich ihr mit voller Absicht aus. »Habe ich richtig gehört, dass du dich mit Eleanor zu einem Besuch oben in der Hall verabredet hast?«

»Ja, ich glaube schon.« Carrie wurde allein bei der Aussicht schon ganz bang ums Herz.

»Danke.« James griff nach ihrer Hand und drückte sie. »Ich weiß, dass es dir nicht leichtfällt, aber ich weiß deine Bemühungen wirklich sehr zu schätzen.«

Die Worte des Pfarrers kamen ihr wieder in den Sinn. Es tat

gut, ausnahmsweise einmal das Richtige zu tun und ihren Mann nicht zu hintergehen.

»Es muss ja eine dringende geschäftliche Angelegenheit gewesen sein, wenn Sir Edward dich dafür an einem Sonntagmorgen aufsucht«, bemerkte sie.

James verzog den Mund. »Ach, du kennst Sir Edward doch. Alles ist dringend, wenn es ihn und sein Geschäft betrifft.«

»Was wollte er denn diesmal?«, hakte Carrie noch einmal nach, aber genau in diesem Moment erwachte Henry, und James nahm ihn aus dem Kinderwagen, um ihn ein Stück zu tragen.

Carrie beobachtete James mit seinem Sohn in den Armen, während er ihm die Feldblumen im hohen Gras am Straßenrand zeigte. Irgendetwas an dem Anblick rief jedoch ein leises Unbehagen in ihr hervor.

Nach dem Kirchgang ging sie zur Siedlung hinunter, um ihren Vater zu besuchen. Von seinen jüngsten Beschwerden hatte er sich ein wenig erholt, oder zumindest doch so weit, dass er darauf bestanden hatte, mit Carrie in den Garten zu gehen, um ein paar Karotten auszugraben. Die meiste Arbeit übernahm aber letztendlich sie selbst, während ihr Vater auf einem umgedrehten Eimer saß und nach Atem rang. Er beharrte zwar nach wie vor darauf, es gehe ihm ganz gut, aber sein bleiches, eingefallenes Gesicht besagte etwas anderes.

Und so fuhr sie am Tag darauf auch aus dem Schlaf hoch, als in aller Frühe ein Hämmern an der Tür sie weckte. Sie war fest davon überzeugt, dass es eine ihrer Schwestern war, die ihr sagen wollte, dass Eric Wardle in der Nacht wieder erkrankt war.

Ihre Füße hatten jedoch kaum die Dielen berührt, als sie eine Männerstimme hörte, die von unten wütend etwas hinaufschrie.

»Komm raus, Shepherd!«, brüllte er. »Komm raus und trete uns wie ein Mann entgegen!«

Carrie drehte sich bestürzt zu James um, aber der war schon aufgesprungen und auf dem Weg zur Tür.

»Warte hier!«, befahl er grimmig.

»Aber wer …« Die zufallende Schlafzimmertür schnitt ihr das Wort ab. Carrie setzte sich auf die Bettkante und lauschte James' schnellen Schritten auf der Treppe, und sobald er unten war, zog sie ihren Morgenrock an und schlich ihm hinterher.

Als sie die Treppe erreichte, konnte sie James mit dem Rücken zu ihr in der Haustür stehen sehen.

»Geht nach Hause«, sagte er. »Geht, bevor ich die Polizei rufen lasse.«

»Ja, das fehlte gerade noch, auch mich ins Gefängnis zu bringen, um meine Familie ebenso auf die Straße setzen zu können, wie Sie es bei den anderen gemacht haben! Ich weiß nicht, wie Sie noch mit sich leben können, nach allem, was Sie sich geleistet haben.«

Carrie erkannte die Stimme. Sie gehörte Ron Morris, dem Vater ihrer Freundin Nancy. Als sie den Fuß der Treppe erreichte, konnte sie seine stämmige Gestalt mit erhobenen Fäusten auf James zugehen sehen. Der glühende Zorn des Bergmanns stand in krassem Gegensatz zu der eisigen Gelassenheit ihres Ehemannes.

»Was ist passiert?«, fragte sie.

James blickte sich über die Schulter nach ihr um. »Ich habe dir doch gesagt, du sollst oben bleiben.«

Carrie ignorierte ihn und wandte sich an den Vater ihrer Freundin. »Was ist los, Mr. Morris?«

»Soll das heißen, er hat Ihnen nicht gesagt, was er getan hat?« Mr. Morris warf James einen angewiderten Blick zu. »Aber das passt ja. Dazu wird er sich wohl doch zu sehr geschämt haben.«

Carrie schaute James fragend an. »Geschämt? Was will er damit sagen?«

Aber James schüttelte nur den Kopf und erwiderte mit schmalen Lippen: »Nichts Wichtiges …«

»Nichts Wichtiges? Dann ist es für Sie also etwas *Unwichtiges*, unschuldigen Frauen und Kindern ihr Zuhause wegzunehmen?«

Ron Morris sah Carrie an. »Ich werde Ihnen sagen, was er getan hat, Mrs. Shepherd, da er ja offenbar zu feige ist, es selbst zu tun. Ihr Mann hat Susan Toller und die alte Mrs. Horsfall aus ihren Häusern geschmissen.«

»Nein!« Carrie starrte James an, der wie versteinert wirkte. »Ist das wahr?«

»Carrie …«

»Ist es wahr, James?«

Nun stieß er einen ärgerlichen Seufzer aus. »Mr. Toller und Mr. Horsfall sind im Gefängnis und daher auch nicht mehr bei der Bowden Main beschäftigt«, leierte er wie auswendig gelernt herunter. »Und da die Häuser der Siedlung nur Bergwerksmitarbeitern und ihren Familien zur Verfügung gestellt werden, haben diese Frauen einen Räumungsbescheid erhalten.«

»Einen Räumungsbescheid?«, versetzte Mr. Morris. »Die Gerichtsvollzieher sind gerade bei ihnen und schmeißen ihre Möbel und alles andere auf die Straße!«

»Aber das kannst du doch nicht tun!«, rief Carrie. «Wo sollen sie denn hin? Was sollen sie denn jetzt machen?«

Er beantwortete ihre Frage genauso wenig, wie er ihren flehentlichen Blick erwiderte.

»Sparen Sie sich Ihre Worte, Mrs. Shepherd«, riet ihr Mr. Morris zornig. »Man braucht ihn doch nur anzuschauen, um zu sehen, dass ihm das alles völlig schnuppe ist.« Er schüttelte den Kopf. »Und wie Sie als Tochter eines Bergmanns mit ihm leben können, ist mir unbegreiflich, junge Frau. Ich habe wirklich …«

Bevor er seinen Satz zu Ende bringen konnte, knallte James ihm die Tür mit solcher Wucht vor der Nase zu, dass sie in ihrem massiven Rahmen erzitterte.

Carrie, die immer noch versuchte, das Gehörte zu verarbeiten, starrte ihn an.

»Wie konntest du nur?«, flüsterte sie.

Beide fuhren zusammen, als Ron Morris' Faust von außen gegen die Haustür krachte. »Sie denken vielleicht, Sie könnten die Tür einfach zuschlagen und wären in Sicherheit, aber am Ende werden Sie Ihren Taten ins Auge sehen und sich dafür verantworten müssen, Shepherd!«, brüllte er.

Oben begann Henry zu weinen, und James wandte sich zur Treppe, dicht gefolgt von Carrie, die ihm nachrief: »Du hast meine Frage noch nicht beantwortet!«

»Ich hatte keine andere Wahl«, sagte er, während er mit schweren Schritten voranging. »Die Häuschen sind ausschließlich für die Bergleute und ihre Familien.«

»Aber Mrs. Horsfall ist eine alte Frau! Und Susan Toller hat fünf Kinder. Wo sollen sie denn jetzt hin?«

Wieder schwieg James nur. Carrie starrte ihn an. Sein Gesicht war so kalt und unerbittlich, dass sie ihn kaum noch erkannte.

»Was ist nur mit dir passiert, James?«, murmelte sie.

»Ich weiß nicht, was du meinst.«

»Früher warst du nicht so. Ich erinnere mich noch gut daran, dass du einmal ein Herz hattest.«

Für einen Moment glaubte sie, den Anflug einer Gefühlsregung in seinen Augen zu erkennen. Aber dann war sie auch schon wieder verschwunden.

»Ich führe nur Sir Edwards Anweisungen aus.«

»Er bezahlt dich dafür, seine Zeche zu leiten, aber nicht, um unschuldige Familien auf die Straße zu setzen!«

»Trotzdem muss ich … wo willst du hin?«, fragte er, als Carrie sich von ihm abwandte und auf das Schlafzimmer zuging.

»Ich werde mich anziehen und dann zur Siedlung hinuntergehen, um zu sehen, was dort los ist.«

»Das kannst du nicht machen! Du hast gesehen, wie aggressiv Ron Morris war. Ich will nicht, dass sie dich genauso angreifen wie mich.«

»Das werden sie nicht tun«, erwiderte Carrie gelassen.

»Und woher willst du das wissen?«

»Weil ich eine von ihnen bin.«

Die Worte waren heraus, bevor sie darüber nachdenken konnte. Aber kurz sah sie noch den Schmerz, der in James' Augen aufflackerte, bevor er sich von ihr abwandte.

KAPITEL ACHTUNDZWANZIG

Susan Tollers Häuschen war leer, die Haustür verschlossen, und auch die Fensterläden waren zu. Ein altes eisernes Bettgestell lehnte auf seinem Fußende an der Außenwand, gleich neben einem abgenutzten Sessel, einem Tisch, einer hölzernen Bank und zwei fleckigen Rosshaarmatratzen. Der Rest von Susans Hab und Gut – ein wenig Porzellangeschirr, Töpfe, Pfannen und eine Uhr – stapelte sich neben der Tür, wo sie von dem Gerichtsvollzieher und seinen Helfern abgestellt worden waren.

Carries Kehle wurde eng bei diesem jämmerlichen Anblick. Sie konnte nachempfinden, wie gedemütigt sich die arme Susan fühlen musste, all ihre Schätze, die sie in zehn Jahren Ehe zusammengetragen hatte, für jedermann sichtbar so herumliegen zu sehen.

»Beschämend, nicht?«

Carrie drehte sich zu Rob Chadwick um, der hinter sie getreten war und mit grimmiger Miene zu dem Haus hinübernickte. »Sie haben ihr nicht mal Zeit gelassen, ihre Sachen zusammenzupacken, sondern einfach alles eingesammelt und auf die Straße hinausgeworfen.«

»Warst du dabei, als es geschah?«

Er nickte. »Wir hörten den Tumult zwei Häuserreihen weiter. Alle kamen her, um zu sehen, ob sie helfen konnten, aber da war nichts zu machen.« Sein Gesichtsausdruck wurde noch erbitterter. »Ich hätte dem Gerichtsvollzieher und seinen Bütteln gern eine verpasst, aber natürlich wussten wir alle, dass es nicht ihre Schuld ist. Sie führen bloß die Befehle aus, die sie erhalten haben.«

Carrie konnte die Hitze spüren, die ihr in die Wangen stieg, und wandte sich schnell ab.

»Und was ist mit Mrs. Horsfall? Hast du etwas von ihr gehört?«

»Zum Glück war sie gerade zu Besuch bei ihrer Familie in Leeds und nicht zu Hause, als es passierte. Aber auch ihre gesamte Einrichtung und Habe wurde einfach so auf die Straße hinausgestellt.«

»Dann kann man nur dem Himmel danken, dass sie nicht hier war.« Carrie konnte sich nicht vorstellen, wie verängstigt die arme alte Frau gewesen wäre, wenn Fremde sie geweckt hätten, während sie einfach so in ihr Haus eindrangen. »Und was wird denn nun aus ihren Möbeln werden? Sie können doch nicht hier draußen stehenbleiben?«

»Hannah Arkwrights Mutter hat gesagt, wir könnten sie in einer ihrer Scheunen unterstellen. Ich war gerade unten auf dem Hof der Barratts, um mir für den Transport ihren Wagen auszuborgen.« Rob nickte zu einem Karren am Ende der Straße hinüber, zwischen dessen Deichseln das alte Zugpferd friedlich döste.

»Das ist sehr nett von dir«, sagte Carrie leise.

»Ich wünschte, ich könnte mehr tun.« Ein Muskel zuckte an Robs Wange. »Wenn ich den verdammten Schweinehund, der das hier angeordnet hat, in die Finger kriegen könnte …«

Carrie wandte ihren Blick ab. Sie wollte James verteidigen, fand aber keine Worte. »Wo sind Susan und die Kinder?«

»Mrs. Morris hat sie fürs Erste bei sich aufgenommen.«

»Weiß Susan, was sie tun wird?«

»Das fragst du sie am besten selbst, nicht mich.«

»Ich werde sie besuchen.«

»Ich weiß nicht, ob sie dich überhaupt sehen will.«

»Warum denn nicht?«

»Musst du das noch fragen?« Rob nickte zu dem verschlossenen kleinen Haus hinüber. »Denn falls du es noch nicht bemerkt haben solltest – es ist dein Mann, der die Schuld daran trägt, dass sie jetzt auf der Straße sitzt.«

Carrie versuchte gar nicht erst, es zu bestreiten. »Das hat aber nichts mit mir zu tun. Sie ist noch immer meine Freundin.«

»Wenn du meinst«, erwiderte er achselzuckend. »Aber gib nicht mir die Schuld, wenn sie dir nicht in die Arme fällt!«, rief er Carrie nach, als sie ging.

Sie blickte sich nicht mehr um, bis sie das Ende der Häuserreihe erreicht hatte, wo der Karren stand. Für einen Augenblick blieb sie dort stehen, um das breite, samtige Maul des Pferds zu streicheln, und blickte sich nach Susan Tollers Häuschen um. Mit gesenktem Kopf und Susans hölzerner Sitzbank auf seinen breiten Schultern stapfte Rob die Straße hinauf und auf sie zu.

Carrie eilte davon, bevor er aufblicken und sehen konnte, dass sie ihn beobachtete.

Susan Tollers Kinder spielten draußen vor dem Haus der Morris'. Der Ausgelassenheit nach zu urteilen, mit der sie einander lachend die Straße hinauf- und hinunterjagten, schienen sie die Tortur glücklicherweise unbeschadet überstanden zu haben.

Bei ihrer Mutter war das allerdings ganz anders. Susan Toller sah aus wie ein Gespenst, wie sie da abgekämpft und ausgelaugt am Küchentisch saß und mit beiden Händen eine noch unberührte Tasse Tee festhielt. Sie trug eine der Blusen, die Carrie vor ihrer Tür zurückgelassen hatte, war aber so abgemagert, dass sie ihr viel zu weit und locker von den schmalen Schultern hing.

Mrs. Morris saß ihr gegenüber, hatte nur Augen für die arme Susan und würdigte Carrie kaum eines Blickes, als sie zur Hintertür hereinkam.

»Bist du sicher, dass du nicht doch etwas essen möchtest, Liebes?«, versuchte Mrs. Morris Susan zu überreden. »Du musst bei Kräften bleiben.«

»Danke, aber ich könnte gar nichts essen.« Susan blickte auf, und ihr Verhalten änderte sich, als sie Carrie sah. »Was machst *du* denn hier? Bist du hergekommen, um dich an meinem Unglück zu weiden? Oder hat dein Ehemann dich geschickt, um sich zu vergewissern, dass ich auch wirklich aus dem Haus raus bin?« Zorn flackerte in ihren Augen auf.

»Nein, ich bin nur gekommen, um zu sehen, wie es dir geht.«

»Was glaubst du denn, wie es mir geht? Dank der Machenschaften deines Ehemanns sind meine Kinder und ich jetzt obdachlos. Ich hoffe, er ist zufrieden mit sich!«

Carrie öffnete den Mund, um sich zu verteidigen, aber dann schloss sie ihn wieder. Sie konnte es Susan nicht verdenken, dass sie ihre Wut an jemandem auslassen musste. Die arme Frau war zutiefst gekränkt, in ihrem Stolz verletzt und voller Angst vor dem, was die Zukunft für sie und ihre Kinder bereithielt.

Und Carrie hatte kein Recht, sich zu verteidigen. Das Einzige, was sie tun konnte, war, sich gegen eine Flut von Zorn zu wappnen.

»Nein, Susan, geh nicht zu hart mit ihr ins Gericht. Es ist nicht ihre Schuld«, trat Mrs. Morris für Carrie ein. »Nehmen Sie doch Platz«, forderte sie sie auf. »Es ist noch Tee in der Kanne, falls Sie eine Tasse möchten. Er hat bestimmt schon zu lange gezogen, aber er ist immerhin warm und wird Ihnen guttun.«

»Nein, danke.« Carrie setzte sich auf die Küchenbank neben Susan, die prompt in Tränen ausbrach. Carrie und Mrs. Morris starrten sie beide schockiert an. Die Frauen in Bowden weinten nicht, oder zumindest nicht in Gegenwart von anderen.

»Es tut mir leid«, sagte sie stockend. »Ich weiß nicht, was ich sage. Ich bin außer mir, wirklich völlig außer mir.«

»Du hast auch jedes Recht dazu.« Carrie griff nach Susans Hand. Sie war schmal und trotz des warmen Tages kalt wie Eis. »Ich bin diejenige, die sich entschuldigen müsste. Wenn ich doch nur irgendetwas tun könnte …« Sie unterbrach sich hilflos. »Hast du dir schon überlegt, wohin du gehen könntest?«

»Ich habe keine Ahnung.« Susan schüttelte den Kopf. »Dies alles kam so plötzlich, dass ich noch gar keine richtige Gelegenheit hatte, darüber nachzudenken.«

»Sie wissen, dass ich Sie alle aufnehmen würde, aber das Haus platzt jetzt schon aus allen Nähten, seit auch Nancy und Archie bei uns leben«, sagte Mrs. Morris mit bedauerndem Gesicht.

Susan rang sich zu einem tränenfeuchten Lächeln durch. »Ich weiß, meine Liebe. Und ich bin Ihnen auch sehr dankbar. Aber ich würde mich Ihnen sowieso nicht aufdrängen wollen.«

»Hast du vielleicht noch irgendwo Verwandte?«, fragte Carrie Susan.

»Nur eine Tante in Barnsley. Sie ist die Schwester meiner Mutter und würde uns vielleicht aufnehmen.«

»Das ist aber ziemlich weit von hier, nicht wahr?«, sagte Mrs. Morris.

»Leider ja«, stimmte Susan seufzend zu. »Für die Kinder wird es schwer sein, Bowden zu verlassen. Sie haben ihr ganzes Leben hier verbracht und kennen gar nichts anderes. Und nach allem, was sie durchgemacht haben, seit ihr Vater im Gefängnis ist ...« Sie schüttelte den Kopf. »Aber es bringt nun mal nichts, zu verzweifeln. Wir können nur das Beste aus unserer Lage machen. Außerdem wird es nicht allzu lange dauern, bis Matthew freigelassen wird, und dann werden wir auch wieder auf die Beine kommen.«

Ihr tapferes Lächeln hatte etwas Trauriges. Sie alle wussten, wie unwahrscheinlich es war, dass die Tollers je nach Bowden zurückkehren würden. Genauso wenig wie all die anderen Familien, die durch diese verdammte Aussperrung aus dem Dorf getrieben worden waren. Carrie konnte spüren, wie sich das Leben um sie herum veränderte und wie ihre Vergangenheit und alles, was sie gekannt hatte, ihr entglitt.

Es sei denn ...

Sie blickte von Susan zu Mrs. Morris und wieder zurück. »Ich habe eine Idee«, sagte sie.

Die Uhr an der Wand schlug fünfmal, und James Shepherd lehnte sich auf seinem Stuhl zurück und massierte seine steifen und verspannten Nackenmuskeln.

Es war ein langer, anstrengender Tag gewesen. Die Sache mit den Tollers und Mrs. Horsfall hatte die Stimmung der Männer noch mehr verschlechtert und sie noch unbeherrschter und reizbarer gemacht. Den ganzen Tag schon veranstalteten sie ein fürchterliches Geschrei an den Zechentoren, brüllten in Sprechchören seinen Namen und verfluchten ihn für das, was er getan hatte. Irgendwann hatte James einfach das Fenster geschlossen, aber die Worte der Männer hallten noch in ihm wider, als er zu arbeiten versuchte.

Als dann die Schicht um zwei Uhr wechselte, begannen einige der Streikbrecher die Bowdener Männer zu provozieren, und eine Rauferei brach aus. Beschimpfungen wurden ausgestoßen, Fäuste flogen, und drei Männer aus dem Ort waren von den Hilfspolizisten verhaftet worden.

James hatte den verantwortlichen Polizeiwachtmeister angewiesen, ihnen in den Zellen Zeit zu geben, sich abzureagieren, und sie dann wieder freizulassen. Er hoffte nur, dass Sir Edward nichts davon erfuhr, da er gewollt hätte, dass die Männer sofort vor Gericht gezerrt worden wären. Er würde nicht eher zufrieden sein, bis sie hinter Gittern saßen, ihre Häuser geräumt und ihre Familien auf die Straße gesetzt worden waren.

James erhob seinen Blick zu dem Porträt seines Vaters an der Wand. Henry Shepherd beherrschte von dort oben den ganzen Raum und blickte auf seinen Sohn herab, wie er es auch schon getan hatte, als er noch lebte.

Sein Vater hatte sein Bestes getan, um einen Mann aus James zu machen. Er hatte ihm das Kämpfen beigebracht, indem er ihn gegen die stärksten Jungen aus dem Ort antreten ließ wie bei einem Hundekampf, und er hatte ihn für seine Schwäche getadelt, wenn er übel zugerichtet, voller Blutergüsse, mit Veilchen um die

Augen und einer geschwollenen Lippe aus einem solchen Kampf hervorgegangen war.

Einmal war er sogar im Krankenhaus gelandet, nachdem einer der größeren Jungen über ihn hergefallen war, als er schon am Boden lag, und ihn mit Fußtritten traktiert und ihm zwei Rippen gebrochen hatte. Der einzige Kommentar seines Vaters war gewesen: »Vielleicht wird dich das lehren, als Erster und so hart wie möglich zuzuschlagen. Dein Problem ist, dass du zu weich bist. Du musst härter werden, Junge.«

Mit gerade mal acht Jahren hatte Henry Shepherd ihn in die Grube hinuntergeschickt. James erinnerte sich noch an seine panische Angst, als sein Vater ihn allein in den Förderkorb geschubst hatte, an das metallische Scheppern der sich schließenden Tür und den plötzlichen kalten Luftzug in seinem Gesicht, als der Korb hinunterglitt.

Er erinnerte sich auch noch an seine Scham, als er unten in der Grube aus dem Förderkorb getaumelt war und ihm vor Angst so übel war, dass er sich unter dem Gelächter der Männer in der heißen, lauten Dunkelheit übergeben hatte.

Aber sein Vater hatte nicht gelacht, als James wieder nach oben kam und seine Kleider voller Flecken waren und nach Erbrochenem stanken. Vor lauter Wut über die Blamage hatte er ihn mit seiner Reitgerte geschlagen.

»Ich will stolz auf dich sein können!«, hatte er gebrüllt, als die Gerte schmerzhaft gegen James' dünne Beine schlug.

Und James hatte sein Bestes getan, um seinen Vater zufriedenzustellen, obwohl jeder Tag für ihn mit der schmerzlichen Gewissheit endete, wie kläglich er versagte.

Heute war ihm das noch stärker bewusst als sonst, da die Aussperrung nun schon auf ihren dritten Monat zuging und auf beiden Seiten nichts auf eine Kapitulation hindeutete. Er hegte keinen Zweifel, dass die Bowdener Bergleute sich unter seinem Vater inzwischen längst wieder an die Arbeit gemacht hätten. Er hätte sie gnadenlos zur Aufgabe gezwungen, genauso, wie er es auch bei dem letzten Streik vor fünf Jahren getan hatte.

Damals hatte Henry Shepherd die Anerkennung und den Respekt der Haverstocks gewonnen, und nun erwartete Sir Edward das Gleiche auch von James. Einige der Bergwerke unten in Nottingham hatten die Arbeit bereits wieder aufgenommen, und Sir Edward konnte nicht verstehen, warum die Bowdener Bergleute nicht auch bereits nachgegeben hatten.

»Sie müssen härter werden, Shepherd«, hatte er James gewarnt. »Tun Sie, was getan werden muss.«

Du musst härter werden, Junge.

James schaute wieder zu dem Porträt auf. Jeder, der das Bild betrachtete, bemerkte die Ähnlichkeit zwischen ihnen. Aber James wusste, dass er nur eine schlechte Kopie seines Erzeugers war.

Henry hätte diesen Kampf genossen und ganz gewiss keine Skrupel gehabt, ganze Familien aus ihren Häusern zu werfen. Er hätte auch nicht auf Anweisungen von Sir Edward warten müssen. Er wäre heute Morgen in der Siedlung gewesen, um zuzusehen, wie Frauen und Kinder auf die Straße gesetzt wurden, und er hätte seinen Spaß daran gehabt.

James dagegen war daheim geblieben wie ein Feigling, hatte so getan, als ob nichts von alledem geschähe, hatte nicht einmal seiner eigenen Frau in die Augen sehen können.

Er kam sich geradezu erbärmlich vor, als er sich an Carries vorwurfsvollen Gesichtsausdruck an diesem Morgen erinnerte. Wie gerne hätte er ihr gesagt, dass ihm das alles sehr wohl etwas ausmachte, und zwar mehr, als er sich anmerken ließ. Aber dann würde sie ihn für einen Versager halten, weil er sich Sir Edward gegenüber nicht behaupten konnte. Ganz egal, was er auch tat, er konnte einfach nicht gewinnen.

Erschöpft machte er sich auf den Weg nach Hause und bereitete sich innerlich auf weitere Auseinandersetzung vor. Er hoffte, dass Carrie Zeit gehabt hatte, sich zu beruhigen, wusste aber, dass sie nicht so leicht darüber hinwegkommen würde, und er konnte es ihr nicht einmal verdenken.

Sein Schlüssel steckte schon in der Tür, als er Porzellan im Haus zu Bruch gehen hörte und ein Gezeter lauter Frauenstimmen hörte.

Als er eintrat sah er, wie das Dienstmädchen auf allen vieren die Scherben dessen aufhob, was einmal eine Wedgwood-Vase gewesen war, ein schönes Stück, das seit Generationen in der Familie gewesen war. Eine ängstlich aussehende Frau mit einem Kind an jeder Hand stand vor den Scherben dieser Vase.

»Es war ein Unfall, das schwöre ich!« James erkannte Susan Toller erst, als er ihre Stimme hörte, und war schockiert darüber, wie sehr sie sich verändert hatte. Sie war immer eine gutaussehende Frau gewesen, aber die Sorgen hatten ihr Gesicht so ausgemergelt, dass es nur noch aus Haut und Knochen zu bestehen schien.

James blickte von der einen zur anderen Frau. »Was ist denn hier los?«

Das Dienstmädchen warf ihm einen Blick zu, der Bände sprach. »Es ist Mrs. Shepherd, Sir. Sie …«

Just in diesem Augenblick kam Carrie die Treppe hinunter und strich mit ihren Händen ihren Rock glatt. »So, ich habe die Schränke durchforstet, und es ist mehr als genug Bettwäsche da«, wandte sie sich an das Dienstmädchen. »Also wirst du jetzt vielleicht die Betten beziehen, wie ich es dir aufgetragen hatte?«

»Ja, Ma'am.« Das Mädchen warf James einen schnellen, ärgerlichen Blick zu, bevor sie davoneilte und im Ascheneimer das zerbrochene Porzellan mitnahm.

James blickte von Carrie zu Susan Toller und wieder zurück. Seit dem Moment, in dem er sein Haus betreten hatte, wurde er das Gefühl nicht los, sich in einem äußerst bizarren Traum zu befinden.

»Würde mir bitte mal jemand sagen, was hier los ist?«, fragte er.

»Ich habe Mrs. Toller und ihre Kinder eingeladen, hier bei uns zu wohnen.«

James starrte seine Frau an. »Du hast *was* getan?«

Carrie schob das Kinn vor. »Ich habe sie eingeladen, hier bei uns zu wohnen«, wiederholte sie. »Sie konnten ja nirgendwo anders hin, wo sie doch aus ihrem Haus geworfen wurden.«

James sah die unausgesprochene Herausforderung in ihren Augen. Sie erwartete von ihm, dass er sich fügen und ihren Plänen keinen Widerstand entgegensetzen würde ..., weil sie ihn für genauso schwach hielt wie alle anderen auch!

Du musst härter werden, Junge.

Er wandte sich an Susan. »Ich fürchte, da liegt ein Missverständnis vor«, sagte er geradeheraus. »Sie können hier nicht bleiben.«

Carrie schnappte nach Luft, und Susan Toller schien von Panik ergriffen zu werden. »Aber Carrie ... Mrs. Shepherd sagte ...«

»Mag sein, aber sie hätte keine Versprechungen machen dürfen, ohne mich vorher zu fragen.« James warf Carrie einen raschen Blick zu. Sie starrte ihn an, als ob er sie geschlagen hätte. »Es tut mir leid, Mrs. Toller, aber es ist völlig ausgeschlossen, dass Sie bleiben.«

Dann ging er, bevor Carrie irgendetwas erwidern konnte. Als er die Tür zu seinem Arbeitszimmer schloss, konnte er Susan Toller draußen leise weinen hören.

Er setzte sich an seinen Schreibtisch und vergrub das Gesicht in seinen Händen, nur um gleich darauf wieder aufzuspringen. Im selben Moment flog die Tür auf, und Carrie stand mit wutblitzenden Augen vor ihm.

»Warum?«, herrschte sie ihn an. »Warum können sie nicht bleiben?«

»Weil ich sie nicht hier haben will. Wenn Sir Edward das herausbekäme ...«

Carrie unterbrach ihn mit einem verächtlichen Lachen. »Ich

hätte wissen müssen, dass er der Grund ist! Wir dürfen ja auch nichts tun, was deinen teuren Sir Edward verärgern könnte, nicht? Wen kümmert es denn schon, dass eine Frau und ihre Kinder seinetwegen heute Nacht auf der Straße schlafen müssen!« Ihre Brust hob und senkte sich unter ihren schnellen, zornigen Atemzügen. »Aber im Gegensatz zu dir pfeife ich darauf, was Sir Edward denkt. Ich wollte jemandem in Not beistehen und hatte gehofft, auch du würdest ihnen helfen wollen.«

Er sah die flehentliche Bitte in Carries Augen und spürte, wie er schwach wurde. Er hatte schon fast den Mund geöffnet, um zu sagen, sie könnten bleiben, als er die spöttische Stimme seines Vaters zu hören meinte.

Dein Problem ist, dass du zu weich bist.

»Sie sind nicht *unser* Problem, Carrie«, erklärte er entschieden.

»Aber sie sind meine Freunde.«

»Und ich bin dein Mann! Zählt das denn überhaupt nicht?«

Carrie trat einen Schritt zurück und schaute ihn aus großen Augen an. Bevor sie jedoch etwas erwidern konnte, erschien Susan Toller hinter ihr.

»Mach dir keine Sorgen, Carrie. Wir können nach Barnsley fahren. Meine Tante wird mich ganz bestimmt nicht abweisen.«

»Siehst du?«, sagte James zu Carrie. »Und Sie werden sich dort auch sicher wohler fühlen, Mrs. Toller. Und falls ich Ihnen bei den Ausgaben behilflich sein kann ...« Er griff nach seiner Brieftasche, aber Susan Toller schüttelte den Kopf.

»Danke, Mr. Shepherd, aber von Ihnen will ich nichts«, sagte sie sehr steif und würdevoll.

»Sind Sie sicher? Wenn es Ihnen helfen würde ...«

»Du hast gehört, was sie gesagt hat. Sie will deine Hilfe nicht.« Carrie wandte sich ab. »Komm, Susan. Ich hole euch noch etwas zu essen, bevor ihr geht.« Sie führte sie hinaus und warf James noch einen angewiderten Blick zu, bevor sie die Tür hinter ihr schloss.

Er blieb in seinem Arbeitszimmer, bis die Tollers weg waren. Als er draußen Hufgetrappel hörte, blickte er aus dem Fenster und sah Rob Chadwick mit den Zügeln in der Hand auf dem Bock des Pferdekarrens sitzen.

Sofort wurde James von einer heftigen Abneigung erfasst. Warum war der Kerl eigentlich noch immer im Dorf? In letzter Zeit hatte er sich sogar angewöhnt, mit den anderen Bergleuten an den Zechentoren herumzulungern und die Streikbrecher zu provozieren, obwohl es mehr als drei Jahre her war, seit er selbst in der Bowden Main gearbeitet hatte.

Während James zusah, kam Carrie aus dem Haus und sprach ein paar Minuten mit Rob Chadwick. Dann kam Susan mit all ihren Kindern, und Rob stieg vom Karren und hob sie behutsam eines nach dem anderen hoch und setzte sie hinten in den Karren, bevor er Susan galant auf den Platz neben ihm half. Dann beugte er sich vor und sagte etwas zu ihr, und James konnte sehen, wie das traurige Gesicht der Frau sich verwandelte, als sie lachte.

Verbitterung stieg in seiner Kehle auf und erstickte ihn nahezu. Rob Chadwick, der Held der Stunde!

Carrie blieb am Tor stehen und sah dem Pferdewagen nach, bis er außer Sichtweite verschwand. Als sie sich abwandte, glaubte James einen sehnsüchtigen Ausdruck auf ihrem Gesicht zu erkennen.

KAPITEL NEUNUNDZWANZIG

Alle waren sich darüber einig, dass es der bisher heißeste Tag des Sommers war.

Schon am frühen Morgen konnte Agnes die Wärme der Sonne auf dem Fensterglas spüren, als sie ihre Schlafzimmervorhänge zurückzog. In der Küche hatte Jinny die Hintertür geöffnet, um etwas kühle Luft hereinzulassen, doch der Fliegen wegen hatte Mrs. Bannister sie fast unmittelbar darauf wieder geschlossen.

»Wenn sie glaubt, ich ließe mich an einem Backtag hier drinnen einsperren, ist sie auf dem Holzweg!«, brummte Jinny ärgerlich, als sie den Herd anzündete. »Dann wäre ich bis heute Abend weggeschmolzen wie Eis in der Sonne!«

Am späten Vormittag stand die Sonne schon so hoch an dem wolkenlosen blauen Himmel, dass sie die kopfsteingepflasterten Straßen erhitzte und die ohnehin schon kärglichen Grasbüschel am Straßenrand versengte. Selbst die Hunde, die in den schattigen Ladeneingängen herumlagen, waren heute ausnahmsweise einmal zu träge, um Agnes' Fahrrad nachzujagen, als sie das Dorf durchquerte. Selbst die Kinder auf dem Schulhof schienen weniger Energie zu haben als sonst. Kein ausgelassenes Geschrei oder Gelächter war zu hören, und es lief auch niemand auf dem Hof herum. Die Kinder bewegten sich nur träge und ließen sich hier und da sogar ermattet in den Schatten plumpsen, weil es viel zu heiß zum Spielen war.

Agnes stieg von ihrem Rad und stellte es in einem Schuppen ab. Sie verging vor Hitze in ihrem dicken blauen Baumwollkleid, und sogar ihr Haar unter der Haube war schweißnass.

Im Klassenraum der Oberstufe fand sie Miss Warren und Miss Colley, die vor einem Stapel Bücher nebeneinander am Lehrerpult saßen. Miss Colley klebte Blätter für eine Widmung vorne in die Bücher und gab sie dann an Miss Warren weiter, die sie beschriftete. Miss Warren sah kühl und gelassen aus wie immer, ganz im Gegensatz zu Miss Colley, deren Haar so feucht war, dass es an ihren rosigen runden Wangen klebte.

»Dieses Blatt müssten Sie noch mal neu einkleben, Miss Colley. Es ist nicht ganz gerade, sehen Sie?« Miss Warren gab ihr eins der Bücher zurück.

Miss Colley hielt es hoch und sah es sich mit zusammengekniffenen Augen an. »Für mich sieht es vollkommen gerade aus.«

»Und ich sage Ihnen, dass es das nicht ist.« Miss Warren blickte auf, als sie Agnes bemerkte. »Ah, Miss Sheridan. Wir hatten Sie nicht vor elf erwartet. Und es ist gerade erst zehn vor«, sagte sie mit einem vorwurfsvollen Blick zu der Uhr an der Wand.

»Da ich meine Runden schon früh beendet habe, dachte ich, ich komme am besten gleich hierher.«

»Aha«, sagte Miss Warren mit schmalen Lippen. »Es gibt Leute, die der Ansicht sind, dass es fast genauso unhöflich ist, zu früh zu kommen, wie sich zu verspäten.«

Agnes sah Miss Colley an, die ihre Augen verdrehte. *Sehen Sie, was ich hier ertragen muss?*, besagte ihre leidgeprüfte Miene.

»Tut mir leid, dass ich zu früh da bin«, sagte Agnes und stellte ihren Schwesternkoffer ab. Sie hatte bereits gelernt, dass es bei Miss Warren immer besser war, sich zu entschuldigen, weil jeder Versuch, mit ihr zu diskutieren, verlorene Zeit war. »Was machen Sie da?«, fragte sie mit einem Blick auf die Bücher auf dem Tisch.

»Diese Bücher sind für unsere Preisverleihung«, erklärte ihr Miss Warren. »Miss Colley und ich fügen schon einmal die Namen der Kinder ein, die einen Preis gewonnen haben. Allerdings wage ich zu behaupten, dass wir sie alle viel schneller beschriften könnten, wenn Miss Colley ein bisschen aufmerksamer bei der Arbeit wäre«, fügte sie hinzu, während sie ihrer armen Untergebenen ein weiteres Buch anreichte.

»Tut mir leid, Miss Warren«, murmelte Miss Colley mit zusammengebissenen Zähnen.

»Wann ist denn die Preisverleihung?«, fragte Agnes.

»Nächste Woche im Sitz der Bergarbeiterfürsorge. Vielleicht würden Sie ja auch gern kommen?«, fragte Miss Warren.

»Oh ja, vielen Dank! Ich komme gerne.«

»Entschuldigen Sie, Miss Warren«, unterbrach Miss Colley ihr Gespräch und hielt eines der Bücher hoch. »Aber was machen wir mit Elsie Stanhope?«

Miss Warrens hielt in der Bewegung inne und warf einen Blick auf das Buch in Miss Colleys Hand. Dann seufzte sie. »Wohl besser gar nichts, denke ich.«

Elsies Name hatte Agnes hellhörig gemacht. »Warum wollen Sie Elsie keinen Preis geben?«

»Oh, ich würde nichts lieber tun, das können Sie mir glauben. Elsie ist eine unserer intelligentesten und tüchtigsten Schülerinnen und verdient es, wie die anderen Kinder einen Preis verliehen zu bekommen. Aber ihr Vater hat es verboten.«

»Er hat es verboten? Aber warum denn?«

»Weil die Bücher von der Familie Haverstock gestiftet wurden. Miss Eleanor wird sie bei der Preisverleihung übergeben. Und ich befürchte, dass Mr. Stanhope Elsie nicht erlauben wird, etwas von ihnen anzunehmen.«

Agnes starrte sie betroffen an. »Das kann doch wohl nicht wahr sein?«

»Oh doch. Es war ihm sogar sehr ernst damit«, sagte Miss Warren. »Ich habe versucht, ihn umzustimmen, aber er will nichts davon hören. Mr. Stanhope ist sehr ... kompromisslos in seinen Ansichten.« Ihr war deutlich anzuhören, wie sorgfältig sie ihre Worte wählte.

Verbohrt, meinen Sie wohl, dachte Agnes.

Sie hatte Elsie Stanhope in letzter Zeit besser kennengelernt. Das kleine Mädchen war regelmäßig zu ihren Sprechstunden erschienen, hatte sich bis zu ihrem Ende an den Türen herumgedrückt und ihr dann geholfen, die Stühle aufzuräumen. Agnes dachte, es würde ihr vielleicht irgendwann langweilig werden, aber im Moment war sie noch sehr lernbegierig und stellte ihr alle möglichen Fragen über Krankenpflege und die Geräte, die Agnes benutzte. Sie war immer wieder erstaunt über die Intelligenz des kleinen Mädchens, das alle Informationen in sich aufsog wie ein Schwamm.

Elsie hatte ihr auch etwas über ihr eigenes Leben erzählt. Sie war zwar sehr vorsichtig mit dem, was sie von sich preisgab, aber Agnes hatte sich bereits ein Bild von einem einsamen kleinen Mädchen gemacht, das ganz furchtbar um seine Mutter trauerte und den Vater vermisste, der sich von seinen Kindern abgekapselt hatte, obwohl sie ihn so dringend brauchten wie nie zuvor.

In Gedanken sah Agnes wieder, wie sorgsam die Kleine in ihrer abgetragenen Kleidung und vielfach geflickten Stiefeln nach der Sprechstunde die Stühle wegräumte, und ihr Herz verkrampfte sich. Die arme Elsie. Während ihres ganzen Lebens war sie ignoriert worden, und jetzt sollte ihr auch noch ihre einzige Chance, zu glänzen, vorenthalten werden!

Die Uhr schlug elf, und Miss Warren legte ihren Federhalter hin. »Zeit, die Kinder hereinzuholen«, sagte sie zu Miss Colley. »Klingeln Sie jetzt also bitte, Miss Colley. Und Sie, Miss Sheridan, könnten Ihre Untersuchung vielleicht in dem anderen Klassenzimmer durchführen, während ich hier die Bücher fertigmache? Sie können ihr doch sicher dabei zur Hand gehen, Miss Colley?«

»Aber gern, Miss Warren.«

Als Miss Colley mit Agnes hinausging, sagte sie: »Wie froh ich bin, ihr zu entkommen! Sie macht mich wirklich langsam wahnsinnig. Als ob ich nicht imstande wäre, eine Widmung in ein Buch zu kleben! Ich bin es leid, dass sie ständig etwas an mir herumzunörgeln hat. Ich hätte große Lust, eines Tages alles hinzuschmeißen, ob Sie es glauben oder nicht!«, sprudelte es aus ihr hervor, als ob ein Damm gebrochen wäre. »Und haben Sie bemerkt, wie kühl sie trotz der Hitze wirkte? Es war so heiß und stickig in dem Raum, dass ich schon Angst hatte, wie Butter in der Sonne zu zerlaufen. Aber nicht Miss Warren! Ich wäre überhaupt nicht überrascht, wenn sie Eiswasser in ihren Adern hätte ... Geht es Ihnen nicht gut, Miss Sheridan? Sie sind so still heute Morgen.«

Aber nur, weil ich bisher noch nicht zu Wort gekommen bin, dachte Agnes und lächelte im Stillen. »Ich muss immer noch an Elsie Stanhope denken«, sagte sie.

»Ah ja. Die arme kleine Elsie.« Miss Colley seufzte. »Es ist so eine Schande. Nicht einmal Miss Warren findet etwas an ihr auszusetzen, was bedeutet, dass sie so was wie ein Wunderkind sein muss.« Sie schüttelte den Kopf. »Aber ich denke, wenn ihr Vater sich entschieden hat, lässt sich wahrscheinlich nichts mehr daran ändern.«

»Wahrscheinlich nicht«, gab Agnes ihr recht. Aber in ihrem Kopf arbeitete es schon ...

»Streikbrecher-Abschaum!«

»Verdammte Verräter!«

»Ihr solltet euch schämen!«

Seth Stanhope und die anderen Männer ließen ihre Wut an den Gitterstäben der verschlossenen Zechentore aus, rüttelten daran und ließen die schweren Ketten, die sie zusammenhielten, rasseln. Die neu angeworbenen Männer auf der anderen Seite des Hofs gönnten ihnen jedoch kaum einen Blick, als sie aus dem Förderkorb ausstiegen, einen Moment lang blinzelnd in der hellen Sonne standen und dann zur Lampenstube hinübergingen. Nach fast drei Monaten hatten sie sich an die Sprechchöre, Flüche und Beleidigungen der streikenden Bergarbeiter schon gewöhnt.

»Schaut sie euch an, diese Verräter! Früher besaßen sie zumindest noch den Anstand, sich zu schämen. Aber inzwischen riskieren sie auch noch eine dicke Lippe!«, sagte Tom Chadwick und spuckte angewidert auf den Boden.

»Aye, da hast du recht«, stimmte sein Sohn Archie zu. »Einer von ihnen hat mir heute Morgen sogar zugewunken, als der Bus reinfuhr.«

»Ich glaube nicht, dass der noch winken würde, wenn ich ihn in einer dunklen Gasse zu fassen kriegte!«, murmelte Alec Morris.

»Da muss man sich doch fragen, wozu wir eigentlich hier sind, wenn uns ja doch niemand beachtet«, bemerkte Reg Willis in gedämpftem Ton.

»Was sagst du da?«, fuhr Seth ihn an.

Reg trat einen Schritt zurück und richtete sich zu seiner vollen Größe auf. Doch selbst so war Seth noch immer einen Kopf größer als er. »Haben wir nicht gerade erst davon gesprochen, dass uns hier sowieso keiner mehr beachtet? Und wir konnten ja auch nicht verhindern, dass diese Streikbrecher hergekommen sind, oder? Die Förderung geht weiter wie bisher. Die Bergwerksleitung scheint es nicht zu interessieren, ob wir hier sind oder nicht, warum sollen wir uns also überhaupt die Mühe machen?«

»Was sollen wir denn sonst tun? Zuhause herumsitzen und Däumchen drehen, während wir darauf warten, dass die Haverstocks die Zechentore öffnen, damit wir wieder zur Arbeit gehen können?«, fragte Seth.

Prüfend ließ er seinen Blick über die anderen Männer gleiten, die verlegen mit den Füßen scharrten. Er war sich sicher, dass sie alle einer Meinung mit Reg Willis waren, auch wenn sie es vor Seth vielleicht nicht zugeben wollten. Aber er konnte den Geruch der Niederlage, den sie verströmten, beinahe riechen.

»Wir dürfen jetzt nicht nachgeben!«, beschwor er sie. »Wir müssen weiter herkommen, um ihnen zu zeigen, dass wir noch immer stark und solidarisch miteinander sind. Wir müssen weiterkämpfen.«

»Müssen wir das wirklich?«, ergriff Tom Chadwick nun das Wort. »Manchmal frage ich mich das nämlich auch.«

»Das ist nicht dein Ernst, Dad!«, rief Archie bestürzt. »Du würdest den Streik doch ganz bestimmt nicht brechen?«

»Das habe ich auch nicht gesagt.« Tom warf Seth einen schnellen, vorsichtigen Blick zu. »Ich sage nur, dass es immer schwerer wird, weiterzumachen. Meine Ruth hat letzte Woche sogar ihren Ehering verpfändet«, berichtete er mit erstickter Stimme. »Ich sehe, wie sie sich abmüht, um die Familie zu versorgen, und frage mich, ob es das wert ist, da wir die Bedingungen der Haverstocks früher oder später sowieso akzeptieren müssen.«

»Wer sagt, dass wir sie irgendwann annehmen müssen?«, gab Seth ärgerlich zurück. »Wir werden diesen Streik gewinnen. Wenn wir zusammenhalten, werden sie uns zuhören müssen.«

»Ja, aber wir halten eben nicht zusammen! Der Spitzenverband der britischen Gewerkschaften ist uns schon nach einer Woche in den Rücken gefallen. Und selbst die anderen Bergarbeiter wenden sich gegen uns. Wie die da hinten.« Tom nickte zum Hof der Zeche hinüber. »Jeden Tag nehmen mehr und mehr Männer ihre Arbeit wieder auf. Warum also sollten wir diejenigen sein, die durchhalten, wo wir doch wieder unter Tage sein und Lohn bekommen könnten?«

»Du meinst, du willst dich diesem Streikbrecher-Abschaum anschließen?«, unterbrach Seth ihn erbost. »Dann lass dich von uns nicht aufhalten.« Er trat beiseite. »Geh und sprich mit Mr. Shepherd, der dich sicherlich mit offenen Armen zurücknehmen wird. Aber du wirst weder dir selbst noch uns anderen je wieder ins Gesicht sehen können, wenn du es tust«, warnte er.

Tom schwieg trotzig und wandte seinen Blick nicht vom Zechenhof ab. »Ich sage ja nur, dass es verdammt schwer ist, durchzuhalten«, murmelte er.

Seth legte eine Hand auf seine Schulter. »Das weiß ich, Tom. Es ist auch für uns andere sehr schwer. Aber wir sind wie ein Kartenhaus – wenn eine Karte fällt, bricht das ganze Ding zusammen. Du bist es deinen Freunden schuldig, zu ihnen zu stehen.«

»Ich bin es auch meiner Familie schuldig, sie nicht verhungern zu lassen«, brummte Tom.

Bevor Seth etwas erwidern konnte, rief Reg Willis: »Na so was! Was macht die denn hier?«

Alle drehten sich um. Seth sank das Herz, als er Agnes Sheridan mit ihrem alten Fahrrad über den holprigen Weg, der zu den Zechentoren führte, auf sie zukommen sah.

Er wandte sich ab, aber die anderen Männer starrten sie weiter an.

»Vielleicht ist sie ja gekommen, um sich den Streikposten anzuschließen?«, witzelte Archie Chadwick grinsend.

»Ich hätte nichts dagegen«, sagte Reg Willis. »Zumindest hätten wir dann was Hübsches zum Anschauen, während wir hier unsere Zeit vergeuden.«

Seth ignorierte den vielsagenden Blick, den Reg ihm zuwarf.

»Da wäre ich mir nicht so sicher.« Tom Chadwick nickte zu Miss Sheridan hinüber. »Ich habe diesen Ausdruck auch schon bei deiner Mutter gesehen, Archie. Für gewöhnlich bedeutet er, dass die Frauen jemanden auf dem Kieker haben!«

Seth blickte weiterhin zum Zechenhof hinüber. Bald würde der Bus abfahren und die Männer heimbringen, und er wollte bereit sein, wenn die Tore aufgingen.

Bevor er sich's versah, nannte jedoch jemand seinen Namen, und als er sich umdrehte, sah er die Gemeindeschwester hinter sich stehen.

»Darf ich Sie kurz sprechen, Mr. Stanhope?«, sagte sie in ihrem ach so höflichen, geschliffenen Akzent.

Er sah die Blicke der anderen Männer, die hinter ihr standen und ihn amüsiert beobachteten. »Nicht jetzt, ich bin beschäftigt«, erwiderte er abweisend.

»Das sehe ich.« Und jetzt konnte er auch den Sarkasmus in ihrer Stimme hören. »Aber ich verspreche Ihnen, dass ich nicht allzu viel von Ihrer kostbaren Zeit in Anspruch nehmen werde.«

Sie würde nicht gehen, ihre Entschlossenheit stand ihr nur allzu deutlich ins Gesicht geschrieben.

Seth seufzte. »Falls es wieder um unseren Christopher geht ...«

»Es geht nicht um Ihren Sohn, sondern um Elsie.«

Damit hatte sie seine Aufmerksamkeit. »Elsie? Wieso, was ist denn mit ihr? Sie ist doch nicht etwa krank, oder?«

»Nein, das ist sie nicht.« Agnes machte eine kleine Pause. »Aber ist Ihnen eigentlich bewusst, dass Ihre Tochter in der Schule einen Preis gewonnen hat, Mr. Stanhope?«

Seth, der nicht sicher war, richtig gehört zu haben, blinzelte ein paarmal überrascht. »Sie wollen mir doch nicht sagen, dass Sie den ganzen Weg hierhergekommen sind, um über einen Schulpreis zu reden?« Er schüttelte den Kopf. Das Mädchen verfügte offenbar über mehr Freizeit als Vernunft. »Und ja, Hannah erwähnte so etwas. Was ist damit?«

»Wie ich hörte, haben Sie Elsie verboten, den Preis anzunehmen?«

Seth' Lippen wurden schmal. »Und was geht Sie das an, falls es so ist?«

»Finden Sie nicht, dass Sie ihr gegenüber ganz schön unfair sind?«

»Das verstehen Sie nicht.« Seth wandte sich von ihr ab und blickte wieder durch die Tore auf den Hof. Die Streikbrecher kamen der Reihe nach hinaus und stiegen in den Bus. Jetzt würde jeden Moment der Vorarbeiter über den Hof kommen, um die Tore aufzuschließen.

»Oh, ich verstehe nur allzu gut. Sie sind bereit, das Glück Ihrer Tochter Ihrem eigenen Stolz zu opfern!«

Einer der Männer, der ihnen zuhörte, lachte nervös. Seth fuhr herum, um ihn böse anzufunkeln, aber alle hielten ihren Blick gesenkt und schienen sich plötzlich sehr für ihre Stiefel zu interessieren.

Nur Agnes Sheridan schaute ihn auch weiterhin völlig ruhig und gelassen an. Diese Frau ist wirklich furchtlos wie der Teufel!, dachte er.

»Und wie kommt es, dass Sie plötzlich so viel über meine Familie wissen?«, fragte er.

»Weil ich Elsie kürzlich kennengelernt habe und sie seitdem jede Woche zu meiner Sprechstunde gekommen ist. Ich habe ihr das eine oder andere über Krankenpflege beigebracht. Sie ist ein sehr aufgewecktes kleines Mädchen, Mr. Stanhope.«

»Das brauchen Sie mir nicht zu sagen.« Seth hatte plötzlich ein Bild seiner Tochter vor Augen, wie sie neben ihrer Mutter auf der Küchenbank saß und lesen lernte. Sarah hatte immer gesagt, Elsie habe viel mehr Interesse, etwas zu lernen, als die Jungen.

»Ich finde es jammerschade, dass sie ihren Preis nicht annehmen darf.« Agnes Sheridans kultivierte Stimme brachte Seth in die Gegenwart zurück.

»Das macht ihr nichts aus«, erwiderte er, wobei er sich erneut fragte, wieso er diese vorwitzige Person nicht einfach ignorierte. Hielt dieses Frauenzimmer sich denn überhaupt nie aus den Angelegenheiten anderer heraus?

»Woher wollen Sie das wissen? Haben Sie vernünftig mit ihr darüber gesprochen?«

Seth öffnete den Mund, schloss ihn aber sofort wieder. Das mit dem Schulpreis hatte er natürlich von Hannah erfahren. In Wahrheit war es sogar so, dass er sich nicht einmal mehr erinnern konnte, wann er seiner Tochter das letzte Mal wirklich zugehört hatte ...

Die Erkenntnis stimmte ihn für einen Moment nachdenklich. Doch dann wurde er von dem Vorarbeiter abgelenkt, der mit einem klirrenden Schlüsselbund am Gürtel den Hof in ihre Richtung überquerte.

»Ich habe genug gehört«, sagte Seth in barschem Ton zu Agnes Sheridan. »Verschwinden Sie jetzt endlich!«

Aber Agnes ließ sich davon nicht beirren und straffte ihre schmalen Schultern. »Sie haben mir gar nichts zu sagen!«

»Und Sie haben mir ganz sicher nicht zu sagen, wie ich meine Kinder erziehen soll!«

Inzwischen hatte der Vorarbeiter das Tor erreicht und warf ihnen durch die Gitterstäbe einen strengen Blick zu. »Wir wollen keinen Ärger mit euch«, sagte er warnend.

Seth ging zu den anderen Männern, die sich um den Eingang herum aufgebaut hatten, während der Bus langsam über den Hof auf das Tor zurollte. Auch die Hilfspolizisten begannen sich zu formieren und ein schützendes Spalier zu bilden.

»Also werden Sie es sich nicht noch mal überlegen?«, hörte Seth erneut Agnes' Stimme hinter sich. »Mr. Stanhope? Hören Sie mir überhaupt zu?«

»Nicht jetzt!« Während er sich zur vordersten Linie der Streikposten vordrängte, begann er eine heftige innere Anspannung zu verspüren. Der Bus war jetzt schon so nahe, dass man die kohlegeschwärzten Gesichter der Männer hinter den Fenstern erkennen konnte.

»Wenn Sie Ihren Kindern genauso viel Aufmerksamkeit schenken würden wie der Zeche, wäre Ihre Familie vielleicht nicht in einem solch beklagenswerten Zustand!«

Seth drehte sich langsam zu ihr um. Die anderen Männer hatten aufgehört zu reden und einander in die Rippen zu knuffen. Wie erstarrt blieben sie stehen, beobachteten Seth aus argwöhnischen Augen und warteten auf seinen Wutausbruch.

»Sie wissen gar nichts über meine Familie«, knurrte er.

»Und Sie auch nicht, wie mir scheint. Aber ich interessiere

mich wenigstens für sie, was mehr ist, als man von Ihnen behaupten kann!«

Seth war zu perplex, um etwas zu entgegnen, er starrte Agnes Sheridan, deren glänzende braune Augen furchtlos seinen Blick erwiderten, nur sprachlos an.

Hinter ihm begann der Vorarbeiter die Tore aufzuschließen.

»Sie gehen jetzt besser, Miss, bevor der Bus herauskommt«, riet Tom Chadwick Agnes.

Sie öffnete bereits den Mund, um zu widersprechen, schloss ihn aber dann gleich wieder. »Na schön«, sagte sie, ohne den Blick von Seth abzuwenden. »Aber Sie werden sich meine Worte durch den Kopf gehen lassen, Mr. Stanhope, nicht wahr?«

»Halten Sie sich aus meinen Angelegenheiten heraus!« Doch seine Antwort erreichte sie nicht mehr, sie hatte sich bereits auf ihr Rad geschwungen und war davongefahren.

Also wandte er sich wieder den anderen Männern zu. Eine ganze Reihe von Gesichtern starrte ihn schweigend an. Niemand wagte es, etwas zu sagen.

Und schon öffneten sich quietschend die Tore, und der Bus fuhr rumpelnd durch sie hindurch. Sofort stürmten die Streikenden vor und lieferten sich ein Gerangel mit den Hilfspolizisten, um an den Bus heranzukommen und mit den Fäusten auf die Fenster einschlagen zu können.

»Streikbrecher-Gesocks!«

»Geht dorthin zurück, wo ihr hergekommen seid, denn hier will euch keiner haben!«

Ausnahmsweise schloss Seth Stanhope sich seinen Kameraden jedoch nicht an, weil er zu beschäftigt damit war, der Gemeindeschwester nachzuschauen, die allmählich aus seinem Blickfeld verschwand.

KAPITEL DREISSIG

Hannah konnte Seth anmerken, wie schlecht gelaunt er war, als sie ihn die Straße hinunterkommen sah. Sie war gerade dabei, einen Teppich über einer Wäscheleine auszuklopfen, während der kleine Billy um sie herum und unter der Wäscheleine hindurchflitzte, um ein Flugzeug fliegen zu lassen, das er aus altem Zeitungspapier gebastelt hatte.

Er sah seinen Vater als Erster und lief auf ihn zu. »Schau mal, was ich hab, Dad!«

Seth gönnte seinem Sohn kaum einen Blick, als er seine Stiefel abstreifte und sie auf der Eingangsstufe liegen ließ.

»Es ist eine Sopwith Camel«, fuhr Billy unbeeindruckt von Seth' Schweigen fort. »Schau mal, ich kann sie sogar zum Fliegen bringen …«

Hannah nahm ihn an der Schulter. »Warum gehst du nicht zu deinen Freunden?«, schlug sie vor. »Ich gehe jede Wette mit dir ein, dass sie dein Flugzeug furchtbar gerne sehen würden.«

»Aber ich möchte es Dad zeigen.« Billys Gesicht verdüsterte sich, als Seth im Haus verschwand und die Tür hinter sich zuschlug.

»Er kann es sich später ansehen. Und nun geh schon, Billy.«

Hannah schaute dem Jungen nach, als er mit hängenden Schultern ging, bevor auch sie das Haus betrat.

Seth stand am Herd und spähte in die Teekanne.

»Was ist passiert?«, fragte Hannah.

»Wer sagt, dass was passiert ist?«

»Ich kenne dich doch, Seth Stanhope. Was ist los?« Sie ging zu ihm hinüber, um ihm die Teekanne aus der Hand zu nehmen, und stellte dann den Wasserkessel auf den Herd. »Hat es an der

Streikpostenkette schon wieder Ärger gegeben?« Seth war fast immer schlecht gelaunt, wenn er vom Streikpostendienst zurückkehrte.

»Nein.« Er schwieg für einen Moment, um dann mit schmalen Lippen hinzuzufügen: »Es sei denn, diese verdammte Gemeindeschwester, die überall dazwischenfunken muss, fällt bei dir unter das Stichwort ›Ärger‹!«

Hannah blickte sich über die Schulter nach ihm um, als sie das Teewasser aufsetzte. »Miss Sheridan? Was hat sie denn nun schon wieder angestellt?«

»Das werde ich dir sagen! Sie ist an den Zechentoren aufgetaucht und hat mich vor allen anderen zusammengestaucht und lächerlich gemacht.«

»Nein! Das hat sie sich erlaubt?«

»Und ob! Sie hat sich nicht nur vor allen anderen über meine Angelegenheiten ausgelassen, sondern auch behauptet, meine Kinder seien mir egal!« Sein Gesicht verdüsterte sich bei der Erinnerung daran.

»Nein! Das hat sie vor allen anderen gesagt?« Hannah konnte es fast nicht glauben. Nicht einmal sie hätte gedacht, dass Agnes Sheridan so dumm sein könnte. »Aber wie konnte sie nur? Sie hatte kein Recht, so etwas zu tun, Seth!«

»Glaubst du, das wüsste ich nicht?«, entgegnete er erbittert. »Das Problem dieser Frau ist, dass sie einfach nicht weiß, wann und wo sie sich herauszuhalten hat.«

»Da hast du recht.« Hannah kochte immer noch vor Wut über Ruth Chadwick. Sie konnte es kaum fassen, wie ihre Freundin sich gegen sie gewandt hatte und ihr elendes Balg von nun an von dieser Gemeindeschwester behandeln ließ. Hannah wusste aber auch, dass Ruth nie den Mut aufgebracht hätte, ihr die Stirn zu bieten, wenn Agnes Sheridan nicht gewesen wäre. »Was wollte sie denn überhaupt? Unser Christopher hat doch wohl nicht schon wieder etwas angestellt?«

Seth schüttelte den Kopf. »Diesmal geht's um Elsie. Der Schwester zufolge war sie sehr unglücklich über die Sache mit der Preisverleihung.«

Hannah runzelte die Stirn. »Und woher weiß die Schwester das?«

»Elsie hat es ihr selbst erzählt. Nach allem, was diese Miss Sheridan sagte, sind die beiden dicke Freunde geworden.«

»Ach, tatsächlich?« Hannah begann sehr nachdenklich zu werden, als sie die Teeblätter in die Kanne gab.

»Ja. Sie behauptet, unsere Kleine sei regelmäßig zu ihrer Sprechstunde gekommen und habe schon viel über Krankenpflege gelernt bei ihr.«

Hannah wurde ganz starr vor Empörung. Was für eine heimtückische kleine Petze Elsie war! Hannah hatte schon immer den Verdacht gehabt, dass das Mädchen sie nicht mochte. Und das nach allem, was sie für die Kinder getan hatte, um ihnen die Mutter zu ersetzen!

»Die Schwester sagte, ich würde meine Prinzipien über das Glück meiner Kinder stellen«, fuhr Seth fort. Sein Gesichtsausdruck war noch immer düster, aber Hannah hörte jetzt plötzlich einen Anflug von Zweifel, der sich in seine Stimme schlich.

»Sie hatte kein Recht, so etwas zu sagen! Jeder weiß, was für ein guter Vater du bist, Seth. Beachte sie am besten gar nicht.«

Aber Seth erwiderte nichts, und Hannah beobachtete ihn aus den Augenwinkeln, als sie den Tee aufgoss.

»Die Kleine gibt sich wirklich große Mühe in der Schule«, sagte er dann.

Hannah schwieg, weil sie noch immer sehr aufgebracht über Elsies heimliche Besuche bei Agnes Sheridan war. Sie hätte wissen müssen, dass diese hochnäsige Person Gefallen an dem kleinen Mädchen finden würde. Schließlich waren sie sich sehr ähnlich, diese beiden Besserwisser.

Elsie kam ganz nach ihrer Mutter. Und Hannah wusste, dass

ihre Schwester Sarah auf sie herabgesehen hatte, weil sie nie richtig lesen oder schreiben gelernt hatte. Als die Älteste war es jedoch Hannah gewesen, die nicht nur die Verantwortung für den Erhalt der Farm auf sich genommen hatte, sondern ihre Mutter auch bei deren Aufgaben im Dorf unterstützt hatte. Sarah hingegen war immer nur das verhätschelte kleine Lieblingskind gewesen, das zur Schule gehen durfte und tun und lassen konnte, was es wollte.

Und dabei war es keineswegs so, dass Sarah ihrer Schwester Hannah die vielen Opfer, die sie brachte, je gedankt hatte. Nein, Sarah hatte das alles für genauso selbstverständlich gehalten wie die Tatsache, dass sie sich Seth Stanhope nahm …

Eine Welle der Verbitterung erfasste Hannah. »Ich habe schon immer gesagt, dass zu viel Gelehrsamkeit aus Büchern nicht gut für ein Mädchen ist. Es bringt sie nur auf dumme Gedanken.«

»Mag sein, aber das ist es, was Sarah gewollt hätte«, sagte Seth. »Ihr größter Wunsch war immer, dass die Kinder im Leben weiterkommen und mehr erreichen als wir.«

Hannah drehte sich überrascht zu ihm um. Es war das erste Mal seit Monaten, dass sie ihn aus freien Stücken diesen Namen hatte sagen hören.

»Es sind deine Kinder, und du musst tun, was du für richtig hältst«, sagte sie, als sie seine Teetasse vor ihn hinstellte. »Aber sie werden nie Respekt lernen, wenn sie glauben, sie könnten dich jedes Mal herumkriegen, wenn sie etwas wollen«, warnte sie.

Elsie kam eine Stunde später heim, als Hannah gerade das Essen auf den Tisch stellte. Sie verkrampfte sich vor Ärger beim Anblick des kleinen Mädchens, das ein Buch unter dem Arm trug wie gewöhnlich.

»Wo hast du gesteckt? Es gab hier einiges zu tun«, schalt Hannah sie.

»Tut mir leid, Tante. Sag mir, was ich tun soll?« Elsie sah kein bisschen reuig aus, als sie mit ihren klaren grauen Augen Hannahs Blick erwiderte. Und wieder konnte sie Verärgerung in sich aufsteigen spüren. Wenn das Mädchen etwas über Krankenpflege lernen wollte, warum kam sie dann nicht zu ihrer Tante?

»Du kannst erst mal Wasser von der Pumpe holen.« Hannah nahm den großen tönernen Krug von der Fensterbank und drückte ihn dem Mädchen in die Hände. Sogar Elsies Höflichkeit ging ihr auf die Nerven.

Sie sagte sich, dass sie einem kleinen Mädchen gegenüber eigentlich nicht so gehässig sein sollte, aber sie konnte es nun mal nicht ändern. Und sie hoffte nur, dass Seth nicht nachgeben und Elsie gestatten würde, diesen Preis entgegenzunehmen.

Hannah entging auch nicht, wie nachdenklich er seine Tochter beim Essen über den Tisch hinweg betrachtete. Es war das erste Mal, dass er seinen Kindern ein wenig Beachtung schenkte, seit Sarah nicht mehr lebte. Für gewöhnlich saß er mit gesenktem Kopf da, stopfte sein Essen in sich hinein, so schnell er konnte, und war wie eine einsame Insel inmitten der Kinder um ihn herum, die plauderten, lachten und ihre Späßchen miteinander trieben.

Wieder verspürte Hannah einen jähen Groll auf ihn. Wie oft hatte sie versucht, ihn dazu zu bringen, sich für seine Kinder zu interessieren? Und nun, wo diese verdammte Schwester aufgetaucht war, saß er plötzlich aufrecht zwischen den Kindern und beschäftigte sich mit ihnen!

Nach einer ganzen Weile sagte er: »Ich habe übrigens nachgedacht. Über diesen Preis, den du in der Schule gewonnen hast, Elsie.«

Sie hielt ihren Blick auf ihren Teller gerichtet. »Ja, Vater«, sagte sie, und es klang resigniert.

»Wenn es dir wirklich so wichtig ist, solltest du auch hingehen, finde ich.«

Elsies Kopf fuhr hoch, und sie starrte ihn mit ungläubiger Miene an. »Meinst du das ernst? Ich darf meinen Preis annehmen?«

»Von mir aus ja, wenn das dein Wunsch ist.«

»Oh, danke! Vielen, vielen Dank, Vater!« Das Gesicht des kleinen Mädchens strahlte mit einem Mal vor Freude. Sie klammerte sich sogar am Tischrand fest, als versuchte sie, sich selbst daran zu hindern, aufzuspringen und ihren Vater zu umarmen.

Hannah blickte zu Seth hinüber. Auch auf seinem Gesicht war der Anflug eines Lächelns zu sehen.

»Wirst du zusehen, wie ich ihn bekomme?«, fragte Elsie.

Seth' Lächeln verschwand wie die Sonne hinter einer Wolke. »Nein«, sagte er. »Verlang das bitte nicht von mir, Kind. Ich könnte nicht im selben Raum wie diese Haverstocks sitzen.«

Elsie ließ enttäuscht die Schultern hängen, und Hannah griff schnell ein.

»Du brauchst gar nicht so ein Gesicht zu machen«, sagte sie scharf. »Du hast schon mehr bekommen, als du verdienst. Wag es nicht, jetzt auch noch ein Gesicht zu ziehen, weil du nicht alles haben kannst, was du willst!«

»Nein, Tante. Tut mir leid, Vater«, sagte Elsie seufzend.

Später dann gelang es Hannah, Elsie allein zu erwischen, als sie beim Abräumen des Tischs half.

»Was hat es mit deinen heimlichen Besuchen bei der Schwester auf sich, von denen ich gehört habe?«

Elsie machte ein erschrockenes Gesicht. »Ich ... ich hatte nicht das Gefühl, dass ich etwas Falsches tue.«

»Warum hast du es dann geheim gehalten?«

»Hab ich nicht ...«

»Lüg mich nicht an, Kind!« Hannah ergriff Elsies Arm und drückte ihn schmerzhaft. »Du bist hinter meinem Rücken zu ihrer Sprechstunde gegangen und hast gemütliche Plauderstündchen mit *dieser Frau* verbracht.«

Elsie fand ihre Stimme wieder. »Ich möchte auch Krankenschwester werden, wenn ich älter bin«, sagte sie. »Einige Dinge hat Miss Sheridan mir schon beigebracht.«

»Und was, glaubst du, kann *sie* dir beibringen und ich nicht?«

Elsie starrte ihre Tante trotzig an. »Ich will eine richtige Krankenschwester werden und in einem Krankenhaus arbeiten«, antwortete sie.

»Eine *richtige* Krankenschwester?« Elsies Unverfrorenheit machte Hannah so wütend, dass sie sich beherrschen musste, die Kleine nicht zu schütteln. »Glaubst du wirklich, jemand wie du könnte Krankenschwester werden?«

»Miss Sheridan hat aber gesagt …«

»Vergiss, was diese Miss Sheridan gesagt hat!«, schnitt Hannah ihr das Wort ab. »Und lass dir von ihr keinen Floh ins Ohr setzen. Mädchen wie du arbeiten nicht in Krankenhäusern.« Sie stand auf und musterte Elsie verächtlich. »Die Frau eines Bergmannes zu werden ist das Einzige, wozu du taugst.«

»Das ist nicht wahr!«

»Aber das reicht dir wohl nicht, was?«, fuhr Hannah fort. »Du glaubst, du wärst für etwas Besseres geschaffen?« Hannah kräuselte verächtlich ihre Lippen. »Dann lass dir mal was gesagt sein, Mädchen: Du kannst so viele Schulpreise gewinnen, wie du willst, trotzdem wirst du an einem Ort wie diesem enden, deinem Alten abends ein Bad einlassen, wenn er von der Schicht heimkommt, und ihm Tag für Tag die schmutzigen Arbeitssachen waschen.«

Tränen schossen Elsie in die Augen. »Du tust mir weh!«

Hannah blickte zu dem Arm des Kindes herab. Ihr war gar nicht bewusst gewesen, wie fest sie ihn umklammert hielt. Sofort ließ sie ihn los, und Elsie fuhr herum und rannte zur Tür.

»Ich will nicht, dass du dich weiter bei dieser Frau herumtreibst, hörst du? Und du wirst auch mit niemandem mehr über unsere Privatangelegenheiten sprechen!«, rief Hannah ihr nach, als die Tür zufiel.

KAPITEL EINUNDDREISSIG

Es war ein verregneter Mittwochnachmittag, und Carrie hatte auch den letzten Bus nach Bowden verpasst.

Nun stand sie draußen vor dem Textilgeschäft auf der Wade Lane und sah den Bus hinter der nächsten Straßenecke verschwinden, während der Regen von ihrer Hutkrempe tropfte und ihr in kleinen Rinnsalen über das Gesicht lief. Es war ihre eigene Schuld, dass sie den Bus verpasst hatte, weil sie sich in den Nebenstraßen verlaufen hatte. Jetzt blieb ihr keine andere Möglichkeit mehr, als die acht Meilen nach Bowden zu Fuß zu gehen.

Ihre Mutter würde sich Sorgen um sie machen. Carrie konnte sich vorstellen, wie sie mit dem kleinen Henry auf dem Arm am Fenster ihres Häuschens stand, in den strömenden Regen hinausschaute und sich fragte, wo ihre Tochter blieb.

James würde ihre Abwesenheit vermutlich nicht einmal bemerken, da er sich zurzeit vom frühen Morgen bis zum späten Abend im Bergwerk aufhielt.

Mit gesenktem Kopf machte Carrie sich durch den prasselnden Regen auf den Weg stadtauswärts und verwünschte sich dafür, ihren Schirm nicht mitgenommen zu haben. Aber sie war zu gedankenverloren gewesen, um auf den bedrohlich grauen Himmel zu achten, als sie heute Morgen das Dorf verlassen hatte. Bis der Bus die Stadt erreicht hatte, waren allerdings bereits die ersten Regentropfen auf den Boden geklatscht, und der Wolkenbruch nahm seinen Lauf. Jetzt fror sie in den nassen Sachen, und ihre Kalbslederschuhe gaben bei jedem Schritt ein patschendes Geräusch von sich. Sie waren fast noch neu, aber Carrie wusste, dass sie ruiniert sein würden, wenn sie endlich zu Hause war.

Als sie die geschäftige Innenstadt hinter sich ließ und die

Straße nahm, die nach Westen führte, wichen die Geschäfte zerstreut liegenden Häusern, die dann wiederum Fabriken und schließlich offenen Feldern wichen. Da hier auch weniger Menschen unterwegs waren, war es nicht schwer, den vor ihr dahinrumpelnden Pferdewagen zu entdecken, der in der gleichen Richtung unterwegs war wie sie selbst.

Doch schon aus einer Entfernung von vielleicht zweihundert Metern konnte sie Rob Chadwick ausmachen, der bei diesem Regen mit gesenktem Kopf und gebeugten Schultern auf dem Kutschbock saß. Carries Hoffnung sank. Sie hatte ihn schon länger nicht mehr in Bowden gesehen, aber gehört, dass er auf der Farm der Barratts gleich außerhalb des Dorfs zu arbeiten begonnen hatte.

Bei jedem anderen wäre sie wahrscheinlich sofort losgelaufen, um ihn einzuholen und um eine Mitfahrgelegenheit nach Bowden zu bitten, doch da es Rob Chadwick war, hielt sie sich zurück und ging langsamer.

Dann folgte der Karren einer Kurve und verschwand aus ihrer Sicht. Carrie atmete erleichtert auf, bis auch sie ein paar Minuten später die Kurve erreichte und den Wagen am Straßenrand stehen sah, wo er auf sie zu warten schien.

Carrie blieb stehen und wischte sich den Regen aus ihrem nassen Gesicht. Sie wollte sich gar nicht erst vorstellen, wie sie aussah in ihren schlammbespritzten Strümpfen, mit dem nassen Haar, das ihr am Gesicht klebte, und dem formlosen, durchnässten Hut. Es lag ihr zwar nichts mehr daran, Rob Chadwicks Blick auf sich zu ziehen, aber sie besaß nach wie vor noch ihren Stolz und wollte ihm nicht wie eine ertränkte Ratte gegenübertreten.

Aber der Wagen rührte sich nicht vom Fleck, und schließlich blieb Carrie nichts anderes mehr übrig, als daran vorbeizugehen. So würdevoll sie konnte, ging sie weiter, da ihr bewusst war, dass Rob von seinem hohen Sitz aus zu ihr hinunterblickte.

»Du hast den Bus verpasst?«, rief er ihr zu.

»Nein«, gab Carrie missmutig zurück. »Es war so ein schöner Tag, da wollte ich lieber zu Fuß gehen.«

Rob grinste. »Wenn du so frech zu mir bist, nehme ich dich nicht mit nach Hause.«

»Wie kommst du darauf, dass ich mitgenommen werden will?«

»Ach so, dann willst du also lieber im strömenden Regen zu Fuß nach Bowden laufen?«

Carrie zögerte und blickte vom Wagen zu ihren Schuhen und wieder zurück. Die Wahrheit war, dass sie lieber den ganzen Weg nach York und wieder zurückgelaufen wäre, als in betretenem Schweigen neben Rob Chadwick sitzen zu müssen.

»Na, komm schon, ich verspreche dir auch, nicht zu beißen«, sagte er. »Obwohl ich natürlich nicht für den alten Jeremiah sprechen kann«, fügte er hinzu und nickte zu dem Pferd hinüber. »Oder traust du dich nicht, mit mir allein zu sein?«, setzte er mit einem spöttischen Blick hinzu.

Carrie spürte, wie sie über und über errötete.

»Bilde dir nur ja nichts ein, Rob Chadwick!«, sagte sie, als sie sich auf die hölzerne Latte hinaufzog und sich neben ihn setzte, ohne die helfende Hand, die er ihr reichte, zu ergreifen.

Rob lachte. »Das sieht dir ähnlich, Carrie Wardle. Immer schön selbstständig und unabhängig, nicht?« Er ließ die Zügel klatschen, und das Pferd setzte sich so ruckartig in Bewegung, dass Carrie zur Seite rutschte und peinlicherweise mit Robs kräftiger Gestalt zusammenstieß.

Sie setzte sich schnell wieder gerade hin und zog ihren feuchten Hut zurecht.

Eine Weile herrschte Stille zwischen ihnen, bis auf das Geräusch des Regens und das gleichmäßige Klappern der schweren Pferdehufe auf dem Weg.

»Und wie kommt es, dass du den Bus verpasst hast?«, fragte Rob schließlich. »Du hast die Zeit vergessen, was?«

»So was Ähnliches«, erwiderte Carrie ausweichend. »Und du?«, wechselte sie das Thema. »Was hast du in Leeds gemacht? Es war doch kein Markttag heute, oder doch?« Sie drehte sich halb zu dem leeren Karren um, der ein klein wenig nach Schweinen roch.

Rob schüttelte den Kopf. »Nein, das nicht. Aber da heute mein freier Tag ist, hat der alte Barratt mir den Wagen überlassen, um Susan Toller besuchen zu können.«

Carrie drehte sich auf ihrem Platz, um Rob anzusehen. »Du bist bis nach Barnsley gefahren, um Susan zu besuchen? Warum?«

»Weil ich sehen wollte, ob sie sich gut eingelebt hat. Ich war nun mal besorgt um sie.« Rob warf Carrie einen verlegenen Blick zu. »Ich weiß. Auf meine alten Tage muss ich wohl einfühlsamer geworden sein.«

Carrie sah ihn einen Moment lang skeptisch an. Sie konnte sich jedenfalls beim besten Willen nicht vorstellen, dass der schnodderige junge Mann von damals auch nur einen Gedanken an jemand anderen verschwendete.

»Wie geht es ihr?«

»Ganz gut, soweit ich sehen konnte. Ihre Tante scheint jedenfalls keine alte Schreckschraube zu sein, und sie liebt die Kinder. Susan meinte, sie vermissten Bowden, aber zumindest haben sie ein Dach über dem Kopf.«

»Das freut mich.«

»Ich finde, du solltest die guten Nachrichten an deinen Herrn und Meister weitergeben. Er hat nachts doch bestimmt kein Auge mehr zugetan vor lauter Sorge«, sagte Rob lakonisch.

Carry wandte sich ab und starrte die vor ihnen liegende Straße an. »Die Leute sind James nicht egal«, erwiderte sie leise.

»Was ihn aber nicht davon abhält, sie auf die Straße zu setzen, oder?«

»Das war nicht seine Schuld.«

»Schon gut, Carrie, du brauchst ihn nicht zu verteidigen, nur weil du seine Frau bist. Ich weiß, dass du mit seiner Vorgehensweise nicht einverstanden bist.«

Carrie presste die Lippen zusammen, um nichts zu sagen, denn die traurige Wahrheit war, dass sie nichts zu James' Verteidigung vorbringen konnte. Sie hatte versucht, alles, was er seit Beginn des Streiks getan hatte, zu verstehen, aber die Sache mit den Tollers und Mrs. Horsfall hatte einen Keil zwischen sie getrieben. Seitdem hatten sie kaum noch miteinander gesprochen, und James hatte sich sogar angewöhnt, in seinem Arbeitszimmer zu übernachten. Carrie war nicht geneigt, ihm zu verzeihen, und auch er hatte nicht einmal versucht, sich zu entschuldigen.

»Ich meine, was ist das für ein Mann, der einer hilflosen Mutter mit Kindern so etwas antut?«, fuhr Rob fort. »Und was die arme alte Mrs. Horsefall angeht …«

»Ich will nicht darüber reden«, sagte Carrie.

»Er ist nun mal der Sohn seines Vaters und durch und durch Haverstocks Mann.«

»Ich sagte, ich will nicht darüber reden!«, fuhr Carrie ihn an. »Und wenn du so weitermachst, kannst du mich auch sofort runterlassen!«

»Schon gut, ich hab es ja nicht böse gemeint, Carrie.«

Wieder fuhren sie eine ganze Weile schweigend weiter. Die Straße stieg langsam an, was dem kräftigen Pferd jedoch keine Mühe zu bereiten schien.

»Was hast du denn nun wirklich in Leeds gemacht?«, durchbrach Robs Stimme die Stille, sodass Carrie aufschreckte.

»Ich war einkaufen«, sagte sie nach kurzem Zögern.

»Und kommst mit leeren Händen zurück?« Seine dunklen Augenbrauen fuhren in die Höhe. »Na komm schon, Carrie, mir kannst du nichts vormachen. Du hattest irgendetwas vor, nicht wahr?« Er stupste sie an. »He, du hast doch wohl keinen Liebhaber in Leeds?«

»Aber natürlich nicht!« Carrie rückte ein Stückchen von ihm ab.

»Aber du hast ein Geheimnis. Das kann ich dir ansehen.«

Sie schwieg einen Moment, um ihre Worte sorgfältig abzuwägen. »Wenn du es unbedingt wissen willst – ich war in der Pfandleihe.«

»Du im Pfandhaus?« Rob warf den Kopf zurück und lachte. »Also hält dein Alter dich zu knapp?«

»Nein! Ich wollte nur ein paar Sachen für den Bergarbeiterfonds verkaufen.«

Sie hatte so viele ihrer alten Kleider weggegeben, wie sie erübrigen konnte, und das neugierige Dienstmädchen begann bereits Fragen über ihren nahezu leeren Kleiderschrank und die aus der Speisekammer verschwundenen Lebensmittel zu stellen. Das Einzige, was Carrie überhaupt noch verkaufen konnte, war ihr Schmuck gewesen.

»Hast du etwas zusammenbekommen?«

»Genug.« Sie hatte zwanzig Pfund in ihrer Geldbörse, die genügen würden, um den Bergarbeiterfonds mindestens noch ein paar Wochen länger zu unterstützen.

»So, so.« Ein Lächeln umspielte Robs Lippen. »Und Mr. Shepherd weiß nichts davon, nehme ich an?«

Carrie antwortete nicht sofort. »Nein«, gab sie dann widerstrebend zu.

Rob grinste. »Du hast also Geheimnisse vor deinem Alten? Das ist aber nicht in Ordnung, Carrie, finde ich.«

»Halt die Klappe, Rob!«

»Reg dich nicht auf, ich hab nur Spaß gemacht.« Er warf ihr einen kurzen Blick zu. »Was ist eigentlich los mit dir? So habe ich dich noch nie erlebt.«

»Tja, du kennst mich ja auch nicht mehr«, versetzte sie.

»Aber gut genug, um zu wissen, dass du nicht glücklich bist.«

Carrie wandte sich ab, um zu den Feldern hinüberzublicken. »Darüber kannst du dir kein Urteil erlauben.«

Wieder breitete sich Schweigen zwischen ihnen aus. »Wir sind ein feines Pärchen, was?«, sagte Rob schließlich.

»Was soll das denn heißen?«

»Na, schau uns doch an. Wir tun unsere guten Taten beide im Geheimen … und werden dabei auch noch pitschnass!«, sagte er mit einem zerknirschten Lächeln. Dieses schiefe, jungenhafte Lächeln unter seiner tropfenden Hutkrempe brachte nun auch sie zum Lächeln.

»So ist es schon besser«, sagte er. »Es ist schön, dich lächeln zu sehen, Carrie.«

Sie wandte schnell den Blick ab. Es waren mindestens noch drei Meilen bis Bowden, und die Straße vor ihnen schien sich geradezu endlos hinzuziehen.

»Wie gefällt dir die Arbeit auf der Farm?«, fragte sie, um das Thema zu wechseln.

»Oh, sie ist gar nicht mal so übel. Die Arbeit an der frischen Luft ist etwas ganz anderes als die dort unten in der Mine. Und da einige der anderen Kumpel auch auf dem Hof arbeiten, haben wir auch mal was zu lachen.«

»Es wundert mich, dass du nicht nach Durham zurückgekehrt bist.«

Er hob kurz seine breiten Schultern. »Weil ich lieber hier bin.«

»Und warum?«

Carrie wusste sofort, dass sie das Falsche gesagt hatte, als sie das Glitzern in seinen Augen sah. »Möchtest du das wirklich wissen?«

»Es hat nichts mit mir zu tun, da bin ich mir sicher.« Sie hielt kurz inne und sagte dann: »Außerdem habe ich gehört, dass du hiergeblieben bist, weil du ein Mädchen in Durham in Schwierigkeiten gebracht hast.«

Seine schockierte Miene entlockte ihr ein Lächeln.

»Wer hat dir das erzählt?«, entgegnete er entrüstet.

»Es hat sich schon im ganzen Dorf herumgesprochen. Du müsstest doch eigentlich wissen, dass man in Bowden nichts geheim halten kann!«

»Oh ja, und ob ich das weiß!«

Sein Gesichtsausdruck brachte sie zum Lachen. Es war ein eigenartiges Gefühl, fast so, als hätte sie seit langer Zeit nicht mehr gelacht.

»Und es heißt auch, dass du Ellen Kettle jetzt den Hof machst.«

Er sah sie prüfend an. »Da haben die Klatschmäuler ja endlich was zu reden, nicht?«

»Ist es wahr?«

»Würde es dich stören, wenn es so wäre?«

»Natürlich nicht!«, antwortete Carrie und warf hochmütig den Kopf zurück. »Warum sollte es mich kümmern, wem du gerade den Hof machst?«

»Ja, warum auch?«, stimmte Rob ihr lächelnd zu. »Ich erinnere mich allerdings noch gut daran, wie eifersüchtig du immer warst, wenn ich ein anderes Mädchen auch nur angesehen habe.«

Carrie wandte ihren Blick ab. »Das war einmal. Heute bin ich eine verheiratete Frau.« Unwillkürlich berührte sie den Ringfinger ihrer rechten Hand, weil es sie beruhigte, den Ring unter ihrem Handschuh zu spüren.

»Das bist du, ja.« Rob klang nachdenklich. »Aber das Gerücht ist sowieso nicht wahr. Harry Kettle war einer meiner Freunde, wir haben damals zusammen in der Grube angefangen. Ich kümmere mich um seine Witwe, und das ist auch schon alles.«

»Also noch eine gute Tat?«, sagte Carrie.

»Wenn du es so nennen willst«, erwiderte er mit einem etwas schiefen Lächeln. »Schau mich nicht so an, Carrie. Ich habe auch ein Herz, weißt du, auch wenn ich es vielleicht nicht sehr oft zeige!«

Im selben Moment rumpelte der Wagen über eine Bodenwelle, und Carrie rutschte geradewegs auf Rob und die solide Wärme seines starken Körpers zu. Erschrocken zuckte sie zurück und nahm sich schnell zusammen.

Dann fuhren sie schweigend weiter und überquerten schließlich die Hügelkuppe. Carrie war froh und erleichtert, als im Tal die Förderanlage und die Kohlehalden der Bowden Main sichtbar wurden.

»Du kannst mich absetzen, bevor wir das Dorf erreichen«, sagte sie.

»Bist du sicher? Ich kann dich auch ein Stückchen weiter mitnehmen, wenn du willst. Damit du nicht noch mehr durchnässt wirst.«

»Danke, aber bis hierher genügt es mir.«

Er schien zu erraten, was sie dachte, denn er zügelte das Pferd und verlangsamte das Tempo. Als der Wagen zum Stehen kam, griff Carrie nach ihren Sachen und schickte sich an, hinabzuklettern. Aber Rob war schon hinuntergesprungen und zu ihrer Seite herübergekommen, und nun stand er mit ausgestreckten Armen da und wartete darauf, ihr von dem Kutschbock herabhelfen zu dürfen. Carrie zögerte zunächst, streckte dann aber widerstrebend eine Hand aus. Bevor sie sich's versah, hatte Rob jedoch schon seine Hände um ihre Taille gelegt und sie mühelos herabgehoben.

Doch obwohl sie nun wieder auf ihren eigenen Beinen stand, gab er sie nicht frei. Einen Moment lang schauten sie sich in die Augen, und Carrie wurde von einer jähen und völlig unerwarteten Versuchung ergriffen. Sie wusste plötzlich, dass er sie jetzt küssen würde, und wollte ihn nicht einmal daran hindern.

Im nächsten Moment hatte er sie jedoch schon wieder losgelassen und kletterte auf den Wagen zurück. Entsetzt über ihre eigene Reaktion, stand Carrie da und konnte sich kaum noch aufrechthalten, weil ihre Beine zitterten wie die eines neugeborenen Fohlens.

»Wir sehen uns, Carrie Wardle!«, rief Rob ihr über die Schulter zu.

»Ich bin jetzt Carrie Shepherd, falls du das vergessen hast!«, rief sie ihm nach. Aber Rob hob nur die Hand zu einem übertriebenen Winken.

Rob schmunzelte auf dem ganzen Weg zurück nach Bowden.

Carrie hatte ihn küssen wollen, das hatte er an ihren leicht geöffneten Lippen und ihren Pupillen gesehen, die sich vor Verlangen, aber auch vor Furcht geweitet hatten.

Es war das Richtige gewesen, nicht darauf zu reagieren, auch wenn es seine ganze Willenskraft erfordert hatte. Aber es wäre ein Fehler gewesen. Sie war zu verletzlich, und er hätte sie mit Sicherheit nur abgeschreckt.

So aber hatte er sie mit dem Wunsch nach mehr zurückgelassen. Sie mochte erschrocken über sich selbst sein, aber sie würde auch neugierig sein. Er hatte etwas in ihr geweckt, eine Erinnerung an das, was sie früher einmal geteilt hatten.

Dabei hatte er das überhaupt nicht vorgehabt. Er war nach Bowden gekommen, um neu anzufangen, ganz ohne Scherereien. Denn die hatte es in Durham schon zur Genüge gegeben.

Was für ein Schlamassel das gewesen war! Das Mädchen, mit dem er angebändelt hatte, war für ihn nur ein angenehmer Zeitvertreib gewesen … bis ihr Ehemann dahintergekommen war. Und da Rob nicht genug für sie empfand, um zu bleiben und um sie zu kämpfen, war er auf schnellstem Weg nach Bowden zurückgekehrt.

Sein Stiefvater war froh gewesen, ihn von hinten zu sehen, und seiner Mutter war es egal, ob er blieb oder ging. Sie brauchte ihn nicht mehr, seit sie wieder geheiratet hatte. Ihr neuer Ehemann hatte gleich zu Anfang klargestellt, dass er jetzt der Herr im Haus war, und nachdem er und Rob sehr oft aneinandergeraten waren, hatte seine Mutter wahrscheinlich sogar aufgeatmet, als er seine Sachen packte.

Aber er hatte ganz gewiss nicht vorgehabt, dort weiterzumachen, wo er bei Carrie aufgehört hatte. Zumindest nicht, bis er erfahren hatte, dass sie James Shepherds Frau geworden war.

Rob hatte James schon immer gehasst und wusste, dass das auf Gegenseitigkeit beruhte. Alle wussten, dass er nicht das Recht hatte, die Zeche zu leiten. Es war eine Stellung, die gewöhnlich an einen erfahrenen Bergmann ging und nicht an einen piekfeinen jungen Dandy, der Gedichte liebte und sich davor fürchtete, unter Tage zu gehen. Er hatte die Stellung nur seines Vaters wegen bekommen.

Rob hatte war schon oft genug mit James Shepherd aneinandergeraten, als er noch in der Zeche in Bowden Main gearbeitet hatte. Rob hasste es, von jemandem, der noch so grün hinter den Ohren war, gesagt zu bekommen, was er zu tun und zu lassen hatte. James dagegen war davon überzeugt, dass Rob faul und unachtsam war. Er hatte ihm immer wieder Geld von seinem Lohn abziehen lassen und ihn ein- oder zweimal sogar ganz ohne Lohntüte heimgeschickt, weil Rob es gewagt hatte, ihm zu widersprechen.

Rob wusste jedoch, dass der wahre Grund für James' Schikanen seine heimliche Verliebtheit in Carrie Wardle war. Dieser arme Tor war in sie verliebt, das konnte jeder sehen.

Rob hatte Carrie ständig damit aufgezogen, obwohl sie es immer abgestritten hatte.

»Rede keinen Unsinn«, pflegte sie zu sagen. Rob wusste, dass diese Scherze das arme Mädchen in Verlegenheit brachten, aber er wusste auch, dass sie dem Bergwerksleiter keinen zweiten Blick gönnen würde. Sie war viel zu temperamentvoll für einen Schwächling wie James.

Deshalb hatte Rob es kaum glauben können, dass sie und James verlobt waren und zwei Wochen später heiraten würden, als er ein Jahr später nach Bowden zurückkehrte.

Natürlich hatte er verstanden, warum sie es getan hatte. Er hatte ihr das Herz gebrochen, und deswegen hatte sie sich dem ersten Mann zugewandt, der ihr ein bisschen Liebenswürdigkeit entgegenbrachte. Das konnte er ihr nicht verübeln. Aber der Gedanke, dass sie ihr Leben an jemanden wie James Shepherd vergeudete, war fast zu viel für ihn gewesen.

Deshalb hatte Rob sich darangemacht, sie zurückzugewinnen. Und natürlich war es ihm gelungen. Jener Tag auf dem Fest hatte ihm bewiesen, dass Carries Herz noch immer ihm gehörte, egal, wie sehr sie es zu verbergen versuchte.

Und da er nicht erwartet hatte, dass ihre Hochzeit mit James danach noch stattfinden würde, war es eine sehr unerfreuliche Überraschung für ihn gewesen, nach seiner Rückkehr nach Bowden zu erfahren, dass *seine* Carrie mittlerweile Mrs. Shepherd war.

Mrs. Shepherd ... Er konnte sich kaum dazu durchringen, diesen Namen zu benutzen. Er klang einfach völlig falsch für ihn.

Doch egal, wie sie sich heute auch nannte, Rob wusste, dass Carrie noch immer ihm gehörte. Er hatte es in ihrem Gesicht gesehen, als er seine Hände um ihre Taille gelegt und sie an sich gezogen hatte. Sie war einsam und unglücklich und immer noch für ihn zu haben.

Vielleicht wäre es ja sogar ganz lustig, James Shepherd zu zeigen, wer jetzt die Oberhand hatte, dachte Rob. Zumindest könnte er sich die Zeit damit vertreiben, solange er noch hier war. Es gab weiß Gott nicht viele andere Mädchen hier, die ihm aufgefallen waren. Ellen Kettle versuchte zwar, sich an ihn heranzumachen, aber er hatte kein Interesse an der Witwe seines Freundes. Nicht, wenn er die Frau des Bergwerksleiters haben konnte.

Rob lachte im Stillen bei dem Gedanken. Er würde James Shepherd zeigen, wer der bessere Mann war. James mochte zwar über Geld, ein großes Haus und Macht verfügen, aber er würde niemals Carrie Wardles Herz besitzen.

KAPITEL ZWEIUNDDREISSIG

Agnes wusste, dass etwas Besonderes im Gange war, als die Jahrmarktsleute auf dem Freizeitgelände eintrafen.

Sie hatte den bunten Zug der Wohnwagen schon am Tag zuvor den Hügel nach Bowden hinunterkommen sehen. Als sie jetzt nach ihren Visiten daran vorbeifuhr, sah sie, wie die Leute ihre Stände aufbauten und die rot und weiß gestreiften Vordächer in der warmen Sommerbrise flatterten.

»Am Samstag ist das Bergmannsfest«, erklärte Jinny ihr später, während sie den Tee aufbrühte. »Jedes Jahr kommen Bergleute aus all den anderen Bergarbeiterdörfern nach Bowden, und es findet nicht nur eine Parade statt, sondern auch Wettbewerbe, Rennen und Spiele.«

»Wenn Sie mich fragen, ist es bloß ein Vorwand für die Männer, sich den ganzen Tag lang zu betrinken. Es ist eine Schande«, warf Mrs. Bannister ein. Sie war zu einem ihrer seltenen Auftritte in der Küche erschienen, um sich das Silberbesteck anzusehen. Sie behauptete, nachsehen zu wollen, ob das Silber stumpf geworden war, aber Jinny sagte zu Agnes, sie wolle sich eigentlich nur vergewissern, dass das Dienstmädchen nichts gestohlen hatte.

»Mein Dad sagt, es sei eine Möglichkeit für die Bergleute, zusammenzukommen und sich stolz zu präsentieren«, fuhr Jinny fort und schenkte Mrs. Bannisters Rücken einen finsteren Blick.

»Ich kann mir keinen Grund vorstellen, warum sie stolz auf sich sein sollten, schließlich hat seit Monaten keiner von ihnen einen Handschlag getan!«, gab die Haushälterin unfreundlich zurück.

Agnes sah, wie Jinny zu einer Antwort ansetzte, und griff schnell ein.

»Dann werde ich hingehen und mir alles anschauen müssen«, sagte sie.

»Oh nein, ich glaube nicht, dass Dr. Rutherford das billigen würde«, sagte Mrs. Bannister. »Außerdem würde Sie dort ohnehin niemand willkommen heißen, Miss Sheridan. Und Sie gehören ja auch wohl kaum zu diesem Dorf, nicht wahr? Trotz all ihrer Bemühungen«, schloss sie höhnisch.

Entmutigt starrte Agnes ihre leere Tasse an. Sie hatte geglaubt, das Vertrauen der Leute hier allmählich zu gewinnen. Neuerdings waren sogar einige junge Mütter zu ihrer Sprechstunde gekommen.

»Hören Sie nicht auf sie«, flüsterte Jinny, als Mrs. Bannister endlich gegangen war. »Sie werden sogar sehr willkommen sein auf diesem Fest, Miss Sheridan. Sie können mit uns zusammen hingehen, wenn Sie möchten. Wir werden auch ein Picknick mitnehmen.«

»Danke, Jinny.« Agnes lächelte sie dankbar an. »Das ist sehr nett von dir. Aber vielleicht hat Mrs. Bannister ja recht. Ich möchte Dr. Rutherford nicht noch mehr verärgern.« Sie hatten in der letzten Zeit schon zu viele Unstimmigkeiten gehabt, und auch wenn Agnes nicht immer einer Meinung mit dem Doktor war, musste sie doch trotz allem noch mit ihm zusammenarbeiten.

Am Samstagmorgen beschloss er jedoch, sich auf einen seiner Angelausflüge zu begeben, und da auch Mrs. Bannister zum Einkaufen nach Leeds fuhr, war niemand mehr im Haus, der Agnes kritisieren würde. Außerdem war es ein herrlich warmer, sonniger Tag, und da sie nichts Besseres zu tun hatte, beschloss sie, zur Festwiese hinüberzugehen. Sie hatte den Trubel der Jahrmärkte schon immer sehr gemocht, obwohl ihre Mutter sie für vulgär hielt und sich stets geweigert hatte, mit ihr dort hinzugehen, als sie noch ein Kind war.

Und der Rummel war bereits in vollem Gange, als Agnes die Festwiese erreichte. Schon als sie die Straße hinaufging, konnte sie die munteren Klänge einer Drehorgel hören und den verlockenden Duft von kandierten Äpfeln und gebratenen Zwiebeln wahrnehmen.

Auf der Festwiese wimmelte es nur so von Menschen, die alle mit ihrem besten Sonntagsstaat bekleidet waren. Die Hälfte des Geländes war dem Jahrmarkt mit seinen farbenfrohen Ständen, Karussellen und anderen Attraktionen vorbehalten, während die andere Hälfte für die erst später stattfindenden Wettbewerbe und Spiele vorgesehen war.

Und die Männer versammelten sich bereits zu ihrer Parade. Dutzende von farbenfrohen Fahnen flatterten über ihren Reihen, die von einer stolzen Blaskapelle angeführt wurden. All die frohen, lächelnden Gesichter zu sehen, war ein wunderbarer Kontrast zu dem Elend und der Sorge, die das Dorf schon so lange heimsuchten.

Agnes fand die Chadwicks, deren Kinder im Kreis um ihre Mutter herumsaßen, die damit beschäftigt war, Marmeladebrote zu verteilen. Der kleine Ernest hockte auf ihrem Knie, auch er in seinen besten Kleidern wie die anderen Kinder.

Jinny entdeckte Agnes und winkte sie zu sich herüber.

»Ich freue mich, dass Sie gekommen sind«, sagte sie, während sie sich vorbeugte und ihrer kleinen Schwester die klebrige Marmelade vom Mund abwischte.

Ruth blickte schüchtern lächelnd zu der Gemeindeschwester auf. »Möchten Sie sich nicht zu uns setzen, Miss Sheridan?«

Agnes sah das spärliche Picknick und dachte, dass auch so schon kaum genug für all die Kinder da war. »Danke, das ist sehr nett von Ihnen, Mrs. Chadwick, aber falls es Ihnen nichts ausmacht, bleibe ich lieber stehen.« Dann ließ sie ihren Blick über die Runde gleiten. »Sie sehen alle sehr schick aus, muss ich sagen, besonders der kleine Ernest«, sagte sie und lächelte das Baby an, das mit einem zahnlosen Grinsen antwortete. »Er sieht wirklich ganz besonders hübsch aus heute. Ist das ein neues Mützchen?«

»Ach, das habe ich bloß aus ein paar alten Stoffresten genäht«, erwiderte Ruth errötend.

»Mum wird ihn zum Wettbewerb der schönsten Babys anmelden«, sagte Jinny.

»Aber Jinny, Ich habe nur gesagt, vielleicht würde ich es tun ...«

»Das sollten Sie aber«, sagte Agnes. »Ich könnte mir nämlich vorstellen, dass er eine gute Chance hat, zu gewinnen.«

Ruth strahlte vor Stolz. »Ich auch, Miss. Und ich glaube, das haben wir nur Ihnen zu verdanken«, fügte sie leise hinzu.

Mit gurrenden kleinen Lauten sprach sie zu ihrem Baby und kitzelte es unter dem Kinn. Sie strahlte vor Stolz und Freude, als sie ihren kleinen Jungen ansah. Ein paar Wochen zuvor hatte sie ihn noch unter Bergen von Tüchern verborgen, aber die Übungen, die Agnes ihr gezeigt hatte, hatten seinen schiefen Hals schon sehr bald korrigiert.

»Den größten Teil der Arbeit haben Sie selbst gemacht, Mrs. Chadwick.«

»Trotzdem sind wir Ihnen sehr dankbar. Und falls wir jemals etwas für Sie tun können ...«

Das haben Sie schon getan, dachte Agnes. Sie war überzeugt davon, dass der größere Zulauf, den sie neuerdings in ihrer Sprechstunde hatte, zum Teil darauf zurückzuführen war, dass Ruth bei den Frauen ein gutes Wort für sie eingelegt hatte.

Nach einer Weile verließ sie die Chadwicks und ging zu dem Feld hinüber, wo gerade die Parade ihren Anfang nahm. Dort entdeckte sie auch Carrie Shepherd, die nicht weit entfernt von den anderen Frauen stand und mit einer Hand ihren Kinderwagen festhielt, während sie mit der anderen ihre Augen vor der Sonne schützte. Sie trug einen Strohhut und ein purpurrotes Kleid, das einen wunderbaren Kontrast zu ihrem seidig glänzenden, rabenschwarzen Haar und ihrer hellen Haut bildete.

Carrie erschrak, als Agnes sie begrüßte. »Oh, entschuldigen Sie bitte, Schwester, aber ich war mit meinen Gedanken ganz woanders.« Sie drückte eine Hand an ihre Brust. »Ich schaue gerade zu, wie die Parade sich formiert.«

Agnes blickte zu den Männern hinüber. »Ein schöner Anblick, nicht?«

»Ja, das ist es. Dieses Jahr ist übrigens das erste, in dem mein Vater nicht hier ist, um die Fahne der Bowden Main zu tragen.« Sie warf Agnes einen kurzen Blick zu. »Sie wissen, dass er schon wieder einen Rückfall hatte?«

Agnes nickte. »Ich habe heute Morgen nach ihm gesehen.«

»Wie ging es ihm?«

»Den Umständen entsprechend.« Agnes wählte ihre Worte mit Bedacht. »Er war sehr enttäuscht darüber, das Fest zu verpassen.«

»Das kann ich mir vorstellen.« Carrie blickte wieder zu der Parade hinüber. »Aber ich wage zu behaupten, dass er rechtzeitig zum nächsten wieder auf den Beinen sein wird. Es gibt nichts, was meinen Vater lange im Bett festhalten kann!«

Ihre Stimme zitterte, und Agnes fragte sich, ob sie nur eine tapfere Miene aufsetzte oder ihr vielleicht gar nicht wirklich bewusst war, wie schlecht es Eric Wardle ging. Aber Agnes wollte nicht diejenige sein, die es ihr sagte, und schon gar nicht an einem Tag wie diesem. Es war besser, ihr ein bisschen Abwechslung zu gönnen, solange das noch möglich war.

Und so lenkte sie Carrie ab, indem sie sie nach der Bedeutung oder Herkunft der verschiedenen Fahnen fragte.

»Mal sehen ... Diese dort steht für Allerton Silkstone«, sagte sie und zeigte auf eine Fahne rechts von ihr. »Die daneben steht für Glasshoughton, und die nächsten sind aus Caphouse, South Elmsall ...« Sie kniff die Augen zusammen, um besser sehen zu können. »Aber ich bin mir nicht sicher, für welchen Ort die Fahne ganz links außen steht ...«

»Für Denby Grange«, sagte jemand hinter ihnen.

Agnes drehte sich um und sah, dass es Rob Chadwick war, der

junge Mann, der ihr Fahrrad gefunden hatte, nachdem Christopher Stanhope sich damit davongemacht hatte.

»Man sollte meinen, du wüsstest das, Carrie Wardle. Früher kanntest du die Zechenbanner besser als jeder andere.«

Agnes sah die dunkle Röte, die Carrie in die Wangen stieg. »Das ist lange her«, murmelte sie, ohne ihren Blick von der Parade abzuwenden.

»Stimmt. Aber es gibt Dinge, die man nie vergisst, nicht wahr?«

Agnes blickte zwischen ihnen hin und her. Carrie schien plötzlich sehr angespannt zu sein und hielt die Lenkstange des Kinderwagens so fest umklammert, dass die Knöchel an ihren Händen weiß hervortraten. Rob dagegen wirkte sehr entspannt.

»Ist dein Mann nicht bei dir?«, fragte er und sah sich um.

»Natürlich nicht!«, fuhr Carrie ihn verärgert an. »Ich weiß nicht, wieso du mich das fragst.«

»Aber er ist der Leiter der Zeche. Normalerweise kommen die doch auch zum Fest?«

Die Frage klang harmlos, aber Agnes konnte das mutwillige Glitzern in seinen grünen Augen sehen.

»Du weißt doch wohl, dass er hier nicht willkommen wäre«, antwortete Carrie leise.

»Und ich dachte, du hättest ihn vielleicht daheimgelassen, um ein bisschen Spaß haben zu können.«

Agnes, die Carries unbehaglichen Gesichtsausdruck sah, mischte sich schnell ein.

»Hallo, Mr. Chadwick«, sagte sie, um ihn abzulenken, worauf Rob sich ihr so langsam zuwandte, als bemerkte er sie zum ersten Mal.

»Oh, hallo Schwester. Ich habe Sie gar nicht erkannt ohne Ihre Uniform.« Sein Blick glitt langsam von ihren Füßen zu ihrem Gesicht hinauf. »Sie sollten sich auch für Ihre Hausbesuche so schick machen wie heute. Sie wären eine wahre Augenweide für jeden männlichen Patienten.«

Agnes lächelte nur schwach über die abgedroschene Phrase. Sie war Rob schon des Öfteren begegnet, wenn sie bei den Chadwicks gewesen war, um den kleinen Ernest zu behandeln, und er hatte sich noch nie eine Gelegenheit entgehen lassen, mit ihr zu flirten.

Sein glänzend goldblondes Haar und das gutaussehende, immer lächelnde Gesicht machten ihn auch tatsächlich zu einem attraktiven Mann. Aber was sie betraf, schmälerte es seine Anziehungskraft, dass er das so genau wusste.

»Ich werde ein Stückchen weitergehen, um mir die Parade anzusehen«, sagte sie zu Carrie. »Möchten Sie vielleicht mitkommen?«

»Oder ihr beide geht mit mir auf den Jahrmarkt?«, bot Rob ihnen an. »Dann könnte ich beim Kokosnuss-Wurfspiel wieder etwas für dich gewinnen, Carrie. Wie beim letzten Mal, falls du dich noch daran erinnerst?«

Er zwinkerte ihr zu, und Carries Erröten vertiefte sich, bis ihre Wangen fast die gleiche Farbe hatten wie ihr Kleid.

»Ich würde mir sehr gern die Parade mit Ihnen ansehen«, sagte sie zu Agnes.

Als sie gingen, rief Rob ihnen nach: »Ich werde später beim Tauziehen mitmachen! Vergesst nicht, zu kommen und mir zuzusehen, ja?«

»Dieser junge Mann scheint ja ganz schön von sich eingenommen zu sein«, bemerkte Agnes, als sie sich noch einmal umsah. Mit verschränkten Armen stand Rob Chadwick da und schaute ihnen nach.

»Ja, das ist er.« Carrie presste die Lippen zusammen und hielt ihren Blick ganz fest und unverwandt nach vorn gerichtet.

»Er ist ein alter Freund von Ihnen, sagten Sie?«

Carrie blieb kurz stehen. »Wir waren einmal ein Paar«, antwortete sie. »Wir wollten sogar heiraten, aber dann hat er das Dorf verlassen und mir das Herz gebrochen.«

Agnes starrte sie an. »Wann war das?«

»Vor drei Jahren.«

Agnes blickte sich zur anderen Seite des Geländes um. Rob hatte sich inzwischen einer Gruppe von Männern angeschlossen, sein blonder Schopf überragte die anderen deutlich.

»Und nun ist er zurückgekommen«, sagte sie.

»Ja.«

Etwas an der Art, wie Carrie es sagte, veranlasste Agnes, sie kurz zu mustern. Sie sah so traurig aus, als wäre ein Teil ihres Herzens immer noch nicht ganz verheilt.

Und Agnes kannte und verstand dieses Gefühl nur allzu gut.

»Ich hatte auch einmal einen Liebsten«, sagte sie.

Sie wusste gar nicht, warum sie dieses Thema angesprochen hatte. Daniel war eine Erinnerung, die sie so lange für sich behalten hatte, dass es sich jetzt irgendwie komisch anfühlte, über ihn zu sprechen.

Carrie schaute sie aus großen blauen Augen an. »Wer war er?«

»Er arbeitete als Assistenzarzt in dem Krankenhaus, in dem ich meine Ausbildung gemacht habe. Auch wir wollten eigentlich heiraten.«

Es war die alte Geschichte von der Lernschwester, die sich in einen jungen Arzt verliebte. Die meisten Mädchen in ihrer Gruppe hatten es getan, einige von ihnen sogar mehrmals. Doch fast alle diese Beziehungen hatten tränenreich oder sogar dramatisch geendet, und das arme, unglückliche Mädchen war im Schwesternheim über seinen Verlust hinweggetröstet worden, wenn ihr charmanter junger Doktor sich einer anderen zugewandt hatte.

Nur bei Agnes und Daniel war es anders gewesen. Gleich von Beginn an hatten sie zusammengepasst wie zwei Hälften eines Ganzen. Alle wussten, dass sie eines der wenigen Pärchen waren, die glücklich miteinander bis ans Ende ihrer Tage leben würden.

Und dann …

»Hat er Schluss gemacht wie Rob?«, fragte Carrie.

»Nein, ich habe es getan.«

»Warum?«

Agnes hatte plötzlich das Bild ihrer Mutter vor Augen, wie sie vor ihr gestanden hatte an dem Tag, an dem sie von der Schwangerschaft ihrer Tochter erfahren hatte.

»Natürlich muss Daniel dich jetzt heiraten«, hatte sie klipp und klar gesagt. »Wir werden die Hochzeit so bald wie möglich ausrichten, und wenn das Kind geboren ist, sagen wir einfach, es habe Unklarheiten bezüglich des Geburtstermins gegeben.«

»Es wird keine Hochzeit geben.«

Im ersten Moment hatte ihre Mutter sie nur sprachlos vor Entsetzen angestarrt. »Was um Himmels willen willst du damit sagen?«, fragte sie dann.

»Dass ich ihn nicht heiraten will.«

»Sei nicht albern, selbstverständlich musst du ihn heiraten!«, hatte ihre Mutter Agnes' Einwand abgetan. »Daniel trägt die Schuld an diesem Fiasko, und jetzt muss er sich dir gegenüber anständig verhalten und das einzig Richtige tun.«

Aber Agnes hatte ihm nie etwas von ihrer Schwangerschaft gesagt. Stattdessen hatte sie ihre Verlobung mit ihm gelöst und das Krankenhaus verlassen, um ihn nie wieder zu sehen. Und selbst angesichts des Zorns und der Empörung ihrer Mutter hatte Agnes gewusst, dass sie richtig gehandelt hatte.

»Ich habe einen Fehler gemacht«, erwiderte sie jetzt traurig Carries Frage.

Die junge Frau sah aus, als ob sie noch mehr erfahren wollte, aber Agnes hatte das Glück, dass im selben Moment die Blaskapelle zu spielen begann, um den Beginn der Parade anzukündigen.

Agnes wurde es ganz warm ums Herz, als sie beobachtete, wie die in Reih und Glied dastehenden Männer sich in Bewegung setzten. Es waren Hunderte, die alle hocherhobenen Hauptes und ihre jeweiligen Fahnen schwenkend um das Feld herummarschierten. Als die Bowdener Männer an ihnen vorbeikamen, war sie selbst verblüfft über die Tränen des Stolzes, die ihr in die Augen stiegen. Aber schließlich kannte sie die Namen dieser Männer und ihre Gesichter, und hatte mitbekommen, was sie jeden Tag durchmachten. Ihre Erschöpfung, aber auch ihre unnachgiebige Entschlossenheit standen ihnen auch jetzt nur allzu deutlich ins Gesicht geschrieben.

Die Bowdener mochten sie vielleicht noch immer nicht wirklich liebgewonnen haben, aber ihr waren sie auf jeden Fall ans Herz gewachsen.

Die Parade endete, und die Männer begannen sich zu zerstreuen. Die meisten machten sich auf, um sich das wohlverdiente Bier zu gönnen, das in einem der Zelte ausgeschenkt wurde.

»Es ist mir zu heiß hier draußen«, sagte Agnes zu Carrie. »Ich werde mir ein schattigeres Plätzchen suchen.«

»Werden Sie denn nicht zum Tauziehen bleiben?«

Agnes schaute sie an. »Und Sie? Bleiben Sie?«

»Ich dachte, wenn ich schon einmal hier bin, warum eigentlich nicht?«, erwiderte Carrie achselzuckend und wandte ihren Blick ab.

Das Ganze geht dich gar nichts an, Agnes, sagte sie sich, als sie ging. Woher willst du wissen, dass es nicht nur eine harmlose Freundschaft ist? Doch irgendwie hatte sie einfach das Gefühl, dass Rob Chadwicks Absichten alles andere als harmlos waren.

Sie hoffte nur, dass Carrie Shepherd wusste, was sie tat.

KAPITEL DREIUNDDREISSIG

Agnes machte noch einmal die Runde über den Jahrmarkt und kaufte sich ein Eis an einem der Stände, setzte sich damit unter einen Baum, um es zu essen, und genoss die warme Sonne in ihrem Gesicht.

Dann ging sie langsam zur Festwiese zurück. Das Tauziehen war beendet, und die Vorbereitungen für den nächsten Wettbewerb hatten begonnen. Agnes sah Carrie mit ihren drei Schwestern auf der anderen Seite der Wiese stehen und miteinander lachen. Sie waren eine schöne Familie, und jedes der vier Mädchen war ebenso auffallend hübsch wie seine Schwestern.

Sie sahen so glücklich miteinander aus, dass Agnes sie nicht stören wollte. Stattdessen ging sie zu dem Platz hinüber, wo die Wettspiele stattfinden sollten. Gerade bereiteten die Teilnehmer sich auf den Dreibeinlauf vor, für den das linke Bein des einen Teilnehmers mit dem rechten Bein des anderen zusammengebunden wurde. Elsie Stanhope stand dicht an der Startlinie und schaute ihren beiden Brüdern zu, die ihre Beine gerade aneinanderbanden.

»Sie wollen mich nicht mitmachen lassen«, erzählte sie Agnes traurig. »Ich habe Chris gesagt, dass ich viel schneller laufen kann als unser Billy, aber er meint, ich würde ihn nur aufhalten, weil ich ein Mädchen bin.«

»Tatsächlich?« Agnes warf Christopher Stanhope einen empörten Blick zu. »Dann hör nicht auf ihn, Elsie. Mädchen können genauso gut laufen wie Jungen.«

»Da sagt Chris aber was ganz anderes.«

»Dann solltest du es ihm vielleicht beweisen?«

»Wie denn, wo ich doch keinen Partner habe? Es sei denn ...«

Elsie blickte zu ihr auf. »Würden Sie vielleicht mit mir laufen, Miss?«

Agnes schüttelte den Kopf. »Oh nein, das kann ich nicht. Ich habe an keinem solchen Wettlauf mehr teilgenommen, seit ich in der Schule war.«

»Natürlich können Sie es, Miss. Bitte!«

»Also eigentlich sollte ich nicht …«

»Na kommen Sie, Schwester!« Mrs. Willis, die in der Nähe stand, grinste Agnes an. »Sie wollen das Mädchen doch sicher nicht enttäuschen?«

Agnes blickte von einer zur anderen und wollte gerade wieder ablehnen, als sie Elsies hoffnungsvollen Blick sah.

»Na ja, warum auch nicht?«, sagte Agnes. »Aber ich warne dich, denn höchstwahrscheinlich werde ich hinfallen.«

Sie begann ihren Entschluss schon zu bereuen, als sie und Elsie sich gegenseitig stützend zur Startlinie hinüberhumpelten. Mrs. Willis hatte dafür gesorgt, dass es sich herumsprach, und so hatte sich eine beachtliche Menge von Zuschauern versammelt.

»Na los, Schwester! Zeigen Sie es ihnen!«, rief ihr jemand zu.

»Einen halben Penny auf den Sieg der Schwester!«, sagte jemand anderes.

Bald überschlugen sich die Kommentare. Agnes setzte ein verlegenes Lächeln auf und war froh, dass Dr. Rutherford und Mrs. Bannister nicht da waren. Sie konnte und wollte sich auch nicht vorstellen, was Miss Gale davon halten würde. Es war ja auch wohl kaum ein angemessenes Benehmen für eine Gemeindeschwester.

»Auf die Plätze, fertig … los!« Plötzlich brach Chaos aus. Alle anderen schienen gut durchzustarten, während Agnes und Elsie mit dem falschen Fuß begannen und übereinander stolperten. Agnes konnte die Beifallsrufe, aber auch die höhnischen Zurufe aus der Menge hören, als sie sich aufrappelten und von Neuem begannen.

Diesmal gelang es ihnen, miteinander Schritt zu halten, und bald schon holten sie zu den anderen Läufern auf. Sie schafften es sogar, ein paar von ihnen zu überholen, unter anderem auch Elsies Brüder. Das Mädchen kreischte vor Entzücken, als sie an ihnen vorbeirannten, und auch Agnes konnte es sich nicht verkneifen, den empörten Christopher über ihre Schulter anzugrinsen.

Das wird dich lehren, mir noch mal etwas zu stehlen, dachte sie.

Die Ziellinie war bereits in Sicht. Das Siegerpaar hatte die Absperrung bereits durchbrochen, aber Agnes und Elsie steuerten den dritten Platz an. Noch ein paar Meter, und dann ... Wie aus dem Nichts kam plötzlich Christopher Stanhope mit seinem kreischenden Bruder angerannt, den er halb mitschleppte, weil die kurzen Beine des Kleinen mit Christophers großen Schritten nicht mithalten konnten. Als sie an den Mädchen vorbeikamen, stellte er Agnes wie zufällig ein Bein, sodass sie stolperte. Bevor sie wusste, was geschah, löste sich das Seil, das sie an Elsie band, ihre Füße verloren den Halt, und sie stürzte kopfüber zu Boden. Um den Sturz noch abzufangen, streckte sie ihre Hände aus, doch anstatt auf dem Boden aufzuschlagen, wurde sie plötzlich von zwei starken Armen ergriffen und festgehalten.

Als Agnes erschrocken aufschaute, blickte sie direkt in Seth Stanhopes Gesicht.

Er sah genauso schockiert aus, wie sie es war, als er sie an sich drückte. Für einen unbedachten Moment lagen ihre Hände an seiner muskulösen Brust, und sie konnten sich nur gegenseitig anstarren. Die Iris seiner grauen Augen war von einem hellen Grün umringt, bemerkte Agnes jetzt zum ersten Mal.

Dann schienen sich beide wieder zu besinnen, lösten sich schnell voneinander und traten verlegen einen Schritt zurück.

»Ist alles in Ordnung, Miss?« Elsies rundes Gesicht war voller Sorge, als sie zu Agnes trat.

»Danke, Elsie, mir geht's gut.«

»Sie sind also nicht verletzt?«, fragte nun auch Seth in schroffem Ton.

»Nur mein Stolz!« Agnes lächelte verlegen, und als sie aufschaute, stellte sie zu ihrer Überraschung fest, dass auch Seth verhalten lächelte.

Dann machte Elsie sie darauf aufmerksam, dass sie ihren Hut verloren hatte.

»Oje!« Agnes griff sich an den Kopf. Sogar ihr Haar hatte sich aus den Nadeln gelöst und fiel ihr auf die Schultern.

»Er liegt da drüben.« Seth hob den Hut vom Boden auf, staubte ihn ab, so gut er konnte, und übergab ihn ihr. Als sie ihn nahm, berührten sich ihre Hände, und sofort verspürte Agnes eine jähe, besorgniserregende Anziehung.

Seth schien sie ebenfalls zu spüren, denn er zog seine Hand zurück, als hätte ein Stromschlag ihn getroffen.

»Darf ich zu den Karussells hinübergehen, Dad?«, fragte Elsie, sodass sich die Spannung zwischen ihnen löste.

»Ja«, sagte Seth, ohne sich jedoch vom Fleck zu rühren.

»Kommst du nicht mit?«

»Nein.« Er schien sich zusammenzunehmen und schüttelte den Kopf. »Ich kann nicht, Elsie. Ich muss noch mit jemandem sprechen …«

Dann blickte er sich um, als suchte er jemanden, aber Agnes konnte ihm ansehen, dass es Ausflüchte waren. Wahrscheinlich wäre ihm jedes Mittel recht, um sich nicht mit seinen eigenen Kindern beschäftigen zu müssen.

Dieser Gedanke genügte, um jegliches Interesse zum Erliegen zu bringen, das sie vielleicht vorübergehend für ihn verspürt hatte.

»Was hältst du davon, wenn ich mitgehe?«, schlug sie Elsie vor. »Vielleicht finde ich ja sogar einen Penny, damit du Karussell fahren kannst? Wie wäre das?«

Ein strahlendes Lächeln erhellte das Gesicht der Kleinen. »Darf ich, Dad?«

»Hm«, murmelte Seth unschlüssig. »Wir wollen keine Almosen, das weißt du doch.«

»Herrgott noch mal!«, fuhr Agnes ihn verärgert an. »Es ist mein Geld, und ich kann es ausgeben, wofür ich will. Oder wollen Sie etwas anderes behaupten?«

Wieder schauten sie sich in die Augen, doch diesmal lag keinerlei Wärme in Seth' aufgewühltem Blick.

»Machen Sie doch, was Sie wollen«, murmelte er.

Für Seth war es eine Erleichterung, als sie wieder zu streiten begannen. Er hatte das Gefühl, sich auf sichererem Boden zu befinden, wenn er sich über die Schwester ärgerte und sich daran erinnerte, was für eine unverfrorene Wichtigtuerin sie war.

Auf jeden Fall war es viel unkomplizierter als das Gefühl, das ihn ergriffen hatte, als er sie nach ihrem Sturz in den Armen gehalten hatte.

Es war die große Zuschauermenge, die ihn zu dem Wettlauf hinübergelockt hatte. Er hatte gar nicht glauben können, wie viele Leute sich versammelt hatten, um bei einem Dreibeinlauf für Kinder zuzusehen.

»Die neue Schwester läuft mit deiner Elsie«, hatte Reg Willis im Bierzelt lachend zu ihm gesagt. »Sie ist wirklich zu allem bereit, das muss man ihr lassen.«

»Aye.« Doch selbst als Reg sie ihm in der Menge zeigte, hätte Seth Agnes fast nicht erkannt. Sie sah so jung und hübsch aus wie eins der Dorfmädchen im geblümten Sommerkleid und mit offenem, kastanienbraunem Haar, das ihr auf die Schultern fiel.

Und dann hatte sein Sohn sie ins Stolpern gebracht, als er an ihr vorbeikam, und Seth war spontan vor sie hingetreten, um sie aufzufangen, damit sie nicht stürzte.

Er konnte die jähe Hitze spüren, die bei der Erinnerung in ihm aufstieg. Er hatte schon so lange keine Frau mehr in den Armen gehalten, dass er vergessen hatte, wie es war. Nur so konnte er sich das plötzliche Verlangen erklären, das ihn erfasst hatte, als seine Hände auf der Rundung ihrer Hüften gelegen und er den Duft ihrer Haut eingeatmet hatte.

Und nun sah er ihr nach, als sie mit Elsie ging, und musste unwillkürlich wieder an ihr seidiges Haar an seiner Wange denken, als sie ihren Hut wieder aufsetzte und mit Nadeln feststeckte.

»Was macht denn *die* bei unserer Elsie?«

Seth schrak zusammen, als Hannahs mädchenhaft lispelnde Stimme hinter ihm ihn aus seiner Träumerei riss. »Die Schwester geht mit ihr zu den Karussellen.«

»Ach ja? Ich wäre auch mit Elsie hingegangen, wenn sie mich gefragt hätte.« Hannah klang beleidigt. »Diese Frau hat kein Recht, ihre Nase in alles reinzustecken!«

»Sie meint es sicherlich nicht böse.«

Hannah warf ihm einen vorwurfsvollen Blick zu. »Das sind ja ganz neue Töne, Seth! Vor ein paar Wochen hast du noch kein gutes Haar an ihr gelassen. Oder hast du etwa schon vergessen, wie sie an der Streikpostenkette auftauchte und dich vor all den anderen Männern zum Narren machte?«

Seth' Lippen wurden schmal bei der Erinnerung daran. »Natürlich habe ich das nicht vergessen.«

»Das freut mich zu hören«, sagte Hannah. »An deiner Stelle würde ich nämlich einen großen Bogen um sie machen. Jemanden wie sie, der dir nur Ärger bringen wird, kannst du jetzt wirklich nicht brauchen.«

»Nein«, murmelte Seth, der immer noch unverwandt zu der schlanken jungen Frau mit dem kastanienbraunen Haar hinüberblickte. »Nein, da könntest du wohl recht haben, Hannah.«

KAPITEL VIERUNDDREISSIG

May Edcott wurde zur Königin des Fests gekrönt, worüber Eliza furchtbar aufgebracht war.

»Das ist nicht fair!«, fauchte sie, als sie zusahen, wie die Königin des Vorjahrs der diesjährigen Königin feierlich den Blumenkranz aufsetzte. »Ich bin viel hübscher als sie. Schau dir bloß mal ihre fetten Knöchel an ... Und das ist alles bloß deine Schuld!«, griff sie plötzlich ihre Schwester Carrie an.

»Meine Schuld?«, entgegnete Carrie schockiert. »Wie kommst du darauf?«

»Na, das ist doch wohl offensichtlich, oder? Sie machen mich bloß deshalb nicht zur Königin, weil ich mit dem Bergwerksleiter verwandt bin.«

»Und ich hab gedacht, das läge daran, dass du wie 'ne kalbende Kuh aussiehst!«, murmelte Hattie.

Eliza fuhr zu ihrer Schwester herum. »Und du kannst auch die Klappe halten!«, schnauzte sie sie an.

»Zumindest kannst du eine ihrer Hofdamen sein«, warf Carrie ein, um beide zu beschwichtigen.

Eliza schob das Kinn vor. »Ich hätte die größte Lust, es nicht zu tun«, sagte sie hochmütig. »Das Letzte, was ich will, ist, den ganzen Tag lang hinter May Edcott herzulaufen und mir ihre Prahlereien anzuhören!«

»Sie wird es nicht ablehnen«, flüsterte Hattie, als Eliza davonstolzierte. »Glaub mir, in ein paar Minuten wird sie auf dem Festwagen neben May stehen und versuchen, auf allen Fotos zu erscheinen.« Hattie verdrehte die Augen. »Vielleicht sollte ich besser hingehen, um sie im Auge zu behalten und zu verhindern, dass sie der armen May die Krone vom Kopf reißt!«

»Darf ich Henry zu den Schiffschaukeln mitnehmen?«, fragte Gertie Carrie.

»Wenn du möchtest. Aber lass ihn nicht zu hoch schaukeln, ja?«, rief Carrie ihrer Schwester nach, als sie mit dem Kinderwagen loszog. »Und bleib auch nicht zu lange. Ich muss ihn bald nach Hause bringen, weil es hier draußen langsam zu heiß für ihn wird!«

Sie sah Gertie mit dem kleinen Henry an der Hand, der auf seinen kurzen Beinchen neben ihr herwackelte, in der Menschenmenge untertauchen. Es war ein solch glühend heißer Tag, dass sie unter ihrem Kleid Schweißperlen über ihre Haut rinnen spürte.

Normalerweise liebte sie den Sonnenschein, doch heute wurde ihr schwindlig in der Hitze, und deshalb zog sie sich in das kühle Zelt zurück, in dem sich die Mütter zum Wettbewerb um den Titel des schönsten Babys versammelten. Carrie setzte sich auf einen Heuballen im Hintergrund des Zelts, um zuzuschauen, wie die Mütter ihre Kleinen herausputzten, ihre Häubchen zurechtrückten, Schleifen banden und auf Taschentücher spuckten, um schmuddelige kleine Gesichter damit abzuwischen.

Es versetzte ihr einen Stich, als sie an das letzte Jahr zurückdachte, in dem sie und James zusammen auf dem Fest gewesen waren. Damals war er noch willkommen gewesen, und alle hatten ihnen grüßend zugenickt, als sie – ein glückliches junges Paar mit seinem neugeborenen Sohn – über den Jahrmarkt geschlendert waren.

James hatte darauf bestanden, Henry auf den Arm zu nehmen und ihm alle Attraktionen zu zeigen, obwohl er damals erst vier Monate alt gewesen war und kaum mehr als Farben und Geräusche erfassen konnte.

»Du verschwendest deine Zeit, weißt du«, hatte Carrie lachend gesagt, als James darauf bestand, dem Kleinen an einem der Stände zu zeigen, wie man eine Ente angelte. »Er versteht noch kein Wort von alledem.«

»Wie kannst du so etwas sagen?«, hatte James in gespielter Entrüstung erwidert. »Mein Sohn hält mich für sehr klug. Schau dir doch nur an, wie konzentriert er die Stirn runzelt ... na ja, vielleicht ist es ja auch auf den Wind zurückzuführen«, hatte er dann etwas kleinlauter hinzugefügt.

Dann waren sie zu dem Zelt gekommen, in dem gerade der Wettbewerb um das hübscheste Baby ausgetragen wurde, und Mrs. Morris hatte lächelnd zu James gesagt: »Im nächsten Jahr werden auch Sie Ihren Jungen anmelden müssen, Mr. Shepherd.«

»Und ob wir das tun werden, Mrs. Morris«, hatte James erwidert und dabei so ausgesehen, als platzte er fast vor Stolz auf seine Frau und seinen Sohn.

Wie glücklich und verliebt sie damals noch gewesen waren! Es war schwer zu glauben, dass sie nur ein Jahr später kaum noch miteinander sprachen.

Im Augenblick konnte sich Carrie kaum noch vorstellen, dass ihr Ehemann und der lächelnde junge Mann, der sein Baby so stolz über den Jahrmarkt getragen und es zum Lachen gebracht hatte, ein und derselbe Mensch waren. Neuerdings geisterte James nur noch wie ein Gespenst im Haus herum und ging ihr weitgehend aus dem Weg. Und wenn sie sich tatsächlich einmal begegneten, was selten genug geschah, war er angespannt und wortkarg.

Carrie war so besorgt um ihn, dass sie ihren Groll wegen der Hausräumungen inzwischen längst vergessen hatte. Die Aussperrung machte ihm schwer zu schaffen und ließ ihn abgespannt und älter wirken, als er war. Zurzeit schien er auch kaum noch etwas zu essen oder ausreichend zu schlafen. Carrie hätte ihn liebend gern getröstet, aber es hatte sich eine solch tiefe Kluft zwischen ihnen aufgetan, dass sie nicht wusste, wie sie sie überbrücken konnte.

Als sie nun plötzlich Rob Chadwick das Zelt betreten sah, lehnte sie sich zurück und versuchte, mit den Schatten zu verschmelzen. Doch zu hoffen, dass er sie nicht sah, war wohl doch ein bisschen zu viel verlangt.

»Hallo nochmal«, sagte er und ließ sich auf den Heuballen neben ihr plumpsen.

»Was machst du hier?«, fragte Carrie. »Ich hätte nicht gedacht, dass du an einem Baby-Wettbewerb interessiert bist.«

Rob grinste. »Ich wollte nur für ein Weilchen aus der Sonne heraus. Es ist wie in einem Backofen da draußen.« Er nahm seine Mütze ab und fuhr sich mit dem Hemdsärmel über die verschwitzte Stirn.

»Und ich dachte, du wärst wegen Ellen Kettle hier?« Carrie nickte zu Ellen hinüber, die gerade die Rüschen am Häubchen ihres Sohns zurechtzupfte. Als sie Robs Blick bemerkte, lächelte sie ihm verstohlen zu.

Rob seufzte. »Wie oft muss ich dir noch sagen, dass Ellen Kettle mich nicht interessiert?«

»Sie mag dich aber.«

»Das ist ihr Problem, nicht meins.« Er nickte zu den auf der Bühne versammelten Müttern hinüber. »Nimmt dein Sohn auch an dem Wettbewerb teil?«

Wieder versetzte es Carrie einen Stich, als sie an das Vorjahr dachte und den Kopf schüttelte. »Unsere Gertie hat ihn auf den Jahrmarkt mitgenommen, um ihm dort alles zu zeigen.«

»Schade. Mit einem Aussehen wie deinem hätte er gewinnen müssen. Es sei denn, er kommt auf seinen Vater?«, schloss er grinsend.

»Lass seinen Vater aus dem Spiel!«, fuhr Carrie ihn an. »Wenn du nichts Nettes zu sagen hast, kannst du auch verschwinden und jemand anderem auf die Nerven gehen!«

Er blinzelte überrascht. »Nun reg dich doch nicht gleich auf, ich hab nur Spaß gemacht.«

»Tja, dann lass das bitte.« Carrie griff sich an ihre pochenden Schläfen, als Robs Gesicht vorübergehend vor ihren Augen verschwamm. Als sie ihn wieder ansah, starrte er sie an und runzelte besorgt die Stirn.

»Geht es dir nicht gut?«, fragte er.

»Ach, mir ist nur ein bisschen schwindlig«, antwortete sie. »Das muss die Hitze sein …«

»Soll ich die Krankenschwester holen?«

»Nein, ich will kein Theater veranstalten. Es wird schon wieder gehen, wenn ich hier ein Momentchen sitzenbleibe.«

Sie barg ihr Gesicht in ihren Händen und schloss die Augen. Wie lange sie so verharrte, hätte sie nicht sagen können, doch plötzlich bemerkte sie, dass Rob ihr ein Glas hinhielt.

»Trink das«, sagte er freundlich. »Danach wird es dir besser gehen.«

»Was ist das?«

»Nur Wasser.« Er lächelte verlegen. »Ich habe nicht die Absicht, dich betrunken zu machen, falls es das ist, was du glaubst.«

Carrie spürte, wie sie errötete, als sie das Wasser trank. Es fühlte sich wunderbar erfrischend an, als es ihre ausgedörrte Kehle hinunterlief.

»Danke«, sagte sie und gab ihm das leere Glas zurück. »Das war sehr nett von dir.«

»Ich hab dir doch gesagt, dass ich nicht herzlos bin.« Fragend neigte er den Kopf. »Fühlst du dich jetzt besser?«

»Viel besser, danke.« Das Wasser hatte tatsächlich Wunder gewirkt und ihr wieder einen klaren Kopf verschafft. Nur ihrem Herzen half es leider nicht, das gegen ihre Rippen flatterte wie ein eingesperrter Vogel.

Sie hatte sich vor einem Wiedersehen mit Rob gefürchtet, seit er sie von Leeds mitgenommen hatte. Denn sie war erschüttert gewesen, wie heftig sie auf ihn reagiert hatte. Sie hatte geglaubt, dass zwei Jahre genug gewesen wären, um sie gegen seinen Charme immun zu machen. Aber er hatte sie nur in die Arme nehmen müssen, und sie war wieder schwach geworden.

Sie hatte sich einzureden versucht, dass das nur so war, weil sie im Augenblick einfach zu verwundbar war. Die Dinge standen nicht gut zwischen ihr und James, und dann war Rob gekommen und hatte sie zum Lächeln gebracht und sie an frühere Zeiten erinnert, als sie noch ein junges Mädchen und alles so einfach gewesen war. Das war der einzige Grund, warum sie so auf ihn reagiert hatte, sagte sie sich.

Andererseits, so ermahnte sie sich, war es niemals ratsam, in Robs Gesellschaft schwach und angreifbar zu sein.

»Ich habe Eliza hinter May Edcott herlaufen gesehen«, sagte Rob und riss Carrie damit aus ihrer Träumerei. »Sie sah nicht sonderlich erfreut aus, muss ich sagen.«

Carrie lächelte. »Weil sie der festen Überzeugung ist, dass sie und nicht May zur Königin des Fests hätte ernannt werden müssen.«

»Wahrscheinlich hat sie damit sogar recht. Sie ist ein sehr hübsches Mädchen, deine Eliza, und scheint ganz nach ihrer Schwester zu geraten.«

Hier machte Rob eine kleine Pause, die ein ungutes Gefühl in Carrie weckte, weil sie schon ahnte, was er sagen würde.

»Erinnerst du dich noch an deine Krönung zur Königin des Fests?«, fragte er mit leiser, einschmeichelnder Stimme.

Carrie erwiderte nichts darauf, weil der vertraute alte Anfall von Scham und Furcht sie sprachlos machte.

»Das war in dem Jahr, in dem ich zu Besuch nach Bowden kam«, erinnerte Rob sie. »Ich kam genau an diesem Festtag an, und da warst du plötzlich in diesem hinreißenden rosa Kleid und mit den Blumen in deinem Haar. Für mich warst du das schönste Mädchen, das ich je gesehen hatte. Du erinnerst dich doch noch an diesen Tag, Carrie?«

Er provozierte sie. Natürlich erinnerte sie sich noch daran. Sie hatte versucht, ihn aus ihrem Gedächtnis zu streichen, aber er war da wie eine Narbe, die nie verheilen würde.

»Ich will nicht daran denken«, murmelte sie.

»Warum nicht?«

Sie erhob ihren Blick zu ihm. Musste er ihr diese Frage wirklich stellen? »Weil es ein Fehler war. Es hätte nicht passieren dürfen.«

»Und wieso ist es dann passiert?«, fragte Rob sie leise.

Ja, wieso eigentlich? Es war eine Frage, die sie sich seither auch immer wieder gestellt hatte. Und die Antwort lautete, dass sie einfach schwach und dumm gewesen war an jenem Tag. Als er sie in seine Arme genommen und geküsst hatte, war dies das Einzige gewesen, woran sie hatte denken können. Und keinen Moment lang hatte sie darüber nachgedacht, dass sie kurz davor stand, James Shepherd zu heiraten.

»Ich habe dir doch gesagt, dass ich nicht daran denken will«, sagte sie. »Das war einmal und ist jetzt alles nur noch Schnee von gestern.«

»Ist es das?« Er neigte sich zu ihr und sprach nun so leise, dass sie ihn kaum verstehen konnte. »Ich dachte auch, es sei Vergangenheit. Aber bei unserer letzten Begegnung …«

»Bitte nicht.«

»… da habe ich etwas zwischen uns gespürt, Carrie. Und du hast es auch gespürt. Versuch also nicht, es zu bestreiten, denn du weißt sehr gut, was ich meine.« Er war ihr jetzt so nahe, dass seine Stimme wie ein Streicheln war und sein warmer Atem ihre Wange fächelte. »Du liebst mich doch noch immer, nicht wahr?«

»Nein!«

»Schau mir in die Augen und sag es mir.«

Über seine Schulter hinweg sah Carrie plötzlich ihre Schwester Gertie, die am Zelteingang stand und den quengelnden kleinen Henry auf dem Arm hielt.

Erleichtert sprang Carrie auf und winkte.

»Da bist du ja!« Gertie kam zu ihnen hinüber. »Ich hab dich

schon überall gesucht. Henry weint seit zehn Minuten, und ich kann ihn nicht beruhigen.«

»Wahrscheinlich ist er müde, der arme Kleine. Gib ihn mir.«

»Mit Vergnügen.« Gertie drückte Carrie das Baby in die Arme, und Henry hörte augenblicklich auf zu weinen und legte seinen Kopf an ihre Schulter. »Ich möchte jetzt sowieso zu meinen Freundinnen hinübergehen.«

»Er ist ein hübscher Junge.« Rob streckte einen Finger aus, und der kleine Henry ergriff ihn sofort. »Und er hat auch schon einen richtig festen Griff. Wie alt ist er?«

Carrie zögerte. »Er ist gerade ein Jahr alt geworden.«

Gertie lachte. »Du wirst doch wohl nicht den Geburtstag deines eigenen Sohnes vergessen haben, Carrie Shepherd? Henry ist sechzehn Monate alt«, sagte sie zu Rob. »Er hatte im April Geburtstag.« Ihrer Schwester warf sie einen vorwurfsvollen Blick zu und schüttelte den Kopf.

»Im April?«, fragte Rob.

»Ich sollte ihn jetzt besser heimbringen«, murmelte Carrie. »Es ist zu heiß für ihn, und er braucht ein Nickerchen.«

»Ich begleite dich«, erbot sich Rob, aber Carrie schüttelte den Kopf.

»Ich möchte jetzt lieber allein sein«, sagte sie, aber die Wahrheit war, dass sie gar nicht genug Abstand zwischen sich und Rob Chadwick bringen konnte.

KAPITEL FÜNFUNDDREISSIG

Carrie hatte angenommen, dass James wie üblich in der Zeche sein würde, und war daher überrascht, als sie beim Heimkommen Stimmen im Salon vernahm.

Beklommenheit ergriff sie, als sie Eleanor Haverstocks nervöses Kichern und dann Sir Edwards schroffe Stimme hörte. Oh nein, warum mussten sie ausgerechnet jetzt da sein?

Sie ging hinauf, um Henry zu seinem Schläfchen hinzulegen und sich Zeit zu nehmen, um ihre Gedanken zu sammeln und sich ein wenig herzurichten. Was auch bitter nötig war, wie sie in ihrem Spiegel sah. Ihr Haar war feucht und schlaff vom Schwitzen und ihr Gesicht gerötet von der Sonne. Sie legte ein wenig Puder auf, aber ihre Wangen glühten trotzdem noch.

Schließlich konnte sie die Begegnung nicht länger hinauszögern und ging in den Salon hinunter, wo Sir Edward und Eleanor Haverstock mit James beim Tee saßen.

Der rasche, vorsichtige Blick, den ihr Mann ihr zuwarf, entging ihr nicht. Lass mich jetzt bitte nicht im Stich, bat er stumm.

»Oh, das tut mir aber leid«, sagte Carrie und lächelte in die Runde. »Ich wusste nicht, dass wir Besuch erwarteten.«

»Das ist ganz allein nur meine Schuld«, sagte Miss Eleanor heiter. »Als wir am Dorf vorbeifuhren, bat ich Vater, auf einen Sprung bei Ihnen hereinzuschauen.«

»Nichts als Zeitverschwendung«, knurrte Sir Edward.

»Wie war das Fest?«, fragte Eleanor, ohne seinen Einwand zu beachten. »Haben Sie sich gut unterhalten, Mrs. Shepherd?«

»Danke, ja. Es war ein wirklich schöner Tag.«

Carrie warf James einen Blick zu. Er starrte auf seine Hände herab und schien sich sehr unwohl in seiner Haut zu fühlen.

»Sie haben jedenfalls reichlich Sonne abbekommen. Ihre Wangen glühen wie die eines Bauernmädchens.«

Carrie legte eine Hand an ihre Wange. Wie schon befürchtet, hatte der Gesichtspuder niemanden getäuscht. Und Miss Eleanor war natürlich viel zu wohlerzogen, um die Sonne an ihre Porzellanhaut heranzulassen.

»Es war ein heißer Tag«, sagte Carrie entschuldigend.

»Ein Dorffest, also wirklich!«, nörgelte Sir Edward. »Ich verstehe das nicht. Diese Männer behaupten, ihre Familien verhungerten, und trotzdem treiben sie ruck zuck Geld auf, um es dann für Bier und Tingeltangel zu verschwenden. Und dazu auch noch auf meinem Land! Eine ausgemachte Schande ist das. Ich hätte sie allesamt von der Polizei vertreiben lassen sollen.«

Ich möchte sehen, wie Sie das anstellen wollen. Carrie lächelte im Stillen bei der Vorstellung, wie Sergeant Cray sich fünfhundert aufgebrachten Bergleuten entgegenstellte.

»Ich bin jedenfalls froh, dass du es nicht getan hast«, sagte Eleanor. »Dieses Fest ist nun mal eine Tradition hier, Vater. Und ich muss zugeben, dass alles ziemlich unterhaltsam aussieht, auch wenn ich selbst noch nie dort war.«

»Aber natürlich nicht!«, tat Sir Edward ihren Einwand ab. »Diese Kirmes ist kein Ort für eine Frau von Stand.«

»Vater!«, sagte Eleanor vorwurfsvoll und warf Carrie einen beschämten Blick zu.

»Ich muss zugeben, es überrascht mich doch sehr, Shepherd, dass Sie Ihre Frau zu diesem ... Volksfest gehen lassen«, sagte Sir Edward zu James.

Der runzelte die Stirn. »Ich bin mir nicht ganz sicher, ob ich verstehe, was Sie meinen, Sir Edward.«

»Nun ja, es gehört sich ja wohl kaum für die Frau des Bergwerksleiters, sich mit dem Proletariat zu amüsieren. Und schon gar nicht in unserer derzeitigen Situation. Sie sollten Ihre Frau wirklich besser unter Kontrolle halten.«

»Moment mal ...« Carrie setzte schon zu einer Antwort an, um sich zu verteidigen, aber James kam ihr zuvor.

»Meine Frau ist kein beweglicher Besitz, den ich im Auge behalten muss«, sagte er ruhig. »Sie entscheidet selbst, wohin sie geht und was sie tut.«

Carrie starrte ihn an. Er hatte leise und ruhig gesprochen, aber es hätte sie wohl nicht heftiger schockiert, wenn er Sir Edward lauthals angeschrien hätte.

Der ältere Mann funkelte ihn böse an. »Dann sind Sie ein noch größerer Narr, als ich dachte«, knurrte er.

James' Gesichtsausdruck veränderte sich nicht. »Sie halten mich also für einen Narren, Sir Edward?«

Wie üblich griff Eleanor schnell ein, um die beiden Männer zu besänftigen. »Das wollte mein Vater ganz bestimmt nicht damit sagen, James.«

»Herrgott noch mal, Eleanor, du brauchst anderen nicht zu erklären, was ich meine!«, fuhr Sir Edward seine Tochter verärgert an. »Wollen Sie die Wahrheit hören?«, wandte er sich dann an James. »Denn die ist, dass ich Sie in der Tat für einen Narren halte. Aus meiner Sicht war es schon eine Dummheit von Ihnen, dieses Mädchen zu heiraten, aber Sie mussten es ja tun.« Er warf Carrie einen verbitterten Blick zu. »Aber ihr auch noch zu erlauben, zu diesem Fest zu gehen – das lässt Sie wie einen Schwächling dastehen, Shepherd.«

Carrie schaute James an, der mit undurchdringlicher Miene Sir Edwards Blick erwiderte.

Voller Schuldbewusstsein dachte sie an die vielen Lebensmittel, die sie aus der Speisekammer entwendet hatte, und an all ihre heimlich geleisteten Spenden. Sie hatte sogar die Tollers unangekündigt mit ins Haus gebracht und von James erwartet, sie dort aufzunehmen. Die Meinung der Haverstocks hatte sie schon damals nicht gekümmert und kümmerte sie noch immer nicht. Doch nun sah sie ihre Handlungen plötzlich aus den Augen ihres

Mannes und begriff, wie egoistisch sie gewesen war. Das Letzte, was sie wollte, war, James noch mehr Ärger zu bereiten.

»Es tut mir leid«, ergriff sie nun das Wort. »Für mich war es nur ein kleiner Ausflug. Ich bin schon zu diesen Festen gegangen, seit ich ein Kind war. Mir war nicht bewusst, dass es so viel Ärger mit sich bringen würde.«

»Was nur beweist, wie dumm Sie sind, nicht wahr?«, fauchte Sir Edward sie an.

Und plötzlich änderte sich etwas an James' Verhalten. Er richtete sich langsam auf und überragte sie um Längen, als er so vor ihnen stand.

»Das reicht«, sagte er. »Es ist schlimm genug, dass Sie hierherkommen und mich kritisieren. Aber wenn Sie auch noch meine Frau beleidigen ...«, er holte tief Atem, und Carrie konnte ihm ansehen, wie er um Beherrschung rang, »dann möchte ich, dass Sie gehen«, schloss er.

Eleanor gab einen bestürzten Laut von sich, und Sir Edward starrte James ungläubig an. »Sie werfen mich hinaus?«

»Nein, Sir Edward, ich fordere Sie nur höflich auf zu gehen. Aber ich *werde* Sie hinauswerfen, wenn es nicht anders geht.«

Sir Edwards Blick wurde eisig, und einen schrecklichen Moment lang dachte Carrie, dass es vielleicht tatsächlich so weit kommen könnte. Aber dann ergriff er seinen Gehstock und erhob sich. »Komm, Eleanor, wir bleiben nicht, wo wir nicht erwünscht sind.«

»Aber Vater ...«

»Ich sagte, komm! Oder willst du mir jetzt auch noch die Stirn bieten?«

Eleanor blickte in ihre halbgeleerte Teetasse, setzte sie dann aber wieder ab und stand schnell auf.

Sir Edward musterte James mit einem Ausdruck der Verachtung auf seinem fuchsähnlichen Gesicht. »Ich hatte etwas mehr Loyalität von Ihnen erwartet«, knurrte er.

James schob sein Kinn vor. »Sie bezahlen für meine Loyalität, wenn ich in der Zeche bin«, sagte er. »Das gibt Ihnen aber nicht das Recht, in mein Haus zu kommen und Befehle zu erteilen und Beleidigungen zu äußern.«

»In *Ihr* Haus? Darf ich Sie daran erinnern, dass dieses Haus und alles andere hier in diesem Dorf *mein* Eigentum ist?«

»Nun, dann möchten Sie vielleicht, dass ich kündige?«

Carrie hielt den Atem an. Für einen langen Moment standen die beiden Männer sich gegenüber und starrten sich kampfeslustig an. Dann lächelte Sir Edward höhnisch.

»Ich dachte, Sie wären der Sohn Ihres Vaters, aber Sie sind nicht wie Henry Shepherd und werden es auch niemals sein.« Er nickte zu Carrie hinüber. »Und ein Menschenkenner sind Sie auch nicht. Sie haben sich keinen Gefallen getan, als sie diese kleine Hexe zu Ihrer Frau machten. Ich sagte Ihnen doch, dass Sie es bereuen würden. Und es sieht so aus, als würde sie Sie bereits ruinieren. Und wenn sie Ihnen erst mal alles genommen hat, wird sie zu Ihresgleichen zurückkehren und Sie vergessen.«

Mit diesen Worten stürmte er hinaus und überließ es Eleanor, ihm zu folgen.

»Er meint es nicht so«, flüsterte sie James zu. »Er ist nur verärgert, weiter nichts.«

»Dann ist er nicht der Einzige«, entgegnete James grimmig.

»Geben Sie ihm einfach nur Gelegenheit, sich zu beruhigen«, fuhr Eleanor fort. »Sie wissen ja, wie er sein kann …«

»Eleanor!«

»Ich komme, Vater.« Sie schenkte Carrie noch einen kurzen, hilflosen Blick, dann eilte sie Sir Edward hinterher.

Sein Aufbruch schien dem Zimmer allen Sauerstoff entzogen und Carrie den Atem geraubt zu haben. Selbst nachdem sie gehört hatten, dass der Wagen der Haverstocks abgefahren war, starrte sie noch die Tür an.

»Es tut mir leid«, entschuldigte sie sich erneut bei ihrem Mann.

»Es war wirklich nicht meine Absicht, dir so viel Ärger zu bereiten.«

James starrte sie an, als sähe er sie zum ersten Mal. »Du brauchst dich für gar nichts zu entschuldigen, denn du hast nichts falsch gemacht. Es ist dieses Scheusal, das sich entschuldigen müsste.« Ein Muskel zuckte an James' Kinn. »Wie kann er es wagen, hierherzukommen und dich zu beleidigen!«

»Ich habe dich noch nie so mit ihm reden gehört.«

»Vielleicht hätte ich das schon vor langer Zeit tun sollen.«

Carrie starrte ihn an. Auch jetzt erkannte sie den Mann vor sich kaum wieder. »Aber du willst doch sicher nicht deine Arbeit verlieren«, wandte sie ein.

»Eher verzichte ich auf diese Arbeit, als dich zu verlieren.« Er wandte sich ihr zu, und sein Ausdruck wurde weicher. »Oh Gott, Carrie, ich darf gar nicht daran denken, wie erbärmlich ich gewesen bin! Ich weiß, dass ich mich verändert habe, seit die Aussperrung begann, und kann es dir auch nicht verdenken, dass du mich jetzt hasst.«

»Ich hasse dich doch nicht, James! Ich habe dich noch nie gehasst.«

»Aber ich habe mich selbst gehasst.«

Alle Kraft schien plötzlich seinen Körper zu verlassen, denn er ließ sich in einen Sessel fallen und schlug die Hände vors Gesicht. »Einige der Dinge, die ich getan habe ... Ich habe mir immer eingeredet, dass ich für alles gute Gründe hatte, dass ich die Zeche am Laufen halten musste, aber eigentlich habe ich nur zu beweisen versucht, dass ich genauso hart sein kann wie mein Vater.« Er blickte auf und lächelte sie traurig an. »Indem ich versuchte, mir Sir Edwards Respekt zu verdienen, habe ich deinen verloren.«

»Ach, James!« Carrie nahm seine Hände in die ihren. »Es war nicht alles deine Schuld. Du hast nur versucht, deine Arbeit zu machen und für deine Familie zu sorgen, wie es auch alle anderen tun. Sir Edward hat recht, ich hätte loyaler dir gegenüber sein müssen.«

»Untersteh dich, so etwas zu sagen! Dieser alte Bock hat kaum jemals recht.« James stand auf und nahm sie in die Arme. »Vielleicht haben wir ja beide Fehler gemacht«, räumte er ein. »Aber ich hoffe, dass wir sie jetzt hinter uns lassen können.«

»Das wäre schön.« Sie hob ihr Gesicht zu einem langen, sehnsuchtsvollen Kuss zu ihm empor. Als er seinen Mund auf ihren senkte und sie zärtlich küsste, hatte Carrie das Gefühl, als würde eine große Last von ihr genommen. All ihre Zweifel und jeder Gedanke an Rob Chadwick waren plötzlich wie ausgelöscht.

»Oh Gott, du ahnst ja nicht, wie sehr du mir gefehlt hast, Carrie«, flüsterte James und drückte sein Gesicht an ihren Nacken. »Darf ich in unser Schlafzimmer zurückkommen? Glaub mir, ich hasse es, in meinem Arbeitszimmer schlafen zu müssen.«

»Je eher, desto besser.« Carrie lächelte ihn an. »Und eigentlich«, fügte sie mit einem Blick zur Tür hinzu, »könnten wir doch auch gleich hinaufgehen, nicht?«

James blickte schmunzelnd auf sie herab. »Weißt du, vielleicht hatte Sir Edward in einem ja sogar recht«, sagte er.

»Ach ja? Und worin, wenn ich fragen darf?«

Seine Mundwinkel verzogen sich zu einem leisen Lächeln. »Dass du eine kleine Hexe bist«, sagte er.

KAPITEL SECHSUNDDREISSIG

Eric Wardles Zustand verschlechterte sich zusehends.

Abszesse hatten sich in den Hohlräumen gebildet, wo die Tuberkulose den Knochen in seiner Wirbelsäule schon zerfressen hatte. Da sie unbehandelt geblieben waren, hatten diese Abszesse allmählich angefangen, ihr Gift in Erics Körper zu verbreiten. Seine Leber, der Darm und sämtliche andere Organe kapitulierten nach und nach.

Und nun begann das Gift, seine Nieren anzugreifen. Agnes hätte die Urinprobe, die sie genommen hatte, nicht einmal untersuchen müssen. Noch bevor sie den weißen Ring sah, der sich in dem Teströhrchen bildete, wusste sie, dass der Urin mit Sicherheit Albumin enthielt.

Sie versuchte, sich ihre Gefühle nicht anmerken zu lassen, als sie sich sorgfältig Notizen machte. Aber ihr Patient ließ sich nicht täuschen.

»Es sieht nicht gut aus, nicht?«, fragte Eric Wardle sie.

Mit einem aufmunternden Lächeln wandte Agnes sich ihm zu, um irgendetwas Beruhigendes zu sagen. Aber die Worte blieben ihr in der Kehle stecken, als sie sein Gesicht sah.

»Schon gut, Schwester, Sie brauchen mir nichts vorzumachen. Ich weiß, dass mir nicht mehr viel Zeit bleibt. Wie lange noch, schätzen Sie? Wochen, Monate oder Tage?«

Agnes holte tief Luft. Trotz seines schlechten Zustands sah Eric Wardle wie ein Mann aus, der eine Lüge sogleich durchschauen würde.

»Wochen, Mr. Wardle. Es tut mir schrecklich leid …«

Er winkte ab. »Das muss es nicht, Schwester. Ich wusste schon immer, dass diese verdammte Tbc mich irgendwann umbringen würde. Ich bin froh, überhaupt so lange durchgehalten zu haben. Es gab einmal eine Zeit, als ich gerade aus dem Krieg zurückgekommen war ...« Er unterbrach sich, um tief Luft zu holen. »Egal. Ich bin jedenfalls bereit, vor meinen Schöpfer zu treten, glaube ich.« Er tippte auf die Bibel neben seinem Bett. »Aber ich wäre Ihnen dankbar, wenn Sie es dem Rest der Familie noch verschweigen würden. Ich weiß, wie meine Kath sich sorgt, und will sie nicht noch mehr belasten. Es wird also unser kleines Geheimnis bleiben, Schwester?«, schloss er augenzwinkernd.

»Wie Sie wünschen, Mr. Wardle.« Agnes rang sich zu einem Lächeln durch und fragte sich, ob auch sie so tapfer sein könnte, wenn sie wüsste, dass es mit ihr zu Ende ging.

Aber daran durfte sie jetzt nicht denken. Sie war es ihrem Patienten schuldig, es ihm so bequem wie möglich zu machen, solange es noch in ihrer Macht lag.

Und so wusch sie ihn gründlich, puderte dann sorgfältig die Haut unter den Bändern und Schienen seines Stützkorsetts ein und hielt Ausschau nach Anzeichen von wunden Pflasterstellen. Er war so schrecklich dünn, dass seine Knochen unter seiner pergamentartigen, sich allmählich gelb färbenden Haut hervorstanden.

»Essen Sie nicht richtig, Mr. Wardle?«

Er schüttelte den Kopf. »Ich bekomme davon Bauchweh, Schwester. Außerdem bin ich sowieso kein großer Esser.«

»Trotzdem sollten Sie versuchen, etwas zu sich zu nehmen, um bei Kräften zu bleiben.«

»Wozu brauche ich Kraft, wo ich doch nicht einmal aus diesem Bett herauskann?« Für einen Moment huschte ein Ausdruck der Verzweiflung über sein Gesicht, bevor sein tapferes Lächeln wiederkehrte. »Tut mir leid, Schwester, dass Sie sich mein Gejammer anhören müssen.«

»Sie können jammern, so viel Sie wollen, Mr. Wardle, das macht mir überhaupt nichts aus.«

»Ihnen vielleicht nicht, aber mir. Normalerweise bin ich nicht der Typ, der sich beklagt. Aber zu meinem Garten hinaufzugehen fehlt mir wirklich sehr.« Er wandte seinen Blick dem Fenster zu. »Die Karotten und Pastinaken müssten dringend bewässert werden, sonst vertrocknen sie noch bei dieser Sonne.«

Agnes sah den sehnsüchtigen Blick in seinen Augen. »Ich sehe keinen Grund, warum Sie nicht dorthin gehen sollten«, sagte sie.

Ein Hoffnungsschimmer erhellte Eric Wardles Gesicht. »Meinen Sie das ernst, Schwester?«

»Aber ja, warum denn nicht? Die frische Luft wird Ihnen guttun. Vorausgesetzt natürlich, dass Sie mir versprechen, dort nichts umzugraben«, warnte sie.

»Nein, all das wird meine Carrie für mich tun. Es wäre nur schön, draußen in der Sonne sitzen zu können statt in diesem Bett zu liegen.« Plötzlich grinste er. »Danke, Schwester. Das ist genau die richtige Medizin für mich!«

Die Erinnerung an sein Lächeln verließ sie auf dem ganzen Heimweg nicht. Es tat gut, ihn ein wenig aufmuntern zu können. Eric Wardle war so ein netter Mann, und Agnes wünschte nur, sie hätte ihn wirkungsvoller behandeln können.

Diese Abszesse müssen schon seit Jahren in ihm geschwärt haben, dachte sie. Eine Amyloidose brauchte Zeit, um sich zu entwickeln. Warum hatte Dr. Rutherford die Anzeichen nicht rechtzeitig erkannt? Wenn er die Abszesse punktiert oder das infizierte Gewebe herausgeschnitten hätte, würde Eric Wardle jetzt vielleicht nicht sterben.

Agnes versuchte, sich kein Urteil zu erlauben, aber sie konnte sich des Gedankens nicht erwehren, dass die Bowdener weit besser dran wären, wenn Dr. Rutherford für seine Patienten die gleiche Energie aufbrächte wie für seinen Garten und seine Angeltouren.

Sie hörte die lauten Stimmen schon in der Einfahrt, als sie durch das offene Tor einbog.

»Ab mir dir! Du sollst verschwinden, habe ich gesagt! Na los, husch, husch!«

»Ich gehe nirgendwohin, bis ich mit der Schwester gesprochen habe.«

Agnes trat schneller in die Pedale, als sie der gebogenen Einfahrt folgte und an der hohen Hecke vorbeifuhr, hinter der die Eingangstür in Sicht kam. Dort bot sich ihr der merkwürdige Anblick von Mrs. Bannister, die auf den Eingangsstufen stand und einen Besen schwenkte wie eine Waffe, während die kleine Elsie Stanhope unbeirrt vor ihr stand und die Arme trotzig über ihrer Brust verschränkte.

Agnes sprang vom Fahrrad. »Elsie! Was ist los?«

Elsie lief zu ihr. »Sie müssen mitkommen, Schwester, und nach unserem Christopher sehen. Ich glaube, er stirbt!«

»So schnell stirbt man nicht.« Mrs. Bannister verdrehte genervt die Augen. »Also übertreib gefälligst nicht so, Kind.«

Elsie fuhr zu ihr herum. »Er stirbt!«, beharrte sie. »Er hat solch schlimme Bauchschmerzen, dass er sie kaum noch aushält. Tante Hannah meint, es käme von all den Würstchen und dem Kuchen, die er auf dem Fest gegessen hat, aber ich hab ihn noch nie so krank gesehen. Ich weiß nicht, was ich tun soll!«, schluchzte sie.

»Dann solltest du doch wohl besser deine Tante holen, anstatt die Schwester zu belästigen«, meinte Mrs. Bannister.

»Ich gehe nicht in den Wald, weil es dort spukt. Außerdem würde sie sowieso nur sagen, es sei Christophers eigene Schuld. Bitte, Miss!« Sie wandte sich wieder Agnes zu und rang die Hände. »Werden Sie mitkommen und nach ihm sehen? Ich mache mir schreckliche Sorgen um ihn!«

Agnes sah Mrs. Bannister an, die noch immer mit ihrem Besen in den Händen auf den Stufen stand und bereit schien, zuzuschlagen.

»Also gut, ich komme.«

Sowie Agnes Christopher Stanhope sah, wusste sie, dass er

unter mehr als einer Magenverstimmung litt. Er hatte sich auf seinem Bett zusammengerollt und stöhnte vor Schmerzen.

Als Agnes nach seinem Puls tastete, raste er unter ihren Fingerspitzen. »Wo genau tut dir der Bauch weh, Christopher?«

»Überall«, murmelte er mit seinem Gesicht im Kissen.

»Wo ist es am schlimmsten?« Agnes legte ihre Hand auf sein Abdomen, dessen Muskeln sich ungewöhnlich hart anfühlten. »Ist es hier? Oder hier?« Sie bewegte ihre Hand zum McBurney-Punkt zwischen dem Nabel und dem vorderen oberen Darmbeinstachel, und wie sie schon befürchtet hatte, stieß Christopher einen lauten Schmerzensschrei aus.

»Wie lange geht das schon so?«, fragte sie Elsie über ihre Schulter.

»Seit heute Morgen. Tante Hannah hat ihm Pfefferminztee gegeben, aber der hat nichts genützt.«

»Und wo ist dein Vater?«

»Unten an den Zechentoren bei den anderen Streikposten. Danach wird er in den Arbeiterclub gehen, bis er schließt, falls er nicht ausnahmsweise mal zum Abendessen heimkommt.«

»Weiß er, dass sein Sohn krank ist?«

»Aye«, bejahte Elsie. »Aber Tante Hannah hat ihm gesagt, es sei nichts, worüber er sich Sorgen machen müsste. Aber die macht er sich um uns ja sowieso nicht«, fügte sie leise hinzu.

Agnes unterdrückte den Zorn, der in ihr aufstieg. »Dann geh ihn holen, Elsie.«

»Das kann ich nicht. Er würde böse werden ...«

»Ich sagte, geh ihn holen!«, fiel Agnes ihr scharf ins Wort. »Wenn er böse wird, kann er seine Wut an mir auslassen.« Sie war mehr als bereit, Seth Stanhope klarzumachen, was sie von ihm hielt.

Elsie musste Agnes' Gesichtsausdruck gesehen haben, denn sie lief hinaus und schlug die Tür hinter sich zu.

Agnes zog ihren Mantel aus und hängte ihn an den Haken an

der Hintertür. Nachdem sie ein wenig sauberes Zeitungspapier gefunden hatte, bedeckte sie den Tisch damit, bevor sie ihre Tasche darauf abstellte. Sie hatte sich gerade die Hände gewaschen, als Billy in der Tür erschien.

»Wo ist Elsie?« Er blieb im Schatten des Eingangs stehen und beobachtete sie mit großen Augen.

»Sie holt deinen Vater.«

»Unser Chris übergibt sich …«

»Oh Gott!«

Agnes leerte schnell die Wasserschüssel aus und eilte in den Nebenraum, aber Christopher hing schon über dem Rand des Betts und übergab sich auf den Dielenboden.

»Dafür wird er 'ne Tracht Prügel kriegen«, flüsterte Billy neben ihr.

»Wir machen es schnell sauber.« Agnes reichte ihm die Schüssel. »Hol mir noch etwas mehr Wasser und einen Waschlappen, ja? Das ist lieb von dir. Und noch etwas mehr Zeitungspapier, falls du welches finden kannst.«

Billy nahm die Schüssel und lief los.

Christopher hörte auf, sich zu erbrechen, und ließ sich auf die Kissen zurückfallen. Tränen liefen über seine Wangen.

»Hier.« Agnes nahm das Glas Wasser vom Nachttisch neben seinem Bett und hielt es an seine Lippen. »Versuch bitte, es zu trinken.«

Christopher nahm einen kleinen Schluck und gab gleich wieder auf. »Ach Schwester, mir ist so schlecht!«, stöhnte er.

»Ich weiß, mein Junge. Aber wir kriegen dich schon wieder hin.« Spontan strich Agnes ihm sanft die feuchten schwarzen Strähnen aus dem schwitzenden Gesicht. Denn egal, was für ein Rabauke Christopher sonst auch sein mochte, im Augenblick war er nicht mehr als ein Kind, das unter großen Schmerzen litt.

Als Billy mit dem Wasser und dem Zeitungspapier zurückkam, befeuchtete Agnes den Waschlappen, wischte Christopher das Gesicht ab und machte sich dann daran, das Erbrochene auf dem Boden zu beseitigen. Abgesehen davon hatte sie längst beschlossen, was für den Jungen getan werden musste, und brauchte jetzt nur noch darauf zu warten, dass sein Vater heimkam.

Sie hatte ein Feuer angezündet und verbrannte gerade das Zeitungspapier, als die Hintertür aufging. Agnes drehte sich um in der Erwartung, Seth Stanhope zu sehen, doch stattdessen starrte sie in die kalten schwarzen Augen von Hannah Arkwright. In einer Hand trug sie ihre verstaubte alte Reisetasche und unter ihrem Arm einen Kochtopf, der schwarz und aus schwerem Gusseisen war wie ein Hexenkessel.

»Was ist hier los? Was machen Sie hier?«

Agnes verdrängte die Abneigung gegen die Frau, die in ihr aufflammte. »Elsie bat mich herzukommen. Sie macht sich Sorgen um ihren Bruder.«

Hannah stieß einen ärgerlichen Seufzer aus. »Sie hatte kein Recht, Sie einzubeziehen. Ich hatte ihr bereits gesagt, dass dem Jungen nichts fehlt.« Sie ließ ihre Tasche auf den Boden fallen und stellte den Topf auf den Tisch. »Außerdem bin ich jetzt hier. Sie können also ruhig wieder gehen.«

Doch Agnes ließ sich nicht beirren. »Ich gehe nirgendwohin, bevor ich mit Mr. Stanhope gesprochen habe.«

»Und Sie glauben, dass er mit Ihnen reden will?«

»Es ist mir egal, was er will. Sein Sohn ist sehr krank und braucht einen Arzt.«

Hannah sah sie verächtlich an. »Wegen Bauchweh?«

»Ich glaube, es ist mehr als das.«

»Na ja, das beweist nur, dass Sie keine Ahnung haben, nicht?« Hannah öffnete ihre Tasche und begann darin herumzuwühlen. »Eine weitere Tasse Pfefferminztee ist alles, was er braucht.«

»Er braucht einen Arzt«, wiederholte Agnes ruhig.

»Sein Vater wird diesen Narren Rutherford nicht im Haus haben wollen, das kann ich Ihnen jetzt schon sagen.« Hannah zog eine kleine braune Papiertüte aus ihrer Tasche. »Ein bisschen Pfefferminz wird unseren Chris im Nu wieder hinkriegen.«

Sie wollte in den anderen Raum gehen, aber Agnes trat ihr in den Weg und ließ sie nicht vorbei.

»Nein«, sagte sie.

Hannahs dicke Augenbrauen zogen sich zu einem Stirnrunzeln zusammen. »Was?«

»Sie können Ihre Mittelchen wieder einpacken. Ich lasse Sie den Jungen nicht behandeln.«

Hannah, die so viel größer und stärker war, trat so nahe an Agnes heran, dass sie für einen Moment glaubte, sie würde sie angreifen. Aber Agnes wich keinen Schritt zurück.

»Gehen Sie mir aus dem Weg!«, knurrte Hannah.

»Nein.«

»Ich werde es Ihnen nicht zweimal sagen!«

»Hannah?«

In der offenen Hintertür stand Seth Stanhope mit der kleinen Elsie hinter ihm. Er blickte von der einen Frau zur anderen. »Was ist hier los?«

Agnes fand als Erste ihre Stimme wieder. »Ihr Sohn ist sehr krank, Mr. Stanhope«, sagte sie so ruhig, wie sie konnte.

»Es ist nichts Schlimmes, Seth, ehrlich nicht. Er hat nur einen verdorbenen Magen, wie ich bereits sagte«, warf Hannah ein. »Es war nicht nötig, nach Hause zu kommen. Ich weiß nicht, warum Elsie dich überhaupt herholen musste«, sagte sie und warf dem kleinen Mädchen einen bösen Blick zu.

»Sei still, Hannah.« Seth wandte sich Agnes zu. »Was ist mit dem Jungen? Was hat er?«

»Ich glaube, dass Ihr Sohn eine akute Blinddarmentzündung haben könnte.«

Seth erblasste. »Blinddarmentzündung?«

»Eine Blinddarmentzündung!«, höhnte Hannah. »Als ob …«

»Ich sagte, du sollst still sein!«, fauchte Seth sie an, ohne seinen

Blick von Agnes abzuwenden. »Was muss getan werden, Schwester?«

»Der Doktor wird ihn untersuchen müssen. Wenn er mir zustimmt, muss Christopher vielleicht sogar ins Krankenhaus.«

»Ach, jetzt muss er auch noch ins Krankenhaus?« Hannah schüttelte den Kopf. »Hör nicht auf sie, Seth. Ich kann ihn wieder auf die Beine bringen. Schließlich habe ich die Kinder schon immer auf meine Art behandelt, oder etwa nicht?«

Ein ausgedehntes Schweigen entstand. Agnes konnte die angespannte Stimmung im Raum spüren, wie ein zu fest angezogenes Gummiband, stand sie kurz vor dem Zerreißen.

Dann sprach Seth endlich wieder. »Hol den Doktor, Elsie«, sagte er über seine Schulter.

»Seth!«, rief Hannah bestürzt.

Agnes' Knie gaben vor Erleichterung fast nach. »Am besten gehe ich selbst«, sagte sie bei der Erinnerung daran, wie Mrs. Bannister Elsie beim letzten Mal behandelt hatte. »Dann kann ich ihm gleich erklären, was der Junge hat.«

»Aye.« Seth blickte zum Nebenraum hinüber. »Wird Christopher klarkommen, solange Sie unterwegs sind?«

»Ich werde mich beeilen und so schnell wie möglich wiederkommen.« Agnes sah Hannah nicht an, aber sie konnte spüren, wie der finstere Blick der anderen Frau sich in ihren Rücken bohrte, als sie ihren Mantel überzog.

Als sie die Tür hinter sich schloss, konnte sie Hannahs zornig erhobene Stimme hören.

»Warum hörst du auf sie und nicht auf mich … Ich weiß, was ich tue, und das weißt du auch … Der Junge braucht keinen Doktor, Seth …«

Die Nachmittagssprechstunde war gerade beendet, als Agnes zu Dr. Rutherfords Haus zurückkehrte. Agnes erwischte den Doktor, als er sein Büro verließ.

»Miss Sheridan! Was um Himmels willen ist denn los?« Er

lächelte sie verwirrt über den Rand seiner Brille an. »Sie sind ja völlig durcheinander!«

»Sie müssen mitkommen, Doktor. Dem jungen Stanhope geht es sehr schlecht. Ich glaube, dass er eine akute Blinddarmentzündung hat. Er musste sich übergeben und leidet unter heftigen Schmerzen auf der rechten Seite, die sich fortlaufend verschlimmern, und …«

»Gemach, Miss Sheridan, gemach!« Dr. Rutherford schüttelte den Kopf. »Sie wissen, dass ich nicht nach dem Jungen sehen kann. Was würden die Haverstocks dazu sagen?«

»Aber Christopher ist sehr krank, Doktor. Meiner Meinung nach besteht die große Gefahr, dass der Blinddarm platzt – falls es nicht bereits dazu gekommen ist.«

»Aber die Haverstocks …«

»Haben Sie mir nicht zugehört, Doktor?« Agnes unterdrückte den Impuls, ihn an seinem Tweed-Revers zu packen und kräftig durchzuschütteln. »Der Junge könnte sterben. Wollen Sie das wirklich auf Ihrem Gewissen haben?«

Sie sah Doktor Rutherfords Zögern und den aufflackernden Zweifel in seinen Augen.

»Sie haben einen Eid geleistet, als Sie Arzt wurden«, sagte sie. »Sie haben geschworen, den Kranken zu helfen, egal, wer sie auch sind. Das kann doch nicht ohne Bedeutung für Sie sein?«

Dr. Rutherfords Lippen wurden schmal, und einen Augenblick lang dachte sie, sie wäre zu weit gegangen.

»Na gut«, sagte er knapp. »Ich werde mir dieses Kind ansehen. Aber merken Sie sich bitte, dass ich Ihren Ton nicht mag, Miss Sheridan. Und es passt mir auch nicht, in eine so schwierige Situation gebracht zu werden.«

»Ja, Sir.«

»Und Sie können sich auch sicher sein, dass ich mit Ihrer Vorgesetzten über diese Sache reden werde.«

»Ich verstehe, Sir.« Agnes war sich sicher, dass Miss Gale auf ihrer Seite stehen würde, wenn sie herausfand, was geschehen war. Im Moment jedoch kümmerte es sie herzlich wenig, ob sie vor den Kreisverband zitiert werden würde und ihr Abzeichen abgeben müsste, wenn dadurch Christopher Stanhopes Leben gerettet wurde.

Im Haus der Stanhopes trafen sie Seth in der Küche an, wo er rastlos auf und ab ging. Er drehte sich zu ihnen um, als sie eintraten, und für einen Moment konnte Agnes die unverhohlene Abneigung in seinen Augen sehen, mit der er Dr. Rutherford ansah, bevor sein Gesicht eine maskenhafte Starre annahm.

»Danke, dass Sie gekommen sind, Doktor«, sagte er schroff.

Dr. Rutherfords Blick glitt an ihm vorbei zum Wohnzimmer. »Ist das Kind dort drinnen?«, wandte er sich an Agnes, ohne Seth Beachtung zu schenken.

»Ja, Doktor.«

Hannah saß an Christophers Bett und kühlte sein Gesicht mit einem feuchten Tuch. Agnes hoffte nur, dass sie dem Jungen während ihrer Abwesenheit nicht wieder einen ihrer Tränke eingeflößt hatte.

Außerdem hatte sie Angst, dass Hannah wieder einen Aufstand machen würde, aber sie legte das Tuch beiseite und machte Platz, damit der Arzt den Jungen untersuchen konnte. Allerdings konnte Agnes Hannahs hasserfüllten Blick zwischen ihren Schulterblättern spüren.

Dr. Rutherfords Ausdruck wechselte von Verstimmtheit zu ernsthafter Besorgnis, als er den Jungen untersuchte.

»Und?«, fragte Seth.

»Sie hatten ganz recht, Schwester, der Junge weist Anzeichen einer akuten Appendizitis auf.« Dr. Rutherford wandte sich noch immer nur an Agnes. »Ich werde seine sofortige Einweisung ins Krankenhaus veranlassen.«

Agnes hörte Seth' scharfes Einatmen und Hannahs missfallendes Schnauben, das sie aus der Zimmerecke von sich gab.

Dr. Rutherford legte sein Stethoskop beiseite und richtete sich auf. Zum ersten Mal schaute er Seth direkt an.

»Ich nehme an, Sie haben das Geld, um seine Behandlung zu bezahlen?«

Seth erwiderte seinen Blick mit einer derartigen Wut in seinen Augen, dass Agnes befürchtete, er könnte die Beherrschung verlieren und den Doktor schlagen.

»Ich werde es schon auftreiben.« Nach einem tiefen, unsicheren Atemzug glitt sein Blick wieder zu der reglosen Gestalt im Bett zurück. »Retten Sie einfach nur meinen Sohn«, sagte er ruhig.

KAPITEL SIEBENUNDDREISSIG

Die Tränen verschleierten ihren Blick, sodass Carrie die Bohnen, die sie gerade pflückte, kaum erkennen konnte.

In einer Ecke des Schrebergartens stand der alte Lehnstuhl ihres Vaters, den sie vor einer Woche aus dem Haus hinaufgeschleppt hatten. Seitdem war ihr Vater jeden Tag hierhergekommen, um in seinem Lieblingsstuhl zu sitzen und ihr bei der Arbeit zuzusehen. Manchmal saß er auch nur ganz ruhig da, las in seiner Bibel und blickte nur hin und wieder auf, um ihr mit einem guten Rat bei dem zu helfen, was sie gerade tat. Manchmal unterhielten sie sich auch über das Wachstum der Pflanzen oder die Welt im Allgemeinen. Die meiste Zeit saß er jedoch nur da, wandte das Gesicht dem Himmel zu und genoss die Wärme der späten Augustsonne auf seinem Gesicht.

Heute war Carrie allerdings allein hier oben, da ihr Vater nicht die Kraft gehabt hatte, aufzustehen.

Ihre Mutter hatte versucht, sie zu beruhigen. »Er hat heute nur einen schlechten Tag«, hatte sie gesagt. »Damit muss man manchmal rechnen. Aber du wirst sehen, dass er bald schon wieder auf den Beinen ist.«

Carrie hatte gelächelt und genickt, damit ihre Mutter sich besser fühlte. Aber tief in ihrem Herzen wusste sie, dass Eric Wardle nie wieder in seinem alten Lehnstuhl sitzen und die Sonne auf seinem Gesicht spüren würde.

Eine Träne landete auf einem Blatt des Bohnenstrauchs, und Carrie wischte sie schnell ab. Dann fuhr sie mit dem Pflücken fort, riss die Schoten schonungslos von ihren Stängeln und warf sie ebenso achtlos in den Korb zu ihren Füßen. Sie wusste, dass ihr Vater sie ihrer Grobheit wegen getadelt hätte, aber das war ihr egal. Sie wollte nur mit ihrer Arbeit fertigwerden, um so schnell wie möglich aus dem Garten zu verschwinden und ihn nie, nie wieder zu betreten. In ihrem Magen rumorte es, und eine Welle der Übelkeit stieg in ihr hoch, denn jetzt, wo sie allein hier war, machte ihr die Gartenarbeit keine Freude mehr.

Aber dann bemerkte sie plötzlich, dass sie keineswegs allein war, denn als sie sich umblickte, sah sie Rob Chadwick am Zaum stehen.

Carrie hatte ihn seit dem Dorffest in der vergangenen Woche nicht mehr gesehen. Es war aber auch so viel geschehen seitdem – ihre Versöhnung mit James und dann die erneute Erkrankung ihres Vaters –, dass sie kaum an Rob gedacht hatte.

»Ich habe dich von der Straße aus gesehen«, sagte er, »und du sahst aus, als könntest du Gesellschaft brauchen.« Und schon kletterte er über den niedrigen Zaun. »Kann ich dir helfen?«

Carrie wollte das verneinen, aber da sie nicht die Kraft hatte, mit ihm zu diskutieren, trat sie nur zur Seite und schob ihm mit dem Fuß den Korb zu.

»Wenn du willst.«

Er begann die Bohnen zu pflücken und löste sie viel behutsamer von ihren Stängeln als sie selbst. »Ich habe das mit deinem Vater gehört.« Carrie erwiderte nichts darauf. »Das tut mir leid.«

»Danke.«

»Ich habe ihn immer gemocht«, fuhr Rob fort. »Er war ein guter Mann. Einer der Besten in der Zeche.«

»War?«, fuhr Carrie ihn entrüstet an. »Warum sprichst du von ihm, als ob er schon tot wäre?«

»Entschuldige, so war das nicht gemeint …«

»Mein Vater lebt«, sagte Carrie und machte sich wieder an die Arbeit. »Er ist nicht tot«, wiederholte sie leise, weil sie sich gar nicht erlauben konnte, etwas anderes zu denken.

»Aye.« Rob machte ein verlegenes Gesicht, und eine Zeitlang standen sie nur schweigend Seite an Seite da und pflückten ihre

Bohnen. Carrie wunderte sich, dass sie ihm so nahe sein konnte und absolut nichts empfand. Früher einmal hätten ihr in seiner Nähe die Knie gezittert, doch jetzt nahm sie seine Anwesenheit kaum wahr, obwohl seine Schulter hin und wieder die ihre streifte.

Während sie ihrer Arbeit nachgingen, fiel ihr allerdings Robs Schweigen auf. Es ist gar nicht seine Art, so still zu sein, dachte sie. Normalerweise redete er wie ein Wasserfall, machte dumme Witze und versuchte, sie zum Lachen zu bringen. Heute aber machte er ein Gesicht, als trüge er das Gewicht der ganzen Welt auf seinen Schultern.

Carrie fragte ihn nicht, was ihm so zu schaffen machte. Sie hatte genug eigene Sorgen.

Schließlich sprach er wieder. »Ich habe nachgedacht.«

»Ach ja?«

»Das Baby ist meins, nicht wahr?«

Carries flinke Hände erstarrten buchstäblich, und für den Bruchteil einer Sekunde schien die Welt sich im Kreis zu drehen wie eine Spindel und vor ihren Augen zu verschwimmen. Sofort erfasste sie eine plötzliche Übelkeit, und sie befürchtete, sich übergeben zu müssen.

Ruhig. Bleib ruhig.

Sie zwang ihre Hände, sich wieder zu bewegen, aber ihre Finger fühlten sich an, als gehörten sie nicht zu ihr.

»Ich weiß nicht, wovon du sprichst«, erwiderte sie schließlich schroff.

»Ich bin nicht dumm, Carrie. Ich habe es ausgerechnet. Der Junge kam im April zur Welt, also neun Monate nach dem Dorffest. Und wir haben zwei Wochen vor deiner Heirat miteinander geschlafen.«

Bleib ruhig, Carrie.

»Das Baby ist zu früh gekommen …«, begann sie, aber Rob ließ sie nicht ausreden.

»Du kannst diesem Trottel Shepherd vielleicht etwas vormachen, aber bei mir funktioniert das nicht. Deswegen wolltest du natürlich auch nicht, dass ich erfuhr, wie alt der Kleine ist ... weil du wusstest, dass ich dahinterkommen würde. Und ich habe recht, nicht wahr?«

Carrie öffnete den Mund, um alles zu bestreiten, doch die Worte blieben ihr in der Kehle stecken. Sie starrte das verschwommene Grün des Bohnenstrauches vor ihr an und wünschte, es möge etwas geschehen, am besten irgendein Zauber, der sie einfach verschwinden ließ, damit sie sich nicht mit Robs Behauptung auseinandersetzen musste.

Aber tief im Innern wusste sie, dass es unvermeidlich war. Ein Teil von ihr hatte es schon seit dem Tag gewusst, an dem Rob Chadwick nach Bowden zurückgekommen war. Früher oder später würde ihr so sorgsam gehütetes Geheimnis gelüftet werden, und ihre ganze Welt würde einstürzen.

»Ich wusste es!« Sie hörte den triumphierenden Beiklang in Robs Stimme. »Und Shepherd hat keine Ahnung?«

»Glaubst du etwa, ich würde es ihm sagen?« Wie könnte sie James so etwas jemals eingestehen? Es würde ihm das Herz brechen – und das ihre auch.

Scham erfasste sie. Sie hatte es James eigentlich längst sagen wollen. Als sie kurz nach ihrer Heirat herausfand, dass sie schwanger war, hatte sie ihm die Wahrheit sagen und ihm alles beichten wollen. Aber dann hatte sie darüber nachgedacht und sich gefragt, warum sie sich von einem einzigen dummen Fehler, einem einzigen unvorsichtigen Moment ihr ganzes Leben ruinieren lassen sollte? Sie und James waren glücklich und verliebt. Warum sollte es also nicht so bleiben können?

Und sie waren in der Tat glücklich gewesen. Aber das Geheimnis hatte sie ständig begleitet und einen dunklen Schatten auf ihre Ehe geworfen.

»Du hättest es mir sagen sollen«, unterbrach Rob ihre Überlegungen.

Wut flammte plötzlich in Carrie auf. »Und was hättest du dann getan?«, fuhr sie ihn an.

Rob machte ein betroffenes Gesicht. »Das einzig Richtige«, sagte er leise.

»Ha! Du würdest ja nicht mal wissen, was das Richtige ist, wenn es dir ins Gesicht springen würde!«

»Das ist nicht fair!«, verteidigte sich Rob und straffte seine Schultern. »Ich hätte es dir beweisen können, wenn du mir die Chance dazu gegeben hättest. Ich hätte dich heiraten können.«

»Und was für ein Leben wäre das für uns beide gewesen?« Carrie schüttelte den Kopf.

»Wir hätten es versuchen können.«

»Für wie lange? Wie lange hätte es gedauert, bis du mir und dem Kind den Verlust deiner Freiheit verübelt hättest?«

Plötzlich war ihr Kopf wieder klar, und all die mädchenhaften, romantischen Ideen, an denen sie so lange festgehalten hatte, verzogen sich wie Nebelschwaden. Sie hatte sich immer gerne ausgemalt, wie ihr Leben gewesen wäre, wenn sie Rob geheiratet hätte, aber in diesem Moment wurde ihr zum ersten Mal die ernüchternde Realität bewusst. Im Geiste sah sie sich in der Tür eines tristen Bergmannshäuschens stehen, die Straße hinaufblicken und sich fragen, wann er wohl heimkommen oder ob er direkt in die Kneipe gehen würde, um erneut seinen gesamten Verdienst auszugeben. Sie sah auch die endlosen Tränen, die Streitereien und zuschlagenden Türen …

Rob Chadwick war ein charmanter, gutaussehender Mann, aber nicht der Typ zum Heiraten. Er würde sich nie damit anfreunden können, seine Flügel gestutzt zu bekommen.

»Wenn du mich heiraten wolltest, hättest du es vor Jahren tun können, statt mich bei der erstbesten Gelegenheit einfach sitzenzulassen«, sagte sie.

Rob nickte langsam. »Wahrscheinlich hast du recht – was früher angeht jedenfalls«, räumte er ein. »Ich war noch nicht bereit, eine Familie zu gründen, als ich Bowden verließ. Aber heute bin ich ein ganz anderer Mensch, Carrie.« Er sah sie flehend an mit seinen braunen Augen. »Du hast selbst gesehen, wie erwachsen ich in den letzten beiden Jahren geworden bin. Ich habe endlich erkannt, was mir in all dieser Zeit gefehlt hat, und jetzt möchte ich die Dinge wieder in Ordnung bringen.«

Carrie starrte ihn argwöhnisch an. »Was willst du damit sagen?«

»Ich möchte, dass wir eine Familie werden, Carrie. Du, ich und unser Sohn.«

Unser Sohn. Furcht durchzuckte sie, und eine neue Welle der Übelkeit stieg in ihr hoch. »Aber ich bin verheiratet!«

»Dann verlässt du ihn eben.« Bei Rob klang es so, als wäre es das Einfachste der Welt. »Ich ertrage den Gedanken nicht, dass du mit Shepherd zusammen bist und er meinen Jungen aufzieht. Ich will nicht, dass er wie James Shepherd aufwächst. Aus dem Jungen soll ein Mann werden ...«

»James ist mehr Mann, als du es je sein wirst!«

»Aber er ist nicht der Vater meines Jungen!«, gab Rob scharf zurück. Dann musste er allerdings die Wut in Carries Gesicht gesehen haben, denn er mäßigte seinen Ton, bevor er fortfuhr. »Versteh mich bitte nicht falsch, Carrie, ich mache dir ja keinen Vorwurf daraus, dass du ihn geheiratet hast. Ich habe dich im Stich gelassen, und du warst verzweifelt, das verstehe ich. Aber jetzt bin ich zurück und will, dass wir zusammen sind.«

Und was ist mit dem, was ich will?, dachte Carrie.

»Ich weiß, dass es schwierig für uns werden könnte, hierzubleiben.« Rob redete noch immer, seine Worte überschlugen sich fast. »Aber ich habe darüber nachgedacht und bin zu dem Schluss gekommen, dass wir woanders hingehen und noch einmal ganz von vorn anfangen sollten. Ich könnte in einer anderen Zeche oder auf einer Farm arbeiten – wo auch immer, solange der Ort nur weit genug entfernt von Bowden ist.« Sie sah, wie seine Augen glänzten. »Das ist es, was ich will, Carrie. Und du doch auch, nicht wahr? Das ist es doch, was du schon immer gewollt hast.«

Als er weitersprach, erschien plötzlich ein Bild vor Carries Augen: James auf dem Dorffest im vergangenen Jahr, mit dem Baby auf dem Arm und einem Gesichtsausdruck, der voller Stolz und Liebe war ...

»Nein«, sagte sie.

Rob verstummte jäh, und seine Augenbrauen zogen sich zusammen. »Was?«

»Ich will nicht mit dir zusammen sein, Rob. Ich liebe James.«

»Nein, das tust du nicht. Das kannst du gar nicht!«

»Oh doch.« Noch nie zuvor war sie sich einer Sache so sicher gewesen. »Ich liebe James von ganzem Herzen. Er ist mein Mann, und Bowden ist mein Zuhause und der Ort, an dem ich leben will. Mit ihm.«

»Das meinst du doch nicht ernst!«

»Und ob ich es ernst meine! Außerdem möchte ich, dass du wieder gehst und uns in Ruhe lässt.«

Rob verzog den Mund. »Du erwartest von mir, dass ich weggehe, obwohl ich weiß, dass ich einen Sohn habe?«

»Henry ist nicht dein Sohn. James ist derjenige, der ihn großgezogen hat. Er ist sein Vater ...«

»Er wird nie der Vater meines Jungen sein!« Rob griff nach Carrie, und seine kräftigen Finger bohrten sich schmerzhaft hart in ihre zarten Arme. Der gefährliche Zorn, den sie in seinem Gesicht sah, machte ihr Angst. »Das kannst du vergessen!«, fauchte er sie an. »Ich lasse mir doch meinen Sohn nicht von dir wegnehmen!«

»Lass mich los!« Carrie begann sich aus seinem Griff herauszuwinden. Rob, der erst jetzt zu merken schien, was er tat, gab sie sofort frei und ließ die Hände sinken.

»Es tut mir leid«, entschuldigte er sich. »Ich wollte dir keine

Angst machen. Ich war nur so wütend, dass ich nicht wusste, was ich tat. Verzeih mir bitte, Carrie.«

»Lass mich in Ruhe!« Sie schnappte sich den Korb mit den Bohnen. »Du wirst dich künftig von mir und meinem Sohn fernhalten, hast du das verstanden?«

Er begann ihr zu folgen, aber Carrie fuhr zu ihm herum, und beim Anblick des unbändigen Zorns in ihren Augen blieb er sofort stehen.

»Ich sagte, halte dich von uns fern!«

Und damit ging sie, obwohl ihr Herz wie wild zu pochen begann und ihre Beine sich so schwach anfühlten, dass sie nicht sicher war, ob sie sie tragen würden.

Zum Glück versuchte Rob nicht, ihr zu folgen. Sie konnte allerdings spüren, dass er sie beobachtete, als sie den Rand der Gemüsegärten erreichte. Doch erst als sie die Straße hinunterging, hörte sie die unheilvolle Warnung, die er ihr nachschrie:

»Es ist noch nicht vorbei, Carrie! Du solltest eigentlich wissen, dass ich nicht so leicht aufgebe!«

KAPITEL ACHTUNDDREISSIG

»Mr. Shepherd, Sie sollten mitkommen und sich ansehen, was auf dem Hof vor sich geht!«

Mit einem unguten Gefühl warf James einen Blick auf die Uhr an der Wand. Es war zwei Uhr nachmittags, und der nächste Bus mit Streikbrechern würde jeden Moment eintreffen. Schon jetzt konnte er das Gebrüll der Männer an den Zechentoren hören, als der Bus an ihnen vorbeirumpelte.

»Falls es wieder eine Prügelei ist, soll Sergeant Cray herkommen, um die Ordnung wiederherzustellen«, sagte er seufzend und wandte sich wieder seinen Papieren zu.

»Ich weiß nicht, ob man das eine Prügelei nennen kann, Sir. Oder zumindest keine faire.« Mit hochrotem Gesicht stand Miss Molesworth, seine Sekretärin, in der Tür. »Glauben Sie mir, Mr. Shepherd, Sie werden das wirklich selbst sehen wollen!«

Sie hatte ihn neugierig gemacht. Also stand James auf und trat ans Fenster, von dem aus der Hof und die Nebengebäude zu sehen waren. Unter ihm stiegen die Männer aus dem Bus, um sich zu ihrer Schicht zu melden.

Miss Molesworth kam zu James ans Fenster. »Dort drüben, Sir. Bei den Toren.«

Er blickte in die Richtung, in die sie zeigte. An der Streikpostenkette außerhalb der Tore war es tatsächlich zu einem heftigen Tumult gekommen. Die Männer schrien, schüttelten die Fäuste und schienen alle auf irgendetwas oder irgendjemanden in der Menge loszugehen – was genau es war, konnte James nicht ausmachen. Aber selbst durch das Fenster konnte er die Beschimpfungen hören.

»Verräter!«

»Du mieser Streikbrecher!«

»Du solltest dich schämen!«

James hatte sich an die Flüche gewöhnt, die man immer wieder an den Toren hörte, doch heute schienen sie noch zorniger und hasserfüllter zu sein als sonst. Er konnte herumwirbelnde Fäuste, zutretende Stiefel und einen Hagel von Schlägen sehen ...

»Was zum Teufel ...?« James wollte gerade hinuntergehen und den Krawall beenden, als die Tore aufschwangen und er erkannte, was die Streikposten so verärgert hatte. Eine einzelne Gestalt löste sich aus der Menge und ging über die Einfahrt.

»Mein Gott«, murmelte James.

»Ich hatte es Ihnen ja gesagt, Sir«, sagte Miss Molesworth triumphierend. »Ich hatte ihn schon vom Hof aus gesehen. In den letzten fünf Minuten haben sie alle wie die Irren auf ihn eingeschlagen, und er hat nicht einmal versucht, sich zu wehren. Er stand einfach nur da und ließ es über sich ergehen. Das ist doch komisch, nicht?«

James eilte zur Lampenstube hinunter, wo die Männer Schlange standen, um ihre Kontrollmarken in Empfang zu nehmen.

»Stanhope?«

Der Mann am Ende der Reihe drehte sich langsam um, und James schnappte verblüfft nach Luft. Stanhopes aufgeplatzte Lippe blutete, und an einem seiner Wangenknochen war ein bläulich roter Bluterguss zu sehen.

Aber es war die Niedergeschlagenheit in seinem Blick, die James am meisten erschütterte.

»Was tun Sie hier?«

»Ich bin hergekommen, um zu arbeiten.«

»Aber das verstehe ich nicht ...« James blickte zu dem Fenster hinüber, das auf den Zechenhof hinausging. Immer noch war das höhnische Gejohle der Männer hinter den Toren zu hören.

»Da gibt's nichts zu verstehen«, entgegnete Seth kurz. »Ich bin hier, um zu arbeiten, falls Sie mich noch wollen.« Und schon presste er die Lippen zusammen, und James wusste, dass er nicht mehr aus ihm herausbekommen würde. Er starrte Seth' geschwollenes, böse zugerichtetes Gesicht an.

»Warum sind Sie dann nicht mit den anderen Männern im Bus gekommen?«

Seth schürzte abfällig die Lippen. »Weil ich nicht zu diesen Streikbrechern gehöre.«

»Sie hätten sich aber eine Menge Ärger ersparen können.«

»Möglich.« Seth starrte in die Ferne.

James runzelte die Stirn. Seth Stanhope war der stolzeste und dickköpfigste Mann, dem er je begegnet war. »Sie sollten zum Erste-Hilfe-Raum gehen und jemanden nach Ihrem Auge sehen lassen.«

»Ich würde lieber gleich zu arbeiten beginnen, falls Sie nichts dagegen haben.« Seth blickte zu der schon kleiner werdenden Reihe von Männern hinüber, die noch darauf warteten, den Förderkorb zu besteigen.

»Wie Sie wollen«, sagte James. »Und vielen Dank, dass Sie zurückgekommen sind«, fügte er hinzu, als Seth sich abwandte.

Zum ersten Mal erwiderte Seth seinen Blick. Seine Augen waren kalt vor Hass.

»Ich tue es nicht für Sie«, sagte er.

Als James die Stufen zu seinem Büro hinaufstieg, hatte er immer noch das Bild vor Augen, wie Seth durch die Zechentore geschritten war. Er hatte keine Ahnung, was den Mann dazu getrieben hatte, den Streik zu brechen und seinen Freunden in den Rücken zu fallen, aber er hatte diese Entscheidung ganz sicher nicht leichtfertig getroffen. Aber was auch immer der Grund war, Seth Stanhopes Leben würde nach diesem Vorfall nie wieder dasselbe sein. Von nun an würde er ein Ausgestoßener in Bowden sein, genau wie die anderen Männer, die gezwungen gewesen waren, ihre Arbeit wieder aufzunehmen, um zu überleben.

James hätte eigentlich froh sein müssen, dass einer der Hauptinitiatoren des Streiks aufgegeben hatte, doch stattdessen war er ungemein bedrückt. Was für eine schreckliche Situation sie doch erzeugt hatten ... eine Situation, in der Männer, die früher einmal gute Freunde gewesen waren, sich gezwungen sahen, aufeinander loszugehen! Der Streik würde eines Tages beendet sein, aber er hatte tiefe Risse in der Gemeinde erzeugt, die sich vermutlich nie ganz schließen würden.

Miss Molesworth blickte von ihrer Schreibmaschine auf, als James hereinkam.

»In Ihrem Büro ist jemand, der Sie sprechen möchte, Sir«, sagte sie.

»Danke.« James hoffte, dass es nicht Sir Edward war, da er sich in seiner derzeitigen Verfassung nicht sicher war, ihm gegenübertreten zu können. Zum Glück für ihn schien sich Sir Edward seit ihrer Auseinandersetzung über Carrie und das Fest völlig zurückgezogen zu haben.

Als James dann aber die Tür zu seinem Büro öffnete und sah, dass Rob Chadwick auf ihn wartete, glaubte er, dass ein Besuch des Minenbesitzers vielleicht doch vorzuziehen gewesen wäre.

Chadwick hatte es sich auf James' Schreibtischsessel bequem gemacht, ja sogar die Füße auf den Tisch gelegt, und sah sehr zufrieden mit sich aus.

»Wissen Sie, ich habe mich oft gefragt, wie es wohl wäre, der Chef zu sein und den ganzen Tag hier oben zu sitzen«, sagte er zu James. »Aber wie sich herausstellt, ist das gar nicht so toll, was? Bei näherem Hinsehen ist dieses Büro kaum mehr als ein enger kleiner Kasten.« Er nickte zu dem Porträt an der Wand hinüber. »Und wie ich sehe, stehen Sie dazu auch noch unter der Beobachtung Ihres alten Herrn. Auch ich bin in die Fußstapfen meines Vaters getreten, aber ich hatte nicht so viel Glück wie Sie. Für mich gab's keine Silberlöffel, sondern nur eine Spitzhacke und ein Leben unter Tage, auf das ich mich freuen konnte.«

»Was wollen Sie?«, fragte James in abweisendem Ton.

Robs Lippen verzogen sich zu einem langsamen, gedehnten Lächeln. »Nun haben Sie sich doch nicht so! Eigentlich bin ich nämlich hier, um zu fragen, ob Sie einen Job für mich haben.«

»Ich würde Sie gar nicht nehmen. Beim letzten Mal haben Sie mir zu viel Unruhe gestiftet.«

»Na ja, in der Not frisst der Teufel Fliegen, nicht? Aber wenn ich es mir genau überlege, würde ich im Augenblick sowieso keinen Job annehmen, selbst wenn Sie mir einen gäben. Ich bin kein Streikbrecher und Verräter.«

James dachte an Seth Stanhope und den verletzten Stolz in seinem zerschlagenen, blutigen Gesicht.

»Warum sind Sie dann hier?«, fragte er. »Sie können ruhig aufhören, Spielchen zu spielen, ich bin nämlich nicht in der Stimmung, mir Ihren Unsinn anzuhören.«

»Oh, ich spiele keine Spielchen, das können Sie mir glauben.« Wieder verzogen sich Robs Lippen zu einem impertinenten Lächeln. »Ich bin hier, um über Carrie zu sprechen.«

Das Blut gefror James in den Adern, aber er zwang sich, ruhig zu bleiben. Irgendwo im Hinterkopf hatte er in tiefster Nacht oft über dieses Szenario nachgedacht, es in Gedanken durchgespielt und sehr, sehr oft dafür geprobt.

Deshalb war er bereit.

»Und was könnten Sie schon über meine Frau zu sagen haben?«

»Ihre Frau!«, wiederholte Rob spöttisch. »Vorher war sie mein Mädchen.«

»Sind Sie hier, um mir das zu sagen?«

»Nein. Ich bin gekommen, um Ihnen zu sagen, dass ich sie zurückhaben will.«

James erwiderte nichts. In seinen Albträumen hatte er diese Worte schon so oft gehört, dass sie für ihn jetzt kaum noch überraschend kamen.

»Ich nehme an, Sie wissen, wie oft sie und ich uns in letzter

Zeit gesehen haben, seit ich wieder in Bowden bin?«, fuhr Rob fort. »Obwohl ... wenn ich es mir recht überlege, wahrscheinlich wissen sie gar nichts davon, richtig? Schließlich geschah das alles hinter Ihrem Rücken. Sie hat mir sogar geholfen, der Polizei zu entwischen, als ich Kohlen in der Zeche geklaut hatte. Und wohlgemerkt ... auch sie führte in jener Nacht nichts Gutes im Schilde, als sie heimlich Lebensmittelpakete verteilte. Aber ich wette, Sie haben auch davon nichts gewusst. Oder dass sie den Schmuck versetzt hat, den Sie ihr geschenkt haben. Sie hat das Geld dem Fürsorgeverband gegeben.« Er lachte. »Ja, unsere Carrie ist immer treu geblieben.«

Sir Edwards Warnung schoss James durch den Kopf.

Und wenn Sie Ihnen erst mal alles genommen hat, wird sie zu ihren eigenen Leuten zurückkehren und Sie vergessen. Diese Worte schmerzten ihn plötzlich noch mehr.

»Wie ich also bereits sagte, haben wir uns in letzter Zeit sehr oft gesehen und beschlossen, dass wir wieder zusammen sein wollen.«

James lachte. Es war nur eine nervöse Reaktion, aber Rob war trotzdem sehr verblüfft darüber.

»Was ist daran so lustig?«, fragte er mit einem argwöhnischen Blick.

»Sie, Sie Narr. Glauben Sie wirklich, Sie könnten einfach hier hereinspazieren und verlangen, dass ich meine Frau für Sie aufgebe?«

»Das Kind ist von mir.«

James hörte auf zu lachen. Robs Worte schienen von den Wänden widerzuhallen.

Rob machte ein zufriedenes Gesicht. »Ich dachte mir schon, dass Ihnen das Grinsen so vergehen würde! Und wer ist jetzt hier der Narr?« Er beugte sich vor und rieb sich die Hände. »Es war vor zwei Jahren nach dem Dorffest. Ein paar Wochen, bevor sie Sie heiraten sollte ... Können Sie sich das vorstellen? Die arme

Carrie. Sie war schrecklich verunsichert, weil sie nicht wusste, ob sie das Richtige tat. Aber schließlich waren Sie ja auch nicht ihre erste Wahl. *Ich* war der Mann, den sie wirklich wollte. Das müssten Sie eigentlich wissen.« Wieder lächelte er. »Ich wage sogar zu behaupten, dass ich es war, an den sie in ihrer Hochzeitsnacht gedacht hat. Oder dachten Sie etwa, Sie wären der Erste bei ihr …«

James stürmte mit geballten Fäusten auf ihn zu, aber Rob blieb völlig unbeeindruckt.

»Na los doch, schlagen Sie mich«, höhnte er. »Ein richtiger Mann hätte mich schon vor langer Zeit verdroschen. Aber dazu haben Sie ja nicht das Zeug, nicht wahr? Nicht mal, wenn ich herkomme und Ihnen ins Gesicht sage, dass ich der Vater des Kindes bin, das Sie als Ihr eigenes aufziehen!«

James ließ seine Fäuste sinken. »Raus hier!«, zischte er.

»Ist das das Beste, was Sie zustande bringen?«, spöttelte Rob. »Sie können nicht mal um Ihre eigene Frau kämpfen? Aber andererseits wäre das ja auch völlig sinnlos, nicht wahr? Ich meine, schließlich haben Sie schon immer gewusst, dass das eines Tages passieren würde. Sie wussten immer, dass Sie nicht Manns genug sind, um ein Mädchen wie Carrie zu halten. Ich wage sogar zu behaupten, dass sie ohne das Baby nie so lange bei Ihnen geblieben wäre.« Er schüttelte den Kopf. »Aber jetzt bin ich ja wieder da. Und ich fände es nur recht und billig, dass wir drei zusammenleben wie eine richtige Familie.«

»Falls Sie glauben, ich würde meine Frau und meinen Sohn wegen jemandem wie Ihnen aufgeben, dann irren Sie sich gewaltig.« James fand endlich seine Stimme wieder und spie die Worte aus wie Gift.

»*Meinen* Sohn«, erinnerte ihn Rob. »Er ist mein Junge und nicht der Ihre.«

James musste gegen die Übelkeit ankämpfen, die in ihm aufstieg, und mit erstickter Stimme sagte er: »Raus hier!«

»Keine Sorge, ich gehe schon. Ich denke, wir haben uns alles gesagt, was wir beide uns zu sagen hatten.« Rob erhob sich langsam, bis seine stämmige Gestalt das ganze Büro auszufüllen schien. »Aber ich werde Bowden nicht verlassen, nicht ohne Carrie und das Kind.« Mit einem Grinsen fügte er hinzu: »Und im Übrigen gehe ich davon aus, dass wir uns von jetzt an sehr oft sehen werden.«

Noch lange, nachdem Rob gegangen war, blieb James an seinem Schreibtisch sitzen und starrte die Papiere vor sich an, als würde er sie nicht mehr wiedererkennen. Nichts erschien ihm noch real.

Und dabei war er nicht einmal schockiert. Tief im Innern hatte er schon immer gewusst, welches Glück er gehabt hatte, Carrie für sich gewonnen zu haben. Doch er hatte auch gewusst, dass dieses Glück ihn eines Tages wieder verlassen würde.

James war sich durchaus bewusst, dass Rob Chadwick die Liebe ihres Lebens war. Er hatte sie oft genug zusammen beobachtet und gesehen, wie sie strahlte, wenn Rob in ihrer Nähe war. Es war genau dasselbe, was er auch jedes Mal empfand, wenn er Carrie sah.

Und dann hatte Rob Bowden verlassen und Carrie damit das Herz gebrochen. Sehr sachte und behutsam hatte James die Scherben ihres Herzens wieder zusammengefügt und sie wieder zum Lächeln gebracht. Es hatte ihm nichts ausgemacht, dass er für sie nur der Zweitbeste war, weil er wusste, dass er genug Liebe für sie beide hatte. Und wenn Carrie ihn ansah, konnte er sich manchmal sogar vorstellen, dass ihre Augen genauso leuchteten wie früher bei Rob.

Doch tief in seinem Herzen hatte er die ganze Zeit über auf den Tag gewartet, an dem Rob zurückkehren würde, um zurückzufordern, was im Grunde ihm zustand.

Und James wusste, dass auch Carrie darauf gewartet hatte.

Den Rest des Nachmittags fühlte er sich wie eine ferngesteuerte Maschine. Als die Uhr fünf schlug und Miss Molesworth anklopfte, um ihm zu sagen, sie gehe heim, war er vollkommen überrascht. Waren wirklich erst drei Stunden vergangen, seit Rob Chadwick hier in seinem Büro gesessen und ihn verhöhnt und provoziert hatte?

Beim Heimkommen rechnete James fast damit, dass Carrie ihn bereits verlassen hatte. Zögernd öffnete er die Tür und machte sich schon darauf gefasst, dass das Dienstmädchen erschien, um ihm mitzuteilen, dass seine Frau mitsamt dem Baby und allen ihren Koffern ausgezogen sei.

Und als er schließlich Carries Stimme oben an der Treppe hörte, wusste er nicht, ob er lachen oder weinen sollte.

Auf leisen Sohlen schlich er hinauf und beobachtete sie und Henry durch die halboffene Tür zum Kinderzimmer. Carrie saß auf dem Fußboden, ihr Rock bauschte sich um sie, und sang dem Kleinen ein lustiges Liedchen vor, während sie es auf einem ihrer Knie auf und nieder wippen ließ.

»Hoppe, hoppe Reiter ...«

Henrys glucksendes Lachen traf James wie ein Pfeil ins Herz.

Als er einen Schritt zurücktrat, knarrte eine Diele unter seinen Füßen und Carrie blickte auf.

»James? Bist du das?«

Er nahm einen tiefen Atemzug, setzte ein Lächeln auf und zwang sich, den Raum zu betreten.

»Du kommst aber früh heute.« Sie legte das Baby auf seine Decke und stand auf. Als sie zu ihm kam, um ihn zu küssen, hielt James sich ungewöhnlich steif.

Und natürlich war es zu viel verlangt, zu hoffen, dass sie es nicht bemerken würde. »Ist dir nicht gut, Liebster?«, fragte sie und trat stirnrunzelnd zurück.

»Doch, doch. Mach dir keine Sorgen. Ich habe nur Kopfschmerzen.«

»Soll ich dir etwas holen? Ein Aspirin vielleicht?«

»Nein, danke.« Er sah die aufrichtige Besorgnis in ihren Augen und dachte, dass sie ihn anscheinend wirklich gernzuhaben schien. Was allerdings nicht das Gleiche war, wie ihn zu lieben ...

Als er sie genauer ansah, konnte er die Abgespanntheit in ihren Zügen erkennen. Sie war in den letzten Tagen sehr nachdenklich gewesen, was er der Sorge um ihren schwerkranken Vater zugeschrieben hatte, aber jetzt fragte er sich, ob sie nicht die ganze Zeit überlegt hatte, wie sie ihm die Sache mit Rob beibringen sollte.

»Dada!«, rief der kleine Henry plötzlich und krabbelte mit ausgestreckten Ärmchen auf ihn zu. James machte unwillkürlich einen Schritt in seine Richtung, aber dann blieb er plötzlich stehen.

»James?« Carries Stirnrunzeln vertiefte sich, als sie ihn ansah. »Willst du deinen Sohn nicht auf den Arm nehmen?«

Doch noch bevor sie weitersprechen konnte, hatte er das Zimmer bereits verlassen und zog die Tür hinter sich zu.

KAPITEL NEUNUNDDREISSIG

»Habt ihr schon das Neueste gehört? Seth Stanhope hat die Streikpostenkette durchbrochen!«

Agnes hielt ihren Blick auf das Thermometer gerichtet, mit dem sie gerade Eric Wardles Temperatur gemessen hatte, aber ihre Aufmerksamkeit schweifte zur anderen Seite des Raums ab, wo Eliza, Hattie Wardle und ihre Schwester Carrie am Küchentisch mit Backen beschäftigt waren. Der köstliche Duft von frischgebackenem Brot erfüllte schon das ganze Haus.

»Sie sprachen alle darüber, als ich heute Morgen das Wasser von der Pumpe holte«, fuhr Hattie fort, deren Arme bis zu den Ellbogen in dem Brotteig steckten, den sie knetete. »Mrs. Morris sagte, die Männer hätten ihm die Hölle heißgemacht, als er gestern durch die Tore ging. Alec Morris soll ihm sogar ein blaues Auge verpasst haben.«

»Und er hat sich nicht gewehrt? Das hört sich aber gar nicht nach Seth Stanhope an!«, sagte Eliza.

»Schwester?« Agnes schaute sich zu Mrs. Wardle um, die sie nervös beobachtete. »Ist alles in Ordnung?«, fragte sie. »Mein Eric hat doch hoffentlich kein Fieber oder irgendwas?«

Agnes blickte wieder auf das Thermometer in ihrer Hand. »Nein, nein, Mrs. Wardle, es ist alles so, wie es sein sollte.«

Während sie die Temperatur sorgfältig auf Mr. Wardles Krankenblatt eintrug, lauschte sie dem Gespräch der Mädchen auf der anderen Seite des Raums.

»Was auch immer sie mit ihm angestellt haben, es geschieht ihm nur recht«, erklärte Eliza vom Herd her, wo sie mit der Fingerspitze einen aufgehenden Hefeteig prüfte. »Streikbrecher verdienen, was sie kriegen. So ist es doch, Vater, nicht wahr?«

Eliza wandte sich fragend an Eric, um wie üblich seine Meinung einzuholen, aber ihr Gesicht umwölkte sich, als ihr wieder einfiel, dass er zu krank war, um zu antworten. Agnes Herz zog sich vor Mitgefühl zusammen, als sie den niedergeschlagenen Gesichtsausdruck des Mädchens sah.

»Trotzdem hätten sie ihn nicht so behandeln dürfen«, sagte Kathleen Wardle anstelle ihres Manns. »Seth Stanhope ist letzten Endes immer noch einer von uns. Und ich nehme an, dass er seine Gründe hatte. Meinen Sie nicht auch, Schwester?«

Agnes nickte zerstreut. Aber sie konnte nur noch daran denken, dass Seth Stanhope die von den Streikposten belagerten Tore passiert hatte.

»Er war der Letzte, von dem ich erwartet hätte, den Streik zu brechen«, bemerkte Eliza, während sie die Backformen mit den Kastenbroten wieder in den Ofen schob und die Tür zumachte.

»Ja«, pflichtete ihr Hattie bei. »Mrs. Morris meint, gerade deswegen seien die anderen Männer so wütend auf ihn. Wenn Mr. Stanhope wieder arbeitet, ist es nur noch eine Frage der Zeit, bis auch die anderen einknicken.«

»Aber dein James wird doch sicher froh darüber sein«, sagte Eliza zu Carrie.

Carrie blickte vom Kuchenteig auf, den sie gerade umrührte. »Was?«

Eliza seufzte. »Meine Güte, Carrie! Du scheinst ja wirklich ganz und gar in deiner eigenen Welt zu leben. Du hast ja wirklich gar nichts von dem mitbekommen, worüber wir die ganze Zeit geredet haben. Außerdem hast du alle Luft aus diesem Teig geschlagen, er wird sich gar nicht mehr backen lassen.«

Carrie starrte auf den Holzlöffel in ihrer Hand herab. Die Arme, dachte Agnes. Sie sah aus, als lastete das Gewicht der ganzen Welt auf ihren Schultern.

Doch das überraschte Agnes nicht. Von den vier Wardle-Mädchen war Carrie diejenige, die ihrem Vater am nächsten stand. Es musste sie hart getroffen haben, zu wissen, was auf ihre Familie zukam.

Agnes reinigte das Thermometer und beendete dann Erics Untersuchung, indem sie unter den Schienen seines Stützkorsetts nachsah.

»Hier ist eine Stelle, die sich schon rötet«, sagte sie. »Ich gebe besser etwas Puder darauf, bevor sie ganz wund wird.«

Kathleen reagierte mit Bestürzung. »Aber ich habe ihn doch genauso vorsichtig gewaschen und abgetrocknet, wie Sie sagten.«

Agnes schaute die Frau an. Eric Wardle hätte sich keine besseren Pflegerinnen wünschen können als seine Frau und seine Töchter. Kathleen und die Mädchen kümmerten sich schier unentwegt um ihn, ja hatten sogar sein Bett in den Wohnraum des Hauses getragen, um ihn den ganzen Tag im Auge behalten zu können.

»Ich will nicht, dass er sich allein und eingesperrt fühlt in dem anderen Zimmer«, hatte Kathleen gesagt. »Er wollte immer wissen, was um ihn herum geschah.«

Agnes wusste zwar ebenso gut wie sie, dass Eric Wardle schon nicht mehr mitbekam, was um ihn herum geschah, aber sie konnte verstehen, wie wichtig es für Kathleen war, Dinge für ihn zu tun, die ihr das Gefühl gaben, etwas zu bewirken. Aus ebendiesem Grund hatte Agnes ihr auch beigebracht, ihn nicht nur gründlich zu waschen, sondern auch seinen Mund mit einem feuchten Wattebausch an einem Holzstäbchen zu reinigen.

»Es ist nicht Ihre Schuld, Mrs. Wardle«, beruhigte sie sie. »Manchmal passiert so etwas, obwohl wir uns die größte Mühe geben, es zu verhindern. Ich werde die Stelle behandeln und dann die Schienen des Stützkorsetts neu anpassen, damit sie ihn nicht mehr stören.«

»Danke, Schwester.« Kathleen warf ihrem Mann einen Blick

zu. »Sind Sie sicher, dass ich ihn richtig versorge? Ich habe alles getan, was Sie mir gezeigt haben, war mir aber nicht sicher ...«

»Ich hätte es selbst nicht besser machen können, Mrs. Wardle«, versicherte Agnes ihr.

Kathleen lächelte erfreut. »Ich will einfach nur mein Bestes tun, um es ihm so bequem wie möglich zu machen, während ...« Hier verstummte sie.

Agnes sah die Verzweiflung in ihren Augen. Kathleen Wardle wusste, dass sie ihren Ehemann nicht viel länger bei sich haben würde.

Nachdem Agnes dafür gesorgt hatte, dass Eric es bequemer hatte, wusch sie sich die Hände in der Schüssel, die seine Frau auf dem hölzernen Abtropfbrett für sie bereitgestellt hatte. Hinter ihr hatte Eliza die ersten frischgebackenen Brotlaibe zum Abkühlen auf den Tisch gestellt, während Hattie den Teig für die nächsten in die Formen gab. Auch ihren Kuchen hatte Carrie schon in den Backofen gestellt.

»Ich gehe jetzt in den Garten«, sagte sie zu ihrer Mutter. »Die Kartoffeln und Zwiebeln müssen geerntet werden, bevor das kalte Wetter einsetzt.«

»Oh, aber dazu ist es doch sicher noch zu früh?«, widersprach Kathleen.

»Trotzdem hätte ich es gern erledigt. Und Vater würde auch wollen, dass die Obststräucher zusammengebunden werden.«

»Ja, aber ...«, sagte Kathleen, ohne den Satz zu beenden. »Tu, was du für richtig hältst, Schatz«, antwortete sie leise.

Kathleen und Agnes schauten sich an. Beide hatten den Ausdruck grimmiger Entschlossenheit in Carries Gesicht gesehen. Für Eric Wardle spielte es keine Rolle mehr, ob die Obststräucher winterfest gemacht oder die Kartoffeln und Zwiebeln geerntet wurden. Aber Carrie musste es einfach tun und sei es nur für sich selber.

»Auf dem Weg zu meinem nächsten Patienten muss ich an den

Schrebergärten vorbei«, sagte Agnes lächelnd zu Carrie, als sie ihre Hände abtrocknete und das Handtuch weglegte. »Vielleicht können wir ja zusammen hingehen?«

»Wenn Sie möchten, gern.« Carrie nickte, wirkte dabei aber so gedankenverloren, dass sie kaum verstanden haben konnte, was Agnes gesagt hatte.

Schweigend gingen sie die Straße hinauf, Carrie mit Henry im Kinderwagen und Agnes mit ihrem Fahrrad. Normalerweise hätte Carrie über das Baby, ihren Vater oder irgendetwas anderes geredet, aber heute war sie ungewöhnlich schweigsam und nervös. Auf dem Weg schaute sie sich immer wieder um, als erwartete sie, dass jeden Moment jemand hinter ihr hervorspringen würde.

Dann grüßte Reg Willis sie, der vor der Tür seines Hauses stand, und Carrie zuckte zusammen, als ob sie geschlagen worden wäre.

Agnes wandte sich ihr zu. »Ist alles in Ordnung mit Ihnen, Mrs. Shepherd?«

»Natürlich! Warum sollte es das nicht sein?«, fuhr Carrie sie mit funkelnden blauen Augen an.

Agnes blinzelte verblüfft über ihre unfreundliche Antwort. »Oh, Verzeihung, Mrs. Shepherd.«

»Nein, ich bin es, die um Verzeihung bitten sollte.« Carrie ließ die Schultern hängen. »Ich bin einfach nicht ich selbst im Augenblick.«

»Das überrascht mich nicht«, erwiderte Agnes. Aber sie hatte das Gefühl, dass es dabei nicht nur um Carries Vater ging.

Sie hätte schwören können, dass Carrie Shepherd versuchte, jemandem aus dem Weg zu gehen.

Schließlich erreichten sie die Schrebergärten. Es war ein bewölkter, grauer Tag mit einem steifen Wind, der von den Hügeln herabwehte, und ausnahmsweise hielt sich niemand in den Gärten auf und bearbeitete sein Stückchen Land. Agnes ließ ihren Blick über das saubere Flickwerk aus Braun und Grün gleiten und bewunderte die verschiedenen Gemüsesorten, die hier in ordentlichen Reihen wuchsen und so ihren Ordnungssinn ansprachen.

»Welcher Garten ist der Ihres Vaters?«, fragte sie.

»Der dem Zaun am nächsten liegt.« Carrie schob den Kinderwagen durch das Tor und stellte ihn auf dem schmalen Streifen Gras ab, der den Garten von seinen Nachbarn trennte.

»Sie haben ihn wirklich gut gepflegt«, bemerkte Agnes anerkennend.

»Aye.« Carrie sah sich um. »So hätte Vater es gewollt.«

»Es muss sehr befriedigend sein, sein eigenes Gemüse anzupflanzen. Aber ich weiß nicht, ob ich die Geduld dazu aufbrächte. Und natürlich wüsste ich auch gar nicht, wo ich anfangen sollte.«

»Ich bin hier aufgewachsen und habe Vater im Garten geholfen, solange ich mich entsinnen kann«, sagte Carrie. »Während er im Krieg war, habe ich mich sogar ganz allein darum gekümmert ...« Sie blickte zu dem alten Lehnstuhl hinüber, der einsam in einer Ecke der kleinen Parzelle stand, und wandte sich dann traurig wieder ab. »Dieser Tage komme ich gern hierher, wenn ich allein sein will, um nachzudenken.«

Agnes betrachtete sie aufmerksam. »Gibt es denn irgendwas Besonderes, worüber Sie im Moment nachdenken müssen?«

Carrie antwortete nicht, sondern nahm einen kleinen Spaten aus der Tasche ihrer Gartenschürze und bückte sich, um vorsichtig die Erde um die Kartoffelpflanzen aufzulockern.

»Sie wissen, dass Sie immer mit mir reden können, falls Ihnen irgendetwas Sorgen macht«, erlaubte Agnes sich, hinzuzufügen.

»Ich bin nicht krank.«

»Nein, das kann ich sehen. Aber ich gehe mal davon aus, dass ich Ihnen auch bei anderen Dingen helfen kann.«

Aber Carrie ignorierte sie. Sie hatte die Erde inzwischen so weit aufgelockert, dass sie die Pflanze behutsam herausziehen konnte, an deren Wurzeln drei oder vier Kartoffeln hingen.

Agnes seufzte. »Dann lasse ich Sie jetzt besser mal in Ruhe.

Aber vergessen Sie nicht, dass ich immer für Sie da sein werde, falls Sie einmal mit jemandem reden wollen ...«

Und damit wandte sie sich zum Gehen, doch Carrie rief ihr plötzlich nach: »Warten Sie, Schwester!«

KAPITEL VIERZIG

Agnes drehte sich langsam um. Carrie hatte sich aufgerichtet, wobei sie die Kartoffelpflanze noch in der Hand hielt. Sie sah Agnes mit besorgter Miene an.

»Sie haben recht«, sagte sie. »Es liegt mir etwas auf der Seele, das ich jemandem erzählen muss, bevor ich noch verrückt werde. Aber ich kann mit niemandem darüber reden.« Sie ließ ihren Blick über die menschenleeren Schrebergärten schweifen, um sich zu vergewissern, dass sie wirklich ganz allein waren. Dann wandte sie sich wieder Agnes zu. »Können Sie ein Geheimnis bewahren?«

Agnes versuchte, über die Frage nicht zu lächeln. Wenn Carrie wüsste, wie lange sie schon ihre eigenen Geheimnisse bewahrte! »Sie können mir vertrauen«, sagte sie.

Carrie zögerte einen Moment, und Agnes konnte sehen, wie sie ihre Worte abwog und überlegte, wie sie ihr sagen sollte, was auch immer sie zu sagen hatte.

Schließlich sprach sie wieder. »Vorhin auf der Straße ... da hatte ich Angst, jemandem zu begegnen.«

»Wem?«

Wieder zögerte Carrie, bevor sie sagte: »Rob Chadwick.«

Das überraschte Agnes nicht. Eigentlich hätte sie sich auch denken können, dass dieser arrogante junge Mann etwas mit Carries Problemen zu tun haben könnte.

Carrie zuliebe hoffte sie nur, dass sie keine Dummheiten gemacht hatte.

Aber Carrie schien ihren Gesichtsausdruck bemerkt zu haben, denn sie sagte schnell: »Nein, nein, so etwas ist es nicht. Oder jedenfalls nicht meinerseits. Das war einmal.« Sie reckte entschlossen das Kinn. »Ich liebe James«, sagte sie sehr nachdrücklich.

»Aber dieser junge Mann lässt kein Nein als Antwort gelten, was?« Agnes konnte sich gut vorstellen, dass Rob Chadwick sich nicht damit abfinden wollte, dass irgendein weibliches Wesen immun gegen seinen Charme sein könnte.

Carrie senkte den Kopf und starrte auf die Pflanze in ihrer Hand herab. »Er will, dass ich mit ihm weggehe«, gestand sie leise.

Agnes war entsetzt. »Aber Sie sind eine verheiratete Frau!«, rief sie empört.

»Das kümmert Rob nicht. Wenn er etwas will, darf ihm nichts im Wege stehen.« Ein Anflug von Verbitterung klang in Carries Stimme mit.

»Aber Sie haben das doch sicher abgelehnt?«

»Ich habe es versucht, aber … so einfach ist das leider nicht«, murmelte sie unglücklich.

»Wieso nicht?«

»Weil er etwas über mich weiß, das geheim bleiben muss. Und nun droht er damit, es James zu sagen …«

»Und um was für eine Art Geheimnis geht es?«

Carrie presste die Lippen zusammen, als versuchte sie, die Worte zurückzuhalten und nicht laut auszusprechen.

Aber schließlich erhob sie ihren gequälten Blick zu Agnes. »Dass Henry nicht James' Sohn ist«, antwortete sie.

»Was?«

»Es war ein furchtbarer und ausgesprochen dummer Fehler von mir.« Nachdem Carrie erst einmal zu sprechen begonnen hatte, sprudelten die Worte nur so aus ihr heraus. »Ich wollte James heiraten, war mir aber nicht ganz sicher – und als Rob zurückkam, dachte ich, ich liebte ihn noch immer …« Ihre blauen Augen flehten Agnes um Verständnis an.

Agnes spürte die eigene Anspannung. »Und er hat die Situation ausgenutzt?«

»Nein, nein, so war das nicht. Ich trug ebenso sehr die Schuld daran wie er. Ich dachte …« Carrie schüttelte den Kopf. »Nein, ich weiß nicht einmal, was ich dachte, ehrlich nicht. Ich wusste nur sofort danach, dass ich einen schrecklichen Fehler gemacht hatte und es nicht Rob, sondern James war, den ich wollte. Ich habe mich damals so geschämt, dass ich die Hochzeit beinahe abgesagt hätte. So schmutzig und verdorben, wie ich mich fühlte, wollte ich ihn nicht heiraten ...«

»Aber warum haben Sie es ihm denn nicht gesagt?«, fragte Agnes.

»Das wollte ich ja«, beteuerte Carrie. »Aber dann dachte ich, wenn ich etwas sagte, würde es die ganze Sache ... wie soll ich sagen ... irgendwie noch realer machen. Ich wollte einfach alles vergessen, die ganze Sache begraben und so tun, als ob es nie geschehen wäre.«

»Aber dann merkten Sie, dass Sie schwanger waren?«

Carrie nickte. »Ich wusste nicht, was ich tun sollte. Mir war sofort klar, dass es Robs Kind sein musste, und ich dachte, es wäre die Strafe Gottes, damit ich mich immer daran erinnern würde, was ich getan hatte.« Sie erschauderte bei dem Gedanken daran. »Ich war völlig außer mir und wusste nicht, was ich tun sollte. Damals dachte ich sogar daran, zu Hannah zu gehen und sie um Hilfe zu bitten ...«

Ein kalter Schauder lief Agnes über den Rücken. In Quarry Hill hatte sie oft genug mit den furchtbaren Folgen solcher »Hilfeleistungen« zu tun gehabt. Und es überraschte sie absolut nicht, dass jemand wie Hannah Schwangerschaftsabbrüche dieser Art anbot.

»Aber dann erriet James, dass ich schwanger war, und er war so glücklich, so entzückt darüber, Vater zu werden, dass ich nichts mehr daran ändern konnte«, fuhr Carrie fort. »Ich hoffte und betete nur noch, dass es vielleicht doch sein Kind sein könnte. Monatelang ängstigte ich mich deswegen. Alle dachten, ich sei nur so nervös, weil es mein erstes Kind war. Später sagten sie dann, meine innere Unruhe sei der Grund dafür, dass Henry früher als erwartet zur Welt kam.« Sie blickte zu Agnes auf, und ihre Augen glänzten feucht bei der Erinnerung daran. »Ich wollte, dass sie recht behielten. Ich wünschte mir so sehr, dass das Baby James' Sohn war, aber tief im Innern kannte ich die Wahrheit.«

Sie sah so verzweifelt aus, dass Agnes' Herz ihr zuflog. »Und James hat nie Verdacht geschöpft?«

»Warum sollte er? Er vertraut mir«, antwortete Carrie bitter und voller Selbsthass. »Nicht, dass ich sein Vertrauen verdienen würde, nachdem ich ihn so hintergangen habe.«

»Sie haben selbst gesagt, Sie hätten einen dummen Fehler gemacht.«

»Ja, und jetzt bezahle ich dafür, nicht wahr?« Carrie biss sich auf die Lippe. »James wird mir das nie verzeihen. Ich habe alles verloren. Wäre Rob Chadwick doch nie nach Bowden zurückgekehrt!«

Sie brach in Tränen aus, und Agnes ging schnell durch das Tor zurück, um sie in die Arme zu nehmen und zu trösten. »Nicht weinen, meine Kleine«, versuchte sie sie zu beruhigen. »Ich bin mir sicher, dass alles wieder gut wird.«

»Wie könnte es je wieder gut werden?« Carrie entzog sich ihr. »Rob wird es James erzählen, und dann geht alles in die Brüche. Rob meint, mein Mann verdiente es, die Wahrheit zu erfahren, und damit hat er sogar recht. Aber James wird mich hassen, und etwas anderes verdiene ich auch nicht.«

Wieder fiel sie Agnes schluchzend in die Arme und fühlte sich zart und zerbrechlich an wie ein Kind. Das arme Mädchen, dachte Agnes. Es mochte Leute geben, die sagen würden, Carrie habe nur bekommen, was sie verdiente, doch zu diesen Leuten gehörte Agnes nicht. Dazu wusste sie selbst nur allzu gut, wie es war, mit einem schrecklichen Geheimnis belastet durch das Leben zu gehen.

»Mir scheint, dass es nur eins gibt, was Sie tun können«, sagte sie. »Sie müssen es James selbst sagen.«

Carrie befreite sich erneut aus ihren Armen, und Agnes sah, dass ihr Gesicht vom vielen Weinen schon ganz fleckig war. »Das könnte ich nicht!«, flüsterte sie.

»Was bleibt Ihnen denn anderes übrig? Ihr Mann wird es sowieso herausfinden, und es ist doch wohl besser, wenn er es von Ihnen erfährt als von Rob Chadwick?«

Carrie schwieg einen Moment und dachte nach. »Es wird ihm das Herz brechen«, sagte sie dann.

Agnes nickte. »Möglich. Er wird auf jeden Fall verärgert und erbost darüber sein, dass Sie ihm nicht schon früher die Wahrheit gesagt haben. Aber wenn er Sie liebt …«

Carrie schüttelte den Kopf. »Wie könnte er mich danach noch lieben?«

»Ich weiß es nicht«, gab Agnes zu. »Aber was ich weiß, ist, dass dies Ihre einzige Chance ist, die Dinge richtigzustellen.«

Carrie sah sie an und versuchte, ihre Tränen zurückzuhalten. »Ist es das, was Sie tun würden?«

Agnes zögerte nur für den Bruchteil einer Sekunde. »Es ist das Beste, was Sie tun können«, antwortete sie dann entschieden.

»Sie haben recht«, sagte Agnes mit gequälter Miene. »Ich werde es James wohl sagen müssen. Er verdient es, die Wahrheit zu erfahren, und er verdient es, sie von mir zu hören.« Doch noch während sie es sagte, konnte Agnes den Mut bereits aus ihren blauen Augen weichen sehen.

Kurz darauf ließ sie Carrie im Schrebergarten zurück und begab sich wieder auf ihre Runden. Als sie davonradelte, blickte sie sich noch einmal nach der trostlosen kleinen Gestalt um, die mitten auf dem Stück Land auf einem umgedrehten Eimer saß.

Die arme Carrie. Sie würde ihren Vater verlieren und nun vielleicht auch noch ihren Ehemann. Agnes fragte sich, ob Carrie den Mut aufbringen würde, James die Wahrheit zu gestehen.

Gott wusste, dass auch sie nie den Mut gefunden hatte, es Daniel zu sagen.

Wären die Dinge dann vielleicht anders für sie ausgegangen? Vielleicht wären sie dann inzwischen verheiratet, und sie würde ihren Sohn in ihren Armen halten, statt ganz allein um ihn zu trauern.

Doch im selben Moment, als ihr der Gedanke kam, wusste sie auch schon, wie dumm es war, sich so etwas vorzustellen. Sie hätte Daniel nie die Wahrheit sagen können, weil das bedeutet hätte, Fragen zu beantworten, die sie nicht beantworten wollte, und Geheimnisse ans Licht zu bringen, die sie tief im Dunkeln belassen wollte, sodass selbst sie nicht mehr darüber nachzudenken brauchte.

Ich wollte dies alles einfach nur vergessen, die ganze Sache begraben und so tun, als ob es nie geschehen wäre …

Carries Worte hatten sie schmerzlich berührt. Das arme Mädchen musste sich seiner Vergangenheit stellen, und Agnes war sich nicht sicher, ob sie selbst bereit wäre, das ebenfalls zu tun.

Hinter ihr wurde gehupt, und sie schreckte aus ihren Gedanken auf. Schwankend lenkte sie ihr Rad auf den grasbewachsenen Straßenrand und trat in die Pedale, um nicht umzukippen, als der Bus an ihr vorbeirumpelte und die nächste Abzweigung zur Zeche nahm. Für einen Moment blickte sie zu den Männern hinter den Busfenstern auf, die grimmig und trotzig dreinblickten. Aber es hatte auch etwas Jämmerliches an sich, denn sie wirkten auch so, als hassten sie sich selber nicht weniger, als die Posten an der Streiklinie es taten.

Sie hörte das Gebrüll der Männer an den Zechentoren, die wie blutrünstige Tiere klangen. Dann dachte sie an Seth Stanhope, der sich trotz allem entschlossen durch die Menge drängte und ihre Flüche, Beschimpfungen und Schläge über sich ergehen ließ. Und all das nur seinem Sohn zuliebe.

Sie blieb noch einen Moment stehen, um einen Entschluss zu fassen, wendete dann ihr Fahrrad und folgte dem Bus Richtung Zechentore.

KAPITEL EINUNDVIERZIG

Die Werkssirene kündigte das Ende der Schicht an, und Seth legte seine Spitzhacke nieder und richtete sich langsam auf. Es war Monate her, seit er Kohle aus einem Flöz geschlagen hatte, und jeder Muskel in seinem Körper schmerzte und protestierte, weil er nicht mehr daran gewöhnt war, stundenlang zusammengekrümmt die schwere Spitzhacke zu schwingen. Mehr als je zuvor in all den Jahren, in denen er unter Tage gearbeitet hatte, sehnte er sich nach seinem Zuhause und einem heißen Bad.

Still, wie sie es schon den ganzen Tag gewesen waren, legten auch die anderen Männer um ihn herum ihre Werkzeuge nieder. Seth hatte das Bergwerk noch nie so ruhig erlebt. Normalerweise lachten und scherzten sie miteinander, wenn sie das Flöz bearbeiteten, weil sie schließlich alle Kumpel waren. Doch bis auf ein oder zwei vertraute Gesichter waren die meisten Männer um ihn herum jetzt Fremde.

Das allein schon flößte ihm Unbehagen ein. Grubenarbeiter arbeiteten für gewöhnlich in festen, gut eingespielten Teams, weil sie aufeinander angewiesen waren und darauf vertrauen mussten, dass jeder seine Arbeit richtig machte und den Rest des Teams nicht in Gefahr brachte. Aber Seth kannte keinen einzigen dieser fremden Männer. Wie konnte er jemandem sein Leben anvertrauen, der bereit war, seine Kumpel zu verraten …?

Er verdrängte den Gedanken sofort wieder.

Aber es waren nicht nur die anderen Männer, die ihn beunruhigten. Auch an dem Flöz selbst war etwas, das sich nicht richtig anfühlte …

Die Stützen und Streben über seinem Kopf ächzten, als ob der Boden aus einem langen Schlaf erwachte. Die Luft war heiß und stickig, und der Streb wollte unter seiner Hacke nicht nachgeben. Das Flöz hatte so lange brachgelegen, dass sich Gase entwickelt hatten und der Steiger sie während der Schicht schon mehrmals hatte zurückpfeifen müssen, bis alles wieder sicher war.

Aber das hier war mehr als Schlagwetter. Nach fast zwanzig Jahren unter Tage hatte Seth einen sechsten Sinn dafür, wenn etwas nicht in Ordnung war. Er hatte versucht, mit dem Steiger darüber zu reden, aber der wollte nichts davon hören.

»Sind Sie schon wieder darauf aus, Unruhe zu stiften, Stanhope?«, hatte Arthur Marwood nur gesagt. Er war einer der wenigen Bowdener Männer, die unten in der Grube arbeiteten, und einer der ersten, der seine Arbeit wieder aufgenommen hatte. Seth empfand eine ganz besondere Verachtung für ihn. »Keiner der anderen Männer hat sich beschwert.«

»Sie kennen diese Grube auch nicht so gut wie ich.«

Arthur Marwood schürzte abfällig die Lippen. »Sie halten sich wohl für was Besonderes? Wenn Sie schlau sind, gehen Sie wieder an die Arbeit und halten Ihren Mund.«

Nach Schichtende fuhren die Männer dichtgedrängt und nach schalem Schweiß riechend im Förderkorb nach oben. In der Lampenstube stellten sie sich in einer Reihe vor dem Schalter auf, um sich ihren Lohn aushändigen zu lassen, und traten dann in den frühen Abend hinaus. Es war ein hässlicher grauer Tag, aber Seth musste trotzdem blinzeln, weil das Licht ihm in den Augen wehtat.

»Fährst du nicht mit uns im Bus, Junge?«, fragte ihn einer der Männer, ein Fremder, der aus Middlesbrough kam. Seth schüttelte den Kopf.

»Schaut ihn euch an, er glaubt tatsächlich, er sei was Besseres«, spottete Arthur Marwood. »Er denkt, er würde wie ein verdammter Held durch diese Tore gehen. Aber lass es dir gesagt sein, Stanhope, du bist kein Held mehr. Jedenfalls nicht in ihren Augen. Für sie bist du ein Streikbrecher genau wie wir.«

»Von wegen«, murmelte Seth.

»Ach ja? Und was macht dich so besonders?«, höhnte John Chambers, ein weiterer Einheimischer. »Glaubst du etwa, die Männer an den Toren werden dich mit offenen Armen willkommen heißen, bloß weil du der großartige Seth Stanhope bist?« Er schüttelte den Kopf. »Sie werden dich genauso begrüßen wie du mich, als ich die Arbeit wieder aufnahm, um meine Familie zu ernähren.«

Wenn es doch lediglich darum gehen würde, sie zu ernähren, dachte Seth. Wenn es nur das wäre, würde er alle Entbehrungen gerne auf sich zu nehmen, wäre er lieber verhungert, als seine Mitstreikenden im Stich zu lassen.

Aber sein Sohn brauchte eine medizinische Behandlung, und Krankenhäuser kosteten Geld.

»Es war pure Habgier, was dich zur Arbeit zurückgetrieben hat, John Chambers«, sagte er. »Du und deine Familie hättet genauso von der Hand in den Mund leben können wie wir anderen auch. Aber stattdessen hast du dich dafür entschieden, deine Kameraden zu verraten.«

»Und du glaubst, es würde deine Kameraden interessieren, dass du es für deinen kranken Jungen tust? Glaubst du etwa, du würdest ihnen leidtun?«, lästerte John. »Du wirst die gleichen Beschimpfungen zu hören bekommen, die du mir ins Gesicht geschrien hast, als ich das erste Mal wieder durch die Tore ging. Und genau das verdienst du auch, weil dein Verrat doppelt so schwer wiegt wie meiner.« Er ging auf Seth zu. »Sie haben alle mehr von dir erwartet, Stanhope. Und du hast sie im Stich gelassen.«

»Was geht hier vor?« Plötzlich bahnte sich James Shepherd einen Weg durch die Menge, in der er mit seinem korrekten Anzug einen auffallenden Kontrast zu ihren geschwärzten, schweißdurchtränkten Arbeitssachen bildete.

»Er will es nicht«, begann John Chambers zu erklären. »Er hat gesagt ...«

»Es ist mir egal, wer was gesagt hat. Hören Sie auf, Sie beide.« James wandte sich an Seth. »Und Sie steigen in den Bus, Stanhope.«

»Nein, das tue ich ganz sicher nicht.«

James Shepherd starrte ihn an. Er sah aus wie ein Junge, so schlaksig, wie er war. Seth hatte schon mehr Fleisch an einem Metzgerbeil gesehen.

»Bitte, Stanhope«, sagte er und warf einen besorgten Blick zu den Bergwerkstoren hinüber. »Ich kann Sie nicht durch diese Tore hinausgehen lassen. Nicht nach dem, was die da draußen Ihnen gestern angetan haben.«

»Ja, und wahrscheinlich werden sie heute genau das Gleiche mit mir machen.« Das blaue Auge, das sie ihm verpasst hatten, pochte immer noch vor Schmerz, selbst nachdem Hannah rohes Fleisch daraufgelegt hatte, um die Schwellung zum Abklingen zu bringen. »Aber ich werde mich nicht in einem Bus nach Gott weiß wohin davonstehlen. Ich lebe nach wie vor in diesem Dorf, und früher oder später werde ich mich ihnen stellen müssen.« Es war besser, sie jetzt an ihm Rache nehmen zu lassen, als zu riskieren, dass sie mitten in der Nacht seine Fenster einschlugen und die Kinder ängstigten.

James seufzte. »Also gut«, sagte er. »Aber nehmen Sie sich in Acht, ja?«

»Ich hoffe, sie reißen dich in Stücke!«, rief Arthur Marwood ihm noch über die Schulter zu, als er den anderen Männern zu dem wartenden Bus folgte.

Seth konnte die Gesichter der Streikposten sehen, die sich vor den Toren drängten, als er auf sie zuging. Mit weit aufgerissenen Mündern brüllten sie vor Zorn. Ein paar Tage zuvor hatte er noch Schulter an Schulter mit ihnen gestanden und sie seine Freunde genannt, doch jetzt erkannte er sie kaum wieder mit ihren wutverzerrten und hasserfüllten Gesichtern.

Die Tore schwangen auf, und Seth trat zu dem brüllenden

Mob hinaus. Hocherhobenen Kopfes und stur geradeaus blickend stand er da, als die Männer ihn umringten und ihn fast von den Füßen stießen. Ein Klumpen Speichel traf ihn im Gesicht und lief langsam an seiner Wange hinunter. Seth ballte die Fäuste, machte aber keine Anstalten, den Speichel abzuwischen.

»Du bist ein verdammter Verräter, Seth Stanhope!«, hörte er Tom Chadwicks Stimme in der Menge schreien.

Der arme Tom. Seth wusste, welche Nöte er durchgestanden hatte, um seine Familie durchzubringen. Vor kaum einem Monat hatte Seth noch an genau derselben Stelle gestanden und ihn bedrängt, nicht aufzugeben, auch wenn seine Kinder litten und seine Frau furchtbare Angst davor gehabt hatte, was aus ihnen werden würde.

Und jetzt sieh ihn dir an, dachte Seth. Aber Tom hatte jedes Recht, verletzt zu sein und sich verraten zu fühlen. Seth wusste, dass er die Verachtung und den Zorn der Männer verdiente – doch egal, wie sehr sie ihn auch hassten, nichts davon konnte sich auch nur annähernd mit seinem Selbsthass messen.

»Ich hoffe, du bist jetzt stolz auf dich, Stanhope! Du hast uns alle im Stich gelassen!«

Die Faust kam aus dem Nichts heraus und traf ihn so hart in den Bauch, dass es ihm den Atem nahm. Seth krümmte sich vor Schmerz, gerade rechtzeitig, um die zweite Faust auf sein Gesicht zukommen zu sehen. Sie erwischte ihn am Kinn, stieß seinen Kopf zur Seite und brachte ihn aus dem Gleichgewicht. Er schlug auf dem Boden auf, rollte sich zusammen und wartete mit angespanntem Körper auf die Tritte, die jetzt kommen würden, wie er sehr wohl wusste.

Durch das Dröhnen in seinen Ohren hörte er jedoch plötzlich eine klare und sehr kalte Stimme: »Lassen Sie mich durch!«

Im selben Moment traf ihn ein Stiefeltritt ins Kreuz, der so heftig war, dass der Schmerz wie Pfeile in seine Beine schoss.

»Treten Sie beiseite! Lassen Sie mich durch, habe ich gesagt!«

Es war die Stimme einer Frau, und Seth spürte, dass ein Schatten auf ihn fiel.

»Mr. Stanhope?«

Mit zusammengekniffenen Augen blickte er zu der unscharfen Kontur einer zu ihm herabschauenden Frau auf. Als das Bild sich klärte, konnte er ein Häubchen auf kastanienbraunem Haar und zwei schöne braune Augen sehen, die voller Sorge waren.

»Mr. Stanhope?«, wiederholte sie. »Können Sie mich hören?«

Er versuchte, etwas zu sagen, aber nichts als ein Stöhnen kam über seine Lippen. Warmes Blut sickerte aus dem wieder aufgesprungenen Riss an seiner Lippe, die ohnehin noch stark geschwollen war. Er konnte schon den metallischen Geschmack des Bluts auf seiner Zunge spüren.

Er versuchte, wieder auf die Beine zu kommen, aber ein stechender Schmerz in seinen Rippen durchzuckte ihn so unvermutet, dass sich ihm ein zischender Schmerzenslaut entrang.

»Wo tut es weh?«, fragte ihn Miss Sheridan.

»Ich bin ... in Ordnung«, gelang es ihm hervorzustoßen.

»Ich kann aber sehen, dass das nicht stimmt.« Miss Sheridan legte einen Arm um seine Schultern und versuchte, ihn auf die Beine zu ziehen, was unmöglich war. Also wandte sie sich an die anderen Männer, die für Seth nur noch verschwommene Gesichter waren. »Helfen Sie mir.« Niemand rührte sich. »Wird ihm denn niemand helfen? Er ist doch angeblich Ihr Freund.«

»Er ist kein Freund«, murmelte jemand.

Agnes richtete sich auf. »Wie konnten Sie nur! Herrgott noch mal, Sie sind nicht besser als Tiere!«

»Sie hat recht«, sagte eine andere Stimme, diesmal eine, die Seth bestens kannte. Die Menge teilte sich, und er sah die hochgewachsene, vertraute Gestalt, die einen Herrenmantel trug und ihre breiten Schultern in Schals gehüllt hatte.

»Hannah ...« Er versuchte erneut, sich zu erheben, aber ihm wurde sofort schwindlig.

»Ihr solltet euch schämen.« Er hörte, dass Hannahs Stimme lauter wurde, als sie sich an die anderen Männer wandte. »Ihr haltet euch für Helden, was? Aber ich wette, es gibt keinen von euch, der den Mut besitzt, es mit ihm aufzunehmen, wenn er ihm allein gegenüberstünde!«

Dann wandte sie sich an Seth. »Na komm schon«, murmelte sie, während sie ihre starken Hände unter seine Arme legte und ihn auf die Beine zog. »Dann wollen wir dich mal nach Hause bringen.«

»Helfen Sie mir bitte, ihn in den Sessel dort zu setzen.«

Das Mädchen ist stärker, als es aussieht, dachte Hannah. Sie war nur ein zierliches Ding, und doch hatte sie mehr von Seth' Gewicht getragen, als Hannah erwartet hatte, als sie ihn den ganzen Weg zur Railway Road getragen hatten.

Natürlich hatte Seth auf dem gesamten Heimweg protestiert, aber jedes Mal, wenn sie ihn losließen, torkelte er wie ein Betrunkener.

»Er hat eine Gehirnerschütterung«, erklärte Agnes, als sie ihn auf den Stuhl setzten. »Er muss sich bei dem Sturz den Kopf schwer angeschlagen haben.«

»Ach was, mir geht es gut«, murmelte Seth mit geschwollenen Lippen. »Hört auf, so einen Wirbel um mich zu machen, lasst mich in Ruhe.«

»Ja, vielleicht hätten wir dich gleich dort an den Toren in Ruhe lassen sollen«, sagte Hannah, während sie aus einem Krug auf dem Fensterbrett kaltes Wasser in eine Schüssel goss. »Womöglich hätten die Jungs dir dann ein bisschen Vernunft eingebläut.«

Seth erwiderte finster ihren Blick, sagte aber nichts.

»Ich verstehe nicht, wieso er nicht mit den anderen Männern in den Bus gestiegen ist«, bemerkte Agnes Sheridan.

»Weil er die verrückte Vorstellung hat, er sei es seinen Freunden schuldig, sich von ihnen verprügeln zu lassen.«

»Aber das ist doch lächerlich!«

»Allerdings.« Zumindest darin sind wir uns einig, dachte Hannah, als sie einen sauberen Lappen ins Wasser tauchte. »Ich weiß, was ich täte, wenn ich sie in die Finger bekäme«, sagte sie und wrang den Lappen aus, als wäre er ein dürrer Hals.

Dann trug sie die Schüssel zu Seth hinüber und stellte sie auf den Herd neben ihm.

»So«, sagte sie, »und jetzt wirst du ordentlich saubergemacht. Und ich will kein Wort darüber hören«, fügte sie hinzu, als Seth den Mund öffnete, um zu protestieren.

Hannah dachte, Miss Sheridan würde vielleicht versuchen, einzugreifen und zu übernehmen, doch zu ihrer Überraschung trat die Schwester zurück und überließ es ihr, Seth' Verletzungen zu reinigen.

Als Hannah ihr einen verstohlenen Blick zuwarf, sah sie, dass Agnes Seth' beobachtete und besorgt an ihrer Unterlippe knabberte. Wenn Seth vor Schmerz zusammenzuckte, schien auch sie es zu tun.

Hannah kam noch immer nicht darüber hinweg, wie mutig und selbstsicher Agnes diesem Mob gegenübergetreten war.

»Man muss schon ganz schön Mumm haben, um zu tun, was Sie vorhin getan haben«, bemerkte sie leise. »Es gibt nicht viele, die sich mit einem Haufen wütender Bergleute anlegen würden.«

»Darüber habe ich ehrlich gesagt nicht einmal nachgedacht«, antwortete Agnes und sah Hannah an. »Aber ich bin heilfroh, dass Sie im richtigen Moment vorbeigekommen sind!«

»Ich dachte, es sei das Beste, wenn ich rüberginge, um ihn abzuholen. Irgendwie hatte ich das Gefühl, dass er vielleicht Gesellschaft brauchen würde nach dem, was ihm dort gestern passiert ist.«

Hannah tupfte die geschwollene Haut um Seth' Auge ab, die schon einen violetten Farbton anzunehmen begann. Oh Gott, wie sehr sie diese Männer hasste für das, was sie ihm angetan hatten! Und sie würde es auch nicht vergessen. Ihre Gesichter waren für immer in ihrem Gedächtnis eingebrannt.

Sie blickte zu Seth auf. Er war sehr still geworden und vermied es, sie anzusehen.

»Sie meinen also, er könnte eine Gehirnerschütterung haben?«, sagte sie zu der Schwester.

»Es wäre möglich. Er hat sich den Kopf böse angeschlagen.«

»Und was wäre die richtige Behandlung dafür?«

Hannah sah die Überraschung in Agnes' Gesicht. Und ehrlich gesagt war Hannah ebenfalls überrascht. Aber bei Christopher hatte sie einen schlimmen Fehler gemacht und sie wollte nichts mehr riskieren – selbst wenn sie dazu ihren Stolz herunterschlucken und einräumen musste, dass sie vielleicht doch nicht immer alles wusste.

»Das kommt darauf an, wie schlimm es ist. Falls er das Bewusstsein verliert oder sich übergibt ...«

»Ich habe keine Gehirnerschütterung«, knurrte Seth.

»Das wissen wir noch nicht«, sagte Agnes. »Lassen Sie mich mal Ihre Augen sehen.«

Sie ging auf ihn zu, aber Seth zuckte zurück.

»Ich sag doch, dass es mir gut geht.« Aber dann schnappte er nach Luft und biss vor Schmerz die Zähne zusammen.

»Es sieht ganz so aus, als ob er sich die Rippen verletzt hätte«, bemerkte Agnes. »Ich werde sie wohl bandagieren müssen.«

»Das kann Hannah tun«,

»Aber ...«, protestierte Agnes.

»Ich habe Nein gesagt. Und sollte ich Pflege brauchen, kann Hannah das übernehmen.«

Hannah hielt das feuchte Tuch noch in der Hand, als sich vor Seth hinkniete. Sein Gesicht war abgewandt, aber sie wusste sein störrisches Profil zu deuten und verstand auf einmal.

»Er hat recht«, sagte sie zu Agnes. »Ich schaffe das schon.«

Mit verblüffter Miene blickte Agnes Sheridan von ihr zu Seth und wieder zurück. Sie öffnete ihren Mund, um zu widersprechen, sagte dann aber nichts.

»Also gut. Wenn Sie es unbedingt so wollen«, sagte sie.

Aber sie bestand darauf, Hannah noch einen sauberen Verband zu geben und ihr zu erklären, wie er angelegt werden musste, und Hannah zügelte geduldig ihr Bedürfnis, sie darauf hinzuweisen, dass sie ihrer Mutter schon geholfen hatte, Knochenbrüche zu versorgen, als Agnes ihre schicke Schwesternuniform noch gar nicht getragen hatte.

Und die ganze Zeit über versuchte Agnes, Seth über Hannahs Schulter hinweg anzusehen. Aber er weigerte sich, sie anzuschauen und hielt seinen mürrischen Blick beharrlich auf seine Stiefel gerichtet.

Erst als Agnes ging, flüsterte sie Hannah zu: »Ich verstehe das nicht ... Habe ich Mr. Stanhope vielleicht irgendwie beleidigt?« Sie sah so verwirrt und hilflos aus, dass sie Hannah beinahe leidtat.

»Sie haben ihn beschämt«, erwiderte sie kurz. »Vorhin an den Bergwerkstoren.«

Agnes runzelte die Stirn. »Was? Ich habe doch nur versucht, ihm beizustehen!«

»Genau. Sie haben ihn in einem schwachen Moment erlebt, und das kann er nicht ertragen.«

Hannah sah, wie Agnes' Stirnrunzeln sich vertiefte, während sie sich bemühte, das Gehörte zu verstehen. »Aber von Ihnen lässt er sich helfen?«

»Weil ich zur Familie gehöre.« *Und ihm egal bin*, fügte eine leise Stimme in ihrem Kopf hinzu.

»Aber ich werde doch wegen dieses Vorfalls nicht weniger von ihm halten.«

»Nein, aber er selbst hält weniger von sich. Er ist ein stolzer Mann, unser Seth, Miss Sheridan.«

»Stolzer, als ihm guttut, wenn Sie mich fragen«, sagte Agnes knapp.

»Wenn Sie das denken, verstehen Sie Seth Stanhope nicht.«

Agnes blickte sich noch einmal über Hannahs Schulter nach ihm um. »Nein«, sagte sie und seufzte. Dann sagte sie mit einem Anflug von Traurigkeit in ihrer Stimme: »Das wird mir allmählich auch klar.«

Hannah sah Agnes nach, als sie mit gesenktem Kopf davonradelte. Und Hannah wusste, dass sie diesmal auch nicht wiederkommen würde. Miss Sheridan hatte einen Keil zwischen sich selbst und Seth getrieben, genau wie Hannah es immer gehofft hatte.

Hannah wusste, dass sie eigentlich hocherfreut sein müsste, aber in Wirklichkeit tat ihr die junge Schwester sogar leid.

Seth schaute auf, als sie wieder hineinging. »Ist sie weg?«

»Ja.« Hannah blickte noch einmal die Straße hinauf, bevor sie die Tür schloss.

»Gut. Das Beste wäre, wenn sie überhaupt nicht mehr vorbeikäme.«

»Sie hat dich immerhin vor einer gehörigen Tracht Prügel bewahrt, Seth.« Hannah sah plötzlich wieder die junge Frau vor sich, die dem Mob entgegengetreten war wie eine aufgebrachte Löwin.

»Das war nicht nötig«, sagte er. »Und wie ich schon sagte, das Beste wäre, wenn sie nicht mehr wiederkäme. Wir brauchen sie hier nicht.«

Hannah betrachtete sein arg lädiertes, aber immer noch eigensinniges Gesicht. Die Schwester hatte recht: Manchmal war er stolzer, als ihm guttat.

KAPITEL ZWEIUNDVIERZIG

Wie von allen vorhergesagt, hatten bis Mitte September alle Männer der Bowden Main ihre Arbeit wieder aufgenommen.

Sir Edward Haverstock machte einen seiner seltenen Besuche in der Zeche, als die Arbeiter zu ihrer ersten Schicht erschienen. Er stand mit James im Hof, rieb sich mit unverhohlener Schadenfreude die Hände und sah zu, wie sie ihre Stechkarten abgaben.

»Tja, mein Junge, wir haben gewonnen, was?«, sagte er lachend und klopfte James auf die Schulter. »Ich habe Ihnen ja gesagt, dass sie früher oder später wieder angekrochen kommen. Und zwar zu unseren Bedingungen.«

James war ganz angespannt und musste die Arme an den Körper pressen, um Sir Edward nicht in sein selbstgefälliges Gesicht zu schlagen. Er wünschte, er müsste nicht dort stehen und sich über die Niederlage der Männer freuen. Die Mienen der Männer erfüllten ihn mit Schuldbewusstsein. Am liebsten wäre er davongekrochen und hätte sich versteckt.

Und dann entdeckte er Rob Chadwick, der über den Hof zu ihm herübergeschlendert kam und wieder dieses breite, wissende Grinsen im Gesicht trug.

James' Körper verkrampfte sich, und er war augenblicklich auf der Hut wie ein zum Kampf bereites Tier.

»Wer ist das denn?«, fragte Sir Edward neben ihm. »Einer unserer Männer?«

»Nein, Sir.«

Zwei Wochen waren vergangen, seit Rob zu ihm ins Büro gekommen war. Seitdem hatte James ihn weder gesehen noch etwas von ihm gehört, und er hatte schon gehofft, dass die Gefahr vorüber wäre. Doch beim Anblick von Rob kehrten all seine Befürchtungen schlagartig zurück.

Als Rob vor ihnen stehen blieb, hatte er noch immer dieses breite, impertinente Grinsen im Gesicht.

»Guten Morgen, Mr. Shepherd«, begrüßte er ihn.

»Was wollen Sie, Chadwick?«, entgegnete James barsch.

Rob hielt für einen Moment inne und grinste dann noch breiter. Er amüsierte sich köstlich, wie James sehen konnte.

»Ich bin hergekommen, um nach Arbeit zu fragen, Sir.«

James starrte ihn an. »Hier?« Er war so schockiert, dass er fast nicht glauben konnte, was er hörte. »Sie fragen nach einer Arbeitsstelle hier in diesem Bergwerk?«

»So ist es, Sir. Auf der Farm werde ich nicht mehr gebraucht, seit die Ernte eingebracht ist, und deshalb dachte ich, ich frage hier mal nach, da ich wohl eine Zeitlang bleiben werde, so wie es aussieht.« Er blickte James' unverwandt in die Augen.

»Haben Sie schon einmal in diesem Bergwerk gearbeitet?«, wollte Sir Edward wissen.

»Oh ja, Sir. Ich bin gewissermaßen darin aufgewachsen und habe in der Bowden Main gearbeitet, seit ich fünfzehn war.«

»Nun, wenn dem so ist ...«

»Nein«, sagte James.

Sir Edward wandte sich ihm zu. »Wie bitte?«

»Es gibt keine offenen Stellen in der Bowden Main. Nicht für jemanden wie diesen Mann.«

Sir Edward starrte ihn verwundert an. »Was reden Sie denn da, Shepherd? Erst gestern beklagten Sie sich noch darüber, wie knapp an Personal wir sind, da so viele der Männer das Dorf verlassen und woanders Arbeit gefunden haben. Und jetzt steht hier ein erfahrener Bergmann, der Arbeit sucht, und Sie wollen ihn abweisen? Das will mir nicht in den Kopf, Shepherd.«

»Mir auch nicht, Sir«, sagte Rob und schaute James weiterhin mit einem dreisten Grinsen in die Augen.

»Dieser Mann ist ein bekannter Unruhestifter«, versuchte James Sir Edward zu erklären, als er seine Stimme wiederfand. »Beim letzten Mal, als er hier beschäftigt war …«

»Als ich das letzte Mal hier gearbeitet habe, war ich noch ein junger Bursche«, sagte Rob. »Und ich muss zugeben, dass ich damals noch ein bisschen wild und ungestüm war. Aber inzwischen bin ich ein erwachsener Mann und gehe davon aus, dass ich schon bald eine kleine Familie zu ernähren haben werde«, erklärte er mit einem vielsagenden Blick zu James. »Ihr zuliebe wäre ich also bereit, mich ordentlich ins Zeug zu legen.«

»Na also.« Sir Edward nickte zufrieden. »Sie haben gehört, was der Mann sagt, Shepherd. Lassen Sie es uns mit ihm versuchen.«

»Aber Sir …«, begann James, doch Sir Edward hob die Hand.

»Das ist mein letztes Wort zu diesem Thema«, sagte er kurzangebunden.

»Vielen Dank, Sir.« Rob verneigte sich und versuchte, sich devot zu geben, aber James konnte den anmaßenden Glanz in seinen Augen sehen. »Ich bin Ihnen sehr verbunden, Sir, und verspreche Ihnen, dass ich Sie nicht enttäuschen werde.«

»Das kann ich Ihnen auch nur raten.« Sir Edward wandte sich an James. »Nehmen Sie ihn mit ins Büro und erledigen Sie den Papierkram, Shepherd.«

»Ja, Sir«, antwortete James mit schmalen Lippen.

»Jetzt hat er's Ihnen aber gegeben!« Rob lachte, als er James die Treppe zu seinem Büro hinauffolgte. »Und Sie nennen sich Bergwerksleiter? Wir wissen doch alle, wer hier wirklich das Sagen hat, nicht wahr? Ich weiß nicht, ob ich den Alten so mit mir reden lassen würde. Aber Sie sind es ja gewöhnt, sein Lakai zu sein, nicht wahr?«

James zog die Tür seines Büros hinter ihnen zu und fuhr seinen Peiniger wütend an: »Ich dachte, ich hätte Ihnen gesagt, dass Sie Bowden verlassen und sich nie wieder hier blicken lassen sollen?«

»Und ich dachte, ich hätte *Ihnen* gesagt, dass ich nirgendwohin gehen werde ohne Carrie und meinen Sohn!«, versetzte Rob. Dann sah er sich um. »Und? Wo sind die Papiere, die ich unterschreiben soll?«

James ging zu seinem Aktenschrank und nahm ein Formular heraus. »Hier«, sagte er und schob es Rob über den Schreibtisch zu, der sich hinsetzte und das Papier betrachtete. »Füllen Sie das aus. Vorausgesetzt natürlich, dass Sie schreiben können?«

Rob grinste nur über die Beleidigung. »Oh ja, und ob ich schreiben kann.« Er zog den Federhalter aus dem Tintenfässchen. »Sie halten sich für was Besseres, nicht wahr? Aber ich sag Ihnen was: Trotz Ihrer umfassenden Bildung zieht mich Carrie ihnen vor.«

»Und warum hat sie mich dann nicht verlassen?«

Es war die Hoffnung, an die James sich nachts klammerte, wenn er schlaflos im Bett lag und verzweifelte. Jeden Tag, wenn er von der Arbeit heimkam, schlug ihm das Herz bis zum Hals, bis er sich vergewissert hatte, dass sie noch da war. Und im Laufe der Zeit hatte er sogar zu hoffen gewagt, dass Rob ihn angelogen hatte.

Rob presste die Lippen zusammen und hörte auf zu lächeln. »Weil sie leider ein zu weiches Herz hat und Sie ihr leidtun. Und ich glaube, sie hat auch das Gefühl, sie wäre Ihnen etwas schuldig. Schließlich haben Sie die ganze Zeit das Kind eines anderen Mannes aufgezogen. Aber Sie müssten doch wissen, wie unglücklich sie ist?«

James sagte nichts, weil es stimmte, dass ihre Beziehung in letzter Zeit recht angespannt gewesen war. Er hatte gespürt, dass Carrie etwas auf dem Herzen hatte, und er hatte auch mehrmals bemerkt, wie sie ihn beobachtete, und gewusst, dass sie im Begriff war, ihm etwas zu sagen. Doch feige, wie er war, hatte er es immer wieder geschafft, sie abzulenken, weil er solch große Angst hatte vor dem, was er vielleicht von ihr hören würde.

Rob schien seine besorgte Miene richtig interpretiert zu haben. »Sehen Sie? Sie wissen genau, wovon ich rede, nicht?« Er legte den Federhalter wieder hin. »Also, so wie ich die Sache sehe, sollten wir sie ehrenhaft und von Mann zu Mann regeln …«

James lachte. »Was wissen Sie schon über Ehre?«

»Genug, um zu wissen, dass ich mich nicht an eine Frau klammern würde, die nichts für mich übrighat!« Rob lehnte sich auf seinem Stuhl zurück. »Aber die Wahrheit wird ja so oder so herauskommen.«

James starrte ihn an. »Was wollen Sie damit sagen?«

»Dass ich, wenn Sie sie nicht verlassen, dafür sorgen werde, dass alle Welt erfährt, wessen Sohn der kleine Henry ist.«

»Sie meinen, Sie würden Carrie derart bloßstellen?«

»Ach wissen Sie, Carrie und ich können das Dorf ja jederzeit verlassen und woanders ein neues Leben anfangen, wenn es sein muss. Sie werden es sein, auf den alle mit dem Finger zeigen werden und der dann mit dem Klatsch und der Demütigung leben muss. Und das werden Sie nicht ertragen, denke ich. Sie werden in Bowden nie wieder einen Fuß auf den Boden bekommen.« Rob lächelte boshaft. »Es ist Ihre Entscheidung«, sagte er. »Entweder lassen Sie sie gehen, oder Sie halten sie fest und werden sehen, was geschieht.«

James schob ihm das Formular zu. »Sie haben vergessen zu unterschreiben.«

Rob griff wieder nach dem Federhalter und kritzelte seinen Namen. »Man kann nie wissen«, sagte er lachend. »Vielleicht bricht die Grube ja über mir zusammen, und das war's dann.«

James funkelte ihn böse an. »Ein solches Glück würde mir bestimmt nie widerfahren«, murmelte er.

Noch lange, nachdem Rob gegangen war, saß James an seinem Schreibtisch und kochte innerlich vor Wut. Aus dem Augenwinkel konnte er seinen Vater böse auf sich herabschauen sehen. Seine Lippen waren abfällig geschürzt, als wollte er seinen Sohn für dessen Demütigung verhöhnen.

Plötzlich war James wieder das Kind, das von einem anderen niedergeschlagen worden war und vor seinem Vater im Schmutz lag.

Du bist zu weich, das ist dein Problem.

Henry Chadwick hätte nie zugelassen, dass seine Schande im Dorf bekannt werden würde. Sein Vater hätte zuerst zugeschlagen, und das mit aller Härte.

Es war ein langer, frustrierender Tag. James versuchte, sich auf die Bodenuntersuchungen zu konzentrieren, die er für die Bohrlöcher des neuen Schachts in Auftrag gegeben hatte, merkte dann aber, dass es draußen Ärger gab. Mehrmals wurden die Bergleute wegen Schlagwetters hinaufgebracht, und auf dem Hof kam es zu Streitereien, während sie darauf warteten, wieder unter Tage gebracht zu werden. Es herrschte eine solch angespannte und unzufriedene Stimmung in der Zeche, wie er es noch nie zuvor erlebt hatte.

Normalerweise wäre es eine Erleichterung gewesen, heimzugehen, doch heute kehrte James nur schweren Herzens zur William Street zurück, weil er wusste, was kam. Gegen Ende dieses Abends würde sein Leben so oder so nicht mehr dasselbe sein.

Das Herz schlug ihm bis zum Hals, als er Carrie am Tor warten sah. Obwohl er sich den ganzen Tag auf diesen Moment vorbereitet hatte, traf ihn die ernüchternde Realität doch wie ein Schlag.

Carrie sah ihn und begann auf ihn zuzulaufen. Als sie näherkam, konnte er sehen, dass sie geweint hatte.

Auch er wollte zu ihr laufen, aber seine Füße waren plötzlich wie angewurzelt. Und er schmeckte Angst in seinem Mund.

»Oh James!« Sie warf sich in seine Arme, und er konnte gar nicht anders, als ihren zitternden Körper fest an sich zu drücken. Ihre Haut fühlte sich weich und zart an seiner Wange an, ihr Haar war frisch gewaschen und duftete nach Zitronen. James atmete den frischen Duft tief ein, weil er wusste, dass er ihn vielleicht nie wieder riechen würde.

»Aber was hast du denn, mein Liebling?«, murmelte er.

Carrie löste sich aus seinen Armen und sah ihn mit Tränen in ihren schönen blauen Augen an. »Es ist wegen Vater ...«, flüsterte sie.

KAPITEL DREIUNDVIERZIG

Das ganze Dorf hatte sich aufgemacht, um Eric Wardle die letzte Ehre zu erweisen.

Die kleine Methodistenkirche, in der er oft gepredigt hatte, war bis auf den letzten Platz von Freunden und Nachbarn besetzt. Carrie konnte ihre gesenkten Köpfe sehen, als sie langsam gemeinsam mit ihrer Mutter, ihren Schwestern, dem kleinen Henry auf dem Arm und James an ihrer Seite, hinter dem Sarg ihres Vaters herging.

Es war ein warmer Tag, und die Sonne fiel durch die hohen Fenster. Ein perfekter Altweibersommertag, dachte Carrie. Normalerweise wäre ihr Vater jetzt in seinem Schrebergarten, um die letzten Sonnenstrahlen des Sommers zu genießen, und er würde die Salatpflanzen für den nächsten Frühling setzen und ihrer grünen Blätter wegen auch einige späte Rüben. Wie hätte er sie alle dafür gescholten, einen solch herrlichen Tag drinnen zu vergeuden!

Gertie, ihre jüngste Schwester, war in Tränen aufgelöst, aber Carrie, Eliza und Hattie waren fest entschlossen, nicht vor allen Anwesenden zu weinen. Trotzdem war Carrie dankbar für James' stützenden Arm. Er war wie ein Fels in der Brandung und hielt sie aufrecht, wenn ihre Beine nachzugeben drohten.

Nach der Beerdigung machten sich alle auf den Weg zur Coalpit Row, wo Carries Mutter und Schwestern einen Imbiss vorbereitet hatten. Wie es Brauch war, wenn ein Bergmann starb, hatten die Haverstocks einen kleinen Beitrag geleistet, und Eric Wardle hatte auch selbst ein wenig Geld beiseitegelegt, um seine Beerdigung zu bezahlen.

Carrie legte Henry zu einem Schläfchen in seinen Kinderwagen und half dann ihren Schwestern, die Sandwichs, den Blätterteig mit Wurstfüllung und die feinen kleinen Törtchen auf Tellern anzurichten, während ihre Mutter eine Kanne Tee aufbrühte.

Carrie nahm gerade das feuchte Küchentuch von einem Teller Sandwichs, als sie draußen vor der Hintertür Rob Chadwick sah, der auf der Straße eine Zigarette rauchte und mit einigen der anderen Männer sprach.

Ihr Herz schlug augenblicklich schneller. Sie hatte ihn in der Messe nicht gesehen, allerdings war sie in der Kapelle auch viel zu aufgelöst gewesen, um etwas um sich herum wahrzunehmen. Sie konnte jetzt nur hoffen und beten, dass er sich benehmen würde. Denn selbst Rob Chadwick hatte doch sicher so viel Respekt vor dem Verstorbenen, dass er nicht versuchen würde, bei dessen Begräbnis Unruhe zu stiften?

Glücklicherweise hielt er sich von ihr fern, und Carrie begann, sich zu entspannen. Doch als sie und James gerade mit dem Pfarrer sprachen, sah sie Rob aus den Augenwinkeln schließlich doch noch auf sie zukommen.

Und sie konnte spüren, wie James neben ihr erstarrte.

»Carrie«, begrüßte Rob sie mit ernster Miene. In seinem schlechtsitzenden Anzug sah er aus wie ein Fremder. »Mein aufrichtiges Beileid.«

Sie nickte nur, weil sie kaum etwas zu sagen wagte.

»Dein Vater war ein guter Mensch und immer sehr nett zu mir.«

Carrie dachte an Robs Besuche, als sie noch zusammen gewesen waren. Ihr Vater war immer höflich zu ihm gewesen wie zu jedem anderen Gast in seinem Haus, aber Carrie erinnerte sich noch gut an das gequälte Lächeln auf Erics Gesicht, wenn Rob am Tisch herumtönte, Gesichter schnitt und sie und ihre Schwestern zum Lachen brachte.

Nein, Eric Wardle hatte es bestimmt nicht sonderlich bedauert, als Rob das Dorf verließ.

»Vielleicht ist es so das Beste, Kind«, war alles, was er dazu gesagt hatte. »Dieser junge Mann war ruheloser, als ihm guttat.«

Damals war Carrie zu unglücklich gewesen, um zuzuhören, doch heute verstand sie, wie viel Weisheit in den Worten ihres Vaters gelegen hatte.

»Er war zu jedem Menschen gleich nett«, gelang es ihr zu sagen.

Das Schweigen zwischen ihnen dehnte sich. »Hast du gehört, dass ich jetzt in der Grube arbeite?«, fragte Rob.

Carrie sah ihn prüfend an. »Seit wann?«

»Ich habe vor vier Tagen angefangen. So ist es doch, Mr. Shepherd, nicht?«

James nickte nur wortlos. Carrie sah jedoch den Blick, den die Männer wechselten, und eine plötzliche Übelkeit stieg in ihr auf.

»Entschuldigt mich.« Sie drängte sich an ihnen vorbei durch die Tür und rannte zu dem Klosett, das sich auf der anderen Straßenseite befand. Ihr blieb kaum Zeit, die hölzerne Tür zu schließen und sich auf die Knie fallen zu lassen, bevor sie sich erbrach.

Sie blieb sehr lange in dem Häuschen und drückte ihr Gesicht an das feuchte, weißgetünchte Mauerwerk mit den grünlich schwarzen Schimmelflecken. Die stinkende heiße Luft in dem Klosett wühlte ihren Magen wieder auf, und trotzdem konnte sie sich nicht dazu überwinden, ihre etwas ungewöhnliche Zufluchtsstätte zu verlassen. Für den Moment war sie hier sicher.

Als sie endlich aus dem Häuschen trat, wartete vor der Tür Miss Sheridan auf sie, die sehr beunruhigt wirkte.

»Gertie hat Sie gehört und mich geholt«, sagte sie. »Ist alles in Ordnung mit Ihnen?«

»Ja, natürlich. Danke.« Carrie zwang sich zu einem schwachen Lächeln.

»Sind Sie sicher? Sie sehen gar nicht gut aus. Sie werden sich doch nicht irgendetwas eingefangen haben?«

»Nein, nein. Mir geht es nur heute nicht besonders gut ... Es war alles ein bisschen zu viel für mich.«

»Natürlich.« Agnes Sheridans braune Augen waren voller Mitgefühl. »Möchten Sie, dass ich Sie nach Hause bringe?«

»Das ist sehr lieb, Miss Sheridan, aber ich sollte bleiben.« Carrie blickte an Agnes vorbei zum Haus. »Meine Mutter braucht mich. Ich werde später mit James nach Hause gehen.«

»Oh, aber Ihr Mann ist schon gegangen.«

»Gegangen?«

Agnes Sheridan nickte. »Ich sah ihn vor einer Weile gehen. Tut mir leid, ich dachte, Sie wüssten das«, schloss sie errötend.

»Nein ... Ich hatte keine Ahnung.«

»Er schien es ziemlich eilig zu haben. Vielleicht ist er ja über ein Problem in der Zeche informiert worden?«

»Das wird es wohl sein, nehme ich an.« Aber Carrie war sich sicher, dass es Robs Werk war. Ihr war nicht entgangen, wie die beiden sich angesehen hatten. Vermutlich hatte Rob James beschimpft oder gekränkt.

Und trotzdem war es nicht seine Art, einfach so beleidigt abzuziehen. Es war die Beerdigung ihres Vaters, und ihr Ehemann hatte sie ohne ein Wort der Erklärung im Stich gelassen.

»Verzeihen Sie mir die Frage, Mrs. Shepherd, aber ist wirklich alles in Ordnung mit Ihnen?« Agnes Sheridan betrachtete sie prüfend. »Normalerweise würde ich nicht so insistieren, aber seit unserem Gespräch ...«

»Ja, ja, es ist alles bestens«, erwiderte Carrie zerstreut.

»Dann haben Sie es ihm gesagt?«

Carrie zögerte. »Nein«, gestand sie. »Ich habe ihm noch nichts gesagt. Ich habe daran gedacht, aber ... irgendwie schien es nie der richtige Moment zu sein.«

Wie könnte sie auch je die Worte finden, um ihm so etwas zu gestehen? Sie hatte es versucht, und nicht nur einmal. Manchmal lag sie wach im Bett, spielte es in Gedanken immer wieder durch und versuchte, die richtigen Worte zu finden, die ihn nicht dazu bringen würden, sie zu hassen.

Aber es war ihr bisher einfach nicht gelungen.

»Verstehe.« Agnes Sheridan nickte, aber Carrie sah den vorwurfsvollen Blick in ihren Augen und bezweifelte, dass die Schwester je so schwach sein würde. Andererseits jedoch würde sie wahrscheinlich auch nie so dumm sein, sich überhaupt erst in einen solchen Schlamassel zu bringen.

Carries Mutter schien nicht allzu besorgt zu sein, als sie erfuhr, dass James gegangen war.

»All das wird ihn zu sehr mitgenommen haben«, sagte Kathleen. »Sie haben sich sehr gemocht, die beiden. Dein Vater pflegte zu sagen, der arme Junge habe es nicht leicht gehabt bei diesem Tyrannen Henry Shepherd.« Sie lächelte ein wenig. »Eric hat viel Zeit mit James verbracht und sich immer sehr auf seine Besuche gefreut.«

Carrie runzelte die Stirn. »Was für Besuche?«

»Hat James dir nichts davon erzählt? Er ist an so manchen Nachmittagen gekommen, um deinem Vater Gesellschaft zu leisten, nachdem er so krank geworden war und nicht mehr aufstehen konnte. Er las ihm vor, und sie unterhielten sich. Sie redeten oft stundenlang, die beiden.« Kathleen sah Carrie verwundert an. »Es überrascht mich, dass James dir nie etwas davon gesagt hat?«

»Mich auch«, sagte Carrie und begann sich zu fragen, ob sie ihren Ehemann eigentlich überhaupt verstand.

»Aber das sieht James ähnlich, nicht?«, fuhr Kathleen Wardle fort. »Er ist so ein bescheidener junger Mann. Nicht der Typ, der große Reden schwingt oder viel Wind um irgendetwas macht.«

»Nein.«

»Aber jetzt muss ich gehen und sehen, wo deine Schwester bleibt«, fuhr ihre Mutter fort. »Ich hatte sie schon vor einer Ewigkeit gebeten, noch eine Kanne Tee zu machen, und habe seitdem weder den Tee noch sie gesehen. Die Leute verdursten mir hier langsam.«

Und schon eilte sie davon, und Carrie sah ihr nach. Ihre Mutter tat ihr Bestes, um sich zu beschäftigen, indem sie dafür sorgte, dass stets alle Teetassen gefüllt waren und genügend Platten mit Sandwiches bereitstanden, die herumgereicht werden konnten. Carrie fürchtete jedoch, wie sie sich später fühlen würde, wenn die Gäste heimgegangen waren.

Aber dann sah sie durch das Fenster etwas, das sie James, ihren eigenen Kummer und den ihrer Mutter vergessen ließ.

Rob Chadwick saß auf der niedrigen Mauer beim Kohleschuppen und hielt den kleinen Henry auf dem Schoß.

Er sang ihm etwas vor. Carrie konnte sehen, wie er Gesichter schnitt, während er das Baby auf einem seiner Knie auf und nieder wippen ließ. Überall um ihn herum standen Leute, die ihm lächelnd zusahen.

Carrie konnte spüren, wie ihr das Blut in den Adern stockte und ihr schwindlig wurde.

Trotzdem drängte sie sich an den Gästen vorbei und lief hinaus. Rob, der sie kommen sah, blickte grinsend zu ihr auf.

»Schau mal, da ist deine Mama«, sagte er und drehte das Baby zu ihr um. Henry strahlte über das ganze Gesicht, als er sie sah.

»Gib ihn mir!« Carrie eilte mit ausgestreckten Händen auf die beiden zu, aber Rob drehte das Kind von ihr weg.

»Ich habe den Kleinen nur ein bisschen unterhalten, als er in seinem Kinderwagen saß und sich wunderte, warum sich keiner um ihn kümmerte.« Er ließ Henry wieder auf seinem Knie wippen. »Er ist ein schlaues Kerlchen, was? Und hübsch dazu ... genau wie sein Vater.«

Carrie blickte sich nach den Leuten um, die zuhörten. Rob provozierte sie mit voller Absicht.

»Gib ihn mir!«

Henry, der die Anspannung seiner Mutter zu spüren schien,

brach plötzlich in Tränen aus. Carrie griff blitzschnell nach ihm und zog ihn an sich.

»Du hattest kein Recht dazu«, murmelte sie.

»Ich habe jedes Recht«, erinnerte er sie mit gedämpfter Stimme.

Carrie blickte sich um, wandte sich dann ab und begann die Straße hinunterzugehen, wobei sie Henry in den Armen wiegte, um ihn zu beruhigen.

Sie war jedoch noch nicht weit gekommen, als sie hinter sich Robs Schritte hörte.

»Warum verfolgst du mich?«, fragte sie, ohne sich zu ihm umzudrehen. »Geh wieder hinein.«

»Warum? Hast du Angst, dass dein Mann uns sehen könnte? Was für eine dumme Frage – jetzt hätte ich doch fast vergessen, dass er ja schon weg ist.« Rob schnalzte leise mit der Zunge. »Was für ein feiner Ehemann, der dich auf der Beerdigung deines Vaters alleinlässt. Ich meine, was für eine Art von Mann tut so was?«

Carrie spürte, dass Rob näherkam und hinter ihr stehenblieb. »Ich an seiner Stelle wäre dir jedenfalls keine Minute von der Seite gewichen«, sagte er leise. »Als ich dich in der Kapelle sah, wollte ich dich einfach nur in die Arme nehmen und dich trösten.«

Er legte seine Hände auf ihre Schultern, aber Carrie riss sich von ihm los.

»Lass das!«, fauchte sie. »Fass mich nicht an!«

Rob blieb stehen und hob entschuldigend die Hände. »Ich wollte dich nur ein bisschen aufmuntern«, sagte er. »Was bedrückt dich so, Carrie? Früher oder später werden es sowieso alle erfahren.«

»Das mit uns?« Carrie schaute an ihm vorbei die leere Straße hinauf. Sie konnte Stimmen aus ihrem Elternhaus hören und sehnte sich danach, bei ihnen zu sein, in der Sicherheit der Menge und bei ihrer Mutter und ihren Schwestern. »Wie oft muss ich dir eigentlich noch sagen, dass es kein *uns* gibt?«

Robs selbstsicheres Lächeln schwankte. »Das meinst du nicht

so«, sagte er. »Du bist nur durcheinander wegen deinem Vater. Sobald du Gelegenheit gehabt hast, dich zu beruhigen ...«

»Ich will nicht mit dir zusammen sein«, unterbrach ihn Carrie. »Ich liebe James und werde bei ihm bleiben.«

»Ich habe ihm von uns erzählt.«

Carrie blieb augenblicklich stehen und starrte Rob an. »Was soll das heißen?«

»Genau das, was ich schon sagte. Ich habe ihm von dir und mir ... und dem Kind erzählt.«

Er lächelte Henry an und wollte seine Hand ergreifen, aber Carrie wich zurück.

»Das ... das hast du nicht getan! Wie könntest du ...«

»Ich musste etwas tun. Natürlich wusste ich, dass er es besser von dir selbst erfahren hätte, aber da du nichts unternommen hast, musste ich etwas tun. Also bin ich zu ihm ins Büro gegangen.«

»Wann? Wann warst du in seinem Büro?«

»Vor ein paar Wochen. Frag ihn doch selbst, wenn du mir nicht glaubst.«

Carrie starrte Rob nur an und versuchte zu begreifen. James hatte es die ganze Zeit gewusst und ihr nichts davon gesagt! Oder wartete er darauf, dass sie es ihm sagte?

»Warum?«, flüsterte sie. »Warum versuchst du, alles zu zerstören?«

Rob machte ein beleidigtes Gesicht. »Was soll das heißen? Ich habe es für dich getan. Ich dachte, du würdest dich freuen.«

»Mich freuen?«

»Ich meinte es ernst, ich will mit euch zusammen sein.« Mit ausgestreckten Armen ging er einen Schritt auf Carrie zu. »Ich möchte nur für dich und unseren Jungen sorgen ...«

»Hör auf damit!« Carrie biss die Zähne zusammen, um die Worte nicht laut herauszuschreien. »Wag es ja nicht, ihn unseren Sohn zu nennen! Ich schwöre dir, wenn du das noch einmal tust, schlag ich dich vor all den Leuten hier!«

Er trat einen weiteren Schritt auf sie zu und sagte bittend: »Carrie ...«

»Fass mich nicht an.« Carrie wich vor ihm zurück. »Wie oft muss ich dir noch sagen, dass ich dich nicht will? Ich will nicht mit dir zusammen sein, niemals!«

Er blinzelte verwirrt. »Das verstehe ich nicht. Ich dachte, wir ...«

»Nein«, schnitt Carrie ihm das Wort ab. »Du dachtest das, Rob, aber ich nicht. Es ist immer nur um dich gegangen. Was du denkst, was du willst ... Du bist so damit beschäftigt, Pläne zu schmieden, dass du dir nie auch nur ein einziges Mal angehört hast, was ich will!«

»Aber du liebst mich doch?« Er klang so verzweifelt, dass er ihr für einen Moment beinahe leidtat.

»Nein, das tue ich nicht«, erwiderte sie etwas ruhiger. »Ich dachte einmal, dass es so wäre, aber damals war ich jung und ausgesprochen dumm. Erst als ich James begegnete, begann ich zu begreifen, was wahre Liebe ist.«

Rob starrte sie an und sah wie ein hilfloser kleiner Junge aus. »Das meinst du nicht ernst«, flüsterte er, aber es lag keine Überzeugung in seinen Worten.

»Doch, Rob. Du musst es mir glauben.«

»Und was ist mit meinem Sohn?«

Carrie spürte, wie ihre Wut wieder aufflammte. »Er ist nicht dein Sohn. James ist der einzige Vater, den Henry je gekannt hat und jemals kennen wird.« *Falls James mich überhaupt noch haben will*, fügte sie im Stillen hinzu.

Rob richtete sich sehr gerade auf und straffte seine Schultern. »Das lasse ich mir nicht bieten!«, erklärte er.

»Und was willst du dagegen tun? Du kannst mich nicht dazu zwingen, dich zu lieben, Rob. Genauso wenig, wie ich dich damals dazu bringen konnte, mich zu lieben.«

Er hörte nicht auf, sie anzustarren, aber sie konnte seinen braunen Augen ansehen, dass er bereits kapituliert hatte. »Was soll ich deiner Meinung nach denn tun?«, fragte er.

»Geh«, sagte sie. »Verschwinde hier aus Bowden und lass uns in Ruhe.«

Für einen Moment dachte sie, er würde sich geschlagen geben, aber dann schob er das Kinn vor. »Ich werde nicht aufgeben«, erklärte er. »Oder denkst du, ich lasse mich um meinen Sohn betrü...« Er sah Carries Gesichtsausdruck und unterbrach sich. »Das hier ist noch nicht vorbei«, sagte er warnend.

Das ist der Unterschied zwischen ihnen, dachte Carrie, als sie später heimging. Rob Chadwick konnte sich nicht vorstellen, dass man ihn *nicht* liebte, und James konnte nicht glauben, *dass* man es tat.

Aber im Moment konnte sie an nichts anderes denken, als ihn zu finden und die Dinge wieder in Ordnung zu bringen. Falls er bereit war, ihr noch eine Chance zu geben, würde sie mit Freuden den Rest ihres Lebens damit verbringen, ihm zu beweisen, wie sehr sie ihn liebte.

Das Herz schlug ihr bis zum Hals, als sie den Kinderwagen vor der Eingangstür abstellte und ihr Haus betrat.

»James?« Ihre Stimme erzeugte ein Echo in der Stille.

Dann hörte sie ein Geräusch, das vom anderen Ende des Flurs kam, und ging darauf zu – nur um wie angewurzelt stehenzubleiben, als sie das Dienstmädchen aus der Küche kommen sah.

»Wo ist Mr. Shepherd?«, fragte sie.

»Er ist weggegangen, Ma'am.«

Sie sah die Milde in dem Blick der anderen Frau. Bisher hatte sie nie ein Geheimnis daraus gemacht, wie sehr sie Carrie verachtete, und wenn nun sogar sie so etwas wie Mitgefühl für sie empfand ...

Panik ergriff Carrie, aber es gelang ihr, ruhig zu bleiben. »Weggegangen? Aber wohin denn?«

»Ich weiß es nicht, Ma'am. Aber er hat Ihnen eine Nachricht dagelassen.« Sie nahm ein Kuvert aus ihrer Schürzentasche und übergab es Carrie.

»Danke.« Es erforderte jedes Fünkchen Würde, das sie aufzubringen vermochte, um sich nicht gleich auf den Brief zu stürzen und ihn aufzureißen. Es gelang ihr sogar noch, das Dienstmädchen anzuweisen, sich um das Baby zu kümmern. Erst dann zog sich in ihr Zimmer zurück.

Erst hier, als sie an ihrem Fensterplatz saß und die Vorhänge zugezogen hatte, sodass niemand sie sehen konnte, erlaubte sie sich, den Brief zu öffnen und zu lesen, was James ihr schrieb.

Liebe Carrie,
wenn du diesen Brief liest, werde ich schon nicht mehr da sein. Ich denke, es ist das Beste für uns beide, wenn ich für eine Weile ausziehe. Ich werde die Nacht in meinem Büro in der Zeche verbringen und mir dann eine Unterkunft in Leeds suchen, um in Ruhe darüber nachzudenken, was wir jetzt am besten tun.
Du darfst dir keine Vorwürfe machen, meine Liebste. Es war meine Schuld, weil ich so lange versucht habe, dich zu halten. Aber als ich dich heute mit Rob Chadwick sah, begriff ich plötzlich, wem dein Herz gehört. Aber ich danke dir, dass du es für eine kurze Zeit mit mir geteilt hast.
Du hast mich sehr, sehr glücklich gemacht – und jetzt bist du an der Reihe, es zu sein.
In Liebe,
James

Der Kummer, den sie so energisch unter Kontrolle zu halten versucht hatte, überfiel sie schließlich doch wie eine Sturmflut. Als das Dienstmädchen ihr eine halbe Stunde später eine Tasse Tee brachte, lag Carrie schluchzend auf ihrem Bett und hatte jeglichen Gedanken an Haltung und Würde längst vergessen.

KAPITEL VIERUNDVIERZIG

In jener Nacht durchdrang der schrille Klang der Warnsirene Agnes' Träume und riss sie jäh aus dem Schlaf.

Erschrocken fuhr sie auf, und ihr Herz begann zu rasen. Ein Mondstrahl fiel durch den Spalt zwischen den Vorhängen und kroch über den blanken Holzfußboden.

Agnes kämpfte im Dunkeln mit ihrem Morgenmantel, als sie das Klopfen an der Eingangstür und kurz darauf Mrs. Bannisters unverkennbar schwere Schritte auf der Treppe hörte.

Als Agnes auf den Treppenabsatz hinaustrat, erkannte sie die immer ein wenig barsche Stimme von Sam Maskell, einem der Vorarbeiter im Bergwerk.

»Wir hatten einen Unfall in der Zeche und brauchen den Doktor dort.«

»Dr. Rutherford ist zu Besuch bei seinem Sohn in Leeds. Vor morgen Nachmittag erwarten wir ihn nicht zurück.«

»Er ist nicht hier?« Sam stand auf der Eingangsstufe und knetete nervös seine Hände. »Was machen wir denn dann?«

»Woher soll ich das wissen?«, entgegnete Mrs. Bannister. »Aber ich denke, Sie werden wohl Dr. Joseph aus dem nächsten Dorf holen müssen.«

»Dazu bleibt uns keine Zeit ... Es sind Männer unten in der Grube eingeschlossen.« Agnes sah die Verzweiflung in Sam Maskells Gesicht.

»Ich komme mit«, sagte sie spontan.

»Sie, Miss?«, entgegnete Sam zweifelnd.

»Was könnten Sie schon tun?«, wandte Mrs. Bannister sich ihr verächtlich zu. »Sie haben doch gehört, was Mr. Maskell sagte. Sie brauchen einen Arzt dort unten.«

»Und er hat auch gesagt, dass keine Zeit bleibt, um einen herkommen zu lassen.« Agnes hatte ihre Tasche schon geöffnet und überprüfte den Inhalt. »Zumindest kann ich versuchen, zu helfen, während wir auf Dr. Josephs Ankunft warten.« Ohne eine Antwort abzuwarten, wandte sie sich wieder an Sam. »Ich werde mich schnell anziehen und Ihnen dann zur Zeche folgen«, sagte sie.

Sam warf Mrs. Bannister einen Blick zu, und Agnes konnte ihm ansehen, dass er eine Entscheidung traf.

»Ich werde den anderen sagen, dass Sie unterwegs sind«, sagte er.

Eine Menschenmenge hatte sich an den Zechentoren versammelt, Männer und Frauen, die alle auf Nachrichten warteten. Diesmal machten sie Agnes Platz und ließen sie die Tore passieren. Auf dem Hof herrschte hektische Betriebsamkeit, überall brannten flackernd Lampen, und Männer eilten hin und her. Drüben beim Förderkorb konnte Agnes die Silhouetten der Rettungsmannschaft sehen, die sich auf die Abfahrt in die Grube vorbereitete.

James Shepherd kam über den Hof zu Agnes, um sie zu begrüßen.

»Sam hat mir mitgeteilt, dass Doktor Rutherford abwesend ist. Vielen Dank, dass Sie gekommen sind, Miss Sheridan.« Seine Kleidung war in völliger Unordnung, sein Hemd zerknittert, die Krawatte hatte er abgelegt.

»Ich bin froh, wenn ich helfen kann. Was ist eigentlich passiert?«

»Keine Ahnung, aber es scheint schlimm zu sein«, antwortete James mit grimmigem Gesicht. »Die Unfallstation war nicht groß genug für alle Verletzten, und so haben wir sie in eine der Werkstätten verlegt. Folgen Sie mir.«

Aus der Dunkelheit, die draußen herrschte, trat Agnes in das grelle Licht der Werkstatt, das ihr in den Augen wehtat. Die Maschinen waren beiseitegeschoben worden, um Platz für Stuhlreihen zu machen, auf denen die Verwundeten mit ihren unterschiedlichen Verletzungen zusammengesunken hockten und auf Hilfe warteten.

Agnes ließ ihren Blick über die Männer gleiten und sah nicht nur Blut aus Kopfwunden und verletzten Händen tropfen, sondern auch gebrochene Knochen, die sie an der unnatürlichen Haltung der Glieder erkannte, und einen blutigen Knochensplitter, der aus dem gebrochenen Arm eines Mannes hervorstand, der ihr am nächsten saß.

Sie atmete tief durch und zwang sich, ruhig zu bleiben. »Sind das alle?«, fragte sie James.

Er schüttelte den Kopf. »Einer meiner Männer ist dabei, die Stechkarten zu zählen, um zu sehen, wer noch fehlt, aber wir wissen jetzt schon, dass mindestens noch sechs weitere Männer vermisst werden. Die Rettungsmannschaft ist bereits auf dem Weg hinunter, um nach ihnen zu suchen.«

James ist vollkommen erschöpft, dachte Agnes. Sein Gesicht war abgespannt und grau vor Müdigkeit.

Sie blickte sich noch einmal nach den Reihen der Verletzten um und zählte sie im Kopf. Dann fasste sie einen Entschluss und wandte sich einem verängstigt aussehenden Jungen mit einer leicht verletzten Hand zu, der in ihrer Nähe stand.

»Glaubst du, du kannst noch gehen?«, fragte sie ihn.

»Ja, Miss.«

»Gut. Dann geh bitte zu den Toren, und sieh nach, ob Miss Arkwright dort ist. Wenn ja, dann sag ihr bitte, dass ich ihre Hilfe brauche.«

»Ja, Miss.«

Mit seiner unverletzten Hand tippte er sich an die Mütze und eilte los.

»Hannah Arkwright?«, fragte James stirnrunzelnd.

»Ich habe keine andere Wahl«, antwortete Agnes. »Ich kann

diese Männer nicht einfach hier sitzen lassen, bis ich Zeit habe, sie zu behandeln, sie haben Schmerzen.«

Sie wusch sich die Hände und füllte eine Schüssel mit Wasser, um die Wunden der Männer zu reinigen. Als sie gerade die Desinfizierungsmittel, Tupfer und Verbände zusammenstellte, die sie brauchen würde, ging die Tür auf, und Hannah betrat den Raum in ihrem alten Herrenmantel. Agnes war froh, dass sie auch ihre alte Tasche dabeihatte.

Hannah sah sich nach den Verletzten um und wandte sich dann Agnes zu. »Sie haben mich holen lassen?« Ein Anflug von Zweifel klang in ihrer Stimme mit.

»Ja, denn ich brauche Ihre Hilfe«, sagte Agnes. »Alle diese Männer müssen behandelt werden, und das schaffe ich nicht allein.«

Hannah schwieg zunächst und schaute sich noch einmal um. Während ihr Blick langsam über die Reihen qualvoll verzogener Gesichter glitt, machte Agnes sich auf eine ihrer schnippischen oder besserwisserischen Antworten gefasst.

»Sagen Sie mir, was zu tun ist«, sagte Hannah jedoch nur.

»Danke.« Agnes unterdrückte ein Erschaudern, als Hannah ihre schmutzige alte Reisetasche auf den Tisch und dicht neben ihren eigenen ledernen Gladstone-Koffer stellte. »Wunden müssen gereinigt und verbunden werden, und jeder dieser Männer muss auch auf Brüche und Gehirnerschütterung untersucht werden. Ich dachte, vielleicht könnten Sie an einem Ende beginnen und ich am anderen?«

»Und die beiden werden nie zueinanderfinden?«, zitierte Hannah irgendetwas und lächelte dabei sogar ein wenig.

Schweigend machten sie sich an die Arbeit und sprachen ausschließlich mit den Männern, die sie behandelten. Die beiden Frauen wechselten kein Wort, ja nicht einmal einen Blick miteinander, während sie ohne Pause und methodisch arbeiteten, als wäre es eine Oase der Ruhe, während um sie herum das Chaos tobte.

Agnes konnte das Geschrei der hin- und hereilenden Männer auf dem Hof hören, und wie sie den Erzählungen der Verwundeten entnehmen konnte, hatte es einen größeren Einsturz unten im Bergwerk gegeben. Die für den Streckenausbau zuständigen Hauer hatten wie üblich über Nacht in der Grube gearbeitet und den Fels gesprengt, um das Kohlenflöz für die Männer freizulegen, die am Morgen daran zu arbeiten beginnen würden. Aber entweder war die Decke nicht gut genug abgestützt gewesen, oder sie hatten das Gewicht des darüber liegenden Bodens nicht genau genug berechnet, und das gerade erst freigelegte Flöz war eingebrochen.

Die meisten der Männer hatten es geschafft, sich zu dem höher liegenden Stollen durchzukämpfen, der für die Belüftung sorgte, doch die Männer, die am äußersten Ende des Flözes gearbeitet hatten, waren vom Ausgang abgeschnitten worden.

Ihretwegen war die Rettungsmannschaft noch einmal hinuntergefahren, was ein riskantes Unternehmen war, da auch der Rest der Decke jeden Moment nachgeben konnte.

»Seth ist auch einer der Rettungsmänner.«

Hannah hatte so leise gesprochen, dass Agnes zunächst nicht sicher war, richtig gehört zu haben. Als sie sich jedoch zu der Frau umschaute, die inzwischen neben ihr stand und sorgfältig den gebrochenen Arm eines Verwundeten verband, verriet Hannahs breites, ausdrucksloses Gesicht ihr nichts.

Aber dann konnte Agnes die Furcht in Hannahs schwarzen Augen sehen, und auch ihr blieb fast das Herz stehen vor Angst, weil Seth dort unten war.

Verzweifelt blickte sie sich um. »Hat jemand schon etwas von Dr. Joseph gehört?«

»Wir haben einen Jungen nach Overthorpe geschickt, um ihn zu suchen«, antwortete Sam Maskell. »Aber bisher haben wir noch nichts gehört. Nicht wahr, Mr. Shepherd?«

Doch James Shepherd hörte nicht zu, sondern starrte eine Liste an, die einer der Männer ihm gegeben hatte. Agnes sah, wie das letzte bisschen Farbe aus seinem Gesicht wich, und wusste sofort, dass er schlechte Nachrichten erhalten hatte.

»Mr. Shepherd?«, fragte sie mit einem auffordernden Blick.

Doch er schaute nur stirnrunzelnd auf, als sähe er sie zum ersten Mal. Agnes ging zu ihm hinüber. »Was ist los?«, fragte sie. »Was ist passiert?«

Er wirkte noch immer völlig benommen, als er das Blatt Papier sinken ließ. »Wir haben Nachrichten von der Rettungsmannschaft. Sie haben es geschafft, zu den eingeschlossenen Männern durchzukommen, aber die sind schwer verletzt.«

Agnes schluckte, weil ihre Kehle mit einem Mal wie ausgedörrt war. »Wie schlimm ist es? Können sie sie hinaufbringen?«

»Sie können ein paar von ihnen bewegen, aber mindestens einer braucht eine Tragbahre …« Er starrte wieder auf das Blatt Papier in seiner Hand, und Agnes konnte sechs Namen darauf erkennen, wahrscheinlich die der eingeschlossenen Männer.

Einen Augenblick später hatte sie einen Entschluss gefasst. »Ich werde hinunterfahren«, sagte sie.

Alle starrten sie an. Sie konnte sogar Hannahs eindringlichen Blick auf ihrem Rücken spüren.

»Nein«, sagte Sam Maskell. »Das ist die Aufgabe des Doktors.«

»Mag sein, aber der Herr Doktor ist ja nicht hier. Und wir haben keine Ahnung, wann er kommt … Bitte!«, bat Agnes James Shepherd. »Wenn diese Männer zu schwer verletzt sind, um bewegt zu werden, könnte ich ihnen vielleicht helfen oder zumindest ihre Schmerzen lindern.«

James blickte sich in dem provisorischen Lazarett um. »Und was ist mit diesen Männern hier?«

»Die meisten von ihnen haben wir schon behandelt. Und um den Rest kann Hannah sich kümmern, nicht wahr, Hannah?«

Hannah nickte kurz. »Klar«, sagte sie.

»Das können Sie nicht erlauben, Sir«, sagte Sam Maskell. »Es ist zu gefährlich …«

»Sie hat recht«, schnitt James ihm das Wort ab. »Sie könnte vielleicht etwas für diese Männer tun.«

»Aber wie soll sie allein dort hinunterkommen? Wenn sie erst mal die Grubensohle erreicht, wird sie sich da unten verirren.«

»Ich werde sie begleiten.«

»Sie, Sir?« Agnes hörte den Zweifel in der Stimme des Vorarbeiters. »Verzeihen Sie bitte, Mr. Shepherd, aber auch Sie kennen sich nicht richtig aus in diesen Gängen …«

»Natürlich kenne ich mich aus. Schließlich arbeite ich ständig mit den Plänen und Karten.«

Agnes sah Sam Maskells gequälte Miene, als er verzweifelt nach den richtigen Worten suchte. »Aber das ist nicht dasselbe, als würden Sie sich Tag für Tag in diesen Stollen und Schächten bewegen, Sir. Und nehmen Sie es mir nicht übel, aber Sie wissen doch selbst, wie schrecklich ungern Sie unter Tage sind.«

»Ich fahre trotzdem mit ihr hinunter«, sagte James entschieden. »Diese Verwundeten dort unten sind meine Männer, und es ist meine Pflicht, dafür zu sorgen, dass sie in Sicherheit gebracht werden.« Damit wandte er sich wieder Agnes zu. »Wir könnten ein paar Tragen mitnehmen, um die am schwersten verletzten Männer hinaufzubringen.«

Doch noch bevor er ausgesprochen hatte, konnte Agnes die Angst sehen, die ihm ins Gesicht geschrieben stand.

Sie holte ihren Schwesternkoffer und gab Hannah rasch noch einige Anweisungen zur Behandlung der Verletzten. Die Frau schwieg allerdings so verbissen, dass Agnes sich nicht sicher war, ob sie ihr überhaupt zuhörte. Als sie schließlich ging, spürte sie jedoch Hannahs Hand auf ihrem Arm, und ihr Griff war so kräftig wie der eines Mannes.

»Bringen Sie ihn bitte unversehrt zurück, ja?«, murmelte sie.

Agnes schaute in ihre dunklen Augen, in denen eine stumme Bitte lag. »Ich werde mein Bestes tun«, versprach sie.

KAPITEL FÜNFUNDVIERZIG

Agnes' Mut ließ sie fast im Stich, als sie mit James den Förderkorb bestieg. Sam Maskell zog die Tür zu, und mit einer schier ohrenbetäubenden Endgültigkeit rastete sie seitlich ein. Im nächsten Moment setzte der Korb sich rasselnd in Bewegung, und sie stürzten in die Tiefe, wo ihnen kalte Luft entgegenschlug und an ihren Ohren vorbeipfiff.

Agnes betrachtete James, denn sie konnte spüren, wie die Angst in Wellen von ihm ausging. Er klammerte sich so fest an die mitgebrachten Tragbahren, dass seine Fingerknöchel weiß hervortraten, und trotz der Kälte glänzte seine Stirn vor Schweiß.

Nach einer Weile, die Agnes wie eine Ewigkeit erschien, landeten sie endlich ziemlich unsanft auf dem Boden. James griff mit zitternden Händen nach der Schiebetür, zog sie rasselnd auf, und sie traten in die Tiefen der Hölle hinaus.

Hier war die Luft heiß und von so viel Staub und Rauch erfüllt, dass Agnes kaum die Hand vor Augen sehen konnte. Von irgendwoher aus der Dunkelheit drang das schrille, angstvolle Wiehern der Grubenpferde zu ihnen herüber.

Zu verängstigt und beklommen, um sich zu bewegen, blieb Agnes einen Moment lang stehen, bis sie dicht neben sich James' Stimme hörte.

»Hier entlang. Wir werden die Bahren zwischen uns tragen, falls Sie können, ja?« Und so ergriffen sie jeder ein Ende der übereinandergestapelten Bahren und tauchten in das raucherfüllte Dunkel ein. Die Lampe, die James in seiner anderen Hand hielt, vermochte kaum die Finsternis vor ihnen zu durchdringen.

Wasser umspielte Agnes' Knöchel und durchnässte ihre Schuhe. Und auch von der Decke tropfte das Wasser auf ihren

Kopf und lief ihr über das Gesicht. Außerdem konnte sie in der Dunkelheit auch trippelnde Geräusche hören.

»Hören Sie das? Selbst die Ratten machen sich davon«, sagte James grimmig.

Und sie setzten ihren Weg fort, bis der Förderkorb weit hinter ihnen zurückblieb und sie sich in einem Gewirr von Gängen wiederfanden, die sich immer mehr zu verengen und von allen Seiten auf sie zuzubewegen schienen. Und über ihren Köpfen ächzten und knarrten die Decke und ihre Stützbalken.

Agnes erinnerte sich an James' Warnung, dass dies alles jeden Moment herunterkommen könnte, und umklammerte ihr Ende der Tragbahren noch fester, während jähe Panik ihr die Kehle zuschnürte. Wenn sie James jetzt aus den Augen verlor, würde sie nie wieder zum Förderkorb zurückfinden, das wusste sie.

»Achten Sie auf Ihren Kopf, der Stollen wird hier ziemlich niedrig. Aber er müsste sich auch bald wieder erweitern.« Obwohl James sich alle Mühe gab, sich seine Angst nicht anmerken zu lassen, konnte Agnes doch das Zittern in seiner Stimme hören.

Doch dann verbreiterte sich der Gang, genau wie James es gesagt hatte, und Agnes begann einen frischen, kalten Luftstrom zu verspüren.

»Der Belüftungsstollen!«, sagte James mit unüberhörbarer Erleichterung. »Von hier aus müssten wir die anderen finden können.«

»Ich glaube, ich kann sie hören ...« Agnes verstummte und legte lauschend ihren Kopf ein wenig schief. Von irgendwoher weiter hinten in dem finsteren Gang konnte sie das Gemurmel von Männerstimmen hören.

Eine Zeitlang folgten sie dem Geräusch durch den Belüftungsstollen und gingen dann ein anderes kurzes Teilstück hinunter.

»Hallo?«, rief James und schwenkte die Lampe über seinem Kopf.

»Nicht so laut! Wollen Sie uns alle umbringen?«, ertönte Seth' gedämpfte Stimme aus der Dunkelheit.

Sie fanden die Männer am Ende des Stollens, wo sie zusammengekauert zwischen herabgestürztem Gestein, Felsbrocken und Grubenhölzern hockten.

Das Erste, was Agnes sah, war Seth, der neben einem Mann hockte, der heftig zitternd auf dem Boden lag. Als ihre Augen sich langsam an die staubige Luft gewöhnten, sah sie, dass die Beine dieses Mannes nur noch eine grauenvolle Masse aus Blut, Knochen und wie durch den Wolf gedrehtem Fleisch waren. Der Schock verschlug Agnes den Atem, und sie musste ihre ganze Kraft zusammennehmen, um vor dem furchtbaren Anblick nicht zurückzuzucken.

Seth schaute auf, und sein Gesichtsausdruck veränderte sich, als er Agnes sah.

»Was macht *sie* denn hier?«, fragte er.

Agnes ignorierte ihn und zwang sich vorzutreten, um den schwerverletzten Mann zu untersuchen. Er zitterte und zuckte wie eine Marionette.

Seth trat nur widerstrebend beiseite, damit Agnes sich um den Schwerstverwundeten konnte. »So ist es schon die ganze Zeit, seit wir hier sind«, sagte Seth.

»Weil er unter Schock steht«, erklärte Agnes. »Wir müssen ihn warmhalten.« Sie ließ ihren Schwesternkoffer fallen und zog rasch ihren Mantel aus, um den Mann damit zuzudecken. Seth zog augenblicklich auch den seinen aus und reichte ihn ihr an.

Dann suchte sie nach dem Puls des Mannes und merkte, wie kalt und feucht seine Hand in ihrer lag. Sein Puls flatterte so kraftlos unter ihren Fingern wie ein gefangener Schmetterling.

»Ihm ist nicht mehr zu helfen, glaube ich«, murmelte Seth, der immer noch die Spuren seiner Prügel im Gesicht trug.

Agnes blickte zu dem schwerverwundeten Mann herab. Er hatte bereits so viel Blut verloren, dass sie fast zu sehen glaubte, wie das Leben aus ihm entwich. »Zumindest kann ich ihm etwas gegen die Schmerzen geben«, sagte sie.

»Wo ist der Rest der Rettungsmannschaft?«, fragte James, während er sich suchend umsah.

»Drei von ihnen sind den Stollen entlanggegangen, um die anderen Verletzten in Sicherheit zu bringen«, sagte Seth. »Wir hielten es für zu riskant, den Förderkorb wieder hinauffahren zu lassen. Die Schwingungen könnten hier noch mehr einstürzen lassen.«

»Wir sind in dem Korb heruntergekommen.«

»Das weiß ich. Wir haben es gespürt.« Seth machte ein grimmiges Gesicht. »Ich habe den anderen gesagt, ich würde mit diesen beiden hierbleiben. Es ist ein langer Weg durch den Stollen, und wir glaubten nicht, dass sie es schaffen würden. Einer der beiden hat bereits das Zeitliche gesegnet.« Er blickte zu einem entfernten Winkel des Stollens hinüber, wo Agnes eine am Boden liegende, mit einer Juteplane bedeckte Gestalt ausmachen konnte.

»Wer ist es?«, fragte James mit ausdrucksloser Stimme.

»Reg Willis.«

Agnes hörte auf, an der Spritze herumzufingern, die sie im Dunkeln zusammenzusetzen versuchte. In Gedanken hatte sie ganz unversehens ein Bild von ihrem Ankunftstag in Bowden vor sich und sah den kleinen Reg Willis mit seinem steifen, unbequemen Kragen am Tisch im Konferenzraum der Bergarbeiterfürsorge sitzen …

Als ihr jedoch plötzlich bewusst wurde, wie aufmerksam Seth sie beobachtete, nahm sie sich zusammen und gab dem armen Schwerverletzten seine Injektion.

»Wie viele Männer haben sie hinaufgebracht?«, fragte James.

Seth runzelte die Stirn. »Drei, glaube ich … Aye, es waren drei.«

»Und was ist aus dem anderen Mann geworden?«

»Aus welchem anderen Mann?«

»Ich habe die Kontrollmarken zählen lassen. Es waren sechs Männer hier unten. Mit diesen beiden und den dreien, die bereits oben sind, komme ich aber nur auf fünf.«

Seth blickte sich um. »Dann müssen Sie sich geirrt haben. Wir haben überall gesucht.«

»Auch an der Rückwandklappe?«

Seth schüttelte den Kopf. »Die war das Erste, was herunterkam. Wenn er dort unten war, bezweifle ich, dass inzwischen noch viel von ihm übrig ist.«

»Wie waren die Namen der Männer, die hinaufgebracht wurden?«, fragte James.

Seth' Stirnrunzeln vertiefte sich. »Einer war Geoffrey Frisk, glaube ich. Ja, da waren Geoffrey und sein Bruder Percy ...«

»Und was ist mit Rob Chadwick? War auch er einer von ihnen?«

Bei dem Namen blickte Agnes unvermittelt auf.

»Nein, den hab ich nicht gesehen.« Seth blickte von James zum hinteren Ende des Stollens hinüber. »Aber Sie glauben doch nicht etwa ...?«

»Ich weiß es nicht«, sagte James. »Aber ich werde es herausfinden.«

Und damit wollte er zurück zum Belüftungsstollen gehen, aber Seth hielt ihn zurück.

»Das ist zu gefährlich«, sagte er. »Er wird nur noch von ein paar Streben gestützt, und die können jeden Moment nachgeben.«

»Ich muss ihn finden«, beharrte James.

»Ja, das werden wir. Wenn die anderen zurückkommen.«

»Aber bis dahin könnte es zu spät sein!«

»Das ist es jetzt schon, denke ich«, entgegnete Seth in düsterem Ton.

Für einen Moment sah James so aus, als ob er widersprechen wollte. Aber dann ließ er die Schultern hängen, ging zu einem

Felsen nicht weit von ihnen, setzte sich darauf und vergrub den Kopf in seinen Händen.

Agnes wandte ihre Aufmerksamkeit wieder dem Mann auf dem Boden zu. Inzwischen hatte er das Bewusstsein verloren, und seine Brust hob und senkte sich unter seinen schnellen, flachen Atemzügen.

»Wie geht es ihm?«, fragte Seth hinter ihr.

»Nicht gut.« Agnes drückte die Hände an ihre Schläfen und zwang sich, nachzudenken. »Wenn es eine Möglichkeit gäbe, seine Hüften höher als seinen Kopf zu lagern, könnte ich so vielleicht seine Durchblutung aufrechterhalten ...«

»Was ist mit den Felsbrocken? Wir könnten sie stapeln und eine Art Plattform daraus herstellen. Würde das helfen?«

»Möglicherweise ja.« Sie hielt die Lampe hoch, während Seth in ihrem schwachen Licht den Boden nach passendem Gestein absuchte. Als er einige halbwegs glatte Felsstücke gefunden hatte, stellte Agnes die Lampe neben den Kopf des Mannes und begann mit Seth' Hilfe, die Steine zu einem groben Sockel aufzuschichten.

Als sie es geschafft hatten, lehnte Seth sich schwer atmend zurück. »Und nun?«

»Jetzt müssen wir ihn dort hinaufheben.« Agnes wappnete sich innerlich, bevor sie ihre Arme unter die Hüften des Mannes schob und ihn auf den Sockel zuzubewegen versuchte. Aber er war ein totes Gewicht, und sie konnte die Anstrengung in ihren Armen und Rückenmuskeln spüren, als sie sich abmühte, ihn hochzuheben. Sie versuchte es erneut, aber ihre Finger rutschten ab, und plötzlich merkte sie, dass sie die blutige, fast vollständig zermalmte Masse seiner Oberschenkel in den Händen hielt.

»Glauben Sie, dass es helfen wird?«, fragte Seth.

»Ich weiß es nicht«, gab Agnes zu. »Aber mir fällt nichts ein, was wir sonst noch für ihn tun könnten.« Sie wischte sich über die Stirn und merkte dann erst, dass sie das klebrige Blut von ihrem Ärmel darauf verteilte.

Schweigend saßen sie schließlich für einen Moment zusammen, und Seth meinte: »Ich habe Ihnen noch nicht gedankt für alles, was Sie für unseren Christopher getan haben.«

Agnes starrte ihn verdattert an, weil es das Letzte war, was sie von ihm erwartet hatte. »Wie geht es ihm?«

»Die Ärzte glauben, dass er es schaffen wird. Aber er hätte sterben können. Ein paar Stunden länger ...« Seth beendete den Satz nicht.

»Ich weiß.« Wie Agnes vermutet hatte, war Christophers Blinddarm schon kurz vor dem Durchbruch gewesen, als er endlich operiert wurde. »Aber nun bekommt er die Behandlung, die er braucht, und das ist die Hauptsache.«

»Ich glaube nicht, dass ich es verkraftet hätte, noch jemanden zu verlieren«, sagte Seth mit spröder Stimme.

»So dürfen Sie nicht denken«, sagte Agnes. »Christopher wird wieder gesund. Er ist ein kräftiger junger Mann.«

»Aye. Und Sie hatten auch noch in etwas anderem recht«, sagte Seth nach kurzem Schweigen. »Ich bin den Kindern wirklich kein guter Vater gewesen.«

»Aber nein, das kann ich mir nicht vorstellen.«

»Oh doch, so ist es, und das wissen Sie. Haben Sie mich deswegen nicht oft genug zur Rede gestellt in den letzten Monaten? Aber ich habe nie auf Sie gehört. Ich sagte mir, dass Sie sich einfach nur gerne in die Sachen anderer Leute einmischen, und dachte, dass ich mein Bestes für die Kinder tue, wenn ich jeden Tag zur Arbeit gehe und ihnen ein Dach über dem Kopf erhalte.« Er schüttelte den Kopf. »Aber die Wahrheit ist, dass ich keineswegs das Beste für sie tat. Ich habe mich überhaupt nicht um sie gekümmert, sondern einfach aufgegeben und alles Hannah überlassen. Und Sie sehen ja, was dabei herausgekommen ist.«

»Sie hätten nicht verhindern können, dass Christopher erkrankte«, sagte Agnes, aber Seth schien kaum zuzuhören.

»Ich wusste, dass es falsch war«, fuhr er fort. »Und ich wusste auch, dass es nicht das war, was ihre Mutter gewollt hätte. Aber nach ihrem Tod war ich einfach nicht imstande, den Kindern ein Vater zu sein. Deshalb blieb ich von zu Hause weg, beschäftigte mich mit der Gewerkschaft, dem Fürsorgekomitee und allem anderen und verhielt mich so, als hätte ich etwas Wichtiges zu tun, und alles nur, weil ich es nicht ertragen konnte, heimzugehen und festzustellen, dass sie nicht mehr da war.«

Agnes starrte sein im Schatten liegendes Profil an. Es war fast so, als ob erst die Dunkelheit es ihm ermöglichte, ihr seine tiefsten Ängste zu offenbaren.

»Kummer bewirkt die seltsamsten Dinge bei den Menschen«, sagte sie.

»Aye, und ich habe mich von meinem völlig übermannen lassen«, stimmte Seth ihr zu. »Ich war so sehr mit meinen eigenen Gefühlen beschäftigt, dass mir nicht mal der Gedanke kam, dass die Kinder ihre Mutter auch vermissen. Sie brauchen mich, und ich habe sie im Stich gelassen. Und ich glaube nicht, dass ich mir das je verzeihen werde.«

Er ließ den Kopf nach vorne sinken, und sein Kummer war noch so frisch und offensichtlich, dass Agnes sich ihm gegenüber völlig hilflos fühlte. Ohne nachzudenken, ergriff sie seine Hand.

»Es ist noch nicht zu spät, um alles wiedergutzumachen«, sagte sie. »Sie haben immer noch eine Familie. Billy, Elsie, Christopher – sie alle brauchen Sie.«

»Da haben Sie recht«, sagte er. »Falls wir hier herauskommen, wird sich vieles ändern. Vor allem ich werde mich ändern, das kann ich Ihnen versprechen.«

»Für den Fall, dass wir hier überhaupt herauskommen«, sagte Agnes.

Seth schwieg einen Augenblick zu lange. »Aye«, sagte er dann leise.

Agnes spürte plötzlich seine raue, schwielige Hand ganz deutlich in ihrer. *Was geht hier vor*, fragte sie sich. Sie wollte ihre Hand schon wieder zurückziehen, erkannte dann aber, wie sehr sie das beruhigende Gefühl seiner warmen Finger brauchte.

Dann erinnerte sie sich an James, der irgendwo allein im Dunkeln saß. Er musste ja vollkommen verängstigt sein, der Arme. Wenn hier jemand Beruhigung benötigte, dann er.

»Alles in Ordnung, Mr. Shepherd?«, rief sie leise. Aber sie erhielt keine Antwort. »Mr. Shepherd? James?«

Seth entzog ihr seine Hand. »Mr. Shepherd?« Beide schwiegen und lauschten angestrengt, aber das Einzige, was Agnes hören konnte, war das stetige Platschen des überall herabtropfenden Wassers.

»Wo ist er?«, flüsterte sie und wandte sich Seth im Dunkeln zu. »Sie glauben doch nicht ...?«

»Oh doch. Ich glaube, dass dieser verdammte Narr sich allein auf die Suche nach Rob Chadwick gemacht hat.« Seth fluchte leise. »Also gehe ich wohl am besten los und suche ihn.«

»Ich komme mit.«

»Nein, Sie bleiben hier und kümmern sich um ihn«, sagte Seth und nickte zu dem auf dem Boden liegenden Mann hinüber. »Die anderen müssten bald zurückkommen und können ihn dann mit einer Tragbahre hinaufbringen.«

»Aber vielleicht könnte ich ja helfen ...«

»Ich sagte Nein!«, fuhr Seth sie an, und im Schein der Lampe konnte sie das Aufflackern von Furcht in seinen Augen sehen. »Falls die Decke einstürzt, will ich nicht auch noch Ihre Leiche aus den Trümmern ziehen müssen!«

Beide schwiegen für einen Moment, starrten sich an und versuchten, das Gesicht des anderen in der Dunkelheit zu erkennen.

»Seien Sie vorsichtig«, bat Agnes.

Der Anflug eines Lächelns huschte über sein Gesicht. »Ja. Und Sie auch. Bleiben Sie hier sitzen, bis die Rettungsmannschaft zurückkommt.«

Agnes hörte, wie er sich langsam durch die Dunkelheit vorkämpfte, über herabgefallene Felsbrocken kletterte und in der staubigen Luft hustete. Dann erstarben die Geräusche, und sie war allein. In einem entfernten Teil der Grube wieherten immer noch ängstlich die Pferde, die die Gefahr spürten. Agnes betete, dass ihnen nichts geschehen möge.

Den Pferden und ihnen allen nicht.

Dann wandte sie ihre Aufmerksamkeit wieder dem am Boden liegenden Mann zu. Trotz ihrer Bemühungen atmete er inzwischen kaum noch.

Agnes suchte gerade in ihrem Schwesternkoffer nach einem Tuch, um ihm das Gesicht abzuwischen, als sie von irgendwoher über ihr ein entferntes Donnergrollen hörte.

Schnell hob sie die Lampe hoch und schaute sich um, aber das Geräusch war schon wieder verstummt und einem Plätschern gewichen, das sich so anhörte, als regnete es überall um sie herum.

Agnes griff sich an ihr Haar in der Erwartung, dass es nass sein würde, aber es war noch trocken. Erstaunt blickte sie auf, und sofort war ihr Gesicht voller Staub und kleinen Steinchen, die förmlich von der Decke herabregneten.

Dann vernahm sie wieder dieses seltsam grollende Geräusch und ein beunruhigendes Knacken über ihr.

»Seth!« Unwillkürlich schrie sie seinen Namen, als eine Gesteinslawine laut polternd neben ihr heruntergegen. Agnes versuchte mit beiden Händen ihren Kopf zu schützen und suchte Deckung, während die Welt um sie herum zusammenbrach.

KAPITEL SECHSUNDVIERZIG

Carrie lief zur Zeche hinunter, sowie die Sirene ertönte. Obwohl sie keinen Grund mehr hatte, um das Leben ihrer eigenen Lieben zu fürchten, löste der Alarm immer noch ein banges Gefühl in ihr aus. Sie kleidete sich schnell an, weckte das Dienstmädchen und befahl ihr, auf das Baby aufzupassen, bevor sie hinuntereilte, um sich den anderen Frauen anzuschließen.

Erst als sie sie alle an den Toren stehen und besorgt auf Neuigkeiten warten sah, wurde ihr klar, warum sie eigentlich hergekommen war. In Krisenzeiten wie diesen wurde Bowden zu einer einzigen großen Familie, die ihren Schmerz und ihre Ängste miteinander teilte.

Sie hielt nach ihrer Mutter und ihren Schwestern Ausschau, aber sie waren wie erwartet nirgendwo zu sehen. Ihre arme, gramgebeugte Mutter war heute vermutlich viel zu erschöpft, um den Kummer anderer Menschen verkraften zu können. Carrie hoffte nur, dass Eliza, Hattie und Gertie sich gut um sie kümmerten.

Dann entdeckte Carrie ihre Freundin Nancy, flankiert von ihrer Mutter und Ruth Chadwick. Als Carrie sich durch die Menge drängte, konnte sie sehen, dass die beiden älteren Frauen Nancy links und rechts am Arm hielten und sie von beiden Seiten stützten.

Angst ergriff Carrie. Oh Gott, nicht Archie! Sie waren doch erst so kurz verheiratet.

Sie eilte auf sie zu und rief Nancy beim Namen. Ihre Freundin blickte auf, sah sie und brach in Tränen aus.

»Oh Carrie!« Nancy fiel ihr schluchzend in die Arme. »Was soll ich denn jetzt tun?«

Carrie tröstete sie und strich ihr über das weiche Haar. »Beruhig dich, Liebes, ruhig.«

»Aber es ist schon so lange her, und wir haben noch nichts Neues gehört.«

»Er wird wohlauf sein, also mach dir keine Sorgen.« Über die Schulter ihrer Freundin erhaschte Carrie einen flüchtigen Blick auf Ruth' angespannte Miene. Jinny stand bei ihrer Mutter und passte auf die anderen Kinder auf.

»Sie hätten ihn nicht für die Nachtschicht einteilen dürfen«, sagte Nancy weinend. »Er hat sie immer gehasst. Er lässt mich überhaupt nie gern allein, sagt er – oh Carrie, ich darf ihn nicht verlieren. Nicht jetzt!«

»Sie hat gerade erst herausgefunden, dass sie schwanger ist«, erklärte Mrs. Morris Carrie mit einem besorgten Blick zu ihrer Tochter. »Du musst dich beruhigen, Kleines. Die Aufregung tut dem Kind nicht gut.«

Carrie blickte in das angespannte Gesicht der Frau. Mrs. Morris hatte genau wie Ruth Chadwick schon zu viel in ihrem Leben durchgemacht, um sich von schlechten Nachrichten kleinkriegen zu lassen. Die Bergarbeiterfrauen hatten eine harte, aber pragmatische Einstellung: Was immer das Leben einem auch auferlegte, man musste weitermachen und irgendwie klarkommen, so gut es eben ging.

Aber Nancy war weder hart noch pragmatisch. Ihre Emotionen beherrschten sie, die guten wie die schlechten. Entweder sang sie oder weinte, wie ihre Mutter sagen würde.

Und nun brach ihr das Herz. Carrie fühlte sich völlig hilflos angesichts der Heftigkeit von Nancys Kummer. Sie konnte sie nur im Arm halten und versuchen, sie zu trösten.

»Beruhig dich, meine Liebe. Deine Mum hat recht, es wird dir nicht guttun, dich so aufzuregen.« Sie rieb Nancys zitternden Rücken. »Archie wird zu dir zurückkommen, du wirst schon sehen. Der Herr wird ihn dir nicht nehmen, nicht ausgerechnet jetzt …«

Nancy zog sich sofort von ihr zurück. Ihr hübsches Gesicht war so rot und verquollen vom Weinen, dass Carrie sie kaum noch wiedererkannte. »Der Herr hat auch Harry Kettle geholt, als Ellen schwanger war!«, fauchte sie. Im nächsten Moment verzog sich ihr Gesicht, und sie weinte wieder. »Archie wird sein Kind vielleicht nie sehen, genau wie Harry.«

Carrie warf einen Blick auf Ruth und ihre unbewegte Miene. Angesichts des überwältigenden Kummers, der Nancy beherrschte, konnte man leicht vergessen, dass auch diese arme Frau auf ihren Sohn wartete.

Dann sagte Ruth etwas. »Rob ist auch dort unten.«

Carrie blickte sich über die Schulter nach der Zeche um und versuchte zu begreifen, was sie hörte.

Auch Rob Chadwick war irgendwo dort unten ...

Innerlich bereitete sie sich darauf vor, dass der Schmerz ihr das Herz zerreißen würde, genau wie bei Nancy. Aber es geschah nichts.

Natürlich war sie genauso besorgt um Rob wie um Archie und all die anderen Männer, und sie hoffte und betete für ihre sichere Rückkehr, aber darüber hinaus empfand sie nichts. Jedenfalls gewiss nichts von dem Kummer und der Verzweiflung, die Nancy schier zerrissen.

»Archie wird zurückkommen«, sagte Carrie und wandte sich wieder tröstend ihrer Freundin zu. »Sie werden alle zurückkommen.«

»Schaut mal!« Jinny Chadwick zeigte auf das Tor, und freudige Erregung überstrahlte plötzlich ihr Gesicht. Alle fuhren erwartungsvoll herum, um sich der einzelnen Gestalt zuzuwenden, die hinkend über den Hof auf sie zukam.

»Es ist mein Sohn.« Ruth' Worte waren so leise, als könnte sie selbst noch nicht ganz glauben, was sie sah. »Mein Archie.«

»Archie!«, schrie Nancy, riss sich von Carrie los und drängte sich freudig winkend zu den Toren vor.

»Schau sie dir an«, sagte Mrs. Morris kopfschüttelnd. »Sie wird noch über die Tore klettern, wenn sie sie nicht bald öffnen.«

Doch sie wurden geöffnet, und Nancy warf sich so stürmisch in Archies Arme, dass sie ihn dabei fast umstieß. Carrie versetzte es einen Stich, als sie sah, wie sie sich umarmten und aneinanderklammerten, als ob sie sich nie, nie wieder loslassen wollten.

Sofort dachte sie an James und alles, was sie verloren hatte, und eine unbändige Sehnsucht ergriff sie.

Als Nancy mit Archie zurückkehrte und ihn an der Hand durch die Menge führte, hatte Carrie bereits wieder eine tapfere Miene aufgesetzt. Ihre Freundin sah so strahlend glücklich aus, dass es geradezu unmöglich war, nicht auch zu lächeln.

Auch Archie lächelte, aber seine Augen blickten dennoch sehr bekümmert, als er ihnen erklärte, was geschehen war. Die Decke war über ihnen eingestürzt und hatte nicht nur einen Teil des Stollens verschüttet, sondern auch einige der Bergleute unter sich begraben. Carrie erschauderte, als er ihnen beschrieb, wie sie sich selbst und andere ausgegraben hatten, indem sie mit bloßen Händen die schweren Felsbrocken beiseiteräumten. Dann hatten sie versucht, einen Weg hinaus zu finden, einige sogar auf Händen und Füßen, bis sie den ersten Männern der Rettungsmannschaft begegnet waren.

»Und was ist mit Rob?«, fragte Ruth Chadwick.

Archies Gesicht verdüsterte sich. »Ich weiß es nicht«, erwiderte er. »Ich habe am Haupteingang gearbeitet, während er am anderen Ende des Stollens beschäftigt war. Die zweite Rettungsmannschaft war aber schon auf dem Weg nach unten, als ich hinaufkam, und deshalb nehme ich an, dass sie ihn finden werden ...« Er sah Carrie an. »Dein Mann ist mit ihnen und dieser Krankenschwester runtergefahren.«

Carrie starrte ihn verwundert an. »Aber ... da musst du dich irren, Archie«, sagte sie kopfschüttelnd. »James hasst die Grube, er würde nie dort hinunterfahren.«

»Ich konnte sie hören, als ich in der Werkstatt darauf wartete, dass jemand mein Bein versorgte. Mr. Maskell versuchte, ihn davon abzuhalten, aber Mr. Shepherd bestand sehr nachdrücklich darauf, mit den anderen hinunterzufahren.«

»Das würde er nicht tun. Bestimmt nicht ...« Carrie starrte zum Zechenhof hinüber. In den hellen Lichtkreisen der Lampen dort konnte sie hin und her laufende Gestalten erkennen.

Nein, er würde bestimmt nicht dort hinunterfahren. Dazu fürchtete er sich viel zu sehr. Ausgenommen vielleicht, er glaubt, er täte es für sie ...

»Ihm wird nichts passieren, Carrie.« Sie fühlte Nancys Hand auf ihrer Schulter. Nun war sie an der Reihe, Trost zu spenden. »Er ist bestimmt nicht in Gefahr. Schließlich ist er der Chef hier«, fügte sie hinzu.

Carrie starrte sie mit verständnisloser Miene an. Was redete sie da? Als ob die Tatsache, dass er der Chef war, James vor Gefahren schützen könnte! Oder glaubte sie, sein eleganter Anzug würde ihn vor einstürzenden Decken und Steinschlag retten?

Sie hätte Nancy schütteln oder anschreien können für so viel Dummheit. Aber dann sah sie das offene, freundliche Gesicht ihrer Freundin und begriff, dass sie ihr nur helfen wollte, wie sie selbst es soeben auch versucht hatte.

»Carrie?«

Sie drehte sich um, und ihr wurde etwas leichter ums Herz, als sie ihre Mutter und ihre Schwestern sah.

»Was macht ihr denn hier?«

Kathleen Wardle runzelte die Stirn über die Frage. »Wo sollten wir denn sonst sein? Wir können doch nicht zu Hause bleiben in einem Moment wie diesem!«

Carrie kämpfte gegen das Bedürfnis an, ihre Mutter zu umarmen. Sie sah zerbrechlicher aus, als Carrie sie je gesehen hatte, und etwas von ihrem unbeugsamen Willen war mit ihrem Mann gestorben. Aber zumindest war sie hier.

»James ist unten bei den Verletzten«, entfuhr es Carrie, bevor sie es sich anders überlegen konnte.

Ihre Mutter zog die Brauen zusammen. »Warum?«

»Ich habe keine Ahnung.« Aber das war gelogen. Carrie wusste sehr wohl, was ihren Mann dazu getrieben hatte, sein Leben in Gefahr zu bringen.

Und falls er starb, würde es ihre Schuld sein.

»Ich werde herausfinden, was los ist«, sagte Eliza und tauchte in der Menge unter.

Kathleen Wardle legte ihre Hand auf Carries Arm. »Es wird ihm schon nichts passieren«, sagte sie.

»Ich weiß.« Carrie erwiderte das Lächeln, aber es war genauso wenig ernst gemeint, wie die Worte ihrer Mutter es gewesen waren.

Eliza kam ein paar Minuten später mit der Nachricht zurück, dass noch mehr Verletzte hinaufgebracht wurden, aber mindestens einer von ihnen schon verstorben war.

Panik erwachte in ihrer Brust und presste ihr wie eine Faust das Herz zusammen. Es war ihre Mutter, die die Frage formulierte, die sie nicht zu stellen wagte.

»Wer ist es?«

»Reg Willis.«

»Oh nein, der arme Reg! Die arme Ida.«

Carrie schwieg und hasste sich für die Erleichterung, die sie empfand. Irgendwo dort in der Menge war Ida Willis' Welt zusammengebrochen. Carrie dachte an ihre Tochter, ihre Freundin Betty, die immer voller Heiterkeit und freundlich lächelnd hinter ihrer Theke im Laden stand. Das arme Mädchen würde untröstlich sein.

Lange Zeit standen sie noch da und warteten auf weitere Neuigkeiten, aber es kamen keine mehr.

»Du solltest nach Hause gehen und dich ein bisschen hinlegen«, riet ihr ihre Mutter. »Du tust dir keinen Gefallen, wenn du hier herumstehst.«

Aber Carrie schüttelte den Kopf. »Ihr könnt ja gehen, wenn ihr wollt, ich werde hierbleiben.«

»Und ich bleibe bei dir«, sagte Eliza.

»Ich auch.« Hattie wandte sich an ihre jüngste Schwester. »Du gehst mit Mutter heim, Gertie, und wir bleiben bei unserer Carrie.«

»Na schön.« Kathleen Wardle nickte. »Komm, Gertie. Kümmert euch um sie, ja?«, sagte sie zu Hattie und Eliza.

Carrie war froh und dankbar, ihre Schwestern in den langen, sich schier endlos ausdehnenden Nachtstunden um sich zu haben. Sie fanden ein ruhiges Plätzchen in der Nähe der Tore und breiteten ihre Mäntel auf dem Boden aus, um sich daraufzusetzen. Gegen die nächtliche Kälte kuschelten sie sich aneinander, und eine Zeitlang unterhielten sie sich und redeten über dies und jenes, bis Eliza und Hattie beide einschliefen und ihre Köpfe rechts und links auf Carries Schultern sanken.

Aber Carrie schlief nicht, sondern hielt ihren Blick auf den Hof gerichtet und setzte ihre einsame Wache fort. Wann immer sie eine Bewegung bei den Anlagen wahrnahm, fuhr sie auf, um genauer hinzusehen.

Nach und nach traten weitere Männer aus der Werkstatt, die alle Verbände trugen und alle eine Geschichte zu erzählen hatten. Carrie sah zu, wie sie ihre Lieben begrüßten und wie glücklich sie waren, einander wiederzusehen. Sie umarmten sich, gingen nach Hause, und die Wartenden an den Toren kauerten sich noch dichter zusammen, beobachteten die Vorgänge und warteten auf Neuigkeiten.

Und die ganze Zeit über verbreiteten sich Gerüchte. Es sei zu einem weiteren Steinschlag gekommen, noch mehr Männer seien dabei verschüttet worden, einer sei tot. Und dann war er es doch nicht ...

Allmählich verblassten die Sterne, und die Morgendämmerung begann den Himmel silbergrau zu färben. Schmale Streifen eines rosa Lichts waren nach und nach am Horizont erschienen, als Eliza sich zu regen begann.

»Wie spät ist es?«, fragte sie, während sie sich gähnend streckte.

»Keine Ahnung.« Carrie hatte schon lange aufgehört, die Stunden zu zählen.

Eliza schaute sich um. »Wo sind denn all die anderen?«

»Heimgegangen.« Jetzt saßen sie allein auf dem Kies bei den Zechentoren. Der letzte Mensch, der herausgekommen war, war Hannah Arkwright gewesen. Sie war kurz vor der Morgendämmerung durch die Tore getreten, hatte Carrie zugenickt und war die Straße hinuntergegangen.

»Gibt es Neuigkeiten?«

»Noch nicht.«

Hattie wachte fröstelnd auf. »Mir ist kalt.«

»Vielleicht sollten wir heimgehen?«, schlug Eliza vor.

Carrie schüttelte den Kopf. »Ich werde nirgendwohin gehen.«

»Aber Carrie ...«

»Ich sagte, ich gehe nirgendwohin!«, fuhr Carrie sie an. »Nicht, bevor ich ihn mit eigenen Augen gesehen habe.«

Sie fing den besorgten Blick auf, den Eliza und Hattie austauschten. »Geht ihr nur, wenn ihr wollt«, sagte sie etwas freundlicher. »Ich kann hier noch nicht weg.«

Schritte näherten sich über die kopfsteingepflasterte Straße der Siedlung. Carrie blickte sich um und sah, dass es Hannah Arkwright war, die in ihrem alten Mantel und mit einer Thermosflasche in den Händen zu ihnen hinaufkam.

»Ich dachte, ihr könntet die hier vielleicht gebrauchen?«, sagte sie.

Noch völlig benebelt vor Müdigkeit, starrte sie die Thermosflasche schweigend an.

»Es ist Tee«, sagte Hannah knapp. »Und keine Bange, ich habe nicht vor, Sie zu vergiften.«

»Danke, Mrs. Arkwright.« Carrie nahm die Flasche an. »Vielen, vielen Dank.«

Hannah zuckte mit den Schultern und machte ein Gesicht, als genierte ihre eigene nette Geste sie. »Es ist nur Tee.«

Eliza nahm Carrie die Flasche ab und schenkte ihr den Tee ein. Carrie legte ihre Hände um die Tasse und genoss die Wärme, die auf ihre kalten Finger übergriff.

»Dann gibt's hier also noch nichts Neues?« Hannah nickte grimmig zu den Zechentoren hinüber.

»Nein.«

Die Frau zögerte. »Seth ist dort unten«, sagte sie. »Und die Schwester und Ihr Mann«, fügte sie mit einem raschen Blick auf Carrie hinzu. »Sie wollten jemand anderem helfen, der weiter unten im Bergwerk eingeschlossen war, aber dann stürzte die Decke ein und versperrte ihnen den Weg hinaus. Andere Männer sind jetzt gerade unten und machen den Weg frei, um an sie heranzukommen.«

Sie machte keinen Versuch, Carrie zu trösten. Und Carrie war seltsam froh darüber. Sie hatte genug davon, sich von den Leuten anhören zu müssen, es würde alles wieder gut. Carrie wusste, dass sie nur nett sein wollten, aber leere Hoffnungen konnte sie jetzt nicht gebrauchen.

Hannah kannte jedoch die Wahrheit, denn die stand ihr nur allzu deutlich in ihr düsteres Gesicht geschrieben. Sie wusste ebenso gut wie Carrie, dass die Chancen, noch irgendjemanden lebend aus der Grube herauskommen zu sehen, immer geringer wurden, je länger sie dort unten blieben.

Und so standen sie und Hannah Seite an Seite an den Toren und beobachteten schweigend die Vorgänge in der Zeche. Carrie empfand die Anwesenheit der großen, stämmigen Frau als erstaunlich beruhigend. Hannah war eine schrullige Person, das schon, aber irgendwo in ihrem tiefsten Inneren hatte auch sie ein Herz.

Und dieses Herz brach in diesem Moment, so wie auch Carries Herz brach.

Die Morgendämmerung zog herauf und tauchte den Hof der Zeche in ein weiches, rötliches Licht.

»Warum gehst du nicht nach Hause?«, sagte Carrie zu Hattie, die mit halbgeschlossenen Augen am Zaun lehnte und vor Müdigkeit schwankte. »Du solltest im Bett sein und nicht ...«

»Da kommt jemand heraus«, unterbrach Eliza sie und richtete den Blick an Carrie vorbei auf den Zecheneingang. »Ich kann eine Bahre sehen! Und da sind noch mehr. Eins, zwei, drei ...«

Carrie und Hannah fuhren herum – und tatsächlich konnten sie Männer mit Tragbahren herauskommen sehen.

»Wer sind sie?«, hörte Carrie Eliza sagen. Ihre Stimme schien von weither zu kommen und von Minute zu Minute schwächer zu werden. »Ich kann sie von hier aus nicht erkennen.«

»Ich auch nicht«, sagte Hannah.

»Ich glaube, auf der zweiten Bahre liegt eine Frau, aber James kann ich nirgendwo sehen.«

Dann wurde eine weitere Bahre herausgetragen. Sie war mit einer Abdeckplane verhüllt. Ihr Anblick nahm Carrie die letzte Kraft, die ihr geblieben war, und ihre Beine versagten ihr den Dienst.

»Carrie!«, hörte sie ihre Schwester schreien, und das Letzte, woran sie sich später erinnerte, waren Hannahs starke Arme, als sie zu Boden sank.

KAPITEL SIEBENUNDVIERZIG

Alle waren fest davon überzeugt gewesen, dass Seth Stanhope dort unten in der Grube eigentlich hätte sterben müssen.

Die herabstürzenden Steine hätten ihm alle Knochen brechen müssen, genau wie dem unglücklichen Reg Willis und John Porter, doch stattdessen war er mit einer ausgerenkten Schulter davongekommen.

»Er muss ein teuflisches Glück gehabt haben«, sagten die Leute.

Und vielleicht war es ja auch so gewesen. Hannah hatte in ihrer langen, einsamen Nachtwache jedenfalls alle Zaubersprüche und Beschwörungen angewandt, die ihre Mutter sie je gelehrt hatte.

Auch jetzt noch wachte sie an Seth' Bett und betrachtete ihn im Schlaf. Sein armes, böse zugerichtetes Gesicht war mehr von den Prügeln gezeichnet, die er eingesteckt hatte, als vom Steinschlag.

Doch zumindest hatte der Grubenunfall diesem Unsinn ein Ende gesetzt. Den ganzen Morgen über waren Bergleute vorbeigekommen, um sich nach Seth' Befinden zu erkundigen und sich für seinen unerschrockenen Einsatz zu bedanken. Plötzlich war er wieder ein Held in ihren Augen.

Aber Hannah hatte natürlich keinen von ihnen ins Haus gelassen, da ihre Zerknirschtheit oder Reue sie absolut nicht beeindrucken konnte. Seth mochte ihnen mit der Zeit vergeben und alles vergessen, aber sie würde das niemals tun, das wusste sie.

Seth schlief unruhig und bewegte seine Lippen. Hannah ließ ihn nicht aus den Augen und nahm begierig jede Einzelheit seines Gesichts in sich auf: sein markantes Kinn, die Form seines

Mundes, die dichten dunklen Wimpern und die jungenhafte Art und Weise, wie sein Haar ihm in die Stirn fiel.

Unwillkürlich streckte sie ihre Hand aus und berührte ihn an seiner nackten Schulter. Seine Haut war erstaunlich glatt und weich, verglichen mit den harten, unnachgiebigen Muskeln, die darunterlagen.

»Was …?« Er erschrak bei ihrer Berührung und versuchte, sich aufzurichten, noch bevor er richtig wach war.

Hannah zog schnell ihre Hand zurück. »Ich bin's nur, Seth.« Sofort wandte er sich ihr zu, sodass sie die noch frische Furcht in seinen grauen Augen erkennen konnte, und sie wusste, dass er für einen Moment wieder dort unten war, verloren in der Finsternis und dem herumwirbelnden, erstickenden Staub.

Dann schien sein Kampfgeist zu erlöschen, und er ließ sich wieder in die Kissen fallen.

Dabei fiel ihm eine Haarsträhne in die Augen, und Hannah musste gegen den Drang ankämpfen, sie sanft zurückzustreichen.

»Wie fühlst du dich?«, fragte sie.

»Als wäre ich durch die Mangel gedreht worden.« Er zuckte vor Schmerz zusammen, als er auf dem Kissen sein Gewicht verlagerte.

»Lass mich das machen.« Hannah streckte eine Hand aus und passte das Kissen seiner neuen Körperhaltung an. »Du hast ein paar schwere Brocken auf den Kopf bekommen, das muss ja wehtun.«

Seth schaute an ihr vorbei zur Tür. »Wo sind die Kinder?«

»In der Schule. Wo sollten sie um zwei Uhr nachmittags sonst sein?«

»Zwei Uhr?« Er runzelte die Stirn. »So lange habe ich doch wohl nicht geschlafen?«

»Oh doch, und das überrascht mich auch nicht. Du warst vollkommen erschöpft, Seth.«

»Und ich war mir sicher, dass ich wach war.« Seth' Augen

schlossen sich schon wieder. »Aber dann muss ich wohl geträumt haben.«

»Ja, das hast du. Und du hast auch im Schlaf gesprochen.«

Er schlug die Augen wieder auf. »Tatsächlich? Was habe ich gesagt?«

»Keine Ahnung, das konnte ich nicht verstehen«, log Hannah, weil sie nicht sagen wollte, dass er Agnes' Namen geschrien hatte.

Danach schwieg er lange, und Hannah konnte sehen, dass es ihn Zeit kostete, die nächste Frage zu stellen.

»Wie geht es den anderen? John Porter? Ist er ...«

Hannah schüttelte den Kopf. »Er war schon tot, bevor sie das Krankenhaus erreichten, der arme Kerl. Und Reg Willis auch. Aber Rob Chadwick lebt noch, was er dir und Mr. Shepherd zu verdanken hat. Ihr seid echte Helden, ihr zwei.«

»Narren wohl eher«, entgegnete Seth grimmig und sah Hannah fragend an. »Wie geht es ihm – Mr. Shepherd, meine ich? Er war direkt vor mir, als es plötzlich Steine hagelte. Er hat das Meiste abbekommen.«

»Er ist im Krankenhaus.« Hannah senkte ihren Blick und dachte an die arme Carrie Shepherd, die zitternd vor Kälte die ganze Nacht vor den Zechentoren ausgeharrt hatte. »Aber wie es mit ihm weitergeht, das weiß ich leider nicht.«

Seth nickte düster, und Hannah wusste, dass er wieder die letzten schrecklichen Momente in der Grube durchlebte, in denen er geglaubt hatte, er würde sterben.

Dann fragte er: »Was ist mit der Krankenschwester? Hast du sie gesehen?«

Er ließ es wie eine beiläufige Frage klingen, aber Hannah sah ihm an, wie enorm wichtig die Antwort für ihn war.

»Nein, aber ich habe gehört, dass sie auch ins Krankenhaus gebracht wurde. Nur sicherheitshalber«, fügte sie schnell hinzu, als sie die jähe Panik in Seth' Augen sah. »Ihr scheint nichts passiert zu sein, soweit ich das in Erfahrung bringen konnte.«

Seth nickte. »Dann ist es ja gut. Weißt du, sie hat mich nämlich wirklich sehr erstaunt, als wir dort unten in der Grube waren. Stell dir vor, sie hat nicht einen Moment die Nerven verloren, nicht mal für eine Minute. Sie ist zäh, die Kleine. Zäher, als sie aussieht.«

»Ja, das ist sie.« Hannah unterdrückte die Eifersucht, die sie angesichts der Bewunderung, die sie aus seinen Worten heraushören konnte, erfasste. »Warum schläfst du nicht noch ein Weilchen? Danach wirst du dich besser fühlen.«

»Ich habe lange genug geschlafen. Es wird Zeit, dass ich wieder auf die Beine komme und etwas tue.« Er machte Anstalten, die Bettdecke zurückzuschlagen, doch dann sog er die Luft scharf ein, als der Schmerz ihn gänzlich unerwartet überfiel.

»Siehst du? Du wirst nirgendwohin gehen, bis deine Schulter verheilt ist, Seth Stanhope. Und jetzt mach es dir bequem und ruh dich aus.«

»Ich hab dir doch gesagt, dass ich nicht weiterschlafen will!«

Hannah seufzte. Er würde sich als schwieriger Patient erweisen, das war jetzt schon offensichtlich. »Versprich mir wenigstens, im Bett zu bleiben, während ich dir eine schöne Tasse Tee mache«, sagte sie.

Seth verdrehte die Augen. »Wenn es denn sein muss ... Aber danach stehe ich auf.«

»Wie du meinst.«

Sie ließ sich Zeit damit, den Kessel aufzusetzen und den Tee zu machen. Als sie schließlich mit dem Tablett zu Seth zurückkam, schlief er wie erhofft schon wieder tief und fest.

Es wurde Nachmittag, bevor Agnes das Personal der Notaufnahme im Leeds General endlich davon überzeugen konnte, dass sie bei dem Grubenunglück keine Gehirnerschütterung davongetragen hatte.

»Ich habe Ihnen doch gesagt, dass es mir schon wieder ganz

gut geht«, beharrte sie mehrmals energisch. Aber man wollte ihr nicht glauben und bestand darauf, ihr zumindest ein paar Stunden Bettruhe in der Notaufnahme zu verordnen, um ein Auge auf sie haben zu können.

Agnes vermochte ihre Verärgerung kaum noch zu verbergen. Sie hatte schon immer gewusst, wie unerträglich Ärzte oft waren, wenn sie alles besser zu wissen glaubten, aber dass Krankenschwestern genauso tyrannisch und überheblich sein konnten, war ihr bisher nicht bewusst gewesen. Und deshalb fasste sie auf der Stelle den Entschluss, ihren eigenen Patienten in Zukunft aufmerksamer zuzuhören, statt einfach nur anzunehmen, sie habe immer recht.

Irgendwann hatte sich der junge Arzt davon überzeugt, dass ihre Pupillen nicht geweitet waren, sie weder unter Übelkeit, Kopfschmerzen oder Schwindel litt und auch nicht aus den Ohren blutete. Sie fühlte sich auch gut genug, um ihm ihre Meinung zu sagen, als er kam, um ihr mit seiner Taschenlampe in die Augen zu leuchten und sie zu fragen, ob sie wusste, wie der Premierminister hieß.

»Ja, ja, ich denke, Sie können nach Hause gehen«, murmelte er schließlich und errötete bis unter die Haarwurzeln.

Agnes hatte jedoch nicht die Absicht, auf direktem Wege heimzugehen, sondern begab sich zur Chirurgischen Männerstation, um Christopher Stanhope zu besuchen, denn vermutlich würde er sich fragen, wieso er heute keinen Besuch erhielt.

Natürlich war er besorgt, als er von dem Grubenunglück hörte, aber Agnes konnte ihm versichern, dass es seinem Vater so weit gut ging.

»Ich nehme an, dass er oder deine Tante so bald wie möglich zu Besuch kommen werden«, sagte sie.

»Danke, Schwester.« Er grinste sie verlegen an, weil er sich bestimmt daran erinnerte, wie gnadenlos er sie früher gehänselt und geärgert hatte. Seltsam, wie unwichtig ihr all das jetzt erschien!

Nach ihrem Besuch bei Christopher lud die Oberschwester der Chirurgischen Agnes auf eine Tasse Tee in ihr kleines Wohnzimmer neben der Station ein. Zunächst sprachen sie über die Fortschritte des Jungen, mit denen die Oberschwester sehr zufrieden war, und dann fragte sie Agnes nach dem Unfall in der Zeche.

»Wie ich hörte, waren Sie sehr tapfer, Miss Sheridan«, sagte sie. »Geradezu heroisch.«

»Ach, ich weiß nicht, ob man das so sagen kann.« Agnes dachte an den armen John Porter und Reg Willis, denen sie gefolgt war, als ihre in alte Jutesäcke gehüllten Leichname an die Oberfläche gebracht worden waren.

Sie erinnerte sich daran, dass Ruth Chadwick ihr schon bei ihrer Ankunft in Bowden eine ähnliche Geschichte über ihren Bruder erzählt hatte, aber jetzt kam Agnes zum ersten Mal der Gedanke, was für ein demütigendes Ende dies für einen stolzen Bergmann sein musste.

Sie blickte zur Oberschwester auf. »Darf ich fragen, wie Sie von dem Unglück gehört haben, Schwester? Ich hätte nicht gedacht, dass die Nachricht sich bis Leeds herumsprechen würde.«

Die Oberschwester lächelte und stellte ihre Tasse ab. »Haben Sie vergessen, Miss Sheridan, dass einer der Bowdener Männer heute Morgen auf meiner Station aufgenommen wurde?«

»Aber natürlich!« Agnes schüttelte den Kopf. Wie hatte sie das vergessen können? Vielleicht hatte dieser junge Arzt ja recht und sie hatte doch eine Gehirnerschütterung erlitten. »Wie geht es Mr. Shepherd?«, fragte sie.

Ein Schatten legte sich über das Gesicht der Oberschwester, und Agnes wusste, was dieser Ausdruck bedeutete. Er war ihr aus ihrer Zeit als Auszubildende im Nightingale Hospital nur allzu gut bekannt.

»Die Operation war ein Erfolg.« Die Schwester wählte ihre Worte mit Bedacht. »Der operierende Chirurg konnte die inneren Blutungen stillen und die Ruptur im Unterleib schließen, aber

Mr. Shepherds Verletzungen waren schwerwiegend, und er hat viel Blut verloren ...« Sie runzelte die Stirn. »Natürlich bleiben wir optimistisch, dass er wieder vollständig genesen wird, aber die nächsten paar Tage werden kritisch für ihn.«

Agnes stellte ihre Tasse ab. »Darf ich ihn sehen, Schwester?«

»Selbstverständlich. Allerdings muss ich Sie warnen, dass er nach der OP noch nicht wieder ganz bei Bewusstsein ist. Seine Frau ist übrigens bei ihm. Ich habe ihn in Zimmer drei außerhalb der Station untergebracht, damit er Ruhe hat«, sagte sie.

Agnes wurde bang ums Herz. Einzelzimmer wurden gewöhnlich Patienten gegeben, die wenig Aussicht auf Genesung hatten.

Carrie Shepherd saß am Bett ihres Ehemanns und hielt seine kraftlos auf der weißen Bettdecke ruhende Hand umklammert. Sie blickte sich erschrocken um, als Agnes die Tür öffnete, aber dann entspannten sich ihre Züge wieder.

»Oh, Sie sind es, Miss Sheridan! Ich dachte, es sei wieder mal eine der Schwestern, die mich hier vertreiben will.«

»Wie geht es Ihrem Mann?«

»Er ist vor ein paar Stunden aufgewacht, was ein gutes Zeichen ist, wie sie mir sagten. Aber seitdem hat er mit einigen kurzen Unterbrechungen die ganze Zeit geschlafen.« Carrie blickte zu ihr auf. »Sie sagten, das sei nichts Besorgniserregendes, aber ich bin mir da nicht so sicher ... Was meinen Sie, Schwester?«

Agnes betrachtete den schlafenden James Shepherd, dessen Gesicht von einer wächsernen Blässe war, die sich kaum vom weißen Kopfkissen abhob.

»Er hat viel Blut verloren«, sagte sie und war genauso vorsichtig in ihrer Wortwahl wie die Oberschwester. »Es wird einige Zeit dauern, bis der Körper seine Kraft zurückgewinnt.«

»Aber das wird er doch, nicht wahr?« Carrie, die schwach und zerbrechlich wirkte wie ein Kind, blickte Agnes flehentlich an.

»Ich denke ...«, begann Agnes. Aber dann hörten sie ein Stöhnen und sahen, dass James sich bewegte.

»Er wacht auf!« Carrie ließ seine Hand los und sprang auf. Als sie hastig einen Schritt vom Bett zurücktrat, stieß sie gegen Agnes, die sie festhielt.

»Was ist? Wollen Sie nicht, dass er aufwacht?«

»Doch, natürlich, es ist nur ...« Carrie senkte ihren Blick. »Ich will nicht, dass er mich hier sieht.«

»Aber wieso denn nicht?«

»Sie wissen, warum!«, sagte Carrie beschämt. »Er wird mich hier nicht sehen wollen nach allem, was geschehen ist. Bitte verstehen Sie doch, Miss Sheridan, dass ich jetzt gehen muss!« Sie drängte sich an Agnes vorbei, verließ fluchtartig den Raum. Im selben Moment, als James die Augen aufschlug, zog sie die Tür hinter sich zu.

Er machte ein verwirrtes Gesicht, als er Agnes neben seinem Bett stehen sah.

»Miss ... Miss Sheridan?« Er runzelte die Stirn. »Wo bin ich?«

»Im Krankenhaus, Mr. Shepherd.« Agnes wechselte wie selbstverständlich in die Rolle der Pflegerin und strich seine Decke glatt. »Sie mussten operiert werden, das wissen Sie doch sicher noch?«

Er nickte etwas unsicher. »Ich ... ich glaube schon.« Sein Stirnrunzeln vertiefte sich, und ihm war anzusehen, wie er langsam alle Puzzleteilchen seiner Erinnerung zusammenfügte. »Ja, daran erinnere ich mich. Aber ich dachte ...« Er sah sich um. »Ist Carrie hier? Ich glaubte, ihre Stimme zu hören.«

Agnes warf einen Blick zur Tür und wünschte, Carrie käme zurück. »Nur ich bin hier, Mr. Shepherd«, sagte sie.

»Ja«, erwiderte er traurig. »Natürlich. Warum sollte sie auch hier sein, nicht?«

»Wie fühlen Sie sich?«, fragte Agnes, um ihn abzulenken. »Haben Sie Schmerzen?«

»Ein bisschen«, sagte er, aber sein aschfahles Gesicht strafte ihn Lügen. »Aber ich bin sehr durstig. Könnten Sie mir etwas zu trinken geben?«

»Noch nicht, Mr. Shepherd, fürchte ich.« Agnes ging zu dem Ständer neben seinem Bett und überprüfte den Tropf mit der Kochsalzlösung. »Möglicherweise muss die Infusion neu eingestellt werden. Ich werde mit der Oberschwester darüber sprechen.«

Sie wandte sich zum Gehen, aber James hielt sie zurück. »Warten Sie. Ich muss wissen, wie es Ihnen geht.«

»Oh, ganz gut. Ich habe nur ein paar Schnittwunden und Prellungen, aber nichts Ernstes«, versicherte sie ihm lächelnd und tippte sich an den Verband an ihrer Stirn.

Es war Agnes bewusst, dass sie alles verharmloste, weil sie nicht an die vielen Stunden denken wollte, in denen sie in der Dunkelheit gelegen und ihr Gesicht in den grobkörnigen Staub gedrückt hatte, der ihren Hals und Mund bedeckte. Sie hatte sich absolut still verhalten, aus Angst womöglich einen weiteren Steinschlag auszulösen.

»Und die anderen?«, erkundigte James sich zögernd, als wagte er kaum, die Frage zu stellen. »Stanhope und … und Chadwick? Haben sie das Unglück überlebt?«

»Seth Stanhope hat eine ausgerenkte Schulter. Aber das hat ihn nicht davon abgehalten, beim Tragen Ihrer Bahre zu helfen! Ich glaube, er war froh, dass es Ihnen gelungen war, Rob Chadwick zu finden. Die anderen hätten die Suche nach ihm aufgegeben.«

»Dann lebt Chadwick also noch?«

Agnes nickte. »Er hat einen Oberschenkelbruch und wird deswegen wohl ein paar Wochen im Krankenhaus bleiben müssen, aber er lebt. Dank Ihnen, Mr. Shepherd.«

Der Anflug eines Lächelns huschte über James' Gesicht. »Zumindest etwas habe ich richtig gemacht.«

Agnes zögerte und überlegte, ob sie ihm die Frage stellen

sollte, die ihr seit jenem furchtbaren Moment dort unten in der Grube keine Ruhe ließ.

»Warum haben Sie Ihr Leben riskiert, um diesen Mann zu retten?«, fragte sie schließlich.

James runzelte die Stirn. »Carrie zuliebe natürlich.«

Agnes setzte sich an sein Bett. »Ich habe gesehen, wie sie an den Zechentoren gestanden hat«, sagte sie. »Sie hat dort die ganze Nacht auf Nachrichten gewartet.« Er zuckte zusammen, sagte aber nichts. »Aber Sie waren es, auf den sie wartete, und nicht Rob Chadwick, James.«

Er schüttelte den Kopf. »Nein, nein, da irren Sie sich, Miss Sheridan. Sie liebt den Mann. Ich weiß, dass es so ist, weil ich sie bei der Beerdigung ihres Vaters zusammen gesehen habe.«

»Warum hat sie dann die ganze Zeit an Ihrem Bett gesessen und darauf gewartet, dass Sie zu sich kamen?«

James wirkte verwirrt. »Das verstehe ich auch nicht …, wo ist sie jetzt?«

»Hier«, sagte Carrie von der Tür her.

KAPITEL ACHTUNDVIERZIG

Das Erste, was Agnes bemerkte, war das Lächeln, das James Shepherds Gesicht erhellte, als er Carrie sah. Dass er seine Frau noch immer liebte, war für Agnes mehr als klar.

Sie hoffte nur, dass auch Carrie es sehen würde.

»Ich war mir nicht sicher, ob du mich sehen wolltest«, sagte Carrie schüchtern.

James schien aufrichtig überrascht zu sein. »Aber warum denn nicht?«

Carrie konnte ihn nicht ansehen. »Ich weiß, dass Rob dir das mit dem Baby gesagt hat …«

»Aha.«

»Es tut mir wirklich schrecklich leid. Ich wollte es dir selbst sagen, du ahnst gar nicht, wie oft ich es versucht habe – aber dann konnte ich mich doch nicht dazu durchringen, weil ich solche Angst hatte, dich zu verlieren …« Die Worte sprudelten aus ihr hervor, als ob ein Damm gebrochen wäre.

James schien vollkommen verwirrt zu sein. »Du hattest Angst, mich zu verlieren?«

»Aber natürlich. Ich liebe dich doch.«

Ihre Worte hingen in der Luft, und Agnes ertappte sich dabei, dass sie James im Stillen beschwor, etwas zu sagen.

»Ich liebe dich auch«, sagte er.

Carrie schaute zu ihm auf. »Aber wie kannst du das nach dem, was Rob dir gesagt hat?«

»Dass Henry nicht mein Sohn ist, meinst du?« James lächelte. »Er glaubte, seine Trumpfkarte damit auszuspielen. Aber er hat mir nichts gesagt, was ich nicht ohnehin schon wusste.«

»Du … du meinst, du wusstest es?«

»Ich habe es immer gewusst.«

Carrie warf Agnes einen verständnislosen Blick zu und wandte sich dann wieder an ihren Ehemann. »Aber das verstehe ich nicht.«

»Ich war schwerkrank als Kind«, erklärte James. »Es war Parotitis ...«

»Mumps«, sagte Agnes, während ihr im gleichen Moment ein Gedanke kam.

James lächelte wissend. »Ich kann sehen, dass Miss Sheridan versteht, was ich meine, nicht wahr?«

Agnes sah Carrie an. »Mumps kann Männer zeugungsunfähig machen.«

»Du meinst, du kannst gar keine Kinder zeugen?«, fragte Carrie, nun wieder an James gewandt. »Warum hast du mir das nicht gesagt?«

»Weil ich Angst hatte, du würdest mich verlassen. Ich schäme mich so, wenn ich daran denke. Ich weiß, dass ich es dir hätte sagen müssen, denn ich wusste ja, wie sehr du dir Kinder wünschtest ... Ich habe dich genauso getäuscht wie du mich.« Er machte ein bedauerndes Gesicht. »Aber ich gab die Hoffnung nicht auf, dass die Ärzte sich vielleicht geirrt hatten. Manche Männer, die an Mumps erkranken, bleiben nämlich trotzdem zeugungsfähig, hatte ich gehört. Deshalb betete ich um ein Wunder.« Sein Mund verzog sich zu einem kleinen Lächeln. »Und dann geschah ja auch ein Wunder, nicht?«

Agnes warf Carrie einen raschen Blick zu. Das arme Mädchen wirkte wie betäubt, während sie all das zu begreifen versuchte.

»Also wusstest du von Rob und mir ...«

»Ich hatte es erraten. Nach jenem Tag auf dem Dorffest fingst du nämlich an, dich ausgesprochen seltsam zu verhalten – und wirktest plötzlich sehr, sehr unnahbar. Und da kam mir der Gedanke, dass du es dir anders überlegt haben könntest und mich gar nicht mehr heiraten wolltest.«

Carrie schüttelte den Kopf. »Natürlich wollte ich dich noch heiraten! Aber ich wusste nicht, wie ich das mit meinem Gewissen vereinbaren sollte, weil ich mich so schrecklich schuldig und erbärmlich fühlte wegen dem, was ich getan hatte.« Sie legte ihre Hand auf die ihres Mannes. »Wie konntest du das tun?«, flüsterte sie. »Wie konntest du den Sohn eines anderen Mannes als deinen eigenen annehmen?«

»Weil ich uns alle glücklich machen wollte«, erwiderte er schlicht. »Außerdem spielt es für mich wirklich keine Rolle. Und als Henry zur Welt kam, merkte ich erst recht, wie wenig es mir ausmachte, dass er nicht mein eigener Sohn war. Sowie ich den Kleinen sah, liebte ich ihn von ganzem Herzen. Was mich betrifft, ist er immer mein Sohn gewesen und wird es auch immer sein.«

Agnes betrachtete ihn voller Respekt. Sie hatte immer gewusst, dass James Shepherd kein schlechter Mensch war, aber bis zu diesem Moment war ihr nie bewusst gewesen, wie gutherzig und ehrenhaft er wirklich war.

»Aber dann kam Rob zurück«, fuhr James fort. »Er sagte mir, er wolle dich und seinen Sohn zurück, und ich ging einfach davon aus, dass du das Gleiche wolltest.«

»Aber warum?«, fragte Carrie. »Warum hast du das gedacht?«

»Weil ich schon immer wusste, dass ich nur die zweite Wahl war und nicht der Mann, den du wirklich wolltest«, sagte James. »Wahrscheinlich wusste ich tief im Innern, dass mein Glück nicht anhalten konnte …, dass du eines Tages erwachen und erkennen würdest, dass du nicht mit mir zusammen sein wolltest.«

»Ich wollte immer mit dir zusammen sein. Ich liebe dich, James.«

»Und ich liebe dich auch, Carrie.«

Agnes bewegte sich langsam auf die Tür zu, obwohl sie das Gefühl hatte, dass die beiden sie ohnehin schon längst vergessen hatten.

»Aber was ist mit Rob?«, fragte Carrie. »Was ist, wenn er jetzt Gott und der Welt die Wahrheit sagt?«

»Dann lass ihn doch«, sagte James. »Von mir aus kann er es erzählen, wem er will.«

»Aber die Leute aus dem Dorf ... und die Haverstocks ...«

»Die können von mir aus alle zur Hölle fahren. Solange wir zusammen sind, pfeife ich darauf, was die anderen denken. Und wir sind doch zusammen, oder?«, fragte er mit einem prüfenden Blick.

Carrie lächelte. »Für immer und ewig«, antwortete sie.

Agnes lächelte und zog die Tür hinter sich zu.

Dann ging sie wieder zur Notaufnahme hinunter, wo sie darauf achtete, nur ja nicht der rechthaberischen Schwester zu begegnen, die heute Morgen noch so unerbittlich gewesen war, was ihre vermeintliche Gehirnerschütterung betraf.

»Bitte entschuldigen Sie die Störung«, sagte Agnes, als sie das Büro der Oberschwester betrat. »Aber ich wüsste gern, was mit den Männern ist, die heute Morgen nach dem Grubenunglück eingeliefert wurden.«

Die Oberschwester legte ihren Stift beiseite. »Was soll mit ihnen sein?«

»Ich weiß, dass einer von ihnen auf die Chirurgische gebracht wurde, aber was ist aus dem anderen geworden? Aus dem mit der Oberschenkelfraktur?«

Die Schwester verdrehte die Augen. »Ach so, den meinen Sie. Er wurde auf die Orthopädische verlegt. Und zwar keinen Augenblick zu früh«, fügte sie hinzu. »Er hat mich fast in den Wahnsinn getrieben, so wie er ständig mit den Schwestern geflirtet hat.«

Agnes lächelte. »Das klingt nach Mr. Chadwick!«

»Und der ist jetzt das Problem der Orthopädischen, denen ich viel Glück mit ihm wünsche. Ich kann nur hoffen, dass die dortige Oberschwester Erfolg dabei hat, ihn unter Kontrolle zu halten!«

Und Agnes hatte kaum die Türen zur orthopädischen Station geöffnet, da wusste sie bereits, dass die guten Wünsche der Oberschwester der Unfallchirurgie vergeblich gewesen waren.

Die Oberschwester der Orthopädischen war nicht auf der Station, aber Agnes hörte sofort Robs Lachen, dass hinter dem Vorhang erklang, der sein Bett umgab.

Als sie darauf zuging, kam gerade eine lächelnde junge Lernschwester heraus. Sie blieb augenblicklich stehen, als sie Agnes sah, und eine dunkle Röte stieg von ihrem Kragen bis zum Rand ihres gestärkten Häubchens auf.

Agnes nickte zu den Vorhängen hinüber. »Ich bin hier, um Mr. Chadwick zu besuchen.«

Die Schwester fasste sich schnell wieder. »Die Besuchszeit ist seit zehn Minuten beendet«, erklärte sie.

Agnes beugte sich zu ihr vor. »Ich mache Ihnen einen Vorschlag«, sagte sie verschwörerisch. »Wenn Sie der Oberschwester nichts davon sagen, dass ich hier bin, werde ich ihr nichts von Ihrem Gekicher mit einem Patienten hinter geschlossenen Vorhängen verraten.«

Die Lernschwester errötete wieder. »Fünf Minuten«, sagte sie dann knapp und eilte mit gesenktem Kopf davon. Ihre Schuhe quietschten auf dem frisch gebohnerten Boden.

Rob grinste noch breiter, als er Agnes sah. »Hallo, Schwester. Was für eine Überraschung, Sie hier zu sehen!«

»Hallo, Mr. Chadwick. Offenbar geht es Ihnen schon viel besser?«

Rob zuckte mit seinen breiten Schultern. Der blaugestreifte Schlafanzug und die komplizierte Konstruktion aus Schienen und Gewichten an seinem Bein hatten ihm ein wenig von seinem unwiderstehlichen Charme genommen. »Man muss was tun, um sich bei Laune zu halten, nicht wahr? Sind Sie deshalb hier? Um mich aufzuheitern?«

»Nein, Mr. Chadwick.«

»Schade.« Wieder grinste er breit. »Ein bisschen Unterhaltung könnte ich nämlich gut gebrauchen. Ich langweile mich ja jetzt schon zu Tode hier.«

»Dann sollten Sie sich besser daran gewöhnen, da Sie noch länger hier liegen werden«, sagte Agnes.

»Und wie lange, meinen Sie?«

»Das kommt darauf an. Es kann Wochen dauern, bis ein Oberschenkelbruch verheilt. Und danach werden Sie spezielle Übungen machen müssen, um Ihre Muskeln wieder aufzubauen.«

»Wochen?«, fragte Rob entsetzt. »Dann sterbe ich lange vorher schon an Langeweile!«

»An Ihrer Stelle würde ich keine Scherze über das Sterben machen. Sie waren nahe daran, oder haben Sie das schon vergessen?«

Sein Gesicht verdüsterte sich. »Wie könnte ich das vergessen? Jedes Mal, wenn ich die Augen schließe ...« Agnes sah, wie er erschauderte. »Ihnen kann ich es ja sagen, Schwester, aber ich dachte wirklich, ich würde in diesem verdammten Stollen vor meinen Schöpfer treten. Und entschuldigen Sie bitte meine Ausdrucksweise«, fügte er leise hinzu.

»Bei James Shepherd war es fast so weit«, erinnerte ihn Agnes.

»Aye.«

Sie wartete, aber Rob sprach nicht weiter. »Und?«, hakte sie nach. »Wollen Sie denn gar nicht wissen, wie es dem Mann geht, der Ihnen das Leben gerettet hat?«

Rob wand sich unbehaglich, und Agnes war froh zu sehen, dass ihn offenbar Gewissensbisse plagten. »Wie geht es ihm?«

»Er wird es überstehen. Seine Frau ist übrigens gerade bei ihm«, fügte sie hinzu.

Rob errötete vor Verlegenheit. »Aye«, murmelte er. »Und dort gehört sie jetzt wohl auch hin.«

»Sind Sie sich da auch wirklich sicher?« Agnes schaute ihn aus schmalen Augen prüfend an. »Sie werden nicht wieder versuchen, ihre Ehe zu zerstören?«

»Wozu? Sie hat mir klar und deutlich zu verstehen gegeben, wie sie zu mir steht. Und ich bin nicht jemand, der irgendwo bleibt, wo er nicht erwünscht ist.«

»Und was ist mit Ihrem Sohn?«

Rob sah mit einem Mal so niedergeschlagen aus, dass er Agnes fast schon leidtat.

»Henry wird es gutgehen. Er hat bereits einen Vater und braucht mich nicht«, antwortete er. »Und ich brauche ihn auch nicht«, fügte er mit trotzig vorgeschobenem Kinn hinzu. »Ich habe nachgedacht. Sobald ich hier herauskomme, werde ich Bowden wohl den Rücken kehren und runter in den Süden gehen. Warum sollte ich nicht auch mal dort auf einer Farm mein Glück versuchen. Auch deshalb ist es das Beste für mich, wenn ich frei und ungebunden bin.«

Agnes konnte ihm ansehen, wie viel Mühe er sich gab, den Gleichgültigen zu mimen.

»Also kein Bergbau mehr?«, fragte sie und sah, wie er erschauderte.

»Nie wieder«, antwortete er. »Ich glaube, das Glück, das ich bisher unter Tage hatte, ist inzwischen restlos aufgebraucht.«

Agnes konnte ihn gut verstehen. Auch sie fragte sich manchmal, wie lange es wohl dauern würde, bevor sie wieder freiwillig unter Tage gehen würde.

Plötzlich wurde der Vorhang aufgezogen, und vor ihnen stand die junge Lernschwester, die ihre Haltung inzwischen wiedererlangt hatte.

»Die fünf Minuten sind vorbei«, sagte sie. »Und die Oberschwester ist schon wieder auf dem Rückweg zur Station.«

»Danke.« Agnes wandte sich wieder Rob zu. »Dann werde ich Sie jetzt allein lassen, Mr. Chadwick. Geben Sie auf sich acht, ja? Und ich wünsche Ihnen alles Gute«, sagte sie und war überrascht, als sie merkte, dass es ihr tatsächlich ernst war. Sein Charme hatte sie am Ende doch noch überzeugt.

»Ich Ihnen auch, Schwester. Und falls auch Sie an einem Tapetenwechsel interessiert sind, können Sie gern mit mir in den Süden runtergehen.«

Agnes schüttelte den Kopf. »Sie sind unverbesserlich, Mr. Chadwick.«

»Da ich nicht weiß, wie das gemeint ist, werde ich es als Kompliment auffassen.«

Als sie ging, rief er ihr nach: »Schwester?«

»Ja, Mr. Chadwick?«

»Ich habe viel darüber nachgedacht und versucht, es zu verstehen. Was glauben Sie, warum hat er es getan?«

»Wer?«

»Carries Ehemann. Wir haben uns nie gemocht, und deshalb frage ich mich, warum er sich in Gefahr gebracht hat, um ausgerechnet mich zu retten.«

»Weil er ein guter Mensch ist«, antwortete Agnes.

»Aye.« Rob Chadwick dachte eine Weile über ihre Worte nach. »Auf jeden Fall ein besserer als ich. Der beste Mann hat somit gewonnen, nicht?«

Agnes lächelte. »Wir wollen es hoffen, Mr. Chadwick.«

KAPITEL NEUNUNDVIERZIG

Es war Ende Dezember, und Dr. Rutherford hatte den Entschluss gefasst, sich zur Ruhe zu setzen.

Zum Abschied hatte Mrs. Bannister eine Teegesellschaft für ihn gegeben – zu der jedoch niemand erschienen war, nicht einmal seine angeblich so guten Freunde, die Haverstocks. Agnes konnte sich eines Anflugs von Mitleid für ihn nicht erwehren, als sie zu dritt im Salon saßen und verlegen Konversation machten.

»Was für ein scheußlicher Tag«, bemerkte Dr. Rutherford, als er aus dem Fenster schaute. »Ich wage sogar zu behaupten, dass das die Leute ferngehalten hat. Sir Edward hat ja im Winter wirklich immer sehr mit seinem Brustleiden zu kämpfen.«

»Ja, das wird es wohl sein«, stimmte Mrs. Bannister ihm zu und hob die Kuchenplatte an. »Noch ein Stückchen, Doktor? Es ist Viktoria-Biskuit, Ihr Lieblingskuchen.«

Abgesehen davon saß sie schmallippig und schweigsam da und gab sich die größte Mühe, ihre Gefühle zu verbergen. Agnes dachte, dass sie wahrscheinlich der einzige Mensch in Bowden war, der Dr. Rutherfords Weggehen aufrichtig bedauerte.

Zumindest hatte ihn die neue Angelrute, die Agnes ihm zum Abschied geschenkt hatte, ein wenig aufgeheitert. Doch obwohl sie versucht hatte, so zu tun, als hätten alle im Dorf dafür zusammengelegt, sodass Dr. Rutherford von einer »großzügigen Geste« gesprochen hatte, konnte Agnes ihm ansehen, dass er sich nicht wirklich täuschen ließ.

Trotz allem, was die Leute mit ihm durchgemacht hatten, fand Agnes es schade, dass er auf diese Weise gehen musste. Es war wirklich nicht viel, was er nach über zwanzig Jahren als Arzt im Dorf an Wertschätzung vorzuweisen hatte. Aber daran trug er ganz allein die Schuld. Hätte er seinen Patienten ein wenig Mitgefühl oder Freundlichkeit entgegengebracht, hätten sie das Gleiche vielleicht auch für ihn empfunden.

Sie fragte sich, ob ihm womöglich der gleiche Gedanke gekommen war, als er aus dem Fenster hinausstarrte wie ein treuer, aber längst im Stich gelassener Jagdhund, der noch immer auf sein Herrchen wartete.

»Wann wird Ihre Vertretung kommen?«, fragte Agnes, um ihn abzulenken.

»Wir erwarten ihn heute Abend aus London«, antwortete Dr. Rutherford. »Vorausgesetzt natürlich, dass das Wetter sich nicht noch mehr verschlechtert«, fügte er mit einem Blick auf den schmutzig grauen Himmel hinzu, der ganz eindeutig Schnee verhieß.

»Wissen Sie irgendetwas über ihn?«, fragte Agnes.

Dr. Rutherford schüttelte den Kopf. »Ich weiß nur, dass er ein junger Mann ist. Aber ich könnte mir vorstellen, dass er jede Menge neuer Ideen wie die Ihren haben wird, Miss Sheridan.«

Es hörte sich wie Kritik an, aber Agnes schenkte ihm ein honigsüßes Lächeln. »Nun, dann freue ich mich darauf, ihn kennenzulernen.«

»Das mag ja sein, aber er braucht nicht zu glauben, er könnte irgendwelche neuen Dinge in diesem Haus einführen. Weil ich das nämlich nicht dulden werde!«, erklärte Mrs. Bannister.

Dr. Rutherfords Augen zwinkerten hinter seinen Brillengläsern. »Oh, ich bin mir sicher, dass Sie ihm den Kopf zurechtrücken werden, falls er so etwas versucht, Mrs. B.«

»Ich werde mein Bestes tun, Doktor.«

Agnes blickte zwischen den beiden hin und her und fragte sich, wieso Dr. Rutherford in all den Jahren nie etwas von den geheimen Sehnsüchten der Haushälterin bemerkt hatte. Für Agnes waren sie nur allzu offensichtlich, obwohl sie erst seit einigen Monaten unter demselben Dach lebte. Sie konnte kaum umhin,

Mrs. Bannister zu bedauern, da die arme Frau offenbar untröstlich darüber war, ihren geliebten Dr. Rutherford zu verlieren, und sich vor all den Veränderungen fürchtete, die sein Weggehen mit sich bringen konnte.

Da Dr. Rutherford ihr jedoch versprochen hatte, sie nachkommen zu lassen, sobald er sich in seinem neuen Zuhause in den Highlands eingerichtet hatte, bestand vielleicht noch Hoffnung für die beiden … In der Zwischenzeit würde Mrs. Bannister in Bowden bleiben, bis sich ein Nachfolger für Dr. Rutherford fand, der Haus und Praxis übernehmen würde.

Plötzlich klingelte es an der Tür.

»Ob das die Haverstocks sind?« Dr. Rutherford wandte sich hoffnungsvoll der Tür zu, nur um sich enttäuscht in seinen Sessel zurücksinken zu lassen, als sie sich öffnete und Jinny mit einem Blatt Papier in der Hand erschien.

»Ein Junge hat mir eine Nachricht für Sie gegeben, Miss Sheridan«, sagte sie.

»Eine Nachricht?« Mrs. Bannister streckte ihre Hand aus. »Gib sie mir.«

Jinnys Blick glitt von der Haushälterin zu Agnes. »Tut mir leid, aber der Junge hat gesagt, nur die Schwester dürfte sie sehen.«

Agnes konnte Mrs. Bannisters Missfallen spüren, als sie sich den Zettel von Jinny geben ließ und die wenigen Zeilen darauf las. Sie konnte das fast unleserliche Gekritzel auf dem Zettel kaum entziffern, wusste aber dennoch gleich, worum es ging.

Sie steckte den Zettel ein und wandte sich an Jinny. »Richte dem Jungen aus, dass ich mich sofort auf den Weg machen werde«, sagte sie.

»Und?«, fragte Mrs. Bannister, sowie die Tür geschlossen war. »Was steht denn nun auf diesem Zettel? Und von wem ist er?«

Agnes ignorierte ihre Frage und stand auf. »Wenn Sie mich jetzt bitte entschuldigen – ich habe noch einen Besuch zu machen«, sagte sie.

»Und bei wem, wenn ich fragen darf?« Mrs. Bannister war ganz starr vor Ärger. »Ich halte nichts von Geheimnistuerei, Miss Sheridan. Außerdem ist dies das Haus des Doktors, und er hat das Recht zu erfahren ...«

»Schon gut, Mrs. Bannister.« Dr. Rutherford hob die Hand, um sie zum Schweigen zu bringen. »Glauben Sie, Sie könnten meine Hilfe brauchen, Miss Sheridan?«

Agnes sah ihn an. Wie oft hatte sie ihn um Hilfe gebeten, und er hatte sie ihr verweigert? Wenn sie an all die armen Menschen dachte, die seinetwegen weitergelitten hatten, weil er keinen Finger für sie rührte ...

Sie war versucht, ihn daran zu erinnern, aber dann sah sie die Wehmut in seinem Gesicht und wusste, dass sie sich ihre Worte sparen konnte, weil er auch so schon unter den Folgen seines Verhaltens zu leiden hatte.

»Danke, aber ich komme schon zurecht, Doktor«, sagte sie freundlich. »Genießen Sie lieber Ihre Muße. Sie sind schließlich im Ruhestand, nicht wahr?«

»Ja.« Dr. Rutherford machte ein trauriges Gesicht. »Ja, das bin ich wohl.«

Draußen pfiff ein scharfer Wind durch die Straßen und zerrte an den kahlen Bäumen. Es war kaum drei Uhr nachmittags, aber der Himmel verdunkelte sich schon.

Trotz ihrer Handschuhe wurden Agnes' Hände an der Lenkstange ihres Fahrrads steif vor Kälte, und vereinzelte Schneeflocken stachen ihr wie eisige Nadeln ins Gesicht.

Auf der Steigung, die aus dem Dorf hinausführte, kam sie an einem jungen Paar mit einem kleinen Kind vorbei. Die Frau hielt das Kind an der Hand, und der Mann schleppte einen enormen Weihnachtsbaum hinter sich her.

Agnes bremste und hielt am Bordstein, wo sie darauf wartete, von ihnen eingeholt zu werden.

»Frohe Weihnachten!«, rief sie ihnen zu, obwohl ihre Worte

vom pfeifenden Wind davongetragen wurden. »Du meine Güte, was für ein riesiger Weihnachtsbaum!«

»Den hat mein Sohn ausgesucht«, erwiderte James Shepherd und verzog das Gesicht zu einer nicht ganz ernst gemeinten Grimasse. »Ich hoffe nur, dass ich ihn durch die Haustür hineinbekomme!«

Agnes blickte auf Henrys strahlendes, von der Kälte gerötetes Gesicht herab. Jetzt, wo er die Zartheit des Babys verlor, konnte Agnes sehen, dass er mit seinen tief liegenden braunen Augen und dem braunen Haar, das unter seiner Wollmütze hervorschaute, seinem Vater immer ähnlicher wurde.

Wenn Rob Chadwick ein paar Monate länger im Dorf geblieben wäre, hätte er nicht mehr daran gezweifelt, dass James Shepherd Henrys Vater war. Es sah ganz so aus, als ob das Wunder, das James sich so sehr gewünscht hatte, am Ende doch geschehen wäre.

Oder vielleicht ist es ja gar nicht so ein Wunder, dachte sie, als sie Carrie Shepherd ansah. Es war noch sehr früh, aber sie hatte schon jetzt das blühende Aussehen einer schwangeren Frau.

»Haben Sie unsere guten Neuigkeiten schon gehört, Miss Sheridan?«, fragte Carrie lächelnd. »James hat die Arbeit im Bergwerk aufgegeben.«

»Nein!« Agnes blickte verblüfft von ihr zu James und wieder zurück.

»Doch, doch, so ist es, Schwester. Und da Miss Colley gekündigt hat, um zu heiraten, wird er nun ihren Posten in der Schule übernehmen.«

»Was für großartige Neuigkeiten! Das freut mich wirklich sehr für Sie. Sie werden ein wunderbarer Lehrer sein!«

»Das ist die Frage«, entgegnete James verlegen. »Ich bin mir nämlich gar nicht sicher, was Miss Warren von mir halten wird.«

»Die Zusammenarbeit mit ihr kann aber doch kaum schlimmer sein als die mit Sir Edward?«

»Das stimmt natürlich.«

Agnes konnte James die Erleichterung bereits ansehen. Er sah aus, als ob ihm eine schwere Last von den Schultern genommen worden wäre.

»Das freut mich wirklich sehr für Sie«, sagte Agnes lächelnd.

»Danke.« Carrie griff nach der Hand ihres Ehemanns. »Es ist ein Neuanfang für uns.«

Der liebevolle Blick, den sie austauschten, versetzte Agnes einen Stich. Wenn irgendjemand einen Neuanfang verdiente, dann waren sie es. Und da Rob Chadwick das Dorf schon vor geraumer Zeit verlassen hatte und James endlich sein eigener Herr war, war es vielleicht tatsächlich das, was sie bekommen würden.

»Wo wollen Sie bei diesem grauenhaften Wetter eigentlich hin?«, fragte James.

»Ich muss zu einem Notfall.«

»Nun, dann hoffe ich, dass Sie nicht zu weit fahren müssen. Der Schnee wird nämlich nicht mehr lange auf sich warten lassen.«

»Schnee!«, rief Henry und hüpfte in freudiger Erregung auf und ab.

»Ja, er wird bald kommen, junger Mann.« James lächelte ihm zu. »Wahrscheinlich werden wir morgen früh schon einen Schneemann bauen müssen.« Dann schaute er Agnes an. »Und seien Sie bitte vorsichtig, Miss Sheridan, ja? Ich beneide Sie nicht darum, bei diesem Wetter draußen sein zu müssen.«

Agnes blickte die Straße hinauf, wo bereits die ersten Schneeflocken von dem scharfen Wind herumgewirbelt wurden.

Auch sie war alles andere als erfreut darüber, bei diesem Wetter draußen sein zu müssen.

»Ich hätte nicht gedacht, dass Sie kommen würden«, sagte Hannah, als sie die Tür öffnete und mit ihrer kräftigen Gestalt das schwache Licht der Lampe verdeckte, das aus dem Zimmer hinter ihr fiel. Für einen Moment stand sie einfach mit großen Augen da, aber dann besann sie sich und trat beiseite, um Agnes ins Haus zu lassen.

Drinnen war es warm und stickig, es roch nach Rauch und Katzen. Und trotz der Wärme wirkte das kleine Haus kahl und ungemütlich. Was an Möbelstücken vorhanden war, wirkte alt, abgenutzt und ungeliebt.

Eine magere Katze döste auf einem abgewetzten Sessel am Kamin. Das Tier hob den Kopf und schaute Agnes böse an, als sie ihre Tasche auf dem Tisch abstellte.

»Wie geht es ihr?«, fragte Agnes, während sie ihren Mantel auszog.

»Nicht gut«, erwiderte Hannah kurz. »Es ging ihr schon seit ein paar Tagen schlecht, aber seit heute Morgen ist es schlimmer geworden.«

»Warum haben Sie mich nicht schon früher holen lassen?«

»Ich wollte Sie überhaupt nicht holen lassen. Nicht ich, sondern sie war es, die Sie sehen wollte.« Hannah nickte mit dem Kopf zu der Tür hinüber, die ins Nebenzimmer führte.

»Aber warum? Wir kennen uns nicht einmal.«

»Woher soll ich das wissen?«, gab Hannah schroff zurück. »Meine Mutter macht die Dinge, wie sie sie für richtig hält.«

Hannah wirkte verärgert darüber, und Agnes konnte auch verstehen, warum. In den letzten Monaten hatten sie und Hannah einen Waffenstillstand geschlossen und tolerierten einander, solange sie sich nicht allzu sehr in die Quere kamen.

»Ist sie das?«, fragte eine dünne, krächzende Stimme aus dem Nebenraum. »Ist sie gekommen?«

»Aye, das ist sie.« Hannah blickte Agnes weiterhin unfreundlich an. »Am besten gehen Sie zu ihr rein«, meinte sie. »Sie kann es nicht leiden, wenn man sie warten lässt.«

Agnes wusste nicht, was sie von Nella Arkwright zu erwarten hatte. Sie hatte genug Geschichten über die furchteinflößende Hexe gehört, die oben im Wald lebte, Menschen mit Zaubern belegte, mit Dämonen verkehrte und ihren Mann durch Zauberei ermordet hatte, als ihm ein falsches Wort entschlüpft war.

Aber sie fand in dem Bett nur eine zerbrechliche alte Frau vor. Ihre schmächtige Gestalt war unter der Flickendecke fast nicht zu erkennen, und ihr schütteres weißes Haar, das in dünnen Strähnen auf dem Kissen lag, umrahmte ein winziges Gesicht, das runzlig war wie ein verdorrter Apfel.

Sie lachte gackernd. »Na also! Ich hab dir ja gleich gesagt, dass sie kommen wird.« Nella richtete ihren Blick auf Agnes. Ihre Augen waren getrübt vom Alter, und doch hatte Agnes das ungute Gefühl, dass sie ohne sie sogar noch tiefer blicken konnte. »Sie hat gesagt, Sie würden nicht herkommen. Aber ich kenne Sie besser.« Ihr Mund verzog sich zu einem breiten Grinsen, das eine Art dunkles, zahnloses Loch zum Vorschein brachte. »Oh ja, Miss Sheridan, ich kenne Sie sogar sehr gut.«

Agnes trat von dem Bett zurück. »Ihre Tochter meinte, Sie fühlten sich nicht gut«, sagte sie brüsk, um die Kontrolle wiederzuerlangen. »Dann wollen wir doch mal sehen, was wir für Sie tun können, nicht?«

»Sie brauchen Ihre Sachen gar nicht erst auszupacken, Sie würden nur Ihre Zeit verschwenden«, sagte Nella, als Agnes ihre Tasche öffnete. »Ich sterbe. Meine Zeit ist gekommen, und das ist auch schon alles.«

»Warum haben Sie mich dann holen lassen?«

»Weil ich Sie sehen wollte.« Sie hob eine Hand, um Agnes zu sich herüberzuwinken. »Kommen Sie näher und lassen Sie sich ansehen.«

Agnes warf Hannah, die mit ausdrucksloser Miene wie ein Wächter an der Tür stand, einen fragenden Blick zu.

»Na, nun kommen Sie schon!«, sagte Nella ungeduldig. »Keine Angst, ich fresse Sie nicht auf. Wahrscheinlich ist es das, was Sie gehört haben, nicht? Dass ich in den Wäldern auf die Jagd nach Kindern gehe?«

»Solchen Unsinn würde ich mir gar nicht anhören«, tat Agnes die Bemerkung achselzuckend ab.

»Dann macht es Ihnen ja auch bestimmt nichts aus, ein bisschen näher zu kommen. Nur ins Licht, wo ich Sie besser sehen kann. Meine alten Augen sind auch nicht mehr das, was sie mal waren.«

Agnes trat langsam näher an das Bett heran. Das ist ja lächerlich, sagte sie sich. Was hatte sie von einer sterbenden alten Frau schon zu befürchten? Und trotzdem wurde sie von einer Welle des Abscheus erfasst, als Nella sie jetzt sehr genau betrachtete.

»Aye, Sie sind genauso, wie ich dachte. Ein hübsches kleines Ding. Findest du nicht auch, dass sie ein bisschen was von meiner Sarah hat, Hannah?« Nella nickte vor sich hin. »Kein Wunder, dass Sie Seth Stanhopes Interesse erregt haben. Männer mögen hübsche Gesichter, das war schon immer so.«

Aus dem Augenwinkel sah Agnes Hannahs kummervolle Miene und wechselte das Thema.

»Was für Beschwerden haben Sie denn nun?«, fragte sie Nella.

»Ich sagte doch schon, dass ich sterbe. Also hören Sie auf, mir dumme Fragen zu stellen, und lassen Sie mich – ah!« Nellas Körper verkrampfte sich vor Schmerz.

»Mutter!« Hannah lief zu ihr, aber Nella wandte sich brüsk von ihr ab.

»Nein! Fass mich nicht an. Du bist mir zu ungeschickt mit deinen großen, derben Händen. Haben Sie diese Hände gesehen, Schwester? Sie sind groß wie Schaufeln, nicht? Was meinen Sie … glauben Sie, irgendein Mann würde je einen Ring an eine so grobe, große Pfote stecken? Er würde ohnehin keinen finden, der ihr passt!«

Wieder stieß sie ein raues, krächzendes Gelächter aus. Agnes schaute Hannah an und wartete auf eine Reaktion. Aber die arme Frau wich nur zurück und ließ ihren Kopf hängen wie ein gescholtenes Kind.

»Ihre Tochter hat sogar sehr geschickte Hände, Mrs. Arkwright«, sagte Agnes verteidigend. »Ich habe selbst gesehen, wie behutsam diese Hände eine Wunde verbinden oder ein Kind zur Welt bringen können.«

Hannah blickte auf, und Agnes sah den überraschten, aber auch ein wenig stolzen Ausdruck, der auf ihrem Gesicht erschien.

»Ah, dann seid ihr beide jetzt also schon dicke Freundinnen, was?«, sagte Nella mit ätzendem Spott. »Aber das wird nicht so bleiben, das tut es nie. Wer würde auch schon mit einem großen, hässlichen Koloss wie ihr befreundet sein wollen?« Sie wandte sich an Hannah, die sich in die Schatten zurückgezogen hatte wie ein geprügelter Hund. »Steh nicht nur dumm rum, Mädchen. Mach dich nützlich und bring mir eine Tasse Tee. Ich bin am Verdursten!«

»Ja, Mutter«, antwortete Hannah gefügig und schlurfte davon.

Nellas zahnloser Mund kräuselte sich vor Verachtung. »Ja, Mutter«, ahmte sie das mädchenhafte Lispeln ihrer Tochter nach. »Was für eine Grausamkeit des Schicksals, einem Monstrum wie diesem so eine hübsche Stimme zu verleihen? Da muss man sich doch wirklich wundern, nicht?«

»Lassen Sie sie in Ruhe.«

Nella wandte den Kopf, um Agnes anzusehen. »Und wer sind Sie, um mir zu sagen, wie ich mich in meinem eigenen Haus verhalten soll?«

»Ich kann auch gerne wieder gehen, falls es Ihnen lieber ist. Im Gegensatz zu Ihrer Tochter habe ich nämlich Besseres mit meiner Zeit zu tun, als um Sie herumzuscharwenzeln.«

Nella kicherte. »Hört, hört! Fürchten Sie mich denn gar nicht, Mädchen?«

Agnes hob das Kinn. »Natürlich nicht.«

»Vielleicht sollten Sie das aber!«

Bevor Agnes etwas erwidern konnte, kam Hannah mit einer Tasse und Untertasse aus angeschlagenem Porzellan zurück, die sie vorsichtig in beiden Händen trug.

»Bitte schön, Mutter.« Sie stellte beides auf den Nachttisch, um dann den gebrechlichen Körper ihrer Mutter behutsam aufzurichten und ihr die Tasse an die faltigen Lippen zu halten.

Nella nahm einen Schluck und spuckte ihn nicht nur aus, sondern ihrer Tochter direkt ins Gesicht.

»Er hat zu lange gezogen!« Sie ergriff die Tasse und schleuderte sie mit erstaunlicher Kraft an die Wand, wo sie zerbrach und einen hässlichen braunen Fleck auf der verblassten rosa Tapete hinterließ.

Agnes schnappte nach Luft, schlug die Hände vor den Mund und wartete darauf, dass Hannah vor Wut explodierte. Stattdessen legte sie ihre Mutter aber nur sanft wieder hin und richtete sich auf.

»Entschuldige bitte, Mutter«, sagte sie leise und wischte sich über das Gesicht. »Ich werde dir einen frischen Tee aufbrühen.«

Und dann ging sie wieder. Agnes starrte ihr mit großen Augen hinterher, schockiert von dem, was sie mit angesehen hatte.

»Das gefällt Ihnen wohl nicht, was?«, sagte Nella von ihrem Bett aus spöttisch. »Sie denken, ich behandelte meine Tochter schlecht.«

Was ich denke, ist, dass du ein absolutes Scheusal bist, war die Antwort, die Agnes auf der Zunge lag. Aber sie wusste auch, dass es besser war, sich die Worte zu verkneifen. Nella versuchte, sie zu ärgern, aber die Genugtuung wollte Agnes ihr nicht geben.

»Es steht mir nicht zu, das zu beurteilen«, sagte sie daher nur kühl. »Aber nun zu Ihnen. Sie haben anscheinend große Schmerzen. Möchten Sie, dass ich Ihnen etwas dagegen gebe?«

Nella wandte das Gesicht ab. »Ich habe keine Angst vor Schmerzen«, erwiderte sie kalt.

»Gut, dann werde ich Sie jetzt in Ruhe lassen.« Agnes lächelte im Stillen über Nellas Wut darüber, dass sie sich weigerte, ihr Spielchen mitzumachen.

Nach ihren letzten Worten drehte Agnes sich auf dem Absatz um und ging in die Küche, wo Hannah am Herd stand und den Tee aufbrühte. Agnes konnte ihr auf den ersten Blick ansehen, dass sie geweint hatte.

Plötzlich wandte sie sich von Agnes ab und zog die Nase hoch, um ihre Tränen zu unterdrücken. »Wie geht es ihr?«

»Sie ruht sich aus.«

»Möchten Sie eine Tasse Tee? Ich habe eine frische Kanne aufgebrüht.«

Agnes warf einen Blick zum Fenster. Der Schnee fiel jetzt noch dichter, und der Wind trieb dicke Flocken gegen das Fensterglas. Agnes dachte sehnsüchtig an Dr. Rutherfords sauberes, warmes Haus.

»Vielen Dank, aber ich sollte jetzt wirklich besser …« Agnes wollte schon ablehnen, als sie Hannahs trübsinnige Miene sah. »Ja, sehr gern, das wäre schön«, schloss sie stattdessen.

Hannah brachte ihrer Mutter eine Tasse Tee, und kurz darauf saßen sie und Agnes im flackernden Schein des Kaminfeuers und lauschten dem Wind, der um das Haus heulte.

»Was für eine fürchterliche Nacht«, bemerkte Agnes.

»Aye. Mutter hat immer gesagt, sie würde in einer Nacht wie dieser sterben, wenn Schnee in der Luft liegt«, sagte Hannah mit ausdrucksloser Stimme, während sie in die Flammen starrte.

»Warum lassen Sie es sich eigentlich gefallen, dass sie so mit Ihnen spricht?«

Hannah zuckte mit den Schultern. »Mutter denkt sich nichts dabei«, antwortete sie. »Außerdem hat sie recht. Ich bin ja wirklich groß und hässlich, das lässt sich nicht bestreiten.«

Agnes wandte sich wieder dem Feuer zu.

»Meine Mutter konnte hin und wieder auch sehr barsch sein«, sagte sie.

Sie konnte Hannahs erstaunten Blick spüren. »Warum?«

»Weil ich eine Enttäuschung für sie war – oder wahrscheinlich noch immer bin.«

»Sie?«, fragte Hannah ungläubig. »Das kann ich mir nicht vorstellen. Sie könnten für niemanden eine Enttäuschung sein. Nicht so wie ich.« Die magere Katze sprang ihr auf den Schoß, und Hannah streichelte ihren geschmeidigen langen Rücken. »Haben Sie noch andere Verwandte? Brüder oder Schwestern?«, fragte sie.

»Eine Schwester namens Vanessa.«

»Ist sie älter oder jünger als Sie?«

»Zwei Jahre älter.«

»Sarah war jünger als ich, die Jüngste in der Familie.« Es zuckte um Hannahs Mund. »Alle liebten sie.«

Wie Vanessa. Agnes dachte an ihre Mutter und Schwester, die sich wahrscheinlich gerade zu irgendeinem Nachmittagstee oder einem ihrer unzähligen Einkaufsbummel aufmachten. Es erstaunte Agnes immer wieder, wie endlos lange sie über Schuhe oder über Leute, die sie kannten, reden konnten. Sie selbst war mehr wie ihr Vater, der seine Zeit auch lieber mit einem guten Buch verbrachte.

»Mutter hat mir Sarah immer vorgezogen«, riss Hannahs lispelnde Stimme sie aus ihren Gedanken. »Sie hat mir sogar gesagt, es wäre besser gewesen, wenn ich anstelle von ihr gestorben wäre.«

Agnes starrte Hannah schockiert an. Nicht einmal Elizabeth Sheridan hätte jemals so grausam sein können, einen solchen Gedanken auszusprechen.

Die arme Hannah. Kein Wunder, dass sie so verzweifelt bemüht war, jemanden zu finden, der sie liebte.

Sie blieben noch am warmen Feuer sitzen, jede in ihre eigenen Gedanken vertieft. Nach einer Weile fragte Agnes sich, ob Hannah womöglich eingeschlafen war, aber als sie ihr von der

Seite einen Blick zuwarf, sah sie, dass sie hellwach war und in die Flammen starrte.

Als das Feuer nach und nach herunterbrannte, raffte Hannah sich auf, um es mit ein paar Scheiten aus dem Korb mit dem Feuerholz wieder anzufachen. Die Katze, die von ihrem Schoß gesprungen war, kam nun zu Agnes und strich um ihre Beine.

»Sie waren schon lange nicht mehr bei den Stanhopes«, bemerkte Hannah.

»Ich hatte keinen Grund dazu. Da Christopher wieder vollständig genesen ist, brauche ich nicht mehr nach ihm zu sehen.«

»Trotzdem dachte ich, Sie würden vielleicht einmal vorbeischauen.«

»Wozu?«

»Um Seth zu sehen.«

Agnes streckte die Hand nach der Katze aus, um ihre mageren Flanken zu streicheln. Ihre letzte Begegnung mit Seth war vor zwei Monaten gewesen, als Christopher aus dem Krankenhaus entlassen worden war und Agnes ihn im Rahmen ihrer Pflichten daheim besucht hatte.

Sie packte gerade ihre Sachen ein, als Seth, noch ganz schwarz von der Arbeit in der Grube und dicht gefolgt von dem endlos plappernden Billy heimgekommen war.

Seth war wie angewurzelt stehengeblieben, als er sie erblickte, und sie konnte sehen, wie das Lächeln auf seinem Gesicht gefror. »Schwester«, sagte er mit einem knappen Nicken und nahm seine Mütze ab.

»Mr. Stanhope.« Agnes war überrascht, als sie merkte, dass sie nicht weniger befangen war als er. »Was macht Ihre Schulter?«, fragte sie, um etwas zu sagen.

»Sie verheilt sehr gut, danke.« Dann blickte er an ihr vorbei zum Schlafzimmer hinüber. »Und wie geht es unserem Chris?«

»Bestens«, sagte sie und konnte die heiße Röte spüren, die ihr in die Wangen stieg.

Einen Augenblick lang standen sie verlegen da und vermieden es, einander anzusehen, bis Billy mit einer Frage die Anspannung durchbrach.

»Kommst du Fußball spielen, Dad?«, fragte er.

Seth begann den Kopf zu schütteln, und kurz dachte Agnes, dass er es vielleicht ablehnen würde. Aber dann sagte er nur: »Du wirst warten müssen, bis ich ein Bad genommen habe, Junge.«

Agnes' Gesicht wurde noch heißer, als sie sich an den Tag erinnerte, an dem sie zum ersten Mal in dieses Haus gekommen war und sie ihn in der Wanne überrascht hatte. Unwillkürlich glitt ihr Blick zum Feuer, als sie daran dachte, aber dann riss sie sich zusammen.

»Gut, dann will ich jetzt nicht weiter stören«, sagte sie rasch und griff nach ihrer Tasche. »Aber ich werde morgen noch einmal vorbeischauen.«

»Aye.«

Seitdem hatte sie ihn jedoch nicht mehr gesehen. Bei jedem ihrer späteren Besuche bei Christopher brachte Seth es irgendwie zustande, außer Haus zu sein. Agnes wusste allerdings, dass das kein Zufall war. Er mochte vielleicht aufgehört haben, seinen Kindern aus dem Weg zu gehen, aber aus irgendeinem Grund mied er nun sie.

»Er arbeitet wieder unten in der Mine«, sagte sie jetzt zu Hannah.

Die nickte grimmig. »Was sollte er auch anderes tun? Er hat eine Familie zu ernähren. Außerdem liegt ihm der Bergbau im Blut.«

»Ja, wahrscheinlich schon.« Aber Agnes fragte sich, ob er die gleichen Albträume wie sie haben mochte. Erwachte auch er nach Atem ringend und gegen das Bettzeug ankämpfend, weil er es für Gestein hielt, das auf ihn herabfiel?

Wieder schweigen sie und Hannah. Das Feuer zischte und knisterte, als es die neuen Holzscheite verschlang.

»Ich war eifersüchtig auf Sie«, sagte Hannah schließlich.

Agnes runzelte die Stirn. »Warum?«

»Weil ich diesen Mann schon immer geliebt habe, wissen Sie. Aber dann verlor ich ihn an Sarah.« Der Feuerschein flackerte auf Hannahs Gesicht. »Als sie dann verstarb, dachte ich, ich bekäme vielleicht noch eine zweite Chance. Aber dann kamen Sie hierher, und ich …« Sie senkte ihren Blick auf ihre Hände, die auf ihrem Schoß lagen. »Ich hasste Sie, weil ich dachte, sie nähmen mir etwas, wovon ich glaubte, es gehörte mir. Aber da habe ich mich genauso geirrt, wie ich mich bei Sarah schon geirrt hatte. Sie hat ihn mir nicht weggenommen.« Nun wandte sie sich Agnes zu, um sie anzusehen, und ihre Augen waren wie dunkle Seen im Feuerschein. »Seth Stanhope hat mir nie gehört und wird mir auch nie gehören. Sie sind die Frau, die er will.«

Der Gedanke war so absurd, dass Agnes fast gelacht hätte. Hannah hätte so etwas nie gesagt, wenn sie miterlebt hätte, wie er sie an jenem Tag in seinem Haus behandelt hatte! »Sie irren sich«, sagte sie. »Er hat keinerlei Interesse an mir.«

»Natürlich hat er das. Er würde es nie zugeben, aber ich kann es sehen. Ich habe ihn weiß Gott schon oft genug beobachtet, um zu wissen, was in seinem Herz vorgeht«, sagte Hannah bitter.

Agnes erinnerte sich noch gut an ihren allerersten Tag bei der Bergarbeiterfürsorge und die finstere Miene, mit der Seth ihr dort am Tisch gegenübergesessen hatte. Aber auf einmal wurde ihr klar, dass sie selbst sich wohl schon damals zu ihm hingezogen gefühlt hatte.

Schnell verdrängte sie den Gedanken wieder. »Selbst wenn es stimmen würde, wäre ich nicht interessiert«, sagte sie. »Dazu bin ich viel zu sehr mit meiner Arbeit beschäftigt.«

»Mit Ihrer Arbeit?«, fragte Hannah in ungläubigem Ton. »Soll das heißen, dass Sie sich lieber um die entzündeten Fußballen und wundgelegenen Stellen fremder Leute kümmern, als einen Mann zu finden, der Sie liebt?«

Agnes richtete ihren Blick ins Feuer und spürte die Hitze in ihrem Gesicht. Früher einmal hätte sie jetzt vielleicht ohne zu zögern Ja gesagt, aber heute wusste sie nicht, was sie denken sollte.

Bevor sie eine Antwort finden konnte, stieß Nella im Nebenzimmer einen lauten Schrei aus.

»Mutter!« Hannah war schon bei ihr, bevor Agnes auch nur aufgestanden war.

Nella lag zusammengerollt unter der Flickendecke und winselte wie ein verletztes Tier. Ihr Schmerz war offenbar so übermächtig, dass sie Hannah nicht einmal wegschubste, als sie zu ihr trat.

»Mutter?« Hannah strich Nella das Haar aus dem feuchten Gesicht. »So habe ich sie noch nie gesehen«, sagte sie zu Agnes und schaute sie verzweifelt an. »Können Sie nicht etwas tun?«

»Nein.« Nella fand ihre Stimme wieder. »Meine Zeit läuft ab, und ich will …« Sie unterbrach sich und zuckte zusammen, als der Schmerz sie wieder packte. »Lass uns allein. Ich will mit der Schwester reden. Ich habe ihr etwas Wichtiges zu sagen.«

Agnes konnte Hannahs Blick auf sich spüren und beschwor sie im Stillen, nicht zu gehen. Plötzlich wollte sie weder mit Nella Arkwright allein sein, noch hören, was sie ihr zu sagen hatte.

Aber die Tür schloss sich leise hinter Hannah, und dann waren sie allein. Sobald ihre Tochter gegangen war, schien Nella ruhiger zu werden.

»So ist es besser«, sagte sie. »Der Schmerz ist jetzt vorbei. Ich kann den Schatten des Todes spüren, der über mich wacht und wartet …« Sie seufzte, und der Anflug eines Lächelns huschte über ihr Gesicht. »Es wird jetzt nicht mehr lange dauern.«

»Vielleicht sollte ich Ihre Tochter holen.«

Agnes wollte zur Tür gehen, aber Nella sagte: »Warten Sie! Wollen Sie denn nicht wissen, was ich Ihnen zu sagen habe? Ich habe eine Vision gehabt.«

Agnes blieb wie angewurzelt stehen. »Ich habe kein Interesse an Wahrsagereien.«

Und damit wollte sie sich abwenden, doch Nella griff nach ihrer Hand und umklammerte sie mit geradezu schockierender Kraft für eine so alte und schwache Frau.

»Sie werden ihn wiedersehen«, zischte sie. »Sie glauben, er sei für immer aus Ihrem Leben verschwunden, aber dennoch ist er für Sie nicht gestorben.«

»Ich … ich weiß nicht, wovon Sie reden.«

»Oh doch, das wissen Sie.« Die trüben Augen der alten Frau glühten plötzlich. »Sie denken die ganze Zeit an ihn und sehen ihn in Ihren Träumen. Er ist der Mensch, der Ihnen am meisten am Herzen liegt. Und eines Tages wird er zu Ihnen zurückkehren. Eines Tages …«

Agnes zog ihre Hand zurück, doch als sie es tat, fiel Nellas Arm kraftlos auf das Bett, und sie legte sich zurück und starrte mit glasigen Augen zur Zimmerdecke auf.

»Hannah!«, schrie Agnes, obwohl sie wusste, dass es schon zu spät war.

KAPITEL FÜNFZIG

Später erbot sich Agnes, beim Aufbahren der alten Frau zu helfen, was Hannah jedoch ablehnte.

»Nein, das werde ich selbst tun, denn so hätte sie es gewollt«, sagte sie.

Da Agnes verstehen konnte, dass Hannah ihre Mutter allein betrauern wollte, erhob sie keine Einwände.

Hannah sah ihr zu, als sie ihre Tasche packte. »Sie sollten bei den Stanhopes vorbeischauen«, sagte sie. »Ich weiß, dass die Kinder Sie gerne sehen würden, besonders die kleine Elsie. Sie spricht sehr oft von Ihnen.«

Agnes lächelte. »Mal schauen.«

Dann zog sie ihren Mantel über und schickte sich an, in die dunkle, kalte Nacht hinauszugehen. Als sie die Tür öffnete, fuhr ein eisiger Windstoß herein und brachte ein regelrechtes Schneegestöber mit.

»Inzwischen liegt schon alles unter einer dicken Schneedecke«, bemerkte Hannah mit einem Blick hinaus. »Da werden Sie mit dem Fahrrad nicht durchkommen. Warum bleiben Sie nicht hier, bis das Schlimmste vorüber ist?«

»Danke, aber irgendwann muss ich sowieso zurückfahren, weil ich morgen früh Patienten besuchen muss.« Und wenn sie ehrlich war, gefiel ihr auch der Gedanke nicht, die Nacht in dem alten Bauernhaus der Arkwrights zu verbringen, wo die tote Nella im Nebenzimmer lag.

»Dann werde ich das Pferd und den Karren holen und Sie fahren.«

»Ach, es wird schon gehen, machen Sie sich keine Sorgen.« Agnes warf einen vielsagenden Blick zur Schlafzimmertür.

»Außerdem müssen sie jetzt hier bei Ihrer Mutter bleiben«, sagte sie.

Hannah machte ein Gesicht, als ob sie widersprechen wollte, aber dann zuckte sie nur ihre breiten Schultern. »Dann legen Sie sich wenigstens dieses Umschlagtuch um, um sich warm zu halten. Und ziehen Sie diese Stiefel an.« Sie reichte ihr ein paar Männerstiefel, die neben dem Kamin gestanden hatten. »Die werden auch ein bisschen gegen die Kälte helfen.«

Agnes blickte zwischen den Stiefeln, die mindestens drei Nummern zu groß für sie waren, und ihren eigenen Schuhen hin und her. Sie waren aus robustem schwarzem Leder, aber völlig ungeeignet für die tiefen Schneeverwehungen. »Danke, Mrs. Arkwright«, sagte sie.

Während Hannah ihr beim Überziehen der Stiefel zusah, fragte sie plötzlich: »Was hat Sie eigentlich dazu bewogen, herzukommen?«

Agnes blickte stirnrunzelnd zu ihr auf. »Die Nachricht, die Sie mir überbringen ließen.«

»Ja, aber warum sind Sie gekommen? Sie hätten meine Nachricht auch einfach ignorieren können. So wie ich Sie behandelt habe, hätte es Ihnen niemand verübeln können.«

»Es ist nun mal meine Aufgabe«, sagte Agnes. »Als Krankenschwester muss ich mich um die Menschen kümmern, ob sie mir nun sympathisch sind oder nicht.«

Hannah verzog den Mund. »Meine Mutter hat mir beigebracht, allen, die mich verärgern, Schlechtes zu wünschen. Sie hätte jedenfalls nicht gewollt, dass ich ihnen helfe, sich besser zu fühlen oder sogar wieder gesund zu werden.« Sie sah Agnes an. »Vielleicht ist das der Unterschied zwischen uns, nicht wahr?«

»Vielleicht ist es das, ja«, sagte Agnes.

Sie war froh über die Stiefel, als sie in die kalte Nacht hinaustrat. Überall waren Schneeverwehungen, sodass sie ihr Fahrrad tatsächlich nicht benutzen konnte. Schließlich ließ Agnes es hinten am Tor der Arkwrights stehen, um sich zu Fuß auf den Rückweg durch den Wald zu machen. Doch selbst im Schein der Lampe, die Hannah ihr mitgegeben hatte, um den Weg zu finden, war es dunkel und gespenstisch im Wald. Das Heulen und schrille Pfeifen des Windes erinnerte sie an Nella Arkwrights krächzendes Lachen. Es war fast so, als befände sich der Geist der alten Frau in den Bäumen über ihr und beobachtete sie ...

Schluss mit diesem abergläubischen Unsinn, sagte Agnes sich entschieden. Es gab keine Geister und dergleichen ... Und dennoch konnte sie den Aufschrei nicht unterdrücken, als ein kahler Ast sie streifte und ihr die Mütze vom Kopf riss.

Der Schnee war tiefer, als sie erwartet hatte, und ihre Füße versanken bei jedem Schritt darin. Es war mühsam, ihre schweren Stiefel aus den Schneeverwehungen zu ziehen, und als der Wald sich endlich lichtete und das gut beleuchtete Kohlenbergwerk in Sicht kam, stolperte Agnes vor Erschöpfung.

Sowie sie den richtigen Weg ins Tal gefunden hatte, ließ sie ihren Gedanken freien Lauf. Und wie immer, wenn sie einen Moment der Muße hatte, schweiften sie zu Seth Stanhope ab.

Nach allem, was sie durchgemacht hatte, wäre sie nie auf die Idee gekommen, dass sie sich je wieder zu einem Mann hingezogen fühlen könnte. Und dass es sich dabei ausgerechnet um Seth Stanhope handelte, war das Letzte, was sie wollte oder brauchen konnte. Weil es nicht nur aussichtslos war, sondern auch die schlechteste Partnerschaft wäre, die sie sich vorstellen konnte.

Und dennoch ...

Hannah hatte ihr erzählt, dass Seth zu stolz war, um zuzugeben, wie sehr er sie mochte. Vielleicht traf das Gleiche ja auch auf sie selbst zu?

Sie denken die ganze Zeit an ihn und sehen ihn in Ihren Träumen. Er ist der Mensch, der Ihnen am meisten am Herzen liegt. Und eines Tages wird er zu Ihnen zurückkehren. Eines Tages ...

Als Agnes durch die Hintertür von Dr. Rutherfords Haus in

die dunkle Küche stolperte, konnte sie nur noch daran denken, sich so schnell wie möglich aufzuwärmen. Mit einer Tasse Tee oder vielleicht sogar mit einem Brandy. Danach würde sie sich im Bett verkriechen und in ihre Decke hüllen, bis ihr Körper sich wieder aufgewärmt hätte.

Der große eiserne Herd in der Küche war zum Glück noch nicht erkaltet, und so zog Agnes sich einen Stuhl heran und setzte sich, um ihre nassen Stiefel auszuziehen. Aber ihre Hände waren zu gefühllos von der Kälte, um die Schnürbänder lösen zu können. Sie kämpfte immer noch mit ihnen, als plötzlich eine Männerstimme rief: »Wer ist da?«

Im nächsten Moment ging das Licht in der Küche an, und Agnes erschrak und schützte mit einer Hand ihre Augen vor der jähen Helligkeit.

»Was zum ...«

»Agnes?«

Als sie seine Stimme hörte, unterbrach sie sich mitten im Satz. Sie ließ ihre Hand sinken und starrte ungläubig in ein Gesicht, von dem sie geglaubt hatte, sie würde es nie wiedersehen.

»Daniel?«

Für einen Moment konnten sie sich nur anschauen. Er sah furchtbar albern aus in seinem Morgenrock mit dem Schlafanzug darunter und dem Schürhaken in der Hand. Wie sie selbst aussehen musste in ihrem zerlumpten Umhängetuch, mit den viel zu großen Männerstiefeln und ihrem nassen Haar, das ihr wie Rattenschwänze ums Gesicht hing, wagte sie sich kaum vorzustellen.

Er ließ den Schürhaken sinken. »Ich dachte, du wärst ein Einbrecher«, sagte er. Agnes hätte gelacht, wenn sie wach gewesen wäre, aber sie war fest davon überzeugt, sich mitten in einem sehr seltsamen Traum zu befinden.

Aber dann spürte sie eisige Tropfen geschmolzenen Schnees an ihrem Gesicht hinunterlaufen. *Das* konnte doch wohl kein Traum sein.

Daniel sah ebenso entgeistert aus, wie sie es war. »Ich kann es fast nicht glauben – aber du bist es wirklich!«, sagte er kopfschüttelnd. »Was tust du hier?«

»Ich bin die hiesige Gemeindeschwester.«

»Ich dachte, du wärst in London.«

»Das ist eine lange Geschichte«, sagte Agnes. Sie musterte ihn von oben bis unten. Groß, schlank, schwarzes Haar und dunkelbraune Augen – es war wirklich Daniel Edgerton, der vor ihr stand. »Und ich dachte, du wärst in Schottland!«

»Auch das ist eine lange Geschichte.« Er schaute sie genauso prüfend an wie sie ihn. »Agnes Sheridan! Ich kann es fast nicht glauben.« In seiner Verwirrung fuhr er sich immer wieder mit der Hand durchs Haar, bis es vollkommen verstrubbelt war. »Oh Gott, ich glaube, ich brauche jetzt einen Drink!«

»Ich auch«, stimmte Agnes zu.

Schnell riss sie sich die Stiefel von den Füßen und tappte in ihren feuchten Socken zu dem Schrank, in dem Mrs. Bannister ihren Brandy aufbewahrte, den sie angeblich »nur für medizinische Zwecke« benutzte.

Da Agnes keine Gläser finden konnte, nahm sie zwei Teetassen aus dem Schrank.

»Das erinnert mich an die alten Zeiten im Nightingale«, bemerkte Daniel. »An all diese verbotenen Partys im Ärztewohnheim … Was ist mit dir, Agnes? Du zitterst ja!«

»Das ist nur die Kälte«, erwiderte sie, obwohl sie wusste, dass es mehr war als nur das. Ihr ganzer Körper fühlte sich an, als hätte sie einen Schock erlitten. »Kein Wunder, nachdem ich gerade drei Meilen durch den Wald gelaufen bin.«

»Bei diesem Wetter? Dann musst du auf jeden Fall stark unterkühlt sein, meine Liebe. Setz dich wieder an den warmen Herd, ja? Und zieh diesen nassen Mantel aus.«

»D-das k-kann ich nicht«, sagte Agnes zähneklappernd. »Mir ist zu kalt.«

»Dann nimm den hier«, sagte Daniel und zog schnell seinen Morgenmantel aus.

Das alles ist einfach zu absurd, dachte Agnes, als sie sich Daniels Morgenmantel um die Schultern geschlungen hatte. Ihr einstiger Verlobter war erst vor fünf Minuten wieder in ihrem Leben erschienen, und schon trug sie ein Kleidungsstück von ihm.

Sie würde jetzt definitiv jeden Augenblick aus diesem verrückten Traum erwachen.

Aber der Morgenmantel roch nach seinem Rasierwasser, und sie spürte, wie seine Körperwärme auf sie überging. Dies alles war viel zu real, um nichts weiter als ein Traum zu sein.

Er ist der Mensch, der Ihnen am meisten am Herzen liegt. Und eines Tages wird er zu Ihnen zurückkehren. Eines Tages ...

»Warst du bei einem Patienten?«, riss Daniels Stimme sie aus ihren Gedanken.

Agnes nickte. »Bei einer alten Dame, die kurz darauf verstorben ist.«

»Das tut mir leid.«

Sie schaute ihn an. Daniel war immer sehr mitfühlend gewesen, so gar nicht wie die anderen jungen Ärzte, die der Familie eines Patienten in der einen Minute mitteilen konnten, dass er verstorben war, und in der nächsten schon wieder mit ihren Freunden lachten.

Daniel. Der Mann, den sie einst von ganzem Herzen geliebt ... und den sie dann ohne ein klärendes Wort verlassen hatte.

»Dann bist du also Dr. Rutherfords Vertretung?«, sagte sie.

»Offensichtlich.« Dann blickte er sie über den Rand seiner Tasse an. »Dies alles ist ganz schön peinlich, nicht?«

»Ja, das ist es«, gab sie zu.

»Ich hätte diesen Posten niemals angenommen, wenn ich gewusst hätte ...«

»Natürlich nicht. Ich würde sogar jede Wette eingehen, dass ich der letzte Mensch bin, dem du hättest begegnen wollen.«

»Oh nein, ganz und gar nicht«, widersprach er schnell und setzte hinzu, »ich hatte dabei eigentlich mehr an dich gedacht. Es muss ziemlich sonderbar für dich sein, mir so plötzlich zu begegnen. Vor allem, nachdem du praktisch bis zum anderen Ende des Landes geflohen bist, um mich loszuwerden.«

Er lächelte bei diesen Worten, aber Agnes entging die Schärfe in seiner Stimme nicht. »Es ist für uns beide nicht leicht«, sagte sie, ohne den Blick von ihrem Brandy abzuwenden.

»Vielleicht sollte ich Dr. Rutherford sagen, ich hätte es mir anders überlegt?«

»Willst du das denn?«

»Ich weiß es nicht.« Er dachte für einen Moment darüber nach. »Ich muss gestehen, dass ich mich auf den Aufenthalt hier gefreut hatte. In meiner letzten Praxis habe ich mit einem Vater und seinem Sohn zusammengearbeitet, die sich ewig in den Haaren lagen, und deshalb gefiel mir der Gedanke, für eine Zeitlang ungestört zu sein. Und es ist ja auch nur für ein paar Wochen ... Aber das Letzte, was ich will, ist, dir das Leben schwerzumachen.«

Agnes überlegte kurz. Ihr erster Impuls war, ihm noch einmal deutlich zu machen, wie schwierig die Zusammenarbeit für sie beide werden würde. Aber sie wollte auch nicht kleinlich sein. Sie hatte Daniel schon genug zugemutet ...

»Ich denke, das werden wir schon schaffen«, sagte sie. »Und wie du bereits sagtest, ist es ja auch nur für ein paar Wochen.«

»Und du bist dir sicher, dass du es ertragen kannst?« Er sah erleichtert aus.

»Wenn du es kannst, kann ich es auch. Und ich fände es schrecklich, wenn die Bowdener meinetwegen ohne Arzt auskommen müssten.« Und nach so vielen Jahren hatten die Leute weiß Gott einen anständigen Arzt verdient.

»Dann lass es uns versuchen«, sagte Daniel. »Immerhin ist es schon lange her, nicht wahr?«

»Ja.«

»Und inzwischen ist bestimmt auch schon ein anderer Mann am Horizont erschienen?«

Ein Bild von Seth kam Agnes in den Sinn.

»Nein«, antwortete sie.

»Wirklich? Sehr sicher scheinst du dir aber nicht zu sein.«

Sie fing seinen zweifelnden Blick auf. »Wahrscheinlich wäre es das Beste, dieses Thema zu vermeiden, wenn wir zusammenarbeiten werden«, sagte sie.

»Ja, natürlich, da hast du recht.« Daniel nickte. »Unser Verhältnis wird rein beruflich sein.«

»Ja, ich denke auch, das wäre das Beste.«

Er erwiderte ihren Blick und lächelte verlegen. »Tja, da sieh mal einer an! Wer hätte sich das träumen lassen?«

Agnes dachte an Nella Arkwright und ihre letzten Worte, die sie auf dem Totenbett an sie gerichtet hatte. *Er ist der Mensch, der Ihnen am meisten am Herzen liegt. Und eines Tages wird er zu Ihnen zurückkehren. Eines Tages ...«*

»Ja, wer hätte das gedacht?«, sagte Agnes.

– ENDE –

DANKSAGUNG

Dieses Buch wäre beinahe gar nicht erschienen, weil ich zwischenzeitlich erkrankt war. Auch deshalb möchte ich den folgenden Personen für ihre Geduld und Ausdauer danken:

Dem Team bei Random House, insbesondere Selina Walker, Susan Sandon, Cass Di Bello und meiner neuen Redakteurin Viola Hayden, die sich manchmal gefragt haben muss, was für eine Autorin ihr da zugemutet worden war. Auch beim Vertriebsteam möchte ich mich dafür bedanken, dass sie so gut mit den sich ständig ändernden Zeitplänen und Abgabeterminen zurechtgekommen sind.

Meiner Agentin Caroline Sheldon danke ich für ihr Verständnis und ihren Umgang mit all den Schwierigkeiten. Denn Schwierigkeiten gab es viele.

Auch bei meinen Freunden und meiner Familie bedanke ich mich dafür, dass sie immer hinter mir standen und mir Mut machten. Außerdem möchte ich natürlich auch den erstaunlichen Menschen danken, die mir halfen, wieder gesund zu werden, insbesondere Dr. Geddes und Dr. Sinclair, Ranza, Amanda, Marji und einem Mann, der sich »John in Boots« nennt und nie erfahren wird, wie sehr er mir mit seinem geistesgegenwärtigen Rat geholfen hat.

Die Community für alle, die Bücher lieben

★ In der Lesejury kannst du Bücher lesen und rezensieren, die noch nicht erschienen sind

★ Gemeinsam mit anderen buchbegeisterten Menschen in Leserunden diskutieren

★ Autoren persönlich kennenlernen

★ An exklusiven Gewinnspielen und Aktionen teilnehmen

★ Bonuspunkte sammeln und diese gegen tolle Prämien eintauschen

Jetzt kostenlos registrieren: www.lesejury.de

Folge uns auf Instagram & Facebook:
www.instagram.com/lesejury
www.facebook.com/lesejury